Heiner Boehncke
Hans Sarkowicz

# Der fremde Ferdinand

Die Andere
Bibliothek

Begründet von
Hans Magnus Enzensberger

Heiner Boehncke
Hans Sarkowicz

# Der fremde Ferdinand

## Märchen und Sagen des unbekannten Grimm-Bruders

*Mit einem Vorwort und einer biographischen Erkundung von Heiner Boehncke und Hans Sarkowicz*

*Bereichert mit zahlreichen Abbildungen*

Für Bettina und Christine

# Inhalt

## Burg- und Bergmärchen 1846



## Der unbekannte Bruder Grimm 1979

# Vorwort
# Der fremde Ferdinand: Ein Bruder der Brüder Grimm

Jacob und Wilhelm Grimm nannten sich selbst stets »die Brüder Grimm«. Das entsprach ihrer Lebens- und Arbeitsweise, und beide versäumten es nie, besonders in Briefen, sich ihrer Treue und unverbrüchlichen Zusammengehörigkeit zu versichern. Neben diesem Brüderpaar, das sich schon in jungen Jahren durch Publikationen einen Namen machte und viele prominente Freunde wie Bettine und Achim von Arnim, Clemens Brentano oder Friedrich Carl von Savigny hatte, blieben die übrigen Geschwister fast unbekannt.

Jacob übernahm mit gerade elf Jahren nach dem frühen Tod des Vaters in Steinau die Rolle des Familienoberhaupts, die er selbstbewusst ausfüllte. In Steinau an der Straße, einem Städtchen an der wichtigen Handelsstraße zwischen Frankfurt und Leipzig, repräsentierte damals ein Amtmann den Landesherrn der Obergrafschaft Hanau. Dieser Amtmann war Philipp Wilhelm Grimm, der mit seiner Frau Dorothea sechs Kinder hatte: außer Jacob und Wilhelm die Brüder Carl, Ferdinand und Ludwig Emil und als jüngstes Charlotte Amalie, genannt Lotte.

Schon die unterschiedlichen Ausbildungen der Geschwister machten die Rangordnung unter den Kindern sichtbar. An der Steinauer Schule lernten die Söhne der Bauern und Handwerker, was sie brauchten, um ihren Vätern zu folgen. Mädchen wurden, wenn überhaupt, von ihren Müttern und Großmüttern zu Hause unterrichtet; so erging es Lotte. Jacob und Wilhelm verließen mit dreizehn und zwölf Jahren Steinau, um in Kassel das Gymnasium zu besuchen. Carl absolvierte in Hanau eine Kaufmannslehre. Ferdinand und Ludwig Emil folgten Jacob und Wilhelm nach Kassel, um ihr Glück ebenfalls auf dem Gymnasium zu versuchen. Erst im August 1805 zog die Mutter mit Lotte auch nach Kassel. Jacob und Wilhelm, beide offenbar hochbegabt, durcheilten das Lyceum und brachten es zur Universitätsreife, ohne die oberen Klassen überhaupt absolviert zu haben.

Ferdinand und Ludwig Emil hingegen verließen die Schule mit mäßigem Erfolg und ohne Abschluss.

1808 starb die Mutter. Nun lebten alle Geschwister außer Carl, der gelegentlich aus Hanau zu Besuch kam, in einer gemeinschaftlichen Wohnung in der Kasseler Marktgasse. Das führte rasch zu erheblichen Konflikten, denn auf engem Raum stießen Welten aufeinander. Im August 1807 wurde unter Napoleons Bruder Jérôme Bonaparte das Königreich Westphalen erschaffen, mit Kassel als Hauptstadt. Jacob bekam eine Stelle als Privatbibliothekar beim König, die ihm gerade so viel einbrachte, um seine Geschwister zu versorgen. Schon 1807 hatte er sich zusammen mit Wilhelm an den Schlussarbeiten zu *Des Knaben Wunderhorn* beteiligt, wofür die Herausgeber Achim von Arnim und Clemens Brentano nach Kassel gereist waren. Sie brachten Ferdinand und Ludwig Emil bei diesem Projekt mit Kopier- und Illustrationsarbeiten unter. Clemens Brentano hatte Achim von Arnim die jungen Gelehrten als »liebe altteutsche vertraute Freunde« dringend empfohlen. »Altteutsch« hieß, sie erforschten Quellen der deutschen Literatur des Mittelalters und sammelten weitgehend unbekannte Zeugnisse einer Epoche, die als Goldenes Zeitalter einer Volkspoesie in die deutsche Vergangenheit projiziert wurde.

Unter der napoleonischen Besatzung war Jacobs Tätigkeit als Privatbibliothekar angesichts der Hegemonie französischer Kultur spannungsvoll. Hinzu kamen noch die erheblichen Konflikte im Geschwisterhaushalt. Die im Jahr 1808 gerade einmal fünfzehnjährige Lotte führte mit Hilfe der Magd Katriene den Haushalt, was sie nicht nur überfordern musste, sie war auch der ständigen Kritik des Familienoberhaupts Jacob und seines Bruders Wilhelm ausgesetzt – wie in vielen Briefen nachzulesen ist. Diesem »enfant terrible« der Geschwisterfamilie wurde auch der Bruder Ferdinand zugerechnet. Nach Jacob und Wilhelms Meinung bildeten Lotte und Ferdinand ein faules, freches und nutzloses Paar. Ludwig Emil hatte es besser. Er wollte Künstler werden und zog 1808 nach Heidelberg, dann nach München, wo er sich zum Kupferstecher ausbilden ließ. Gleichwohl blieben alle Geschwister zeitlebens in einer intensiven Korrespondenz familiär verbunden.

Einer jedoch rückte erst an den Rand und wurde schließlich – am deutlichsten von Wilhelm – ausgeschlossen: Ferdinand. Seine Stellung als anstrengender Sonderling und schließlich schwarzes Schaf erreichte am Weihnachtstag des Jahres 1810, während der Jahre in Kassel, einen ersten Tiefpunkt.

Die Grimmforschung rätselte seit je über die Frage, welche Katastrophe an diesem Tag über die Familie gekommen sein mag. An Ferdinand, dem vierten Bruder, hätten Jacob und Wilhelm »das größte Unglück« erlebt. So schlimm, dass es eigentlich nicht zu Papier zu bringen sei, geschweige denn erzählt werden könne. Von Ferdinands »Unnatur« war die Rede, seinem »verkehrten Leben«, das am besten durch einen Militärdienst zurechtzurücken wäre. Das dunkle Geheimnis muss aber in der Familie schon vor dem verhängnisvollen 25. Dezember 1810 bekannt gewesen sein. Jacob schrieb 1809 an Wilhelm, Lisette Wild, die Schwester von Wilhelms späterer Ehefrau, hätte »von freien Stücken« den Verdacht bestätigt, den er gegenüber Ferdinand gehegt hätte. Und noch kurz vor Ferdinands Tod am 5. Januar 1845 in Wolfenbüttel teilte ein Dr. Albert Schmid dem »Hochzuverehrenden Herrn Hofrath« Jacob Grimm mit, er sei froh, dass Ferdinand am Ende seines Lebens schließlich doch darauf verzichtet habe, ihm ein Geheimnis zu offenbaren, von dem er so oft habe reden wollen. Er, Schmid, habe ohnedies geahnt oder gewusst, worum es sich handelte. Der unaussprechliche Verdacht erschließt sich auch aus einer langen Reihe von Briefen, die großenteils noch unveröffentlicht im Handschriftenarchiv der Staatsbibliothek zu Berlin in den Grimm-Nachlässen aufbewahrt werden. Wenn Jacob und Wilhelm einen von Lisette Wild geteilten Verdacht »von Ferdinand« hatten, warum waren sie so unsagbar erschüttert, als das »größte Unglück« zu Weihnachten 1810 über sie kam? Wir wissen es nicht. Wir vermuten aber, dass der an Theater und Schauspielerei stark interessierte Ferdinand sein »Coming-out« vor der versammelten Festgemeinde mit erheblichem Aufwand inszeniert hat. Jacob und Wilhelm reagierten darauf mit homophoben Reflexen, wie sie, vor allem auch außerhalb von Berlin, seinerzeit nicht unüblich waren.

Natürlich aber erschöpft sich unser Band nicht in dieser »Entdeckung«. Zu entdecken ist auch, welche enorme Bedeutung für Ferdinand Grimms Leben das Schreiben hatte – mit dem er bisher so sehr im Schatten seiner Brüder stand.

Ferdinand ließ sich bei seiner Ankunft 1837 in Wolfenbüttel, der letzten Station seines Lebens, ins Adress-Buch der Stadt als Schriftsteller eintragen. Und ein solcher war er.

Seine lebenslange Begeisterung für Märchen und Sagen scheinen bei ihm die Brüder Jacob und Wilhelm geweckt zu haben. Er trug zu den *Kinder- und Hausmärchen* zumindest zwei Texte bei und half beim Sammeln von Sagen. Dafür dankten sie ihm im ersten Band ihrer *Deutschen Sagen*. Das war eine Art Initiation für ihn. Während sich Jacob und Wilhelm neuen Themen zuwandten, intensivierte Ferdinand seine Sammeltätigkeit und veröffentlichte 1820 unter dem Pseudonym »Lothar« seine *Volkssagen und Mährchen der Deutschen und Ausländer*. Die Reaktion seiner Brüder machte deutlich, dass sie in ihm noch nicht einmal einen Konkurrenten sahen, sondern einen dilettierenden Lehrling, dem sie von ihrer hohen Warte aus gute Ratschläge gaben und den sie kritisierten.

Aber Ferdinand war schon lange kein Lehrling mehr. Das hätten die Brüder am Vorwort zu seiner ersten Märchen- und Sagensammlung erkennen können, das einen guten Überblick über die europäische Märchen- und Sagenliteratur bietet. Ausdrücklich erwähnt er dort, dass, bis auf wenige Ausnahmen, »aus keinem bestehenden Sagenbuch etwas entlehnt worden« sei. »Vieles davon ist aus mündlich lebenden Erzählungen, Anderes aus alten, selten gewordenen Werken entnommen«. Diesem Arbeitsprinzip blieb er sein Leben lang treu.

Im Gegensatz zu Jacob und Wilhelm, die ihre Märchenbeiträger gern zu Hause empfingen und die meisten ihrer Sagen aus schriftlichen Quellen schöpften, zog Ferdinand es vor, mit den Menschen dort zu sprechen, wo sie lebten, sich die Sagen und Märchen an den Orten erzählen zu lassen, wo sie entstanden waren. Gelegenheit dazu hatte er reichlich, denn seine Reisen zwischen Kassel, München, Göttingen, Berlin und Wolfenbüttel legte er in der Regel zu Fuß zurück. Und im Gegensatz zu Äußerungen seiner Brüder scheint er auch gesellig gewesen zu sein. Er suchte den Kontakt zur Landbevölkerung, deren Erzählschätze 1838 in seine *Volkssagen der Deutschen* und posthum 1846 in die *Burg- und Bergmärchen* einflossen. In seinem Nachlass hat sich ein umfangreiches Konvolut von Sagentexten erhalten, die zum größten Teil auf mündliche Berichte zurückgehen. Auch dort, wo er lebte, in Hanau, Steinau und Wolfenbüttel, ließ er sich von Freunden und Bekannten – meist sehr kurze – Sagen erzählen.

In der spärlichen Literatur über die Sammlungen wird kritisiert, Ferdinand habe im Gegensatz zu seinen Brüdern nicht wissenschaftlich gearbeitet, weil er auf den Nachweis von Quellen verzichtete. Sowohl in seinem ersten als auch in seinem zweiten Buch ging Ferdinand auf diesen Mangel ein und stellte entsprechende Verzeichnisse »für die Folge« in Aussicht. Dazu ist es nicht mehr gekommen, weil seine Bücher keine zweiten Auflagen erlebten. Auch die zweibändigen *Kinder- und Hausmärchen* von Jacob und Wilhelm Grimm waren zunächst ohne jede Kommentierung erschienen. Sie wurde erst mit dem dritten Band für die zweite Auflage 1819 nachgereicht. Dass Ferdinand durchaus geplant haben kann, seine Quellen zu nennen, legt sein fragmentarisch erhaltener Nachlass nahe. Denn in diesen Manuskripten im Bestand der Staatsbibliothek zu Berlin wird bei den einzelnen Sagen die jeweilige Herkunft benannt, entweder mündlich von Gewährsleuten oder aus älteren Büchern.

Auch der geäußerte Vorwurf, Ferdinand hätte die überlieferten Texte stark bearbeitet und damit ihren Quellencharakter gefährdet, trifft kaum. Auch seine Brüder hatten ihre Märchen und Sagen nicht in der ursprünglich überlieferten Form gelassen.

Gerade weil Ferdinand die mündlichen Erzählungen favorisierte, scheinen redaktionelle Eingriffe unvermeidlich gewesen zu sein. Jule Ana Herrmann und Marie Millutat haben in ihrem kundigen Aufsatz über *Die Märchen Ferdinand Grimms. Von der mündlichen Tradition zur literarischen Bearbeitung* darauf hingewiesen, dass er seine gesammelten Texte »nach weiterer Recherche aus Büchern« ergänzte. »Dass diese Überarbeitung ein gewisses Maß nicht überschreitet, um eben jenen Ton des Mündlichen zu treffen, zeigt sich in Ferdinand Grimms Vorworten und den Bewertungen anderer Märchensammlungen« (in: Diana Kühndel/Ursula Offermann [Hrsg.]: Hörendes Lesen und Sehen von Märchen. Heidelberg 2017, S. 255).

Neben dem, was ihm Menschen aus allen Teilen Deutschlands auf seinen Wanderungen schilderten, wertete Ferdinand akribisch Märchen- und Sagensammlungen, Geschichtserzählungen und Chroniken aus dem 17. und 18. Jahrhundert aus. Zum Teil übernahm er Texte ohne jede Änderung, zum Teil formulierte er einzelne Passagen neu.

Es ist beeindruckend, seinen Recherchespuren zu folgen. Offenbar hatte er eine immense Kenntnis einschlägiger Werke und regionaler Chroniken, die er sehr genau las, um Sagen- oder Märchenhaftes zu entdecken. Das konnte in einem weit über 1000-seitigen Geschichtswerk wie Friedrich Lucaes *Graffen-Saal* von 1702 nur ein einziger Satz sein, den er in eine Fußnote einbrachte.

Kleinere Sagen bündelte Ferdinand Grimm zu Themengruppen und führte verschiedene Quellen in einem Text zusammen. Seine *Volkssagen der Deutschen* hätten so zu einem dritten Band der *Deutschen Sagen* seiner Brüder werden können, wenn ihnen die Anerkennung nicht versagt worden wäre. Die ambitionierte Sammlung mit über 350 Seiten lag wie Blei, und die Restauflage wurde nach seinem Tod mit neuen Titelblättern und fiktiven Autorennamen nochmals in den Handel gebracht. Es war ein populärer Ansatz, den er mit dem Band verfolgt hatte. Das »Buch der Kaisersagen, Burg- und Klostermährchen« sollte dem Reisenden »als Begleiter auf seinen Wanderungen durch Deutschlands Auen und Gaue« dienen, wohl als eine Art Baedeker für Sagenfreunde.

An Ferdinands Ambition, einen gut lesbaren Führer mit spannenden Geschichten zu verfassen, kann es nicht gelegen haben, wenn sich der Band nur schleppend verkaufte. Denn das ist ihm gelungen. Schon in seinem ersten Buch von 1820 hatte er sein literarisches Talent unter Beweis gestellt. Die Zusammenstellung war allerdings noch nicht konsequent komponiert, sondern mäanderte etwas zwischen den Stilen, was auch daran lag, dass er fremde Texte integral übernommen hatte.

Seine *Volkssagen der Deutschen* wirken dagegen wie aus einem Guss. Sie öffnen ein weites Panorama bis dahin nur regional bekannter Sagen, die für sich stehen oder ähnlich in anderen Landschaften erzählt wurden. Das Buch ist ein reiches, bis heute unerforschtes Kompendium, das dringend der wissenschaftlichen Aufarbeitung harrt.

Ein bescheidener Ruhm als Schriftsteller kam erst nach seinem Tod. Die von Freunden herausgegebenen *Burg- und Bergmärchen* stießen bei der Kritik auf eine positive Resonanz. Besonders ihr »poetischer Wert« wurde herausgestellt. Ferdinand Grimm hatte seine reichen Kenntnisse genutzt, um eigene Geschichten zu erzählen, in die er historische Begebenheiten und ihm bekannte Sagenstoffe verwob. Deutlich wird das schon in der Geschichte vom Weibchenstein, die am Beginn des ersten Bandes steht. Zwar fehlt den nachgelassenen Stoffen die letzte Ausformung und Stringenz, aber Ferdinand Grimm verfügte über eine Sprache, die es verstand, große Tableaus zu schaffen und vielfarbig auszumalen. Die Nähe zu der von ihm überaus geschätzten Benedikte Naubert, deren *Neue Volksmährchen der Deutschen* für ihn eine Quelle der Inspiration waren, ist unverkennbar. Im Vorwort zu seinen *Volkssagen* hatte er das mehrbändige Werk »noch immer das vorzüglichste Buch im Felde der Mährchenromantik« genannt. Er kannte auch ihre historischen Romane und bezog sich auf sie. Die bisher weitgehend unbekannte Geschichte des Ferdinand Grimm ist eine Geschichte der verweigerten Anerkennung, ein familiäres Drama unter den Umständen der damaligen Zeit.

Eine weitere biographische Erschütterung hing unmittelbar mit dem Wunschberuf von Ferdinand zusammen. Er wollte nicht nur sammeln und redigieren, sondern ebenso als selbstständiger Autor gelten. Ob er mit seiner Schlüsselerzählung *Tante Henriette*, die 1835 in fünf Fortsetzungen in der *Mitternachtzeitung für gebildete Stände* erschien, an seinen Geschwistern in literarischer Art und Weise ernsthaft Rache nehmen wollte, ist nicht ausgemacht; vielleicht ließ er sich auch nur endlich einmal von seiner karnevalesken Sprachkraft forttragen. Fest steht: Jacob und Wilhelm erkannten sich mühelos in den Karikaturen namens Johannes und Wilibald wieder und waren ganz und gar nicht begeistert. Wilhelm hat zehn Jahre lang bis zu Ferdinands Tod jeden Kontakt mit ihm vermieden, der Ton von Jacobs nur noch seltenen Briefen wurde kalt und sachlich. In unserem Band wird *Tante Henriette* zum ersten Mal nach seinem Erscheinen 1835 vollständig abgedruckt.

Mit den hier präsentierten Sagen, Märchen und Briefen wollen wir Ferdinand Grimm als Autor, Sammler, Herausgeber und großen Literaturkenner, 175 Jahre nach seinem Tod, erkennbar machen. Wir wollen dazu beitragen, ihn als einen Bruder Grimm wahrzunehmen. Es ist keinesfalls unsere Absicht, Jacob und Wilhelms Verdienste als überragende Märchen- und Sagensammler und Bearbeiter, als Sprach- und Literaturforscher und Erfinder des *Deutschen Wörterbuchs* zu schmälern. Wir erlauben uns aber, ihrem Bruder Ferdinand die Gerechtigkeit nachzutragen, die sie ihm verweigert haben.

# Volkssagen und Mährchen der Deutschen und Ausländer 1820

# Mantel, Spiegel und Fläschchen

## Ein Mährchen

Es lebte einmal ein König, der hatte eine sehr schöne Tochter, um die bewarben sich viele Prinzen; unter ihnen befanden sich auch drei Brüder, das waren die Söhne eines benachbarten armen Königs, und der Prinzessin gefiel der jüngste davon recht wohl, denn er war lieblich von Gestalt und war auch der beste unter den Geschwistern. Aber der König sprach: der arme Prinz kann nicht dein Gemal werden, den schlage dir aus den Gedanken, nur einem, der reich ist, oder in vielen Künsten unterrichtet ist, kannst du zu Theil werden. Bis der kommt, mußt du warten, und solltest du graue Haare darüber bekommen.

Als nun der arme König hörte, was der reiche beschlossen, so ließ er seine Söhne vor sich und sprach: unser Bischen Geld geht auf die Neige, bald wird es alle sein; hier hat ein Jedes von euch den letzten Nothgulden, damit geht in die weite Welt hinaus und der Himmel sei mit euch. Kommt ihr reicher zurück als ihr gegangen seid, so wollen wir uns freuen, und einem wird dann die holde Königstochter zu Theil werden. Dann küßte er die Söhne, solches that auch die betrübte Königin, und sie gingen fort, ein Jeder seinen besondern Weg.

Es war schon viel Zeit verlaufen, der älteste Königssohn hatte schon viele Meilen marschirt, das meiste Geld verschwendet, keins eingenommen und wäre gern wieder zurück und heimgegangen, wenn er des Wegs kundig gewesen, als er endlich in eine große Stadt kam. Da hielt man eben einen großen Markt, es ging hübsch lustig und untereinander zu, schrie Alles so arg, daß man nicht hören und sehen konnte. Hier schimpfte eine alte Frau, weil ihr Milch und Butter in den Koth geworfen, dort faßten sich zwei an den Haaren, und balgten sich und plumpten in einen Haufen sich beißender Hunde und wurden mitgebissen. Aber durch all das Geschrei hindurch schallte die Stimme eines Menschen, der ein kleines Mäntelchen in der Hand hielt: He, he, herbei! – ein Wundermantel nagelneu, kommt herbei! –

Wers umhängt und sich wünscht hier hin, dort hin, auf den Berg, über den Berg, da bringt ihn das Mäntelchen hin! – Der Prinz hörte zu, trat näher und fragte: was kostet der kleine Mantel? Tausend Goldstücke! antwortete der Mann. Nun, Mantelmann, fuhr der Prinz fort, so laß doch einmal sehen, ob er mir auch recht ist. Als er ihn nun umgehangen, sprach er eilig: ich wünsche recht bald in unserm königlichen Schloß zu sein! Wup dich! fort war er, und so viel der Verkäufer auch schrie und lärmte, und rasend werden wollte, es half nichts, er mußte mit dem Nachschauen vorlieb nehmen. Da befand sich der Sohn bei den Eltern, die ihn bewillkommten; und der König sagte: das ist ein kostbarer Mantel, den dir der Fremde verehrt hat, nie hab' ich einen solchen gesehen, doch viel davon sprechen hören; wenn den der reiche König sieht, so giebt er dir sicherlich die schöne Jungfrau zur Gemalin.

Da flog der Prinz ins Schloß, zeigte seinen buntigen Mantel der Königstochter, erzählte dessen schöne Eigenschaften und warb um ihre Hand. Der König kam, betrachtete den Mantel gleichfalls, dann sagte er: der kleine Mantel ist freilich lieblich und fein, aber darauf kann ich dir meine Tochter nicht zur Gattin geben; versuche dein Glück anderwärts. So mußte der unglückliche Werber wieder von dannen ziehn.

Mittlerweile war der zweite Königssohn nach vielem Umherirren auch in eine große Stadt gekommen, da ging ein alter Mann Straß auf, Straß ab, beständig ausrufend: Wer kauft, kauft mir ab den herrlichsten Schatz der Welt, ein Spiegelein, schaut man hinein, so sieht man Alles, was sich zuträgt in der weiten Welt! – Was soll der Spiegel kosten? fragte der Prinz. – Tausend Goldstücke! antwortete der alte Mann, anders ist er mir nicht feil. Komm mit, sagte der Prinz, ich will dir das Geld auszahlen lassen. Nun ging der alte Mann mit. Da sie aber in ein dickes Gedräng von Menschen kamen, und der Alte nicht mehr recht fort konnte, so eilte der Prinz, was er konnte, auf und davon und vergaß das Bezahlen. – In dem Spiegel zeigten sich nun allerlei herrliche Gegenstände. Einmal kam auch die schöne Königstochter vor, wie sie eben am Spinnrocken saß, ein Weilchen ausruhte und mit der einen Hand an ihrem schönen Arm herunterstrich. Das Alles gefiel dem Prinzen so wohl, daß er sich in seiner Freude gar nicht zu lassen wußte. Er sah auch darauf seinen ältesten Bruder, der hatte ein Mäntelchen um, und war bei den Eltern im Schloß, darüber wunderte er sich sehr.

Dem jüngsten Königssohn war das viele Wandern, weil er die jüngsten Füße hatte, am sauersten geworden, und in seinem Herzen begehrte er sehr nach seinen Eltern zurück. Endlich lag eine große prächtige Thurmstadt vor seinen Augen, und da ging er hinein. Lauter seltsame Leute waren da auf den Straßen, wie er sie niemals angetroffen hatte, die meisten hatten im Gesicht keine Nase, hatten nur ein Aug' auf der Stirn, auch konnte man nicht sehen, wo sich der Mund befand, und ihr Sprechen war nur so ein unverständliches Zischen; aber ihre Kleider bestanden aus Gold und schönen Glanzsteinen. Bald kam ein Jude, der ging umher und schrie: Herbei, ihr Leut', kauft mir ab, ein Lebensbalsamfläschchen, wovon Kranke gesund und Todte wieder lebendig werden. Das verstand der Prinz und dachte bei sich: wer weiß, wozu du es brauchen kannst. Ging also zum Juden: zeig her, Jude, sprach er, was willst du haben, für das Fläschchen? – Ist eure Gemalin todt, vielwerther Herr, sprach Jener, so könnt ihr sie wieder lebendig machen, wenn ihr ihr das Fläschel unter die Nasenlöcher haltet; seid ihr krank, ist euch der Verstand abhanden gekommen oder habt ihr Eins ums Leben gebracht, seht, so haltet ihr ihm das Fläschel vor, und wieder kommt ihr zu Verstand, wieder kommts zum Leben; kostet nur Tausend Goldstücke, kein Heller geht ab davon, bin ein ehrlicher Mann! – Da, nimm sie hin, sprach der Prinz, und gab sein noch übriges Gold weg, und der Jude verlohr sich.

Nun kam es, daß der älteste Königssohn mit seinem Mäntelchen spazieren ging, und ihm seine Brüder einfielen, wo die wol wären. Er sprach zu sich: wär' ich doch einmal bei meinem andern Bruder. Dahin flog er und im Nu befand er sich auf der großen Landstraße bei einem Wirthshaus, wo lustige Musikanten spielten, und war da sein Bruder froher Dinge, der wollte eben nach Haus reisen, und er zeigte gleich sein schönes Spiegelchen, und sie sprachen allerlei miteinander. Als nun der andre wieder hineinschaute, rief er aus: ach, dort sitzt ja unser jüngster Bruder ganz einsam unter dem grünen Bäumchen im Schatten, schnell wünsche ich uns Beide dahin, ohn' langes Säumen. Nun hatte sich aber zufällig ein Musikant so dicht an den Prinzen mit dem Mäntelchen gesetzt, daß er, als dieser mit dem Bruder in die Höhe flog, mit seinem Rock an einem Knopf hängen blieb, und so wurde er mit gezogen. Das war dem Spielmann freilich ein schlechter Gefallen. Während nun die Brüder beieinander saßen im grünen Wald und sich von den Reichthümern erzählten, die ein Jeder bekommen, und besonders über das drollige Mäntelchen lachten, mußte er lustige Liedchen spielen, und noch obendrein dazu tanzen; und wenn er müde war, fingen die Vögelchen an zu singen.

Nach einer Weile nahm der ältre Bruder seine Geschwister in den Arm und sagte: nun hin, wo unsre Eltern leben! Und als sie bei ihnen ankamen, da war große Freude des Königs und der Königin. Beide waren froh, daß ihre Kinder wieder da waren, denn der Himmel hatte ihnen wieder Glück und Segen beschert, weil sie fromm ihn darum gebeten; und sie betrachteten den Mantel, den kleinen Spiegel und das Fläschchen. –

Nun wollte auch der zweite Prinz mit seinem Wunderspiegel zur schönen Prinzessin gehen, in der Hoffnung, sie würde ihm ihre Hand schenken. Als die Jungfrau das Spiegelchen sah, gefiel es ihr außerordentlich, und sie hätte es gerne gehabt. Der König und die Königin kamen und wollten nun auch hineinschauen. Da sahen sie eine grüne Wiese, darauf standen zwei lange Männer, die hielten sich vor Lachen die Seiten, dabei steckten sie die Zungen ellenlang aus dem Hals heraus, daß es eine wahre Schande war. Das ärgerte den König so heftig, daß er auf der Stelle schrie: Pfui, ihr Nichtswürdigen! und du, sprach er dann zum Prinzen, du kannst immer wieder gehen, meine Tochter bekömmst du nimmermehr zur Gemalin, versuche dein Glück anderwärts! – und der Prinz ging mißmuthig zum Schloß hinaus.

Darauf, als die Königin eines Tages das Wunderspiegelchen vor sich liegen hatte, und die tausend wechselnden Bilder darin mit Wohlgefallen betrachtete, erschrak sie plötzlich sehr und brach in die Worte aus: ach, was sieht mein Auge, die schöne Prinzessin stirbt, ach, eilt ihr zu Hülfe! – Da griff der älteste Prinz zu seinem Mantel, und der zweite, der bei ihm stand, faßte ihn an, und im Hui standen sie vor der leblosen Jungfrau. Der König und die Königin rangen trostlos die Hände, denn die Aerzte konnten nicht mehr helfen, das schöne Mädchen war todt. Ach, wer mir meine Tochter wieder ins Leben bringt, dem will ich sie zur Gemalin geben und mein halbes Reich dazu, so sprach der König. Aber die zwei Brüder standen da, gafften sich an, und wußten weder mit Mantel noch Spiegel guten Rath. Indem fuhr die Thüre auf, und der jüngste Königssohn trat, ganz athemlos vom schnellen Laufen, herein. Er hatte im Schloßgarten gehört, was seine Mutter oben im Zimmer gesprochen, und augenblicks, ohne sich zu besinnen, war er fort geeilt, um mit seinem Balsamfläschchen vielleicht die goldne Jungfrau zu retten, denn er hatte sie im Herzen so lieb. Schnell hielt er nun der Todten das Fläschchen vor, und nicht lange, da wogte ihre Brust ein Bischen, die Lippen bewegten sich, die Wangen wurden wieder röthlich, endlich hielt sie ihre Hand zum Herzen, lächelte und sah den schönen Jüngling an, der vor ihr kniete. Und Alles jauchzte in Freude und der König fiel dem Prinzen um den Hals und versprach ihm seine Tochter zur Gemalin, und sein halbes Reich. –

Da wurden die Brüder uneins untereinander, vermeinten, was der König gesagt, das ginge nicht so. Erzürnt sprach der Aelteste: mir gebührt von Rechtswegen die schöne Prinzessin; ich habe meine zwei Brüder mit diesem Wundermantel hieher gebracht, ohne mich säßet ihr noch, wer weiß, wie weit von hier; mir gebührt die Königstochter, ich will sie zur Gattin haben! – Der Zweite sprach: und mein Spiegel allein verkündete das Unglück der Prinzessin, ohne ihn hätte Keiner von ihrem Tode etwas erfahren; mir gebührt sie, und darum will ich sie zur Gemalin haben! – Als dieses Gestreit der Jüngste hörte, sprach er: ob gleich mein Fläschchen dies Leben wieder weckte, so will ich doch stillschweigen und warten, welchen unter uns Geschwistern die holde Königstochter zu ihrem Gatten wählt.

Kaum hatte er dies ausgesprochen, als ihm die Jungfrau um den Hals fiel und sagte: ich habe dich lange herzlich geliebt, du gabst mir mein Leben wieder, nimm mich nun dafür! – Das war dem König und der Königin recht und lieb, und sie freuten sich überaus, und die Räthe des Königs schrien, ob noch heute die Hochzeit vor sich gehen sollte. –

Heimlich sprach da der älteste Prinz mit falschem Gemüth zu seinem Bruder: sollen wir dies so hingehen lassen, Bruder? – Ich dächte, nein! antwortete der; dabei fiel sein Blick zufällig in den Spiegel, den er wieder in seiner Hand hielt: wollte ich doch, sie säßen alle beide da auf der wüsten Insel, die ich hier in meinem Spiegel erblicke! – Das kann leicht geschehen, sprach der andre. – Somit umfaßte er ohne Weiteres und hastig das Brautpaar und sagte: kommt doch ein Bischen mit auf eine wüste Insel! – Alle erschraken sehr, als die Liebenden mit Blitzesschnelle davon schwebten; und als sie auf der wüsten, wüsten Insel angekommen waren, sprach der Falschherzige: nun weilt und laßt euch die Zeit nicht lang werden, bis ich wiederkomme! Mit diesem warf er den Mantel um und verschwand. Als er aber über dem brausenden Meere schwebte, kam plötzlich ein ungeheurer Greif ihm gerade entgegen, hielt ihn mit seinem flatternden Mantel für ein feindliches Thier mit bunten Flügeln, riß diesen dem Fliehenden weg, und auf der Insel, wo die Unglücklichen traurig saßen, entfiel er seinen Klauen.

Voll Dankes gegen Gott, der so wunderbar Hülfe sandte, eilten Beide der Heimath zu, wo die Trauer der Eltern in hohe Freude verwandelt wurde, und Alle ein glückliches Leben führten. Der boshafte Bruder aber hatte zum Lohn seiner That den Tod in den wilden Wellen gefunden.

# Der Zauberer

In einem Städtchen, das einen Roland und das Recht hatte, von Zeit zu Zeit ein hochnothpeinliches Halsgericht zu hegen, war vor langen, langen Jahren ein berüchtigter Zauberer eingefangen, dergleichen viele in der Gegend hauseten. Durch die Tortur hatte man ihn zum freiwilligen Geständniß seiner Frevelthaten gebracht, und er war, durch Urtheil und Recht, verdammt, lebendig verbrannt zu werden.

Schon war der Tag der Hinrichtung bestimmt; schon war der Holzstoß vor dem Thor erbaut, und alle Bewohner der ganzen Gegend harrten dem Tag entgegen. Denn seit mehrern Monden war es so still und einförmig gewesen in dem Städtchen; keine Hexe war verbrannt oder gesäckt worden, nicht einmal ein Beutelschneider gestäubt; und schon lange hatte das ganze Land einen Kriminal-Fall erwartet, die tödtende Langeweile zu heben. – Nun aber kamen die Zungen wieder in Bewegung; es kam Leben in Hände und Füße. Schon seit mehrern Tagen sprach Alles, was einen Mund hatte, von der bevorstehenden Verbrennung des Zauberers; was die Füße regen konnte, ging und hüpfte des Tages zweimal um den Holzstoß.

Der Tag kam. – Noch ehe er graute, langten schon hunderte von kleinen Karavanen aus einem Umkreise von zwanzig und mehrern Meilen an, und vergrößerten die zahlreiche Gesellschaft, die schon den Abend vorher angekommen war, und die Nacht verplaudert hatte. Mit der Morgendämmerung fing das Städtchen selbst an zu wimmeln, und nach einer halben Stunde waren Straßen und Häuser leer; und der ganze große Anger rund um den Holzstoß war dicht mit Menschen angefüllt, daß kein Apfel zur Erde hätte fallen können. Aller Augen waren auf den Scheiterhaufen gerichtet, und auf die Bewegungen des Halbmeisters und seiner Spießgesellen. Abwechselnd hörte der ferne Beobachter ein lautes Getöse, wie bei dem Sturm in einem Tannenwalde, und dann wieder das leise Gemurmel und Gewirr der sich bewegenden Menge, das Augenblicke lang von einer furchtbaren Stille unterbrochen wurde.

In einer solchen Pause verbreitete sich mit einem Mal ein unruhbringendes Geflüster. Die lachenden Gesichter verzogen sich zum finstersten Ernst; und nach einigen Minuten rief Alles immer lauter und lauter: der Zauberer ist entflohn!

Keiner wollte es glauben; keiner fand es nur möglich, so laut er es auch selbst rief. Tausende wollten schon fort, das Gefängniß zu stürmen; denn war es nicht unerträglich, seine gespannte Erwartung so getäuscht zu sehen! Die ganze Nacht durchwacht zu haben, und – umsonst! zu hungern und zu dursten und vergebens!

Schon ertönte ein wildes verwirrtes Geschrei des Ingrimms und der Rache, als die Gerichtsschöffen erschienen, und theils die traurige Nachricht bestätigten, dass der ungeduldige Inquisit seine Verbrennung nicht habe abwarten wollen, theils klüglich, um sich vor einem Steinhagel zu sichern, das ganze versammelte Volk baten, den Zauberer zu verfolgen, der nothwendig noch in der Nähe sein müßte, und so vielen tausend Augen schlechterdings nicht entgehen könne. Auch luden sie das Volk auf den folgenden Tag zu der noch zu schärfenden Verbrennung ein.

Augenblicks zerstreute sich der Haufe, Alles rannte einander entgegen, und über einander weg, wie in der Völkerverwirrung zu Babel. Die meisten kamen durch diese Reibung auf andere Gedanken, und taumelten mißmüthig, doch nicht ohne Hoffnung, dem Städtchen zu. Hunderte aber zerstreuten sich in der ganzen Gegend, den Zauberer zu suchen.

Die Häscher eilten, dem Befehl gemäß, wohlbewaffnet dem Gebüsch zu, wo er sich am leichtesten hätte verstecken können. Bald fanden sie auf dem Wege dahin einen Menschen mit langem Barte, den sie für einen wandernden Juden hielten, und gingen mit ihm, um zu hören, ob er keine Kunde geben könnte von dem Zauberer. Er aber zeigte ihnen einen Bogen mit einem Pfeil, und versicherte, daß er nie fehle im Schießen, und daß er tausend Feinde damit abhalten könnte. Die Häscher starrten ihn an, glaubten, unter der Larve des Juden den entsprungenen Zauberer zu sehen, und fingen an, aus Leibeskräften zu zittern. So kämpfte in ihnen die Begierde, ihn im Triumph zurückzuführen zu dem Städtchen, mit dem Gedanken an den bezauberten Pfeil. Jeder wich mit jedem Schritt um einige Zoll seitwärts oder zurück; und so bildete sich bald ein geräumiger Zirkel um den furchtbaren Bogenschützen.

Er sah sich um, und entdeckte hoch in der Luft einen Falken, der wie ein schwarzes Pünktchen erschien, spannte den Bogen, und schoß, und der Falke fiel mit dem Pfeil herab in eine morastige Vertiefung, mit Dornen überwachsen. Holt mir doch den Vogel und den Pfeil! rief er gebietend den Häschern zu. Lange zögerten sie; endlich aber siegte das Schrecken seiner Stimme, und einer von ihnen wankte dem Orte zu. Als dieser nun in dem Moorgrund war, zog der Bogenschütze eine kleine Pfeife aus der Tasche, und hob an, einen schwäbischen Tanz zu blasen. Und augenblicks drehte der Häscher sich in schwindelnden Kreisen, und streckte die Hände aus nach den andern, die im starren Erstaunen da standen; und wie Wahnsinnige stürzten auch diese, sich drehend, in den Morast, und tanzten und walzten sich ein halbes Stündchen, bis sie kaum selbst sich mehr kannten, und Hände und Füße zerrissen waren von den Dornen. Flehentlich baten sie den Zauberer, ihrer zu schonen, und sie des Tanzes zu überheben. Und endlich, als sie fast alle Kräfte erschöpft hatten, hörte er auf, zu spielen, und sie ließen ab vom Tanzen. Schnaubend und keuchend krochen sie aus den Dornen und aus dem Moraste hervor; doch hatte einer der Häscher noch die Besonnenheit, den Pfeil und den Vogel versteckt mit sich zu nehmen.

Lachend empfing sie der Bogenschütze, in einem andern Bart und Gewand, nun nicht mehr Jude; es war der leibhafte Zauberer, den sie suchten. Kennt Ihr mich nicht mehr? Bei meiner Tortur wart Ihr doch sehr geschäftig, und heute Morgens hättet ihr gern mich ein Bischen verbrennen helfen. Nun, der Scheiterhaufen steht noch, und Ihr wolltet dem Volk auf morgen das Fest bereiten, das ihm heute verunglückt ist. Wohlan! ich will mit Euch umkehren, wenn Ihr nach meiner Pfeife tanzen wollt? Denn Ihr seid doch gekommen, mich einzuholen? Die Häscher konnten dies nicht läugnen, verbaten sich aber höchlich die Ehre des Vortanzes. Aber, was half's? Der Zauberer griff nach seiner Pfeife, und in dem Augenblick reihten sich die Hände zum Tanz. Zum Glück spielte er diesmal eine lange Polonoise; und so kamen sie mit der halben Angst davon.

Aber als sie den Anger vor dem Städtchen erreicht hatten,

begrüßte der Zauberer freundlich den Halbmeister, der mit seinen Spießgesellen den Scheiterhaufen bewachte. Dieser, froh über die Rückkehr desselben, doch am ganzen Leibe zitternd, traf durch Nicken und Winken, so gut es thunlich war, Anstalten, ihn nicht wieder entwischen zu lassen.

Der Zauberer bestieg den Holzstoß und setzte sich ganz gemächlich auf ihn hin. Die Häscher wurden entlassen, und eilten, so schnell sie ihre müden Füße tragen konnten, in das Städtchen, verkündeten rechts und links die unerhörte Mähre, die Thaten und die Rettung des Vaterlandes. Dann gingen sie, von Tausenden umdrängt, zum Rathhaus, wo der Senat noch versammelt war. Mit lautem Geschrei brachten sie die Klage an über die himmelschreienden Frevel des Bösewichts, der in ihrer Person das hochgebietende Volk beleidigt hatte, und forderten Rache. Sie wurden nach Verdienst gelobt, der Pfeil wurde zu den Akten gelegt, und da es mit der gefänglichen Haft Schwierigkeiten zu haben schien, so wurde beschlossen, den Scheiterhaufen stehenden Fußes anzuzünden; zumal, da in dem Protocoll schon zum voraus die glückliche Verbrennung des Zauberers, als geschehen, auf den Tag eingetragen war, und nach einem alten Gesetz nichts, was einmal geschrieben war, geändert werden durfte.

Und so gingen die drei Rathsherren, von den Konsuln geführt, unter dem Vortritt der Liktoren, die mit brennenden Fackeln bewaffnet waren, dem Scheiterhaufen zu, wartend der Dinge, die da kommen sollten, und begleitet von allem Volk, das noch in der Stadt war.

Als sie dem Thore sich näherten, hörten sie in der Ferne ein jauchzendes Gekreisch, wie von zehn tausend Betrunkenen; und bald, o Wunder! fingen ihre Füße an zu wanken, dann sich zu lüften, und endlich zu hüpfen. Hüpfend traten sie aus dem Thor, und sahen hier einen zahllosen Haufen von Zuschauern, die durch immer neu herzuströmende Schaaren vermehrt wurden, mit der größten Anstrengung um den Scheiterhaufen tanzen.

Oben auf dem Holzstoß stand der Zauberer, nach dessen Pfeife sie tanzten, und trat den Takt. Alles tanzte, was Beine hatte, Kinder und abgelebte Mütterchen, und ehrbare Männer, die nimmer des Tanzens sonst dachten, und Greise und Nonnen, und edle Ritter und Fischweiber im buntesten Gemisch. – Bald feuerte der Zauberer sie an zu deutschen Tänzen, bald zum Walzen; dann ließ er sie wieder verschnaufen, um dann mit erneuerten Kräften schwäbisch oder kosackisch zu tanzen. Der Halbmeister mit seinen Gesellen tanzte auf den Balkenknöpfen des Scheiterhaufens selbst; und Ströme von Schweiß flossen bei jedem Salto mortale herab.

Tanzend nahten sich ihm die Fackelträger, deren Anführer immer rief:

Au weh! au weh! – Hm! sagt' ich's nicht:
Laßt dem Gauner die Pfeife nicht!

Bravo! bravo! rief der Zauberer, als er den Zug mit den Fackeln sah, und machte eine kleine Pause im Spielen, die den Füßen und Magen der Tanzenden sehr erwünscht war. Bravo! nun kommt der Fackeltanz! Frisch! frisch! die Fackelträger voran! und dann jeder nach Stand und Würden! Nun nur noch ein Paar Stündchen, nach der Weise: Als der Großvater die Großmutter nahm, u. s. w. Doch sollt ihr dabei singen:

Au weh! au weh! – Hm! sagt' ich's nicht:
Laßt dem Gauner die Pfeife nicht!

Und in einem Augenblick sangen alle die Tausende, die rings um den Zauberer tanzten:

Au weh! au weh! – Hm! sagt' ich's nicht:
Laßt dem Gauner die Pfeife nicht!

Da Capo! da Capo! rief der Zauberer unaufhörlich. Und alles schrie und tanzte, bis hier Einer, dort zehn vor Ermüdung hinsanken, und doch wieder aufgejagt wurden durch die Tanzwuth.

Vergessen war gefängliche Haft und Verbrennen. Man tanzte, bis es tiefe Nacht war. Und am Morgen – lag Jeder in seinem Bette, und Zauberer und Pfeil und Holzstoß waren verschwunden.

# Der Erzgauner

## Ein Mährchen

Vor vielen Jahren gab es einmal einen Mann, den nannte man nur den Erzgauner, denn mit seinen Zauberkünsten und Gaunereien trieb er's ärger, als alle Zauberer. Es war ihm die meiste Freude, aus einem Reiche ins andere zu gehen, und alle Menschen zu necken, und war keine lebendige Seele sicher vor ihm in Haus und Feld.

Das ärgerte aber den König eines Landes dermaßen, daß er in der Nacht kein Auge zuthun konnte, und er schickte ganze Soldatenhaufen aus, die den Gauner einfangen sollten, aber sie suchten und suchten, wurden in die Fichten geführt, und Alles war für nichts. – Endlich dachte der König: warte nur, du Windbeutel! dann ließ er allerwärts anschlagen: er wollte dem Gauner Gnade widerfahren lassen, wenn er sich am königlichen Hofe einfinden und vor Aller Augen Beispiele seiner Geschicklichkeiten bestehen würde! –

Als nun eines Nachmittags der König am Fenster stand und hinaus schaute über Wiese und Wald, von woher ein gewaltiges Wetter zog, da klopfte es ihm plötzlich auf die Schulter, und als er sich umkehrte, um zu wissen, was es sei, stand da ein gar hoher, starker und bärtiger Mann und sagte: da bin ich. Wer bist du? fragte der König. – Ich bin der, den ihr suchet! – Da erschrak der König nicht wenig über die Dreistigkeit, und weil er ganz allein war, so war er auch ein Bischen verlegen. Das bemerkte der Mann, und sprach zu ihm: seid ohne Sorge, und haltet nur euer gegebenes Wort, und ich will ganz nach eurem Befehl handeln und mich ruhig benehmen.

Darauf meldete der König seiner Gemalin, so wie der ganzen Hofdienerschaft, daß sich der berüchtigte Gaunermann eingefunden habe; und als Alle versammelt waren, sprach der König zu ihm: jetzt merke auf, was ich dir sage, und gehorche meinem Befehl. – Siehst du dort jenen Bauersmann, der nicht weit vom Wald auf dem Feld ackert? Der Zauberer nickte mit dem Kopf. Geh, fuhr der König fort, geh und stehle ihm seine zwei Ochsen am Pflug, ohne daß ers merkt. – Der König dachte heimlich: das ist nicht möglich, wie will ers anfangen? – Und so muß er sich mir ergeben. – Der Gauner entfernte sich. Als das Wetter näher zog, und heftiger Regen niederfiel, da ließ der Bauer den Pflug und die Ochsen ruhen, sprang unter ein Bäumchen ins Trockne, bis der Regen vorübergezogen war. Da hört er auf einmal gar lieblich singen im Wald, wie ers sein Lebtage nicht gehört hatte, es wurde ihm ganz wunderlich dabei zu Muth, und da nun das Wetter nachgelassen hatte, so denkt er: Ei, was für ein Kehlchen! Ja, da muß ich doch einmal nachschleichen, geht also, um sich das Waldvögelchen anzusehen, schleicht immer fort, so weit, bis er endlich im dicksten Walde mit der Nase hängen bleibt, und nun plötzlich das Vögelchen weder zu hören, noch zu sehen ist.

Jetzt springt der Gauner, der das böse Vögelchen gewesen, aus dem Dickicht, reißt den beiden Ochsen die Ohren und die Schweife ab, steckt sie, ein wenig auseinander, in den Erdboden, so, daß sie halb herausschauen, und treibt dann eilig die Ochsen nach dem Schloß zurück. – Endlich kommt der Bauersmann aus dem Wald, sieht sich nach seinen Ochsen um und sieht – nichts. Er reißt die Augen weit von einander, rennt auf dem ganzen Acker umher, und erblickt endlich ihre Ohren und Schweife aus dem Boden hervorragen und denkt, das Donnerwetter habe sie in den Grundboden geschlagen. Jammert also und klagt entsetzlich über sein Unglück, und trostlos entschließt er sich endlich, heim zu gehen, Hacken und Spaten zu langen und die eingesunkenen Thiere wieder auszugraben. Da begegnete ihm der König mit dem Gauner, die fragen ihn, was er so klage und was sich begeben habe. – Ach, meine Ochsen, seufzte der Bauer, und erzählte alsdann umständlich, was ihm begegnet sei, und Beide gehen mit ihm zur Stelle, um das Unglück zu sehen. Da sprach der Gauner zum Bauer: versuche es doch, ob du die Ochsen an den Hörnern nicht aus der Erde ziehen kannst. Alsbald packte der Bauer den Schweif, zog aus Leibeskräften und – da lag er. Nachher ergriff er die Hörner, und jedesmal purzelte er über den Haufen. Das lächerte den König sehr, und da der ehrliche Landmann immer betrübter wurde, so versprach er ihm zwei andere Ochsen. Das war der Bauer zufrieden.

Du hast es ganz gut gemacht, sprach der König, als sie nach dem Schloß zurückkehrten. – Nun aber, fuhr er weiter fort, kommt eine schwere Aufgabe, da nimm dich zusammen. Du sollst mir heute Nacht mein Leibroß aus dem Stalle stehlen, ohne daß es Jemand merkt. – Der König dachte: das geht nicht an; der wird meinen Leuten nimmer entkommen! –

Der König befahl hierauf eine große Zeltwache, wohl an dreißig Mann, an das Marstallthor zu stellen, und die Soldaten hatten alle recht tüchtige Schnurbärte, und mußten jede halbe Stunde: Raus! und: Abgelöst! schreien und den Schloßhof durchstreifen. In dem großen Marstall aber gingen wieder Andere umher. Der Stallmeister ritt selber das Leibroß, und griff jeden Augenblick nach einem Schnippchen Schnupftabak, um sich durch beständiges Niesen munter zu halten; auch hatte er ein geladenes Gewehr in der Hand, damit sollte er den Dieb über den Haufen krachen, so bald er sich sehen ließe. – Der Gauner aber stahl zuerst dem Kammerdiener seine Kleidung und zog sie an. Dann ging er um Mitternacht zu den Wachten, beladen mit allerlei herrlichem Wein, und sprach: der König läßt sich bedanken für euern Diensteifer, der Gauner ist schon eingefangen, jetzt sollt ihr Eins trinken und nicht so laut schreien, die Frau Königin kann ja kein Auge zumachen. – Dann ging er in den Stall, der Stallmeister saß noch und schnupfte auf dem Pferdchen, dem hielt er ein vollgeschenktes Glas entgegen, das perlte goldig. Und der Stallmeister und die Soldaten lachten, und konnten nicht widerstehen, sondern packten ihr Gläschen und ließen sichs wohlschmecken, tranken auch jubelnd auf das Wohl des Königs.

Da fing einer nach dem andern an müde zu werden, gähnte und streckte sich schläfrig auseinander, purzelte oder plumpte dann auf die Erde und schlief ein. Der Stallmeister hielt sich am längsten, endlich aber begann er mit den Augen zu blinzeln, ließ das Umherreiten gut sein und sagte zum Weinschenk: höre, ich bin so unausstehlich schläfrig, nimm mir das Leibrößchen ein Bischen ab und binde es an die Krippe dort; das halte ein Anderer aus! – Auf einmal fiel der dicke Stallmeister wie ein Stück Blei zu Boden und schnarchte überlaut. Da schwang sich der Gauner auf das Pferdchen, gab ihm die Sporn und ritt durch die schlafenden Soldaten fort zum Schloßthor hinaus und pfiff ein Liedchen. –

In aller Frühe eilte der König, der gern wissen wollte, wie die Sache abgelaufen, nach dem Stall, da erblickte er zu seinem argen Schrecken alle Soldaten schlafend auf dem Erdboden, und sein Pferdchen war nirgends zu sehen. Was ist hier vorgegangen? schrie er, wollt ihr aufstehen, ihr Nichtsnutzigen! – Raus, raus! brüllte plötzlich einer, der sich am ersten ermunterte, der König ist da! – Ja, schön, heraus! sagte der König, mein Gäulchen ist freilich heraus. Redet, auf der Stelle, ich verlange Antwort! Während nun einer nach dem andern auftaumelte und sich die Augen rieb, war der König wieder in den Stall gekommen, hatte den schweren Stallmeister gefunden und ihm einige derbe Stöße beigebracht. Der drehte sich auf die andere Seite und murrte schläfrig: laß mich in Ruhe, du Hallunke, meines Königs Rößchen bekommst du in Ewigkeit nicht! – Hallunke? sprach der erzürnte König, siehst du nicht, wer vor dir steht, und mit diesen Worten wollte er schnell seine Dienerschaft herbei rufen, da hörte er es draußen trappen. Es war der Gauner. Er lachte übermäßig und sprach zum König: Herr König, ich bin ein Weilchen auf eurem Leibpferdchen spazieren geritten, ein schönes, munteres Thierchen, und gab ihm Eins mit der Fipsgerte.

Dem König war es ziemlich ärgerlich, daß ihn der Spitzbube abermals hintergangen. Nun aber sann er auf Etwas, darin sollte der Bärenhäuter gewiß zu Schanden werden. Sprach also am andern Tag zu ihm: Nun kommt der dritte Versuch, wenn du diesen bestehst, so soll dir Leben und Freiheit, ja noch eine stattliche Versorgung obendrein geschenkt werden. In dieser Nacht sollst du meiner Gemalin ihren Trauring vom Finger stehlen, ohne daß sie's merkt! Der König dachte heimlich: das ist keineswegs möglich, wie will ers anfangen? Doch wir werden ja sehen. –

Als es Nacht geworden war, ließ der König die Thüren aller Gemächer gut verschließen und überall davor Wachten stellen; er selbst legte sich nicht zu Bett, sondern setzte sich, mit allerlei Waffen versehen, neben dem Ruhebett seiner Gemalin auf einen Stuhl.

Es war mondhelle Nacht. Gegen zwei Uhr Morgens merkte der König, daß eine Leiter ans Fenster gelegt wurde, und alsbald bewegte sichs leise und langsam die Leiter hinauf, und wie's zum Fenster hinein schaute, sagte der König zu sich selbst: schieß zu! und – krach! fiel der Schuß, und der ganze Plunder stürzte vom Fenster wieder in den Hof. Getroffen, sprach der König, eilte schnell zur Thüre hinaus, um, wie er der Königin sagte, nach zu sehen, ob der Zauberer todt im Hofe liege. – Der war aber nicht todt, sondern frisch und wohl; er hatte nur einen Leichnam, den er vom Galgen herabgeholt, an eine Stange gebunden, und so an der Leiter aufwärts geschoben, und auf erfolgten Schuß wieder in den Hof stürzen lassen. – Er gab nun genau Acht, was erfolgen würde, und als er den König auf der Treppe hörte, stieg er schnell die Leiter hinauf zum Fenster hinein, und sprach, in der Stimme des Königs, zur Königin: der ist maustodt! du kannst nun ruhig einschlafen, gieb mir nur deinen Trauring her, damit ich ihn wieder aufhebe, denn im Bett kann er verdorben werden! Die Königin meint, ihr Gemal spreche, giebt also ohne Weiteres den Trauring hin, und im Nu schlüpft der Gauner damit aus dem Zimmer. Gleich darauf kommt der König: den hab' ich aufs rechte Fleckchen getroffen, sprach er, der kommt nimmer wieder, sondern ist und bleibt todt. – Ich weiß es schon, sagte die Königin, du brauchst es mir nicht noch einmal zu sagen, denn sie war ein Bischen verdrüßlich, daß sie den Ring hatte abgeben müssen. Woher weißt du es denn? fragte der König. Von dir selber, antwortete die Königin, du hast es mir ja eben gesagt, ja und hernach hast du den Trauring von mir begehrt. Ich den Trauring? und du hast ihn geradezu hingegeben? fragte der König mit großen Augen. – Da haben wir's! Alle Wetter! Das ist ja der verdammteste Kerl von Ringdieb, der mir je vorgekommen, und errieth die saubre Geschichte.

Und als es hell geworden war, da erschien der flinke Künstler vor dem König und seiner Gemalin, verbeugte sich dreimal und überreichte der Frau Königin den eroberten Ring, der König, so ärgerlich er auch war, begann doch jetzo ein wenig zu lachen, dann sagte er: Höre Spitzbube, ich habe dir nur durch die Finger gesehen, sonst würdest du nicht so gut weggekommen sein. Indessen sei dir Alles vergessen und vergeben. Verweile nur immerhin am königlichen Hofe, aber mache es nicht gar zu toll, ich möchte mich sonst genöthigt sehen, dir meine Gunst und Gnade zu entziehen.

# Die Christburg

Viele Jahre nach der für die deutsche Ordensritterschaft so übel endenden tanneberger Schlacht[1], die beinahe die gänzliche Vertilgung des Ordens herbeiführte, das große, schöne, unweit der Reichsstadt *Danzig* gelegene Schloß Christburg[2] in einen Steinhaufen verwandelte, und so manchen, der damals in hohen Ehren stand, landesflüchtig zu werden zwang, führte der Zufall einen Bettler mit zerrissenen Kleidern in die Nähe der nun so verrufenen Schloßtrümmer; und kühn, nicht achtend auf die mancherlei im Volke umgehenden Sagen, nach denen das Schloß von bösem Geistergeschlecht bewohnt sei, baute er sich hier eine kleine Hütte, worin er sein Leben zu beschließen gedachte. Er durchzog tagtäglich die Gegenden und bettelte, und kam nicht selten mit wohlbeladenem Brotranzen nach seiner Einsiedelei heim.

Schon hatte er Jahrelang in seiner Hütte zugebracht, als er einmal, auf einer seiner einsamen abendlichen Wanderungen nach den christburgischen Trümmern, zwischen den Gesträuchen, welche die alten Mauern umschatteten, das Schimmern eines Lichtes gewahr wurde. Keine Ahnung von etwas Uebernatürlichem kam in seine Seele, und nur die Neugierde machte, daß er blieb und durch eine Oeffnung in die Tiefe hinabschaute.

Er sah in einen weiten, hochgewölbten, gut versehenen Keller, sah auf einer großen Tafel gefüllte Krüge und vollgeschenkte Humpen. Ihn dürstete bei dem lockenden Anblick. Hier ist weder Kellermeister noch Knechte, die dir wehren könnten, sagte er zu sich selbst, und wer auch würde dir ein Labetrunk versagen? – Der Suchende fand bald eine kleine Thüre, an welcher ein Schlüssel war; er öffnete sie, sie führte ihn auf eine schmale Stiege, die sich in einem geräumigen Trinkplatz endigte und sparsam, doch hinlänglich, erleuchtet war. Zur Seite senkten sich andere Treppen noch tiefer hinab, die in eine dicke Dun-

1 Zu Anfang des fünfzehnten Jahrhunderts.
2 Nach einigen Sagen das verfluchte Schloß genannt.

kelheit führten, und ihm Grauen erregten. Vor ihm standen eine Reihe Fässer.

Das Gewölbe war nicht ganz einsam. Ein alter Mann saß an einem Nebentisch und schien zu rechnen. Der Eintretende hielt ihn für den Kellermeister, grüßte ihn, und fragte, ob ihm ein Labetrunk vergönnt sei. –

Ja, antwortete der Mann. Trink! nimm mit, so viel du gemächlich tragen kannst, und komm morgen wieder.

Das milde Anerbieten nahm der Arme an, er labte sich, belud sich dann mit vier Krügen, und beim Weggehn fragte er nochmals, ob er wiederkommen dürfe.

Ja! war die Antwort. Komm, wenn du willst, die Woche siebenmal, nur nicht zweimal an einem Tage. Bist du folgsam, und weißt du zu schweigen, so wird es dein Glück sein.

Der Bettler ging und kam wieder, labte sich, trug davon, und trieb das so sieben Tage, bis er endlich zu merken begann, daß der viele Weingenuß ihm schade. Da fiel ihm ein, die Hälfte seines jedesmaligen Funds in die Stadt zu tragen, und von dem daraus gelös'ten Geld sich Speis und Kleidung zu erkaufen.

Ein Bettler, der Wein verkauft, war den Städtern eine seltsame Erscheinung. Man verlachte ihn, begehrte jedoch davon zu versuchen, erstaunte, nannte den Wein einen Göttertrank, und führte den Verkäufer aufs Stadthaus. Denn für den gemeinen Bürger sei solch Getränk zu gut, dort werde man ihn zu schätzen und zu bezahlen wissen.

Willig folgte der Bettelmann auf das Stadthaus, man leerte seine Krüge, und beredete ihn, mehr zu schaffen, an guter Bezahlung wolle man es nicht fehlen lassen. Als er andern Tags mit einer neuen Ladung kam, erhielt er reichliche Belohnung, so auch die darauf folgenden Tage; doch am fünften fing man an, zu forschen, welches die Quelle sei, aus welcher er schöpfe. Glücklicherweise fiel dem Bettler die anbefohlne Verschwiegenheit ein, und zitternd, man möge ihm mit Gewalt sein Geheimniß entreißen, ließ er seine Krüge im Stich und entfloh so schnell, daß ihm Keiner folgen konnte.

Als er wieder den geheimnißvollen Keller betrat, schien es ihn fast, als wisse der Kellermeister von Allem, was vorgefallen. Hüte dich! sprach er, sie sind auf deiner Spur. Auch haben sie gespäht, aber sie werden nicht wiederkommen.

Man hatte ihn wirklich belauscht, war in seine Fußtapfen getreten, hatte da schöpfen wollen, wo er geschöpft, aber nichts gefunden als Entsetzen und Todesursach. Als die vorwitzigen Forscher, denen schon beim Anblick der übelberüchtigten Trümmer gegraut hatte, den Schloßberg wieder herabeilten, da schwankte ein langes Leichengefolge vor ihnen her, Todesahnung befiel sie, und Beide betraten die Stadt nur, um sich hinzulegen und zu sterben.

Dieses traurige Ereigniß, welchem die Sage noch tausend schreckende Zusätze lieh, gab dem Armen Sicherheit. Er blieb unangefochten in seiner Hütte, holte täglich seinen Wein, trank ihn, und vergaß, daß er ein verachteter Bettler war, und dünkte sich glücklich.

Da gesellte sich eines Tages zu ihm ein alter und lahmer, gleichfalls mit Lumpen umhüllter Mann. Er hatte gleiches Ungemach, wie er, erlitten, und irrte nun obdachlos umher; und Beide vereinigten sich mit einander, in dieser Hütte zu bleiben und gemeinschaftlich ihrem Lebensbedarf nachzugehn. Nun gingen sie täglich aus der Hütte, oft auf verschiedenen Wegen, nach dem Bissen Brot. – Dies dauert so eine geraume Zeit. –

Eines Abends hinkte der Alte, früher als gewöhnlich, mit ziemlichem Brotvorrath der Hütte zu. Da hörte er schon von weitem, daß es darin sehr lebhaft zuging, und im Näherkommen vernahm er eine Stimme, die aus voller Kehle sang; alle Oeffnungen der kleinen Wohnung waren aufgethan, als ob der Jubel weit und breit gehört werden sollte.

Er öffnete die Thür und sah seinen Freund allein mit entzündetem Gesicht auf den Boden sitzen, zwischen seinen Knien einen vollen und einige leere Krüge stehn, die ihm nicht mit Wasser angefüllt zu sein schienen.

Willkommen! tönte es ihm entgegen. Hier setze dich und trink und singe mit mir; ich bin reicher, als alle Kreuzherrn des deutschen Ordens waren.

Verwundert, doch stillschweigend, nahm der Alte Platz und half unter Singen und Jubeln die gefüllten Krüge leeren, bis Jener endlich ermattet in den Schlaf sank. – Ihm dünkte es gar seltsam, wie doch ein solch kostbarer Getrank in die Armenhütte gelangt sei. Woher kommt dieser Vorrath? sprach er zu sich selbst. Dann untersuchte er die Taschen des Schlafenden, betrachtete alles in dem Häuschen, um zur Entzifferung dieses Geheimnisses zu kommen. Vergebens. Am andern Tag, am folgenden und dritten, sah er neu gefüllte Weinkrüge anlangen; aber jeder Versuch, seinem Freund das Geheimniß auszulocken, scheiterte, und stets bekam er zur Antwort: der Kellermeister hat mir verboten, seine Schenke zu nennen.

Dem listigen Alten ließ das keine Ruhe. Als man wieder zusammen saß, und fröhlich zechte, sank er plötzlich zur Erde, schlug im wilden Taumel mit geballter Faust unter die schwankenden Trinkgeschirre, und bedeckte in einem Augenblick die ganze Stelle mit Scherben und fließendem Wein, von welchem der Andere auch nicht ein Tröpfchen retten konnte.

Durch die halbgeschlossenen Augenlieder schauend, gab nun der boshafte Alte auf Alles, was vorging, genau acht. Er sah seinen erzürnten Freund sich erheben, einen verrosteten Schlüssel aus der Tasche ziehen und nach der Thüre eilen, hörte draußen seinen Fluch, weil es schon Nacht sei, erhob sich dann gleichfalls und schlich ihm leise nach. Er verlor ihn bei der falben Dämmerung, die der aufgehende Mond verbreitete, nicht aus den Augen, und ward endlich, nicht ohne Schauern, gewahr, daß sein Weg nach der alten Christburg ging.

Schon stiegen die Trümmer im Mondenlicht vor den Augen des Nachschleichers empor; der wüste Schloßberg war erreicht, die ersten Schritte auf dem schmalen Fußsteig, der sich zwischen Gesträuch hinauf wand, waren gethan.

Da sah er den Weinholer einen Schlüssel in das Schloß einer alten, kleinen Thür stecken, sah durch einige Oeffnungen längs der Mauer ein schwaches Licht schimmern, und da Jener in dem nämlichen Augenblick den Schlüssel zum letztenmal umdrehte, durch die aufgehende Thür einen ähnlichen matten Schein hervorbrechen. Aber der Eintretende hatte nicht sobald die ersten Stufen einer abwärts gehenden Treppe betreten, als die Thüre mit großem Geprassel zuschlug und den Ermel des nachschleichenden Alten, nicht ohne Beschädigung des Arms, einklemmte.

Er stieß einen lauten Schrei aus, und jenseits der Thüre antwortete ein gräßliches Echo. Das Gepolter innerhalb dauerte fort, und glich dem Hinabtaumeln eines Menschen über eine endlose Stiege, und der Alte, welchen ein unnennbares Grauen befiel, ließ seine elende Bekleidung zurück und entfloh mit aller Eile, die ihm möglich war, sah beim Zurückblicken keine Spur mehr von der vorhin bemerkten Beleuchtung, sondern überall tiefe graunvolle Dunkelheit, und gelangte endlich, mehr todt als lebendig, in seine Hütte.

Als mit wiederkommendem Licht das Entsetzen und der Muth wiederkehrte, da entschloß sich der Alte, den geheimnißvollen Ort, wo sein Freund verschwunden, nochmals zu betreten. Er erkannte den Weg, den er ihm nachgeschlichen, ja sogar das Gebüsch, das ihm einen Theil seiner Lumpen entrissen, aber die kleine, niedrige Thür, wo er seinen Ermel zurück lassen mußte, so wie die Oeffnungen, wo das Licht herauf schimmerte, waren verschwunden. Er glaubte irre zu sein, verstieg sich hier und da in den Trümmern, um noch zu finden, was er suchte, aber Alles war vergebens. Er schauerte in sich zurück, fast wie in vergangener Nacht, und floh, so gut ein lahmer Greis fliehen kann, mit dem Entschluß, nie wieder zu kehren.

Ein Jahr war verflossen, der St. Martinitag erschien. Wie damals, und auf derselben Stelle, wo die Gruppe der Humpen gestanden hatte, saß der Alte. Die Mitternacht war herangekommen. Da öffnete sich die Thüre; eine Gestalt trat herein, die er nur halb erkannte, bis sich endlich der Erschrockene emporrichtete und seinem verlorenen Freund entgegenging.

Wie, ists möglich, du bist es? –

Ich bin es, entgegnete der Andre; ich theilte so redlich mit dir, und du warst so unredlich, zertrümmertest meine besten Krüge, und nöthigtest mich, im halben Taumel etwas zu thun, was mir so streng untersagt war. –

Und der Bettler erzählte, wie er in dunkler Unterwelt ein Jahr bei den Geistern verweilt, und, in ihre Geheimnisse eingeweiht, schreckliche Dinge habe erfahren müssen, bis man ihm endlich angekündigt, die Zeit seiner Tage sei verflossen, er müsse nun scheiden, zur Oberwelt wieder hinaufsteigen und verkünden die Dinge, die er gesehen.

***

Beide Bettler sollen einst zum Rath der Stadt Danzig gehört haben, aber durch großes Unglück ihr Eigenthum verloren und zur tiefsten Armuth herabgesunken sein. – Der lahme Alte soll

Thomas Pfennig geheißen, vom Volk sehr gehaßt, und einmal bei einem Aufruhr durch ein Fenster auf die Straße geworfen worden sein, welcher Sturz ihn zum Krüppel gemacht. Von ihm berichtet die Sage, er habe einst in Danzig eine Menge Kupfergeld prägen lassen, welches aber so schlecht gewesen, daß man, dem Münzer zum Spott, das Geld *Pfennige* genannt, welchen Namen es behalten hat bis auf diesen Tag.

# Der Zwerg mit der Nebelkappe

Der Schäfer Jakob fand sein größtes Vergnügen an seinem Dudelsack. Kaum graute der Tag, so dudelte er schon, und er dudelte noch, wenn andre Menschen längst schliefen. Dies Spiel gefiel ihm selbst sehr wohl, aber nicht so andern.

In der Höhle des Berges, auf dem Jakob zu sitzen pflegte, wohnte ein Zwerg, der bei Kindtaufen und Hochzeiten der benachbarten Landleute gern mit Messern und zinnernen Tellern aushalf, und, wo er auf gute Aufnahme rechnen konnte, immer freundlich und also auch gern gesehen war. Diesem Zwerg nun wurde das ewige Dudeln über seinem Kopfe lästig. Er kam daher einst auf den Berg, und bat den Schäfer, sich zu mäßigen. Aber trotzig und mit einem verachtenden Seitenblick auf die kleine Gestalt antwortete Jakob: Was hast du mir zu befehlen? und was kümmert es mich, wenn dir dein Kopf rappelt? Und von dieser Zeit an bearbeitete er seinen Dudelsack noch kläglicher, als zuvor.

Der Zwerg sann auf Rache, verbarg aber seinen Ingrimm unter der Miene der Freundlichkeit, und suchte nach und nach dem Schäfer Rede abzugewinnen. Es gelang ihm bald; denn er lobte den lieblichen Ton seiner Lieder. Allmählig brachte er ihn zu traulichen Gesprächen, erzählte ihm tausend Schnaken, die ihn selbst seinen lieben Dudelsack auf halbe Tage vergessen machten; und endlich lud er ihn zu einer Lustparthie ein, von der er sich und ihm unendlichen Spaß versprach. »Der Jungkherr dort auf jener Burg«, sprach er, »macht morgen Hochzeit; der wollte mich einst mit Hunden von seinem Hofe hetzen, als ich seinem Knecht bei dem Kindtaufschmause einige Schüsseln zutrug. Da sind alle die Leute bei einander, die hier im Lande so hoch auf unsers Gleichen herabsehen. Da wollen wir hin, und ihnen die Freude ein bischen versalzen. Hier, Jakob, hast du eine Nebelkappe; wenn du die aufsetzest, kann dich kein Mensch sehen, ob du gleich alles siehest. Versuche zu Haus das Kunststück, und alles Andere überlaß mir. Nur deinen Sack da fege recht aus; ich denke, du sollst ihn mit etwas Besserm füllen.«

Jakob nahm die wundervolle Mütze von dem Zwerg, und machte, noch ehe er sein Haus erreichte, den Versuch, anfangs mit zitternder Hand. Und siehe da! die Schafe stießen an ihn an, und keins seiner Kinder konnte ihn finden, wenn er rufte, und dabei die Kappe auf dem Kopfe hatte. Nun folgte er blindlings der Leitung des Zwerges.

Den folgenden Tag gingen Jakob und der Zwerg mit Nebelkappen auf dem Kopfe, und zwei wohl ausgefegten Ranzen unter den Armen, nach der Burg des gestrengen Jungkherrn. Während der Trauung stellten sie sich beide auf die große runde Tafel, in die Gegend, wo das Brautpaar und die vornehmen Gäste sitzen sollten; und der Zwerg unterrichtete den kichernden Schäfer in dem, was er zu thun hatte.

Eine Stunde nachher trat die steifgeputzte Gesellschaft paarweis in den Saal, und jeder nahm, nach Stand und Würden, die ihm ein Lohnknecht ins Ohr schrie, seinen angewiesenen Platz ein, ohne zu ahnden, daß schon Gäste da waren.

Und nun begann das verabredete Spiel. Der unsichtbare Zwerg zog der Braut die Haarnadeln aus, die den Kranz befestigten, und Jakob stieß dem Koch eine große Schüssel aus der Hand, daß viele fluchende Gäste überströmt wurden. Unterdeß fiel der Brautkranz herab. Eine böse Vorbedeutung! die schon die Augenbrauen der alternden Frauen zusammenzog, und unter den sich jünger fühlenden lautes Zischeln erregte. – Nun folgte eine ziemliche Pause, in welcher jeder der Gäste, die Zeit des Gesprächs von den gefüllten Pokälen erwartend, seine Kinnladen zu wichtigerer Arbeit in Bewegung setzte.

Aber hilf Himmel! wie ward allen hohen Gästen, als bei dem zweiten Gang sie die Hände ausstreckten nach den leckerbereiteten Speisen! – Kaum befand sich der Bissen auf der Gabel, oder näherte sich dem Munde – husch! holte diesem der Zwerg, jenem Jakob ihn weg; und dann steckten sie allgemach, innerlich lachend, die großen aufgethürmten Fleischstücke in die nicht gesehenen Ranzen. Die Augen der Gäste wurden immer runder, und die Gesichter verlängerten sich zusehends. Eine fürchterliche Stille herrschte in dem ganzen Saale, wie um Mitternacht auf dem Kirchhofe. Schon längst ruhten Messer und Mäuler. Jeder starrte den andern an. – Und nun sahen sie eine Weinflasche nach der andern, einen silbernen Becher nach dem andern vom Tische verschwinden, und sahen doch keinen, der es nahm. Nun fingen die Haare auf den Köpfen an sich immer höher und höher aufzusträuben. – Ueberall Todesstille. Nur hörte man hier und da das Zusammenschlagen der Knie und ein dumpfes Klappen der Zähne.

Schon gedachten die zitternden Gäste daran sich fortzuschleichen aus dem verwünschten Gemach, oder sich unter den Tisch zu verkriechen, und, als ob es verabredet sei, beugten sich hierzu in einem Augenblick unwillkührlich die Knie der meisten. – Da riß der Zwerg plötzlich dem niederhuckenden Schäfer die Nebelkappe von dem Kopfe; und nun saß er da, in der sonderbarsten Stellung, vor Aller Augen, jeden Arm auf einen hochgefüllten Ranzen gestützt.

Mit einem Male verwandelte sich die Todesstille in das entsetzlichste Geschrei. Jeder Arm und jeder Mund kam nun wieder in Bewegung. Unter tausend Verwünschungen wurde Jakob, der seinen Kopf hing wie ein Schilf, fortgeschleppt zu dem finstern Gefängniß, wo Molche und Schlangen hauseten, um da bei seinem ausgeleerten Ranzen zu hungern.

Jetzt sollte er herabgelassen werden in das furchtbare Burgverließ. Und die Hochzeitgäste standen, hohnlachend und vor Freude trippelnd, um den zappelnden Jakob her. – Siehe, da nähert sich der unsichtbare Zwerg dem halbtodten Schäfer, setzt ihm die Nebelkappe wieder auf, und – im Hui ist der Schäfer verschwunden.

Alle die Gäste standen da wie in Stein verwandelt, mit weit offnem Munde, ellenlangem Gesicht und Nase. So standen sie bei einer Stunde lang, ohne des Essens zu denken, noch des ersehnten Trinkens, noch des erlernten Scherzes über den Brautkranz.

Und noch ständen sie wol da, hätte der Zwerg nicht auf ein Paar Augenblicke seine Nebelkappe abgenommen, und sich ihnen in seiner wahren Gestalt gezeigt. Nun, rief er, hetzt ihr mich doch nicht wieder mit den Hunden vom Hofe! Und du, Jakob, legst künftig deinen Dudelsack weg, wenn ich dich bitte. So sprach der Zwerg und verschwand.

Alle Gäste stolperten, oder stürzten oder krochen aus dem Hause, wo das Ungethüm umging.

# Michael Kohlhaas

Kohlhaasen-Brücke, eine kleine, über die in den Griebnitzsee fallende Böke (Bach) oder Telle gehende Brücke, hat ihren Namen von Hanns Kohlhaas, einem angesehenen Bürger aus Kölln-Berlin, der besonders mit Vieh und Pferden handelte. Da ihm um 1530 bei seinem Handelsstreit über Pferde mit einem sächsischen Edelmann der Churfürst von Sachsen, seiner Meinung nach, nicht Recht hatte widerfahren lassen, so entsagte er, nach damaligem Gebrauch, dem Churfürsten durch einen Fehdebrief, und griff die sächsischen Unterthanen an, nahm sonderlich einen Seidenkrämer, Georg Reiche, gefangen, und hielt ihn fest in seinem Hause an der krummen Spree, auf dem köpenickschen Werder. Er machte sich so furchtbar, daß der Churfürst von Sachsen zu Jüterbogk einen Tag ansetzte, und seine Räthe dahin absandte, um sich mit Kohlhaas zu vertragen, der auf diesen Tag mit zwanzig Pferden erschien und den Vertrag schloß. Da aber die Sachsen denselben, wie er sagte, nicht hielten, so entsagte er dem Churfürsten aufs neue, und obgleich Doktor Luther an Kohlhaas schrieb, ihn abzumahnen, so that er den Sachsen vielen Schaden, plünderte viele Dörfer an der Grenze und verbrannte das Städtchen *Zahne* im Churkreise. Der Churfürst von Brandenburg, Joachim II., und der Erzbischof von Magdeburg gaben ihm hierbei Schutz und sicheres Geleit. Endlich brachte es der Churfürst von Sachsen dahin, daß dies aufgehoben wurde. Dafür beraubte nun Kohlhaas den brandenburgischen Faktor Konrad Draziger der Silberkuchen, die er im Mannsfeld- und Stollbergischen für den Churfürsten gekauft hatte, nicht, um dies Silber zu behalten, sondern seinen Landesherrn zu zwingen, ihm wieder Schutz zu geben. Er versenkte es daher unter der Brücke, die seitdem seinen Namen erhalten hat, in die Böke. Der darüber äußerst entrüstete Churfürst befahl Meister Hannsen, dem Scharfrichter, einem ausbündigen *Schwarzkünstler*, Kohlhaas mit seiner Gesellschaft nach Berlin zu zaubern. Kohlhaas ließ sich wirklich in Berlin betreten, und ward auf dem Nikolai-Kirchhof beim Küster gefangen genommen.

Am Montage nach Palmarum 1540 ward ein Gerichtstag angesetzt, wo ihm der Churfürst durch seinen Anwalt anklagte, und Kohlhaas sich drei Stunden lang mit großer Beredtsamkeit und allgemeinem Beifall vertheidigte. Weil aber der Churfürst sehr erbittert war, so ward Kohlhaas zum Rade verdammt. Der Körper blutete viele Tage, welches man damals für ein Zeichen der Unschuld hielt, und dem Churfürsten soll nachher das Urtheil sehr gereuet haben.

# Sage vom Espenbaum

Als Christus einst über Berg und Thal reiste, und die Kranken heilte, kam er durch einen Wald, da erkannten ihn die Bäume und neigten sich vor ihm zu Boden. Nur die *Espe* blieb aufrecht stehen. Da sprach Christus: du sollst dich von nun an ewig mit allen deinen Zweigen bewegen, und im lindesten Wetter sollen deine Blätter nicht ruhig bleiben! – Seitdem hat dieser Baum nicht Ruhe und seine Blätter flistern und zittern bis zum jüngsten Tag.

# Die Goldkohlen

Nicht weit von Tharand bei Dresden liegen in einem Wald etliche Ueberbleibsel eines alten Schlosses, in dessen Grundtiefen große, wunderbare Schätze an Gold und edlen Steinen verborgen ruhn. Zuweilen fanden Nahrung suchende Menschen einige Oeffnungen, die zur dunkeln Schloßtiefe leiteten, sie gingen hindurch, und ein uralter Mann, der ehemalige Wärter der Burg, begegnete ihnen, führte sie hinab in ein lichthelles Gewölbe, zeigte ihnen Alles und beschenkte sie von dem hier aufgeschichteten Gold. –

So ging es auch, der Sage nach, einem armen Spielmann aus der Umgegend. Spielend zog er einmal durch den Wald, und die Nacht überraschte ihn, ehe er sein Häuschen erreichte. O wäre ich doch einmal so glücklich, sprach er, den geheimen Schloßgrund offen zu sehen, wo so viel Reichthum beisammen liegen soll, oder ein gutes Bergmännchen käme und führte mich hinein, wollte mir ein Weniges ausbitten, ich armer Mann. – Da faßte ihn plötzlich eine Hand, hieß ihn nachfolgen durch viel wildes Steinwerk, immer tiefer abwärts einen langen Weg. Muthvoll folgte der Spieler, bis er sich endlich in einem schönen erhellten Gemach befand, wo einige Greise an einem Tischchen saßen und nicht sprachen.

Der alte Führer zeigte stillschweigend auf das hellglühende Gold am Boden und auf Bänken, griff dann eine Hand voll Kohlen, und steckte sie dem Spielmann in sein Ränzchen über den Schultern, und nöthigte ihn wieder zu gehen, und alsbald befand er sich im Wald, wo der Mond schien. Dem Alten dankend ging er heim und legte die nicht mehr glänzenden Kohlen in eine Ecke seiner Stube; und groß war seine Freude, als er am hellen Tag statt der schwarzen Kohlen lauter Goldstücke sah, und nun ein glücklicher Spielmann war.

# Der graue Mönch

Man erzählt von einem im Schloß zu *Dresden* sich zeigenden Mönch. Einige nennen ihn den grauen, Andere den braunen Mönch. –

Vor vielen Jahren ließ sich im Schloß ein Mönch sehen, nicht groß von Gestalt, still und friedsam, und that keinem Menschen ein Leid; nur die, welche ihn neckten, bestrafte er. Der Kurfürst schickte einmal Jemand nach einem Zimmer, daselbst etwas zu holen. Da siehet der Abgeschickte den grauen Mönch am Tisch sitzen und schreiben; erschrocken eilt er zurück und meldet dem Kurfürsten, was er gesehen. Der Kurfürst geht alsbald in Begleitung an den Ort, und sieht ebenfalls den Mönch schreibend am Tisch sitzen. Er tritt ihm näher und fragt ihn: Was machst du hier? – Ich schreibe deine Sünden auf! Hat dir Gott die Macht dazu gegeben, fuhr der Fürst fort, so schreibe immerhin. – Darauf begab er sich, ohne andre Fragen zu thun, aus dem Zimmer.

# Das redende Marienbild

Im Dom zu *Speier* sieht man, von der Thüre bis zum Chor, *vier* runde, eherne Platten, etwas von einander im Boden liegend, worauf steht: O barmherzige, o fromme, o glückselige Maria! Die letzte Platte ist nicht weit entfernt von einem Marienbild.

Als einmal der heilige Bernhardus die Messe versäumt und beim Wiederkommen die Kirche mit vier starken Schritten betreten, wobei er die in die Platten eingegrabenen Worte ausgesprochen hat, soll bei Nennung des Namens Maria! das Bild gesprochen haben: sei gegrüßet, Bernhard, woher so spät? – Worauf dieser geantwortet: Das Weib soll in der Gemeinde schweigen! Nach dieser Zeit soll das Marienbild nicht mehr gesprochen haben.

# Die drei Linden

Auf dem heiligen Geist-Kirchhof zu Berlin standen vor vielen Jahren drei große Linden, der Brüder Linden genannt, welche sich über den Kirchhof verbreiteten; unter ihnen wurde oftmals Gottesdienst gehalten.

Von diesen Bäumen erzählt man folgendes: Einst, in einem Volksauflauf, wurde ein angesehener Mann der Stadt plötzlich ermordet, und der Thäter war nirgends auszumitteln. Da fiel der Verdacht auf drei Brüder, von denen man wußte, daß sie mit dem Ermordeten in nicht friedlichem Verhältniß gestanden. Als nun die Geschwister zum Tode verurtheilt wurden, ließen sie drei Linden verkehrt in die Erde pflanzen, damit, wenn solche gedeihen würden, man hieraus ihre Unschuld erkennen werde. – Die Lindenstämme wuchsen nach ihrem Tode, und alljährlich, immer größer und schöner, thaten sich ihre Zweige auseinander.

# Von mordenden Todten

Im Jahr 1617 hat es sich zugetragen, daß ein ehrbarer Bürger, der auf dem Kirchhof zu *Eyenschitz* in Mähren begraben ward, immer in der Nacht aus seinem Grabe aufgestanden ist, und Menschen ermordet hat. Sein Sterbekleid zog er jedesmal aus, und beim Zurückkehren wieder an. Als einstmalen die Wächter auf dem Thurm dieses sahen, nahmen sie ihm den Kittel weg. Da er nun wieder zum Grabe kam, und sein Kleid nicht fand, rufte er den Wächtern zu, sie sollten ihm das Kleid geben, oder er würde sie erwürgen; worauf sie es hingegeben. Bald darauf wurde der Mann ausgegraben und in Stücke zerhauen. Da hörte sein Wandern auf. Denn als er aus dem Grabe genommen wurde, sprach er: sie hätten nun das Rechte getroffen; hätte man sein Weib todt zu ihm gelegt, so hätten sie Beide die halbe Stadt ermordet. Der Henker zog ihm einen langen zerbissenen Schleier aus dem Mund, welchen er dem Weibe vom Kopf gerissen hatte.

***

Im Jahr 1567 lebte Stephan *Hübner*, ein Einwohner zu *Trautenau* in Böhmen, in so großem Glück, daß er sich herrliche Gebäude errichten ließ und überall nur der reiche Hübner genannt wurde. Endlich starb er, und wurde prachtvoll begraben. Kurz darauf ließ er sich sehen, herzte viele Leute, umfing sie und drückte sie so hart, daß sie theils daran starben oder erkrankten. Da wurde von den Gerichten geurtheilt, daß der Todte ein Teufelswesen sei, und der Henker beauftragt, den Leichnam aus der Erde zu graben. Es geschah, man brachte ihn unter den Galgen und hieb ihm den Kopf ab. Da sprang das Blut, wie auch aus der Brust heraus, obschon er über fünf Monate im Grabe zugebracht. Er wurde im Beisein vieler Menschen verbrannt.

***

1337 ward ein Hirte eine Meile von der Stadt *Kadan* in Böhmen begraben. Derselbe stand jede Nacht auf, ging in die Dörfer, erschreckte das Volk, redet mit den Menschen, als ob er lebe, und mordete mehrere. Derjenige, welchen er mit Namen nannte, ist nach wenigen Tagen gestorben. Die Nachbarn schlugen ihm einen Pfahl durch den Leib, dessen er aber nur gelacht und gesprochen: ihr glaubt mir dadurch den Tod zuzufügen, und gebt mir einen Stecken in die Hand, damit ich mich desto besser wehren kann. Als er endlich von zwei Henkern verbrannt wurde, zog er die Füße an sich, und gab ein thierisches Gestöhne von sich. Als man ihn in die Seite stach, rann das Blut heraus. Dann kam er nicht wieder.

***

Das Weib eines Haffners in dem böhmischen Städtchen *Levin* ist im Jahr 1545 eines jählingen Todes gestorben, und auf einen Scheideweg begraben worden. Darauf ist sie vielen Menschen erschienen in Gestalt wilder Thiere und hat Einige umgebracht. Als man sie ausgegraben, hat sie den Schleier, womit ihr das Haupt verbunden gewesen, im Hals gehabt. Es war voll Blut. Man schlug ihr einen eichenen Pfahl in die Brust, sie riß ihn aber heraus, und tödtete noch mehrere Leute. Endlich ward ihr Leichnam sammt dem Pfahl verbrannt, und die Asche ins Grab gelegt. Da hörte alles auf. Aber an dem Orte, wo man das Weib verbrannte, hat man etliche Tage hinter einander einen Windwirbel gesehen.

# Sagen vom Teufel

Auf dem *Rammelsberg*, nahe bei *Goslar*, trifft man unter andern Silbergruben eine alte verlegene Höhle an, welche die Teufelsgrube heißt. Vor diesem besaß der Teufel diese Höhle, trieb sein Wesen darin, und erlegte wöchentlich sein Geld dafür. Als aber einst die Bergleute das Erz nicht recht mit dem Teufel getheilt hatten, hat dieser die ganze Grube über den Haufen geworfen. Von ihm hat sie bis zum heutigen Tag ihren Namen behalten.

***

Bei dem Städtchen *Saarmund*, unweit *Potsdam*, erhebt sich ein Berg, worauf sich ein See befindet. Der Berg heißt der *Teufelsberg*. Man erzählt folgende Sage.

Der Teufel stritt einst mit einem Fürsten des Landes um einen kleinen Strich Land. Endlich wollte der Fürst unter einer Bedingung ihm das Ländchen überlassen, nämlich: auf der Höhe des Berges, dicht am See, sollte er in einer Nacht, ehe der Morgen komme, ein Schloß erbauen. Das war der Teufel zufrieden; allein der kluge Fürst suchte ihn in seinem Unternehmen zu stören, so daß er nicht damit zu Ende kommen konnte, und die Arbeit vor Tagesanbruch unvollendet blieb. Erboßt stieß der Böse das Gebäude in den Bergsee. Darin liegt es noch jetzt. Bei hellem Wetter sieht man die Balken und Säulen des Schlosses aus dem Wasser schimmern.

***

In der St. Jakobi-Kirche zu *Stettin* zeigt man unweit der Orgel einen *Stein* mit den Fußtapfen, die, der alten Volkssage nach, der Teufel durch einen Sprung darin soll abgebildet haben.

***

Im Jahr 1649 haben Etliche in einem gräflichen Ort in der Schweiz einen *Spielmann* bestellt, der ihnen Nachts bei einem angestellten Tanz Musik machen sollte, welches der Spielmann zu thun versprochen, wofern sie ihn zur bestimmten Stunde, nämlich um neun Uhr, abholen wollten. Der Mann ward zur selbigen Stunde auf das gräfliche Schloß geführt, wo er in einem schönen Saal gespielt. Nachdem er nun ziemlich lange aufgestrichen, und niemand ihm einen Trunk geboten, sagt er endlich: den Bauern ist gut geigen, gebt doch dem Spielmann auch etwas zu trinken! Sobald er solches geredet, kommt Einer und beut ihm einen schönen silbernen Becher voll Wein. Den setzt der Geigenmann an, trinkt ihn halb aus und spricht: gesegne dich Gott, wie ist das ein guter Wein! Dies hatte er kaum ausgesprochen, als sogleich Alles verschwunden, und er selbigen Orts auf dem Galgen sich sitzend gefunden, bei welchem wenige Tage zuvor etliche Unholde verbrannt worden. Er hatte noch den silbernen Becher in der Hand, leerte ihn vollends aus, schob ihn in den Sack, stieg herunter, ging heim mit Schrecken und legte sich schlafen. Als er andern Tages den Trinkbecher besah, fand sich's, daß derselbe mit dem Hauszeichen eines vornehmen Mannes bezeichnet war. Weil ihn aber Niemand begehrte, so verblieb er sein eigen.

***

Nicht weit vom Nikolaithor zu Breslau steht ein Stein, der *Hahnenstein* sonst genannt, auf dessen einen Seite ein Kreuz, auf der andern ein eilender Reiter und auf der dritten ein Hahn zu sehen sind. Davon hat man folgende Volkssage:

Vor vielen Jahren lebten in der Stadt Breslau zwei Neuvermählte. Am erzbischöflichen Hofe aber hielt sich ein vornehmer Ritter auf, dessen eifrigstes Streben dahin ging, sich die Gunst der jungen schönen Frau zu erwerben; da aber alle seine Bemühungen vergeblich waren, so suchte er es dahin zu bringen, daß der Ehegatte in wichtiger Angelegenheit in ein fremdes Land reisen mußte.

Als sich die Liebenden letzten, da sprach der Gatte, indem er ein goldenes Kreuzchen hervorzog: Sieh, dieses goldene Kreuz, meine Geliebte, wenn du es jemals in der Hand eines Andern erblickst, so sei versichert, daß ich nicht mehr am Leben, sondern gestorben bin; und verließ sie.

Das Alles aber hatte der Ritter erfahren, und plötzlich ward unterwegs der Abgesandte gefangen genommen und in einen finstern Behälter geworfen. Hier ließ ihm der Ritter das goldene Kreuz nehmen und zeigte es der jungen Gattin. Da ward sie sehr betrübt über ihres Mannes Tod, und trauerte jahrelang um ihn, bis sie sich endlich genöthigt sah, dem Ritter ihre Hand zu reichen.

Unterweilen lag der Gefangene in höchster Verzweiflung, elend und krank, in seiner Grube, und als er einmal laut aufschrie: ach, wie gern wollte ich mein Leben hingeben, wenn ich nur noch einmal bei meiner Gattin in Breslau wäre! da erschien plötzlich der Teufel im Gefängniß und sprach: willst du mir dein Leben übergeben, so gelobe ich dir, dich vor dem ersten Hahngeschrei in die Stadt zu bringen.

Das hat endlich der Verzweifelnde zugegeben, und im Braus begann die Reise. Aber auf halbem Wege erschien ein Diener des Teufels, und fragte, was er habe und wohin er eile. Da hat sich der Meister mit Antworten zu lange verweilt, denn als er in die Nähe des Nikolaischen Thores kam, flog aus einem nahen Häuschen laut krähend ein großer Hahn herbei, und in vollem Zorn nahm der Teufel seinen Rückweg. Der Glückliche fand seine reuige Gattin; ihr aufgedrungener Gemahl aber soll späterhin in die Klauen des Bösen gerathen sein.

***

Unweit der Stadt *Nikolaiken* in Ostpreußen liegen in dem großen, von Wald umschlossenen, Spirdingsee zwei Inseln, wovon die eine der *Teufelsberg* genannt wird.

Das Volk sagt, daß ehedem hier der Teufel gehauset, die Schiffe geneckt und viele Menschen in seine heimlichen Gewölbe gezogen habe. Zu manchen Zeiten im Jahr hört man die bösen Geister schreckliches Getöse verführen, als ob der Berg versinken wolle; auch brause das Seewasser in wilden Wellen auf, und noch jetzt nahe sich Keiner diesem berüchtigten Ort. – Im siebenjährigen Kriege erbaute man hier eine kleine Festung, doch späterhin fand man für gut, sie wieder einzureißen und das Baugeräthe hinweg zu schaffen.

***

In der Kirche St. Pauli und Petri zu *Prag* liegt eine in drei Stücke zerbrochene marmorne Säule, welche, der Sage nach, vom Teufel aus Zorn dahin geworfen.

Ein Priester dieser Kirche machte mit dem Bösen die Bedingung, er wolle sich ihm ergeben, wenn er während der Zeit, als er in der Kirche die Messe lesen würde, eine Säule aus der Maria-Kirche zu Rom brechen und bringen wollte. Der Teufel säumte nicht, kam aber etwas später zurück und schlug die Säule in Stücke. – Noch jetzt sieht man in der Maria-Kirche zu Rom auf einer Seite einen Pfeiler weniger, als auf der andern.

# Volkssagen der Deutschen
1838

# Die Wildenburg

Im Canton Sanct Gallen, am Wege nach Gambs hinaus, liegen einsam, von den schönsten Tannenbäumen umzäunt, in deren Gipfeln die Raben hausen, auf würfelförmigem Kalkfelsen die Ueberreste der Burg Wildenburg, aus welcher ein viereckiger, etliche dreißig Fuß hoher Thurm hervorragt.

Die uralte Sage erzählt, daß auf Wildenburg ungeheure Schätze in Schutt und Sand verborgen liegen, welche von zehn der häßlichsten Kobolde und Gnomen gehütet werden.

Diese bösen Geister sollen die Zwingherren sein, welche zum Schrecken des Volks auf der wilden Burg wohnten, und die nun zur ewigen Strafe, Tyrannen zur warnenden Lehre, in den schrecklichsten Gestalten ihr zusammengestohlenes Gut Tag und Nacht bewachen müssen.

Um Mitternacht, wenn kein Sternchen glimmt, kriechen sie aus ihren Höhlen hervor, springen umher, leuchtend wie Irrwische, raufen sich in den Haaren und toben und heulen, daß es den Leuten in der Nachbarschaft durch Mark und Bein geht und die Alpen erschüttert. Zu gewissen Zeiten ändern sie die Gestalt. Das eine dieser Ungeheuer ist jung und frisch, das andere alt und kränklich, und ein drittes schwarz. Bald erscheinen sie als Riesen, bald als Zwerge mit Höckern, zuweilen als Hunde, Katzen, Schweine und Böcke. Wenn die Quatember- oder andere heilige Zeiten nahen, spuken sie in der Gegend weit umher.

Dem wildenberger See entlang, worin schon mancher Berggeist umkam, wandelt eine alte Matrone, welche, wird sie Jemand gewahr, eifrig die Hände reibt und klagt und winselt. Dem Wanderer nahe, rümpft sie die Nase, durch deren allmälige Verlängerung ein enormer Rüssel sich bildet, womit sie nach Beute hascht. Glücklich wer dann im Schleier der Nacht Schutz und Rettung findet.

Weiter stößt man auf einen gewaltigen Mann, mit großem breitgerändertem Hut und gehüllt in eine schwarze Kutte; endlich sieht man mitten auf dem Wege ein Ungethüm mit Zigeunerbart und Räuberblick.

Diese Ungeheuer leben zusammen in ewigem Hader. Tritt einmal ein ruhiger Augenblick ein, so sitzen sie um ihre großen Kessel, und zählen schäkernd ihr Gold. Plötzlich werfen sie dann Alles wieder hin, sich selbst mit geballten Fäusten schlagend, und so quälen sie sich, bis endlich die ausgestandene Pein ihre verübten Grausamkeiten sühnen wird.

Nach ihren Schätzen waren schon Manche lüstern, aber von den Eingebornen hat keiner das Herz, sich mit den mächtigen Gnomen zu schlagen, die an der eisernen Pforte der grauenvollen Gewölbe strenge Wache halten.

Da geschah es, daß aus den Laguneninseln des adriatischen Meeres viele Menschen auswanderten, und sich in allen Winkeln der Erde zerstreuten. In Wildhaus, einem Dorfe, unweit der Burg, kannte man sie unter den Namen »Venediger«, und sie wurden als Hexenmeister und Tausendkünstler geehrt und gefürchtet.

Ein Solcher hatte auch Lust, die häßlichen Geizhälse in der Burg zu plündern, sann aber vorerst auf ein Mittel, wie er sie wohl blenden könnte. Nach langem Grübeln beschloß er, die Ungeheuer mit der sogenannten »weißen Ziegenkrautblume« zu bannen, welche jedoch äußerst selten gefunden wird. Unermüdlich durchstrich er die höchsten Alpen, bis er sie endlich entdeckte.

Nun machte er sich muthig auf den Weg zur berüchtigten Höhle. Beim wildenburger See stieg er in den unterirdischen Gang hinab, der vor Zeiten in die Burg führte, und nach wenigen Minuten stand er an einer großen eisernen, mit schweren Barren kreuzweise befestigten Thür, die sich ihm auf die Berührung der Zauberpflanze krachend öffnete. Und er betrat eine finstere Felsenkammer, die nur zuweilen vom Glanze des Goldes, wie von einer Wetterleuchte feurig erhellt wurde.

Furchtlos und ohne Zaudern legte er nun Hand ans Werk, raffte von den zahllosen Goldklumpen, die an den Wänden herumlagen, so viel er tragen konnte, zusammen, und versprach sich schon zum Voraus, recht bald wieder zu kommen, als ihn auf einmal, da er eben gehen wollte, mit leisem Wimmern ein unsichtbares Wesen umschwebte, und ihm vernehmlich die Mahnung zuflüsterte:

Laß's Best' nicht liegen! Laß's Best' nicht liegen.

Darob erschrak der goldgierige Mann. Dem wohlmeinenden Rathe gehorchend, besah er seine reiche Beute noch einmal, und eilte dann schaudernd von dannen. Erst nachdem sich die Thür unter Donnergetöse geschlossen, bemerkte er, daß er das Beste vergessen hatte: die weiße Ziegenkrautblume.

Von nun an wagte sich Niemand mehr dahin, lieber grub man sich Gold im Gebirge, dessen Eingeweide an diesem köstlichen Metalle so reich gewesen sein soll, daß einst ein anderer Venediger, der durch seine Zaubereien das Leben verwirkt hatte, eine goldne Kette um die Stadt Lichtensteig zu schmieden versprach, wenn er begnadigt würde. Ob er es gethan, oder was aus ihm geworden, wird nicht weiter erzählt.

Ueber den Sturz der Wildenburg, welchen das Volk im Kampfe für Freiheit gegen die letzten Vögte errungen haben will, meldet noch heute die Sage Folgendes.

Bis ins fünfzehnte Jahrhundert lebten und webten, bald streng, bald mild, dort auf sicherm Felsenthrone, wo wilde Kobolde jetzt hausen, adliche Herren. Diese führten ein wahrhaft freiherrliches Leben, nur der eigenen Willkür folgend. Ein Haus hatten sie, das war größer, fester und reicher ausgeschmückt als der Grafensitz Werdenberg unten am Rheinstrome. Was die Kunst damals Köstliches spendete, prangte in goldnem Schimmer in den Sälen, was den Gaumen gelüstete, wurde in der weiten Küche stündlich zubereitet. Unter der Menge der ausgesuchtesten Speisen und Getränke bogen sich die Tische. Von Arbeiten wußten die Herren nichts; gab es etwas zu thun, so wurden die Hirten oder Sennen dazu gebraucht. Selbst ihre Knechte hatten es besser, als der Pfarrer oder Ammann im Dorfe. Damals gab es noch Bären und Wölfe genug, Gemsen traf man in ganzen Herden an. Wollten die Herren nur jagen, so riefen ihre Hörner die Hirten vor die Burg. Dann zogen sie aus, die Doggen und Windhunde voraus, hintennach die Jäger zu Fuß oder zu Pferd, mit dem Hirtentroß die ganze Gegend, Alpen und Wälder durchstreifend. Kamen sie einem Wolf, Bären oder einer Gemsenschaar auf die Spur, mußten die Hirten springend und schwitzend sie in eine Waldecke zusammentreiben, damit sie die Jäger bequem schießen konnten. Erst Abends spät, wenn der Schimmer der untergegangenen Sonne an den kahlen Wänden im Westen längst erbleicht war, ertönten die Hörner zur Rückkehr. So mußten die armen Menschen, ärger als die Hunde, den adlichen Herren auf der Wildenburg dienen. Doch meinten diese es noch christlicher mit ihnen als ihre Nachfolger.

Die Herren auf der Wildenburg starben aus, und es kamen auf ihren kühnen Felsensitz wilde Vögte, wahre Tyrannen. Die hätten auch gern in Saus und Braus gelebt, weil ihnen aber die Mittel dazu fehlten, halfen sie sich durch Raub, der manche Sennen in große Noth brachte. Des Tages sandten sie ihre Knechte in die Ställe, auf die Weiden und Alpen, wo sie Ochsen, Kühe, Rinder, oder Butter und Käse mitnahmen. Ließ einmal ein furchtloser Mann einem solchen Diebe seine starken Knochen fühlen, so fand er im finstern Kerker den Tod. Wußten sie irgendwo eine hübsche Sennentochter, die führten sie gewaltsam auf ihre Burg, wobei sie auf ihren Zügen, die sie regelmäßig alle Nächte wiederholten, raubten, was sie fanden. Noch erinnert der Wald über der Simmi, der »blutlose« genannt, an manche Verbrechen, die dort von ihnen verübt wurden.

Lange litten so die wildenburger Unterthanen alles Ungemach mit sklavischer Unterwerfung. Als aber die Gräuelthaten sich immer mehr häuften, die Mißhandelten keine Linderung ihres traurigen Zustandes voraussahen, und da sie überdem wußten, wie so häufig schon freie Männer zur Rettung persönlicher Freiheit solche Zwinghäuser ungestraft überrumpelt und die Zwingherren daselbst gemordet hatten, da wurde die Lust nach Rache reger in ihrer Brust. Sie schwuren den Tyrannen und ihrem Höllenneste den Untergang.

In einer finstern Nacht, als diese, keine Gefahr ahnend, auf Raub auszogen, stellte sich eine Schaar in den Burgwald auf die Lauer. Plötzlich fiel sie aus ihrem Hinterhalt und erschlug jene, nach kurzem blutigem Kampfe.

Jauchzend kehrten die Tapfern heim. Jung und Alt erschraken freudig, als sie den Tod ihrer Unterdrücker vernahmen. Aber noch war die That nicht ganz vollendet. Einer war noch in der Burg zurückgeblieben, der bis jetzt vergebens zu entfliehen gesucht hatte. Eben wollte er sich mit einem Sprung durchs Fenster retten, da sah's ein geschickter Schütze: die Bogensehne schwirrte und der Pfeil durchbohrte das Herz des letzten Vogts auf der Wildenburg.

Kaum hatte das Volk hiervon Kunde, so versammelte es sich jubelnd um die Burg, warf, zur Vollendung des Werkes, brennende Fackeln hinein, und bald verkündete die Gluth am nächtlichen Himmel ihren letzten Tag. Prasselnd fiel das Gebäude der Gewalt, nachdem es Jahrhunderte lang der Zeit und den Menschen getrotzt hatte, zusammen. Auf seinen Trümmern beschwuren die freien Wildenburger, im Frohgefühl der Befreiung von vögtischer Tyrannei, den Bund für Freiheit und gegen Unterdrückung.

Dieß und noch mehr erzählen die Wildhauser von der Zerstörung ihrer Burg. Noch ragt aus dem Schutt, gleich einer Warnungstafel und als bleibender Zeuge, die Hälfte ihres Thurmes hervor, in dessen Gemäuer, über geraubtem Gut, zwischen Kröten und Vipern, die Gespenster der geopferten Vögte als heulende Geister herumirren.

# Das graue Fräulein

Auf dem Wege von Arnstadt nach Ilmenau sieht man unweit des nächsten Dorfes am Bergrücken einen hohen Thurm über etlichen Burgruinen, welche man die »alte Burg« nennt[3].

Eine bejahrte Frau erzählte mir Folgendes:

Im Schloß dort lebte 'mal ein vornehmer und reicher Herr, reicher wie Alle im Lande. Er war aber so karg und geizig als reich, gönnte Niemand 'was, gab den Armen nichts, und ließ durch große Hunde vom Burghof hetzen, was hinauf kam und um ein Stückchen Brot jammerte.

Er hatte eine hübsche Tochter, wollte sie aber an Keinen verheirathen, der nicht übermäßiges Vermögen besäße; darüber starb er indeß, und seine Gemalin folgte ihm bald nach.

Das Fräulein war nun allein; sie dachte aber nicht anders als ihre verstorbenen Eltern, sah Keinen ins Gesicht, der nicht reich war, und wollte von armen Freiern durchaus nichts wissen.

Die schönsten und schmucksten Bräutigame kamen auf die Burg, doch eine Hochzeit kam nicht zu Stande; das Fräulein fand die Grafen und Herren noch immer nicht glänzend genug, und Einer nach dem Andern mußte wieder heimtrollen. Zuletzt schwur sie einen schweren Eid, Niemand zu wählen, der nicht Schätze hätte wie ein König.

So 'was gefällt dem Allmächtigen nicht, das zeigte sich bald. Ein bös Wetter stieg am Himmel auf und streute Feuer in die Burg, daß sie lichterloh flammte; keine Nothglocke ertönte, kein Mensch lief herbei, das Feuer zu löschen, und das hartherzige Fräulein kam um in den Flammen.

Nicht lange nachher sahen die Leute ihren Geist umherirren; im silbergrauen Kleide, das sie sonst getragen, war das Fräulein hier und dort erschienen. Sie hat keine Ruhe im Tode,

3 Sie gehörte der im dreizehnten Jahrhundert ausgestorbenen Familie von Käfernburg, deren Stammschloß bei Arnstadt lag.

wie sie sagen, bis der Bräutigam kommen und sie aus ihrer Pein erlösen wird; der kommt aber in aller Ewigkeit nicht.

Nach Wachsenburg hin am Brunnen, dem Jungfernborn, hat man das Fräulein im fahlen Mondschein auch wahrgenommen; die Augen waren vertrocknet und stier, das Gesicht hing schlaff und die Haare reichten fast bis zur Erde herab.

»Alte Jungfern, die ihre Liebhaber verscheuchten und ehelos bleiben, treiben oft ein schlimm Spiel, und haben nun mit Katzen, mit Eulen und anderm Gelichter Verkehr.«[4]

4 Mündliche Worte der Puppenkopf-Fabrikantenfrau aus der Gegend des Kickelhohnberges bei Ilmenau.

# Kaiser Otto und der Hirt

Otto der Große reiste nach den Wesergegenden. Er kam von Lüneburg, und als er zwei Stunden von der Stadt Soltau über den Hof von Stubeckshorn fuhr, schlug er plötzlich quer über das Weidefeld seinen Weg ein.

Auf diesem Felde hütete der Sohn eines Bauers der lüneburger Heide sein Vieh. Als der Hirt den Wagen ankommen sah, sprang er auf die Pferde los, hielt sie fest, erhob seinen Hirtenstab, der mit einem scharfen Beil versehen war, und widersetzte sich dem Laufe des Fuhrwerks.

Otto richtete sich empor, und wie der Hirt erfuhr, daß es der Kaiser sei, dessen Wagen er in den Weg getreten, schrie er: Wenn du auch der Kaiser bist, Unrecht ertrag' ich nicht; versuch' es fortzufahren und deine Rosse sollen dieses Beiles Stärke fühlen; ich heiße Hermann und mein Vater ist ein Landmann hier im Hofe Stubeckshorn!

Der Kaiser betrachtete den Burschen und beschied ihn zu sich an den Hof, da ihm dessen Kühnheit bei einem schönen und starken Körperbau mit hellen großen Augen gefiel. Hier nahm der Hirt den Namen Hermann Billing an, erhielt Unterricht und machte bei seinen ausgezeichneten Geistesgaben bald solche Fortschritte, daß ihn der gewogene Kaiser zum Aufseher seiner Söhne bestellte. Für fortwährnde Rechtlichkeit und Treue erhob er ihn kurz darauf in den Adelstand; Anno 960, vor Beginn des italischen Feldzugs, übertrug er ihm die Statthalterei von Sachsen und Westphalen, und verlieh ihm endlich als Herzog die Lausitz und Burgschaft Magdeburg.

Hermann Billing, Herzog von Lüneburg, auch Herzog von Stubeckshorn genannt, war ein kluger Regent, ein tapferer Feldherr. In Hessen und Böhmen führte er mit Geschick den Oberbefehl des kaiserlichen Heeres; er schlug sich mit einer Tapferkeit, daß Wittekind ihm die größten Lobsprüche ertheilte.

Otto gab ihm eine Gemalin aus edlem Hause. Er starb bejahrt, seiner Frömmigkeit und Treue wegen vom Volke geliebt, und hinterließ drei Söhne, von welchen der älteste Bischof von Verden wurde.

Folgende von ihm selbst herrührenden Worte sollen sich vormals am lüneburger Schloß befunden haben:

Ein Edelmann von Stubeckshorn,
War ich von schlechtem Stamm geborn,
Kunst, Tugend, Redlichkeit mich bracht,
Daß Otto mich zum Fürsten macht;
Zu Sachsen, Lüneburg fürwahr,
Das Schloß und Kloster baut ich da,
War sieghaft, streng in aller That,
Otto der Groß' mich darumb begnadt.

Noch heutzutage erhält sich die Sage von dem Hirtensohn aus Stubeckshorn unter dem Landvolk der Gegend.

# Wald- und Berggeist Rübezahl

Rübezahl ist der Wald- und Berggeist des schlesischen Riesengebirges.

Hier steht ein unsichtbares Bergschloß, die Rübezahlskanzel, Rübezahls Lust- und Wurzelgärtchen, der Katzenstein, wo er sich oft zeigt, und wo die Alraun-, Johannis- und Christwurzel, und die Hirschzunge wachsen.

Der Geist ist von Gestalt klein, meist freundlicher Miene und trägt gewöhnlich einen grauen Rock und einen alten Hut tief im Gesicht.

Er wird gesehen als Mönch, Jäger, Bergmann, nicht minder als Jungfrau. Zu gewissen Zeiten erscheint er als Pferd, Hund und Hahn, als Eule, Rabe und Kröte.

Rübezahl erblickt man bald auf steiler Berghöhe, bald im finstern Waldthale. Er hilft Nothleidenden aus der Gefahr, steht Verfolgten bei und beschenkt Arme mit Wurzeln und Blättern, die sich in Gold und edle Steine verwandeln für den, der dankbar dafür ist. Als heiterer Bergzwerg, als alter Kräutermann gesellt er sich zu den Waldarbeitenden, prüft die Herzen, belohnt die Guten und bestraft die Bösen. Bei Hochzeiten erscheint er unter den Fröhlichen, tanzt mit, küßt die schöne Braut, legt Gold in ihren Schooß und verschwindet unvermuthet.

An spottenden und rohen Menschen übt er Rache aus, nimmt ihnen beim Heumachen oder im Bade Arbeitszeuge und Kleider, oder läßt sie beim Heimgang in morastige Tiefen versinken.

Er erscheint zu jeder Tageszeit, meistens aber in der Nacht. Wenn er in die Posaune stößt, ist's ein böses Zeichen.

Alten Volkssagen nach ist Rübezahl ein Fürstensohn aus einem Herzoghause Schlesiens (Brieg). Ein Verbrechen drückt seine Seele, und verdammt ihn, bis ans Ende der Welt als ein Waldgespenst auf der Erde zu wandeln.

Einer andern Sage zufolge ist er ein Franzose mit Namen Ronsevall, der, unersättlich und geizig, nach Schlesien verwiesen wurde.

Eine dritte Sage nennt ihn einen Zauberer, der verflucht vor vielen hundert Jahren hierher gebannt worden.

Nach einer vierten Sage war er ein Italiener, genannt Ronzevall, der vom Volke, das den Namen nicht hat aussprechen können, Rübezahl geheißen wurde. Man hielt ihn für einen Schwarzkünstler, weil er Metall im Gebirge ausgrub.

Die fünfte Sage spricht von einem jüdischen Zauberer aus Venedig, mit Namen Rubiosko, der aus jenen Gegenden verjagt worden sei.

Die sechste Sage heißt ihn Rupertus Zehe oder von der Sähne, nach dem ein gewisser Stein im Riesengebirge Rupertstein genannt worden; und eine siebente lautet, er wäre ein Schuhmachersohn aus Liegnitz, der von seiner gottlosen Mutter schon in der Wiege verwünscht, als Geist im Riesengebirge umgehe.

Wurzelgräber und Kräutermänner nannten ihn nie anders als Dominum Johannem, oder den großen Beherrscher der schlesischen Gebirge; Arlurius nennt ihn »das Gespenst Rübezahl auf dem Riesengebirge«.

Einer Sage nach hat der Berggeist im Jahr 1668 sich zum letzten Male sehen lassen, und sei jetzt in eine fremde Gegend verbannt.

# Schloß Neumietel

In der Mitte des neunten Jahrhunderts lebte Kerzesomissel, Herzog vom Böhmerlande, reich an Gütern, doch hartnäckigen Sinnes und dem Geize ergeben.

Nur auf Mehrung seiner Schätze, auf Bereicherung seiner Goldkammern war sein Denken und Dichten gerichtet. Jahr ein Jahr aus zwang er das Volk, in den Gewässern nach goldnen Körnern und in den Gebirgen nach goldnen Adern zu suchen. Groß war der Gewinn, aber auch schrecklich die Verwüstung des Landes, das wie von Erderschütterung geborsten und zerrissen dalag.

Da empörten sich die Berggräber, müde des endlosen Grabens. Sie konnten ihr Feld nicht bebauen, und die wenigen Saatfrüchte, welchen der Himmel den segnenden Regen versagte, nicht ernten; ihre Noth vermehrte sich; das Volk stürmte nach dem Herzogsschlosse, und verlangte die Einstellung der ewigen Goldgräberei, oder Brot für die Armen.

Doch die Stimme des Elends rührte den habgierigen Fürsten nicht, und das zurückgewiesene Volk mußte nur um so emsiger seinen Befehlen Folge leisten.

Diese Strenge und Hartherzigkeit erschütterte einen Edeln des Hauses Horimir, welcher am Ausanigebirge, unweit der Stadt Beraun, auf seinem Schlosse Neumietel wohnte; er selbst wandte sich vermittelnd an den Herzog, doch war sein Bemühen vergeblich.

Niedergeschlagen ging Horimir eines Tages durch das lange schon verheerte Bergthal.

Da stand ein uralter Greis vor ihm, an seiner Hand hielt er ein prächtiges weißes Roß, dessen Augen flammig glühten und aus dessen Nüstern Feuerfunken zu sprühen schienen.

Horimir, sagte der Alte, nimm dieses Roß, eile zu jener Bergeskluft und verschütte sie. Wenn du in Gefahr bist, nenne den Namen des Rosses, Schenick, und es wird dir Beistand gewähren.

Als er diese Worte an Horimir gerichtet hatte, nahm er

seinen Weg nach dem geöffneten Berge, der sich hinter ihm verschloß.

Muthig stand das edle Thier, es wieherte und scharrte freudig, und Horimir, der es streichelte und in seine hellen Augen blickte, sprach zu ihm: Mir sollst du dienen? Nun, Schenick, *so* stehe hilfreich mir bei!

Er schwang sich auf dessen Rücken und pfeilschnell flog es nach dem Goldgebirge. Laut stampfte es hier auf den Boden; plötzlich kamen unzählige Zwerge, breiteten sich werkthätig am Berge aus, so daß in Kurzem die ganze Kluft unter lautem Krachen zusammenstürzte. Jetzt eilte das weiße Roß mit ihm hinweg, und brachte ihn schnell auf die Burg des Herzogs.

Bald erschienen die Feinde Horimirs. Sie beschuldigten ihn beim Herzog, die mit unendlichen Gefahren gearbeiteten Berggruben eingestürzt zu haben, und der erzürnte Fürst, welcher der Gegenrede Horimirs nicht Glauben lieh, die Hauptquelle seines Glücks und Wohlstandes aber versiegt sah, gab Befehl, daß ihm das Haupt abgeschlagen werde.

Da nun Horimir die Gewißheit seines Todes vor Augen sah, bat er den Herzog, ihm einen einzigen Wunsch noch zu gewähren, und ihn vor seinem Ende noch einmal sein getreues Roß besteigen und von ihm Abschied nehmen zu lassen.

Der Herzog gewährte diese Bitte und ließ, nachdem er die Burgthore hatte sperren lassen, des Verurtheilten Pferd herbeiführen.

Als Horimir auf dessen Rücken sich befand, rief er, der Worte des Berggeistes eingedenk: Schenick, Schenick! stehe mir jetzt bei in der höchsten Noth! –

Das Wort war kaum gesprochen, so erhob sich, wie beflügelt, das weiße Roß, schwang sich über die Mauer der Veste und den Moldaustrom, und langte baldigst mit seinem Reiter auf Neumietel an, wo große Freude war, da man den edeln Horimir unverletzt wiedersah.

Am andern Morgen besuchte Horimir sein geliebtes Roß und fand es sehr verändert; es senkte das Haupt traurig mit mattem feuerlosem Auge.

Er liebkoste es, als es sich erhob; dieses aber sprach: Ich habe gethan, was mir auferlegt war, laß mich nun wieder heimkehren nach meinem Berge, ehe ich hier des Todes erliege.

Sanft führte hierauf Horimir das Roß nach dem Gebirge, aus welchem der Alte wieder hervortrat, sein freudig wieherndes Thier ergriff und sagte:

Wohl dir, du hast deine Pflicht gethan: dafür wird dich und die Deinen Glück begleiten; ich bin Primislaus, Fürst der Böhmen, und dieses Roß gehört Libussa, der hohen Fürstin, auf dem sie oft, ihr Volk zu sehen, das Land durchfliegt.

Nach diesen Worten verschwand er mit dem Pferd im Berge.

Der Herzog versöhnte sich wieder mit Horimir, und besuchte ihn öfters auf der Burg Neumietel. Er ließ ihm große Ehre widerfahren.

# Burg- und Bergmärchen 1846

# Der Weibchenstein

Die Stunden sind vorüber, in denen mir auferlegt war, zu schweigen von dem, was mir begegnet, und nun darf ich reden. – Euch ist bekannt, wie betrübt ich war, da wir Heinrich verloren, ihr wißt, welche Versuche ich anstellte, ihn wiederzufinden. Ich dachte Tag und Nacht an ihn und fragte den Himmel, fragte die Sterne, ob er noch lebe, ob ich jemals ihn werde wiedersehen. In solchem Sinnen und Suchen, unter den finstersten Gesichten und Schreckenszeichen, die mich nicht verließen, sah ich eines Abends, als mein Blick noch einmal nach dem Sternenhimmel sich wandte, auf den neunkirchner Höhen ein Licht leuchten von seltsamer Hellung. Anfangs ängstigte es mich, es könnte Feuer sein, angegangen durch Kohlen eines Hirtenherdes, das nun, wie vor Jahren einmal, der Nachtwind möchte anfachen zu verzehrenden Flammen. Aber es vergrößerte und bewegte sich nicht, verschwand, kam und stand wieder still, wie herabblickend in die Tiefe. Nachdem ich es eine Weile beobachtet, fielen mir die Bergweiblein und alle die schönen Geschichtchen ein, die ich noch aus der Kindheit von ihnen wußte: wie gut sie gewesen, wie sie die redlichen Menschen besucht, die Armen beschenkt und hülfreich beigestanden allen Nothleidenden. – Das Flämmchen erlosch endlich, doch nicht in meinen Gedanken und Vorstellungen; es erweckte das Verlangen in mir, die guten Unsichtbaren insgeheim einmal aufzusuchen in ihrem verborgenen Erdhäuslein, aufrichtig ihnen zu vertrauen, was mich unglücklich gemacht, und mir ihren Beistand zu erbitten. – In kommender Nacht schon, da ich schlaflos, wie immer, auf meinem Ruhebette hingestreckt lag, ging die Thüre auf und eine Erscheinung nahte meinem Lager, in welchem ich eine der Gestalten zu sehen glaubte, die mir aus jenen unvergeßlichen Abenderzählungen noch im Gedächtnisse lebte. Ein kleines Weibchen, von einem weißlichen Schimmer umflossen, stand vor mir, sah schweigend mich an und winkte mir mit dem erhobenen Finger der rechten Hand. … Wer bist du – warum kommst du zu mir in dunkeler Nacht?

fragte ich die Erscheinung, welche, da ich mich im Bette aufgerichtet, ein Wenig zurückwich. Ein Schauer durchrieselte mein Gebein. – Kennst du mich nicht? antwortete es; kennst du die nicht, von der du so oft gehört in den vergangenen Tagen? – Denkst du der Stillen nicht, die den Bekümmerten und Leidgebeugten beistehen? – Ich gehöre zu denen, welche drüben wohnen im tiefsten Grund des Berges, dessen Haupt sich in die Wolken erstreckt: zu uns komme, in unsere friedsamen Wohnungen eile, du Arme, du Liebe – und erfreut und getröstet nach Begehr deines Herzens wirst du heimkehren in dein Vaterhaus. – Was fühlte meine Seele nicht bei dieser Verheißung! Wie von Stimmen himmlischer Engelschaaren glaubte im mich angeredet, die mir sagten: folge, folge diesem Leitstern, jetzt oder nimmer wirst du finden, was du suchst. – Und gläubig und entzückt einer heiligen Offenbarung, entgegnete ich: so weise mir den Weg, der zur Wohnung des Trostes führt, und gern folge ich dir. … Die Gestalt deutete nach den Höhen von Neunkirchen – verschwand hierauf, und nur unverständliche Laute schwebten ihr nach. – Der Tag brach an. In der folgenden Nacht hoffte ich, das trostverheißende Bergfrauchen noch einmal zu sehen. Mein Wunsch ging nicht in Erfüllung. Nun war mein Waldgang beschlossen und festgesetzt für die günstige nächste Nacht, am Vorabende Sankt Magdalenens. Welche Ueberwindung es kostete, diesen Schritt zu thun, mutterseelen allein zu gehen durch die Finsterniß, mögt ihr eurem armen Mädchen aufs Wort glauben. Ich sah den Unwillen des Vaters, hörte die besorgte Mutter, dem Gedächtnisse erneuete sich manch ernster Spruch aus der Großelternzeit, aus meinem straßburger Betbüchlein von den geheimen, nächtigen Wegen der Menschen, die nicht allezeit Wege wären der Vorsehung – von den Feuergeistern, die in schwarzen Büschen, auf knorrigen Bäumen verderbenbrütend lauschen und Elend bereiten den Wandelnden auf der Bahn des Friedens. Lieber Gott, in meinem Leben habe ich solche Seelenangst, solchen Schrecken der Dunkelheit und Einsamkeit nicht erfahren, solche Peinen nicht ausgestanden. Doch Verlangen und Sehnsucht nach Heinrich, dem jeder meiner Brustschläge gehörte, für den kein Gang zu gefahrvoll, kein Opfer zu groß gewesen wäre, überwog und überwand jede Bedenklichkeit, jede Schreckung und Gefahr. Kein

Lüftchen, kein Blättchen wehte, das ich nicht vernahm, kein Ton erwachte, der mich nicht traf! je weiter ich kam, je größer meine Besorgniß stieg, je mehr verwirrten sich meine Begriffe; die Nacht, die seltsamen, ängstlichen Waldstimmen, Walderscheinungen scheuchten mich hierhin, rissen mich dorthin; der glühende Mond, entsetzliche Grabgestalten – ach, was ich sah und hörte, niemals werd' ich es vergessen. – Als ich endlich die Höhen erstiegen hatte, stockte mein Blut, die Sinne vergingen mir. – Und wo fand ich mich wieder? Unter weiblichen Gestalten, umringt von Frauen, friedsamen Frauen, welche riefen: »Willkommen, willkommen! liebe Tochter der Erde, wir hofften auf dich, längst haben wir dich erwartet. Nun bist du unser, o gottwillkommen zu tausendmalen!« – Sanfte Hände ergriffen mich, sanfte Arme führten mich über goldschimmrige Stufen weiter und tiefer abwärts über große Strecken, grüne Matten. Meine Augen waren geblendet von leuchtenden Gegenständen, vom Glanz eines hohen Gebäudes, das vor mir lag, in das ich einkehrte über schneeweiße Stufen, und in welchem ich, noch immer umringt von tröstenden, zusprechenden Frauen, auf weichen Kissen zu völliger Besinnung kam. – Eine der Frauen, deren Gesichtszüge und Stimme mir bekannt schien, gewann bald mein ganzes Herz. Ich hielt sie für die älteste, und sie unterschied sich auch von den andern durch ihre alterthümliche Kleidung. Erhole dich, sprach sie zu mir, und gieb uns kund, was dich erfreut und was du dir wünschest. So sprachen auch die übrigen Frauen mit wohlwollendem Kopfneigen, die sich dann entfernten, eine nach der andern. Die ehrwürdige Frau verließ mich nicht, sie sprach noch manch Seelenwort, beschrieb mir alles, was mich umgab, und führte mich alsdann in dem großen Gebäude umher. Wir gingen durch hohe Hallen, durch Säle und Gemächer, an goldenen Wänden, funkelnden Säulen und kostbaren, mit Kleinodien beladenen Tafeln, an edlem Zimmerschmuck und spiegelhellem Hausgerath vorüber, bei dessen Anblick wohl kein Aug' und Herz wäre unbewegt geblieben. Nachdem ich so viele Gemächer und Gänge durchwandert hatte und voll Staunen über nie gesehene Pracht und Herrlichkeit meiner Führerin stumm gefolgt war, kamen wir in ein kleines Zimmer, das, an Glanz den andern gleich, sie zu dem meinigen bestimmte. Sieh umher, sprach sie, betrachte den Inhalt dieses Zimmers, wähle, gebrauche und genieße von deinem Eigenthum, was dir gefällt. – Ich sah mich allein. Ein Tischlein von Cedernholz und Silber war versehen mit weißen Schalen, in welchen rothe Beeren, Trauben, Feigen, Melonen lagen; auf einem zweiten Tischlein befanden sich Krystallgläser und Krüglein, gefüllt von duftendem Wein, Honig und Milch; vor einem bequemen Ruhelager stand ein drittes Tischchen, das von Ebenholz und Gold war, auf welchem leicht verhüllt, Halsbänder, Ketten, Ringe, mir entgegenblitzten. Daran stieß ein Bett, so schön ich mir's nie gedacht, mit Kissen, mit Gedecken, durchwirkt von weißen, blauen, rothen Krönchen und Goldknospen. Und wie erst erstaunte ich, unter einem rosenrothen Schleier, den ich aufhob, Kleidungsstücke von allen Farben zu finden, prächtiger, als sie einem Mädchen je vorkommen mögen im schönsten Geträum. Ich besah sie mir, nahm eins davon, zog es an und kannte mich nicht mehr in den Spiegelwänden, die mich umflimmerten von allen Seiten. Draußen vor dem Fenster lachte der Frühling aus tausend Augen, schallten liebliche Vogelstimmchen, und rothe Kirschen, Purpurpirschen, Mondkelche und Glockenblüthen winkten mir, zu kommen. Ich ging hinaus in den Frühling zu den Vogelstimmen und Blumen und schattigen Bäumen. Welch ein großer und endloser Wundergarten lag vor mir, wie schön waren die Werke des Himmels! Wohin ich kam, berührte mein Fuß den sammtnen Erdboden, Bäumchen, schlank und luftig, und wieder gewältige Hocheichen wuchsen hier; nirgends war ein krankes Bäumchen, Blümchen, nirgends ein Unkrautlein wahrzunehmen. Großmächtige Tulipane schwankten, kleine, blaue Veielein nickten und dufteten, von besonnten Berghöhen strömte es sanft und lieb wie Harfenspiel. – Weiter fort ging ich, da flogen heran die schönsten und seltsamsten Vögel, bald himmelblaue, rothe, weiße, bald goldiggelbe, sangen süß und froh, und Hurr und Purr! schwärmten alle wieder fort zum nahen, bunten Balsamwald. – Nun kam Rothwild rudelweis getrabt über ein Wieschen, hier ein Zehendner, dort einer. Ein heller See schimmerte aus blühenden Kräutern und Bäumen; Bäume mit schweren Früchten beugten sich nieder ins lichtklare Gewässer, in welchem wunderbare Pflanzen wuchsen, durch welche silberne Meerpfaffen und stahlfarbige Stachelhechte eilten, anzusehen wie Wild und Jägersmann, die durch den Hochwald ziehn. Aus röthlichen Marmorfelsen sprangen tausend Funkelperlen und fielen klingend in die helle Fluth, auf welcher schwarze Seeschwalben nach Spinnjungfern haschten und ihr weißen Leibchen sich abkühlten; von kleinen Inselhäuschen aus Schilf kamen zu Paaren große Schwäne mit Granatäpfeln und gelben Quitten in den Schnäbeln zu mir geschifft, und feuerrothe Fischlein umschwammen schmeichelnd ihr schneeiges Brustgefieder, schnellten sich auf den weißen Rücken und tauchten wieder in die See. Entlang den Borden der Wellen blühten Seelilien, Lianen, Liebäugel, goldige Feen- und Nickerblumen – zogen große Horn- und Muschelschnecken mit scheckigen Spitzhäuschen und langen Rüsseln, prächtige Kameelraupen, Raupen mit dicken Pelzen, wie vornehme Leute im Winter, andere mit krummen Nachtwächterhörnern auf dem Rücken strebten durch das niedrige Gesproß und Gestämme, oder benagten zierlich ein Läubchen. Aus den Hecken schlüpften grieselige Psittige, schossen sprenkelige Fasanen, Weißpfauen lockten und zergten sich, schlugen Flügelräder, jagten schnurrende Heuspringer, und weiß und rothe, blau und gelbe Papageien hingen an einem Bein, machten Purzelbäume in den Baumzakken und sahen mich an, ob ich mit ihnen sein wollte. – Am Himmel weideten Lämmchen, süße Lüfte wehten; wohin ich kam, wohin ich schaute, Alles sprach von der Liebe Gottes; ich lebte unter lauter Geheimnissen, lauter Wunderwerken, die mein Aug' und Herz beschäftigten und zu beruhigenden Betrachtungen führten.… Schöne Häuschen, bewachsen von rothem Moos, umgeben und beschattet von Schwarz- und Silberpappeln, Hollunder, Kreuzblatt, Felsenwurzel und Thurmkraut sah ich vor mir; alle waren verbunden mitsammen durch hohe Schwibbogen von Glas, und auf allen standen glänzende Fahnen. Ich ging auf das mittelste zu. Neben der Thüre ruhte eine Hirschkuh im Schatten eines Rosenstrauches und gab ihrem Rehkälbchen zu trinken; das kleine Thier kam zu mir, ich streichelte es, was es sich gefallen ließ. Ich stieg eine Treppe hinauf und guckte von einem Rundgang hinunter in eine räumige Tiefe. Viele Männer in braunen Röcken saßen darin und arbeiteten emsig, jeder in einer besondern Zelle. Einer der Männer stand vor einem großen Buch mit dem Griffel in der Hand; an seiner Seite standen große Bottiche, gefüllt mit blinkenden Sachen. Es pickte und pochte, es meißelte und hämmerte, es raspelte und rollte, Frauen gingen ab und zu, falteten und legten Gewebtes und Gewundenes, Geraspeltes und Gerolltes in säuberliche Kästchen und Truhen. Es wurde wenig gesprochen, und das Wenige so, daß ich es nicht verstehen konnte. Die Emsigkeit und Einigkeit der Arbeitenden, die Schönheit und Gütigkeit der Waaren gefielen mir: lang sah ich in das Geschäftsgemach, und wäre gern hinabgegangen, die schönen Dinge in der Nähe zu betrachten, mit den Emsigen mich zu besprechen. Da schauten einige in die Höhe, hielten ein Gemunkel. Ich wollte mich entfernen und sah mich aufgehalten von den Armen meiner freundlichen Schloßherrin. Wir blickten zusammen hinunter, da schwiegen die Männer und sahen voll Ehrfurcht empor. Ohne Thätigkeit, sprach die liebreiche Frau, kann Niemand bestehen; alle Menschen sind dazu bestimmt von der ewig thätigen Natur, welche segnet der Hände Wirken. Fühlst du Neigung zur Arbeitsamkeit, so soll auch dir eine Beschäftigung zukommen, die deinen heitern Sinn stärken und erhalten wird in jeglichem Unternehmen. Das war's, was ich mir gewünscht, was ich bisher gegen meine Freundin noch nicht hatte ausgesprochen, und ihr könnt euch vorstellen, wie wohlgemuth und bereitwillig ich war, nun recht thätig zu sein. Ich folgte ihr, wir kamen ins Freie. Die Sonne schien. Wir setzten uns unter das Schattendach eines großen Baumes. Wie herrlich ist doch die Erde! rief ich aus; sie giebt uns Frieden und Genuß: mir ist so wohl, ich bin so glücklich. – Der Urquell der Freude, der Gottheit Hand ruht über uns gnadenreich, sprach die stille Mutter – Wonne und Seligkeit werden mit uns sein immerdar, so wir getreulich bewahren die Reinheit unsers Herzens, wie sie verliehen worden dem Menschen von dem Himmlischen am Tage seines Werdens. – Das Sanfte, das Feierliche im Ausdruck der Redenden ergriffen mich, ich achtete auf jedes Wort der Wahrheit, das von ihren Lippen floß. Waren ihre Gesichtszüge anfangs mir viel jugendlicher vorgekommen, so kamen sie mir jetzt bejahrt und greisig vor. Tiefe Furchen eines zurückgelegten hohen Alters lagen auf ihrer Stirne, ihren Wangen; ich nahm ihre Hand in die meine, sah ihr ins Auge und sprach: Du lebst wohl schon lange auf dieser Welt, gute Mutter? –

Lange, lange lebe ich auf dieser Erde, seufzte sie. Wir Alle leben schon seit langer Zeit. Zufrieden und glücklich ging unser Leben dahin, die Menschen aber waren hart und grausam, sie verdrängten uns aus unsern Rechten, verstießen uns aus unsern Heiligthümern – die Gottheit verstieß uns nicht, sie schied nicht von uns, ihres Himmels hohe Sonne, ihres Himmels ewigen Sterne stehen noch in alter Pracht über uns und dem Reich der reinen Seelen, in das sie uns eingeführt. Unsrer Geduld und Demuth, unserm Glauben, unsrer Thätigkeit verlieh sie der Güter Ueberfluß. Verschlossen ist uns nicht der Aufenthalt der Sterblichen; doch unscheinbar nur in kleinster Menschenhülle – Tausenden fremd und unsichtbar – betreten wir im beseligenden heiligen Dienst der Gottheit jene verlorene Welt, zum Trost der Gebeugten, zur Hülfe und Rettung der Leidenden.

Unter diesen Himmelsherrlichkeiten wohnt sich gut, glückselig seid ihr, und kein Wunsch, kein Verlangen lebt mehr in euch. –

Sie blickte zu den Wolken. Unser Sehnen füllt die verlassne Welt – Wiederkehr der alten Zeit im Lichtstrome der Vergangenheit – himmlischen Frieden dereinst, ewigen Frieden.

Glaubst du, zu erlangen, wonach dein Sehnen geht?

Wir Alle glauben es, dieser Glauben giebt uns Kraft.

Was stärkt und erhält euch diesen Glauben?

Das Auge der Seele, das gelitten hat, welchem unverhüllt ist der Zukunft Dunkel. Auch diese trostreiche Gnade verlieh uns der, der über den Himmeln thront.

Vieles von dem, was mir jetzt kein Räthsel mehr ist, war mir unverständlich, ich schwieg. Liebe, Treue, Wohlwollen der Menschen, Sehnsucht nach dem heiligen ewigen Palmenlande bildeten den Stoff ihrer Gespräche, die meinem Herzen oft himmlische Befriedigung gewährten.

Als ich wieder in mein Zimmer kam, fand ich hier ein goldnes Spinnrad mit dem feinsten Wocken, an das ich mich sogleich setzte. Alles ging nach Erwarten, mein Gespinnste schwoll und mehrte sich unter meinen Händen von Tag zu Tag zu einer Segensfülle, die mir selbst Erstaunen entlockte, aber die Wahrheit des Ausspruchs meiner Hausfrau einleuchtend bewährte. Allein war ich niemals; Schloßweibchen, der Zahl nach gemeiniglich achtzehn, besuchten mich, ich besuchte sie wieder in ihren Wohnungen, die der meinigen glichen; wir spannen, scherzten und lachten, und damit es mir nicht mangele an Abwechselung brachten sie mir der Geräthe und Arbeitszeuge noch Mehrerlei; ich lernte das Weben und Sticken in Gold- und Silberfäden, handirte mit Fortschritten, und die Stunden flogen. Dabei blieb es aber nicht. Zuweilen folgte ich den Frauen und Männern hinaus zur mühsamen Feldarbeit, half ihnen Waizenkörner, Dinkel, Linsen vereggen, Flachsknotten ausbreiten in der Sonne und Honigwaben aufnehmen. Meine Theilnahme, so gering sie war, wurde unverdient belohnt: die Schloßmänner schenkten mir prächtige Zahlperlen, gaben mir Goldreifchen, verziert mit Inschrift, mit hübschen Gestalten aus der Urwelt; und wenn der Tag sich neigte, zogen wir durch den angenehmen Tann, durch leichtes Buschwerk, das voll wunderbarer Lichtchen funkelte, über anmuthige Wiesen mit tausend und tausend Blumen, die der Himmelsmond in helle Sterne verwandelt. Liebliche Stille herrschte. Sanft schliefen in den Gebüschen die Vögelein, die am Tag den Schöpfer gelobt, schöne Falter hingen ruhend an Blumenkelchen. Hier und da summte noch ein Bienchen, welches zu lang verweilt im Blumenfeld, hie und da hujakte ein Käfer brummend durch die Mondstrahlen, als hätte er noch lange Zeit zum Schlafen. – Wenn die Männer mir erzählten aus der alten Welt, von den Riesen, mit denen sie gekämpft auf Tod und Leben in den steilen Felsenbergen, im stillen Thalgrund, wo ihr Blut geströmt in Bächlein schwarz und roth, hörte ich ihnen gern zu, und wurde mir banglich, reichten sie mir die Hände, sagten, ich sollte keine Furcht tragen, sie hätten mich lieb. Und daß es wahr war, was sie sagten, konnte ich glauben, denn gar oft erfreuten sie mein Herz mit Geschenken, kamen, wenn ich ihnen rief, schnell, wie aus der Erde gestiegen, waren so liebreich, und wenn die Tafelstunde die Schloßbewohner versammelte zum Mahl, das aus den feinsten und kostbarsten Gerichten bestand, welche von den Männern mit einer Eilfertigkeit aufgetragen wurden, die ich ihrem Alter nicht zutraute, sahen sie mich immer mit den freundlichsten Guckaugen an, als gönnten sie mir meine Freude recht aus Herzensgrund. Sie, nicht die Frauen, trugen das Tafelgeschirr wieder ab, hoben die übriggebliebenen und abgefallenen Bröslein vom Boden auf, damit nicht zukomme, was der

Herr gegeben. Und so gab es nur Freude im schönen weiten Reich, nirgend Trübsal, Zwist, nirgend Arme oder Leidende. Wer sich für die Glücklichste hielt, die kein Herzbegehren mehr kannte, werdet ihr euch denken können. Wie hätte ich für diese Liebe nicht dankbar sein und mir nicht verdienen sollen der guten Menschen Zufriedenheit. Ach, und doch fehlte ich einmal; ich bereute mein Vergehen, da es zu spät war. An einem Tag nämlich waltete in und außer dem Schloß tiefe Stille und Ruhe, wie bei uns, wenn die Kirchenglocken des heiligen Sabbaths rufen zum andächtigen Gebet. Kein Hammer ging, kein Rädchen und Goldmeißel, keine Rolle regte sich. Noch ehe der Tag dämmerte, schallten drei dumpfe, mächtig schmetternde Schläge, welchen Gesang folgte. Dieser Gesang aber, der aus Jungfrauen- und Kinderstimmen bestand, von Harfen, silbernen Posaunen, Lauten, Zimbeln, Flöten begleitet war und über alles ging, was ich noch gehört in meinem Leben, war zugleich so fromm und herzdurchdringend, daß ich aufs tiefste mich davon ergriffen und zu Thränen hingerissen fühlte. Was der Gesang angab, sagte mir wohl das ahnende Herz; doch gewiß es zu wissen, dies beunruhigte und bewegte mich, so oft der stille Gesangtag wiederkehrte, zu dem heftigsten Verlangen, Gewißheit meiner Vermuthung zu gewinnen. Eines Morgens, da die dumpfen Dreischläge mich wieder erweckten und der Engelgesang anhub, stand ich auf und ging durch die lange Reihe der Gemächer, die an mein Zimmer stießen, und kam bald dem Ort näher, allwo ich auf Befriedigung meiner Neugier zählen durfte. Noch einmal, nur schwächer erwachten einzelne Laute. Nun war es still. Ein geheimes und wunderbares Regen und Bewegen außerhalb der Thüre, an der ich auf der Horche stand, ängstigte mich nicht, es trug vielmehr dazu bei, daß ich begieriger auf die Klinke drückte und durch die enge Spalte schaute. Ich sah in weite, weite Tempelhallen, sah mehr, als das Auge zu fassen vermochte. Der große Raum war erfüllt von unzähligen, mir gänzlich unbekannten Menschen, welche theils mit gefalteten Händen auf den Knieen lagen, theils stehend emporblickten nach dem Standbild einer Frauengestalt, das in der Mitte der Versammelten unter einem breiten starken Baum, den wir Drudeneiche nennen, sich befand. Ein weißer Schleier hüllte das Bild, aber der Schleier war so leicht, daß ich die edlen Gesichtszüge darunter deutlich erkennen konnte. Zu beiden Seiten des Bildes standen Hollerbäumchen, unter welchen geduldige Lämmer auf Blumenbettlein ruhten; hinter der Gestalt sahen hervor ein goldner Altar, hohe Marmorbilder, Kreuze, Urnen, allesammt behangen mit prächtigen Kränzen. Wohlgerüche wallten. Das Licht, welches schien, war hochhell, wie der Tag, zeigte alle Gegenstände, die Schleiergestalt, den Altar, die Urnen, Kreuze, die kahlen Häupter der Vereinten. Eine Viertelstunde mochte vergangen sein, als, wie anfangs, die drei dumpfen Schläge sich wiederholten, die aber jetzt, so ganz in meiner Nähe, meine Seele mit Beben erfüllten und mich daran mahnten, diesen Ort wieder zu verlassen. Auf einmal wurde es finster, ein heftiger Wind, begleitet vom Donnerrollen, strich durch die Gemächer, durch welche ich gekommen, mit fürchterlichem Prasseln, schlug die Thür in ihre Fugen; unsichtbare Hände hielten mich, ich riß mich los, floh, erreichte mein Zimmer und sank zu Boden. – Wie lang ich ohnmächtig gewesen, weiß ich nicht. Die Sonne war aufgegangen, ich erwachte und würde, was mir begegnet, nicht für wahr gehalten haben, hätte das Auge meiner geliebten Schloßfrau, das ernst und niedergeschlagen auf mir ruhte, mich nicht eines andern belehrt. Mein Herz schlug heftig, doch kein Zug von Bitterkeit lag in ihrem Blick; gewiß nicht. Sie ließ sich neben mir nieder und strich mir das Haar, das wohl in recht verwirrtem Zustand mag gewesen sein, von der Stirne. Ich weiß, sprach sie, was du dir erlaubt, deine Reue jedoch versöhnt mich wieder mit dir, und ich bin gewiß, du wirst, was du gethan aus Unbedacht, um deines Heils willen nicht zum zweitenmal versuchen. Ich glühte vor Scham, fasste schweigend ihre Hand und starrte auf die Decke meines Lagers. Da lag der Verräther sichtbar vor mir in der Locke meines eigenen Haupthaars, die der Schlag der Thür mir musste entrissen haben. Wie war sie dahin gekommen? ach diese Locke; ich wollte sie vernichten, hielt sie in die Flamme eines Lichtes, und eine schwarze Blume mit zitternden Fasern lag in meiner Hand. Voll Entsetzen warf ich sie von mir und eilte aus dem Zimmer. Die höchste Unruhe bemeisterte sich meiner; ich suchte die verschwundene Wohlthäterin, bis ich sie fand; unsere Blicke verstanden sich, jetzt war ich ihrer Vergebung gewiß. Aber meine Ruhe sollte nicht von Dauer sein. – Als ich wieder einmal erweckt wurde durch das laute Zeichen, das dem Tag der Feier voranging, kleidete ich mich an und ging hinaus in den erwachenden, frischen Morgen. Ich weiß nicht, was es war, ein ungewöhnliches, nie empfundenes Gefühl bewegte mich – ein Verlangen, ein Erwarten durchströmte mich und trieb mich fort, ich wollte allein sein, von Niemandem begleitet, von Niemandem beobachtet, wollte diesen Morgen still verbringen, beten, an Gott denken und ihm danken für das, was er mir gegeben. Keinen andern Gedanken gab es für mich, und als müsste ich, um recht allein zu sein, den Umgebungen des Schlosses, den Himmelstönen fern sein, die mein Herz noch immer zu vernehmen glaubte, eilte ich, flog ich über die blumigen Ebenen, über die morgenrothen Hügel und Anhöhen, und je weiter ich kam, je wohler und leichter mir wurde, je mehr stieg mein Eifer, weiter und weiter zu eilen; und so sah ich mich auf einmal in einer fremden Gegend, die mir auf meinen vielfältigen Wanderungen durch das goldne Gefilde gänzlich unbekannt geblieben, wie festgehalten. Wald und Berg, die hohen Felsenthürme, der Wiesgrund, Näheres, Entferntes, alles war mir fremd und doch wieder so wohlthuend befreundet, wie Etwas, das wie im Traum geschehen, liebgewonnen. Und um des beseligenden Anblicks recht theilhaft zu werden, setzte ich mich unter einen prächtigen Baum und sah mit immer größerer Freude vor mich hinaus in die schöne Landschaft, die sich vor mir zu erweitern und zu verherrlichen schien. Rund umher standen die Eiche, Ulme, Rothbuche, Espenbaum, der seine Kätzchen in die Luft steigen ließ; auf fetter Wiese grasten weiße Kühe mit glänzendem Gehörn, mit vollen Milchmämsen; Weidelämmchen sprangen aus den Büschen, der Alphirt blies; auf allen Gebüschen wiegten sich frohe Sommervögel, die Amsel, der Tannenfink, die Nonnenmeise flatterten, die Lerche sang, im nahen Birkenlaub saßen ein Paar Täubchen beisammen, die sich lieb hatten, und seitwärts am Ufer eines Bächleins, auf welchem weiße Schaumschiffchen schwammen, stand der langbeinige Reiher. – Nun plumpte ein reifer Apfel in meinen Schoß, aus den nahen Bäumen fielen Quetschen und Spillinge. Ich saß, ich horchte, blickte, fühlte mich so froh, so glücklich und vergoß Thränen der Freude. Jetzt wurde es stiller – immer stiller. … Noch hört ich das Sägen der Wiesenheimchen, das Flüstern des Baches … Nun war alles still. – Aber nun war mir, als hört ich Menschenstimmen, als wurde mir gerufen von bekannten hellen Stimmen; und meine Blicke eilten durch den Umkreis und hinaus nach den blauen Fernen. Ich glaubte etwas Langentbehrtes, Geliebtes, Theures, für das ich keinen Namen hatte, wiederzufinden, dem ich nur entgegen zu eilen brauchte, um es zu erreichen und mein zu heißen; und sprang empor und da ich auf die Wiese kam, fand ich sie einsam und verlassen von allem Gethier; weit und breit war kein Vogel mehr zu sehen und zu hören; das ängstigte mich; ich stürzte fort, den Berg hinan, den schon das Auge der lieben Sonne berührte, den Berg hinab, von einem Thal, einem Wäldchen zum andern, nichts hielt mich zurück, nichts hemmte meine fliegende suchende Seele; ich horchte, hoffte zu finden das Heißverlangte, ein Wesen, das bei mir sein und stillen möge mein ungestümes Herz. Wo bin ich? Wohin bin ich gekommen? Wo finde ich die, deren Ruf in meiner Seele wieder klang? Niemand kam, Niemand antwortete mir, nichts lebte, nichts regte sich in der grasstillen Natur. Da flüsterten die Blätter der Bäume, da drangen Klänge in mein Ohr, lauter und lauter – und wieder erhob sich vom Hochwald her das Alphorn und rief und klagte in Tönen, ach, in Tönen, die mein Herz zerrissen – ich sank auf meine Knie, dunkle Schatten und Todesnacht umgaben mich – aber die Stimmen vergingen nicht, doch des Alphorns Laute wurden friedsamer und milder und beruhigten mich. Und in diesem Gefühle der Ruhe sah ich auf lichten Höhen schimmern die Berge, den Buchenwald, das theure Land meiner Heimath – abermals und wiederum erhellt, golderhellt, wie von himmlischem Wetterleuchten, das in dunkler Nacht eine ferne Gegend uns wiedersehen läßt – und ich erkannte unsere Wohnung, unser Haus, sah den Vater, sah die Mutter – ach, ich hatte keinen andern Laut in dem beklemmten Herzen, als deinen, deinen Namen, Mutter, und ich rief ihn aus in der Angst eines verlassenen Kindes, das nur Ruhe findet an der warmen Brust der Mutter, daß du kommen und bei mir sein mögest, meine liebste Mutter. – – – Sanfte Hände hoben mich aus dem thauigen Grasboden, auf welchem ich lag, und die Hand meiner edlen Freundin ruhte auf mir. – Du hast Thränen im Auge, bist von Leid betroffen, redete sie zu mir, habe ich jemals dich betrübt und meine Theilnahme dir entzogen? Nenne mir deinen Kummer, und du sollst davon befreit werden. Ich hatte mich erholt und aufgerichtet. – So sage, erkläre mir, rief ich aus und schlang meine Arme um ihren Hals, was ich gesehen und erfahren habe – was ist es für ein Land, das hinter jenen dämmernden Bergen ruht? Ach, es muß ein geliebtes Land, es muß das Land meiner Kindheit sein! Und ich lebe hier in einem fernen Erdreiche, das nicht mein Heimathsland ist! – O laß mich dahin gehen, laß mich wiedersehen jene Gegenden – nur einmal dahin gelangen, wohin es mich mit grenzenloser Sehnsucht zieht! ... Sie sah mich an und zog mich zu sich. Fasse dich, beruhige dich, o liebe Tochter der Erde, sprach sie zu mir, du wirst heimkehren zu den Deinen, zu dem Geliebten und himmlische Wonne wird der Lohn deiner Treue sein. – Denkt euch meine Empfindungen, meinen heißen Dank für eine solche Zusage. An der Hand der Theuren fand ich mich wieder in einem hohen Saale, der jetzt wie durch ein Zeichen sich füllte mit Männern und mit Frauen, welche niedergeschlagen und wehmüthig alle der Scheidenden nahten, um mir den letzten Gruß und ein Geschenk zu bringen, das ich aufbewahren und künftig ihrer gedenken sollte. In ihren beseelten Blicken, dem treuherzigen Händegeben, die Männer in ihren kahlen Häuptern, die Weiber mit feuchten Augen, sahen sie so gut, so ehrbar aus, daß ich nicht ohne die größte Rührung mich von ihnen losreißen konnte. Nachdem alle hinweggegangen, nahm die hohe ernste Frau meine Hände, ermahnte mich zu schweigen und geheim zu halten im tiefsten Herzensgrund, was ich erlebt und erfahren vor Allen, die mir nicht zugethan in reiner, bewährter Gesinnung; daß ich fernerhin sollte ehren und lieben die Gottheit und Arme und Nothleidende nicht vergessen. Einst werden auch wir wieder Erkenntniß finden und Glauben unter den Erdbewohnern und zurückkehren zu den verlaßnen Hainen, zu den versunkenen Hallen und Gräbern der alten Heimath. – – Diese Worte vernahm ich noch deutlich unter dem lautern Schalle freudiger Flöten und Harfenklänge. ... Nacht und feuchtes Gestein umgaben mich, als meine Augen sich öffneten, und mir sagten, wo ich mich befand. Es war der Weibchenstein des Berges, vor dem ich lag, und schnell erhob ich mich und trat den Heimweg an. Sie hatte wahr gesagt, die edelmüthige Beschützerin: in himmlischer Freude ging das Herz mir auf zu einem neuen Leben, ich fand ihn, um den ich gelitten, um den ich ausgezogen. – Und was hätte ich nun noch zu suchen, zu fürchten, zu wünschen, da der liebste meiner Wünsche in Erfüllung gegangen ist.

(…)

Wer den Odenwald besucht, und den Weg zur »Freiheit«, einem kleinen Gut, hinauf nach Neunkirchen geht, findet dort den Weibchenstein, und kann von alten Frauen und jungen Fräulein sich bestätigen lassen, wie die Erdmännchen und Erdweibchen, die in der Bergtiefe gewohnt, ja noch jetzt wohnen sollen, zu gewissen Tagen im Jahr die Leute heimgesucht in den umliegenden Oertern, und wie in den Häusern, in welchen sie eingekehrt, niemals Mangel gewesen an Glück und Segen.

# Der Burgherr

Im Alterthume lebten auf zweien der schönsten einander sich gegenüberliegenden Gauburgen – als solche bezeichnet eine Sage die nachherigen Felsenschlösser des mächtigen Herrscherstammes der Hohenstaufen im Schwabenlande – zwei Ritter in jugendlicher Schönheit und männlicher Kraft. Verbunden durch die Bande des Bluts, von frühster Kindheit an zusammen lebend, in unwandelbarer Treue sich zugethan, geliebt von den Guten, gefürchtet von den Bösen, zogen sie nebeneinander aus zu Feld unter dem Banner des die Welt mit seinen Großthaten erfüllenden Kaisers Karl, kämpften ritterlich in blutigen Schlachten, pflegten einer des andern Wunden und kehrten nach erfolgter Waffenruhe, empfangen wie siegreiche Fürsten von hellen Drommeten- und Zimbelnklang zum heimischen Herd, wo sie nie versäumten, Recht und Biederkeit zu üben und den frommen Pilger wie den Bettelmann als Bruder gastfrei aufzunehmen in ihren Mauern. Da die Burgen kein großer Raum von einander schied, so verging fast kein Tag, an welchem sie sich nicht sahen, und da ihre gegenseitigen Gefühle und Bestrebungen in so lauterm und schönen Einklang standen, so schlossen sie endlich in froher Stunde einen feierlichen Bund, nach welchem sie sich nicht mehr trennen wollten auf dieser Erde; der auch, welcher zuerst scheiden werde aus diesem Lebensthal, den andern heimsuchen und ihm Kunde bringen sollte aus jenen sternenweiten Gefilden der Ewigkeit.

So waren Jahre verflossen, und in Eintracht und Zufriedenheit, in stiller Hausesheimlichkeit unter ernsten und heitern Betrachtungen auf ihren Burgen zubringend, hatten die brüderlichen Freunde beglückendere Lebensgenüsse gefunden, als ihnen das Getümmel des vielbewegten Welttreibens würde gewährt haben.

Da sprach eines Tages Ritter Heimer zu seinem Freunde: Liebster Horamund, es sind bereits viele Monde abgelaufen seit dem letzten Waffenfest. Die Reihe kommt nun auch an mich, wo ich, wie du weißt, in Folge meines Zugelöbnisses verheißen habe, unsern Vettern und Kriegsgefährten ein fröhliches Fest zu geben. Denke ich dabei der Mühen und Beschwerden, die ein solcher Tag mit sich bringt, so will mir schier unmöglich scheinen, solche allein zu tragen. Ich bitte dich daher um deine betheiligende Mithülfe, und indem du mir diese zusagst und das Wartamt eines Gasthalters übernimmst, reichen hoffentlich unsre vereinten Kräfte hin, den Vettern einen angenehmen Mahltag zu bereiten. – Lieber Freund, entgegnete der Ritter, wie magst du bitten in einer Sache, die sich wohl von selbst versteht, zu der ich gern und freudig dir die Hände biete. Naht die Zeit, wo ein gleiches Gastmahl auf meiner Burg wird stattfinden, wirst du auch deine Beihülfe mir gewißlich nicht versagen. Lächelnd versprach dieses Heimer mit Wort und Handschlag. Allein noch ehe das angesetzte Ritterfest erschien, langte ein Eilbote auf Heimersburg an mit der trüben Meldung, Ritter Horamund sei so eben, fröhlich jagend im benachbarten Horst, von seinem Rosse in die Arme des unerbittlichen Todes gesunken. Heimers Schrecken ob dieser Meldschaft war sehr groß; augenblicklich verließ er die Burg, flog in den Wald, erreichte den sterbenden Ritter, der noch einmal das brechende Auge aufschlug und ihm freundlich dankte für die Liebe, die er ihm erwiesen immerdar bis zum letzten Lebenshauch. Nun beugte Heimer sich auf das getreue, schöne, todtenweiße Angesicht des theuren Freundes, benetzte es mit tausend Thränen, folgte seinem feierlichen Leichenbegräbniß und vergaß ihn niemals.

Doch nur in größter Betrübniß gingen Ritter Heimer die Tage hin. Seine Freude war versiegt wie ein trocknes Brünnchen; und wenn er hinauszog ins Kampffeld, wenn er heimkehrte zur stillen Felsenburg, so schien ihm allzeit, als stehe die Schattengestalt des Freundes an seiner Seite.

Nachdem nun ein leidenschweres Jahr vergangen war, konnte der Burgherr von Heimersburg es nicht länger mehr anstehen lassen, das versprochene Mahl auf seiner Burg zu veranstalten. – Der Festtag kam. Der große Schloßsaal mehrte sich mit Freunden und Fremden aller Fahnen und Farben deutscher Gauen, und bei klirrenden Humpen, bei dampfenden vollen Schüsseln und frohem Saitenklang stieg die Lach- und Lebelust aus den Reihen der abendtafelnden Zechbrüder und

Pilgermänner wild empor, wie die Lohe eines schrankenfreien Freudenfeuers. Nur Heimer, der edle Burgherr, konnte die Heiterkeit nicht wiederfinden und im freudebewegten Tafelverein war er der einzige Ernstgestimmte, den kein Gefährte seinem Tiefsinne zu entreißen vermochte. Versunken in Erinnerungen an den theuren Genossen, saß er, benagt vom schwersten Herzweh, am Ende der Tafel, dachte wie er von ihm geliebt worden, wie er ihn habe wieder geliebt und wie es nun vergangen und niemals könne wiederkehren dieses schöne Lebensglück. … Die dunkle Nacht schaute durch die Bogenfenster in den Rittersaal; ihm dünkte, als erwachten drunten im Burgzwinger Grabesgesänge, wie damals, als sein Freund zur Ruhe gebracht worden; Glockentöne summten und die weltalten Steineichen des Berges rauschten in feiervoller Weise. So war die Mitternacht gekommen. Unvermerkt that sich eine Nebenthür des Saales auf, und Horamund, der Freund, in ritterlicher Kleidung, trat herein.

Heimer hatte sich emporgerichtet. – Willkommen, redete er ihn an, willkommen zu diesem Mahl, du liebster aller meiner Gäste! –

Der Todte reichte ihm die Hand, seine Lippen bewegten sich ein wenig, da er sprach mit hohlem Laut: Aus Gnade des höchsten Himmels erscheine ich vor dir, zu lösen mein Wort, das ich dir gegeben habe. …

Du kommst aus dem Reich des unvergänglichen Lebens – so sage mir, wie es dir geht und ob du glücklich bist. –

Der Todte entgegnete: Glücklich, o glücklich leb' ich über die Maßen – ich bin da, wo die guten und bösen Werke der Menschen gewogen werden von Gott und seinen Heiligen, wo die, welche lebten auf Erden in Armuth und niedrer Knechtschaft, erhöht stehen im goldenen Licht. … Erfüllt ist meine Zusage – thue ein gleiches, besuche auch mich auf den Sonnenhöhen meiner himmlischen Burg. …

Ein Schauer ergriff den Ritter. – Wie mag in Erfüllung gehen dein Verlangen? versetzte er. Du gehörst dieser Erde nicht mehr an. – Wohin soll ich mich wenden, welchen Pfad soll ich nehmen, zu finden die Höhen deines himmlischen Aufenthalts?

Da sprach der Todte: Ehe daß kommt der dritte Morgen, wird erscheinen vor dieser Burgpforte ein weißes Roß, folge seiner Führung, und du wirst zu meiner Burg gelangen. – Leb' wohl! zerronnen ist die Zeit, ich darf nicht länger weilen. …

Ein leises Flüstern, wie wenn zwei Waldbächlein friedlich sich vereinen, begleitete die letzten Worte des verschwindenden Geistes, dessen Erscheinung neben der eines Engels, der bei ungewöhnlicher Lautlosigkeit mit sanftem Flügelschlag durch den Saal schwebte, Niemand von den Gästen wahrgenommen hatte. –

Der Morgen des dritten Tages kam. Und vor dem Thore der Heimersburg hielt ein Roß von wunderbarer Schönheit. Blendend weiß, der zarte Hals von langen Mähnen umwallt, war sein schlanker Gliederbau so fein, als ob ihn nie betroffen ein rauhes Lüftchen; die goldenen Hufen seiner Füße waren so rein und schimmernd, als ob sie den Erdboden noch nicht berührt hätten, und Zügelband und Sattelzeug blitzten von Lichtjuwelen und Glanzperlen, wie die Sterne des funkelnden Nachthimmels. Mit großem Trauauge blickte das schöne Thier den Ritter an, und zwei vor ihm haltende, schneeweiße Windspiele, zart gegliedert, wie junge Waldrehlein, senkten gutmüthig das Haupt ein wenig zur Seite, als harrten sie des Winks des Gebieters, der alsbald auf das scharrende und froh wiehernde Roß sich schwang, das sogleich mit den Windspielen sich in Bewegung setzte. Scheidend unter den Segenswünschen seiner getreuen Hausgenossen und Knappen, ein baldiges freudiges Wiederkehren verheißend, verließ der Ritter die Burg.

Noch nicht fern war Heimer, als des Rosses Trab in einen pfeilschnellen Flug überging, der mit einem mal Burg und Burggebiet seinen Augen entrückte. Die weißen Hunde an der Spitze, schwebte der Zug vorbei an steilen Bergen, dunkeln Wäldern, Schlössern, Weilern, schillernden Seen, durch sonnige Ebenen, durch nebelige Schluchten. … Tiefe Finsterniß verschleierte nun die Erde, der rothe Mond stieg empor am Himmel. Leise, daß auch keine Muskel seines Leibes regbar wurde, eilte das Roß durch schweigende Waldwildnisse, Dorfschaften, wolkenhohe Schneefelsen, stille Städte – vorüber, jetzt an hohen Tempeln, Kirchenfenstern, offnen fürstlichen Todtengrüften mit schlafenden Königen, deren Juwelenkronen im Mondstrahl schimmerten, an grünen Matten, schäumenden Wasserwogen, flatternden und rauschenden Seevögeln und Meerthieren –

vorüber an einsamen Friedhöfen, auf welchen weiße Leichengestalten wandelten. …

Die Nacht entschwand. Langsamer gingen die Windhunde, ruhiger schritt der Fuß des Rosses, und ein Gefilde, von unaussprechlicher Pracht und Herrlichkeit erschloß sich dem schauenden, staunenden Reitersmann. Ein wundervolles Thal zeigte sich seinem Auge, in welchem Palmen, Mandelbäume, hohe Cedern, Oliven- und Oelbäume standen und flammende Lorbeerrosen, dunkele Maulbeeren, laubige Feigen, traubenbeladene Rebenstöcke; von fernen, sanft gerundeten, grünen Hügeln, bedeckt von hohen Lotosbäumen und zarten Zipressen, kamen silbergefittigte Turteltauben, die sich niederließen auf den Zweigen glänzender Mirthen, horchend der frohlockenden Vögel, die auf blühenden Staudenwipfeln süße Lieder sangen; und auf goldgrünem Erdenteppich, geschmückt mit den Früchten des Korallen- und Apfelsinenbaums, mit Datteln und Kokosnüssen, glühten Basilien, Ysop, große Schlüsselblumen, Myrrhen und Terebinthen und mischten ihre herzerfreuenden Wohlgerüche mit dem Duft der hohen Lilien, welche emporblickten zum Wolkenhimmel, der tief gesenkt ruhte über dem heiligen Land, und Hügeln und Thale, Blumen und mild wallende, veilchenblaue Hügelflüßchen sanft färbte mit dem Purpur eines gottverkündenden Morgenlichts. – Von seligen Ahnungen und unendlicher Freude und Liebe erfüllt, schaute und lauschte der Ritter; denn auf besonnten Höhen zeigte sich ihm, strahlend gleich einem Lichtmeere, eine Burg von edlem Gestein, deren diamantne Pforten sich jetzt von einander lösten und eine Gestalt im weißen Gewande sichtbar machten, die er alsbald erkannte und der er sehnsuchtsvoll entgegen eilte.

Willkommen in dieser Burg, sprach der Bewohner der himmlischen Sonnenhöhen.

Heimer vergoß Freudenthränen an der Brust des theuren Freundes und war unfähig, seine Empfindungen auszudrücken und zu sagen, wie er nun erlangt habe Alles, was sein Trauerherz begehrt vom höchsten Himmel. – Horamund führte hierauf den Gast nach einem großen Saal, der von Engelsgesang und Harfenspiel belebt war, lieblicher, als auf Erden eines Menschen Ohr jemals vernommen. Den Saal, der mit Scharlach gedeckt war, trugen hochragende silberne Säulen, und an einer langen festlichen Tafel von Perlen und Edelsteinen, versehen mit goldenem Wein und krystallenen Gefäßen, saßen Männer, Frauen und anmuthige Jungfrauen, unter deren großer Zahl dem Ritter viele nicht fremd waren, deren freundliche Blicke seine Seele entzückten, doch die Freude, den Jugendfreund wieder zu sehen von Angesicht zu Angesicht, und an seiner Seite zu sitzen, gewährte ihm die allerhöchste Beruhigung. – Wie herrlich ist deine Burg und dein Fest, sprach er zu ihm, du magst dich preisen mehr, denn einen Seligen. Ich bin nicht minder froh, vereint zu sein mit Allen, die ich geliebt habe auf Erden, an diesem Tage, dem schönsten meines Lebens. – Noch unterhielten die Freunde sich in gottseligen Gesprächen, als Horamund mit sanfter Stimme sprach: Nun ist es an der Zeit, daß du wiederum heimkehrst nach deiner Burg. – Bestürzt und hingerissen vom tiefsten Weh, entgegnete Heimer: Warum soll ich schon scheiden? Laß mich doch bei dir bleiben, ach nur noch eine einzige Stunde … Der abgeschiedene Freund versetzte: Das kann nicht sein, du musst zur Heimath gehn, der du viel länger hier verweilt, als du wähnen magst … Bald aber sehn wir uns wieder. – Nun führte er den Betrübten aus dem Saal. Vor den Burgstufen harrte der eilende Schimmel und sah den kommenden Ritter mit großem Auge an und auch die schneeweißen Windhunde standen wieder zu Häupten des Rosses und senkten gutmüthig den Kopf ein wenig seitwärts, bereitfertig aufschauend wie zu einem geliebten Bekannten. – Der Ritter bestieg seinen Renner, der ihn kaum auf dem Rücken fühlte, als er mit Windesschnelle hinwegeilte. – Wolkenhohe Gebirge, Feldmarken, Waldungen, Schlünde, Meeresfelsen, tobende Gewässer glitten wieder zu seiner Rechten, zu seiner Linken hin; große Städte mit mächtigen Domen und ernstem Glockengeläute, Flecken, Silberfeen, Bethäuser und niedre Thalhüttlein der Erdenbewohner schwebten vorüber vor dem trunknen Blick des Ritters. – Aber wie klopfte sein Herz, wie stieg und steigerte sich seine Verwunderung, als er die Gegend seines Gebiets wiedersah und ihm lauter seltne und befremdende Gegenstände ins Auge traten. Da, wo ein endloser Wald sich ausgedehnt, lag ein weitläufiges Dorf, ein Gehöfe, ein großes Klostergebäude; am Ufer des Thalflusses, an dem eine Mühle mit Häuslein gestanden, prangte eine mauerumzogne Stadt mit steilen, bekreuzten Kirchthürmen;

auf nahen, ewig wüsten, nun von mächtigen Bäumen und lachendem Maigrün bedeckten Kuppen, ruhten Bergkapellchen, erfüllt von frommem Betgesang und hellem Orgelklang, deren Goldkreuze und Fensterscheiben im Glanz der Abendsonne brannten. – Da stieg empor der Burgberg, fernhin zeigte sich auch des Freundes Wohnsitz. Nun war der Schlangenweg zur Höhe zurückgelegt, der Eingang zur alten Ahnenburg erreicht. Ritter Heimer streichelte den anhaltenden Renner und blickte sich um. Das war das Wohngebäude, das war sein geliebtes Stammhaus nicht mehr. Eine hohe Burg mit Seitenflügeln stand vor ihm, ein tiefer Graben, starke Mauern mit trotzigen Eckthürmen umschlossen sie, und nur der Löwe und Vogel Greif des alten Familienwappens, das noch über dem Thor befestigt hing, überzeugten den zweifelnden Ritter, daß er vor keiner andern als der eignen Burg angekommen sei. – Der Burgwart, nachdem er mit dem Lärmhorn des Fremden Ankunft vermeldet, ließ die Zugbrücke sinken, ging auf den Ritter mit weißem Roß zu und fragte ihn nach Herkunft und Begehr. Ritter Heimer starrte den Wächter an und sprach: Frage nicht also: ich bin der Herr dieser Burg und des ganzen Gau's – wo sind die Meinen, wo sind die Knappen und Diener meines Hauses? Aber vor Anschau und Zuwort des Ritters verzerrte der Thorwart das Angesicht und floh scheu in die Burg hinein. Und alsobald von der Ankunft des Gastes unterwiesen, trat der Burggebieter entgegen dem Fremden, der, von Roß und Hunden verlassen, ängstlichen Schrittes ihm nahte. Er sah einen Rittersmann in alterthümlicher Rüstung längst vergangner Zeiten. Sein Gesicht war klein und verschrumpft, wie ein braunes Herbstblatt, zwei weiße Löcklein zitterten um seine Schläfen, aus tiefen Höhlen blickten matte, glutherloschne Augen. Gefolgt von vielen Männern und Frauen der Burg, welche die Neukunde von dem greisigen Ritter herbeigezogen hatte, führte er den Fremdling ins Gastgemach, woselbst der Ritter, indem sein todtes Auge wieder aufzuleben schien, nochmals wiederholte, daß er, der Eigenthümer dieser Burg, solche erst am heutigen Morgen verlassen habe. Da überkam Alle ein entsetzliches Grauen; es schwiegen die Männer, welche den Alten umgaben; voll bangen Schauers falteten die Frauen die Hände; die Mägdlein und Knaben bargen ihre furchtbleichen Wänglein im Schoß der

Matronen und guckten verstohlen nach dem grauen, greisigen Waffenmann, der da sein wollte der Herr und Beherrscher dieser Burg und des ganzen Gau's. Niemand war unter der Menge, welcher der dunkeln Aussage des Fremden hätte Aufschluß ertheilen, noch ihm selbst ein Wort der Tröstung hätte geben können. Endlich drängte sich ein gebeugter, alter Mann in den schweigsamen Kreis und sagte, daß er einst gehört von seinem hundertjährigen Großvater, wie vor undenklicher Zeit einmal ein Ritter und Herr dieser Burg wäre ausgezogen im Zwielicht der Frühe auf goldhufigem, weißem Rößlein, begleitet von zwei weißen Windhunden, ohne jemals wiederzukehren zur alten Heimathsburg. Er fügte dieser Meldung noch eine alte, in der Burg bewahrte, Urkunde bei, die der Angabe des Ritters die vollkommenste Bewahrheitung lieh, welcher zufolge seit dieser Zeit verflossen waren wohl mehr denn dreihundert Jahre. – Erschüttert und vom tiefsten Mitleid ergriffen, sahen alle auf den bebenden Greis im uralten Waffenkleid, dessen Augen sich erdwärts senkten, dessen Gestalt zu wanken begann, und der nun, jeder leiblichen Nahrung abhold, inbrünstiglich zu den Burgbewohnern flehte, ihn zu führen dahin, wo er noch einmal sich erfreuen werde des Anblicks jener Burg, in der sein liebster Freund, mit dem er so viele Jahre der Eintracht und Bruderliebe verlebt, gewohnt habe. Und mit sanfter Hand und sanftem Zuspruch unterstützten und geleiteten die Frauen der Burg den ehrwürdigen Rittergreis zu einem flügelgeöffneten Fenster, das den Blick nach der fernen Bergeshöhe verstattete. Hier ruhte er im bequemen goldnen Lehnstuhl. Noch stand es vor ihm mit seinen grauen Mauern und Zinnen, wie einst, da er es so oft besucht im Genusse des beglücktesten Lebens, das wohlbekannte Freundeshaus. Seinem schwachen Augenlicht wollte noch erkennbar werden die riesige Eiche am Eingang des hohen Thors; er vernahm die lobsingenden Abendlerchen unterm dunkelblauen Himmel, das Jubeln der Mauerschwalben, die noch, wie in den Tagen der Jugend, die Lüfte durchschwirrten, und himmlische Seligkeit ruhte auf seinem Angesicht. Schweigend den Blick in die Ferne gerichtet, saß der Greis im Lehnstuhl, seine Hände falteten sich zum Gebet und kaum hörbar entwanden seinen Lippen sich die Worte: Herr, ich bin allein auf dieser Erde – nimm mich zu dir, führe mich in deines

Himmels ew'ge Herrlichkeit! – Und als die Burgbewohner wiederum ihm nahten und in sein Antlitz blickten, das die letzten Funken der scheidenden Sonne noch beglänzten, war seine Sele entflohen und wieder eingekehrt in jene paradiesischen Gefilde, welche er eben verlassen hatte.

# Die Felsenbraut

Es wurde stiller. Ein Stahlhammer nach dem andern schwieg; nur hier und da flogen noch Funken aus einem Schornsteine in die Nacht.

Unter duftendem Apfelbaum des Berghanges saßen Anton und Brunilde und sahen auf den kommenden Mond, der, von unzähligen Himmelslichtern empfangen, hinter den zackigen Eiskanten des Juragebirges sich erhob und vollen Angesichts nun feierlich langsam, wie ein mahnender Geist eines fremden Reiches, der Nacht entstieg. Hell lag darunter das Dorf unter weiß blühenden Bäumen, deren vergoldete Spitzen erweckte Bienen umschwärmten, als wäre die Sonne des neuen Tages schon erschienen, und auf dem Zifferblatt des hohen Kirchenthurmes waren die blinkenden Zeiger der Uhr zu erkennen, welche die neunte Abendstunde verkündeten.

»Du willst schon gehen«, klagte Brunilde mit sanfter Stimme.

»Es ist noch Manches zu ordnen und anzuweisen«, entgegnete Anton. »Die alten Hammermänner sind abgegangen, wie Du weißt; die neuen werden erwartet, und frühzeitig muß ich bei der Hand sein.«

»Sonst warst Du so eilig nicht und hattest doch auch zu thun. Du warst so gern bei mir. So war's noch, da Du von Lausanne kamst und mir das schöne, blaue Mieder, reich eingefaßt von rothem Golde, mitbrachtest. Ich freute mich recht darüber, und damit Du möchtest sehen, wie es mir stände, ging ich gleich in's Kämmerchen, um es anzuziehen. Aber Du hattest keine Ruhe, kamst zu mir, küßtest mich so eigen und sprachst: Ja, nun gefällt es auch mir; nun ist's ein prächtig Mieder, da es Deinen Leib umschließt, Du liebstes aller Waadlands-Mädchen.« –

»O, liebe Brunilde!«

»Dies ist nicht das einzige Beispiel Deiner Freude, Deiner Liebe«, fuhr das Mädchen fort. »Wie anders bist Du jetzt. Du bist ernst, verwirrt, wenn ich mit Dir rede, küssest mich, der Du Dein Herz gegeben, nicht mehr wie sonst, und ich bin doch so von ganzer Seele Dein ... Es lebt Etwas in Dir, was Heimliches, was Feindliches. Ich fühl' es wohl, nur weiß ich's nicht zu deuten. – So rede doch, Verschwiegener. Wenn Dich ein Kummer drückt, wenn Dir was Trübseliges ist zugestoßen, nenne, nenne mir Dein Leid; wir wollen es zusammen tragen. Dann wird uns Beiden leichter werden; ich fürchte mich vor nichts und kenne keine Furcht.«

»Zu einer andern Stunde sicherlich.« –

»Das hast Du schon einmal gesagt; aber diese Antwort beruhigt mich nicht. Anton, lieber Anton, ich beschwöre Dich beim schönen Himmelslicht – –«

Ein Fenster des nahen Hauses klirrte, die kranke Mutter rief der Tochter, und die Liebenden schieden von einander.

Es war bald ein Jahr, daß Beide sich angehörten. Brunilde wollte Wasser schöpfen am entfernten Ziehbrunnen. Erhitzt von emsiger Hausarbeit, setzte sie sich auf eine Steinbank am Brunnen, erlöste die Brust von einem enganschließenden, weißen Tüchlein, athmete die kühle Gebirgsluft und war schöner, als die Ros' am Busche. Das Mädchen hatte nicht wahrgenommen, daß ein Fremdling von dunkelm Auge und schwarzwallenden Stirnlocken ihr nachgefolgt, der nun lauschend hinter einem Baume stehen blieb. Er sah sie sitzen, aufstehen, den Eimer senken, sah die lieblichen Formen einer jugendlichen Gestalt, die der Abendwind, mit ihrem leichten Gewand spielend, erkennbar machte, war in drei Sprüngen bei der Erschrokkenen und schöpfte und trug ihr den Eimer nach Hause.

Das Häuschen der Wittwe Mellis lag am Berghange droben unter breitblättrigem Rebenlaub und hochgewölbten Obstbäumen, dürftig zwar und klein mit kleinen Fensterlein nach landüblicher Bauweise, verherrlicht jedoch durch Reinlichkeit und den darin wohnenden Geist der Liebe und Eintracht, der so selten gefunden wird in der Hütte der Armuth. Bald wußte Anton von der Eigenthümerin, daß Mutter, Tochter und eine zahme, gesprächige Elster den ganzen Bestand des Hauses bildeten. Beide erfuhren, daß der Fremde, heimisch zu Bern, geschäftsberufen arbeitend in der Werkstätte des angesehenen und ehrbaren Bürgers und Waffenmeisters Herrn Geiling im benachbarten Orbach öfters diesen Ort berühre, in welchem ihm heute, am schönsten seiner Tage, wie er freudig zu erkennen gab, eine so freundliche Begrüßung zu Theil geworden. Der junge Waffenschmied hatte neben dem Mädchen sich niedergelassen und Beide wechselsweise sich angeblickt. In ihren braunen Augen, die ihm wohlthaten wie helle, sanfte Lichtchen, wurde ihm gar fröhlich zu Muth; bewegter und fester hielt er ihre ergriffene Rechte in seinen Händen, ergötzte sich ihrer Gestalt und lieblichen Rede; der wolkenlose Abendhimmel, der zu den offenen Fenstern hereinschauete, that das Seine – und als die Befreundeten nach einigen Tagen sich wieder sahen, vereinten sich auch ihre Lippen zum unauflöslichen Bund der Herzen. – Die Liebe macht alle Menschen schön. Einen schöneren Anblick aber, als Liebende, die aus stiller Stunde des Seelengeständnisses kommen, giebt es nicht. Der heilige Augenblick hat sie geweiht und ihrem Wesen einen Schein ertheilt, der mit Nichts auf Erden sich vergleichen läßt. Es sind Selige ohne Wünsche, Wonnetrunken ohne Sprachlaute, die in zahllosen Zeichen ihr unaussprechliches Glück verkünden. Mit diesem Augenblicke hebt ein neues, Gott wärmer zugewandtes Erdenleben an, das für den dankbaren, edlen Menschen die Unverwelklichkeit und Ewigkeit der Dauer in sich bewahrt. Die Mutter küßte die theure Tochter mit dem Geständniß ihrer feuchten Augen, sie drückte den liebgewordenen Waffenschmied an sich, und auch ihr Auge und Kuß gaben Zeugniß ihres Gefühls. Anton jauchzte über Berg und Thal. Zur Vervollkommnung seines Glückes ermangelte nur noch der Freudenstrahl des elterlichen Mitgefühls. Und eilfertig rüstete er alsobald ein Wäglein und fuhr mit Brunilden gen Bern.

Wichtige Kunde hat Vogelschwingen. Die Nachricht von Antons Bräutigamschaft hatte vor Beider Ankunft schon das Vaterhaus ereilt, und als plötzlich der Ruf »die Braut kommt! Antons Braut ist da!« erschallte, stürzte Alles über Hals und Kopf herbei, die Ankommende zu sehen und zu begrüßen. Herr Johannes Weidel, der rüstige, kräftige Vater und Waffenmeister im schönsten Haus zu Bern, vernahm in abgelegener Werkstätte das ungewöhnliche Getöse. Er eilte, einen blitzenden Flamberg in der Hand, zum räumlichen Hof, wo Beide dem leichten Fuhrwerk bereits entstiegen, der Jüngling im neuen Gewand, flackernden Federhut und funkligem Seitenschwert; die wohlgerundete Jungfrau, gemustert mit blauem Mieder, mit

Bändern, Silberkettlein, Brustblümchen, züchtig und lustiglich anzusehen, von Umarmung zu Umarmung fliegend, also, daß er gleichsam mit dem Schwerte der Rechten durch ein enges Gewühl betheiligter Familienmuhmen und glückwünschender Nachbarfrauen den Weg sich bahnen mußte zum eignen Sohne, der nunmehro die Liebste ihm überlieferte, die er, ihrer jungfräulichen Holdseligkeit des Lobspruchs laut, an ihren Schwungzöpfen ergreifend, näher zog und seinen großen Mund auf deren kleines Mündchen und die beiden Rothbäcklein drückte. Mit schönstem Willkommgruße empfing auch des Meisters Ehefrau, Frau Weidel, die artige Waadländerin, schloß sie in ihre Arme und nahm hierauf den geliebten Anton mit sich in ein besonderes, dem Ergusse wichtiger Familienergebnisse bestimmtes Zimmer, um zur Stillung ihres heißen Verlangens, Näheres über Leben und Weben der theuren Zugeführten zu erhalten aus des Sohnes wahrheitgewohntem Munde. Und nachdem nun Fragen und Zweifel beantwortet und das mütterliche Gemüth sich befriedigt und beruhigt fühlte, fuhr mit sanfter Stimme Frau Weidel also fort: Wie wundersam lenkt und fügt oft die Allmacht die Dinge der Menschen! Einst, lieber Sohn, saßen wir Alle vereint an der großen Abendtafel und waren, wie es zu geschehen pflegt, beim Bedenken und Berathen dieser und jener Gegenstände auch auf das zeitliche Wohl der Menschen gekommen, das die Vorsehung deinen Geschwistern, den vier ältesten Söhnen des Hauses, bereits verliehen, welche eines beglückenden Ehelebens sich erfreuten; als ich fragend mich zu dir wandte, der du still da saßest und zuhörtest und sprachst: »Die Zeit wird kommen, wo auch Anton seine Braut, gewählt im Schweizerlande, uns entgegenführen wird«, worauf der Vater bekräftigend hinzufügte, wie auch dir verstattet sei das Aussuchen der Allerschönsten, und die jungen Mädchen lachend in die Hände schlugen: da sahest du jüngster und wildester, doch darum nicht minder geliebter meiner Söhne vor dich hin, antwortend gar ernsten, seltsamlichen Ausdrucks: »Ach, Mutter, wer weiß, ob's je dahin kommt! Und geschieht's, so geb' der höchste Gott mir nur ein armes, armes, aber herzensgutes Mädchen« … Und als ich weiter fragte: »ei und warum denn ein solches?« gabst du zurück: »damit sie Alles, was ihr lieb ist und Freude bringt, mir ja einzig mir allein verdanke und mir dafür mit rechter Treue zugehört.« – Sieh, Sohn, auch der Unmündigen Wunsch hört und erfüllt die Gottheit oft. Was dein kindliches Gemüth begehrt, wird dir nun zu Theil, und Gottes Kinder sind die Reichen wie die Armen. Deinen Schilderungen von ihr schenk' ich meinen Glauben gern und lese im Auge dieses Mädchens die Reinheit ihres Herzens, die daher würdig ist, den Gliedern unseres alten Hauses beigezählt zu werden. Lasse dir also das anvertraute Himmelsgut, das dich begleiten wird durch's Leben, auch heilig sein, hörst du das Wort, auf ewig heilig sein! – – Und der treue Sohn umschlang die Mutter und sprach: Liebe Mutter, dein Gebot soll mir heilig sein immerdar; ich will dir folgen, damit deine Liebe und Zufriedenheit mir auch fernerhin erhalten bleibe; dein Glück ist auch das meinige! – Dann stellte Frau Weidel Braut und Bräutigam neben einander, ergötzte sich an Beider Jugend, Rosenschein, herzheimlichen Ineinanderblicken, gedachte mit Wonne und Wehmuth des eignen Erdenlebens, wie der Gatte sie einst gefunden, belauscht, geliebt, gewonnen und wie endlich, ach, der lange, süße Mädchentraum zur Wirklichkeit geworden am kerzenhellen Traualtare.

Entlassen mit den Segnungen der Liebe, empfangen von einer beglückten Mutter, waren Beide wieder heimgekehrt. Anton hatte von den Eltern nicht allein die volle Zustimmung erlangt, im Geburtsorte Brunildens demnächst häuslich sich niederzulassen, der wohlwollende Vater hatte ihm auch ausreichende Mittel zum Aufbau eines stattlichen, zweckentsprechenden Wohn- und Geschäftshauses zugesagt, zu welchem der Umriß alsbald entworfen, die Arbeiten angewiesen, der, wie es festgesetzt war, bis zum nächsten Herbst sollte vollendet sein.

An einem heitern Abend verließ Anton Brunilde und kehrte nach der Stadt zurück. Es war schon spät. Gewohntermaßen strich er den Niederungen des Gebirges entlang, welche, mit mannigfachem Holze bewachsen und von erfrischendem Waldblumenduft erfüllt, ihm schon oft große Genüsse gewährt. Er hatte etwa eine Stunde des Wegs zurückgelegt, als der Gesang einer weiblichen Stimme in sein Ohr schlug. Er blieb stehen; denn es war unmöglich, den wundervollen Tönen sich abzuwenden, die bald schmeichelnd, bald in glühender Weise Verkünder waren eines beseligenden Glücks der Liebe und tief in sein Herz zogen, in welchem sie fortlebten, als die Stimme längst verstummt und die vorige lautlose Stille wieder eingetreten war. Begeistert und berauscht von den Zaubertönen folgte Anton endlich seinem Weg. Ein Landmann mit einem Karren Garben kam von der Höhe herab und lenkte nach dem Dorfe. Er rief und fragte ihn, ob auch er den Gesang gehört, und wer hier in tiefer Einsamkeit des Berggebiets wohnen möge, wo er niemals ein menschliches Wesen wahrgenommen habe.

»Es wird die Jungfrau des Felsens gewesen sein, die Ihr hörtet«, versetzte der Garbenmann. »Wer sie singen hört, bekommt sie auch zu sehen; wer sie sieht, erfährt ihre Gunst; ich habe sie nie gehört, also auch nicht gesehen.«

»Eine Jungfrau auf diesem steilen dunkeln Gebirge?«

»– Sie haust in diesen ungeheuren Felsen und zeigt sich dann und wann dem Volke. Wenn sie sichtbar wird am ersten Tag des Jahres mit einer weißen Gemse, giebt's ein gutes Erntejahr; erscheint sie mit einem Gemsthier adlerschwarz, wird das Jahr ein böses; Sturm und Hagel treffen Flur und Feld, der Wehrwolf dringt ins Dorf und die Nachtschwalbe oder graue Hexe saugt den Kühen die Milch aus. Engelsüß soll ihr Gesang und himmlisch ihre Schönheit sein. Schönheit bringt Gefahr. Wahrt Euch vor Ungemach. Die Nacht ist da.« – –

Anton wollte weiter fragen, hörte aber den Karren des Mannes schon in der Tiefe rollen. Gedankenvoll stieg er höher und höher und war gesonnen, auf einer andern ihm nicht unbekannten Seite des Berges wieder hinabzugehen. Noch einmal bog er um eine schroffe Felsenecke, und eine weiße Gestalt hemmte seine Schritte. Es war kein Luftgewebe, was sich ihm zeigte, der Unbekannte hatte wahr berichtet. Auf kahler Felsenklippe sah er die Jungfrau sitzen. Sie strich, wie kämmend, mit den Fingern durch ihr Haar, das lichthell, lang und schwer wie Goldlahn ihr über Brust und Nacken schwamm. Eine geringe Bewegung, und die Erscheinung wandte unter der schirmenden Golddecke ihr leuchtendes Augenpaar nach Anton, richtete sich auf und schwebte langsam, leise mit dem Finger winkend, nach einer Thüre im nächsten Felsen und verschwand. Zögernd folgte Anton. – In diesem Augenblicke hörte er die orbacher Glocke aus der Ferne schlagen. Ihr Ton war dumpf, schauerlich, lange nachhallend wie warnend. Eine beengende Luft hielt ihn zurück. Eilig flog er die Gebirgshöhen wieder hinab.

Hatte der Gesang der nachtwandelnden Gebirgsbewohnerin an Gemüth und Seele Alles überboten, was sein Ohr jemals vernommen, und einen unauslöschlichen Eindruck auf ihn gemacht; so glaubte er sich nun von dem Lichtbilde der Frauenschönheit, das aufs höchste ihn begeisterte, wie in eine andre Welt versetzt. Er sah der jungfräulichen Sängerin blitzendes Auge, ihren Arm, das leuchtende Haar, fühlte in liebebefruchtenden süßen Träumen der Nacht sich zu ihr hingezogen mit unbesiegbarer Gewalt. Und ehe herandämmerte der nächste Abend, erstieg Anton schon wieder die klippigen Laubgänge, hochschlagenden Herzens erwartend, ob die Himmelsklänge wieder erwachen, ob die weiße Erscheinung sich wieder sehen lassen und ihm ein Zeichen geben würde ... Und abermals vernahm er den Gesang, erkannte auf hohem, laubumnachteten Klippenrand die schlanke Gestalt, welche jetzt den weißen Finger winkend gegen ihn erhob, indem sie ihren Ruheort verließ. Anton trat in ihre Fußtapfen. Das schwarze Felsenthor, in welchem sie verschwand, nahm ihn auf und schloß sich hinter ihm mit langem, sanftem Schall. Er sah sich allein unter weiten Hallen, welche, schwach erleuchtet, ihn allmählig nur die Gegenstände erkennen ließen. Jetzt erfolgten Bewegungen um ihn her; es sprach in abgebrochenen unverständlichen Lauten, hämmerte und pickte wunderbar, wie im Schachtwerk thätigen Berggräbnervolks, während hellere Stimmen aus dem Innern des Steingeäders zu dringen schienen und liebliche Silberhörnlein dazwischen anschlugen. Schlangige Funkelflüßchen schlichen durch das Gestein und zeigten sich wie zuckend an verschiedenen Punkten. Weiter wandelnd sah Anton durch die Dunkelheit hinab in ein großes, von der Silberkugel des Mondes beschienenes Wasserbecken, das von badenden Jungfrauen belebt war, die im kühlen Gewelle scherzten, sich umschlangen und dann verschämt hinter dunkelrothen Wogenblumen sich bargen. Heller und heller wurden die nachtumwallten Räume. Vor einer Brücke von Elfenbein, die nach einer von blauen und rothen Karminsäulen getragenen Halle führte, lagen zwei riesige, schwarze Hunde, welche mit struppigem Haar und feurigen Augen vor dem Ankömmling emporfuhren, alsbald aber, wie auf ein begütigendes Zeichen, beruhigt wieder niedersanken. Von der schmalen Brücke ging Anton über einen weichen, farbenreichen Teppich in die Halle. Die Wände derselben, welche aus Krystallen und Sternkorallen bestanden, durchbrachen schwanke Blumenstengel, die den Lilien glichen, deren sanftbewegte Duftkelche sich neigten über zarte Polster verborgener Nischen, und ein anstoßendes, offenes Zimmer wies nach einer Reihe Gemächer von gleichem Diamantenschein und üppigem Blüthenreichthum. Da blieb er wie gefesselt stehen am Eingang eines Rundgemaches und weidete sein Auge an der Fülle der Pracht, die ihn umgab. Einst hatte er das Schloß zu Orbach besucht, hatte die reiche Ausstattung eines Throngemaches an kostbaren Tafeln, Gestühl, Deckenschmuck, den farbenreichsten, herrlichsten Wandgemälden aller Kaiser und Könige bewundert. Doch was war aller Glanz gegen diese Himmelsflammen, gegen die gleich Sonnen leuchtenden, blendenden, bewältigenden Strahlen dieses Goldgemaches! Das Schönste darin war aber ein Ruhebett, welchem Anton, als der unfehlbaren Schlummerstätte eines himmlischen Wesens nicht zu nahen wagte. Es wurde von goldenen Pfeilern getragen, war versehen mit golddurchwirkter Eiderdaunendecke und Kissen, umwölbt von einem karfunkelsteinblitzenden Purpurhimmel, dessen Anschau Aug' und Seele schon Wonnetrunkenheit gaben bei dem Gedanken an die süße Lust, die seine hüllenden Arme gewähren müßten; welche Wunder noch erhöht wurden ringsum von den lieblichsten durch die Fensterscheiben blickenden Blumen, dem zartesten Grün junger Buchen- und Fichtenstämme, auf deren zapfenbehangenen Zweigen weiße, gelbe und himmelblaue Wölkchen schliefen; so wie nicht minder durch die hier waltende Mäuschenstille, in der auch das kleinste Dudellied einer Mücke, das Zwicken eines Fliegenbeinchens sich würde vernehmlich gemacht haben. Tiefes Geheimniß wohnte hier. Alles flüsterte süße Liebe. Alles trug der Liebe Abglanz. Es war ein Gemach, geweiht der innigsten Liebesheimlichkeit, wo lautlose, armverschlungene Liebende einander die Rosenlippen bieten, Entzücken und Beruhigung findend in den hochaufwallenden, heißen Herzen … Mit einem Male öffnete sich der Fenster Flügel, einer nach dem andern; Blumenblüthen und rothe Knospen brachen, wie neugierig lauschende Kinderköpfchen, in das bräutliche Gemach, und mit ihnen, als den Boten schöner Verkündung, kamen aus dämmernden Weiten frohe Saitenspiele, zogen näher und immer näher, und durch die weißen und blauen Schlafwölkchen und das zitternde Laub und die süßen Blüthenkränze drangen die ersten Strahlen der Morgensonne ... Gehoben wie von einer traumerwachenden, seligen Jungfrauenbrust, bewegte sich nun des Purpurhimmels goldene Lagerdecke, und eine Frauengestalt richtete sich auf, erschloß mit himmlischem Glanzblicke ihre Augen und streckte sehnend die unverhüllten, marmorweißen Arme dem schauenden, staunenden, betäubten Anton entgegen, der sich jetzt von kleinen, aus den Blumenkelchen steigenden, nahenden, größer und größer werdenden Gestalten umringt zu sehen glaubte, die ihm mit sanften Händchen die Augen verschlossen ... Nun umfingen ihn volle Arme, eine liebewarme Frauenbrust wallte auf seinem Herzen, heiße Lippen senkten sich auf seine Lippen. – Es war ein Umschlingen, Empfinden, Genießen, wie es Glücklichen beschieden im endlichen Wiederbegegnen nach langem, schmerzenvollen Getrenntsein. Die steigende Sonne goß goldene Strahlen über das selige Paar, und zu den vollen Pulsen der Herzen und dem Klingen und Rauschen naher Saiten stimmten der Vögel Gesänge auf den Zweigen belebter, nickender Wunderblumen. – – »Habe ich endlich Dich in meinen Armen«, sprach die Jungfrau, und ihr Auge leuchtete mit überirdischem Glanze ... »Wie lange habe ich Dich gesucht, geharrt Deiner in den Tagen der Angst und Erwartung, Du theurer Freund. Endlich bist Du mir gegeben, Du schöner Jüngling! – O tröste mein Herz, rufe es in diese befriedigte Brust, daß Du bei mir bleiben und mir angehören willst!« – Und mit mächtigerem Feuer jungfräulicher Gewalt zog sie ihn zum weichen Polster und fuhr unter Wonnezähren, die ihren Augen in leuchtenden Perlen entströmten, fort: »Nein, ach, nein, verlassen wirst Du, kannst Du mich nicht mehr; Du bist mir zuertheilt aus der Hand allwaltender Geister. Ich bin die Deine, unzertrennlich sind wir vereint mit Armen, Lippen, Herzen!« – »Heilige Waldessängerin, schönste der Frauen auf Erden« – sprach Anton mit Leidenschaft – »o öffne sie nimmer wieder Deine sanften, weißen Arme, die das Sehnen meines Herzens stillen – hier laß mich weilen, hier will ich leben nur für Dich, für Dich allein.« – –

Freudeglühend schaute die Jungfrau auf ihn nieder. Dann tunkte sie die Spitzen ihrer Rosenfinger in eine Schale von Bernstein, die neben ihr stand, und überglitt damit Stirne und Schläfe seines Hauptes, das wie bewußtlos auf ihrer Schulter lehnte. Bewältigt von den Schmeichellauten ihrer Stimme, entbrannt von den Küssen heißer Lippen, überströmt von der süßen Wucht der Goldwellen des jungfräulichen Haupthaares, schwanden dem Gefesselten die Sinne, welcher unfähig war, etwas anders auszusprechen und zu thun, als was Mund und Herz der Liebeglühenden Verlangen trugen. Mit seelenvollem Lächeln sprach sie zu ihm, nannte ihm ihren Namen und die Tage, an welchen sie ihn gesehen in den Thaltiefen, wohin sie ihre Grüße ihm gesandt, die er nicht vernommen, bis endlich die gehoffte, schöne Stunde ihn dem Kreise ihres Gebietes zugeführt. Sie zeigte ihm ihre prächtigen Wohnhallen, wandelte mit ihm im Grünen, begrüßt von süßem Vogelschlag. Ihre weiße Hand reichte ihm ein Ringlein von rothem Gold, dem Zeichen ihrer Gunst, das Anton an seinen Finger steckte, und im glückseligen Kosen der Liebe vereinten Beider Flammenblicke sich zu neuen, unaussprechlichen Empfindungen. Die Stunden flohen. – – Plötzlich trübte und senkte sich der Liebenden klares Auge, die Blüthen ihrer Wangen schwanden, der Schein der Sonne verging, die rauschenden Freudentöne erstarben, die Blumen schlossen ihre Augen, die Vögel schwiegen, und mit ernster von bangen Seufzern unterbrochenen Stimme hob sie an zu reden: »Ich habe Dein Wort, die Gewißheit Deiner Liebe und Treue – die Erlangung meines höchsten Wunsches. Doch eine Bitte, nur eine einzige, o Du Liebster, Du Unaussprechlicher, lege ich an Dein Herz, die Du mir gewähren wirst. Allnächtlich werde ich Deiner Ankunft entgegensehn, allnächtlich wird diese Brust frohlockend Dich empfangen und wir werden vereint sein … Einen Tag, eine einzige Nacht nur, die ihm folgt – die fünfte jeder dritten Woche – meide diese Höhen, betritt nicht meine Wohnung, geborgen tief in des Felsens Schooß; noch forsche jemals nach dem Grunde dieser meiner Bitte … Gelob es mir. – Lebst Du getreu Deiner Verheißung, verschwiegen in Allem, was Du gesehen und gehört, so kann keine Macht uns trennen; wir werden uns selig preisen und verbunden bleiben. Hältst Du nicht, was Dein Mund gelobt – ist

Verderben über Dich verhängt; nichts rettet Dich vom Untergang!« – Sie verhüllte ihr Angesicht mit langem, stummem Weh. Aber die Thräne, die an ihren schönen Wimpern hing, war hinreichend, den glücklichen Anton, dessen Lippen schon gelobend, schwurbekräftigend auf denen der Jungfrau ruhten, zu jedem, auch dem opferreichsten Begehren und Geloben zu bewegen.

Der Morgen brach an, da Anton den Felsen verließ. Dämmerung hüllte noch die Gegend ein. Ihm strahlte die Sonne eines neuen Lebens. Stolz schritt er durch das Stadtthor und schwelgte in der Erinnerung an die verlebten Stunden der Nacht, die einen Himmel ihm erschlossen, aus dessen lichten Rosenpforten ihm noch immer die süßen Worte: »verschwiegen und glücklich zu sein« ins Ohr flüsterten. Träumerisch ging er auf und nieder, sich fragend, ob es Wahrheit gewesen, was ihm begegnet, ob das Große und Edle vereint in solcher Hoheit und Schönheit des Geistes und Gemüths ein trügend und verderblich Gaukelbild ihm zeigen und gefangen halten und verwirren könne den Menschensinn. Ein Blick auf seine Hand entriß ihn aller Grübelei; er fiel auf das Zeichen ihrer Gunst und Zärtlichkeit und tilgte jeden Zweifel und Zwiespalt, der in ihm aufsteigen wollte gegen Wirklichkeit und Wahrheit der Erscheinung der wunderbaren Geliebten. Er betrachtete und küßte ein Angedenken von so hohem Werth, das ihm heilig galt, das er um kein Gut der Welt hätte hingeben mögen, und überließ sich, auf sein Lager sinkend, den frohesten Empfindungen und Hoffnungen.

Die arme Brunilde! Sie lebte in Bangniß und Trauer. Sie sehnte sich nach Anton. Schon waren sieben Tage verlaufen, seit er nichts von sich hatte hören lassen. So lange war er nie ausgeblieben. Endlich kam er. Aber mit welchen Gefühlen, Erwartungen sah er die schönste der Waadtländerinnen, die geliebte Brunild wieder! Garten, Hütte, Berg und Thal, ach Alles, was ihn empfing, was um ihn lebte, schien ihm so trüb, so farblos, und sie selbst, die Reine, Süße, Theure, ein Kind nur, ein Kind der Flur, die noch mit Bändchen und mit Bildchen spielte, erloschen, entschwunden aus dem Herzen, das ihr sonst so innig angehört. Wie kam ihm Alles so klein, so arm vor – hier, wo keine weiße Hand ihm winkte, nicht Blumen nickten, sprachen auch die grünen Fensterräume, ergießend ihre Himmelsdüfte, zu den Engelsgesängen, zu den höchsten Wonnen und Genüssen. Für das holde Lächeln ihrer Wangen, für die tausend Fragen der Freundlichkeit und kindlichen Hingebung aus dem reinen Borne ihres liebedürstenden Herzens, für die bangen Seufzer, die aus goldener Liebesbrust des Mädchens quollen, blieb er unempfänglich, kalt und sprachlos, und jeder Versuch, den Verschlossenen zurückzuführen zur alten Frohheit und Zufriedenheit, alle Mühen, die sie anwandte, den Schlüssel zu seinem geheimnißvollen Wesen zu entdecken, scheiterten an seinem stummen Wesen oder wurden vereitelt durch ein äußeres, störendes Ereigniß.

Was sieht und fühlt ein Mädchen nicht, die liebt! Die Liebe eines Mädchens ist eine ganz andere, als die des Mannes. Sie ist reiner, glühender, ist das Höchste, Edelste, Schönste, was ihre Brust empfängt, bewahrt und giebt; und kein Blick, kein Ton, kein Pulsschlag des Geliebten, dem sie freudig ihr Leben hingegeben, der wie ein Heiligthum in ihrer Seele lebt, bleibt ihrem geistigen Auge fremd. – Einst saßen Beide auf der gewohnten Moosbank des anmuthigen Gärtchens und wie der leise Wind die Blüthen des Apfelbaumes über ihre Häupter streuete, so schien es Brunilden, als wenn, gleich diesen Blüthen, auch die Freude ihres Lebens welken und vergehen werde. Offen und hell, wie immer, lag ihr Gemüth vor ihm, unerläßlich forschte sie nach seinem verborgenen Gram, so daß auch das kälteste Gemüth hätte erwarmen müssen vor der Sprache der Innigkeit und Wahrheit. Doch Anton schwieg und schlug die Augen nieder. Er schwieg, gefesselt und gewonnen von den Stimmen der Geheimen, die ihn nie verließen, die auch in dieser Stunde wiederum sein Ohr erreichten, zur rechten Zeit ihn mahnend an sein Glück, an seine hochgelobte Schweigsamkeit. Da trat der Mond, der lange schon wie mit flammenden Waffen gekämpft gegen trübe Wolkenzüge, siegreich in's dunkelblaue Sternenfeld; die schwarzen Feinde wichen in die Tiefen; Muth stärkte die zage Seele des bewegten Mädchens; beredter floß ihr Mund über, und in seinen Arm gelehnt, die Hand auf seinem Herzen, suchte sie die schweren Schatten zu beschwören, die seine Stirne umlagerten. Sie gedachte des neuen, schönen Hauses, dessen Bau schon sehr vorgeschritten war, beschrieb ihm ihr künftiges Zusammensein, wie er in froher Thätigkeit, geehrt, begehrt von Freunden, von hohen Gönnern aus dem Burgund'schen Fürstenhause, stolz auf solchen Ruf und Ruhm sich fühlen dürfe; wie sie, nur für ihn sorgend, für ihn athmend, emsig und genügsamlich sich glücklich nennen werde in schöner, heimischer Häuslichkeit. Dann lenkte sie hinüber in die grauen Zeiten der Vergangenheit, erzählend ihm von Elsbeth, der schönen Spinnerin zu Wien im Lande Oesterreich, die dem Liebsten, der in den Krieg gezogen, gelobt mit heißem Weinen, daß sie getreu ihm wollte bleiben und spinnen, spinnen bis er werde wieder kommen, sollt' es auch Ewigkeiten dauern. Und wie sie spann nun und spann, die Spinnerin, auf grüner Wies' am Bach ihr Leinen bleichte, mit stillen Thränen netzte so manchen Tag, so manches Jahr, eh' er kehrte heim, der Bräutigam, erlös't aus schwerer, türkischer Gefangenschaft – ein Greis nun, ein welker Greis im Silberhaar – das schöne Spinnermädchen ein wankend altes Weibelein am Stabe – doch getreu geblieben einander, Beide treu verblieben – – und von dem Mägdelein auf hoher Burg am Rhein, welche, armer Herkunft, zur Pflege war gegeben einem edlen Rittersmann in fürchterlicher Krankheit des Aussatzes, so nach der Weisen Rath allein nur durch das Herzblut einer sich ihm opfernden, makellosen Jungfrau kann gehoben werden, die nun freudig und freiwillig diesem Opfer sich unterziehen und ihre Brust mit scharfem Messer sich will öffnen lassen, jedoch für solche reine Liebe den Lohn empfängt vom allerhöchsten Gott, der ohne dargebrachtes Blut den Kranken läßt gesunden und ihr ihn nun zum liebsten Ehegatten schenkt … »Anton, Anton!« – fuhr sie fort – »wer war das edelste der Mädchen? Die gute Magd, die zur Rettung des Unglücklichen ihr junges Leben dem bittern Tode weiht – die arme Spinnerin Braut, welche Jahre leidend, doch glaubensfest auf Treulieb baut? Sag', o sag' nur, Anton … So schön sind Liebe und Treue, so hell und herrlich, als der Erde Glanz! Und wie wird allzeit der Beständige beglückt, der Unbeständige bestraft von unsichtbarer Hand. – Auch meiner herzigen Gespielin, der redlichen Regine, von der ich Dir gewiß erzählt, denk' ich immer gern. Noch steht sie lebend vor mir, die den geliebten Ehegenossen im Lavinensturz verlor. Beide lebten gar zu glücklich; und wer zu glücklich ist, so glaubt die böse Welt, der lebt nicht lang. Nun schlafen ihre hellen Augen im tiefen Erdenbett, wohin sie sich so oft gesehnt, und viele theure Angedenken seiner Liebe, schöne Büschelblümchen, bunte Kräutlein, ruhen auf ihrem treuesten Herzen … Noch immer bist Du still und ernst, geliebter Anton! Ach, wer zu glücklich ist, lebt nicht mehr lang. Ja, Du meinst es gut mit mir, Du willst mein Leid, mein Elend, damit wir lange bei einander bleiben.« –

Brunilde strich Anton die Locken von den Schläfen, nicht ahnend, wie empfindlich sie heute sein Herz, dessen Schläge sie deutlich vernahm, berührt hatte.

»Habe Geduld, schenke mir Nachsicht«, begann er endlich mit weicher Stimme. »Sieh, ich gehöre noch der wirren, rauhen Welt, und viele Dinge des täglichen Geschäftslebens, die nicht herzuzählen sind, durchkreuzen mein Gehirn; Du bist allein, lebst wie ein einsam Nönnchen, kennst Lasten nicht, kennst Sorgen nicht und malst Dir in der Einsamkeit die nächste Zukunft düster, statt sie mit Alpenblümchen lustig zu bekränzen. Das darfst und sollst Du nun nicht mehr. Du bist so gut, weißt so recht zu trösten, bist ein lobesames, frommes Mädchen. Ich kann mich gar in keinem Stück mit Dir vergleichen, bin Dein nicht werth. Ach, schon der Name »Mädchen«, wie viel sanfter klingt er, als das rauhe »Mann.« – Doch glaub' es fest, ich bin so gern bei Dir, ich habe jedes Blickchen von Dir lieb und jeden Finger Deiner Hand. Vergebend schaue auf den Tadelnswerthen; wo er irrte, weise ihn zu seiner Pflicht; wo er fehlte, will er besser werden. Irrthum und Fehl führen zur Erkenntniß. – – Hörst Du's, Brunilde, auch morgen komm ich zeitig her und sitze wieder bei Dir, dicht bei Deinen lieben, braunen Augen, bei Deinen süßen Wangen, und Du giebst mir Deine beiden Händchen. – Nein, Du darfst nicht so allein sein, Einsamkeit weckt trübe, schmerzliche Gedanken; ich habe es selbst an mir erfahren. – Ja, bleib mir nur gewogen, und unser Frohsinn wird unverhofft sich wieder zeigen, wie Sonnenlicht nach düstern Regentagen.

Wehmüthig lächelnd, unbefriedigt sah sie ihm nach. Noch fühlte er die Schwere seiner Schuld, den Frieden eines guten Mädchens vernichtet zu haben, nicht in vollem Maß.

In einem dunkeln Tannenwald wohnte eine uralte Frau, welche die Heimchenfrau genannt wurde. Sie war eine Seherin und Traumdeuterin und sagte den Leuten wahr aus Handlinien und Wasserspiegeln. Ihre Wohnung steckte tief in einem hervorragenden, von Bilsenkraut, Distelköpfen und Schierlingsstengeln umwucherten Felsen, und über der Eingangsthüre, nach welcher sieben Stufen führten, stand in einem hohen Schlehenbaum, in dessen Mitte das Dornennest der mohrenschwarzen Heckenelster hing, eine finstere Gestalt, wie ein drohender Hüter des Hauses.

Bedrängt von quälenden Gedanken und Gebilden schlich Brunilde in der Abenddämmerung nach dem abgelegenen Walde. Sie wollte fragen die alte Heimchenfrau, die sie schon oft an ihren Fenstern hatte vorüberstreichen sehen, wollte, da keine Seele ihr zu helfen vermochte, Raths bei der sich holen, welche keinen Menschen ungehört und unbeantwortet gehen ließ. Niemand sollte sie erblicken; darum wählte sie die einbrechende Dunkelheit. – Die Alte, da sie Jemand kommen hörte, fachte die Flamme der Leuchte zu höherm Flacker an, schlug, um den Heimeln, welche lebhafter aus den Mauerritzen sangen, Stillschweigen zu gebieten, mit einem geschälten Haselstab dreimal auf den Tisch, lachte laut und sprach, indem das Mädchen durch die Thüre schlüpfte: »Kaum bist Du herein, weiß ich, was Dich zu mir führt; Dein Liebster ist's, der Dich in meine Hütte treibt, Du armer Trauergeist.« – –

»Heimchenfrau, herzliche Heimchenfrau, Du weißt so viel – darum komm ich zu Dir her mit einer rechten Herzensbitte.« –

– – »Mitternachts im Hochwald droben such' ihn Dir im Arm der Bergfrau, Deinen Bräutigam – der ist ein wankelhaft Gemüth – härm' Dich nur nicht ab.« – –

»Von wem sprichst Du, alte Mutter?«

»Setze Dich, Du Ding! – Was ist da viel zu kreisen, noch hinauf zu schauen nach den sieben Sternen und Dir zu deuten Deine Zukunft! Ich rede von der Felsenjungfrau, der sich Dein Liebster hingegeben im geheimen Zauberspiel – der Felsenkönigin, die im unergründlichen Geklüft des Jura wohnt. Hast Du noch nie gehört von ihr, mein Kind? Fürwahr, das heiß ich seltsam. Horche demnach auf: Sie ist von wundergleicher Schönheit, groß und schlank, und weiß, wie Elfenbein, ihr Leib und ihre volle Brust. Schön aber über Alles ist ihr langes Haar, das wallt, das spielt, wie Goldgespinnst um ihren Hals und Nacken. Wenn's still wird im Gebirge und die Landschaft schlafversunken ruht, singt sie am liebsten und in Tönen, wie noch kein Erdenkind vernahm. Der Wunderfrauen Stimme hört Dein Getreuer, er sieht sie ruhen auf der Felsenplatte und ist von ihr gefangen. Ein Glückskind sicherlich, das in einer Sommersonntagsnacht erblickt das Licht der Welt. Gemeinlich treiben's solche Menschenkinder arg, sind dabei unklug und im Sinn der Großen, die des Glücks mehr haben, als des Verstandes, hoffärtig und voll Stolz.« –

»Fürchterliche alte Frau, Du weißt nicht, wie weh Du mir thust.«

– »Dort, sage ich, sah ich ihn, und also steht's mit Deinem Liebsten ... Oft schwirrt das edle Paar im falben Mondenschein auf weißen Zeltern durchs Gehölz; es prangt ihr stolzer Weiberbau im seidigen Gewand mit Schimmersteinen; das Goldhaar flammt wie Wetterleuchten weit in der grabstillen Waldung – der Liedervogel singt, der Glühwurm glimmt im Moos, die Blümlein betupfen sich und gucken ihnen nach – doch eh im Osten die ersten Wolken tagen, ins Moor der Irrwisch sinkt und Eule und Fledermaus verhuschen im Gestein und hohlen Weidenknorz, eilt wiederum der Zug ins unsichtbare Schloß zurück – – hör' weiter, Mädchen, wir sind ja unter uns: Ein andermal zieht sie bergan, bergab mit ihm und badet sich im Orbekessel drunten im engen Waldthal. Umringt von breitem Pflanzenblatt und hüllendem Gebäum träumt er im Sammt des Ufers, labt Aug' und Herz in ihrem Anblick; geduckt auf krummen Ast ruht über ihm das flammigblaue Männlein Tokki, das das Wachamt hat ... Erblassen Deine Wangen, wogt das Blut nicht heiß und kalt in Dir? – Des schönsten Weibes schlanker Hals, die runden Arme, zarten Füßchen schwimmen, blitzen aus den Tumpelfluthen vor ihm auf und nieder. – Nun sprengt sie Silberwasser rund umher, naht liebend, singend, von lustigen Wellenjungferlein geleitet, seinem weichen Lager, legt die Marmorarme um den Wonnestummen und statt der Lippen reden Auge und Schwanenbrust ... Wie wird Dir, Mädchen? – Ja wohl, ein gar verwunderliches Nachtspiel hat es da. – Und wer sie ist die Wunderbare? Wärst Du in alten Pergamenten was belesen, wüßtest Du schon, daß einst gehaust im Königsschlosse Orbach mit ihrem wilden Hof die stolze Theudelinde aus Burgund. Ihr glich kein Weib an Schönheit, an Verführungskunst. Sie war die Sonne aller Frauen, doch lieblos, bös' und tückisch in der Seele. Mächtige Kämpen ferner Reiche kamen, es kamen Ritter stark und kühn, und tummelten, was das Zeug wollte halten, sich auf blutbedeckter Kampfbahn um einen Druck von ihrer weißen Hand, um einen Liebeskuß von ihren rothen Lippen. Doch höhnisch, nur ergötzend sich des rothen Ritterbluts im Spiel, wies sie die verliebten Narren auf dieser oder jener Straße wieder ab. Drei Jährlein ging das so. Da kam die Strafe in einem allgewaltigen Zaubermann aus Ungarland, der bannte die schöne Theudelind mit ihren rothen Lippchen und ihrem schwarzen Herzen und allen ihren Schätzen tief ins Eingeweide dieser Felsen. Dort wohnt sie nun und wohnt auf ewig dort. Ein irrer, ruheloser Geist, siehst Du sie bald an dieser, bald an einer andern Klippe in reizender Gestalt; sie klagt und lockt, und lockt und klagt, und sucht sich den im Volk, der sie befreien mag aus schwerem Bann. Bleibt er ihr pünktlich wortgetreu drei Mondenwechsel und der Tage drei: ist sie erlöst, und lohnt dem Qualbefreier mit allen ihren Schätzen. Verletzt er seine Pflicht, dann tödtet ihn ihr Kuß, viel giftiger als Schlangenstich.« – –

Lauter lärmten die Heimchen. Die Alte schlug zum andernmal auf die Tafel.

Brunilde, deren Haupt auf den Tisch gesunken war, raffte sich empor und stürzte, von Entsetzen gejagt, aus der Hütte in den Wald hinaus. Es war Nacht geworden. Sie irrte suchend umher, fand endlich ihre Wohnung und sank athemlos, erschöpft in ihrem Kämmerchen zusammen. – »Herr des Himmels! wär es möglich, kann es wahr sein, was ich vernommen, das Unglaublichste glaubhaft sein?« rief es aus ihrer stürmenden Brust. Sie schloß kein Auge. Trostlos, hülflos rang sie die Hände, grause Nachtgestalten umschlichen die Ruhelose und Todesschauer befing ihren Sinn. Das geheimnißvolle Schloß, das verborgene Waldschloß stieg vor ihr auf, erhellt von tausend Kerzen, tausend Freudensternen; sie hörte den verlockenden Gesang, sah Anton in den Armen der schönen, glanzverklärten Schloßbewohnerin, und ein neuer, heißer Zährenstrom stürzte über ihre bleichen Wangen. Nein, ach nein, es war nicht Täuschung, was ihr die Alte verkündet, was sie vernommen aus dem spöttischen Munde der Wahrsagerin, keine Täuschung, was ihr der Traum gezeigt: lebend, leuchtend standen die Glücklichen vor ihr. – Erkannt war jetzo die Ursache seines Schweigens, seines Harmes, die Miene des Schuldbewußtseins, die einen so seltsamen Schein warf auf alle seine Aeußerungen und Verfahrungsweisen im Verlauf der Zeit; und die tiefste Trostlosigkeit bemächtigte sich des armen Mädchens. – »Wie heiter waren meine Tage, die ich seiner Liebe dankte« – klagte sie vor sich hin – »wie war so treu, so schön, was er mir sagte, was er mir gab und liebevoll verhieß. Auf Alles hat mein Herz gebaut und willig sich ihm hingegeben; denn jedes Aederchen schlug rein in ihm. – Und dieses Glück, mein Erdenheil, das sollte nun zu Ende sein mit einem Male? Nie wieder sollte ich mich seiner freuen; der mir so lieb, den sollt' ich meiden, fliehen, nicht mehr sehen in meiner Hütte, meinem Gärtchen, auf der Trift, im Tannenthal, wo er mir seine Liedlein sang in herzigtreuer, unerschöpflich heißer Liebe – sollt' ohne ihn die Erde lieben, die Menschen und den hohen Himmel? O schrecklicher, vernichtender Gedanke, der mich in einen fürchterlichen Abgrund schauen läßt! – Nein, nimmermehr kann ich mich von ihm reißen, Viel lieber todt sein will ich und im Grabe liegen. – O kommt nur, sinkt herab, ihr Wolkenhöhen, ihr ew'gen Firne; braust und brecht ihr starken Eichen über mir zusammen; wilde Orbe, steig aus Deinen Ufern, nimm und bette meinen Leib zu meiner seligen Regine, ehe solch ein Elend mich in tausend Schmerzen sterben läßt! – Nein, nimmermehr, ach nimmermehr kann lebend ich mich von ihm trennen! – – – Wer stillt die Flammen, die mein Herz verzehren; wer steht mir Armen bei? … So mildre, tröste Du mein Leid, Du höchstes aller Wesen, Licht und Trost! Festen Glaubens und mit ganzer Seele will ich vertrauen Deiner Liebe; o sende mir Dein theures Rettungslicht! … Er ist bethört, gewiß, er ist verführt, der treue Anton, berührt von bösem Finger, bösem Blick der Heimlichen, von einer tückischen, unwiderstehlichen Macht der Finsterniß, die schleichend naht und sich erstiehlt das Innerste der Menschen. – Groß ist mein Weh, und schwer die Kränkung, die mir widerfährt – doch die Liebe ist duldsam und vergebend, sie bekämpft den herbsten Schmerz. – – und weil er mehr und mehr von mir sich abgewendet und brütend, wie das Unglück, kommt und geht, will ich schonend still um und für ihn leben und mir wieder zu gewinnen suchen, was ich verlor. – O Anton, lieber Anton, eile, reumüthig komm zu mir mit altem treuem Wort und Gruß! Sei wieder mein, ganz mir hingegeben, und Dein verirrt Gemüth will ich mit heißer Herzensliebe wieder heilen … Noch schlägt's für Dich in dieser Brust – leg' Deine Hand nur auf mein Herz, es schlägt noch sanft für Dich!« –

Sie kniete nieder und schloß die Hände zum Gebet. Als sie das Haupt wieder aufrichtete, waren die finstern Wolken vergangen, war der Himmel klar geworden und die hell blinkenden, ewigen Sterne drangen beschwichtigend und tröstend in ihre kindesreine Seele und sagten ihr, daß Gott über ihnen wohne mit sanfter Hand, der die guten Menschen niemals verlasse. Ein wohlthätiger Schlummer befiel sie. Im weißen Gewand, Engelgeister zu seinen Seiten, nahete Anton und sah zu ihr auf. Sie hob die Arme, lag versöhnt an seiner Brust und fühlte beim Erwachen sich wie von einer schweren Bürde befreit.

Auch Anton verbrachte angstschwere Stunden. Der Schlaf floh ihn, und beunruhigende Gefühle nahmen die Stelle süßverträumter Ruhe ein. Große Unstetigkeit hatte sich seiner bemeistert, ihn der trübseligsten Stimmung preisgegeben und seinem Auge den scheuen Blick des Schuldbedrückten, der in jeder Aeußerung und Bewegung sich zu verrathen glaubt. Alle Arbeit wurde ihm zur Pein; er gab auf die Fragen seines liebreichen Meisters keine Antwort, warf Alles von sich und verließ Haus und Stadt. Heiß empfand er nun, was ihm gebrach. Das mahnende Gewissen schlug mit ernstem Finger an seine widerhallende Brust. Es war Brunilde, die unvergeßne, die noch immer lebte in der Tiefe seiner Seele. Nach ihr, dem treuen Alpenmädchen, zog es ihn; er mußte sie sehen, heute noch sehen, als hinge von diesem Wiedersehen sein künftiges Bestehen ab. – Er kam in Orben an. Er schlich um die Berghütte, durch die Gartenhecke und sah durch ein enges von Eppich und Nachtschatten verdunkeltes Gartenfenster. Da saß sie messend und eintheilend unter einer Hülle weiß gebleichten Leinens. Sie war allein. Er athmete nicht; fest ruhete sein Blick auf ihr. Sie war nur leicht gekleidet an dem heißen Tage; und ach, wie glänzte ihre Schönheit, wie lieb war sie in ihrem einfachen Gewande. Forschend las er aus ihrem Auge, glaubte jede Regung des Gemüths in ihren Zügen zu erkennen und überzeugte sich, sie denke seiner jetzt in dieser stillen Stunde. Er irrte nicht. Im Geiste sah sie ihn kommen, hoch wandern über ihre Berge. Und als habe sie gestern ihn zum ersten Male gesehen, beschrieb sie sich ihn von Kopf bis zu Fuß, wie die erblühte Jungfrau im einsamen Gemach des ersten huldigenden Mannes denkt, der ihr Herz bewegt: sein Angesicht so ruhig, edelmännlich – sein dunkles Auge schön und groß und flammend – die Wangen Lächeln vielbedeutend – sein Lob so schmeichelnd, sanft wie seine Händ, und seine Brust, aus der der Liebe vollen Töne kamen, so hochgewölbt und stark, als müsse sie Räume haben für ein verlangend, großes Herz ... Brunild! Brunild! rief jetzt die zahme Elster, die durch das jenseitige, offene Fenster in die Stube flog, neben dem Mädchen sich niederließ und ihre Stimme erhob, als wollte sie die Sinnende zur Heiterkeit ermuntern. Brunilde liebte diese Elster, nicht sowohl ihrer Gelehrigkeit und Achtsamkeit für Alles, was in und außer dem Haus sich ereignete, als ihrer flötenhellen Liedchen wegen, welche neben einigen Namen ein alter Gebirgshirte sie gelehrt hatte. Aber auch ihr Gefieder war von unvergleichlicher Schönheit. Den Kopf deckte dunkles Schwarz, das wie ein Tüchlein über den Hals und den obern Theil der Brust, die an Weiße und Zartheit dem Schnee und Plaum nichts nachgab, sich herabsenkte. Fein geformt, an den Enden in's lieblichste Hellblau getaucht, liefen die geschlossenen, schwarzen Flügel über den schlanken Rücken und vereinten sich mit den langen, schwertbreiten, smaragdgrün schimmernden Schweiffedern zu einem Farbenspiel, das in solcher Einfachheit nicht herrlicher konnte gefunden werden. Streichelnd glitten des Mädchens Finger über den Rücken der Elster: »Du armes Geschöpf«, sagte sie, »wie unermüdlich folgst Du meinem Wink und Ruf, hörst nicht die Stimme der Natur und bist noch treu für Zwang und magere Kost. Zerstörungssüchtige Hirten rissen Dich aus Deinem luftigen Dornenhaus, lehrten schöne Lieder Dich zum Lob des Himmels und der Erdenfreiheit und legen Dir selbst die Bande der Willkür und Dienstbarkeit an, nennen Dich ein raubend, böses Thier und wissen nicht, daß der schönste Hainvogel, der die bunten Raupen und goldigen Maienkäfer verzehrt, auch ein Raubthier ist. Du siehst mich wie mit Thränenaugen an. Geh, so Du willst frei sein; eil' nach Deinen hohen Bäumen; komm nicht wieder.«

Wer nach der Freiheit langt, gewinnt sie sich und hat sie dann erst recht verdient; Niemand wird sie gegeben. – Trüb sank Brunildens Angesicht. Zuweilen, wenn der Wind in die Blätter blies, schrak sie zusammen; ihr Auge flog nach den Fenstern, und sie wurde wechselsweise blaß und roth. Dem Lauschenden blieb nichts verborgen. Er sah und fühlte mehr denn je, wie im Antlitz des Menschen, dem reinsten Spiegel seines Innern, Freud und Leid, der Keim des Guten wie des Bösen, gelungnes und verfehltes Tageswerk sich zu erkennen geben. Jedem, dem verliehen ist die Gabe des Erkennens. – »Verkünden dieser Trauerblick, diese Seufzer, die der Brust entsteigen, nicht Gram, nicht tiefes Seelenleid?« fragte er sich bewegt. – »Wie, wenn sie wüßte – wenn Brunilde wüßte? – – Herr und Heiland! O es ist gewiß, ich zweifle nicht, sie hat erschaut mein Innerstes, weiß, was ihr bisher verborgen blieb, und mein Schicksal ist das schrecklichste.« – Antons Empfindungen wurden zur krampfhaften Bewegung, er stieß an das Rankenlaub, es raschelte, und mit lautem Feldschrei flatterte die Elster nach seinem Fenster. Brunilde erkannte den Verborgenen und lag in seinen Armen. Marmorweiß und Flammenroth strömte über ihre zarten Wangenhügel. – »Du bist nicht wohl, mein Mädchen, meine liebe Braut; Du siehst so blaß; zeige mir Dein Antlitz«, rief er in Freude und Schmerz. Sie barg ihr Haupt in einer heftigen Umarmung. »Frage nicht«, sprach es flehend zu ihm hin. – »Ein schwerer Traum der Nacht – ich erwachte – das Leichhuhn schlug an die Scheiben mit schauerlichem Ton – der Todtenwurm klopfte in der Wand … Was schreckt ein träumend Mädchen nicht! – Fort, o fort mit allen Schreckenbildern – Anton! Anton! wenn Du bei mir bist, weicht die Traurigkeit; ich lausche keines Tones, als des Deinen – ich achte nicht des Leichhuhns und der Todten – will nichts hören, will nichts wissen, Dich nur sehen, Dich nur lieben will ich, und Du, Du liebster, theuerster der Lebenden sollst der meine sein!« … Sie hing fest an ihm mit wildem Hauch und heißer Lippe. Er küßte ihre Augen, ihren Mund, ihre Hände, küßte und schmückte ihre wallende Brust mit Alpenblumen, blauen Kuppenglöckchen, die er ihr mitgebracht, und schlang ein kostbares Perlenband um ihren Hals. Die ungehoffte Freude nach entwichner Schmerzensnacht, das gestärkte Gottvertrauen hatten ihrem Gemüth neuen Liebreiz verliehen. So unaussprechlich leidend, so blühend schön hatte er sie noch nie gesehen, so hingebend, jungfrauenmildiglich beseelt und sanft war sie niemals ihm erschienen. Alle Liebe, die er je für sie gefühlt, schwoll in neuer Kraft und Fülle, wie eine junge Blume, getränkt vom Morgenthau, erwärmt vom Sonnenlicht, reiner, mächtiger, farbenstrahlender aus seinem Wesen in ihr liebegebendes Augenlicht und Herz. Alle Mißklänge zwischen ihnen schwiegen und vergingen, wie die Nacht vor dem Anbruch des neuen Tages. – Traulich verschlungen, Arm in Arm, erinnerten sie sich der Vergangenheit, die so klein, doch schon so süß und reich an Freuden war. Wie sie nach Bern gefahren im leichten Wäglein mit zwei muntern, bunten Deckenrossen und geguckt, gelacht die Leute aus ihren Fenstern; wie sie emporgestiegen durch das blumige Gebirge bis zu den Alpenhörnern, wo gehaust der Aar auf öder, windiger Klippe, und über kahlen Felsenzacken, schauervollen Klüften in der Tiefe erkannt die heimathlichen Blüthenauen, die so kindlichstill und sanft geruht, aus kleinem Mutterdörfchen nur der Rauch des Hüttenschlotts gewallt ins reine, blaue Meer der Lüfte; wie sie geweilt im Dankgebet beim Geber aller Freuden, herzerhoben vom Scheidegruß der rothen Sonne, gezogen dann auf schmalem Schiffchen durch den See, Hirsch und Reh gelauscht im Waldesried, die Gemsen sich gejagt von Fels zu Fels, die Vögel froh gesungen aus den Uferbüschchen und nun so sanft erklungen der Waldkapellen helle Abendglöckchen … Sie lächelten und lispelten mitsammen, sie wußten sich so viel zu sagen und trieben Scherz und trieben Spiel. Er konnte nicht von ihr scheiden, sie konnte sich nicht von ihm losreißen, und ein unheimliches Gefühl, als dränge eine feindliche kalte Macht spaltend sich zwischen zwei frohschlagende Herzen, als läge vor ihnen eine lange, schwere, unabwendbare Trennung, hielt sie nur inniger und dauernder vereint im Uebermaß des lang entbehrten Seelengenusses.

Brunilde, die liebende Brunilde, war jetzt sein unaufhörlicher Gedanke. Was er auch begann, wohin er sich flüchtete, er sah und empfand nur die Seelengeliebte, die ihm folgte wie sein Schatten, hörte ihre sanfte Brautklage, ergreifend, wie die Klage der verlassenen Waldtaube, vernahm das Nieseln ihrer Thränen, und das Feuer, das in seinen Adern gährte, riß ihn hinweg aus der Gemeinschaft der Menschen und der gewohnten Thätigkeit. Ein Tag glich dem andern, eine Nacht der andern. Er eilte hinaus in's Freie. Er wollte allein sein und sinnen und suchen den Pfad zu seiner Ruhe, seinem Wohl. Er wollte sich satt weinen, unbelauscht, ungesehen; denn er wußte, daß Thränen den Weg erleichtern zu Gott in den Stunden des innern und äußern Verlangens. Stärken wollte er seinen Geist, mit Anstrengung sich erheben aus dem düstern Sein, das er sich selbst geschaffen hatte. Ein Wald, so finster wie sein Gemüth, schloß ihn ein. Er sank nieder und barg sein Angesicht in's Moos; die Brust wollte ihm zerspringen. – »Brunild, Du Liebe, Du Gute!« rief er mit Leidenschaft, »verdiene ich auch solche Schonung und Aufopferung, verdiene ich das Anschauen Deines reinen Lebens, das Du mir weihst? Wie lebte ich, wo waren meine Sinne, Freundschaft, Menschenliebe?« – Jedes Wort, jeden ihrer Blicke rief er sich in's Gedächtniß, wie der Verzweifelnde im kleinsten Laut und Zeichen der Geliebten den Balsamtropfen findet für sein wundes Herz; erkannte, wie freudig sie die Blumen ergriff und barg, beim Anblick der Perlen aber leicht erblaßte. Diese Perlen! Warum gab ich sie ihr auch! Gold und Schmuck sind ihre Freude nicht; ihr Gold ist meine Liebe, mein Getreusein, meine Redlichkeit. – Er sah sie bleich und todt auf ihrem Lager, so jung noch und so schön; vernahm das Aechzen des Tischlerhobels, der ihre Sargbretter glättete; erblickte die zwölf neuen Nägel, die auf ewig sie von ihm trennen sollten. Alles schien ihm belebt, die athmenden Bäume des Waldes, der Alpen knisternde Eisspitzen, das leichte Gebröckel, das von der nahen Bergwand rollte … Ach, sie, die auf jenem Felsen mir erschien, sie ist es, die dies Elend mir bereitet. »Hätte ich sie niemals gesehen, niemals dem Zauber ihrer Stimme, ihren Lokkungen mich hingegeben! O, wie viel Pein gewährt die Schuld; und welch ein schönes Gut ist doch ein schuldlos Herz! – Aber ich will und muß sie meiden, fliehen, wie des Waldwurms giftigen Odem, wie des Todes Stachel. Mein Fuß soll jener Höhen stolze Freudensäle nicht mehr berühren, der Allgewalt ihrer Gluthenblicke mein Auge verborgen bleiben – der nächste Tag soll uns auf ewig scheiden.« – Fest und entschlossen in seinem Vorhaben schritt er aus dem Walde. – »Ja, zu ihr, zu Brunilden will ich eilen, in ihrem Arm, an ihrem warmen Herzen will ich frei und fröhlich werden; mit ihr, die ich in Schmerzen sah, die mich nicht anklagt, nicht von sich stößt, will ich athmen, leben, sterben.« – Er kam aus dem Dickicht in die Abendlandschaft, die heiter vor ihm lag. – – Da klang sie wieder hoch im Gebirge, wie aus den Wolken kommend, Wald und Thal durchdringend, die wohlbekannte Wunderstimme. Grenzenloses Leid war ihren Tönen eingegeben, welche in heißer, glühender Sehnsucht begehrten der liebenden, beglückenden Menschenbrust. Er verhüllte sein Antlitz. Aber die Einbildung schuf ihm ihr lebend Bild. Da stand sie vor ihm, das wunderbare Weib. Sein Auge wollte vergehen vor den Lichtern ihrer hohen Schönheit, und er preßte gewaltsam die Hände auf die schmerzdurchwühlte Brust. Allmählig ward es still – die Töne des Felsens verklangen – Geisterlaute zogen durch den Wald. – »Noch einmal, nur einmal noch, zum letztenmal will ich sie sehen und in ihr Auge blicken, das einer Göttin angehört; noch einmal ihrer Lippen Laute hören, ihr goldenes Haar, das mich so oft entzückt, und ihre Hand an meine Seele heften.« – –

Schwermüthig ging Anton weiter. Die Glocken zweier Dorfkirchen schlugen zusammen und mahnten ihn an eine düstre Weissagung. Schon fielen gelbe Blätter von den Bäumen und die rothe Vogelbeere sah, auf den Wechsel der Natur und die Wandlung aller Dinge deutend, aus den nächsten Buchen.

Mittlerweile war der Bau des neuen Hauses in rothen Quadersteinen aus der Erde emporgestiegen. Er stand auf einem leichten Hügel, nicht weit von der Hütte der Wittwe Mellis, die man von hier erkennen konnte. Ein heller Tag versammelte das Dorf zum Spruch des Zimmermeisters, der auf der Spitze des Daches unterm grünen, von Tüchern, Bändern, Silbermünzen geschmückten Tannenbaume sichtbar war. Die Eltern und Geschwister Weidels waren eingetroffen zu diesem Weihtag; sie besichtigten den Bau, lobten das Räumliche und Bequemliche desselben und wünschten dem schönen Paar, das sich eines solchen Besitzthums erfreuen könne, Glück und Gedeihung auf die neue Lebensbahn. Dankbar erntete Anton den Preis seiner Betriebsamkeit, behauptete jedoch, daß ohne den Gewinn eines geschickten, sacherfahrnen Bauherrn manches in so kurzer Zeit nicht hätte bewerkstelliget werden können. Gestärkt von Hoffnung und von Lebensmuth betrachtete Anton den angenehmen Tag als ein günstiges Vorzeichen für sein künftiges Glück. Er führte die Gesellschaft und zeigte Brunilden und deren Mutter die für sie bestimmten Zimmer. Alles liebgewordene Altgewohnte, des Vaters Bild, der mütterliche Arbeitstisch und Stuhl, ein Rolltischchen, an dem Brunilde mit einem Bruder gesessen und gespielt, Schweizerstädte, Landschaften, Kränze, Bändchen, Alles sollte hier wiederum aufgenommen, werthgehalten und auch der lieben verständigen Elster, welche bei zunehmenden Sprachkenntnissen dereinst vielleicht die Stelle eines Dorf- und Feldboten werde vertreten können, ein eignes Lust- und Liederhäuslein angewiesen werden. Auch der Garten, der um das Haus lief, war unter der Hand eines emsigen Kunstgärtners schon sehr vorgeschritten, Blumenbeete, stolze Rosenhecken angelegt und für feines Kern- und Steinobst, wie für den edlen Rebenstock gesorgt. Anton zeigte auf den zakkigen Nadelast eines Lerchenbaumes, auf dem der Buchfink sein kunstreiches Nest erbauen, nach dem rothen Pfaffenhütchen am Felsenvorsprung, wo in ihrem Halmenwäldchen die Grasmücke singen und von der gelben Bachstelze, wohnhaft am nahen Sprudelbrünnlein, Besuche empfangen werde; und Brunilde wies hinüber nach dem kühlen Wiesenstreif, den der menschenliebende Storch zu benutzen pflege bei seinen abendlichen Wanderungen. Und kommt der frohbegrüßte Mai – fuhr Anton eifrig fort – gehn wir in aller Frühe hinab in unsern Garten, ergötzen uns an der lieben Sonne, die erwacht mit goldnem Licht, auf diesen blühenden, liliengleichen Kirschenbäumen, auf Blumen und auf Gräsern ruht; sehe Himmlisches mit Irdischem vereint und schauen auf zum milden Gott, der uns so hoch beglückt … Sieh nur, Brunild, traute Brunild, wie Alles sich vereint, uns zu erheitern, zu beglücken über Maaß und Ziel. Hier stehen Thalbewohner, dort Almensteiger; sie blicken freundlich, wohlgesinnt empor; dort kommen Nachbarinnen, die uns erkennen, nickend, wünschend uns des Guten viel; ein Flug weißer Tauben durchschwärmt das blaue Wolkenzelt, die Lerche bringt dem Himmel unsere Grüße: sollten unter diesen köstlichen Spenden und Vollgenüssen der Natur uns noch Wünsche übrig bleiben für ein zufriedenes Leben? O, wie verlangt mein Herz des schönen Tages, da Du, gekrönt mit grüner Myrthe, unter feierlichem Glockenruf mir folgen wirst zur heiligen Stätte – verlangt mein Herz der frohen Stunden des heitern Abendmahls und Tanzes, die nun kommen werden – wie des Augenblicks, wo sich eröffnen wird die stille Brautkammer uns, den Verbundenen … Wird es dann Worte geben, auszusprechen, liebe Brunild, wie glücklich wir sind? – Er hielt sie fest in seinem Arm, rosiger glühte des Mädchens Wange. Und Beide fühlten sich selig vor den trostreichen Zeichen, den beglückenden Bildern, die sich ihren Blicken aufgethan hatten.

Anton vermied die Nähe des Zaubergebirges, bekämpfte jede Erinnerung an die unvergeßliche Berggeliebte und empfand das Wohlthätige seiner Standhaftigkeit. Allein es ruhte, gleich einem giftigen Pfeil, noch ein Schmerz in seiner Seele, der nicht wanken und nicht weichen wollte; er fühlte, zu seiner Beruhigung bedürfe er nur noch eines Schrittes, er müsse noch einmal jene Felsen betreten, und aus dem Munde der Jungfrau gänzliche Lossprechung von seinen Schwüren, völlige Freiheit erlangen von den Pflichten, welche ihn noch mit ihr verbanden. Jede Nacht gelobte er dem Sternenhimmel diesen letzten, ach, so schweren Schritt, und wie zurückgehalten von einer strengen Hand und flehenden Stimme, lösten Zagheit und Zögerung seinen Vorsatz wieder auf. Da kam der Jahrestag, an welchem er Brunilden am Brunnen gesehen und kennen gelernt hatte. Diesen Tag wollten Beide feiern. Am Abend dieses Tages wollten Beide vereint sein im lieben Hausgärtchen mit herzlichem Frohsinn, und Niemand als der Mond, der alte Zeuge ihrer Freuden, sollte eingeladen werden zur Verherrlichung einer stillen Feier. So war es ausgedacht und festgesetzt. Dieser Tag schien ihm der eigentliche und rechte, der ihn erstarken, der ihm Macht und Gewalt verleihen werde in der Noth; er glaubte, ihn wählen zu müssen für den letzten, geheimen Gebirgsgang; und er wählte ihn. – Frei, aller Besorgnisse ledig, allen Peinen entrückt, wollte er Brunilden in dieser Stunde erscheinen, geläutert, rein in dem wiedererwachten, wahren Gefühl der Liebe zu ihr. Welche Hoffnung beseelte ihn! Wie leicht kam ihm nun ein kurzer, flüchtiger Nachtflug vor, wie erhoben ihn Vorstellung und Ueberzeugung, daß dann Alles schön und gut, daß er dann erst wieder werth geworden wäre ihrer sanften Liebe und Anhänglichkeit. Er konnte den wichtigen, den entscheidenden Tag nicht erwarten. Er erschien. Es wurde Mittag, der Abend kam, und belebt von dem freudenreichen Gedanken an seine nahe Verbindung mit Brunilden verließ Anton Orbach. Alle Wonne und Entzücken, die er genossen im schönsten Frauenarm, alle Gelöbnisse, Gluthschwüre, die er der unvergleichlichen Geliebten geleistet in ihrer Himmelsburg, waren wie Traumbilder seinem Gedächtniß entflohen, in welchem einzig nur Brunilde, die heißliebende, anhängliche Brunilde lebte. Und wenn er auch, je näher er dem Gebirge kam, noch einmal gedachte des unaussprechlichen Frohgefühls, mit dem er so oft die steilen Klippenwege verfolgt unterm abendlichen Sternenschimmer, des Freudentaumels, mit welchem er, begleitet vom süßfunkelnden Morgensterne, heimgekehrt: keine Betrachtung änderte seinen Sinn, nichts hemmte sein eilfertiges Fortschreiten zur Vollbringung seines festen Willens. – Die Dämmerung wob schon um das Laub, die Vögel ruhten und Eule und Fledermaus verkündeten gebieterisch schwirrend ihre Herrschaft über die werdende Finsterniß. Anton war jetzt oben. Er blickte sich um. Eine seltne, ungewöhnliche Stille herrschte auf den Pfaden, in den Gesträuchen weit und breit. Befremdend sah er den Lustaufenthalt der Jungfrau, von dem sie gemeinlich ihm entgegenblickte, leer, und es wollte ihm vorkommen, als wenn Blüthen und Buschranken da, wo sie sonst die schönsten Gewinde und Verschlingungen gebildet, wie verletzt von einer stürmischen Nacht, gebeugt sich erdwärts neigten. – Da stand der hohe Felsen vor ihm, und ohne Säumen schritt der Jüngling durch das dunkle, offne Eingangsthor. Ein herber Wind stieß ihm entgegen. Ueberall nahm er Veränderungen wahr, zeigte sich ihm Fremdes und nie Gesehenes, als hätte er in ewiger Zeit diese Stätte nicht betreten. Die muntern, flüsternden Silberbächlein, welche das Gestein durcheilt, schwiegen; sie schienen versiegt oder zu schlafen im unsichtbaren Bette; die steilen Wände stiegen schwarz und starr und kalt, wie riesige Gestalten, vor ihm empor, und nur schwache, zweifelhafte Lichtstrahlen, er wußte nicht, von wannen sie kamen, erhellten ängstlich eine Stelle hier, eine Stelle dort. Nirgends ein Lebenston, der geringste Laut. Nichts regte sich. Niemand erschien. Kein Kämmerling, keine Dienerinnen die ihn stets empfingen und, geleitgebend, der Herrin entgegengeführt, ließen sich sehen. Schwere, feuchte Kerkerluft, statt warmen Blumendufts, umwallte ihn, und dumpf, wie auf dem Boden eines Grabgewölbes, schallte sein wankender, unsicherer Fuß. Anton versucht, die Stimme zu erheben, und gelähmt, wie von der würgenden Kralle eines Nachtalps, erstarben die Laute seiner Kehle. Er will umkehren, entfliehen aus dem erstickenden Luftkreis, den er nicht mehr auszuhalten vermag, und eine unabwendbare Gewalt drängt und treibt ihn weiter. Die Vorhalle des Prunkgemachs ist nun erreicht. Des Eingangs Hüter, die schwarzen Hunde, steigen bei seinem Herannahen, gleich Nebelbildern, als körperlose Wesen empor und zerrinnen in der Luft. Erreicht sind die prachtbewohnten Zimmer, der lustathmende, helle Diamantensaal, voll goldner Früchte, allwo die Geliebte, wunderbar beleuchtet von morgenröthlichen Lichtern, liebevollen Ausdrucks ihn so süß begrüßt ... Was stellte sich seinen Augen dar? – Statt der königlichen Schimmerhallen, des Reichthums und der Ueppigkeit, kahle, nackte Felsenwände; statt der Denkmale der Freude und des Frohsinns, Trümmer nur, gehäuft auf Trümmern; statt der goldnen Wunderbilder, die die Wände zierten, zahllose Splitter zerschellter Urnen, Spiegel, Blumenbecher, ausgebreitet über einen von Schimmelpflanzen, Giftschwämmen, Diestelstauden bewachsenen, geborstenen und versunkenen Marmorboden, welcher von gelben Schlangen, Ottern und Nattern belebt, so aus Mauerspalten und Säulenritzen neugierig, wie aus ihren ewigen Wohnungen sich hervorwinden; und um die vormaligen Sammetpolster der gewölbten Nischen, die blitzenden Juwelenschreine, prachtbeladenen Ruhesessel und Goldsäulen, wie um die hohen Fensterscheiben haben mächtige Spinnen ihre dichten, mit todten Milben und Fliegen beladenen Gewebe ausgedehnt. – Entsetzt eines solchen Anblicks war Anton kaum fähig, weiter zu gehen, da er das gesuchte, geheime Gemach der Jungfrau noch immer nicht erreicht hatte. Ein fahler Lichtstreif lenkte ihn endlich dahin. Schauernd fuhr er zusammen; denn auch hier traf er statt Prunk und Pracht Vernichtung und Graus. Alle Gegenstände der Minne und Lebensseligkeit, die es verherrlichten, das purpurne Nachtlager mit goldenen Hüllen und Leuchtsteinen lagen unkennbar, in Staub verwandelt, auf dem Fußboden; gespaltene Mauerwände drohten einzustürzen; von verwitterter Hochdecke, von brüchigen Friesen herab pochten, gleich dem Zeiger der Thurmuhr, schwere, dunkle Wassertropfen; eisig strich der Wind durch das zerknickte, bleifarbene Fensterglas, vor dem ein Heer blauer Flämmchen, geisterhaft wankend, aus gelbem Dunstkreis in die abgestorbene Leere schaute und die Gewänder vieler Todtengerippe bewegte, die an den Mauern lehnten, aus deren Schädeln es grinsend lächelte, als wenn das Leben der Menschen, als wenn die Welt vergangen wäre. Uebermannt von Furcht und Schauer, versuchte Anton noch einmal zu enteilen dem seelenerschütternden Aufenthalt der Verwesung und des Todes; als in der Mitte des Gemachs sich etwas bewegte und eine Gestalt, wie aus tiefem Schlaf erwachend, langsam aus den Bruchstücken der erloschenen Pracht sich erhob. Ein nebelgraues Gewand hüllte ein menschliches Gerippe, dessen Haupthaar in der Farbe des Sees, grün und lang, über ein todtes Antlitz, über schlaffe Wangen, welke Lippen herabhing; glanzlos stierende Augen öffneten und wandten sich nach dem Starrenden – und mit einem Schmerzensschrei, der gellend die weiten Schloßhallen durchlief und die blauen Geisterflämmchen und das Erdgewürm des Bodens in Aufruhr setzte, fuhr die Gestalt mit Heftigkeit auf den Jüngling zu, indem ihre gelben Knochenarme sich um seinen Nakken schlangen … »Kennst Du mich nicht?« hauchte es mit tonloser Stimme. – »Verwirrten Sinnes, vergessen Deines Schwurs hast Du betreten diese Wohnung des Todes am Tage des Verbots. – – Zerrissen ist das Band, das uns einte und beglückte; dahin ist, ach, der nahe, schöne Zeitpunkt, wo Du mich retten, mich erlösen konntest aus meinen ewigen Qualen. – Nun bin ich des Fluches neuem Elend wieder hingegeben.« – – »Weiche von mir, Du finstrer Geist, Du böser Geist; Du bist mir fremd und unbekannt!« rief Anton in entsetzlicher Angst mit Anstrengung seiner letzten Kraft. Aber er war nicht im Stande, ihrem starken Arme sich zu entreißen. – Eine furchtbare Stille trat ein, während welcher tief aus dem Erdgrunde herauf dumpfe Glokkenschläge erfolgten … Hoch aufgerichtet stand die Jungfrau, ihre Augen empfingen Glanz, die welken Züge ihres Angesichts belebten sich, und mit dem Ausdruck der innigsten und heißesten Liebe, mit jenem grenzenlosen Verlangen, wie er an ihr zu hören gewohnt war, fuhr sie zu reden fort: »Ach, entziehe Dich mir nicht in dieser Stunde, Du liebster, theuerster Genosse meiner Seele, den ich heute noch ein Mal und zum letzten Male in meinen Armen halte; noch einmal lasse freundlich Dein Auge auf mir ruhen und gieb mir, da wir doch auf ewig von einander scheiden, den Abschiedskuß.« – – Und fester und gewaltiger in einem langen Kusse umschlangen ihre Arme nochmals den Geliebten, den Auserwählten unter Vielen, der dann nachtumgeben, vom Todesgefühl betäubt, besinnungslos zur Erde niedersank.

Linde Lüfte wehten. Unter freiem Himmel erwachte Anton. Unbeschreiblich war das Labsal, das er empfand; aber es war nur kurz, und löste sich auf in ein fürchterliches Gefühl, das ihn alsbald, wie von rauher Faust emporgerüttelt, in wilder Flucht die Felsen hinabstieß. Entblößten Hauptes und mit offner Brust stürzte er von Neuem die Felsenwand wieder hinan, flog durch struppiges Dickicht über steile, gefahrvolle Klippen. Von namenlosem Weh durchzuckt, entwanden laute Töne des Schmerzes sich seinen Lippen; er sank zur Erde, sprang empor, seine Hände rissen die Zweige von den Bäumen, seinen Armen wichen alle hemmenden Gegenstände, er schrie laut auf, und ein verzweifelter Sprung von einem jähen Gestein schleuderte ihn in einen tiefen Abgrund hinab, wo dichtes Dornengebüsch seinen Leib vor gänzlicher Vernichtung bewahrte. – Ein Mann, der des Wegs vorbei kam, fuhr entsetzt zurück. »Himmel und Erde!« rief er aus, »seid Ihr von Sinnen, oder folgt Euch der böse Feind?« –

»Helft mir«, – sprach Anton und ergriff den Arm des Fremden – »der Schmerz wird bald versiegen. Nur ein Athemzug noch steht mir bei« –

»Ihr seid der junge Waffenschmidt aus Meister Geilings Haus zu Orbach; schon einmal sahen wir uns an diesem Orte. Ermannt Euch; noch scheint Ihr unverletzt. Dankt's Gott und seinen Engeln und geht nach jenen Fichten hin zur Klause des alten Waldbruders, der wird Euch trösten, wenn Trost Euch helfen mag; das Antlitz des wahrhaft Frommen hat ein eignes Gepräge: es läßt uns in den offnen Himmel schauen.«

Anton stand vor des Bruders Klause. Er rief, er schlug ungestüm an die verschlossene Pforte, daß es weit im Walde scholl. Die morschen Flügel wichen, der Schein der Ampel fiel auf den Einsiedler, der mit gefaltenen Händen im härenen Gewande entseelt auf dem Strohbett lag. Anton schrak zusammen vor dem weißen Todtenangesicht, verließ die Klause, stürmte entlang dem Thale und kam in seiner Wohnung an. Die Stirne umwindend sank er aufs Lager, gedachte des Geschehenen und suchte sich zu sammeln. Es war vergeblich. Er sah nur Todesbilder um sich her. Starr und bleichroth, ein halb verwester Todtenschädel, sah der Mond auf ihn herab, verschwand und kam, als habe er helleres Licht geholt, verkündend zu beleuchten die Geheimnisse der Nacht mit neuem, grellem Schein aus schwarzem Wolkenmantel. Heftiger schlugen seine Pulse, tiefer und tiefer; gleich schleichenden Feuerzungen in entzündbaren Stoffen, grub und wühlte, den Kern des Lebens suchend und zerstörend, Eiseskälte durch seinen Körper, und Irrsinn und Verzweiflung bemächtigten sich seiner von Augenblick zu Augenblick. Aus nahem Gehölze schrie der Berguhu; der laute Sang der Heimchen in den Mauern tönte ihm ein Chor von offner Grabesstätte, zu der er schwarze Trauereichen wallen sah – er lauschte, stierte in die Nacht – da klopft es an die Thüre – noch einmal – zum drittenmal … Er kehrte den Blick dahin und erwartete des Todes Antlitz, das jetzt kommen und ihn erlösen werde von der verzehrenden Seelenqual – und knarrend, langsam ging die Thüre auf und schloß sich wieder leise. Ihm war, als stände draußen eine Erscheinung, die ihm winkte mit lebenlosem Geisterblick. Sein Auge rollte, sein Haar sträubte sich, er fuhr empor, riß die Thüre auf … ein weißer Schatten wich und zerfloß vor seinen Augen – »Brunild! Brunild! Engelslicht!« stöhnten seine Lippen, »hier, hier bin ich, siehst Du mich nicht? – ich komme, ja gewiß, ich folge Dir in Dein schönes Heimathsgärtlein!« – Er schritt über des Hauses langen, schallenden Gang. Er hörte es abermals klopfen, hohl klopfen. Es waren die selbst verfertigten Waffen in den verschlossenen Schränken, die sich bewegten, wie Wiedererwachte in ihren Gräbern. – Die Stadt lag hinter ihm. Kalte Schweißperlen rannen von seiner Stirne, fieberhaft zitterte und stammelte sein Mund, schwere Lasten hingen an seinen Füßen, und zur Ewigkeit ward ihm der Weg, das Eiland der Gnade, der noch ferne Hort des Friedens, dem er entgegenschwankte, wie das sturmgetriebene Meeresschiff dem schönen Hafen. Hügel, Abgründe, Felsenblöcke, Bäche, Gräben lagen noch zwischen ihm und dem ersehnten Ort, dem einsamen Himmelsgärtlein mit ihrem Herzen, mit

Liebchens schönstem, treuestem aller Herzen, das durch Nacht und Todeswunden hülfreich schimmernd ihm noch einen mildernden Lebensbalsam verhieß. – Die Höhen verschwanden, es schwanden Wälder, Felsgründe, Ebenen – es kam das erste Haus des geliebten Dorfes, das auf rasigem Hügel lag: noch erkannte sein blödes Auge die Stelle, wo in gestriger Abendstunde frohe Kinder Gärtchen und Blümchen gespielt im Rainsand; die welken Feldblüthen schienen ihm Leichensteine, die kleinen Zaunstäbchen Mauern eines Gottesackers, die bewegten, flüsternden Zweige der nahen Silberpappeln begehrende Arme und Stimmen erweckter Todten zu sein. – Vorüber waren Dorf und Wiesengrund, des Baches letzter Steg war überschritten. Noch einmal strengte er sich an, noch eine Gasse war zurückzulegen, die theure Gartenhöhe zu gewinnen – eine kurze Wegstrecke, nur wenige Schritte noch, und das Ziel war erreicht.

Unterm Apfelbaume saß das harrende Mädchen. Ein großer Kranz, gewunden für ihn und dem Andenken an den heutigen Tag, hing vollendet neben ihr. Da kam die Elster geflogen mit einem Blumenzweig im Schnabel und legte ihn nieder zu den Füßen der frohen Gebieterin. Brunilde hob ihn auf. »Du gutes Thier«, sprach sie sanft, »auch Du nimmst Theil an unserer Freude und bringst mir Deine Gabe, die nicht verschmäht werden soll.« Und in stiller Liebesseligkeit nur seiner und seines süßen Grußes eingedenk, sehnsuchtsheiß und sehnsuchtsweh nur seinem leuchtenden Blicke, seiner beglückenden Stimme lebend, deren Schall sie entgegenlauschte mit leidenschaftlicher Spannung, wußte sie nicht, daß es die gelbrothe Todtenblume war, die ihr Finger in den Kranz der Liebe und des Lohnes flocht. Längst war der traute Mond gekommen, die elfte Stunde längst verflossen und noch immer kein Zeichen seiner Nähe erschienen. Wolkenschatten hinter Wolkenschatten schwebten, gleich finsteren Gestalten, durch die äst'gen Bäume; banger und banger hob sich des Mädchens Brust; die reizenden Bilder der Hoffnung und Freude begannen bleich zu werden; der Ungewißheit Qualen stiegen siegreich empor. Und wie auf geheimnißvolle, tiefe Stille oft Ungewöhnliches erfolgt, ein Felsenstück sich plötzlich losreißt und mit Geprassel in den Abgrund stürzt, aus hellgesäumten, grauen Wetterwolken des Blitzes Zackenstrahl und Donnerschlag verheerend auf die Erde fällt: so sagt' ihr jetzt die ahnende Seele, daß etwas Entsetzliches ihr begegnen werde. – – Da rauschte es im Laub. Wildschreiend flog die Elster in den nahen Wald. – »Er ist's!« rief sie aufspringend. »O, Stern des Trostes, es ist Anton; wie Himmelsgruß tönt mir sein Kommen!« – Er wankte heran, sein Gewand war zerrissen, sein Haupt entblößt, die dornenzerstochenen Hände bluteten – er stürzte vor ihr nieder und sah athemlos mit flehender Geberde zu ihr auf.

»Anton, Anton!« rief das erbleichende Mädchen, »wo weiltest Du? – was ist geschehen, was ist Dir begegnet? Dein Anblick vernichtet mich!« –

»Vergieb mir, o, vergieb mir, liebe, gute Brunild!« – –

»Dein Auge rollt fürchterlich – Blut, ach, Blutstropfen hängen an Deiner Hand.« –

»Hör' endlich mich« – rief er in äußerster Bewegung und umschlang die Zitternde mit Heftigkeit.

»Du tödtest mich – Ewiger Herr! Dein Blick ist keines Menschen Blick – eiskalt sind Deine Hände, Deine Lippen … Sieh hin zum Kirchenthurme, die goldenen Zeiger deuten auf den Himmel – es ist Mitternacht – und bitte Gott, wenn Du belastet bist mit einer bösen That, um Deiner Seele Heil – nimm Deinen Kuß zurück – ach, wärst Du treu geblieben, lieber Anton …«

Er vermochte nicht, den Mund zu öffnen, sein Auge war ohne Thränen, seine Brust ohne Seufzer. Er versuchte, sich aufzurichten, seine Knie brachen zusammen. Ein spitzer Dolch fiel vor ihm nieder und blitzte aus dem thauigen Gras – Brunilde sank zu Boden.

Man fand sie leblos, als der Morgen graute. Der Kranz von Klosterrosen, Nachtviolen und Todtenblumen war um ihr bleiches Haupt gewunden.

Der Waffenschmidt ist nie wieder gesehen worden.

# Die Waldfrau

Zu Göggingen, einem Dorfe, nicht weit von der ehemaligen Reichsstadt Augsburg, wohnte in einem kleinen strohbedeckten Häuschen ein armer Leinweber, mit Namen Johannes Fugger. Er stand schon in hohem Alter, als er, von Krankheit befallen, sein Ende herannahen sah. Da rief Barbara, seine Ehefrau, ihre Söhne; und Jacob, Rudolph und Andreas kamen herein und knieten nieder vor dem Lager des Vaters, der zu seinen Kindern also sprach: »Ich ziehe nun von Euch in ein schöneres Land, liebe Söhne. Haltet friedlich zusammen, seid thätig, fromm Euer Lebelang, ich bin es auch gewesen, und verlaßt Eure gute Mutter nicht.« – Dann sank er auf's Kissen zurück. – Es war still im Stübchen, die Mutter weinte, in der Ferne läutete ein Glöckchen.

Die Söhne führten nun das schon von ihnen betriebene Webergeschäft emsig fort und gingen aus, zu bestellen das Feld, das ihnen der Vater hinterlassen hatte. Allein nicht Jedem wohnte im Herzen Friede und Genügsamkeit, welche als unschätzbares Gut ihnen von den Eltern so oft war empfohlen worden. Wenn sie an langen Winterabenden am Webstuhl saßen und Mutter Barbara, ein Beispiel der Ruhe und Gelassenheit, mit heiterer Miene spinnend, ihnen Gesellschaft leistete, gaben sie diese Unzufriedenheit oft laut zu erkennen.

Es wird mir hier täglich enger und beklommner, begann dann Rudolph; es ruft mir über die Berge, wo es sich schöner und besser leben mag als hier; ich komme mir vor wie ein Gefangener im augsburger Fledermausthurme, der nichts hört als das Zischen und Zanken der Nachtraben und Käuze, die das Gemäuer umkreisen. – Oh, laß mich ziehen, Mutter, laß mich ausziehen in die weite Welt und mein Glück versuchen.

»Mir ist eben so«, fuhr Andreas fort; »ich möchte heraus aus diesem Rattenneste; in den Krieg möcht' ich, ritterlich mit dem Schwert kämpfen und ein Herr werden, der zu gebieten, nicht zu bedienen hätte. Was hat und erfährt Einer hier? Außer dem Lech und der Wertach sah ich noch kein Wasser. Der Adler breitet über allen Stadtthoren die Flügel aus, doch einen Adler in freier Luft sah ich nie; ich höre nur den Kuhhirten blasen, die Gänse schnattern, und in der Nacht drückt mich der Alp.«

Jacob, der älteste der Söhne, kannte der Brüder Klaglieder. Er hörte nicht darauf und war nur eifriger beschäftigt, die Schäfte zu heben, die Laden zu schlagen und das Schiffchen herüber und hinüber zu werfen.

»Ihr Ungenügsamen!« seufzte Frau Barbara im Sorgenstuhl, »was habt Ihr zu sagen und zu klagen, Ihr, denen es besser geht wie Vielen im Dorfe? Seht Euch nur um; ihr habt noch ein wohnlich Häuslein, das Euch Obdach giebt, ganze Kleider und draußen ein wohlgerundet schön Stück Feld. Habt Ihr vergessen, was der heilige Mann der Christenheit sagt? Ich muß es Euch wieder einmal zu Gedächtniß bringen.« Mit diesen Worten stand sie auf, zog aus einem verschlossenen Wandschränkchen ein großes, mit Messingkrabben beschlagenes Buch, öffnete es und las: »Soll ich Dir Deinen Reichthum zeigen, Du Armer, damit Du aufhörst, den Reichen für glücklich zu halten? Sieh den Himmel; wie schön und groß und erhaben wölbt er sich über Dir. Von seiner Herrlichkeit genießt der Reiche nicht mehr als Du; er ist für Dich geschaffen, wie für ihn; er kann Dir die Freuden und Genüsse, die er Dir gewährt, nicht verkümmern. Die Sonne, das glänzende, leuchtende Gestirn, der Augen und des Herzens Lust, ist sie nicht für alle Sterblichen gemeinschaftlich, und ergötzt sich nicht der Arme wie der Reiche an ihren Strahlen? Mondesscheibe und Sternenlicht, sind sie nicht geschaffen für Alle, und genießen wir Armen diese Güter nicht weit mehr als der Große, der seine Tage mit Müssigang und Schlemmen beginnt und beschließt, und die Schönheiten der Erde, die ihn umgeben, nicht fühlt? – Der Stand der Armen aber bringt es mit sich, daß sie aus dem Segen solcher Gaben reineren Genuß schöpfen, wie Andere; die himmlische Luft, die sie umweht, hebt froher die Brust des Landmanns und des Handwerkers als die des Schwelgers der Stadt, und jeder Tag ist der Freuden voll. Ruhig und zufrieden darf er zum Himmel blicken und sein Auge zur blumigen Erde wenden … Also spricht der fromme Mann Chrysostomus. Beherzigt diese schönen Worte; seid fleißig wie der Vater gewesen, und es wird Euch an zeitlichem Wohl und Segen nicht gebrechen. Gott hat dem Menschen so viele Mittel gegeben, die zu seinem Glücke lenken, aber er erkennt sie nicht, er sucht sein Wohl auf einem Pfad, der nicht zum Guten führt.«

Düster klagte Rudolph vor sich hin: »Was hatte ich sonst für eine Freude an meinen Waldvögeln und Thieren, wenn sie um mich waren und lärmten, und sich lustig rupften und rissen! Rabe und Aglaster sprachen miteinander, riefen unsre Namen; Wiesel und Kaninchen rasselten auf und nieder; der Kreuzschnabel saß mit zarten Beinlein auf meiner Schulter, sang so wehmüthig lieb und schön, als thät' ihm leid der verlaßne, grüne Fichtenwald; und die Ohreule sah mich mit ihren großen Großmutteraugen so freundlich an, daß ich sie hätte an mein Herz drücken mögen. Dahin ist die Ergötzung! Heut' hat die Ohreule mich ins Ohr gekneift, die Aglaster war naseweis, der Rabe grob. Ja, auch den Thieren wird es zu eng und unbequem in ihren Zwangbehältern, sie sehnen sich nach Freiheit, und ich werde alle wieder entlassen, wie ich sie eingefangen habe. Eilt, wohin ihr wollt, nach euren Bergen, Wäldern!«

»Gewiß, Mutter«, sagte Andreas, »wir müssen das Glück suchen, es kommt uns nicht entgegen gegangen; die Welt müssen wir sehen, die dazu da ist, neue Menschen, Städte, Berge, Thale. Es spricht etwas in unserm Innern, dem wir folgen müssen. Schon ein kleiner Ausflug thut einem wohl. Letzt' noch hab' ich das gefühlt, da ich durch Aicha kam und einkehrte zu Wittelsbach im alten Schlosse.[5] Zerbrochen und zerbröckelt lag es da in tausend Stücken, wie die Knochen auf der Schädelstätte. Hier starrt eine Mauerwand, die der Verheerung trotzt; dort steht ein großer Stein mit dem Nischenbildle der Mutter des Herrn, halbgesprengt, geschwärzt von Feuer und Rauch. Ein Spitzer, grauer Wallthurm ragt in die Luft wie ein drohend Heldenschwert; in einem hohlen Fensterraum stand ein Ebereschenbäumchen, als wär's ein zurückgeblieben Burgfräulein, verwandelt in ein grün Bäumlein, und nickte betrübt in den Abgrund, daß es nun aus wäre mit der Herrlichkeit der stolzen Burg und Allen, die darin gewohnt. Jeder Stein sah einer Frage gleich, und die alte Fahne auf dem Thurm krächzte Grabgesänge. Ich sah den Wittelsbacher, wie er mit dem Schwert dem Kaiser einen Hieb versetzt.

5 Es wird gegenwärtig von dem, auch als Dichter bekannten, Herzog Max von Baiern würdig wieder hergestellt.

Das mag kein schlechter Hieb gewesen sein. Warum gab er dem Pfalzgrafen auch die Tochter nicht, die er ihm zugesagt. Ein Kaiser soll sein Wort nicht brechen. Ein schön Bräutel und ein alter Kaiser! Ich saß im grünen Graben der Burg, schaut' und dachte, und immer war mir's, als müßte nun kommen, steigen aus den Leichensteinen der zerfallnen Kirche eine ernste Rittergestalt und mit mir reden, oder erscheinen und mir nahen eine schöne Jungfrau, wie die in der wunderbaren Grafengeschichte. –«

»Wunderbare Geschichte?« fragte Rudolph. »Erzähl' sie doch. Wunderbares hört sich am besten an.«

»Sie stammt vom Vetter Widulf, der sie gehört zu Niederkirchen in der Pfalz, wo er her ist. Er erzählte sie mir in meiner letzten Krankheit; und was einem auf dem Lager erzählt wird, wo der Sinn empfänglicher ist für den Eindruck, hält sich schärfer im Gedächtniß.«

»Karl von Achen, der deutsche Kaiser, der auch mehr denn einmal in Augsburg war, zog Anno 772 wohlgerüsteten Heeres nach Westphalen, zu bestrafen da den König Wittekind von Engern, der durch Uebermuth und Getrotz seinen Zorn auf sich geladen; erreichte bald die Feindeshorden, griff sie an und jagte den blutenden Heidenanführer in die Flucht. Vorgefallen war die Schlacht am Fuß eines Berges, auf dem der Kaiser in vorhergehender Nacht Christum gebeten, ihm zu verleihen den Sieg gegen die Ungläubigen, und »Hülfensberg« nannte er und das Kriegsvolk fortan den Berg, auf dem der Herr gnadenvoll erhört hatte sein heiß Gebet. Es that sich aber im Schwertkampf durch Wunder der Tapferkeit hervor ein Ritter, so zugekommen dem Kaiserherr aus Süddeutschland, dergestalt, daß er das Staunen und Bewundern des Kaisers wie aller Feldmannen wurde. Also ließ Karl den Ritter zu sich entbieten und sprach: Ich will belohnen den, dem Ehr' gebührt; tauchte darauf drei Finger in das Blut der Erschlagenen, drückte sie ab auf der Brust des Kriegers und gebot ihm, neben einem silbernen Löwen diese Blutstropfen zu führen auf Schild und Helm[6] zum Lobe seiner männig-

6 Die Grafen von Diepholz führten 1360 auch ein Hirschgeweih in ihrem Wappen.
Lucae Grafensaal Frankf. 1702. [gemeint ist: Friedrich Lucae: Des Heil. Römischen Reichs Uhr=alter Graffen=Saal … Frankfurt am Main 1702, S. 924, d. A.]

lichen Heldenheit; erhob ihn alsdann in den Grafenstand, verlieh ihm ein reiches Gebiet als Grafschaft, in welcher der Ritter ein fein Schloß erbaute, sich Graf von Diepholz nannte und sein Geschlecht blühend war Jahrhunderte hinfort.«

Rudolph von Diepholz, einem Grafensohn, gefiel es nicht mehr im väterlichen Schloß. Stillschweigend verließ er die Heimath seiner Ahnen, wanderte und wanderte und kam an den Hof Waldemars, des reichen und starken Königs der Schweden. Unbefragt, woher er komme, wer er wäre, wurde er aufgenommen und ihm übergeben das Geschäft eines dienenden Burschen in der Küche des Königs. Da aber der Fremdling von schöner, jugendlicher Gestalt war, offen und freimüthig, auch gar rechtlich und sittlich sich betrug in seinem Amt, erwählte ihn der König zu seinem Kämmerling, der allezeit bei ihm sein und ihn überall hin begleiten mußte. Nun traf sich's, daß Rudolph, als er dem König zur Jagd folgte, eines großen und schönen Hirsches im Wald ansichtig wurde, dem er ungesäumt nacheilte, auf einmal aber die Waldwildniß, in der er sich verirrt, ihm unmöglich machte, das verlorne Gefolge seines Herrn und Gebieters wieder auszuforschen. Da trat ihm entgegen plötzlich eine schöne Jungfrau, schritt an seiner Seite, führte ihn wieder nach dem rechten Weg und gab ihm beim Scheiden einen prächtigen Karfunkelsteinring, den er wohl aufbewahren mögte als Frauengeschenk. Rudolph nahm das Andenken von der Hand der Jungfrau, dankte und versprach, so lang er lebe, den Ring nicht von sich zu lassen. In kommender Nacht wird der König den hellen Schein gewahr, den der Karfunkelring wirft. Er fragt den Kämmerling, wie er doch zu dem Ring gekommen, den er an der Hand habe, der gar vielmal lieblicher blinke denn ein Kirchenlicht. Also bekannte Rudolph frei und ohne Rückhalt das Begebniß im Walde, meldet somit auch dem König, wie er nicht geringen Standes wäre, sondern ein geborner Graf von Diepholz aus deutschem Lande. Höchlich erfreut eines solchen Zugeständnisses, nicht minder der angenehmen Kunde von dem Stand seines Vertrauten, gewann der König den jungen Grafen wohl noch einmal so lieb, dem er insonders empfiehlt, der Waldjungfrau Gabe in Werth und Achtung zu halten. Darauf erhob er ihn zu seinem Eidam und gab ihm zur Gemahlin seine liebe Tochter Marina. Also geschah's, daß

Rudolph mit Primsla, Herzogen von Pommern, dem Verlobten der zweiten Königstochter, an einem Tage seine Vermählungsfeier hielt zu Nyköping im stolzen Schlosse, der Zeit nach im Jahre Christi 1011. Beladen mit Reichsschätzen, so unermeßlich, haben darauf der Graf und die Gräfin aus Schweden sich zurückgemacht in die Heimath; es ist das Volk der Grafschaft ihnen entgegengeströmt an der Grenzung mit fröhlichem Geruf; und in der Freude Uebermaaß hat die Gräfin Gold in Menge ausgeworfen unter die Einwohner, daher der Ort den Namen »Goldenstätte«[7] bekommen, auch die Brücke über die Hunte, über welche der Zug gegangen, die »goldne Brücke« genannt worden. Zu Lehmförde aber im Schloß haben sie die Begebenheit mit der Waldjungfrau fein abgebildet, desgleichen wohlversehn mit gezierlichen, deutschen Reimeln zum recht bleibenden Andenken, wie der Vetter sagt. – »Ach«, setzte Andreas mit einem Seufzer hinzu, »wollte mir doch auch einmal eine Jungfrau erscheinen!« –

»Nein, mir, mir«, fiel Rudolph lebhaft ein. »Denkt Euch nur, ich ging aus, ging in den dicksten Wald, es rief mir Was, und eine schöne Jungfrau reichte mir eine ganze Schürze voll Gold – ich nähm's, käm' damit – da, da wär' Gold im Ueberflusse für mich, für Euch, für den Geschichtenvetter und seine Tochter – ich wäre reich, würde ein Graf, gäbe unserm Rauchhäusle einen Tritt in die Rippen, daß es auseinanderkrachte, baute ein neues, hübsches, großes mit einer goldenen Fahne und den Buchstaben R. F., kutschte die Mutter in einem silbernen Wägelchen im Dorfe, in der Stadt umher, daß Alles Glotzaugen bekäme – ließ ein Kloster bauen, Singnonnen hinein, Mönche hinein werfen. – Ach, die Geschichte, die abscheuliche Geschichte hat mich ganz aufgebracht; ich muß fort, fort von hier, ich komme nicht wieder!«

Er flog zur Stube hinaus.

»Laßt ihn«, sprach die Mutter, »er gleicht dem Kreisel, welcher brummt, anstößt und umsinkt.«

An einem hellen Herbsttage gingen die Brüder, wie sie zu thun gewohnt waren, in den Wald, um Holz zu lesen; denn die Abende fingen schon an, kühl zu werden, und Mutter Barbara

7 Goldenstädt im Königreich Hannover.

fror. – Es war aber der Wald, den sie besuchten, verrufen. Ein Geistergeschlecht hielt seit undenklicher Zeit sich darin auf, und nicht selten sahen Holzschläger und Kohlenbrenner, wenn sie lange verweilten, schauerliche Erscheinungen, die ihnen Furcht einflößten. Manchen wurde ein Leid angethan, das sie im Leben nicht wieder verließ; Andere verschwanden, ohne jemals wieder sichtbar zu werden, und an einem kleinen, tief im Gebüsch versteckten See wagte, sobald die Nacht eingetreten war, nicht leicht Jemand vorüberzugehen. – Rührig sammelten die Brüder Holz, knackten und knebelten es zu rückenrechten Bündeln, schwangen diese über und machten sich auf den Heimweg. Die Abendsonnenstrahlen zitterten noch durch die Baumzweige, und allmälig wurde es dunkel im Walde.

Nachdem die Geschwister schweigend eine Weile die verschlungenen Pfade verfolgt hatten, bemerkte Jacob: »Ist mir doch, als hörte ich Geräusch in der Nähe.«

»Die Domglocke zu Augsburg summt«, sprach Rudolph; »macht, daß wir aus dem Dickicht kommen.«

»Domgesumm ist das nicht«, fiel Andreas ein – »es kommt Was, gebt Acht, es kommt Was hinter uns her. – Wir wollen's abwarten. Laßt uns stehen bleiben. Halt!« –

Indem kam ein kleines Mütterchen an einem weißen Stabe gehinkt. Es hatte ein zusammengeschnurrtes, mürbes Gesicht und stöhnte und ächzte sehr. – »Helft mir, wenn ihr Erbarmen fühlt«, bat eine matte Stimme; »ich bin schwach und ermüdet und möchte mein Dorf noch gern erreichen.«

Von Mitleid bewegt, warfen zwei der Brüder ihr Holz zur Erde, ergriffen und hoben die Alte empor, um sie schneller aus dem Walde zu schaffen, damit sie im Sternenscheine weiter gehen möge; und stillschweigend ließ das Mütterchen sich tragen. Aber unbegreiflich, so rasch sie gingen, der Wald wollte kein Ende nehmen; wenn die Brüder glaubten, jetzt und jetzt und nun gewiß den Ausgang in's Freie zu gewinnen, sahen sie auf's Neue, von Wegegestrupp und Brombeerstauden umstrickt, auf endlosen Strecken sich hingehalten. Mit einem Mal wurde die Alte schwerer und schwerer, sie dünkte ihnen ein eitler Klumpen Blei, welchen fortzubringen, die Zuziehung eines dritten Trägers nothwendig machte. Hatte zuvor das Fräuchen geächzt und gestöhnt, so war das Aechzen und Stöhnen jetzt an den

Brüdern, und bald fühlten Alle von der Last sich dermaßen gebeugt, daß sie das erdrückende Gewicht zur Erde niedersetzen mußten, um nur einmal ein paar Luftzüge zu thun. Nachdem sie nun die Schweißtropfen von der Stirne gewischt und zum Weitergehen sich anschickten, erschraken sie sehr. Das kleine Weibchen war verschwunden und an deren Stelle stand eine hohe, von wunderbarem Scheine umgebne weibliche Gestalt.

»Fürchtet Euch nicht«, begann die Erscheinung. »Niemand wird ein Leid widerfahren. Dieser Wald ist mein ewiger Aufenthalt. Ich habe Eure Gesinnung geprüft und will nun dankbar sein für den Dienst, den ihr mir geleistet habt. Ein Jeder von Euch spreche einen Herzenswunsch aus. Dieser Wunsch soll in Erfüllung gehen. Wählt und redet.« –

Bei solcher Zusprache und freudeverheißenden, feiervollen Gelobung der schönen Waldbewohnerin fanden die erschrokkenen Brüder den verlornen Muth bald wieder. Sie priesen sich glücklich. Und Rudolph war der erste, der ungeduldig sich vordrängte. Er nahm das Wort und sprach: »Ich bin nur ein armer Webersohn; das ist betrübt; darum wünsch' ich reich zu sein, recht reich, und ein Herr zu werden, unabhängig, vornehm und frei.«

»Gold, Glanz und Ansehen«, fuhr Andreas fort, »begehr' auch ich, um gehörig des Lebens mich zu erfreuen. Kurz und gut gesagt, ist das mein Haupt- und Herzenswunsch.«

Jacob folgte nun. Er schwieg, bis die Anderen ihre Wünsche gesagt hatten, und sprach dann mit ruhiger Stimme: »Nicht glänzend Gut, nicht Reichthum sind es, nach denen ich mich sehne; ich wünsche mir ein genügsames, zufriedenes Herz, einen hellen, fördernden Geist zur Arbeit, so lang ich lebe, Gesundheit und Muth, zu bekämpfen die Widerwärtigkeiten des Lebens, die mir begegnen möchten.«

– Alle schwiegen.

Die Waldfrau neigte ihr Haupt ein wenig, machte mit der Hand eine Bewegung in der Luft und sprach: »Eure Wünsche werden in Erfüllung gehen.« – Hierauf verschwand sie.

Es war schon spät in der Nacht, und Frau Barbara nicht ohne Sorgen über das Ausbleiben ihrer Söhne. Endlich kamen sie. Sie waren zwar mit wenig Holz, dafür aber desto reichlicher mit Freude versehen, die sie alsbald laut verkündeten.

Allein die Mutter gab dem ungewöhnlichen Ereigniß, das sie zurückgehalten hatte, nur geringen Beifall, vielmehr warnte sie die Glücklichen, den Versprechungen unbekannter Mächte, welche oft täuschten und die Zufriedenheit des Lebens gefährdeten, nicht so leichthin Vertrauen zu leihen; sie fügte dann begütigend hinzu, daß, nach dem Glauben der Väter, von solchen Dingen, wenn sie Heil bringen sollten, vor dem neunten Tage nicht dürfe gesprochen werden. Rudolph und Andreas aber waren zu sehr mit sich beschäftigt, um den mütterlichen Aeußerungen weiter Gehör zu geben. Andreas umschlang die Mutter gar lustig gemuthet. »Sieh mich nur recht an, liebe Mutter Fugger«, sprach er, »ob ich nicht rein, wie umgeschmolzen, also neuer, schöner und besser geworden vor Dir stehe. Geld und Freude verschönen. O Glück, welch einen Werth hast Du! Nun wird es mir gut gehen. Nun wird's endlich kommen, mein Glück, mich selig machen und Dich Mutter. Guck nur den Jacob an, der schon seit langer Zeit mehr denkt, als spricht; die Freude hat ihn jetzt völlig stumm gemacht.« – Frau Barbara lächelte und sprach: »Freue Dich nicht allzu früh; Du weißt nicht, was noch folgen kann.« – In noch größerer Aufregung befand sich Rudolph. Er war kaum erwacht, als er schon in den Wald hinaus eilte, hoffend, der wohlwollende Geist, der seinen Wunsch zuerst vernommen, werde die Wahrheit seines Gelöbnisses jetzt auch an ihm zuerst in Erfüllung gehen lassen, und hier werde und müsse sein Schicksal sich entscheiden. Morgen und Mittag verflossen, der Abend kam, und noch immer durchkreuzte er träumerisch das unermeßliche Gehölze nach allen Richtungen. Nun wurde es dunkel. Der Mond stieg auf. Er schaute umher, horchte, entdeckte endlich ein schmetterndes Flämmchen in der Luft, folgte ihm, sah etwas glänzen, bückte sich, und die Wonne, zwischen den Wurzeln einer uralten Eiche einen im Mondstrahl funkelnden hohen Hügel eiteln Goldes zu berühren, überstieg alle Grenzen seiner Erwartung. Mit wilder Gier griff er darauf los, belud alle seine Taschen damit, dankte stumm der wortgetreuen Waldfrau und entfernte sich, indem er freudezitternd nachsann, welche Verwendung er nun von seinem Schatze machen sollte. Sonst war er gewohnt, Alles, auch das Geringste, mit Eltern und Geschwistern redlich zu theilen und der gemeinsamen Liebe froh sich zu fühlen. Jetzt dachte er anders, und es schien ihm weit angemessener, diese edlen Hülfsmittel, die ihm sicherlich zu keinem andern Zweck, als zum Beginne einer so sehnlich gewünschten bessern Lebensweise ertheilt worden, vereint und nicht aus seinen Händen zu lassen. Ohne längeres Bedenken und Zögern eilte er daher nach Augsburg, putzte und bewaffnete sich großherrisch, gab dem flinken Renner, der ihn trug, die Sporn und rannte »gut Nacht, Göggingen! gut Nacht, Augsburg!« zum Friedberger Thor wieder hinaus.

Rudolph fehlte. Die Mutter schloß kein Auge. »Sicher«, sagte sie, »hat er den Weg nach dem Geisterwald genommen und hofft dort auf die Verheißung des trügerischen Nachtbildes. Wenn ihm nur kein Leid zugestoßen! Ich fürchte es fast, und es bleibt uns nichts anders übrig, als daß wir uns aufmachen und ihn suchen.« Alsobald machte die bekümmerte Mutter mit ihren bewehrten Söhnen sich auf den Weg. Sie kamen in den Wald, irrten umher, fragten Hirten und Köhlerleute. Doch vergeblich war ihr Suchen und Fragen. – Da drang ein ängstliches Klirren und Zischen durch die Waldung, ein Reiter in hellstrahlendem Ritterkleid wurde sichtbar. Der Reiter kämpfte gegen eine ungeheure Schlange, die unablässig ihm nachfolgte und deren er sich mit den kräftigsten Schwertschlägen nicht zu erwehren vermochte. Der weiße Leib des edlen, schlanken Rosses, das er ritt, war an mehren Stellen schon von der Giftzunge des wilden Wurms verletzt und mit rothem Blut besprengt; jetzt bäumte es sich noch einmal, nun brach es zusammen, ächzend, sterbend; und heftiger, wie auf Tod und Leben fechtend, funkelte und fiel der Stahl des Reiters nieder auf den silbernen Schuppenleib der Schlange, während Frau Barbara entfloh, Jacob und Andreas aber keinen Augenblick säumten, dem Bedrängten beizustehen, dergestalt auch mit ihren Schwertern das Haupt des wüthenden Gethiers trafen, daß es tödtlich verwundet unter fürchterlichen Zuckungen und Schweifschlagen im Laub verschied. Der Reiter, nachdem er seines rasenden Feindes sich entledigt sah, stieß in ein goldnes Hörnchen, das an seinem Wehrgehänge hing, und ein heller, durchdringender Ton rief einen rauschenden Troß berittner, bewaffneter Jagdmannen herbei, welche voll Staunen und Entsetzen über das, was ihren Augen sich darstellte, den vermißten Gebieter umringten, der mit tiefstem Leidwesen sprachlos niederschaute auf sein getreues Kriegsroß, das ihn so oft begleitet in's heiße Schlachtgetümmel und das er so lieb gehabt. Der stattliche, noch im besten Alter stehende Reiter war der Burggraf von Nürnberg, welcher nun, froh, der obschwebenden Gefahr entronnen zu sein, dankbar zu seinen Helfern in der Noth sich wandte und nach ihrem Namen und Stande sich erkundigte. Da Andreas' feuriges Auge und seine hohe und schöne Gestalt ihn ansprachen, fragte er ihn, ob er Neigung fühle, mit ihm zu ziehen gen Nürnberg auf seine Burg, wo er für sein Wohl Bedacht nehmen wolle. Erfreut des ersten, günstigen Zeichens seines aufgehenden Glückssterns, nahm der Gefragte das Erbieten des Burggrafen gern an; und so zog Andreas schon nach einigen Tagen im burggräflichen Gefolge durch das Thor in die schöne, nie gesehene Stadt Nürnberg ein.

Diesem für die Familie so erfreulichen Ereignisse folgte bald ein zweites in der eingehenden Botschaft von Rudolph, welche aus Hamburg eintraf. Er bat die Mutter um Verzeihung, daß er ohne ihre Bewilligung, obwohl nicht ohne Gewissensbisse, Göggingen verlassen habe. Nach Herzbegehren sei er nun umhergereis't, habe einen schönen Strich Deutschlands kennen gelernt und in einem hiesigen Handelshause ein erwünschtes Unterkommen gefunden; es gehe ihm gut, und zufrieden und wohlhabend hoffe er Mutter und Geschwister bald einmal wieder zu sehen. Eine ansehnliche Geldsumme war dem Sendschreiben beigefügt. Beruhigt durch diese Nachricht, verzieh ihm die Mutter den begangenen Fehler. Sie und Jacob waren nun allein im stillen Häuschen. Und Jacob pflegte und wartete ihrer in treuer Kindesliebe, arbeitete am Webstuhle und besorgte den Feldbau.

Die Brüder fühlten nun nach jahrelang gehegten Wünschen und Erwartungen sich beglückt und befriedigt. Was im Grunde ihres Herzens geruht, hatte sich verwirklicht; nichts blieb ihnen zu wünschen übrig, und sie sahen heiter in die Zukunft, wie Einer, der ein weites, grünes und blühendes Thal vor sich ausgebreitet findet, das er nun freudig zu durchwandern beginnt. – Andreas erwarb sich ausgezeichnete Kenntnisse in wissenschaftlichen Bestrebungen, große Fertigkeit im Gebrauch der Waffen und hielt sich stets so edel und männlich, daß Alle, die seinen Umgang theilten, ihn achteten und ehrten. Auch dem

Burggrafen wurde er immer werther und unentbehrlicher; er folgte ihm auf seinen Ausflügen und kriegerischen Streifzügen, wo er nicht allein in ritterlichen Lust- und Wettkämpfen die Geschicklichkeit und Kunst seiner schwertgeübten Hand bewähren konnte vor den Augen bewundernder und belohnender schöner Frauen, sondern wo sich ihm auch Gelegenheit darbot, gegen die eiserne Stirne des Feindes, wie gegen Gebirgsdrachen und Lindwürmer das Schwert zu ziehen. Bei Uebung solcher Tugenden konnte es daher Andreas an Auszeichnung nicht fehlen. Sie wurde ihm reichlich zu Theil. Er wurde zum Ritter geschlagen, mit ansehnlichem Gut begabt und von der Hand Friedrichs, seines hohen Gönners, ihm ein Fräulein aus angesehenem Hause zur Gemahlin bestimmt.

Rudolph hatte weitläufige Reisen unternommen und glücklich beendet. Er hatte Erfahrungen gesammelt, in der Handelswelt berühmter Meerstädte wichtige Verbindungen geschlossen, geneigte Freunde, beglückende Zusagen gefunden, sein Vermögen zu gelungenen Unternehmungen benutzt, endlich in Hamburg, wo es ihm am besten gefiel, häuslich sich niedergelassen, und war in Kurzem ein reicher und hochgeachteter Kaufherr geworden, dem die Sonne der Gunst unerläßlich ihre vollen Strahlen sandte, dem Niemand etwas zu sagen und zu gebieten hatte und der sich sehen lassen durfte. Und Herr Fugger ließ sich sehen. Wenn er mit seiner Gemahlin, deren reiche Mitgabe seinem Stammschatze beträchtlichen Zuwachs verliehen, spazieren fuhr, bewunderte die ganze Christen- und Judenheit sein stolzes, kostbares, von englischen Rappen gezogenes Fuhrwerk, welches, klingend gleich einem bunten Schellenschlitten, glänzte und leuchtete, als ob es von einem Gold- und Silberregen wäre übergossen worden; indeß das Auge der staunenden, vornehmen Frauenwelt ruhte auf den diamantenen Tanz- und Schaukelblumen, welche das Haupt auf den spannenlangen Goldgewichten, welche die Ohren, auf den mächtigen Blitzsteinen und Karfunkelrosen, welche die wohlgerundete, lilienweiße Brust der gnädigen Frau schmückten. Rudolph betrat das große Gesellschaftsgemach erst nach Verlauf einiger Stunden, und wenn er nun in den aufknarrenden Flügelthüren sichtbar wurde, wallte der herrn- und frauenerfüllte Saal vor ihm empor wie ein brausendes Meer. Besteckt und beladen mit

Juwelen, Rubinen, Smaragden, war das Kleid des Königs von Dänemark gegen das seine ein werthloses und nichtssagendes; er hielt das Kinn in die Höhe, war allenthalben und nirgends, warf Fragen auf, ohne deren Beantwortung zu beachten, und spielte und fingerte im Golde seiner gefüllten Westentasche mit der Geberde eines Habenden, der keine Wünsche mehr kennt. An sinnreichem Hochmuth, an berechneter Putzsucht, geglätteter Redeweise stand die Gemahlin weit über dem Gemahl, welche als schöne Frau sich vollkommen verpflichtet zu fühlen glaubte, ihre Umgebung verdunkeln zu müssen. Beide stimmten im Wesentlichen gänzlich mit einander überein. Sie dachte nur auf Ergötzung und Genuß; er nur auf Genuß und Ergötzung. Und bald wußten Beide nicht mehr, mit welchen Aufsehn erregenden Festlichkeiten sie den Tag eröffnen, mit welchen geräuschvollen Abendspielen und Schwelgschmäusen sie ihn beschließen sollten. – Ein solches Leben ist nicht von Bestand. Es ermattet den Leib, ertödtet den Geist. Dies ergab sich bald. Aus dem begehrlichen, sinnlichen wurde ein bequemer, ein fahrlässiger Herr, der, statt dem Geschäftstreiben seines Hauses wirksam vorzustehen und ihm Nachdruck zu geben, statt dem innern Familienleben geschärfte Blicke zu erhalten, den einreißenden Uebelständen zügellos lebender Untergeordneter Schranken zu setzen, aller Wach- und Wirksamkeit fern und feind, den leichtsinnigsten Trieben und Erlustigungen sich in die Arme warf. Böse Nachrichten von erlittenen Verlusten zur See liefen ein und wurden von den Geschäftsführern großentheils verschwiegen gehalten; andere Unfälle gesellten sich hinzu, die ein Verschweigen unmöglich machten. Noch ergriffen ihn diese Prüfungen nicht. Neue Schläge, Veruntreuungen aller Farben wurden ruchbar, und es schien, als wetteiferten die Verluste auf festem Lande mit denen des Wasserreichs. – Heute entwich unerwartet und glücklich ein getreuer Geschäftsfreund mit einem Geldsümmchen, welches nicht klein war; morgen verschwand der viel geprüfte Buchhalter und Siegelbewahrer, der auf behender Feldflucht des ergötzlichen Reitfuchses seines Herrn sich bedient hatte; übermorgen ward gänzlich vermißt der bewährte Hauptgelder-Einnehmer, nachdem selbiger zuvor in einer Stunde, da sie im Begriffe stand, einen wichtigen Besuch zu machen, die Herrin des Hauses um eine geheime Unterredung hatte ersuchen lassen, in der er ihr eine so schmerzliche Nachricht hinterbrachte, daß sie alsbald, von einer Ohnmacht überwältigt, zurücksank, bei welcher Gelegenheit er mit Glück versuchte, die Erleichterung bedürfende schöne Brust der Gebieterin von der drückenden Last ihrer gewichtigen Blitzsteine und Karfunkelrosen zu befreien. – So war in geringem Zeitraume durch Familienaufwand, Unglücksfälle, Treuvergessenheit das große Vermögen Fuggers dermaßen zusammengeschmolzen, daß zur Tilgung nur eines geringen Schuldtheils, zur Wiedererwerbung des verlornen Glaubens des gesunkenen Hauses es der besten Freunde bedurft hätte, wozu wenig Aussichten vorhanden waren. Rudolph suchte vergeblich die helfende, rettende Hand. Freunde und Gönner, welche Jahre lang die Genüsse seines Hauses hatten kennen gelernt, wichen achselzuckend aus seiner Nähe, und plötzlich stand der Verzweifelnde wie ein entblätterter Baum im Kreise der Seinen, welchen er keinen Trost geben, keine andere Stütze bieten konnte als den Stab des Bettelmanns, mit dem er, den dringlichen Gläubigern zu entgehen, seine Familie bei Nacht und Nebel aus Stadt und Gebiet führte, um nicht wiederzukehren. – Rudolph schlug den Weg nach Nürnberg ein. Dort lebte, wie er wußte, Andreas in den erwünschtesten Verhältnissen; dort hoffte er mindestens Ruhe und Trost, wenn auch nicht Linderung seiner Leiden zu finden, die ihn zu vernichten drohten. –

Von angesehenen Kunden besucht, geehrt von Freunden und Bekannten, saß Jacob daheim in unaufhaltsamer Thätigkeit hinter dem Webstuhl. Er freute sich seiner Arbeit, die er von Zeit zu Zeit besichtigte, ob nicht das kleinste Versehen der Kundschaft möchte Anlaß werden zu einigem Tadel, und strich dann behaglich in der Weise eines Meisters mit der Hand über die fehlerlose, liebe Webung, wobei sein Auge nicht minder die verschiedenartigen Geräthe berührte, welche, von Vater und Großvater schon gebraucht, im Dienst glänzend glatt geworden und ihm heilig waren; selbst die uralte, ein wenig eingetiefte, vom Wurm durchlöcherte Bank von Birkenholz, auf der er saß, galt ihm ein Denkmal der Vergangenheit; er hätte sie um keinen Preis mit einer neuen und schöneren vertauschen mögen. Arbeitete Jacob an einer bunten Decke, einem Tellertuch mit Bildwerk oder, was mehr sagen wollte, an einem großen Tafelstück mit Sprüchen, das, für ein Mitglied des hohen, reichstädtischen Raths bestimmt, alle Aufmerksamkeit in Anspruch nahm, so sah Frau Barbara ihm gern ein Eckchen zu. Sie pries dann das edle Handwerk als eines der schönsten, gedachte der Sage, wonach die Tochter Lamachs, Namahs, die Erfinderin der Webekunst, den ersten Faden gewebt, und ging von dem blauen Keimblümchen, der Bildung, Pflege, Zubereitung des Flachses zur hohen Nützlichkeit und Unentbehrlichkeit des Leinens über, mit dem der Mensch, wenn er das Licht der Welt erblicke, bekleidet, in das der Mensch, wenn er die Welt verlasse, wieder gehüllt werde. Ueber Jacob hing eine schlanke Haubenlerche in ihrem Häuschen und sang ihm ein frohes Morgenlied. Der Lerche Lied aber war es nicht allein, was ihm die Seele schwellte und hob zur segenreichen Betriebsamkeit. Dicht neben ihm auf harter Bank saß ein rosenfarbiges Mädchen, die ein geschmackvolles, von ihr selbst gefertigtes Blumenmuster auf dem Schooß liegen hatte, nach welchem er arbeitete; die zuweilen, mit dem Zeigefingerlein der feinen, weißen Hand hier und dahin deutend, in bescheidnem Mädchenwesen ihm Anweisungen gab beim Wirken seiner Blumen und Ringe, und die dann Jacob freudestrahlenden Auges umschlang, auf eines ihrer Rothbäckelchen küßte und »liebes, liebes Klärchen« ihr ins Ohr flüsterte. – Klärchen war die einzige Tochter Widulfs, des Augsburger Webermeisters, eines langjährigen Freundes des wohlseligen Johannes Fugger. Jetzt in Abwesenheit der unzufriedenen Brüder, da es stiller und erbaulicher geworden im Hause, kam sie öfters zum Besuch nach Göggingen, und Jacob, der Klärchen als kleines, augenblaues Blümchen schon gern gehabt hatte, gewann sie nun als aufgegangene Blume über die Maßen lieb. Manchmal kam sie auch schelmisch, unvermerkt in die Stube, und da die Wallbäume weidlich lärmten, ein Liebender auch nicht immer bei gutem Gehör ist, so merkte er sie nicht eher, als bis er ihren zarten Arm auf seinem Nacken fühlte. Ein solch Erschrecken lief ihm süß durch die Seele, er wurde roth im Gesicht, und Klärchen, welche seiner Liebe sich ergötzte, trieb die Freude nun ebenfalls das Blut in die Wangen. Nun feierte die Arbeit ein Weilchen, Beide guckten sich tief in die Augen, lasen in ihren Herzen, flüsterten, lachten, und wer sie neben einander gesehen und gehört, will niemals ein herziger Bild der Liebe und

Treue gefunden haben. Vor Allen, die ihn gern genommen hätte, wählte er Klärchen zu seiner Braut; und Barbara, welche dem schönen, verständigen und geschickten Mädchen, das Jacob an liebreichem Gemüth so ähnlich war, immer zugethan gewesen, erfreute sich eines Ereignisses, von dem sie sich die frohesten Stunden versprach. Binnen Jahresfrist gedachte Jacob mit Klärchen sich verbinden zu können. Ein Jahr vergeht schnell. Der Gedanke an dies Fest machte Frau Barbara schon glückselig. Wie schön ist eine Mutter, wenn sie an den Hochzeittag ihres Kindes denkt! Jeder ihrer Blicke ist Liebe, jedes ihrer Worte athmet Liebe. Im wichtigsten Tage des Lebens spiegelt sich ihr eignes Leben, und die Thräne der Erinnerung beglänzt ihr Auge. Sinnend, rathschlagend, wie der frohe Tag des geliebten Sohnes sollte gefeiert werden, ging Frau Barbara schon jetzt, den Finger am Kinne, umher, nickte, verwarf, lächelte zufrieden, öffnete den Kammerschrein, hob und besah die vorhandenen, goldeswerthen Linnenstänner, blickte Klärchen, die bei ihr stand, fragend an und hielt es für das größte Glück, daß ihr Sohn ein Webermann geworden, der nun, wie sie mit Gewißheit erwarten dürfe, geziemende Sorge tragen werde für ein so edles, als nothwendiges Hausbedürfniß, wie Leinewand. – Ein Umstand nur mischte trübend sich unter ihre frohen Ausblicke und Betrachtungen: die ernste, innere Mahnung an ihre fernen Söhne. Und sie beklagte, so ganz ohne alle Nachricht von ihnen leben zu müssen. Wie mögen die Tage der Glücklichen beschaffen sein, äußerte sie dann, wenn sie zwischen Jacob und Klärchen am Abendbrottische saß. Jahre vergingen. »Keiner denkt an uns, keiner besucht unser Haus. Warum kommen sie nicht einmal? Sagt, was ihr wollt. Es ist nicht recht. Nein, es ist nicht recht. Von Herzen wollen wir ihnen ihr Himmelreich gönnen und ihm Dauer wünschen. Doch trübe Ahnungen, verhängnißvolle Wolken, die ich in der Ferne aufsteigen sehe, kommen mir alten Frau bedenklich vor. Des Glückes Rad läuft wunderbar. Der Eine steigt, der Andere sinkt. Nur wer dem lieben Gott vertraut in Freuden wie in Leiden, geht sichern Schrittes auf der dornenreichen Bahn des Lebens. Mißgeschick und Unfall werden weniger den schmerzlich treffen, der allzeit Beruhigung finden mag in seiner eignen Brust.« – Barbara's Trost blieb Jacob. Unter seiner Umsicht, seinem Eifer hatte die Weberei, ja selbst der mit neuerworbenem Grundbesitz vermehrte Feldbau den besten Fortgang und Blüthestand gewonnen, die laufenden Ausgaben sich vermindert, die Einnahme vermehrt, verdoppelt, und bald konnte der regsame, biedersinnige, von seinen Zeitgenossen bewunderte Fugger die lang gehegte Absicht, das enge gögginger Dorfhäuschen aufzugeben und in Augsburg in einer räumlichen Wohnung seinem Geschäft mehr Ausdehnung zu gewähren, bewerkstelligen, demnächst auch, wonach er gar sehnlich strebte, sein Hochzeitfest begehen zu können. Leuchtenden Angesichts meldete er nun der Mutter die möglich gewordene Ausführung aller seiner Vorsätze. Und mit welcher Seelenfreude empfing sie diese Nachricht aus dem Munde des Sohnes! – »Und werde ich bei Euch wohnen, werdet Ihr mich nicht verlassen zu Augsburg, in meiner lieben Vaterstadt?« fragte die Mutter. – »So lange ich lebe, verlasse ich meine liebste Mutter nicht«, antwortete Jacob. »So lange wir leben, verlassen wir unsre theure Mutter nicht«, wiederholte Klärchen, indem Beide die gerührte Mutter umschlangen. Und es war, als hallten sie noch lange nach in der stillen Abendstunde, die Worte des treuen Sohnes und der guten Tochter.

Was Barbara geahnt und zuweilen ausgesprochen hatte von der Wandelbarkeit des menschlichen Glücks, hatte sich bereits an Rudolph erfüllt. Aber auch Andreas genoß schon lange nicht mehr das Zutraun am Hofe des Burggrafen zu Nürnberg. Der, welcher die Gunst eines Großen erlangt, wird bald von Neidern umringt, die danach trachten, dem Emporgekommenen zu schaden und ihn wieder zu verdrängen von seiner eingenommenen Stufe. Andreas ging es nicht anders. Freunde und Ritter, von denen er es nicht erwartet, gegen welche er stets offen und bieder sich erwiesen, verleumdeten ihn. Zuvor brachten sie dem Burggrafen tadelnswerthe Dinge von ihm, suchten auf mannigfache Weise die Handlungen des jungen Ritters in ein böses Licht zu stellen und schritten dann, nach erfolgter glücklicher Einleitung, immer weiter. Lange achtete Friedrich nicht auf diese Anklagen und Ohrenträgerei aus seiner Umgebung, bis zuletzt ein unbedeutendes, gänzlich entstelltes Ereigniß eindringlicher bewies, wie dieser Fremdling geringen Herkommens nichts anders im Sinne führe, als ihm nach dem Leben zu trachten und sich demnächst zu erringen den unmittelbaren Besitz der Burggrafschaft. Entrüstet und wie von der Spitze eines gezückten Dolches verletzt, lieh nunmehr der Burggraf der Warnung vollen Glauben und bestimmte, daß Andreas erwiesener, lasterhafter Absichten wegen gegen das Landesoberhaupt unverzüglich zur Folter und zum Eingeständniß seiner hochverrätherischen Bestrebungen sollte gebracht werden. Angeklagt einer so harten Beschuldigung, verurtheilt zu einer so schmerzlichen Strafe, stand Andreas bereit, seine Vertheidigung zu führen. Sie wurde von den Feinden hintertrieben. Noch rechnete er auf eine günstige Gestaltung seiner betrübten Lage, herbeigeführt durch wohlgesinnte Freunde. Aber auch diese blieb aus; die Freunde zogen schimpflich sich zurück, und Niemand erschien, ihn zu unterstützen bei Beweisführung seiner sonnenklaren Unschuld. Andreas, zur Folter gebracht, litt die entsetzlichsten Schmerzen, die je ein Schuldloser erlitten, bei welchem erschütternden Anblick seine, mit ihren Kindern vergeblich um Gnade flehende Gemahlin wie entseelt mußte hinweggetragen werden. Muth und Hoffnung verließen jedoch den Leidenden, den keine Marter zum Geständniß eines seiner Seele fremden Verbrechens bewegen konnte, keinen Augenblick, der jetzt, hülflos und verlassen, ohne den tröstenden Anblick der geliebten Gattin, mit bangen Flehlauten zum Allmächtigen sich wandte und ihn um Milderung seiner großen Schmerzen bat. – Da ertönten plötzlich mächtige Glockenschläge von den hohen Kirchenthürmen des heiligen Sebald und Laurenzius; da lärmten helle Drommetenstöße, und ein zahlreiches Reitergeschwader, den eben aus Böhmen angelangten Kaiser Wenzel an der Spitze, quoll durch das Burgthor herein in den offnen Hofraum zu dem volkumgebenen Schmerzenschauspiel. Der Kaiser befahl, und es sanken die vernichtenden Schrauben von den wunden Gliedmaßen des erlösten, von den letzten Lebensfunken fast verlassenen Ritters, der nun, beraubt seiner Güter, seiner Habe, verwiesen wie ein Geächteter aus burggräflichem Gebiet, schmachbeladen eine Stadt verließ, die ihm so werth geworden und in der es ihm so wohl ergangen.

An demselben Tage, an welchem Andreas aus dem Thore ging, zog Rudolph mit den Seinen auf einem ärmlichen Köhlerwäglein in Nürnberg ein. Er hatte das Schicksal seines Bruders kaum vernommen, als er wieder umkehrte und seinen Zug gen

Göggingen richtete. – Rudolph sah das elterliche Heimathshäuschen unterm alten, dichtbelaubten Birnbaume wieder, hörte vom Küchenheerde her den wohlbekannten Sang des friedlichen Heimchens. Ein fremder Landmann saß auf der Thürschwelle und dengelte eine Sense. Er fragte ihn nach der Familie Fugger und erfuhr, daß Mutter und Sohn zu Augsburg wohnten und es ihnen gut gehe. Wärmere Pulse schlugen in seiner Seele, er gedachte der Kindheit, die er hier verlebt, gedachte der Eltern und des Spruches: »Wenn Dein Herz Dir wehthut, blickt eine trauernde Mutter hinein.« Und das Verlangen, die trauernde Mutter wieder zu sehen, steigerte sich mächtig in ihm. Ein gleiches Verlangen, noch einmal, und am heutigen Tage den benachbarten Wald zu besuchen, konnte er nicht bezähmen. Es war, als zöge es ihn nach jener Gegend. Er eilte dahin. Auch hier war ihm so Vieles noch bekannt. Die Bäume kamen ihm wie alte Freunde vor, die Blätter der Buchen rauschten feierlich, und die Eiche, in deren Wipfeln er einst mit namenloser Empfindung dankend zum Himmel aufgeschaut, stand dicht vor ihm. – Eine verhüllte, männliche Gestalt ruhte unter dem Baume. Rudolph starrte sie an und sank Andreas in die Arme. Die Brüder schwiegen; helle Thränen standen in ihren Augen. Beide, bisher reich und angesehn, waren nun arm und wieder zurückgesunken in das betrübte Verhältniß vergangener Jahre. – »Hier«, begann Rudolph, »ging in Erfüllung der Wunsch meines stürmischen Herzens. Trübsal folgte der Erfüllung meines Wunsches – Eitelkeit, Stolz, Ehrgeiz führten mich in den Abgrund des Verderbens.« – Andreas entgegnete: »Ich war so glücklich! Die Wissenschaft, nach der mein heiligstes Ziel gerichtet war, gewährte mir so viel und lieh mir Kraft und Macht zum Leben: doch ich war nicht frei von thörigter Glanzbegierde und Ruhmsucht, vergaß Eltern, Brüder, Heimath und sank, gestürzt von Hinterlist und Bosheit, mit allen meinen Glücks- und Freudensternen. Beide fehlten wir, doch eine entehrende That lastet nicht auf unserm Namen. Das tröstet mich.« – »Wir wollen Jacob heimsuchen zu Augsburg«, sprach Rudolph. »Auch die Mutter lebt noch. Was haben wir zu erwarten? Wird er uns erkennen, uns aufnehmen, wenn wir kommen, er, über den wir lachten in der schönen Zeit der Wünsche?« – Trübsinnig sahen die Brüder vor sich hin. Keiner vertraute dem Anderen die eigentliche Ursache, die ihn nach dem verrufenen Walde geführt: die Hoffnung nämlich, hier noch einmal des Waldgeistes ansichtig zu werden, der, wie Jeder wähnte, überzeugt von einem reuevollen Gewissen, seine milde Gesinnung noch einmal ihnen werde zu erkennen geben. Doch vergeblich war der Brüder Harren. Erst bei anhebender Nacht drang ein leises Flüstern aus dem Gezweige der bejahrten Eiche zu ihnen herab, auf welches sie, von banger Erwartung erfüllt, aufmerksam horchten. – Es ist unbekannt, was sie vernahmen, ob die flüsternde Stimme des Baumes die eines friedlichen, verheißenden, oder eines zürnenden Geistes gewesen, und nur kund, daß Beide keine Neigung empfanden, länger hier zu verweilen. Auch wurde es plötzlich dunkler, ein scharfer Wind hob an, und schauerlich murmelte der Donner eines aufsteigenden Gewitters durch den öden Wunderwald. – Am Saume des Holzes fand Andreas die Familie Rudolphs, und Alle begaben sich auf den Weg zur Stadt.

Unterdessen stand in der schönsten Straße von Augsburg vor einem Hause mit hellerleuchteten Fenstern, aus welchen Flöten und Klarinetten lebhaft flirrten, viel Volk versammelt und erzählte sich von dem Herrn Jacob Fugger, der, jüngst zum Rathsherrn erwählt, hier wohne und heut Abend Hochzeit halte mit dem schönen und liebreichen Weber-Klärchen aus der Karmelitergasse. Es war ein Schieben und Rumoren auf der Straße, das sich immer mehr vermehrte. Viele, die Klärchen kannten, Mittags auch in der Ulrichskirche am Altare hatten stehen sehen, so blaß und schön und gläubigen Angesichts vor Gott, drängten jetzo die Stiege hinauf und suchten durch die dann und wann aufgehende Saalthüre einen Blick zu erhaschen von der glückseligen »Jungfer Braut« im gerötheten Wangenpaar, im grünen Kränzelein und im schmucken Hochzeitkleide. An der langen Tafel des lichterreichen Hochzeitsaales saß hier die ganze ansehnliche Festtagsgesellschaft. In der Mitte der Tafel ruhte Mutter Barbara; ihr folgten Jacob, Klärchen und deren Vater, der Vetter Widulf, welchen rechts und links die städtischen und fremden Rathsglieder mit ihren Frauen und Töchtern, Alle im stattlichsten Hochzeitsputz, sich anreihten. Herkömmlicherweise hatten die auswärtigen Gäste kleine Andenken aus der Heimath mitgebracht: die aus Nürnberg knupperbraun gebackene, lebkuchene Männlein und Weiblein Hand in Hand; die aus Ulm wunderliche Brote, ähnlich den heutigen Hutzelbrötchen; die aus Memmingen glockige Hopfenblüthbüschlein; item die aus Kempten Backbildchen zärtlich sich Umarmender benebst gezierlichem Gefäß von Buntglas mit dem Stadtwappen, gefüllt bis zum Kork von Apfelwein, »gar süß und geschmach«, welche Gegenstände an dreien Stellen der Tafel allsichtbarlich aufgetellert standen. – Klärchen glänzte unter Allen hervor. Sie glänzte wie ein Stern, und ihres faltenreichen, in den von der Natur gar schön geschmälten Seiten recht kostbarlich sitzenden, weißen Damastkleides, das in seinem weichen Wellenlauf dem Auge wohlthat, an den goldenen, groß Lob verdienenden Brustkettlein, der Arme Flimmerspangen, bis zur glimmrigen Bügeltasche auf der Linken konnte Niemand sich satt sehen; und es herrschte nur eine Stimme über den Schmuck des Festes, die anmuthreiche, holdselige Braut. – Da gab es nur feine Reden und Ergüsse, schönes Nicken und Händereichen beim Klange wohlgefüllter Becher; da wurden laut die artigsten Liedlein, frisch gefertigt für diesen Tag, und die ergötzlichsten Gesänge viel belobter, deutscher Minnesänger hoch und lustig bewillkommt und bejubelt vom wildesten Geschmetter der Pauken und Trompeten.

Die Tafel war bereits aufgehoben, die Gesellschaft hatte sich in ein anstoßendes Zimmer verfügt, und der neue Herr Rathsherr so eben mit der Frau Rathsherrin einen langen Tanz geschlossen, als ein eintretender Diener meldete, auf der Flur draußen ständen Pilgerleute, des Begehrens, mit dem Herrn ein geheim Wörtlein abzureden. Herr Fugger begab sich sofort hinaus, sah zwei Männer in Nebelkitteln und breiten Krempenhüten, erkannte seine Geschwister und hieß sie tausendmal willkommen. – »Im Gewande der Armuth und des Elends, in das ich versunken bin, siehst Du mich vor Dir, Jacob«, sprach Rudolph. – – »So sehen wir uns wieder, Bruder«, sprach Andreas – »ich habe verloren Alles, was ich besaß und bin ein recht unglücklicher Mensch« … »Rudolph! Andreas! Allliebender Himmel!« rief Jacob aus, ergriffen, seine Brüder so bleich und abgehärmt zu sehen. »Wer hätte das ahnen sollen! – ein dunkles Gerücht, dem ich gar keinen Glauben lieh, erzählte von Euch. – Doch stillet, stillet jetzt Euren Schmerz, Ihr seid in meinem Arme, an meinem Hochzeittage an meinem Herzen und dürft mich nicht betrüben; Ihr müßt wieder heiter werden. Wo sind Eure Frauen, Eure Kinder? Kommt nur, kommt!« – Und Klärchen erschien voll Freude, und Beide führten die Pilger, wie sie waren, den Verwandten und Freunden entgegen in den Freudensaal, wo Jacob alsobald das Wort erhob und sprach: »Geliebteste Vettern und Freunde, sehet hier meine beiden Brüder, verfolgt vom Mißgeschick. – Die Liebe führt sie zurück in unsere Mauern. Sie kehren heim zu Mutter und Bruder, die sie niemals vergessen haben, um zu leben nun auf heimathlichem Boden, auf dem sich's am besten lebt. –«

Aber die Söhne schlangen ihre Arme um die Mutter, welche, ihre Kinder wieder zu sehen, freudezitternd herbeigewankt kam, während auf ein Zeichen des Bürgermeisters der Spielleute Pauken und Krummhörner jetzt mit einem Getöse aufschmetterten und wirbelten, daß die Tafelhumpen und Stengelgläser erbebten und das Volk auf der Straße laut einstimmte in die endlos donnernde Hochzeitjubelei.

Schon nach Ablauf eines Jahres erwies sich Andreas Fuggers Unschuld auf's glänzendste im Selbstgeständniß seiner, auf dem Schlachtfelde schmachvoll sterbender, nürnberger, freundlichen Feinde. Die ehrendste Genugthuung von Seiten des Burggrafen wurde ihm zu Theil; und auch Rudolphs verwinkelte Verhältnisse entwirrten und gestalteten sich zur Zufriedenheit aller Betheiligten. –

Die drei Brüder blieben von nun an getreulich vereint. Sie theilten sich in die vielverzweigten Geschäftsunternehmungen Jacobs, und jede Arbeit gewann unter sicher leitender Hand in erzielter Ausdehnung an erwünschter Vollkommenheit. Jacob, mit dauernder Vorliebe der Veredlung der Webekunst auch in der Folge zugethan, erinnerte in frohen Stunden seine Brüder an ihre früheren Neigungen, Entwürfe und Erwartungen; er verglich ihre damalige mit der jetzigen Lebensweise, und sie fühlten des Wechsels schöne Wirkungen, sie stimmten ihm bei, wenn er ihnen zeigte den schmalen Pfad, der zur Zufriedenheit, die heitere Aussicht, die zur Glückseligkeit führe, und sie priesen seinen Geist, der ihn geleitet, allezeit das Rechte zu erkennen, zu wählen und festzuhalten in Geduld und Zuversicht zum Lenker der Dinge. Besonders aber ging der Söhne gemeinsames Streben dahin, der Mutter die Tage des Alters zu versüßen, den

Kummer, den sie ihr verursacht in jugendlicher Unerfahrenheit und Pflichtvergessenheit, nun zu vergelten, zu lohnen mit reinster Kindesliebe; und die glückliche Mutter empfand diese Beweise der edlen Dankbarkeit in tiefster Seele. – Es gab aber auch keinen erhebenderen Anblick, als Frau Barbara weilen zu sehen in der blumenberankten Laube des rathsherrlichen, die Straße nach Göggingen beherrschenden Gartens unter ihren Söhnen, Enkeln, Befreundeten; zu sehen, wie sie heiter scherzte und lachte; zu hören, wenn sie des wunderbaren Lebens auf Erden gedachte und ihr Mund überfloß von der Gnade des Herrn, der am morschen Stabe ihr noch so große Freude geschenkt – und wie sie die Söhne mild ermahnte, mit einander zu halten in beharrlicher Liebe, auch wenn weiche die Kraft des Geistes dem beschwerlichen Alter mit Krankheit, Kälte, Unbehagen, und standhaft zu bleiben immerdar im Glauben an den trostverleihenden, höchsten, einigen und ewigen Gott … Aller Blicke ruhten dann, wie von ihrem Worte gesegnet, wohlgefällig auf ihrem silberweißen Ehrenhaupt, ihrem Auge, ihrer Stirne, die so sanft und friedsam schimmerten, wie der wolkenlose Himmel über ihr.

Jacobs und seiner Nachkommen Aufschwung, Ansehn und Größe sind bekannt. Wenn in der Folge auch wohl ein Zweig des blühenden Fuggerstammes lautlos sich zeigte und dorrte, der Baum des Hauses stand markig und wurzelfest im Boden, wie die Eiche, die der Sturm nur verletzt, nicht vernichtet. Die Fugger erbauten Burgen, erbauten Schlösser und vergrößerten Augsburg mit einer Vorstadt, die ihren Namen führt.

Die evangelische Annenkirche zu Augsburg zeigt uns vieler Fugger und Fuggerinnen Büsten und Bildnisse. Das schönste Bild aber bewahrt das Schloß Wallenburg. Es ist das Bild der Ahnfrau des alten Hauses.

# Der Frauensee

Im Schwarzwalde liegt der Frauensee. –

Er ist spiegelhell, von hohen Pflanzen, Büschen, Bäumen umgeben und still und verschwiegen, wie ein Grab. Am schönsten sieht er im Junius aus; dann ruht eine Decke der herrlichsten Blumen, glimmernder und prächtiger, als der Festmantel einer Kaiserin, auf ihm, unter welchen die rothgelbe Mummel- oder Frauenblume die lieblichste von allen ist. Wenn die Sonne aufgeht, öffnet diese Blume ihren Kelch, wenn sie untergeht, schließt sie ihn und deutet so den Lauf der Sonne an.

Der Frauensee ist so tief, als der Himmel hoch, und bewohnt von Jungfrauen, welche außerordentlich schön singen, an Anmuth und Leibesgestalt auch die reizendsten Jungfrauen der Erde übertreffen.

Bisweilen verlassen die Seebewohnerinnen ihre Wohnung und kommen in die umliegenden Ortschaften, wo sie bei friedliebenden Landleuten einkehren, sich allerlei erkaufen und wieder nach Haus gehen. Sie sind zierlich, jedoch fremdländisch gekleidet, und nicht Jeder, der sie erblickt, weiß, von wannen sie kommen, nicht Jedermann, den sie freundlich grüßen und dessen bescheidener Frage sie Red' und Antwort geben, weiß, wohin sie gehen.

Ihre Freude sind stille Sommernächte, wenn Alles ruht auf Erden und das Mondviertel schwermüthig am Himmel hängt – duftige, sanftbegras'te Auen im Dämmerlicht des Mondes. Nun erscheinen die schlanken Jungfräulein auf den laubumgrenzten, grünen Ebenen und belustigen sich mit Gesang und Tanz. – Ahnen die Bewohner der Umgegend an den, in dem Boden befindlichen, leisen Ringen und Reihen, oder am feuchten Kleidersaume eines am Tage sichtbar werdenden Waldweibchens – denn nicht der See, der Gräserthau der Oberwelt benetzte ihr Gewand, das auch hier wieder trocken werden muß, – daß die Seefrauen gefeiert haben auf der Wiese, so gehen Mädchen und Knaben zum blauen Waldgewässer, singen den gutmüthigen Frauen, die noch froh gestimmt sind von der letzten Nacht, heitere Liedchen, die sie gern hören, und erbitten sich Etwas: dann raschelt's alsbald im Röhricht, und hier und dort am Ufer blitzt ein Krystallbecher, belegt mit Meergold, Muscheln, Perlein und Korallen. Die Becher aber dürfen nicht behalten, sondern müssen zurückgelassen werden, sonst erscheint in der Nacht ein zorniger Seemann im Dorfe, sucht und findet sie, und dann ist kein Segen bei dem Geschenke.

Nach Sonnenuntergang wird es unheimlich am See, die Vögel verstummen, blaurothe Flämmchen schweben umher und wandeln dann sanft wie Leichenzüge durch das Ufer hin; aus dem Gewässer tönt und lockt es wie süßer Harfenhauch – ängstlich und wehklagend dann wie Trauergesang. Und wer den düstern Gesang vernimmt, fürchtet, nun werde auf einmal der weiße Arm einer Seebewohnerin aus den Wogen tauchen und ihn in den Abgrund ziehen; und von Grauen getrieben flieht er aus dem Walde. –

In der Nähe des Sees liegt das Dorf Schwarzenberg, das von dunkeln Fichten fast ganz umgeben ist. In dieses Dorf kamen zuweilen zwei Seejungfrauen. Sie waren überaus schön und fein von Gestalt, führten liebliche Rede und wurden gern gesehen und willkommen geheißen von Jung und Alt. Da sie einander sehr ähnlich waren, nahm man sie für Schwestern. Sie blieben aber niemals lange. Kein Bitten hielt sie zurück.

Eines Tages war Hochzeit im Dorfe. Da gedachte die Braut der schönen Schwestern und sprach: »Wären doch die holdiglichen Waldfrauen bei uns.« Und es gegenredete der Bräutigam: »Ei, wir wollen sie einladen lassen, vielleicht kommen sie.« Also schickte die Braut ein zehnjähriges Mädchen hinaus nach dem Walde mit der Meldung, die es unterm Mittagsglockenschlage Zwölf am See aussprechen mußte: »Die schönen Fräulein wären vielmal gegrüßt und freundlich gebeten, morgen zu kommen nach Schwarzenberg zum Hochzeitsschmaus ihrer alten Freunde!« – Die Seemägdlein sahen und hörten das Kind am Ufer und gaben den Bescheid, sie wollten kommen.

Die Schwestern freueten sich sehr auf solch ein lustig Fest, das so selten kam, und hatten das schwarzenberger Brautpaar, das sie längst kannten, lieb; denn es waren erzgute Menschen, wie alle, die im Dorfe wohnten. Noch schwiegen sie. Als aber reif war die Zeit, in der sie gehen mußten, putzten sie sich und traten vor die Mutter: »Liebe Mutter, wir sind eingeladen zu kommen gen Schwarzenberg auf die Hochzeit unserer guten Landleute, wo es Gespiel giebt und fröhlichen Tanz: willst Du uns nicht zur Hochzeit gehen lassen?« – Die Mutter, die ihre Kinder liebte, antwortete: »Geht hin, seid vergnügt, kehrt nur wieder, ehe der Mond die Erde berührt und der Vater Euch vermißt.« Der Vater aber hatte die Worte der flehenden Töchter vernommen er zürnte heftig ihres Begehrens. Die Mutter besänftigte ihn, daß er endlich seine Einwilligung gab, den abgehenden Mädchen jedoch mit drohender Stimme nachrief, »nicht zu überschreiten die Stunde des Wiederkehrens, sonst werde eine strenge Strafe ihr Lohn sein.« – Beide gelobten zur gehörigen Zeit heimzukehren in's Schloß und schwebten leicht und freudenfroh zum Walde hinaus.

Als die Jungfrauen in's Dorf gelangten, ging es schon lebhaft her. Sie wurden von Braut und Bräutigam, wie von vielen nickenden, händereichenden Hochzeitleuten gar freundlich empfangen und begrüßt, auf den Saal geführt, alsbald auch von zwei jugendlichen Gästen zum Tanze aufgefordert. Man konnte sich nicht satt sehen an dem Schwesterpaar, besonders an ihrer Gewandtheit im Ringelreigen, in welchem weder die bebänderte, apfelblüthige Braut, noch irgend eine andere Dirne, deren es der hübschen und huschigen doch viele gab, mit ihnen hätten verglichen werden können. Ihre Schönheit zog immer mehr Blicke auf sich, und herzgewinnendere Augen, als die der Fräulein vom See, wollte noch Niemand gesehen haben. Sie waren groß, dunkelbraun, von süßbrennenden Lichtchen belebt, mit langen Wimpern versehen, von lieblichem Vöglein zarter Brauen umwölbt. Auf den Wangen wohnte das feinste Weiß, leise nur durchschimmert von darunter ruhendem Roth, das dagegen auf den Lippen der kleinen Mündchen und recht wie zum baldigen Kuß auffordernd, in vollster Blüthe prangte. Der Farbe der Augen glich das Haar; es fiel in reichen, weichen Ringeln auf die wohlgebildeten Nackenblätter und beschattete eine Brust, welche, von Mädchenfrohsinn gehoben, Niemand ohne Wonne und Herzweh anzusehen vermochte. Die wächsernen Hände und schlanken Finger übertrafen die der edelsten Frauen, und diesen standen an Zartheit die kleinen Füßchen, deren Tapfen der Sandboden kaum wiedergab, nicht nach. Das

Tanzkleid der Jungfrauen aber ließ den erwähltesten Flimmer und Flitter des Hochzeiterinnenputzes weit hinter sich. Und doch war es einfach. Es bestand aus einem blaßgrünen, silberseidig schimmernden, in den Hüften von dunkelgrünem Gurtband umschlossenen Gewand, so leichten, ätherischen Stoffes, daß es des edlen Gliederbaues reine Formenschönheit dem liebenden Auge nur wenig verbarg.

Heiterkeit und Frohmuth hatten im Hochzeitsaal ihren Thron aufgeschlagen. Jeder Gast fand die rechte Weise seines Vergnügens und die Tänzerin seines Begehrs, während Viele dahin strebten den seltenen Gästen, damit sie künftig wiederkommen möchten, gefällig und dienstbar zu werden. Es kam die junge Braut im schmucken Hauptkränzlein, es kam der Bräutigam im stolz glimmernden Knopfrock und breitblumigen Hosenträgern; alte Mütterchen, alte Väterchen kamen, flinke, quecksilbrige Bursche in nagelneuen Tanzbuxen von honiggelbem Karbatschenleder, und fuchsflüchtige Pausbackenmädchen mit Latwergenbärten bis an die Ohren, und brachten ihnen duftigen Wein und zimmtgeback'ne Hochzeitwaffeln, weißen schwarzwälder Bergknappenkuchen, scharfgebrannte Knupperbretzeln und lucke Nonnenseufzer in gewölbten Gläsern und auf hübschbemalten Schalen, wie nur verehrten und hochgeehrten Gönnern zu besondern Tagen geboten wird; und es dankten und genossen die liebreichen Gastinnen der einladenden, schmackhaften Festspenden.

Es waren aber die beiden Hochzeiter, mit denen die Jungfrauen den Tanz begannen, befreundete Ritter; der eine daheim auf Burg Rosenstein, der andere auf der entfernteren von Hornbergsburg. War beiden im lebhaften Auf- und Niederschweben mit ihren Tänzerinnen schon so wohlig gemuthet, so schlugen ihnen nun, ermächtigt vom wechselseitigen Gespräch, indem sie die Schwestern aus dem Reigen hinaus in das nahe luftige Haselstaudenwäldchen führten, die Pulse der Herzen zu seligen Gefühlen, und es schwand die letzte Scheu und Angstbeklommenheit, welche sie bis dahin in der Nähe der liebreizenden Erscheinungen, die sie schon einmal, jedoch nur flüchtig gesehen, empfunden hatten. Hell und begeistert blickte Hatto's Auge in das seiner Jungfrau, wie Edbert, den theuren Freund, gleiche Stimmung an die heitre Schwester schloß, die ihm zur

Seite schritt. Hier im Haselwäldchen, im Scheine des milden Sonnenlichtes, saßen sie bei einander zu regerem Wechselwort, erweckt und auferblüht zum schönsten Herzschlag reinster Jugendliebe, die, befriedigt des beseelenden Himmelsscheins im Geliebtenauge, von keiner Welt mehr weiß, von keiner Welt mehr wissen mag. – Die Augenblicke flogen. Eine der Jungfrauen erzählte von ihrer Heimath, ihrem schönen Heimathsschloß, den weiten Gärten, dem wallenden Blumengebüsch, von den sangreichen Vogelschaaren, die es bewohnten. Schildernd erhob die Jungfrau ihre weiße Hand und drückte oft, die Nähe des Geliebten in ihrem Herzen fühlend, sanftlächelnd die beiden Hände übereinandergeschlagen auf ihre bewegte Brust. – Die Schwester gedachte des Schlosses im fernen Mummelsee, der schönen Pfade, die dahin führten durch purpurrothe Korallenberge, auf welchen weiß gekleidete Frauengestalten singend weilten, goldne Bächlein aus den Felsen strömten, sich vereinten mit einer sanften Fluth, groß und dunkelblau, auf deren Wogen muntre Thierlein schwämmen, lustig schauend aus leichten Muschelhäuschen und aus Perlenschiffchen in mondbeglänzten Nächten goldne Kronen blitzten aus dem Wellengrunde, sichtbar nur und zugedacht den Guten von den ernsten, ew'gen Göttern der Meere – und die sieben Schwanenjungfrauen der Lüfte, hohe Wächterinnen, ständen vor den Todtenbehältern der Sterblichen, die nie Leid verzehrt, oder der harte Arm der Oberirdischen dem frühen Untergang geweiht. – Viele Erdbewohner – sprach die andere Jungfrau – führt die Liebe in dies Reich, die nun unter uns leben, vergessen ihres Hauses, ihres Heimathslandes. – Wenn am Morgen im geruhigen Seegewässer neu sich spiegeln die steilen Uferburgen, die Ritter ausziehen zum heißen Kampf, Drommetenklang erschallt, die Rosse wiehern, schauen singend aus den Wellenblättern die Frauen der ewigen Jugend, bis ein Tiefbetrübter, ein Klagender, der sein Liebchen verloren, dahin schleicht am schilfigen Ufer, ihren Gesang hört, ihre Augen, ihren Jungfrauenleib erblickt und sehnsuchtsvoll in ihre Arme sinkt. ... Die Seefräulein erzählten nun von der Gütigkeit und Liebe ihrer Mutter, beklagten dann mit tiefem Trauerton die Strenge und Grausamkeit des Vaters, der sie oft eines geringen Vergehens wegen hart büßen lasse im Gefängniß eines von Riesen und Schlangen umzingelten

Waldschlosses, in welchem ein gebietigender schwarzer König wohne. – –

Die Schwestern hatten Thränen in den schönen Augen, die sie den Liebenden nicht verbargen.

Die Ritter athmeten kaum. Jeder Laut der Erzählerinnen drang mit nie gefühlter Wonne in ihre Herzen. Edbert zog die zarte Hand seines Mädchens an die glühenden Lippen und sprach im Ton der seligsten Empfindung: »Liebes Mädchen, liebes Mädchen – komm nun auch einmal in meine Heimath, nach meiner Vaterburg. Sie liegt auf grünem Ulmenhügel, die Morgensonne grüßt aus goldbesäumten Wolken ihre Zinnen – o komm, o komm mit mir, Du schönes Mädchen – all meine Habe sollst Du sehen, die ganze Burg will ich Dir zeigen, meinen Schild und Harnisch, mein Roß und Ritterschwert, das Dir nun Schutz und Schirm gewähren wird. – Dort ist's geheim, ist's still und lieb – auf blumiger Wiese unter hohen Maienfahnen spielt das schlanke Reh – im dichten Laubversteck, vom Mond allein besucht, soll ein verschwiegnes Seechen Dir gehören, in das Du Deine Lilienglieder senken kannst. – Jungfräulein lieb, verlaß mich nicht, denn ohne Dich, Dein Himmelsauge und Deiner Stimme lieblich Klingen wird künftig mich nichts mehr erfreuen, das glaub' mir nur! In gleicher Weise hielt Hatto die süße Brautgestalt umschlungen, und was den Freund zum lautern Eingeständniß hinriß, floß im glühenden Worte auch aus seinem Munde. – »Ja Liebchen« – fuhr er lebhaft fort – »kehr auch Du in meine elterliche Burg ein. Hell wie Dein Augenlicht blickt sie vom steilen Felsgestein herab ins weite, waldige Thal. Auf himmelhohem Berge, nicht im tiefen Wassergrunde, und nicht in einem finstern Schlangenschlosse sollst Du wohnen, sollst rothen Wein genießen, süßen Honig goldgefärbter Bienchen, auf weichen Blumenmatten wandeln; und, von Hermelin bedeckt, im sanften Ruhbett schlafen. … Wie mein Allerhöchstes, wie der Erde Heiligstes will ich Dich hegen, pflegen, lieben, und die Vögel des Gesträuchs sollen Deiner Schönheit Huldigung bringen in tausend, ach viel mehr als tausend Lobgesängen. – Komm nur in mein schönes Land, zu meiner hohen Burg – ich lasse nicht von Dir, Du mußt die meine sein!« – –

Himmel und Erde vergingen den Rittern in der Stunde des ersten bundbekräftigenden Kusses von den Lippen der holden

Frauen; dann sprach die Geliebte Hatto's: Ehe denn wir aber Eurem Verlangen Folge leisten, müßt Ihr nach der Sitte Brauch zuvor uns heimsuchen in unserer Behausung und alldort einige Tage im Kreise der Unsrigen verbringen.

In tiefbetrübter Stimme nahm Edbert das Wort und sprach: Ihr holdiglichen und liebwerthen Jungfrauen, wie wäre möglich, zu willfahren diesem euren Ansinnen – hinabzugelangen zu Euch in die Tiefe des Gewässers, das uns Armen den unzweifelhaften Tod bereiten mag.

Deß lächelten die lieberfüllten Frauen, die die Freunde inniger in ihre marmorweißen Arme zogen – und in stiller leiser Weisung, von keinem Aug' gesehen, von keinem Ohr gehört, flüsterte die Eine, vertraute die Andere dem Liebenden ins lauschende Herz: »Da, wo die beiden dunkelrothen Buchen stehen – der Waldbach sich ergießt in unsern See – da findest du die große Wogenblume: brich ihren goldnen Kelch, fülle ihn mit der vereinten Fluth, trink ihn leer zu dreien Malen – und Du wirst bei uns sein – wir werden uns des Lebens freuen! –«

Was die Jungfrauen gelobt, wollten die Ritter erfüllen mit männlichem Muth; und von höchster Freude berauscht, gaben Alle den schönsten Hoffnungen sich hin, also, daß Niemand vernahm der Pauken und Posaunen wildschallendes Getöse, das von der Tummelstätte des Vergnügens die zerstreuten Gäste zum wiederbeginnenden Reigen herbeirief.

Hatto und Edbert konnten und durften aber die Lust des Tages nicht allein genießen, sie mußten auch anderen Jünglingen, welche gleiches Recht in Anspruch nahmen, verstatten, der schönen Tänzerinnen sich zu ergötzen. Sie thaten es mit dem innern Widerstreben Liebender, denen ein solcher Anblick nur Pein gewährt, verließen jedoch beim Beginn des Tanzes den Saal und kehrten zurück zum einsamen Laubholz, das sie eben verlassen hatten, wo sie nun, von wundersamen Empfindungen bewältigt, einander in die Arme sanken.

»Wie ist mir doch«, sprach Edbert zum Gefährten: »Ist es Freude, ist es Schmerz, was mir das Herz erfüllt? Niemals noch liebt' ich ein Weib, und nun dringt jedes Wörtlein von den Lippen dieses Mädchens, jeder Odemzug aus ihrer Götterbrust in meine Seele; das Feuer, das aus ihren Blicken glüht, strömt heiß durch meine Adern – ich bin so froh und doch beklemmt von einem seltsamen, von einem banglichen Gefühl.« –

»Du trinkst den Freudenbecher nicht süßer, als dein Freund. Auch mich durchlodert meines Mädchens Feuerauge, und ich bin so glücklich, wie ich nie gewesen. Doch Edbert, wie – wenn sie uns lockten in den Abgrund jenes Sees, und wir stürben schnell dahin in ihrem zarten Arm. …

»Hatto, welch ein schöner Tod wär das!«

»So denk auch ich – und frage nicht, wenn Träumer sagen: Die Wasserfrauen fühlten keine wahre Liebe, nicht wahre Seelentreue zu den Menschen. Erkanntest du in ihren Augen, Mienen, in ihren Worten das kleinste Merkmal, das der Hinterlist, der Falschheit angehörte?«

»Nein, ach lieber Hatto, nein.«

»Das, was ein Zeichen heiliger Abkunft, hochherrlich, gottverkündend im Auge wiederstrahlt, das wäre nicht das Seelenlicht der Menschenbrust? Erkläre mir diesen Widerspruch. – Sahst Du, wie ich schaute auf ihr Händepaar im Schoß, in ihre Augensterne, mein Haupt dann schmiegte an Ihr Brustkämmerlein – auf dem die blüthenweißen Hügel stehen – horchend Ihrer Liebe – Ihrer schönen Liebe, die so süß, so warm mir pochte aus dem Kämmerlein, und in kindesreinen Seufzern zu mir sprach: Wie gut that mir dieses Pochen, Heimlichreden: in diesem Herzen giebt's kein Tröpfchen Blut, das meinem Liebchen nicht gehört. – Edbert, nein, ich wußt' es nicht, jetzt weiß ich erst, wie schön die Erde ist! – Doch nicht Grüblern und Betrübten ähnlich, gleich Hochbeglückten wollen wir der Zukunft fröhlich harren und die Sterne walten lassen.«

Da nun die Sonne sank, die Nacht ihren schwarzen Mantel über das Gefilde breitete und die Saalkerzen sich entzündeten zum lautern Abendtanz, erinnerten die vorsichtigen Schwestern in's geheim einander an den Heimgang, der bald müsse angetreten werden.

Die Ritter aber, durchzuckt vom Leid der nahen Trennung, ließen nicht ab vom Bitten und Flehen, beide noch zu längerer Weilung zu bewegen, da, wie sie leichtmüthig angaben, die Zeit, die zu ihrem Hiersein bestimmt, noch lange nicht abgelaufen wäre; und die Jungfrauen, deren Antlitz die Liebe mit Himmelsglanz verklärt, die von nie gefühlter Gewalt sich wie angebannt fühlten, liehen dem Dringen der Liebenden, wie den mitflehenden Hochzeitleuten williges Gehör in den schönen Abendstunden, welche schnell und unvermerkt verrauschten. – Endlich ruhten Spiel und Tanz, der Scheideaugenblick war gekommen, und freundlich dankend den Vätern, Müttern und Brautleuten für die genossenen Wohlthaten, entfernten sich die schönen Jungfrauen mit der freudigen Zusage eines baldigen Wiederkehrens. Hatto und Edbert gaben ihnen das Geleit zur Heimath.

Hell schimmerte der besternte Nachthimmel, und ein kühler Lufthauch, der über die Wiese, über welche sie gingen, strich, erfrischte die erhitzten Wangen der Wandelnden. Allenthalben herrschte tiefe Ruhe. – Der Seewald war erreicht, und nun die letzten labyrinthischen Baumwindungen angetreten. – Da sprach eine der Schwestern zur andern:

»Hörst Du – hörst Du's in der Tiefe?«

Wohl vernahm die Schwester, wie im Seegrund der Vater rechtete und heftig zürnte mit der Mutter. – Sie entgegnete:

»Es ist der Wind – es ist das Laub des Waldes, das sich regt.«

Die Ritter, so sehr sie sich anstrengten, zu hören, was die Schwestern hörten, vernahmen nur das Wehen der Bäume, das Murmeln des fernen Felsbaches auf steiniger Bahn. – Abermals sprach die Jungfrau:

»Horch nur, horch hinab zur Tiefe – was deutet das uns an?« –

Und die Schwester antwortete:

»Es sind die Tannenkronen – es sind die Eichenwipfel, die der Wind bewegt.«

Nun berührte plötzlich der wolkenfreie Mond die Spitzen der Bäume – jetzt gelangten sie zum See, der bewegungslos einen geisterhaften Schein auf die Glücklichen warf, die an seinem Ufer standen und noch einmal sich umschlangen. – »Lebt wohl!« sprachen die Jungfrauen. – »Lebt wohl!« riefen die Jünglinge – »bleibt uns zugethan und baut auf unser Treuwort. Wir kommen, wir kommen zu Euch!« – Und nochmals erhob eine der Frauen ihr Auge. Aber es war von Thränen befeuchtet, da sie weherfüllten Lautes also anhub: »Es ist geschehn und unser harrt ein strenges Gericht, denn gegen den Willen der Eltern sind wir fern geblieben … Darum habt Acht der Wellen dieses Sees bis zur dritten Tagesneige – sind sie still und unbewegt, ist uns unsre Strafe erlassen, und wir dürfen Euch wiedersehen – sind sie aufgeregt, werden helle Lichtchen Euch verkünden unsern Tod, den wir erduldet haben; und niemals sehen wir uns wieder.« – –

Eine schauervolle Stille trat ein.

In diesem Augenblick schlug im Dorfe Hutzenbach die Thurmglocke Eins … Ein heller Schmerzensschrei – und die Jungfrauen verschwanden im Uferschilf. Leise flüsterte es noch im Geschäum der Wellen.

Den Rittern stand das Herz still und Todesentsetzen rieselte durch ihr Gebein, als sie den Verschwundenen nachstarrten, ihrer letzten Worte und des fürchterlichen Zeichens gedachten, das nun über das Leben der Heißgeliebten, wie über ihr eigenes entscheiden werde. Sie verließen den See nicht, da der Morgen kam, da es Mittag wurde und die neue Nacht heraufwallte mit finsterm Gewölk. Sie genossen nicht Speise, nicht Trank, fanden keinen Trost, kannten keinen Ort der Erde, der ihnen Beruhigung hätte gewähren können in den schweren Stunden der Prüfung, und harrten in höchster Betrübniß liebegetreu drei volle Tage am Ufer des Sees, der ihr Liebstes, Theuerstes in seinem dunkeln, schlafvergrabenen Schooße barg. Und als nun auch der dritte Tag verlief, ohne daß ein Lüftchen kräuselte den stillen Spiegel des Wassers, als auch dieses Tages klare Sonne mit sanftem Strahl sich neigte, wie hätte da die Freude der Hoffnung nicht wachsen und in vollen Schlägen und Schwingen sich erheben sollen in den liebenden Herzen der gleichgesinnten Ritterfreunde? … Da rauschte es leis – die Mummelblume tauchte unter – da wallte und bewegte es sich in den Gründen des weiten Gewässers – mächtiger erwachten die Wogen und ächzten und gischten in ihren Ufern, wie getrieben von der nahenden zürnenden Windesbraut – und zwei blutgefärbte Todtenflämmchen wurden sichtbar auf der Oberfläche des Sees …

Da erbleichten die Genossen vor den Verkündern einer vollstreckten grausigen That; aus der Seetiefe drangen Sterbegesänge zu Ihren Ohren, und mit schmerzzerrißnen Herzen sanken sie zu Boden.

Edbert richtete endlich sich empor. »Dahin ist nun die kurze Freude meines Lebens«, sprach er kaum hörbar. »Ach, daß wir die, die wir liebten, hintergingen, in unsern Armen hielten und nun die Schuld ihres frühen Todes sind – wie groß, wie fürchterlich ist diese Schuld. … Siehst Du die Lichtchen, Hatto, die letzten Sternlein Ihrer Liebe? – sie rufen uns, sie winken uns, wie hellre Sterne an dem Himmel Auserwählten zu den Seligen rufen – laß uns Ihnen folgen, komm, die Fluth ist süß und kühl.« –

»Auch meine Lebensbahn ist untergraben, der Tod soll nun mein Liebchen sein – doch, Edbert, laß uns nicht vergessen, wie oft uns Gott auch Freude in das Herz gelegt: wir dürfen so das Leben nicht beschließen.«

– »So geh' mit mir in's Kloster.«

»Wir sind zu ritterlichen Thaten auserkohren und wollen fallen, in der Hand das Schwert. Wir wollen fechten für den jugendlichen Conradin von Schwaben, den Sohn des Kaisers, der noch jüngst erst rief sein Volk zum Kampfe gegen eine rohe Herrschermacht, die seines Namens, seines heiligen Rechts spottet. Folge mir, mein Freund, zum Heer des Hülfsbedürftigen. So dienen wir dem Himmel wohlgefälliger, als hinter dumpfen, todten Klostermauern.«

Stumm reichte der Freund dem Freunde die Hand. – Sie konnten nicht scheiden von der Trauerstätte, sich nicht losreißen von den beiden Lichtern, die allmälig jetzt erblaßten und vergingen, wie der Morgenstern bei Tagesanbruch. Noch einmal lenkten sie ihre Schritte zurück zum See, ließen sich nieder auf dem blumigen Uferrasen und weinten die schmerzlichsten Thränen, die sie seit ihrer Kindheit vergossen hatten. – Dann gingen sie langsam weiter, noch oftmals sich umblickend nach dem mehr und mehr verschwindenden Seewald, zu dessen Seiten nun, gleich einem Leichensteine bei einem schwarzverhängten Sarge, der ferne, mondbeglänzte Thurm von Schwarzenberg stand, der ihnen die letzten Grüße sandte. Einer begleitete den andern auf seine Burg, in der sie sich wappneten, still ohne Abschied Haus und Land verließen und raschen Rossesfluges den Kriegsdrommeten des königlichen Heeres entgegeneilten, wo Beide, freudig aufgenommen, neben einander kämpfend in der heißen Schlacht, die für Konradin auf sicilianischem Gebiete entbrannte, den willkommenen Tod fanden.

Ihr Andenken erlosch nicht. Noch jetzt ist die Stelle bekannt, wo zwei Ritter aus den Burgen Rosenstein und Hornberg einst

sich trennten von zwei engelgleichen Jungfräulein, denen das Volk der Umgegend viele schöne Namen beilegt.
Noch heute blüht die Wächterin des krystallenen Wasserschlosses, die Mummelblume, auf dem wellenglatten, blauen Frauensee, und durch die Weidenbucht und das bunte Staudengehänge schlüpfen Amseln und Rohrdrosseln im Schalle süßer Vogellieder.

Doch wenn die Schatten wachsen und die Sonne zur Rüste geht, naht Niemand dem Seegestade, Blaue Flämmchen schweben, wie im Geisterreigen um das dunkelnde Gewässer, aus welchem es lockt und klingt, wie Harfenspiel, und trüb und düster tönt, wie Trauergesang, den Horchenden mit tiefem Grauen erfüllend.

# Der Teufel und die Hexe

## 1.

Zu Harsani, einer kleinen Stadt in Nieder-Ungarn, wohnte in einem alten Hause eine alte, reiche Frau. Man nannte sie gemeinlich die alte Mutter Sieben, Frau Uwana, oder auch die Siebenfrau; und sie hatte gegen keinerlei Benennung etwas einzuwenden. Einige gaben vor, den Namen Sieben, der aus ihrem schwer auszusprechenden Familiennamen, den Niemand mehr recht wußte, sich gebildet, führe sie seit der Zeit, da sie unter einer Sippe alter Zigeunerinnen aus Siebenbürgen, wo ihr verstorbener Gatte Berggräbner sollte gewesen sein, nach der Stadt gekommen, sich angekauft und häuslich habe niedergelassen, was schon sehr lange wäre; indeß andere Angaben behaupteten, sie werde darum Sieben genannt, weil ihre Wohnung, die siebente Hausnummer, im ersten und zweiten Stock sieben Fenster zähle und sieben alte Linden davor ständen. Wie die Leute aber wortspielten mit ihrem Vermögen und die alte Frau steinreich nannten, weil sie nicht weit von der Stadt ein Feldstück besaß, das mit Steinen überladen war; so konnte dieser Name auch Spott und veranlaßt sein durch die »sieben bösen Hexweiber«, welche einer alten Böhmenchronik zu Folge am Ende des funfzehnten Jahrhunderts auf einem Berge bei Budweis den Feuertod erduldet. – Ruhig und unangefochten lebte Frau Sieben in ihrer abgelegenen Wohnung. Nur über ihren Reichthum waren die Stimmen getheilt, und wenn Viele dem Gerücht Glauben liehen, wonach sie ihr Gut von ihrem Großvater ererbt, der es sich erworben zur Zeit, als Prokop, der krieggewandte Hussitengeneral, nach Ungarn gekommen; so glaubten wieder Andere, zu welchen bejahrte Einwohner gehörten, daß die räthselhafte Uwana, die sie schon vor vielen Jahren als Wurzelstecherin bald in den umliegenden Wäldern und Gehegen, bald im Riesengebirge, in Tirol und den Vogesen wandeln gesehen, daß Mutter Sieben, welche geheime Künste treibe, allerlei unheilbringende Genesungsmittel braue, auch den Stein Ophthalmius oder Augenstein, womit man sich unsichtbar machen könne, bewahre, ihren Reichthum wohl nicht mit rechten Dingen müsse erworben haben. – Wer Frau Sieben so dahin gehen sah, gebückt, mit verkrumpeltem Angesicht, weißen Lippen, langen Schlotterbacken, welche beständig sich bewegten, wie der Mund wiederkäuender Thiere, der war der Meinung, sie gehe heute wohl zum letztenmale. Aber der Schein täuscht. Sie war nicht siech, nicht matt, sie besaß noch ungewöhnliche Körperstärke, Arme und Beine, wie Eisen und Stahl, und in einer furchtbaren Lunge eine solche Kraft und Luftfülle, daß, wenn sie den blauen Husten hatte, ihr ganzes Wittwenhaus zitterte, wenn sie nieste, Vorübergehende einen Hülfsruf zu hören wähnten und in Versuchung kamen, bewaffnet in das Siebenlindengebäude einzudringen. Aus ihrem Auge, das über einer langen Hakennase wie ein lugendes Geierauge schaute, flammte noch Gluth und Lebensgier; das volle Haar war noch nicht ergraut; in ihrem weiten Munde stand noch jener befehligende große Vorderzahn, womit die spielende Natur nicht selten habsüchtige und bissige Frauen zeichnet, wie sie hinterlistigen rothe, boshaften grollige, scheinheiligen Männern glatte Haare zu geben pflegt. Man brauchte nur ein wenig aufzumerken, wenn sie lautlos und schlaff da saß und von Geld gesprochen wurde, wie dann plötzlich ihre herabhängenden Wangenwampen sich zusammenzogen, der Geist des Leibes und der Seele, ihr Auge sich emporrichtete, die Ohren sich spitzten und die Wachheit ihres Innern keinen Zweifel übrig ließ. Geldklang überhaupt war der liebste ihrer Klänge, sie zog ihn dem kirchlichen Glockenklange vor und wußte genau, wenn Kupfer klappte, Silber pinkte und der sanfte Laut des Goldes anschlug. Eine habgierige und bissige Frau ist kein Gegenstand der Hochachtung; daher ging ihr, die wie eine wandelnde Apotheke roch, Jedermann schon von weitem aus dem Wege; ja, der Widerwille und die damit vereinte Furcht vor geheimer »böser Anhabung« ging selbst bei mildgesinnten Stadtfrauen so weit, daß diese, wenn sie sahen, wie die Alte schmeichelnd ihre Kinder heranlockte, sich auf einen Stein setzte und ihnen mit großen bannenden Augen wunderbare Waldmärchen erzählte, den frohen Kindern nachher die Blumen, bunten Blätter und sonstigen Geschenke, die sie von ihr bekommen hatten, wegnahmen und tief in die Erde vergruben. Meinungen, Aeußerungen, Thatsachen der Bewohner jedoch beachtete sie wenig, sie blieb vor wie nach ihren Grundsätzen und selbst einer, ihre Genauigkeit andeutenden Maßregel treu, indem sie nämlich vorüberziehende, an ihrer Thüre pochende Handwerksburschen und Bettler, statt ihnen ein Almosen zu ertheilen, mit beißenden, schwarzen Wackersteinen, die sie zu dem Behuf in einer Fensterecke aufgestapelt hatte, empfing und dergestalt in die Flucht schlug, daß ihnen das Wiederkommen verging.

In einem abgelegenen, verrufenen Walde mit Untiefen, Molchsümpfen und Hexenschlüpfen hatte Frau Sieben noch ein ander Stück Feld, auf dem sie oft hackte, säete und stengelte, welchem Felde das Volk nicht ohne Scheu nahte, viel weniger aber dessen seltsame, wie von Erdspinnen gewebte Ringe, die es gewöhnlich umkreis'ten, überschritt. Häufig kam sie hierher an diese schauerliche Waldesstätte, und wenn die nächsten Nachbarn, die es mit der Alten doch nicht ganz verderben wollten, vorüber kamen und freundlich fragten: »ei, Mutter Sieben, was Tausend habt Ihr denn da, was habt Ihr dort Schönes blühen?« so antwortete sie immer kleinlaut: »Nun, was wird es sein: Rothrüben, Judenkirschen, Pastinaken!« Allein es war weder das eine, noch das andere, sondern lauter unbekanntes, verbotenes Hecken- und Grabengeniste, wie: Krötenkraut, Teufelszwirn, Unkendarm, Jungfernhaar und Eidechsenbein. Niemand half ihr säen, Niemand hacken, jäten, erndten.

Es traf sich seit einger Zeit öfters und immer auf einen und denselben Tag, wenn Frau Sieben nach dem Walde ging, daß ihr ein alter Mann, tief vermummt in einen dunkeln Mantel, begegnete, der beim Vorbeistreichen jedes Mal hohl brummte, wie eine Hummel, wenn sie den Kelch der Blume leer findet, und ärgerlich murmelte sie: »Muß mir der unausstehliche Alte doch beständig in die Quere kommen!« – Der Mann im Mantel murmelte gleichfalls etwas von einem widerlichen Weibe, das auf der Wandlung seinen Betrachtungen Eintrag thue. – Und so geschah es, daß, indem beim nächsten Wiedersehn an schmaler Ecke des berüchtigten Waldes, wo ein Ausbiegen schwer, Niemand auch dazu geneigt war, die Feinde heftig auf einander stießen, der Vermummte die Frau starken Armes umfaßte und mit schneidender Stimme sprach: »Hab' ich Dich, Du Ungethüm!« – Frau Sieben suchte sich loszureißen, sie schlug um sich mit geballter Faust, ergriff, dem wüthenden Tigerhund ähnlich, wenn er den schnaubenden Eber ereilt, eines der Ohren des Mantelträgers, zeigte ihm ihren großen Zahn und schrie mit walddurchgellendem Laute: »Weißt Du, der es wagt, mich anzugreifen, wer ich bin? Ha, zerzausen will ich Dich, wie der Falk die Taube – versinken soll Dein Leib in jenem Todtenmoor und das Licht des Tages auf immer Dir erlöschen!«

»Wohl weiß ich, wer Du bist«, erschallte eine mächtige Stimme, »ich weiß auch, daß Du es warst, welche einst in der Walpurgisnacht von steilen Bergesgipfeln giftgetränkte Pfeile auf mich richtete – öffne Dein Blödauge, damit Du siehst, in wessen Händen Du Dich befindest!« – –

Eine Wolkenfahne verfinsterte in diesem Augenblick die Strahlen der abendlichen Sonne, welche durch die Waldung brachen.

Der Alte erwuchs zur riesenhohen Gestalt, seine Augen sprühten Feuerfunken, und aus einem weitgeöffneten, gelben Halse zwischen scharfen Rachenzähnen blickte, Vernichtung verkündend, eine Zunge, wie die der siebenfarbigen Schlange Anakonda beim Anblick der ereilten, unentrinnbaren Waldesbeute. Fester packte er das Weib beim Schopf und brüllte: »Hinüber in den Strudel der Donau!« –

Wirren Blickes knickte sie vor ihm zusammen.

– »Habe Nachsicht mit der, die ein Irrschein blendete!« ächzte es von ihren Lippen.

»Erkenne und verehre meine Macht!« – –

»Gewähre mir Freiheit und reichlich will ich Dir lohnen.« –

»Dein Lohn ist verwerflich, wie Du selbst.«

»Hochmüthiger, so höre: Ich habe mehr als Gold und Goldeswerth, habe eine Tochter, jung, fein, lieblich wie ein Heideröslein. – Vergiß das Vorgefallene, stehe bündig mir bei in der Gefahr mit Rath und That als Haus- und Waldfreund – und Du sollst meine Tochter zur Gemahlin haben.«

– – »Wohlan, ich gehe ein in Dein Erbieten und werde meine Braut heimholen – – heimführen innerhalb drei Tagen.«

»Unterweilen«, fuhr die erlöste Alte fort, »will ich das Nöthige lenken und vorbereiten in gemäßer Hausmuttertreue. Komme, komme in der Nacht, halte förmlich an um mein Röslein, putze Dich standesgerecht, laß es nicht fehlen an Aufwand, damit Du Vertrauen erweckst, gefällst und Leib und Seele Dir Fang und Gewinn werden zur Stunde; denn nicht ohne Laune und Mädchenbedenken liebt sie Förmlichkeit, wie sie Rohheit haßt. – Ha! hier kann nicht Rede sein von plumper Heimholung in Deiner alten kecken Weise. – Nummer sieben, Ausgangs der Stadt am Unkenteich steht meine Wohnung.« – –

»Vor Wortbruch hüte Dich«, fiel der Sieger ein, warf den Mantel um den Hals, und Beide kehrten sich den Rücken zu.

Gedankenschwer schritt Frau Sieben weiter. Dann blieb sie stehen, schöpfte Athem und sah sich um. Es war still. Die Sonne strahlte wieder.

»Hab' ich auch bedacht, was ich gethan? Wird der Vortheil, den ich ziehe, jetzo, wo das Mädchen zur endlichen Reife gediehen, Müh' und Sorgen mir vergelten soll, ein wahrer sein? – Der Arglistige hat mich bethört, und das ist schimpflich. Wie ist Verfehltem nachzukommen? Zu spät! Nein, nein, noch ist Raum zum Denken, noch sind drei Tage übrig, die unbenutzt nicht sollen vorübergehen. – O meine Ehre, meine Würde!«

Sie langte auf dem Felde an. Aber die Arbeit wollte ihr nicht von der Hand. Unwillig schnitt sie den Kräutern die Häupter ab, stach einem schönen, braunen Hamster, der aus seiner Rainhöhle in den nahen Waizen schlüpfen wollte, mit der Schippe ein Hinterbein ab und warf das blutige Geräth weg. Aug' und Hände waren voll Vernichtungstrieb. Ihre weitern Horstpfade einstellend, trat sie den Heimweg an, nachdem sie noch ein zornlautes, dem Gehölze zugewandtes »Verflucht!« ausgestoßen.

»Verflucht!« schallte es aus dem Walde zurück.

## 2.

An das Haus der Frau Sieben am Unkenteich stieß ein Garten, den eine hohe Ringmauer mit ihm verband. Trauereschen und gelbe Himbeeren standen auf der moosigen Mauer. Dazwischen wuchsen büschelweis, umhuscht von heimischen Zaunkönigen und Fliegenschnäppern, blaue Lilien, Blutblumen, Traumglöcklein, und guckten freundlich hinab in den Garten.

Im Schatten einer hundertjährigen Linde saß ein Mädchen und sang zur Laute. Es war das Lied von den Leiden und Freuden der jungen Rosamunde von England, und sanft und ergreifend klang es von den Lippen des schönen Mädchens.

Geschieden von aller Welt Herrlichkeit, einsam und eingeschlossen in ein kaltes unfreundliches Gebäude, waren Emma's Kinderjahre trauervoll vergangen; sie würden trostlos gewesen sein, hätte ein heitrer Hausgarten ihr nicht einigen Ersatz gewährt für die Freuden des Lebens, um welche sie sich betrogen sah. Dieser Garten mit seinen Bäumen, seinen Blumen waren ihr täglicher, unentbehrlicher Zufluchtsort; hier unterm kühlen Laubdach der Bäume saß das Mädchen, hier fertigte ihre Hand feine Spitzen und spann Seide nach dem Willen der strengen Mutter, und die Sonne stieg und sank, die Wolken schifften mit einem Frühling, einem Sommer nach dem andern über ihr dahin. Sinnend legte sie dann die Arbeit hinweg und ergriff, Erhebung und Belehrung suchend, ein Legenden- oder Liederbuch, das ihr die Oberin des Brigittenklosters hatte zukommen lassen, begleitete St. Brandanum auf seinen gefahrvollen Meerfahrten, weilte bei Dorotheen, der frommen Erdenwallerin – wie sie scheidet von der irdischen Welt aus stiller Klosterzelle unter mitternächtlichem Glockenton und dem Gesang himmlischer Engelgeister; oder sie nahm die selbst erlernte Laute, die Trösterin, zur Hand, und immer war es das geliebte Rosamundenlied, das ihre Lippen sangen und wieder sangen zum süßen Saitenhauch. Sie sah die schöne Rosamunde wandeln aus ihrem sonnenbeschienenen Klostergärtlein, sah Heinrich, den jugendlichen König der Engelländer, kommen auf stolzem Rosse, herabsteigen und sittsamlich sich neigen vor der edlen Rosamunde, hörte ihn sagen, daß sie schön wäre, anmuthig wäre, wie der Auen Lilien, daß sie werden müsse seine theure treugeliebte Königin. – Hier zwischen den klösterlichen Mauerblumen ruhte die Einsame, seufzte, sang und blühte lieblicher und lieblicher, von Niemandem gehört, gesehen, und träumte das goldene Traumgewebe blühender Mädchen – – und freundliche Gestalten erschienen aus dem Lichtgefilde des reinen Mondenhimmels, reichten ihr die Hände und sprachen mit ihr und berührten sanft küssend ihre Lippen; schöne Jünglinge saßen sittig an ihrer Seite und sahen liebend auf sie, daß sie erwähle in seliger Lust. Da wetzten die Vögel ihre Schnäbel frisch auf den Baumzweigen und jauchzten und neigten sich hernieder, und die Blumen schwangen ihre Kelche und ergossen sich in erquikkenden Düften – linde Lüfte streuten bunte Blüthen auf den Schooß der Jungfrau, und sie drückte die gekreuzten Hände auf die ahnungbewegte Brust und bat den Himmel, sie nicht zu verlassen mit ihrem schweren, einsamen Herzen. Und der Himmel, der die Träume sendet und die singenden Vögel, und Mädchenwangen und Blumen färbt zur Lust der Menschen, sah freudig auf des Gartens schönste Blume.

Emma's Frühlingsmorgen war angebrochen.

## 3.

Der König von Ungarn hielt zu Fünfkirchen Heerschau über sein Kriegsvolk. Es war im Sommer des Jahrs 1526. Die schmetternden Drommeten, das Geroll der Trommel und klingende Spiel der heranziehenden Schaaren hatten die Stadt in Bewegung gesetzt und den Markt, allwo die Aufreihung des Heeres stattfand, mit Volk überzogen. Gura, ein Sprößling eines angesehenen Hauses, von hoher Mannsgestalt, kräftiger Haltung und Ebenmaß, saß im glänzenden Gewand auf starkem Roß an der Spitze einer Reiterabtheilung, welche die nächste Umgebung des Königs bildete. Seine Blicke waren seitwärts gerichtet und gefesselt von einer weiblichen Erscheinung, die mit zurückgelehntem Schleier neben einer ernsten Matrone in einiger Entfernung stand. Der Strahl seines scharfen Auges begegnete dem ihrigen und kehrte wiederholt zu ihr zurück. Sein Blut wallte. – Plötzlich verstummen die rauschenden Kriegsdrommeten, leichten Windwirbeln, welche sich erheben, folgt, von Regenströmen begleitet, ein fürchterlicher Sturmesausbruch und drängt und wirft in wilden Wogen die schauende Menge unter die alten, bärtigen Waffenträger; knatternd zerreißen die Fahnen des Fußvolks, das, seine Reihen durchbrochen, mühsam den Abzugsweg sich bahnt; die ungestüme Reiterei bringt Schrecken und Verzweiflung nach allen Seiten, Fenster klirren, Thüren schallen und bange Todesahnung verbreitend, ertönen die bewegten Glocken auf den Kirchenthürmen. Vergeblich sucht Gura die Unbekannte. Da führt ein Windstoß ihm einen weißen Schleier in die Hände, den er alsbald für den ihrigen erkennt und verbirgt. – Die Schlacht von Mohatz erfolgt; zahllose Türkenschwärme umzingeln und wälzen die Ungarn von der blutigen Wahlstatt: König Ludwig flieht und stürzt und stirbt. Gura kämpft unter denen, welche den Rückzug des Heeres zu decken, die Königsleiche aufzunehmen und viele der angesehenen Würdenträger zu retten suchen vor schmähliger Gefangenschaft. – Vom neuen König und Kaiser belohnt und erhoben zum Feldhauptmann, sieht er Fünfkirchen wieder. Er forscht nach der schönen Unbekannten. Sie ist nirgends zu finden. Die Liebe aber kennt nicht Mühen, achtet nicht der Beschwerden. Bald sind Namen und Aufenthalt der Entschwundenen erforscht, und ein günstiger Zufall lohnt dem beharrlichen Sucher. – Emma erschrickt, in Gura den unvergeßnen Reiter jenes verhängnißvollen Tages wiederzusehen. Aber ihr Erschrecken belebt auch ihre Seele, es ist ein süßes Erschrecken, ein unerwarteter, freudiger Gruß, und wenn sie zögert, ihm entgegen zu gehen zur Schwelle des Hauses, die er betreten, so hätte sie doch um kein Reich der Erde sich vor ihm verbergen mögen. Nicht die äußeren Vorzüge, die ihn auszeichneten vor Vielen, ein seliges, geistiges Grüßen des Auges hatte sein Andenken ihrem Gedächtniß erhalten, und als habe sie ihn gesehen schon vor langer Zeit, als kehre erwachend wieder das Ebenbild einer in der Tiefe des Gemüths lebenden freundlichen Gestalt, für die sie keine deutliche Bezeichnung kannte, empfing sie die reinste Freude, den liebeleuchtenden Hellblick des Fremdlings, der ihre Hände ergriff und an seine Lippen zog. – Nun nahm Gura den Schleier hervor. – »Kennt Ihr ihn?« fragte er und sah ihr in's Angesicht. »Ein Wunder führte mir ihn zu – ich bewahrte ihn – im blutigen Getümmel ruhte er, ein Heiligthum, auf dieser Brust, denn er kam von einem theuern Mädchen. – – Nimm ihn zurück … An dem Tage, in der Stunde jenes Schreckensmorgens, da ich Dich zuerst erblickte, liebt' ich Dich; mir war, als Du verschwandest, als hättest Du mein Augenlicht mir entwendet, und ruhelos sucht' ich Dich, bis der Himmel endlich in Dir und Deinen Augen Alles mich wieder finden läßt« … Leise dankend hob Emma die Hand, ihr Eigenthum zu ergreifen. Gura hing ihr den Schleier um und verhüllte ihr Haupt damit bis zu den Wangen, deren lieblicher Rosenschein ihm zusagte, um was sein Herz noch flehen wollte. Dann legte er den Arm um ihren Nacken, küßte den Mund des Mädchens und sprach: »Nun bist Du mein – mein mit diesen Augen, diesen Wangen, Du stolze, edle Frauengestalt, wie sie mein Herz begehrt. – Vergieb mir nur, vergieb dem Ungestümen, theures Mädchen. Das Kriegen ist ein rauhes Handwerk, Du siehst mich noch verwildert, doch Deine Huld beglückt und bessert mich gewiß – mein Herz ist voll, doch ohne Falsch und Trug, ist gut, ist treu. – Leb wohl, bald sehen wir uns wieder!« – Emma wußte nicht, wie ihr geschehen. Mit dem heißen Kusse, mit der brennenden Wange floh sie hinauf in ihr Zimmer, stürzte an's Fenster, folgte der Spur des Entflohenen. Nun fühlte sie sich nicht mehr verlassen, im tiefen, weiten, sehnenden Herzen war es hell, die Welt ihr neu und Alles ihr lieb und werth geworden. Sie eilte in den Garten, brach sich schöne Blümchen, küßte sie und athmete und flüsterte in Lauten, die die Engel hörten.

Gura kehrte wieder. Die Glücklichen sahen sich oft.

Hing ein weiß Tüchlein am Aste eines der Gartenmauer nahestehenden Baumes, dann erschien Wilhelm durch ein geheimes Pförtchen, das in einem fernen hollunderbewachsenen Winkel des Gartens sich befand, und beide genossen der Liebe beseligendes Zusammensein, gedachten heiter der höhern Bestimmung, die sie zu erkennen glaubten in ihrer wunderbaren Vereinung, und blickten auf zu Gott, dem Freudenbringer, mit heißen lob- und dankerfüllten Herzen.

Ihre Liebe blieb Geheimniß; Blumen und Vögel verriethen es nicht.

## 4.

Eines Tages empfing Emma den Geliebten mit reinster Liebe und Seligkeit. Was sie lange gewünscht, war heute in Erfüllung gegangen. Die Mutter hatte das Haus verlassen und verheißen, gegen Abend, vielleicht erst andern Tages zurückzukehren. Sie führte Gura nun aus dem Garten in das stille Wohnungsgebäude, und der Feldhauptmann, der aus dem Aeußern des alten, steinernen Baues, den grauen Giebelhöhen, sprüngigen, staub-

und gespinstbeladenen Mauern keine günstige Meinung gefaßt hatte von deren innerer Schönheit und Wohnlichkeit, staunte, nachdem er etliche ansprechende Zimmer durchschritten, nun in ein schallendes Gemach zu gelangen, bei dessen Glanz und Schiller an reichem, alterthümlichen Hausrath und geglättetem Fußboden er in eine Ritterhalle längst vergangener Zeiten sich versetzt wähnte. Das Gemach war hoch, die gewölbte Decke von feiner, kunstreicher Arbeit, spitz auslaufend, einer Klosterkirche ähnlich. An verschiedenen Säulenknäufen hingen alte Wappen, versehen mit gekränzten Schwertern, Löwenköpfen, weißbrüstigen Meerfrauen, Rhodusrittern; an dunkelgrünen Wänden von Wachsleinen, auf welchen die Zauberin Circe, Atalante, die von Jägern verfolgte Königstochter, Hirsche, Rennthiere, Krokodile, fliehende Elephanten, Blumenstauden, Dudelsackmänner, Wahrsager mit rothen Wunderstäbchen bunten Gemisches zu bemerken waren, stiegen umfangreiche, von schwebenden Goldengeln gehalten, hohe Spiegel empor; lehnten großmächtige Schränke mit erhabenen Thüren voll Bildwerk in Perlenmutter, Horn und Elfenbein. Auf den Schränken, deren größter eine lappische Zaubertrommel trug, befanden sich hinter einfassenden, aus Blumen, Blättern, Vögeln bestehendem Gitterwerk, Gefäße mit fernländischen Kräutern und Pflanzen, verbunden durch fortlaufende Fäden, an welchen Kreuzspinnen, Heimchen, Siebenpunkte, Schrillebolde, Blindschleichen, Fledermäuse befestigt waren, und große Bilder in goldenen Rahmen, unter welchen uralte, schwarze Polstersessel mit kraushaarigen Widderköpfen, Ottomanen, mit sittichgrünen, hochgewölbten Spitzen und thurmartigen Rücklehnen standen, blickten glänzend wie aus Nischen zwischen den Schränken hervor. In der Mitte des Gemachs sah man einen großen papier- und blackhornbeladenen Schreibepult, welchen mehre reh- und bocksbeinige, ebenfalls sehr alte Tische umgaben. Die Tische waren beschwert, der eine mit Meermuscheln, Schlangenhäuten, Wolfsnasen, Todtenschädeln, Schildkröten, Judenbärten, Alraunwurzeln; der andere mit Runenstäben, Hünenringen, Haselholz, Hollundermark, Wünschelruthen, Aeptchen, Fußangeln, Krallen, Gurgeln und blutgefärbten, auf dem Rücken liegenden Fangmessern; der dritte mit Giftpilzen, Galläpfeln, Assafötida, Azaleen, Hundeszungen, Rhododendron,

Hahnenkamm oder Kakaraka. Ein seltsamer Lichtschimmer, der durch die farbigen Scheiben und rothen Vorhänge der halbverhüllten Fenster brach, erhöhte das Wunderbare und Eindrucksvolle dieser Gegenstände, welchen modrige, ein banges Gefühl erzeugende Dünste entstiegen. Ueberrascht blickte Gura, indem er den Wandgemälden nahte, auf eine Reihe großer Katzen, sieben an der Zahl, alle schwarz wie die Nacht, welche blasend und pfauchend unter einem Sessel hervor und in die nächste dunkle Ecke schossen, aus der nun vierzehn grünfeurige Augen drohend den fremden Gast anfunkelten. – Die Gemälde verriethen nicht bedeutungslose Künstler. – Eine kräftige Gestalt auf waldbegrenzter Feldung ließ ihn Attila, König der Hunnen, erkennen. Erbitterung und Wuth sprachen aus brennendem Auge, hoher zusammengezogener Stirne, scharfem Mund. Das dem Erdboden entrissene, rostige Schwert in der Hand des Königs raucht noch von Blut seines von ihm erschlagenen Bruders Bleda, der, mit dem Tode ringend, zu seinen Füßen liegt. – »Der Anblick des Brudermörders«, bemerkte Gura, »ist gelungen, Gestalt und Haltung in Entsetzen erwekkender Lebendigkeit lassen wähnen, er werde jetzt aus dem Rahmen schreiten und den Mund öffnen zu furchtverbreitendem Redestrom. Ist die Meinung Vieler anzunehmen, daß, wie Geist und Edelmuth, so auch Uebel und Laster, der einst geübt, schon könne gelesen werden im Angesicht fürstlicher Kinder: in welchem Grade mögen Gemeinheit und Rohheit angedeutet gewesen sein in den jugendlichen Gesichtszügen dieses allerhöchsten Bösewichts?« – Das zweite Bild, ein Nachtstück, stellte das Innere einer Kirche dar, die ewige Lampe, ein kaum sichtbares Sternchen, glimmt, umschwebt von feinen Opferwölkchen. Hell scheint der Mond durch hohe, bunte Fensterscheiben. Das Bild des Weltheilands auf dem Hochaltar glänzt im Silberschein, der die umgebenden Engel und Apostel sanft bestrahlt. Auch die Kanzel wird vom Licht des Mondes berührt, und fast lesbar sind die Inschriften einiger Grabsteine, die unter ihr den Boden bilden. In der Mitte der Kirche schreitet eine männliche Gestalt in dunkler Hülle mit Weh und Verzweiflung ausdrückendem Antlitz nach dem Altar. Todte, die aus ihren Gräbern sich erheben, folgen ihr. – Gura verließ diesen Rahmen, der ihn an ein ähnliches Bild erinnerte, das er vor vielen Jahren auf dem alten Schlosse bei Hermannstadt wollte gesehen haben. Dieses Bild hatte ein Todter gemalt, welcher allnächtlich, gerufen von der Zunge der ehernen Glocke, seiner Gruft entstieg und, von Grabgestalten gefolgt, zur Burgkapelle ging, so lange bis er das begonnene Abbild seines von ihm ermordeten Vaters vollendet. – Das anstoßende – von Emma erläuterte – dritte Gemälde stellte eine abendliche Waldgegend vor. In der Tiefe liegen auf einem Berge die Trümmer einer alten Burg, ängstlich beleuchtet von einem schweren Gewitter, das in gelbgrauen, steilen Wolkenschichten langsam, als suche es den Ort, seiner Schwere sich zu entladen, hinter ihr aufsteigt. Ein junges, schlankes Weib, zwei halbnackte Kindlein auf den Armen, steht vor einem Brunnen, Sehnsucht und Kummer malen sich in ihren feinen Zügen. Ein junges Mädchen, verlassen von einem treulosen Geliebten, gebeugt von Armuth, gequält von dem Wahn, ihre Zwillingskinder nicht ernähren zu können, will mit ihnen in den Tod gehen. Sie geht hinaus in den stillen Wald, tritt zum Rande eines tiefen Brunnens, läßt die Kleinen in den spiegeligen Abgrund sehen und sagt: »Seht Ihr die Himmelsengelein da drunten, wollt Ihr zu ihnen?« Die Kinder, als verständen sie den Sinn der Worte, schlingen ängstlich ihre Aermchen um die entblößte Brust der Mutter, welche tröstend spricht: »Ja, Ihr sollt auch bei mir bleiben, ich will nicht leben ohne Euch«, und stürzt sich mit ihnen in die Tiefe. Ein Hirte, Zeuge der That, rettet die Mutter, die Kinder sind todt. Die Gerettete stirbt, aber sie hat nicht Ruhe im Grabe, erscheint als Geist, sucht die Kinder und eilt wehklagend um den Brunnen im einsamen Walde. – »Ein Bild in den Farben der Wahrheit«, sprach Gura: »Das Mädchen in den Tod drohenden Zügen des Elends, ihr dürftiges Gewand, ihre und der Kinder Schönheit, das böse Wetter, die Eule im Fichtendunkel, Maaß und Ruhe der Landschaft, wobei die Vermuthung sich aufdringt, der gefühlvolle Maler dieses Bildes könne der Treubrüchige selbst gewesen sein.« – Auf ein viertes Bild, auf dem Held Ziska die gefangnen kaiserlichen Heerführer auf Papistenweise verbrennen läßt, folgte das fünfte, welches darstellte eine gras- und krautlose, öde Felsengegend. Eingeklemmt vom Gestein, befestigt an den Armen mit Eisenketten, liegt am Fuße der Alb ein menschliches Wesen. Es ist schwarz wie der Erdgrund unter ihm; zornglühend scheinen seine Augen aus den Höhlen brechen, die Muskeln in höchster Spannung springen zu wollen; einen farblosen Wassertumpel, belebt von dickköpfigen Käulern, Kröten und Feldratten, umgränzt von verkümmerten Ellern, giebt das Schreckbild zurück. Oben in gespaltener, vom Morgenroth gefärbter Felswand, schweben Schwalben, man sieht Schweif und Hinterbeine eines ausreißenden Fuchses, tiefer auf verdorrten Maienbäumchen sitzen zwei Rothschwänzchen, welche lustig sich gegen einander verneigen. Es ist der Teufel[8], aus dem Himmel gestoßen und gebannt von den Heiligen in die Felsen zu Heibach in Schwabenland. – – Gura senkte das Auge auf Emma, um es wieder zu sonnen am Licht ihrer Schönheit. Es hielt ihm schwer, sich möglich zu denken, wie die Wohnung abschreckender Gräuelgemälde zugleich die der Anmuth und des edlen Lebens sein könne. – Emma lächelte und sprach: »Wäre ich im Stande, Euch eine geschichtliche Erörterung dieser wie der übrigen Gemälde zu geben, gern wollt' ich es thun; ein Geschichtserfahrener wird sich leicht zu helfen wissen. Außer der Darstellung des Mädchens am Brunnen, die mich anzog, ist mir eine nähere Deutung der andern Bilder unbekannt. Die Mutter, welche, so viel ich weiß, fast sämmtliche hier hängende, ihrer Behauptung nach nach Weltbegebenheiten entworfenen Stücke mit dem Hause von seinem vormaligen Eigenthümer, einem ungarischen Grafen, erkaufte, hat, wenn ich sie um nähere Beschreibung selbiger bat, meiner Wißbegierde nie genügt und mir überlassen, dabei zu denken, was ich will. Selten und als Kind nur kam ich in dieses Gemach, und dann freute mich der goldene Rahmen mehr als die Bilder, die er umfaßte, die ich späterhin immer mit einem Gefühl von Bangniß, ja mit Grauen ansah. Angst und Grauen minderten sich endlich, wie die Furcht vor dem Schrecklichen, wenn es uns öfters begegnet; wie auch Ihr, vertraut mit dem Gegenstand, die Gefahr im Felde bald weniger beachten werdet. In die Ereignisse unserer Fami-

8 Er fiel – am ersten August – bei Schwepnitz in der Oberlausitz auf die Erde, wo er mit beschädigter Krone und Zepter alljährlich noch gesehen wird. Greve Volkssagen, Bautzen 1839. [Gemeint ist: Heinrich Gottlob Gräve: Volkssagen. Bautzen 1839, S. 145, d. A.]
Eine persische Sage läßt den Teufel in Kabulistan niederfallen.

lie bin ich, wie ich Euch schon gesagt habe, nicht eingeweiht; wenn ich darauf kam, gebot die Mutter mir Stillschweigen und beruhigte mich damit, daß sie, wenn ich älter geworden, meinen Fragen genügen werde. Dies ist nie geschehen. Von Leben und Tod des Vaters weiß ich wenig. Er ist früh gestorben. Auch an den mannigfachen Liebhabereien und Beschäftigungen der Mutter nahm ich keinen Antheil; die Ursache ihrer geheimen Berathungen mit fremden Menschen in und außer dem Hause kenne ich nicht; ich frage nicht: Warum und zu welchem Zweck sind diese seltsamen Gewächse und Schlangenhäute, zu welchem Behuf diese Todtenköpfe und Menschenhände hier vereint? Ich begnüge mich mit dem, was sie unbegehrt mir zu wissen giebt von dem hohen Gewinn, den sie dem Eingeweihten verschafften für Kunst und Wissenschaft. Je zuweilen kommt sie auf ihre Reisen in fernen Ländern, aus welchen sie diese Heilkräuter und Seltenheiten mitgebracht, und ich höre ihr dann gern zu, wenn sie erzählt vom rothen Meer und den Pyramiden, von dem Labyrinth am See Moris, erbaut vom Zauberer Motherud für zwölf ägyptische Könige, – von Mekka, den sieben Serailthürmen zu Byzanz, wo der Sultan reichlich ihr gelohnt für Heilung hoher, ihren Händen übergebener Kranken; und wie sie verkehrt habe mit Weltweisen und großen Häuptern, und Gefahren ausgestanden zu Wasser und zu Land. Und so hat nach und nach die Gestalt des Wunderbaren und Widerwärtigen, wo sie mir aufstieß, ihr Abschreckendes verloren. Selbst die unangenehmen Katzen, die das Haus nach allen Richtungen durchkreuzen, vielleicht durch ein Schlüsselloch sich winden können und oft einen mehr als thierischen Verstand zu erkennen geben, verlieren ihr Widerliches, sobald sie in der Zigeunersprache mit ihnen zu reden und zu wispern anfängt, Feuerfunken aus ihren Rücken schlägt, krakelige Zeichen auf den Boden malt, vor denen die raupenleibigen Geschöpfe sich beugen und krümmen, die sie dann an den Schweifen zusammenknüpft, in der Luft schwingt, daß sie kreischen und heulen in allen Tönen. – Fern sind mir die Menschen. Ich bin allein. Meine Welt ist mein einsamer Garten, die Bücher sind meine Freunde, mit welchen ich mich unterhalte; ohne diese Bücher, ohne Bäume und Blumen lebte ich längst nicht mehr. In trüben Tagen liegt die Laute in meinem Arm, doch sie tröstet nicht immer, und wenn die Mutter Besuch erhält und mir untersagt, meine Zelle zu verlassen – wenn es wandelt, schleicht und stöhnt unter mir, über mir im Haus die ganze Nacht hindurch fremde geheime Stimmen, hohle Laute vernehmlich werden – Wetterleuchten den Himmel durchzuckt – die Unken draußen traurig rufen, der Wind das Schilf bewegt, die Zweige der Bäume meine Fenster berühren, als wollten sie Geheimnisse mir verkünden; dann fühle ich recht meine ewige Einsamkeit, zu der ich geboren scheine, seltsame, unbeschreibliche Gedanken ziehen durch meine Seele, und ich weiß mich nicht zu bergen vor Angst und Entsetzen.« – –

»Du liebe Leidende«, sprach Gura, »die Du so geduldig Dein Joch trägst, andere Tage werden kommen, verlaß Dich darauf, und Du wirst glücklich sein.«

– »Ihr seid ermüdet«, fuhr Emma seufzend fort, »übergeht daher die folgenden Rahmen, blickt nur noch auf ein Bild. Seht sie selbst, unter deren Augen ich erwachsen bin, bereitet Euch vor zum künftigen Anblick meiner Mutter, deren Abbild Ihr dort neben der Thür findet.« – –

Bei diesen Worten wandten die Liebenden sich nach der Gegend eines Bildes, das in der Tiefe des Zimmers an der Wand hing, als Emma, wie vom Donner gerührt, mit lautem Schrei in Wilhelms Arm sank, der sie fest umfing, in welcher Stellung Beide bewegungslos vor sich hinstarrten.

Vor dem Gemälde stand die Herrin des Hauses, welche unbemerkt das Gemach betreten hatte.

Aus der Ecke des Schrankes hervor sprangen die sieben schwarzen Katzen auf die Ankommende zu, strichen um ihr Gewand und kletterten an ihr empor. – »Schröterlein, Alpenmännchen, Heinzemännle!« sprach Frau Sieben, beugte sich herab, zupfte die Schmeichelnden an Ohr und Bart und glitt mit der Hand über ihre glänzenden Bälge. – »Ha!« sagte sie zu sich selbst, »da ist des Töchterleins ›schöner Häuptling‹ – er kommt, zu erndten den Lohn für gehabte Mühe. Nichts hat man mehr umsonst, den Tod nur – nein auch der kostet Bahr und Grube und pfäffisches Glockengeläut. – Schon hört' ichs klingen, baar klingen nach meiner Kammer ziehend, das schöne Gold, das er besitzen soll – damit ist's leider ab, ganz ab und Uwana genöthigt, rasch ihm genügenden Bescheid zu geben.« – Mit einem »Husch, Husch!« verjagte sie die Katzen, legte ihr Mäntelchen weg, schob noch einmal an der bei dem stattgefundenen Waldeckentreffen aus ihrer Richtung gekommenen Haube und wandte sich nach dem Fremden, der, von Emma mit schwacher Stimme ihr vorgestellt, voll Anstand sie begrüßte. Aber schon die schweren Schlangenrunzeln, die Unfriede verkündend auf ihrer Stirne lagen, so wie die deutlichen Zeichen der Versagung in Aug' und Mundwinkeln weissagten Wilhelm kein erfolgreiches Zusammensein mit der Mutter Emma's, das der günstige Zufall bewirkt. »Seid gegrüßt, Herr Hauptmann«, sprach sie zu ihm, indem sie ihn ersuchte, sich niederzusetzen, und mit einem Streifblick Emma zu verstehen gab, daß ihre Gegenwart nicht erforderlich sei, den diese auch befolgte. »Meine Tochter hat mir jüngst Bericht ertheilt von Eurem in meiner Abwesenheit erfolgten Besuch. Auch ich sage Euch aufrichtigen Dank für Rückgabe ihres in Eure Hände gefallenen, schmerzlich vermißten Schleiers. Was nun den Beweggrund dieses Eures neuen uns beehrenden Zuspruchs betrifft, so müßte ich kein Frauenzimmer sein, wollte mir dieser nicht lesbar werden im Glanze Eures Auges. Sonder Umschweife sei also ausgesprochen, was Euch zu wissen noth: Emma, meine Tochter, die sich Eure Neigung erworben, ist bereits verlobt, sie kann die Eurige nicht werden. Ihr habt, wie verlautet, als Krieger Eure Laufbahn ehrenvoll begonnen, werdet solche unfehlbar rühmlich weiter verfolgen, da mag denn einem Helden, jung, hübsch, gefällig, demnächst auch das Liebchen nicht ermangeln. Unterlaßt daher Euren geheimen Gartenbesuch, wie mir nicht unbekannt geblieben, so wie Eure etwaigen künftigen Gunstbewerbungen und Anknüpfungsversuche, die mich nicht erfreuen, Euch auch Eurem Ziel nicht näher bringen werden, und haltet Euch unserer besten Wünsche für Euer Zukunftwohl versichert.« – Mit Handbewegung und Verbeugung entließ Frau Sieben den Gast und stand auf, sich zu entfernen. Freimüthig versuchte nun der Feldhauptmann der Frau des Hauses in förmlicher Weise die Absicht seines Hierseins zu eröffnen; er bat um die Hand ihrer Tochter, indem er bescheidnen Ausdrucks seines Ranges, guten Namens, der Befriedigungen eines ansehnlichen Vermögens, des Erfreulichen seiner Aussichten gedachte, letztlich auch darauf hindeutete, glauben zu dürfen, Emma's Herz bereits sich erworben zu haben, wodurch ein anderes, mit den Gesinnungen des Fräuleins nicht im Einklang stehendes Verhältniß vielleicht bedenklich erscheinen dürfte. – – Allein die Gebieterin des Hauses, welche seinen Aussprüchen ihre Theilnahme nicht entzog, gab dem Hauptmann im Tone der Empfindlichkeit zu erkennen, daß es sich hier nicht handle um Gefühl und Gesinnung der Tochter, sondern lediglich um den mütterlichen, auf Einsicht und Welterfahrung gestützten Willen, der demgemäß ihr zur Pflicht mache, allen ferneren Einwendungen seinerseits das Gehör zu versagen. – Zurückgedrängt in seinen Wünschen und Hoffnungen, fühlend auch, daß es heute bei diesem wirkungslosen Zwiegespräch müsse sein Bewenden haben, verließ Gura die widerspenstige Frau, welche mit der Außenseite der Freundlichkeit ihm das Geleite gab, jedoch nicht verhindern konnte, daß die Liebenden noch einmal sich in die Arme sanken und einander ewige Treue gelobten.

Nun rief und zog sie Emma zu sich aufs Lotterbettlein, streichelte mit kaltem Knochenfinger ihre glühende Wange und begann mit lockendem Schmeichelsinn also zu reden: »Mädchen, Mädchen! Dein Glück blüht, Dein Glück lächelt und winkt Dir. Vernehme, o Tochter, mein einziges Kind, welche Meldung ich Dir hinterbringe. Ein reicher, reicher Graf aus unserm schönen Ungarlande, gegen den wir arme Klostermäuse sind, der schon lange und geheim Dich beobachtet, Deine Schönheit, Deine Tugenden bewundert, hat um Deine Hand angehalten; er wird eintreffen, innerhalb drei Tagen vor Dir erscheinen, Dich begrüßen und als geliebtes Bräutchen ins Brautbett führen. – – Hörst Du, horchst Du des Wohlklangs ›Braut‹? Er ist's, den Ihr so gern vernehmt, ist's, der Euch alle beseelt und begeistert zu unaussprechlicher Lust. – Auf eine solche dem Hause widerfahrende Ehre zu verzichten, wäre, wie Dir einleuchten wird, der größte aller Fehler, den wir nicht begehen dürften um die Schätze der Hauptstadt. – Daher habe ich Dich ihm zugesagt, er hat mein feierlich Wort, das kann nicht zurückgenommen werden, ohne mich der höchsten Schmach und Verachtung preiszugeben. Sei daher nicht blind, nicht taub für Dein Wohlergehn, bedenke, wie schnell entflieht die Sommerzeit der Mädchen, noch gieb durch Laune und Eigensinn, den ich lobenswerth bisher an Dir nur selten erfahren habe, mir nicht Anlaß zur Unzufriedenheit.

Doch das wirst Du nicht, ich darf mich auf Dich verlassen. – Nun so schmücke, so ziere Deinen schlanken Leib mit dem Besten Deiner Habe, mein süßes Mägdelein, damit Du glänzest einer Gräfin gleich, nehme entgegenkommend und liebevoll ihn auf, den seltnen hohen Gönner und sei versichert, er, der Dein Heil im Auge hat, wird Deines wahren Glücks Gründer sein.« – Nach diesen Worten verließ Frau Sieben schnell das Zimmer.

Vor Schrecken außer sich, verhüllte Emma ihr Angesicht. Sie hörte die Mutter gehen, sah, wie sie sich an der Thür noch einmal umkehrte mit einem auf sie gerichteten, fürchterlichen Blick, der ihr durch die Seele fuhr. Sie floh hinweg, floh in die Einsamkeit und meldete ohne Zeitverlust durch den geheimen Boten der Liebe aus Fünfkirchen, der sich eingefunden hatte, Gura die entsetzliche Nachricht, die ihr die Mutter kund gethan. – Schon in kommender Nacht, da die Alte fest im Schlaf vergraben lag, traf Wilhelm bei ihr ein. Er suchte sie aus ihrem Irrthum, ihrer Pein zu reißen; er hielt das mütterliche Vorgeben mit dem reichen, gräflichen Brautwerber für Prüfung ihrer Denkungsweise, für leere Erfindung; indeß Emma behauptete, der Mutter Aussprüche wären noch stets begründet gewesen, ihre Bestimmungen allzeit in Kraft getreten. – »Und kann und darf ich ihrem Willen mich nicht widersetzen«, fuhr das Mädchen fort, nachdem sie das Gefährliche ihrer Lage von allen Seiten beleuchtet, mit allen Farben des Elends geschildert, und Blässe und Röthe wechselnd auf ihre Wangen getreten waren. »So streng und ungerecht sie auch gegen mich verfährt in vielen Stücken, ich bin ihr, einer Mutter, doch Ergebenheit schuldig. Soll ich ihrem Willen entgegentreten, die Stärke ihres Zornes mir zuziehn und einen Fluch auf mich laden, der drohend jetzt schon auf ihrer Stirne steht? Verwünschung der eigenen Mutter, Wilhelm! mit einem Fluch belastet, o Gott der Gnade, wer mag dann noch froh aufblicken zum Himmel? – – Denke an das Schreckbild, gedenke der unglückseligen Weberin, die ewig vor mir steht. Hörtest Du nie diese Begebenheit? – In einer Höhle tief im Gebirge zu Thuin – erzählte mir einst Ulli, unsre längst gestorbene, alte Hauswärterin – wohnte eine Frau mit vier Kindern. Die Frau war arm, ihr Mann, ein Webermeister, früh gestorben, und von den Kindern nur das älteste, eine Tochter, erwachsen, diese aber im Weben und Wirken feiner Zeuge so geschickt wie der Vater, dessen Geschäft sie zur Zufriedenheit aller Kunden fortführte. Tag und Nacht saß das Mädchen und arbeitete, und wenn die eingehenden Bestellungen groß waren, mußte sie, um fertig zu werden, noch den Sonntagsmorgen zu Hülfe nehmen. Der Mutter, einer jähzornigen Frau, waren aber die Sonntagsarbeiten nicht recht, sie befahl ihrer Tochter, die Arbeit liegen zu lassen und ins Gotteshaus, das sie darüber versäume, zu gehen. Und es sprach die Tochter: ›Mutter, wer soll mein Tagewerk zu Ende führen? Du bist schwach, kannst nicht arbeiten, ich bin ohne Hülfe, wie sollen wir armen Leute unser Leben fristen? Auch am Arbeitsstuhl denke ich an Gott, den Herrn, recht herzlich; das ist gewißlich wahr, er würde sonst meine Mühe nicht segnen.‹ Die Mutter aber drohte der Tochter mit harter Strafe, wofern sie nicht streng befolge ihr Gebot. Als nun die Tochter wieder einmal in der Sonntagsfrühe am Webstuhl sitzt, ruft mit Heftigkeit die Mutter aus: ›Ehrst Du so den Tag des Herrn, so sei verflucht von der, die Dich gebar, werde zu Stein, zu kaltem, leblosem Gestein bis in Ewigkeit!‹ Und da der Mutter Fluch ausgesprochen war in einem stillen Gebet, das sie eben verrichtet, ging er Augenblicks in Erfüllung. Der Webstuhl hörte auf zu knarren, das Blut des jungen Mädchens erkaltete, ihre Augen, ihre Glieder erstarrten – verwandelt in Stein … Ach, warum dringt sie heute in der Erinnerung so mächtig durch alle Fasern meines Herzens, diese Geschichte? Denke Dir, ein gleiches Schicksal träfe mich – Du kämst, fändest mich ohne Leben – ich sähe Dich nicht, hörte den Gruß Deiner Liebe nicht, und müßte, o Himmel und Erde! wie das gute Mädchen verstummen bis zum jüngsten Gericht. Wilhelm, Wilhelm! tadle meinen Glauben, doch nehme, so Du's vermagst, die fürchterliche Angst von meinem Herzen.«

Anmuth und Liebreiz sprachen aus dem Antlitz der Leidbewegten, und dem kaiserlichen Feldhauptmann schwoll die Brust bei der Vorstellung, wie die jugendliche Geliebte, die an Färbung schon dem Marmorsteine glich, selbst in Stein verwandelt, schön sein müsse mit dieser Stirne, diesem Mund, Wangen, Armen, Händen. – »Ja«, sprach er lächelnd und berührte sanft küssend ihre Augen, »es ist wahr, Niemand lobt und liebt Deine Mutter, es gehen Schilderungen von ihr, die die Deinen noch übertreffen und sehr betrüblich sind. Wer, wie sie, ein dunkles Leben gelebt, den Eingebungen finsterer Mächte vertrauend, Bereicherung eines eitlen Guts im Unglück rechtlicher Menschen sucht, nie an den denkt, der Himmel und Erde beherrscht, kann auf keinen höhern Beistand bauen und wird Schaden nehmen an Leib oder Seele früh oder spät. Beruhige Dich indeß. Die heilige Hand, die Dich bisher erhielt, wird ferner mit Dir und Deinem Geiste sein; setze ihren Aussprüchen und Verfügungen, die gegen Dein Gewissen lauten, beharrlichen, doch wilden Ernst entgegen und verliere nicht das Vertrauen zu Dir selbst. Der Schöpfer hat Dir hohe Schönheit verliehen, sei ihm dankbar für dieses Geschenk, indem Du gebrauchst den Muth, dessen Keime er in jede Menschenbrust pflanzte zur Erhaltung Deines Rechts und Deiner Selbstständigkeit. Sei stark und entschlossen, fürchte die Gefahr nicht, die ein Schatten ist; im Augenblick der Noth schlägt die Rettungsstunde, und, mit scharfem Schwert auf schnellem Roß herbeigeflogen, siehst Du mich zu Deiner Seite. Dann ist's an der Zeit, dann fliehen wir, ich eile mit Dir nach meiner Heimathsstadt gen Klagenfurt, und alle Deine Klagen enden.«

»Und immer, immerdar bleib ich bei Dir?« fiel Emma ein mit sehnsuchtheißen Tönen.

»Wir werden immerdar zusammenbleiben, niemals uns wieder trennen, und Du wirst ein Glied unsres Hauses bilden. –«

»Ein heimathloses, armes Mädchen« –

»Fern von den bösen Dünsten und der Todeskälte, die Dich hier umhauchen, wirst Du dort geliebt, Dich sehn und Alle wieder lieben, und die Stätte der edlen Sitte und Menschenbildung wird Dir seliges Bedürfniß werden in dem neuen beglückten Sein, indem Du freudiger mir angehören wirst. Auch das wunderreiche Thal der Hauptstadt, des Auges und Herzens des Landes, wird Dein Gemüth ergreifen, liebe Emma. Dicht am schönen Wortsee, der Stadt nicht fern, steht das alte Gurahaus. Bemooste Felsenhügel liegen um uns her, fern ragen hohe Berge zu den Wolken, sanfte Kuppen tragen alte, noch unzerbrochene, feste Burgen. – Hier Greifenfels und Guritz – dort, von zottigen Tannenzweigen nachtumdunkelt, erkennst Du leicht ein drittes vielbethürmtes Ritterschloß – hier hausen, hier leben wir vereint und wandeln froh durchs milde Grün des Berges, durch schöne Wiesengründe hin zum breiten, stillen, blumigen See – ich erzähle Dir, da Du doch Wunderdinge liebst, von einer großen Stadt, die, wie der alten Zeitung Trauermähre geht, einst hier gestanden, dann versank, Niemand weiß warum, und die nun schläft im tiefen Wellenbett. Wir schauen in die klaren Fluthen, erkennen ihre Kirchthurmspitzen, ihre hohen Häuser, hören dumpfes Glockenläuten und den Engelton der goldenen Orgel. – Du erzählst mir Deine Ungarmärchen von der längst gestorbenen Ulli, Deine Träume erfüllt nach Herzbegehr – wir kehren heim in süßer Abendkühle – sind allein – es erklingen Deine lieben Lautenlieder … und horch nur, horch! dann pocht es – leise, wie Schneegeflock im Winter, pochts an unsre Fensterscheiben … Das sind die Männlein, die guten Trippelelfen aus der Erde Schooß, so am Tag als bunte Blumen, in der Nacht als ehrenwerthe Hüter auf Deiner alten Klostergartenmauer so lang und treu gewacht für Dich – so lang und treu – sie nahen freudig, sehn herein und fragen, ob ferner nöthig noch die Elfenwache … Sie ist nicht nöthig, nein – geht los, ihr Trippeldinger, habt Dank, legt Euch in Eure goldenen Wunderwiegen, ich bin ja da, und fürwahr, ich wache ernst und treu … Mädchen, o Du liebes Mädchen, wie unaussprechlich glücklich bin ich, für Dich zu leben, mit diesen Armen zu umschlingen Dich und mein zu heißen; sieh mir nur ins Auge und frage, wenn Du kannst, ob meine Seele Dir gehört … Still, ganz stille! – Hinweg mit Deinem reichen Grafen – kein Zweifelszeichen mehr, und nur den Gutnachtkuß noch zur lieben Letzt. Mein Schwert ist scharf, mein Roß ist leicht, es scheut sich nicht vor den Lebenden und Todten.«

»Was Du verlangst, will ich thun, wohin Du mich führst, ich folge Dir gern!« So rief das Mädchen jetzt, indem sie Wilhelm mit Leidenschaft an sich schloß, der noch einen Abschiedskuß von ihr empfing.

## 5.

Bange Erwartungen erfüllten Mutter und Tochter.

Der erste und zweite Tag, an welchem der erwünschte und gefürchtete Grafenbesuch schon hätte eintreffen sollen, waren verstrichen. Emma hoffte, auch der dritte werde ohne des Grafen Dazwischenkunft vorübergehn, wozu es den besten Anschein hatte. Dieser Tag war ein Tag des Aufruhrs der empörten Natur. Ein Gewitter, von einer Heftigkeit, wie kein Einwohner je wollte erlebt haben, zog schon am frühen Morgen über die Stadt, ohne zu wanken und zu weichen, und da der Abend kam, gesellte noch ein zweites von derselben Stärke sich hinzu, welche nun, gleich feindlichen Schlachtheeren, unter unaufhörlichen Blitzen und Donnerschlägen einander zu bekämpfen schienen. Traten auch verschiedentlich Pausen ein, so waren diese von Folgen begleitet, welche den fürchterlichen Glauben erweckten, es werde der Erdball eine andere Wendung nehmen und Alles sich auflösen in ein verzehrendes, vernichtendes Flammenmeer. Betend lag die ganze Stadt auf den Knieen, oder hüllte tiefer sich in ihr Kissen, zitternden Herzens hoffend auf ein endliches Vorüberziehen der entsetzlichen Wetter. Todtenstille herrschte. Nur vom Unkenteich her glühten noch, wie feuersprühende Augen, durch die schwarze Nacht die Fenster der Witwe Sieben, allwo Mutter und Tochter, als gingen sie zum festlichen Mahl, im erleuchteten Zimmer saßen und der Ereignisse harrten, die da kommen sollten. Ein weißes Gewand in feinen Falten und Würfen, ein blaues golddurchwirktes Mieder schmückten Emma, Ebenmaaß und Schönheit ihres Körpers im vollsten Lichte zeigend; ein rothes, nicht ohne Absicht am heutigen Tag von der Mutter ihr verliehenes, die schöne Brust nur leicht verhüllendes Tüchlein warf Rosenlicht auf ihre blassen Wangen; die goldenen Haarlocken wallten frei, die Arme umspannten reiche Spangen, und Ringe von höchstem Werth die Finger ihrer Hände. – Die Mutter saß in einem veilchenfarbigen, von Brabanter Kanten eingefaßten Kleide mit geweiteten Pauschärmeln das in seinem steifen Zeug bei der geringsten Regung sonderbar knisterte; an ihrem unverschleierten Halse, der von fahlen, erdwurmartigen Runzelreifen besetzt war, hingen dicke Perlenschnüre, in den gelben Ohrläppchen lange, goldene Gehänge von seltsamer Bildung; das Haupt deckte ein hoher, von grünblauem Schärpenband gehaltener Spitzenaufsatz, aus welchem einige Juwelennadeln glitzerten. Beide, in den bleiernen Augenblicken von den peinlichsten Empfindungen durchströmt, saßen stumm einander gegenüber, und bereits war ausgesprochen, was sie sich zu sagen hatten. Hörbar ächzte die Mutter, tief verstohlen seufzte die Tochter. – Es schlug zehn – die Glocke schlug elf. – Noch immer verlautete nichts, noch immer vernahmen die horchenden Frauen keine Bewegung draußen, die auf ein Ankommen des Gastes hätte schließen lassen. Fort und fort tobte Hagelwetter, stürzten Regenfluthen. Unter dem Rollen des Donners, dem Zucken des Blitzes hörten sie die Schlossen klirrend an die Scheiben schlagen, die Bäume dröhnend an einander stoßen und brechen, den heulenden Wind in den schütternden Dachungen der Häuser bohren und Mörtel und Schiefersteine polternd auf die Straßen fallen, welch Getöse mit dem hellen Klingen der zersplitterten Fensterscheiben und dem wilden Kreischen der die Lüfte durchjagenden Käuze ein angsterweckendes Gemisch von Tönen bildete. Zweifel und Unwillen stritten in Frau Sieben. Sie fuhr empor, ließ sich wieder nieder, erhob sich abermals, verwünschte die Witterung, ging in ihren klappenden hohen Absätzen gemessenen Schrittes auf und ab und ergriff endlich, des Harrens müde, eine der sieben Kerzen, welche umherstanden, befahl Emma, jedwede Bewegung genau zu beachten, auf den leisesten Anklang des Pfortenringes aber sogleich nach der Thür zum Empfang des Gastes zu eilen, und verfügte sich hierauf in eine anstoßende Kammer. Den schneidenden Blicken der Mutter nicht mehr ausgesetzt zu sein, war für Emma schon Beruhigung. Sie athmete freier, blickte umher, wie an einem fremden Orte, und stand auf. Deutlich nahm sie wahr, wie die Mutter nach verriegelter Kammerthür verschlossene Schränke und Rasselkasten eröffnete, Schubfächer auf- und zumachte, Geldrollen legte, Münzen strich; hörte sie zählen, rechnen, ihr steifes Veilchengewand knistern, wobei sie öfters, wenn ein Blitz flammte und der Donner wandelte, unwillig, wie irre geworden, brummte oder fluchte und dann schnalzend wieder die Lippen bewegte. Lauschend sah das bange Mädchen zu Boden, und es wollte ihr scheinen, als hätten Wind und Wetter eine andere Richtung genommen. Es wurde stiller, der zürnende Donner zog in die Ferne, nur das Tropfen der Dächer, der Klang des Silbers und des Goldes in der verschlossenen Kammer unterbrachen noch die Grabesstille. Emma dünkte es gegen alles Herkommen, noch Besuch erwarten und annehmen zu können in so später Stunde, und da ihr jetzt auch vorkam, als habe die Mutter, die sie nicht mehr wahrnahm, sich durch eine jenseitige Thür entfernt aus ihrem heimlichen Aufenthalt und die Ruhe gesucht, so dünkte es ihr sehr wahrscheinlich, der Fremde könne und werde heute unmöglich noch eintreffen. – – Doch horch! – Da wurde ein fernes Brausen laut – jetzt, und wiederum. – Allmächtiger Himmel! sollte er es dennoch sein? – Emma strengte ihr Gehör an. – Ja, es kam etwas und glitt schnell und räthselhaft über das holprige Pflaster – Gott, es nahte – nahte unzweifelhaft dem Hause der sieben Linden. – Unschlüssig einen Augenblick, was sie beginnen sollte, zog das Mädchen den Vorhang hinweg, öffnete das Fenster ein wenig, um hinauszuschauen in die dunkle Nacht. – – Hu! da gab ein dumpfer Hammerschlag so eben die Stunde der Mitternacht an, und schaudernd, zurückprallend im heftigsten Wetterleuchten, sah sie vor der Pforte halten einen goldschimmernden Wagen mit sechs schwarzen, im Flammenlicht wie Stahl leuchtenden Rappen, und gefolgt von zahlreicher Dienerschaft, welche seines Scharlachmantels ihn entkleidete, dem Schlage der Kutsche entsteigen, den erwarteten vornehmen Besuch. Emma bereitete sich, den Ankömmling zu begrüßen; doch ehe sie noch die Klinke berührt, sprang die Thür des Gemaches, und der Graf trat herein. Sein Auftreten verkündete eine Erscheinung, die den höheren Gesellschaftskreisen angehört, welcher ein gewähltes Gewand entsprach. Dieses bestand aus einem offnen, schwarzblau schillernden, feinen Rock, einem goldgefaßten, hellstrahlenden Edelstein der Brust, langem, schwarzem Beinkleid, ziegelrothen, seidenen Strümpfen mit schwarzen Schlangenzwickeln und -spitzen, mit funkelnden Goldschnallen versehenen Schuhen. Der Graf blickte aus glasigem Auge, ein halbes Lächeln lief über sein magerlich bleifarbenes Angesicht, das, von schwarzem, struppigem Haupthaar beschattet, bei sanft gebogener großer Nase, scharfem Munde, kühn und gedankenvoll, einen unbekannten Himmelsstrich verrieth und, einmal wahrgenommen, dem Gedächtniß nicht wieder erlosch. – Der Graf, nachdem er, flüchtig umherblickend, sich verbeugt, nahm das Fräulein an der Hand, führte sie zu ihrem eben verlassenen Sitz, ließ sich neben ihr nieder und begann gemessenen Ausdrucks zuvörderst zu gedenken der angenehmen, ihm nicht unbekannten Gegend dieser Stadt, welche er dem wunderbaren, jüngstbesuchten Hügelgefilde zu Torre, dem Barra in Katalonien verglich; erwähnte des nahen, ansehnlichen Karpfenteiches, der einem kleinen See könne gleichgestellt werden, des benachbarten, tausendstämmigen Eichenwaldes eines schönheitenreichen Landes, das noch tief betraure den beklagenswerthen Fall der ungarischen Königskrone; gedachte der heitern, dem Geräusch des großstädtischen Verkehres entlegenen Wohnung, welche betreten zu dürfen, ihm zur höchsten Freude gereiche, und gelangte nun zum Lobe ihrer Anmuth, Sittsamkeit, der zärtlichen Neigung, die sie bewahre für eine mit Recht verehrte Mutter. Näherrückend in scheinbar erlangter Gunst, versuchte er unter halbem Wangenlächeln des Mädchens Hand an seine Lippen zu heften; betupfte lüsternen Blickes mit scherzendem Fächelschlag des kleinen Fingerchens ihre Wange und fügte in demuthvollem Flüsterton hinzu: »Ich nenne mich den Glücklichsten der Glücklichen – und gewißlich, auch mein einsam Täubchen, mein holdes Bräutchen wird theilhaft werden in diesem Arme des reichsten und genügendsten Lebenswohls.« – Des Fremden Sprache war leise, schneidend, dann und wann begleitet von tiefen Mitlautern, vergleichlich der ruhigen Woge des angeschwollenen Stromes, in dessen Bett zuweilen ein rollender Stein dumpfmurmelnd anschlägt. Emma verstand nur wenig von dem, was seinen Lippen entglitt, ihre kaum hörbare Gegenrede bestand nur aus unzusammenhängenden Silben, womit sie versuchte, einestheils das ihr ertheilte Lob von sich abzulehnen, anderntheils entschuldigend hinzuzufügen, daß ein plötzliches Uebelbefinden ihr unmöglich mache, heute so, wie sie es wünsche, vor ihm erscheinen zu können; ein kalter Schauer aber durchrieselte ihr Gebein, als sie in der liebkosenden, ihrer Hülle flüchtig sich entladenden Rechten des Ungargrafen eine schwarze, mit blauen Nägeln versehene Hand erkannte, welche über das Wesen des Unbekannten eine bange Ahnung in ihr hervorrief, die sich steigerte, je länger die sehnlichst erwartete Mutter fernblieb. – Frau Sieben betrat endlich das Gemach. Der Graf beeilte sich, die Erscheinende zu begrüßen, welche zusammensinkend in tiefster Verneigung freudig ausrief: »Alte Freunde, bewährte Freunde! Da bedarf es wohl der Entschuldigung nicht.« – »In der That«, versetzte der Graf, zuvorkommend bemüht, einen Stuhl herbeizunehmen, »dieser Ausspruch trifft mich verdientermaßen und mahnt mein Gewissen, zu bitten um Vergebung meiner großen Schuld – die angenehmen Bewegungen der freien Natur, die erfrischende Nacht mit ihren Flammen auf den Höhen, in den Gründen dieser reichbegabten Gegenden – in Wahrheit, sie vergegenwärtigten mir so eben die genußvollsten Stunden vergangener kriegerischer Zeiten. – Und diesem Umstande alleiniglich dürfte mein maaßüberschreitendes Fernbleiben beizumessen sein.« – Verstummend wand sein Auge, das bei diesen Worten auf Emma geruht, sich wieder zur Frau des Hauses, um in dem gebührenden Vorrecht der Gesprächseröffnung ihr nicht vorzugreifen. – Frau Sieben lächelte. »Nun«, sprach sie nachdrücklichen Tones, indem sie ihre Blicke auf Emma richtete: »Wie befindest Du Dich, liebe Tochter, mein einziges Kind? Ein geringes Unwohlsein wird vorübergehn. Blicke heiter und froh auf uns. – Der Herr Graf«, fuhr sie gegen diesen gewendet fort, »erkennen hier noch ganz den Blödsinn der Einsamkeitsgewohnten und Weltlosen, der die Lust des Lebens noch bevorsteht. Es ist die Weise der Frauen. So sind wir Mädchen in der Jugend. In dem neuen beseelenden Verhältniß aber, dem sie entgegengeht, wird Alles eine andere Gestalt gewinnen.« – Der nächtliche Freier hüstelte ein wenig in ein vorgehaltenes schwefelblaues Tüchlein und betheuerte, daß er Emma, die an Frauenholde, an Frauenfeine alle seine Erwartungen übertreffe, schätze und hoch verehre; er knüpfte seinen Aeußerungen noch manches Gesprächliche und Schmeichelhafte an. Endlich, während die Mutter aufstand, die Kerzen heller brennen zu machen, des Fremden Schielblick wiederholt scheu hinüberstreifte nach der gefesselten Gestalt jenes vorerwähnten Wandgemäldes; während Emma's Zagheit und Wangenblässe sich erhöhten, auch neues Wetterleuchten und Donnerrollen vernehmlich wurden, versetzte nach vorhergehendem leichten Hüsteln der Graf, da er, wie er vollkommen fühle, für diesen Besuch dem schönen Kinde den Ausdruck seiner Gefühle darzubringen, den geeigneten Zeitpunkt nicht getroffen habe, so werde er in einer andern Stunde nochmals erscheinen und Zuspruch und Zwiegespräch zu erneuern sich erlauben. – In der unverkennbaren Miene einer bedeutsamen innern Aufgeregtheit hatte der

Brautwerber, nach Beendigung dieser an Frau Sieben gerichteten Worte, sich erhoben, verbeugt und, ohne einer Gegenrede zu harren, mit derselben Eilfertigkeit, mit der er eingetreten war, sich wieder entfernt und seinen goldenen Rappenwagen bestiegen, dessen Rollen und Brausen in der Richtung des alten Eichenwaldes sich verlor.

Dem Fremden blieb auch keine andere Wahl, als sich hinwegzubegeben; denn das Abschreckende seiner Erscheinung, die unheimliche Stimme, das gierende Glasauge, die Nägel der Hand, der eisige Odem, der wie die Luft eines modrigen Erdkerkers aus einem Munde schwarzer Zähne sie anhauchte, hatten Emma einen betäubenden Schwindel zugezogen, der jetzt in eine toddrohende Ohnmacht sich auflöste, aus welcher die erbitterte Mutter sie wieder ins Leben zu rufen suchte. – »Ohnmacht! Ha Weiberohnmacht! darauf verstehen wir uns«, rief sie aus, indem sie die Hingestreckte rüttelnd an den Haaren ergriff, Gewand und Mieder ihr aufriß und die glänzenden Schulterblätter, die weiße jungfräuliche Brust der Unglückseligen mit wilden Streichen bedeckte. »Verstellung, nichts als Verstellung ist es, womit sie bösen Sinnes meiner Absicht entgegenzuwirken trachtet. Aber Du hintergehst, Du überlistest Deine Mutter nicht, die Dir hiermit zu verstehen giebt, daß, wenn Du beim zweiten Besuche Deines Bräutigams Dein unbesonnenes Betragen nicht gründlich umstimmst zu meiner völligen Zufriedenheit, ein strengeres Verfahren, Deinen Starrsinn zu brechen, in Anwendung kommen wird. Darauf verlasse Dich. Die Pflicht heischt es, dem hochverehrten Manne den heißesten Dank zu erkennen zu geben, denn wisse, er war es, er, der einst Deiner Mutter das Leben rettete, da es in höchster Gefahr schwebte.« – Noch einmal befahl sie Emma, auf des Grafen nahe Wiederkunft sich gefaßt zu halten, mit Allem was sie Kostbares besitze, sich zu putzen und mit Heitersinn und Willfährigkeit nachzukommen ihrem vorgezeichneten Gebote.

Fürchterlich hallte das Gesagte wider im Ohr der Bewußtlosen, deren Gedanken allmählig wieder erwachten und sich an einander reihten.

## 6.

Der betriebsame Brautwerber ließ nicht auf sich warten. Schon in der folgenden Nacht, diesmal Glockenschlag elf, hielt sein Sechsgespann mit den strahlenden, schnaubenden, stampfenden Rossen zum andern Male vor dem alten Unkengebäude. – Die Vorbereitungen, welche man zu seinem Empfange getroffen, waren glänzend und ganz geschaffen zur Anregung des Gefühls und Erhöhung der festlichen Stimmung. Das Gemach in seinen frei gewordenen Räumen sah einem heitern Garten, die entfernten Tische und Tafeln lachenden Blumenhügeln ähnlich; an den Wänden hingen Kränze lieblichen Blüthenschmelzes, welche rund herum und insbesondere über eines der Wandgemälde, das außerdem noch ein großer, vom Gefieder des Paradiesvogels gebildeter Fächer verhüllte, sich ausdehnten. Roth gedeckt und versehen mit krystallenen Flaschen kostbaren Bergweins, Napoli di Malvasias, mit süßem Xeres, hohen Liliengläsern und weißen Schalen erwählter Sommerfrüchte, stand ein zierliches Tischchen in der Mitte des Gemachs, Wohlgerüche wallten. – Leicht und belebt schritt der Graf ins Zimmer. Weit prunklicher, als bei seinem gestrigen Besuch, bereichert mit einer Ueberfülle der edelsten Steine, ging ein Flimmern und Leuchten von ihm aus, vor dem die sieben brennenden Wachskerzen Todtenlichtchen zu sein schienen. Ehrerbietig grüßend, lächelnd mit halber Wange, überreichte er hierauf der Braut einen Diamantenkranz, der die Stirne einer Königin würde verherrlicht haben. – Wie geblendet von den überraschenden Prachtflammen dieser außerordentlichen Verleihung, vermochte Emma nicht, das Auge darauf ruhen zu lassen, und es schien ihr unmöglich, ein solches Geschenk, dargebracht in tiefster Unterwürfigkeit, abzulehnen, ohne den Mißmuth des Grafen, den höchsten Unwillen ihrer, mit stechenden Augen wachenden Mutter auf sich zu ziehen. Noch hatte sie das Dargebotene nur mit den Fingerspitzen berührt, der Bräutigam hielt den Kranz noch in seinen Händen. Er flüsterte: »Liebchen, Liebchen hold! – gefällt er Dir – gefalle ich Dir noch immer nicht? – Blick auch auf die Sternlein meines Kleides – ergötze Dich im Lodern meines Goldes!« – – Emma nahm mit jungfräulicher Schamhaftigkeit und zitternder Hand und dankte mit zitternder Stimme. Sie wollte die reiche

Brautgabe zur Seite legen und beugte sich ein wenig – – da sank das auf ihrer Brust verborgene Elfenbeinbild des gekreuzigten Erlösers vor ihr nieder … In diesem Augenblick entstand eine Stille, wie nach Blitz und Schlag eines niederschmetternden Wetters. – – Hellen Klanges sprangen die Krystallgefäße und Lilienkelche des Tisches, der goldige, in schwarzes Blut verwandelte Wein strömte zur Erde – auf Schränken und Tafeln bewegten raschelnd sich die blumenverschleierten Schlangen und Todtenschädel, Alraunwurzeln und Eulenköpfe – die Kerzen gaben blaue Flammen zu dem weißen Schein, den der Himmel warf aus Mitternacht durch die Fenster auf die lautlose, in den Boden gewurzelte Versammlung, und von der verrufenen Waldung her grommelte der Donner eines heranziehenden neuen Gewitters. – Der Graf, dessen Auge der Gegend jenes verhängten, auf einmal seiner Decke ledig gewordenen Wandgemäldes zugerichtet war, und der, von wachsender Ungeduld bewegt, so eben die Stunde des Hochzeittages zu bestimmen im Begriffe stand, fuhr bei Sichtbarwerdung des hellblinkenden Kreuzes, dem plötzlichen Erlöschen der Sterne und Lichtgluthen seines Festgewandes und dem Erbleichen des bräutlichen Diamantenkranzes mit furchtbar verzerrten Gesichtszügen zurück, sein Auge schoß Flammen, die dem Roth der Hölle angehörten, sein judenschwarzes Grollenhaar stieg aufgerichtet in die Höhe – er stöhnte hohle, tonlose Laute, aus denen jedoch deutlich zu entnehmen war, daß man ihn zu täuschen, zu hintergehen beabsichtigte, daß er aber unfehlbar zurückkehren werde zur Geltendmachung seines vollen Rechts – und rauschte hierauf unter fürchterlichem Toben und Roßgewieher, umstiebt von einem knisternden, wilden Feuerfunkenheer in seinem strahlenden Festgespann wieder von dannen. –

Frau Sieben rang die Hände und warf sich in einen Sessel.

Vernichtet von dem entsetzlichen Ereigniß, lag Emma mit gefalteten Händen auf dem Boden des Gemachs, unfähig, einen Ton aus der Brust zu bringen. Jetzt war sie allem Zweifel entrissen, hatte Gewißheit erlangt über Stand und Vermögen ihres gräflichen Bräutigams und sah schaudernd vor ihren Augen das Gräßlichste, was dem Menschen begegnen mag auf Erden; indeß der feste Glaube an eine höhere gnadenreiche Macht, der nie aus ihrer Seele gewichen, die Sinkende aufrechthielt und ihr Kraft und Fassung lieh, deren sie bedurfte in der Stunde der Verzweiflung. Sie umschlang die Mutter, gegen die in ihrem treu gewohnten Herzen noch immer kein wahrer Haß hatte Wurzel gefaßt, beschwor sie bei dem ewigen Himmel und seinen Heiligen, bei dem Donner Gottes, der über ihren Häuptern rollte, sie nicht dem Verderben, dem fürchterlichsten Untergang zu weihen, und es gelang ihr, dem vollen Zornesausbruch der wuthentzündeten Frau Schranken zu setzen. – Fluchend ließ das unbarmherzige Weib endlich von ihr ab, welche selbst der Ruhe und Stärkung bedürftig war für den nun nahenden entscheidenden Augenblick, der ihr nicht fern zu sein dünkte. Und schnell hatte sie zu dem Ende ihr geheimes Zimmer ereilt, den Pult geöffnet und ein unter Pergamenten verstecktes Blatt an sich genommen.

Sie täuschte sich nicht. Noch war der Tag nicht abgelaufen, der zwölfte Schlag der Mitternachtsglocke nicht verhallt, als, wie durch die Wände gedrungen, der gewaltige Freier, jetzt in seiner ursprünglichen, Schrecken einflößenden Gestalt erschien, mit ausgestreckter, würgender Faust heranschritt und ihr ins Ohr brüllte: »Erfüllst Du so Deine Zusage? Ist das der mir angelobte Dank und Lohn? – Tod und Vernichtung Deinem pfuhlverfallenen Leibe!« – –

»Zurück! Zurück mit dieser blutigen Kralle!« schrie die Alte mit erschütternder Stimme. »Bedenke, daß ich Dir nützen, wie Dir schaden kann. Zu groß und überwiegend ist Dein Gewinn, als daß er nicht zu Bedingungen mich noch sollte berechtigen, zu Bedingungen, die Du eingehen, die Du erfüllen mußt.« –

– – »Nenne Sie ohne Zögern«, drängte der Gebietigende.

»Du, dem nichts unmöglich, der Berge ebnen, Bäche in reißende Ströme, Eisenstäbe in Schlangen verwandeln kann: – hole mir meinen Goldreif aus der Tiefe des Brunnens auf Burg Baran – bringe mir drei Nattern, drei Kröten, drei Ringe aus der Kette eines Gerichteten – ackere mir für meine geheimen Sämereien den steinigen Boden auf der Spitze des nahen Felsenbergs. – Merke Dir: Alles muß vollbracht sein vor dem ersten Morgengrau, dem ersten Hahnenruf – einen Pulsschlag später macht nichtig unser Bündniß – und meine Tochter soll die Deine sein. Rechtskräftiglich und förmlich, unterschrieben mit meinem Blut, erkenne allhier die Bedingungen – unterzeichne sie mit dem Deinen! –«

Zähneknirschend, doch voll heimlichen Hohnlachens nahm der Glühende das vorgehaltene Pergamentblatt, stieß die ergriffene Feder in den entblößten Arm, zeichnete seinen Namen[9] und rief, sich hinwegbegebend: »Sie sollen Erfüllung finden diese Bedingnisse; doch wehe Dir, ihnen neue hinzuzufügen!«

## 7.

Zusammengekauert mit armumschlungnen Knieen saß Mutter Sieben auf dem Ruhelager. Ihr dunkles Auge starrte in die Flamme der auf einem Tische dicht vor ihr stehenden Ampel, als suche sie zu lesen aus deren Knistern und aufsteigendem feinen Rauch, was des Schicksals Schläge ferner werden über sie verhängen. Alle Thaten vergeltender Rache und Grausamkeit, die sie verübt mit Geist und Glück im Kampf mit den Geschicken – Hohn, Verachtung, Kränkung, die sie erfahren in ihrem Leben, die noch eben sich wiederholt unter freiem Himmel an einem, ihren Geheimkünsten ungünstigen, letzten Tag der Woche, standen vor ihr, heftiger aufregend den tief eingewurzelten Haß gegen einen oft bestrittenen alten Widersacher. – »Verflucht!« rief sie aus, indem sie emporfuhr und mit dem Fuße auf den Boden stampfte: »Dahin wäre es gekommen mit Uwana, der Nieverzagenden? – Habe ich gelebt und darum mir erworben in Zwist und Zwietracht, Darben, Leiden, hohe Kunst und Klugheit, Weisheit, womit ich herrschte um und um und Tausende besiegte und verdarb – betreten darum unter sargentstiegnen Leichenhäuptern, mordgefallner Todten, die verborgene Werkstatt mächtiger Geburten – mit diesen Nägeln ausgekratzt der Erde Wunderwurzeln, Zaubersteine – im Schweiße meines Angesichts gewonnen und genossen die Frucht des edlen Baumes Yakum, die mir so reichlich Seherkraft und Lebensgluth verlieh? – – Verflucht noch einmal! – bin ich

9 Außer den Papieren Fausts enthält auch die Handschriftensammlung der Pariser Bibliothek, die sich auf den Zauberer Urban Grandier bezieht, eine Namensunterschrift des Teufels.

ausgezogen darum durch Aegyptens heiße Steppen, geschundenen Gebeins hinaufgestiegen in des Wetters Stürmen zu den schroffen, finstern Bergeszinnen ins Gericht der Zwölfe – hinabgesunken, hochberufen von den Unterweltsgestalten Ahrimans, des Mächtigen, in die tiefsten Schlünde, habe unter Molch und klumpiger Schlangenbrut im Kindleinblute befähigt mich in Dingen, welche überragen kühn und erhaben der bethörten Alltagsseelen jämmerliches Treiben, um nun gerichtet mich zu sehen von der Hand eines Ewigverfluchten! Pestilenz und Tod! bin ich rathlos und verlassen? droht *Der* Gefahr, Verderben, die im Besitz der höchsten Siegesmittel, deren Fuß, fern vom Schnaufen gieriger Ströme, wie vom Gebrüll des Meers, auf festem Erdgrund unter heißverbundenen Hülfsgenossen steht? Bereitet Euch! Erscheint auf meinen Ruf, Ihr alten treuen Geister – und fliehen vor den Giftgeschossen, zittern vor der Wuth eines aufgebrachten Weibes wird die Horde der Verruchten, fliehen, sinken, zurückstürzen in die Schwefelqualen ihres ewigen Qualenreichs!« –

Kaum war die erste Viertelstunde verlaufen, als es in den Lüften wallte und zürnte und der erwartete Feind erschien. Er händigte seiner Gegnerin den Goldreif aus dem Brunnen, die Galgenringe nebst Nattern und Kröten ein und entfernte sich alsbald wieder zur Ausführung des noch übrigen Bedingungswerkes.

Rasch verließ Frau Sieben das Zimmer, stieg den Rauchfang des Hauses bis zur Mündung empor und schaute nach dem Felsenberge, dessen himmelshohe, von Sternenlicht umkreiste, starre Umrisse vollkommen erkennbar vor ihr standen. Sie vernahm, wie der Pflügende den schwierigen Steinboden wälzte und warf, vernahm sein hohles Gelächter, das schauerlich widerscholl im nahen Eichenhorst – sah, wie er zuweilen im frechen Uebermuthe entsetzliche Steine, welche im Schimmer des Mondhofes furchterweckende Luftgestalten bildeten, von der Felsensteile donnernd in den Abgrund springen ließ. – – Jetzt schien ihr das Klirren des funkligen Pflugeisens, das Reißen der Schichte nachzulassen, die Arbeit der Vollendung nahe – und nun ein feines Lichtzüngeln in Osten zu verkünden den unzweifelhaften Anbruch des neuen Tages … Da reckte sie den Hals weit zum Schornsteine hinaus und schrie mit übermenschlicher Stimme, den Morgenruf des Hahnes nachahmend, durch die Lüfte, daß des Hauses Fensterscheiben in schrillen Tönen laut klirrten und in einem Augenblicke nah und fern in den Gehöfen der Stadt die Hähne helleinfallend ihre Stimmen mit der ihrigen vereinten.

Der unsichtbare Ackermann stutzte. Er hörte das unheilbringende Geschrei, sah, sich umschauend, die Alte in weißer Haube auf der Spitze des Hauses, riß, seines nahen Sieges betrogen sich zu sehen, im Getümmel eines Rasenden eine riesenhafte Felsensäule los und schleuderte sie hinab auf seine Feindin. Der ungeheure Stein, der das ganze Gebäude würde zerschmettert haben, traf aber das erzielte Haupt der alten Sieben nicht, welche in der vorhinnigen Stimme des Pflügenden nun auch ihr Hohngelächter erschallen ließ und hierauf nach ihrem Zimmer sich zurückbegab. Er war in den Unkenteich gefahren, hatte jedoch dessen Gewässer plötzlich angeschwellt zur Höhe und Stärke eines mächtigen Stromes, der jetzt mit schäumender, reißender, verschlingender Gewalt bahnbrechend durch Dämme, Thüren, Fenster und Kellerlucken in die Siebenlindenwohnung der reichen Wittwe sich ergoß.

Zur gehörigen Zeit noch hatte Emma den heißersehnten Gura mittelst eines Eilboten unterrichtet von der großen Gefahr, in der sie sich befand, und ihn zu ihrer schleunigen Rettung aufgefordert. Und schnell und rauschend, wie die Flügel des Sturmwindes, sein scharfes Schwert zur Linken, erschien auf mähnensausendem Rappen der Erwartete, eben als der Wittwe weißer Haubenkopf auf der Dacheshöhe sichtbar wurde. Mit ausgebreiten Armen, mit hochklopfendem Herzen und der himmlischen Thräne der Liebe im Auge empfing ihn die schöne Jungfrau vor des Hauses entriegelter Pforte. Er küßte, ergriff und hob die theure Bürde zu sich auf den duldsamen Renner, dem er die Sporen gab, ohne sich umzusehen.

»Hülfe, zu Hülfe!« – hörten die Fliehenden des verzweifelnden Weibes heisere Stimme hinter sich kreischen, welche, festgehalten in ihren eignen Zaubermauern, verlassen von allen heraufbeschwornen Schützlingen der Nacht, denen als Erdgeistern keine Macht verliehen über Ströme, über Gewässer, im Ringen mit der schwellenden, gischenden Fluthung, unter dem Heulen und Pusten der sieben schwarzen Katzen, die, mit aufgerißnen Rachen und struppigen Haaren an ihrem Halse festgeklammert, ihr bluttriefendes, zerkratztes Haupt in die erstickenden Wellen herabzogen, dem Verderben nicht mehr zu entrinnen vermochte, und der die aus ihrer Ruhe verscheuchten, an Schilf und Weiden des Teichs emporkriechenden Unken und Molche ein Todtenlied sangen.

Leicht und fromm glitt der hufenlose weiße Flüchtling mit dem rechten Brautpaar durch die kühlen Nebelschleier der grünen Thäler, und als man zur schönen Ebene gelangte, wo Fünfkirchen in seiner ganzen Ausdehnung grau und geisterhaft aufstieg vor den Geretteten, den Frohlockenden, da ertönte von den zahlreichen Thürmen der Stadt das Frühglockengeläute, Maria's Geburt verkündend; zu den feierlichen Klängen mischte sich, wie Engelgruß, aus golddurchglühtem Morgenroth das Lied der lobsingenden Lerche, und in Emma's Augen blinkten Freudenthränen des Wonnegefühls, die dunkeln Pforten der Finsterniß weit hinter sich, die Thür des Seligkeit verheißenden Paradieses glänzend vor sich erschlossen zu sehen.

Unaufhaltsam, in vollem Rosseslauf über Berg und Thal ging die Fahrt fort nach Kärnthen. Bald war Klagenfurt erreicht – und Emma lag an dem Herzen einer freudetrunkenen Mutter, eines glückseligen Vaters, umgeben von Jungfrauen und Jünglingen, von denen sie als verlorene und wiedergefundene Schwester und Gespielin – zu welchen einst auch Wilhelm gehörte – mit unaussprechlichem Ausdruck begrüßt wurden, die keine andern waren, als jene, welche in himmlischen Traumgesichten sie oft heimgesucht hatten in ihrem weltgetrennten, einsamen Mauergärtchen. In dieser Stunde erst erfuhr Emma das von Gura ergründete Geheimniß, daß die alte Zigeunerfrau nicht ihre Mutter gewesen, von der sie als Kind, spielend unter den Blumen einer Wiese, einst bei einer Zusammenkunft vieler der Schwarzkunst erfahrnen Zauberweiber auf dem Gebirge Kriwan der tiefbetrübten Familie des freiherrlichen Hauses Haleni geraubt und mit sich hinweggenommen worden.

Die grüne Myrte umkränzte die Stirne der glücklichen Braut. Im Gotteshause zu St. Petri empfingen Gura und Emma den priesterlichen Segen für ihre ewige Vereinung.

# Die Zwerge

## Sagen aus dem Herzogthum Braunschweig und dem Harze

Hell scheint der Mond. Regungslos ruht der Wald, nur einzelne Baumblätter flüstern zu den ernsten Glockenschlägen, welche langsam aus der Ferne herübertönen. Von den Zinnen einer in die Wolken ragenden grauen Bergburg glüht ein mattes Licht; es wankt der müde Wächter um den Thurm, zwölfmal ins Horn stoßend. – Es ist Mitternacht. – Still steht der Hirsch und lauscht forschenden Auges, lauscht des seltsamen Nachtgetöns, das in sein Ohr dringt; es knistert, es raschelt im nahen laubigen Gebüsch unter der alten Eiche, unter den herabneigenden Aesten der hohen Ulme. Zwei menschliche Gestalten erscheinen. Aber es sind nicht gefahrbringende, es sind befreundete, längst gewohnte Waldgestalten, ein Männlein, ein Weiblein, so, gleich ihm, den Bergwald bewohnen; es sind die friederfüllten Zwerge der weiten, schlafenden Waldung, die erfreut des milden Mondenlichts in stiller, feiervoller Gottesnacht hinauf schauen zum ernsten, hohen, sterndurchwebten Himmel.

***

In einsamen, abgelegnen Gegenden, in stillen Schlössern, Wäldern, fern vom Getöse der Menschenwelt lebte einst das Volk der Zwerge. – Die Zwerge waren von feinem, schönen Gliederbau, nicht größer als kleine Kinder, und gingen schlicht gekleidet, zum Theil in der Sitte des Landes, in welchem sie lebten; ihr Haupt deckte ein Hut oder eine Kappe, wie sie noch heutigen Tages, Nebelkappe genannt, unter dem Volk in den Harzgegenden gesehen wird. Sie lebten verträglich und friedlich mit einander, arbeiteten in Gold, Silber, Zinn, schnitzten hölzerne Becher, Teller, Löffel und liebten alle Menschen. Wer ihnen gefällig war, erfuhr ihre Freundlichkeit, wer ihnen einen Dienst leistete, sah sich bald dafür belohnt; sie standen Armen und Nothleidenden getreulich bei, bestraften aber den Bösen hart. Die Zwerge hatten Fürsten, hatten Könige zu ihren Herrschern und Führern, deren Gesetze sie beachteten, deren Befehle sie streng befolgten. Viele Menschen, die in ihre Wohnungen gelangten, haben lange und glücklich mit ihnen gelebt. Sie können die Schönheit und Pracht ihrer Gemächer, die die Zwergleute bewohnt, die Kammern, in welchen sie handirt, nicht genug beschreiben, noch all des Reichthums gedenken, den ihr Auge erblickt, der Alles übertraf, was auf Burgen und Schlössern mächtiger Ritter und Fürsten angetroffen ward. Die kleinen Erdbewohner sind nie krank. Stahl und Eisen der Oberirdischen verletzen ihren Körper nicht. Ihr Leben dauert Jahrhunderte lang. – Die schwarzen Zwerge einiger deutscher Inseln, wie Rügens, Bornholms und anderer Nordlandsfelsen, verwandt mit den Schwarzzwergen Skandinaviens, Englands, Schottlands, äußerlich auch sich unterscheidend von den weißen durch ein schwarzes oder dunkles Gewand, waren weniger sanft und menschenliebend, und ihre Gestalten zuweilen verwachsen, abschreckend, größer wie jene, oft äußerst klein[10]. Sie arbeiteten nur in Stahl und Eisen

10 Eine schwedische Sage schildert die Zwerge folgendermaßen. Herr Rey, unser Gesandter in Schweden, war auf der Reise nach Stockholm gezwungen, seinen Kammerdiener, der gefährlich erkrankte, in einem kleinen Städtchen Finnlands zurückzulassen. Eines Abends, als der Kranke sich etwas wohler fühlte und ganz allein in seinem Zimmer ist, hörte er eine liebliche Musik, die aus dem Innern der Erde zu tönen schien. Bald darauf sah er aus einem Mauseloch ein ganz kleines Männchen in deutscher Tracht hervorkommen; diesem folgten mehre andere Männer, dann eine Schaar festlich geschmückter Frauen und endlich eine Musikbande. Die ganze Gesellschaft fing in dem Zimmer lustige Tänze an. Der Kranke war über das, was er sah und hörte, so entsetzt, daß er keine Bewegung zu machen wagte, ja, sich nicht einmal getraute zu athmen. Einer der Kleinen näherte sich nun seinem Bette und sagte: »Fürchte Dich nicht, wir thun Dir nichts zu leide, denn wir sind Hausgeister. Einer der Unsrigen verheirathet sich, und wir wollen nur durch Dein Zimmer ziehen; zum Danke sollst Du auch Dein Theil von unserm Mahle haben.« – Einige Minuten darauf entfernten sich Alle Arm in Arm durch die Thür; der Kammerdiener aber, der sie nicht wieder zu sehen wünschte, sprang aus dem Bett und schob den Riegel vor. Die Töne der Musik verkündeten bald nachher die Rückkehr des Brautzuges. Da die Thür verschlossen war, drängte sich einer der Kleinsten durch eine Ritze, und nachdem er dem Kranken mit dem Finger gedroht hatte, öffnete er die Thür. Die ganze Gesellschaft trat augenblicklich ein; dann wurden noch

und schlichteten ihre Zwiste unter einander auf freien, kahlen Stellen der Erde, wo schon Blut verspritzt worden. Wehe dem, den die Neugierde, diesen Kämpfen beizuwohnen, heranführte; sie verwandelten oder vernichteten ihn. – Die deutschen oder weißen Zwerge verabscheuten das Laster, vermieden die Häuser und Gegenden hab- und raubgieriger Menschen und gingen an keinem Blutstein, an keinem Reisbund, wo ein Verbrechen begangen worden, vorüber.[11] – Abends, wenn es zu dämmern begann, zumeist in der Nacht, besuchten sie die Volkswohnungen, kamen sanft und unvermerkt wie der Mond, wenn er die schlummernden Blumen des Hains beschleicht, wurden überall freudig und nur da mit Bangniß begrüßt, wo man fürchtete, sie beabsichtigten, ein neugebornes Kind hinwegzuführen. Dies geschah, doch selten. Sahen sie ein schönes Kind frei und allein, so zeigten sie ihm allerhand blinkende Dinge, hatten es auf einmal im Arm, eilten damit nach ihren Bergen, erzogen es freundlich und brachten es nach geraumer Zeit den Eltern zurück, welchen sie den ausgestandenen Hauskummer mit Geschenken reichlich vergalten. Solche von Zwergen erzogene Kinder sahen stets blaß aus, wurden jedoch, gesichert vor Luft, Feuer und Wasser, uralt[12]. – Warum diese Menschen im tiefen Grund des Erdreichs wohnen, ist ein Geheimniß, Niemand vermag es zu enthüllen. Kriegsgetümmel, Geräusch, Glockenklang, der Bösen Schadenfreude störten und ängstigten die Zwerge so

---

einige Tänze gemacht, und endlich verschwanden Alle wieder durch das Mauseloch, welches sie hinter sich verstopften. Es mochte eine Stunde vergangen sein, als eines der kleinen Männchen zurückkam und einen Kuchen mit Eingemachtem brachte, den der Kranke mit vielen Danksagungen annahm. Hierauf traten der Arzt und andere Leute aus dem Hause ein, und da sie den Kuchen sahen, fragten sie, wo er her wäre? Der Kammerdiener erzählte jetzt das Abenteuer, versicherte aber, den Kuchen nicht anzurühren, obgleich man ihn unter den Betheuerungen, daß ihm das nichts schaden werde, dazu aufforderte. Als er auf seiner Weigerung beharrte, aß der Arzt selbst den Kuchen. Memoiren des Ritters Pask, 1630. Wiener Zeitschrift.

11 Da, wo unschuldig Blut vergossen, legt das Volk in Pommern noch jetzt ein Gebund Reisholz hin.

12 Eine neunzigjährige Frau, von der man behauptet, sie habe in ihrer Kindheit unter Bergmännlein zugebracht, erzählte mir auf ihrem Krankenlager, wenige Stunden vor ihrem Tode, eine der nachstehenden Zwergenbegebenheiten.

sehr, daß sie endlich Haus und Heerd aufgaben und nach ruhigeren Ländern auswanderten. Mit ihrem Verschwinden haben Glück und Wohlstand vieler Menschen, die mit ihnen Umgang gepflogen, ein Ende genommen.

Unter dem Namen »Zwerge« sind die erdbewohnenden kleinen Menschen in Deutschland überall bekannt. Es giebt aber noch andere Namen, die ihnen beigelegt werden. Am Rhein heißen sie Höhlen- oder Glabaudermännchen; in der Schweiz Herdmännchen, Schrötlein; in Sachsen und Hessen Querxe[13] oder Unterirdische; in Preußen Barstucken und Fingerlein; an der Elbe und Weser Wichtelmännchen oder Heimchen.

***

Die wohllautende Bezeichnung Heimchen, Heinchen für Zwerg mahnt an die kleinen schwarzbraunen Thiere, welche in unsern Hausmauern und Gartenrainen wohnen, in der Nacht singen und, wie der Storch, Kreuzschnabel und Schwalbe, die man für fromme Thiere hält, geduldet und geliebt werden. Sie waren einst, heißt es bei Plato, gute Menschen, welche Kinder hatten und ihr Tagewerk mit Fleiß bestellten. Viele, welche das Heimchen da, wo es unvermuthet erscheint, für ein Zeichen böser Vorbedeutung[14] halten, erzählen Wunderbares von ihm, und mir selbst bleibt ein Ereigniß aus der Jugend gut im Gedächtniß. Eine Mutter erkrankte. Es war im Mai. Plötzlich ließ ein nie verspürtes Heimchen sich hören, das seinen Sitz unter einer großen eisernen Platte des Küchenheerdes gewählt hatte. Da es die ganze Nacht hindurch und so ungewöhnlich laut sang, versuchten die in der Nähe schlafenden, durch seinen Gesang beunruhigten Söhne es zu vertreiben, gruben neben der Platte und den anstoßenden Backsteinen ein Loch, in das sie einen großen Kessel mit glühendem Wasser gossen. Das Heimchen schwieg nicht, selbst nachdem der Herd noch einen zweiten und dritten Kessel Wasser aufgenommen hatte. In der folgenden Nacht aber war sein Sang wehklagend, kaum hörbar und

13 Quehrche. »Im gedichten Wahld düben nach Hennerstähen enüh gitts e Lohch in der Ehre, da shei Quehrche dänn gewahst«
Volksmundart zu Steinau im Fürstenth. Hanau.

14 Velleda. Leipzig 1795.

verstummte in der nächsten Nacht gänzlich. Nach dem erfolgten Tode der Mutter hat niemals ein Heimchen sich wieder hören lassen. Es wird auch erzählt[15], daß eine Frau in England, nachdem sie alle Mittel angewendet, ihre Heimchen aus dem Haus zu bannen, diese auf Trompeten- und Trommelgeräusch eines Hochzeitfestes plötzlich und unerwartet verschwunden wären.

Nicht weit von Wolfenbüttel im Lande Braunschweig liegt der Lechelnwald. Hier stehen uralte Eichen, Fichten, Ahorne, in deren dunkeln Kronen Turteltäubchen sich küssen und gelbschnäblige Schwarzdrosseln ihr ungestörtes Liebeswesen haben. Hier ist's verschwiegen wie in einer Waldkirche, und wenn die Blätter der Bäume, wenn die langarmigen Gräser zu nicken und zu reden anheben, im Eisenkraut das Eichhorn schleicht, die stumm guckenden Vögel auf den schlanken Buschzweigen sich wiegen und der Baumläufer um den Holzstamm läuft, glaubt man, jetzt werde ein anklopfender Zwerg in fremder Tracht diesen oder jenen dämmernden Raum betreten und seltsame Dinge uns erzählen aus vergangenen Zeiten. Denn hier, und zumal da, wo einst ein Raubschloß, gehörig dem Herrn von der Asseburg, an einer anderen Stelle, wo ein Kloster sich befunden, dessen Ringmauer noch zu sehen ist, das mit unzüchtigen Mönchen in einer stürmischen Gewitternacht untergegangen – im dichten Laube hier auf weichem Moosboden sahen die Bewohner nahe liegender Häuschen oft die kleinen Leute Beeren sammeln und Eicheln lesen, bunte Blumenbüschel sich winden. Sie kamen vor Tagesanbruch von dem jenseits des Ockerstroms liegenden Lindenberge, in welchem eine große Zwergenfamilie hauste, herab über den Todtenberg, setzten bei den Mönchs- und Teufelskulken über den Fluß und kehrten um Mitternacht wieder zurück. Auch bei dem Tollen- oder Dullenstein, einem ungeheuren nicht mehr vorhandenen Felsenstein, so wie in der Gegend der weißen Schanze auf den südöstlichen Anhöhen der Stadt wurden Zwerge gesehen. Dort verschwanden sie, da man bei dem Stein unschuldige Frauen als Hexen verbrannte und der Herzog von Braunschweig selbst – ums Jahr 1537 – einen

15 Goldsmith Anim. nat. VI. 28.

schuldlosen Bürgermeister hatte enthaupten lassen; hier nach Wiedererbauung einer päpstlichen, von den Sachsen und Hessen vernichteten Longinikapelle.

***

Am Saum des Lechelnwaldes stand ein Haus, in welchem ein Gärtner wohnte.

Einmal pochte es an der Stubenthür. Die Leute saßen beim Abendbrot, glaubten, es wären arme Bettelkinder, riefen: herein! und es kamen zwei kleine Waldmännchen in die Stube. – »Seid willkommen«, sprachen die Hausleute, und die Tochter holte einen niedrigen Stuhl herbei, damit sie sich setzen möchten. Die Waldmännchen setzten sich, guckten erst eine Weile, dann sprachen sie: »Wir wollten auch recht gebeten haben, uns ein wenig Brot zu geben.« Die Stubenleute nickten mit einem »Warum nicht? Ei herzlich gern«, und das junge Mädchen schnitt einen schweren Laib ächtes, frisches, noch backofenwarmes Kornbrot an, daß es hohl widerklang in ihrer Brust, jedem ein tüchtig Stück herunter, eilte hinaus, kam mit rothbäckigen Aepfeln, gab sie den Männerchen noch zu und sprach: »Gott segens Euch, Ihr Zwei, nehmt vorlieb, bis wir mal hübsch weiß Brot haben.« Die Zwerge dankten der Gabe, bargen sie in ihren Seitenränzchen und gingen vergnügt los. »Wenn Ihr mal wiederkommt«, sagte das Mädchen, das die Gäste bis vor die Thür begleitete, »so bringt mir einen Strauß Blumen mit.« Das versprachen die Zwei und verschwanden. Nicht lange nachher, da der Tag sich neigte und nur ein wenig Abendgold noch am Himmel webte, pochte es wieder, und die beiden Zwergmännchen traten in die Stube. Diesmal aber kamen sie nicht, um etwas zu holen, sondern zu bringen, und brachten der einzigen Haustochter ein schön fein Tüchelchen nebst einem Büschel seltener Bergblumen, ermahnten sie auch, gut und fromm zu bleiben, und waren wieder fort. Da haben Alle, das Mädchen am meisten, sich gefreuet, nicht allein über das bunte Tuch, auch über den duftenden Büschel, in welchem Morgens, wie sie mit Staunen erkannten, mehr als eine Blume von eitlem Golde war.

***

Jenem Haus nicht fern stand ein anderes.

Ein Mädchen hörte in einer Nacht ihren Namen draußen vor den Fenstern dreimal hinter einander ausrufen. Sie stand auf, guckte in den Garten, aber kein Christenmensch ließ sich sehn und hören.

»Vater«, sagte sie, »es buckt an's Fenster und ruft mir draußen.« – Der schlafmüde Vater aber gebot der Tochter, ruhig zu liegen und das Fenster nicht aufzumachen. Jetzt rief es von Neuem. Die Stimme klang unbekannt, doch friedlich. Dem Mädchen bangte, sie dachte beständig an die vergangene Nacht und ging zu einer Nachbarin und bekannte ihr, was ihr begegnet. Die alte Frau machte große Augen und sprach: »Mädchen, das hat was auf sich und wird Dir Geld bringen, wenn Du's ordentlich anfängst. Hab' Obacht; wenn's wieder ruft, guck aus: siehst Du wo ein Feuer, blau und roth, so brennt Dir ein Schatz, den Du rasch heben mußt. Lauf dann und hole Dein schwarzes Kirchenkleid, wirf's über's Feuer, sprich dreimal: ›Bleib bei mir‹, und der Schatz, den Dir die guten Bergmänneken zugedacht haben, ist fest, ist Dein.« – Freudig ging die Beruhigte heim, und da die Nacht kam und es wieder klopfte, dreimal auch hinter einander her rief, sah sie aus dem Fenster, erkannte ein Feuer, blau und roth, nahm ihr Kleid, schlich in den Garten, und warf es beim Anblick einer Menge glänzenden Goldes über die sanfte Gluth, froh ausrufend: »Bleib bei mir!« – Da knarrte es in der Erde, wie wenn ein schwerer Wagen über einen steinigen Weg fährt. Das Feuer erlosch, und zitternd und bebend eilte sie ins Haus zurück.

Am Morgen war die erste Sorge ihr schönes Kleid; sie eilte in den Garten, fand es unversehrt auf derselben Stelle, nur etwas in den Boden versunken. Sie hob es empor. Nichts lag darunter.

Die alte Nachbarin, die dem schönen Mädchen sein Glück nicht gönnte, hatte ihr falschen Rath ertheilt. Nicht ein schwarzes, dem heiligen Dienst geweihtes Kirchenkleid, ein schneeweiß Tüchlein hätte sie über das Feuer werfen und nicht reden, sich auch nicht umsehen dürfen; dann wäre der Schatz ihr verblieben.

***

Ein Schäfer von Atzum, einem Dorfe an der östlichen Seite des Lechelnwaldes, konnte in seinem Pirchhaus nicht schlafen. Der Hund, der unaufhörlich und ganz seltsam bellte, mußte etwas sehen, das seinem Auge verborgen blieb. Endlich zog er die Pfeife heran, um zu rauchen. Aber der Feuerstein fehlte. Indem erblickte er drüben im Garten, der an den Waldrand gränzte, eine helle Flamme, und hoffend, hier Feuer zu bekommen, macht er sich nach dem Garten, steigt über den Zaun und nimmt von einem rothblauen Feuerchen, das einsam im Gras brennt, eine Kohle. Doch ehe er wieder an Ort und Stelle kommt, erlöscht die Kohle; er begiebt sich noch einmal und zum drittenmal zur Feuerstätte; jedesmal geht die genommene Kohle wieder aus, und verdrießlich wirft er die Pfeife weg. Bei Tagesanbruch glänzen ihm vom Acker her fünf helle Sterne an, er findet Goldstücke, nimmt sie schnell und läuft, der weggeworfenen Kohlen denkend, eilig nach dem Garten, ob es vielleicht hier noch mehr solcher Stücke aufzuheben gebe. Seine Freude ist nicht gering, an der Stätte des verglommenen Feuers noch Gold in Menge zu sehen, das er sorgfältig hob und verwahrte. Die nächtliche Begebenheit verschwieg er, und erst im hohen Alter, als reicher angesehener Mann, vertraute er den Seinen die Quelle seines Reichthums.

***

In der Gasse, die durch einen Kreuzweg nach dem Walde führt, in der Nähe des Hauses Nummer Zwanzig stand vormals ein dichtes, hohes Rosengebüsch. Ein Knecht erhielt den Auftrag, dieses Gebüsch, das zu viel Raum einnahm, mit Stumpf und Stiel auszurotten. So wie seine Hacke den Erdboden aufriß, sah er Geldmünzen aller Größen vor sich liegen, meldete getreu sogleich seinem Herrn den Fund, der herbeieilte, das Geld gierig einstrich und dann mit vielen Gehülfen selbst Hand anlegte, das Erdreich weit und breit umzuwühlen, ob sich mehr finden werde. Allein so lange man auch hackte, schippte, suchte und fluchte, es fand sich nichts.

***

Eine junge Frau wiegte ihr Kind, und besorgt, ein Zwerg möchte kommen und es ihr nehmen, wie es andern ergangen, wollte sie Tag und Nacht auf der Hut sein. Einmal aber vergaß sie die Hut. Säugling und Wiege ruhten, die Mutter schlief. Leise ging die Thür auf, ein Zwerg nahte, nahm das schlummernde Kind aus der Wiege, legte das seine hinein und machte, daß er weiter kam. Kaum ist er aus dem Haus, erwacht die Mutter, findet statt des ihrigen ein fremdes Kind in der Wiege, das sie laut schreiend ergreift und weit von sich wirft. Der Zwerg, der sein Kind weinen hört, eilt zurück, legt das genommene wieder in die Wiege und flieht mit dem seinen, ehe die erweckten Hausleute in die Stube kommen.

Diese Begebenheit trug sich zu im Jahre 1793. Daß man demnach noch vor nicht langer Zeit will Zwerge gesehen haben und an ihr Dasein glaubt, giebt außer dieser eine neuere Erzählung zu erkennen, wonach im Sommer 1836 auf ein entstandenes Nachtgeräusch im Hause eines Einwohners zu Thale die ängstlichen Leute mit Licht in die Kammer eines Säuglings stürzten und alle Ecken und Verstecke untersuchten, ob nicht ein kinderholender Zwerg sich irgendwo verborgen habe.

***

In der Gegend von Thale, unfern Blankenburg am Harz, befindet sich ein mäßiger Berg, der Aehnlichkeit mit einem Backofen hat und von hohen Tannen umringt ist.

In diesem Berge wohnte eine Zwergengesellschaft.

Laub und Holz suchende Mädchen hörten in der Nähe des felsigen Berges oft ein wunderbares Klirren und Schwirren, wie Saitenspiel. Wurde es warm und schön im Frühling, that sich in der Nacht an verschiedenen Stellen der Berg auf, und heraus ins Freie, wie zum festlichen Mahl, kam ein Zwergpaar nach dem andern und sprang und tanzte auf den weichen Tannennadeln. Lange dauerte der nächtliche Tanz nicht. Husch und husch! war auf einmal alles wieder verschwebt und verschwunden. – Wer hätte den Frohgestimmten, die Jedermann liebte, Leid zufügen mögen! Hatte Einer einen Wunsch, so brauchte er ihn in den Abendstunden am Berg nur auszusprechen, und er wurde gehört und erfüllt. Wer die Zwerge verspottete, nach ihnen warf, ihr Gebiet verletzte; wer seinem nächsten Nachbar Schaden zufügte: den hauchte unvermuthet ein giftiges Thier an, oder er sank in einen Pfuhl, der ihm den Tod brachte. Ein solch Strafgericht übten die Zwerge.

***

Ein Zwerg kam auf ein ansehnliches Bauerngut und bat sich ein Töpfchen Milch aus. Die Hausfrau, die gerade verdrießlich war, fuhr den Bittsteller patzig und trotzig an: »Wir haben keine, geh los!« – Unzufrieden stolpte der kleine Bergbewohner wieder ab. Am Abend aber rückten sechs bis sieben Mann Zwerge ein, besetzen den Stall, wo eben das Melkmädchen melkt, halten, einer nach dem andern, ihre nicht kleinen Töpfe unter und fangen die Milch frisch weg vom Strich. Das Mädchen sieht nichts und melkt zu, es zischt, schäumt, aber ihr Eimer bleibt leer. Endlich wird sie ungeduldig und ruft der Frau, hier ginge es nicht mit rechten Dingen zu, sie melke sich halb todt, die Kühe gäben reichlich, doch Milch bekäme sie nicht in den Eimer. Da merkte die Hausfrau gleich die Geschichte, lachte und sprach: »Hör, wenn wieder eins von den kleinen Männchen kommt und Milch haben will, so gieb ihnen nur nach Verlangen.« – Indem hörten Beide draußen ein gutmüthiges Gelächter. Es waren die abtrabenden Bergzwerge. – Von nun an wurden die bescheidenen Gäste nicht mehr zurückgewiesen, sie erhielten jedesmal, wenn sie kamen, ihr volles Töpfchen, das Mädchen hatte gehörig Milch im Eimer und die Hausfrau sich fest vorgenommen, nicht über Alles verdrießlich zu werden.

***

Im Thale war Kirmes. Ungesehn kamen Zwerge in's Tanzhaus. Einer saß am Fensterrand, einer guckte in die Baßgeige, andere sahen vom Ofenbrett herunter ins fröhliche Lustgelag. Man nickte ihnen mit einem »Gott walts!« zu, gab ihnen Kuchen, den sie freudig aufknaupelten; die Kinder reichten den freundlichen Nebelkappenmännchen die Hände. Wenn nachher ein schmuckes Mädchen vom Tanz erhitzt sich die Stirne trocknete, fand sie in ihrem Tuch eine Reihe blitziger Korallen; wenn die Geigenmänner einmal schluckten, lag ein alter kaiserlicher Harzgulden im Bierglas, und wenn der bejahrte Schulmeister, den die Kirmesmädchen gezupft und gezerrt, bis er einen Schleifer mitgetanzt, erschöpft heimkam und seinen schiefgetretenen Filzhut an den Nagel hing, rollte ein Geldstück auf die Erde, das er nicht liegen ließ. Doch wenn die Beschenkten und Beglückten den redlichen Nachbarn danken wollten für die schönen Spenden, war keiner von ihnen mehr zu sehen und zu hören, und Niemand dachte daran, daß die Mitternacht vorüber und Alle wieder nach ihren Wohnungen sich zurückbegeben hatten.

***

Ein alter Mann des Ortes lebte befreundet mit den Zwergen. Nicht nur hatte er ihr Gebiet immer geschützt gegen rohe Gesellen und Hirten, er hatte auch die Jäger mit ihren Büchsen und bellenden Hunden allezeit geschickt von ihrem Heiligthum entfernt zu halten verstanden. Dafür erwiesen sich die Unterirdischen dankbar. Dem Mann ging es gut, und er wurde reich. Sein Hausstand galt für unverbesserlich. Seine Saaten waren die gesegnetsten und schönsten rund umher, seine Scheuer faßte die Fülle der Jahresfrucht nicht, die Wiesen gaben fettes Gras, die Kühe Milch und Butter, und in den Gärten hingen einem die Erdbeeräpfel und schlanken Jungfernbirn ins Maul; indeß die Nachbarn bitterlich über Mangel klagten und die Köpfe schüttelten, wenn sie Sonntags Felder und Wiesen besichtigten, wo alles so dünn und dürftig stand, daß einem die Augen übergingen. Sprachen sie nun: Nachbar, Ihr habt gut reden, Ihr lebt wie die Wachtel im Waizenfeld; aber sagt uns nur, wie kommt's, wie macht Ihr's, daß Euch Alles gelingt, was Ihr unternehmt, Eure Felder wie blaue Flachsfelder dastehen, während wir zu nichts kommen und es uns doch sauer werden lassen? Oder wenn ein Mütterchen schlau hinzufügte: »ja, der Vetter hat gewiß einen hülfreichen Hausgeist um sich, der ihm unter die Arme greift, geheime Künste ihn lehrt, die er in den Sonntagsnächten übt; es verlautet allerlei« – so gab der Nachbar gewöhnlich eine Antwort, die keinen klüger machte: »Seid gefällig, redlich und thätig, und Ihr werdet haben, was ich habe.«

Einesmalen sollte der Geburtstag des alten Mannes gefeiert werden. Es war am Vorabend des Johannistages. Die ganze Familie lebte flott und vergnügt, und nachdem es Abend geworden, verließ man die Wohnung und zog hinaus in den kühlen Hausgarten. Die Nacht war still, der Mond guckte über den Berg, und die Schwalben flüsterten mit einander in ihren Nestern. Nachdem es Elf geschlagen, wurden auf einmal Töne gehört. Sie kamen aus einem Tannenwäldchen, dessen Stämme beinah den Garten des Landmanns berührten. Alle schwiegen, horchten des schönen Nachtspiels, das näher und näher kam und jedes Herz ergötzte. Zu sehen war keine lebendige Seele, obgleich der Mond das Wäldchen erhellte. Nach einer Weile aber zeigte sich unter den Tannen ein seltsamer Lichtschimmer. Einige meinten, das wären bestellte Leute, die es dem Großvater zugedacht hätten; Andere, welche die quedlinburger Stadtspielleute zu sehen glaubten, wollten nach den Tannen gehen und von ihrer Vermuthung sich überführen. Bittend aber hielt der Greis die Neugierigen zurück, bedeutete ihnen, daß dies nicht städtische Spielmänner wären, sondern Niemand anders, als die befreundeten wohlwollenden nachbarlichen Bergzwerge, und Keiner dürfe wagen, den Garten zu verlassen. Schnell verging die Zeit. Die Thurmuhr schlug. Es war die Stunde der Mitternacht. Und plötzlich schwiegen die lieblichen Töne. Der Lichtschimmer erlosch bis auf einen kleinen Stern, der Allen sichtbar blieb. Nun hielten die jungen Bursche sich nicht länger und stürzten über Zacken und Zäune auf die Tannen los. Man warnte sie behutsam zu sein. Aber sie hörten nicht, kamen in das Wäldchen, sahen einen mit Goldstücken hochgefüllten Teller auf dem Boden stehen und griffen, über einander herfallend, mit reißender Hand danach. Da wehte es wie der Fittigschlag eines großen Vogels durch die Tannen, die Hände der Vorwitzigen faßten glühende Kohlen, die sie eilig von sich warfen, und rauschend sank der volle Geldteller vor ihren Augen in den Abgrund.

# Der unbekannte Bruder Grimm 1979

# Karl der Große im Herstaller Berg

Zwischen der kurhessischen Stadt Karlshaven und Höxter im Cor[v]eischen liegt an der Weser das Dorf Herstalle, wo Kaiser Karl nach endlicher Besiegung der alten Sachsen sein Lager geschlagen hatte. Zur selben Zeit trat ein Engel zu Karl und sprach: »Du hast des Herrn Willen gethan und dies Land von den bösen Heiden gereiniget. Nun sollst du tausend Jahre sammt deinem Heere in diese[m] Berge wohnen und man wird dir und deinen Kriegern durch göttliche Kraft Nahrung in Ueberfluß darbringen. Nach Ablauf dieser 1000 Jahre Frist wirst du wieder auftreten und von neuem ein Werkzeug Gottes werden. Die Erscheinung schwand, und der Berg öffnete sich und nahm in seine unterirdischen Räume das gesammte kaiserl[iche] Heer und schloß sich alsbald zu.

Einst nach vielen Jahren weidete auf dem Herstaller Berge ein Schwein-Hirt seine Heerde; da wird er einmal gewahr wie eins seiner Thiere, das sich auch sonst immer von der Heerde eine Zeitlang entfernte, in eine ihm bisher ungesehene Berg-Höhle geht. Die Neugierde treibt ihn zu wissen, was das Thier zu diesem Gange bestimmte. Er folgte ihm alsbald in die Höhle auf der Spur nach. Er kömmt auf einem unterirdischen dunklen Pfade, der sich im Schlangen- Gange windet, in einen großen, durch Fackeln erleuchteten Berg-Raum. Hier erblickt er alles angefüllt mit gewaltigen Kriegern und wiehernden, stampfenden Pferden, und endlich zeigt sich ihm auch sein Schwein, welches fressend bei den Pferden ruhig stehend, sich das Korn schmecken läßt. Der überraschte Hirte ist vorzüglich erstaunt über eine dem Kreise der Krieger hervorragende Gestalt, deren graues Haupt mit einer von Gold und Edelsteinen blitzenden Krone umgeben ist. Sie sitzt im tiefen Nachdenken, einen Schreibgriffel an der Hand, vor einer steinernen Tafel, um die der Bart *dreimal* herumgewachsen ist. Beim Anblicken des Fremden scheint die Gestalt anfangs etwas unwillig. Doch drauf richtet sie sich mit folgenden Worten mild und gütig, zum Hirten: Welches Jahr, welchen Monat und welchen Tag nach Jesus

Christus schreiben wir jetzt? und vom Hirten hierin befriedigt ruft der Greis: nun, so habe ich noch Zeit (nämlich den Berg zu verlassen und wiederum auf den Schauplatz der Welt zu treten). – Nun entfernte sich der Hirte eilig und erreichte wieder glücklich den Ausgang der Höhle. Seit dieser Zeit hat man nie wieder den Eingang in diesen Berg [geöffnet] gefunden.

# König Wittekind

Zwischen Lübbecke und Holzhausen, oberhalb des Dorfes Mehnen, liegt nahe an der Bergreihe ein Hügel, der die *Babilonie* genannt wird. Hier hatte einst König Wittekind eine mächtige Burg. Diese ist nun versunken. Nur der alte König sitzt darinnen und harret, bis seine Zeit kommt. Es ist eine Thüre vorhanden, welche von Außen in den Hügel und zu dem Palaste führt. Allein nur selten gelingt es, daß einmal ein besonders Begünstigter, sie erblickt.

Es mögen jetzt hundert Jahre sein, seit ein Mann aus Hille Namens Geiling, welcher auf dem Waghorst Schäfer war, eine Heerde an dem Mehner Berge weidete. Da sah er an dem Hügel der Babilonie drei frische lilienartige Blumen, und pflückte sie. Darauf fand er des folgenden Tages gerade an derselben Stelle wieder drei gleiche Blumen. Er brach auch diese, und siehe, am andern Morgen waren abermals an dem Orte eben dieselben aufgeblüht. Als er nun diese gleichfalls genommen und sich dann Mittags am Abhange hingesetzt hatte, so erschien ihm eine schöne Jungfrau und fragte ihn, was er da habe, und machte ihn aufmerksam auf einen Eingang in den Hügel, welchen er sonst nie gesehen hatte, und der mit einer eisernen Thüre verschlossen war. Sie hieß ihn nun mit den Blumen das Schloß berühren. Kaum that er es, so sprang das Thor auf und zeigte einen dunkeln Gang, an dessen Ende ein Licht schimmerte. Die Jungfrau ging voran und der Schäfer folgte, und gelangte durch das Dunkel in ein erleuchtetes Gemach. Gold und Silber und allerlei köstliches Geräth lag da auf einem Tische und an den Wänden umher. Unter dem Tische drohte ein schwarzer Hund. Doch als er die Blumen sah, ward er still und zog sich zurück. Im Hintergrunde aber saß ein alter Mann und ruhete, und das war König Wittekind. Als der Schäfer das Alles angesehen, sprach die Jungfrau zu ihm: Nimm, was dir gefällt, nur vergiß das Beste nicht! Da legte er die Blumen aus der Hand auf den Tisch und erwählte sich von den Schätzen, was ihm das Beste schien, und was er eben fassen konnte. Und nun eilte er, das unfreundliche Gewölbe zu verlassen. Nochmals rief die Jungfrau ihm zu: Vergiß das Beste nicht! Er blieb stehen und blickte zurück und sah umher, welches denn wohl das Beste sei. Darauf nahm er noch Einiges, was besonders köstlich schien. An die Blumen aber dachte er leider nicht, sondern ließ sie auf dem Tisch liegen. Und diese waren doch das Beste, denn sie hatten ihm ja den Eingang verschafft. Ueberzeugt gewiß nicht das Beste vergessen zu haben, ging er mit Schätzen beladen durch die dunkle Halle zurück. Eben trat er an das Tageslicht heraus, als das Eisenthor mit solcher Gewalt hinter ihm her fuhr, daß ihm die Füße abgeschlagen wurden.

Dieser Schäfer liegt in der Kirche zu Hille auf dem Chore unter einem großen Steine begraben. Er hat nach diesem Ereigniß viele Jahre in großem Wohlstande gelebt. Allein den Eingang hat er nie wieder erblickt, und sein Fuß ist nie heil geworden, so daß man ihn bis an seinen Tod nicht anders als mit einem niedergetretnen Schuh an diesem Fuße gesehen hat. Er hat manche Vermächtnisse nachgelassen, unter andern auch eins für die Kirche zu Hille, und die Nachkommen seiner Erben besitzen noch gegenwärtig den Aswenhof in Hille, welcher von ihm angekauft ist.

# Kaiser Karls Schimmel und die Wunderquelle bei Stadthagen

Karl belagerte einst Stadthagen, den Haupt-Sitz des Götzendienstes der alten Sachsen. Diese leisteten großen Widerstand, und vergifteten sogar die Diemel, woran die Stadt gelegen. Zur heißesten Sommerszeit, von allem Wasser entblößt, sah sich das fränkische Heer in die schrecklichste Lage versetzt, da sprach endlich ein edler Franke zu Kaiser Karl: So wenig dein Schimmel Wasser aus der Erde zu stampfen vermag, eben so wenig werden wir die Stadt erobern. Kaum hatte der Krieger die Worte ausgesprochen, als Karls Roß ein lautes Gewieher erhebt, muthig aufstamp[f]t, und plötzlich die schönste klarste Quelle unter seinem Hufe hervorsprudelt. Da labte sich das matte Heer, der Sturm beginnt von Neuem, und die Feste wird erobert. Noch heutigen Tags heißt die Quelle des Königs (Karls) Brunnen und ist eine der lieblichsten der Gegend.

# Kaiser Karl und Wittekind in der Kirche zu Godelheim

In dem schönen Weßer-Thale bei der Stadt Höxter im Corveyischen hatte sich einst Kaiser Karl der Große gelagert, um die daselbst sich erhebende Brunsburg wegzunehmen, die von Wittekindt vertheidget wurde. Der fromme, christliche Fürst, der auch unter dem Waffengetöse Gott den Herrn nicht vergaß, ließ da, wo jetzt das Dorf Godelheim liegt, eine Kirche auferbauen, zum Besuch religiöser Uebungen. Wittekindt, der auf dem Brunsberge das Singen in dieser Kirche hörte, bekam Lust sich von den Gräueln mit eignen Augen zu überzeugen, welche, wie man ihm erzählte, in der christlichen Kirche verübt wurden. In der Kleidung eines Schäfers geht er ins feindliche Lager der Franken, und gesellt sich zu den Uebrigen. Nun hatte der fränkische Priester beim Lesen der Messe und Verrichtungen der dabei üblichen katholischen Zeremonien gerade ein Bildniß des Kindes Jesu bei sich auf dem Altare stehen. Das dünkte Wittekindt, der Priester schlachte ein Kind, esse von seinem Fleische und trinke von seinem Blute. Von Zorn über eine solche Gräuelthat ergriffen, denkt er bei sich: Hätte ich ein Schwerdt, ich hieb den verdammten Schlächter zu Boden. Aber statt dies zu denken, ruft er es in der Hitze laut aus. Es erstand ein Lerm, und man verhaftet diesen bösen Ruhestörer im Gottes-Hause. Bald entdeckte man in dem Schäfer den Sachsenführer Wittekindt. Da läuft Karl auf ihn zu, umarmt und küßt ihn, und ruft entzückt aus: »Hier ist *Gott daheim*. Daher der Name des Ortes *Godelheim*.« Wittekindt, von Karl so edel aufgenommen nun von dem hohen Sinn der katholischen Gebräuche unterrichtet, nimmt die christliche Religion an, der er hinfort treu blieb.

# Graf Reinstein und der Bode-Nix

Ein Prinz von der Winzenburg liebte die Prinzeßin von der Leuen- oder Löwenburg, und wurde von ihr nicht wieder geliebt. Er entschloß sich, sie durch Entführung in seine Gewalt zu bekommen. Als in der Nacht, welche der Wallpurgisnacht vorangeht, auf dem thaler Teufels Tanzplatz Tanz gehalten wurde, wo auch die Prinzeßin zugegen war, stürzte Winzenburg mit Vielen aus dem Gesträuch, wo er sich verborgen gehalten, um sich der Geliebten zu bemächtigen. Als diese sahe, daß für sie kein Ausweg zur Flucht sich zeigte, bestieg sie eilig ihr starkes Roß, welches sie in der Nähe stehen hatte, und trieb es gegen den steilen unermeßlichen Abgrund, in dem unten die Bode rauscht. (Die Leute sagen allgemein *Bude,* nicht Bode.) Das Pferd strengte seine Kräfte an und setzte über die Kluft, erreichte aber nur mit den Vorderfüßen das jenseitige Ufer. Hier schlug es mit seinem Huf so gewaltig in den Felsen, daß ein tiefes Loch entstand, dann arbeitete es sich empor und eilte weiter. Winzenburg stürzte mit seinem Roß in die Tiefe und brach den Hals. Bald drauf warb der Graf von Reinstein um die schöne Tochter. Man versprach sie ihm zur Gemahlin zu geben, wenn er die Krone, die ihr beim Uebersetzen entfallen, und in den Wirbel der Bude, das Kronenloch genannt, gestürzt sei, wiederbringen werde. Reinstein ging die Bedingung ein, machte aber, ehe er untertauchte, mit dem *Bode-Nix,* mit dem er um die Krone zu kämpfen hatte, aus, wenn er, Reinstein, siegen werde, drei Schaumblasen auf der Waßerfläche erscheinen zu laßen, zum Zeichen für die Zuschauer. Er tauchte unter, allein statt der drei Blasen schoß ein Blutstrahl aus dem Waßer empor, und der Graf kam nie wieder.

# Von dem Glauberg

Zur Zeit als die Römer in Deutschland lagen, wohnte ein Ritter auf dem in der Wetterau gelegenen Schloße Klauberg und hielt die Feste wohlverwahrt mit Kämpfern. Ein Fürst, Conrad von Isenburg, beschloß die Feste zu nehmen: in einer Nacht nahm man eine Menge Krebse, hing ihnen brennende Lämpchen an und ließ sie im Thale umher kriechen. Die Besatzung, überrascht von einem solchen seltsamen Schauspiel, begab sich, neugierig zu sehen, wie es damit beschaffen, nach und nach aus der Feste und selbst die äußersten Wächter derselben verließen ihre Posten; alsbald drangen die versteckten Krieger des Fürsten hervor, und nahmen die Feste in Besitz. Konrad, der gelobte, wenn ihm diese List gelänge, ein Kloster in dieser Gegend zu bauen, bauete alsbald ein Kloster, und noch jetzt steht daselbst das Konrads-Kloster. Die Klauberg (*lies:* Klauburg) liegt in ihren Trümmern.

# Fritzlar

Landgraf Konrad von Thür[ingen] und Hessen griff wegen Streit mit Mainz 1232 Fritzlar in Hessen an und steckte es in Brand. Bei seinem Abzug erschienen mehre Weiber auf der Stadtmauer, zeigten ihm den Hindtern, und riefen, wenn er einmal nicht wüßte, wohin er fliehen sollte, wüßten sie ihm eine Herberge. Das erzürnte den Landgrafen so, daß er wieder umkehrte, die Stadt mit Feuer und Schwert verwüstete, und Kirchen Thürme und Mauern umstürzte. Die Einwohner fanden den Tod, bis auf wenige, welche herauskamen und sich seiner Gnade unterwarfen.

# Der betrogene Teufel

Der Teufel wollte einst mit dem lieben Gott um die Herrschaft der Welt streiten. Gott versprach sie ihm abzutreten, wenn er in einer Nacht, bis zum ersten Hahnschrei eine Mauer um die Erde aufführen würde. Der Böse machte sich mit seinen Gesellen ans Werk, und wälzte ungeheure Felsstücke heran und thürmte sie zu einer Mauer aufeinander. Als er nun damit beschäftigt war, die Mauer in der Gegend von Wusterhausen hinzuleiten, bemerkte die Seele eines Wusterhausers, welche sich eben vom Körper getrennt hatte, daß er in seiner Arbeit schon sehr weit gediehen sei. Sie stieg deshalb eilig zum Himmel auf und benachrichtigte Gott davon, eilte dann mit Gottes Bewilligung wieder herab, um den Teufel, womöglich abzuhalten seine Arbeit zu vollenden. Sie setzte sich in dieser Absicht auf einen Felsen und ahmte das Krähen des Hahns nach. Der Teufel dadurch getäuscht, glaubte, die bestimmte Zeit sei schon vorbei und ließ zornig von der Arbeit ab. – Die Wusterhauser führen seit der Zeit einen Fuchs in ihrem Wappen.

# Schaumburg

Auf der Schaumburg, welche von der steilen Vorhöhe des Süntel-Gebürges mächtig und stattlich in das gesegnete Weserthal hinabschaut, lebte in uralter Zeit ein edler Herr, welcher gegen seine unschuldige Frau Gemalin bösen Verdacht der Untreue hegte. Als sie nun in bittrer Betrübniß immer von Neuem ihre Unschuld betheuerte, da ließ er in wildem Zorn sie auf einen Wagen setzen, ein Gespann unbändiger Rosse davorspannen und diese dann, zügellos frei die Burghöhe hinab rennen. Das sollte ein Gottesurtheil sein. Als nun die Gräfin da fast in der schrecklichen Noth an Ehre und Leben verzagte, da gelobte sie, wenn die Heiligen des Himmels ihr Schutz gewähren wollten und Errettung, so sollte ihnen zum Danke ein reich begabtes Stift erbaut werden. Grades wegs flohen nun die Rosse den Burgpfad hinunter, brachten aber unbeschädigt den Wagen in die Ebene hinab. Und unaufhaltsam eilten sie über das Brachfeld weiter, immer näher dem Bette der Weser zu. Und schon waren sie nicht fern mehr vom Ufer des Stromes, da geriethen sie [zu] einem Bach, welcher so sehr angeschwollen war, daß sein Wasser bis in den Wagen stieg. Hier standen sie still und verschnauften und tranken. Da sah die Gräfin, daß ihr Gelübde gehört und daß sie gerettet war. Von ungefähr aber kam ein Fischlein mit dem Wasser in den Wagen geschwommen. Das ergriff sie mit der Hand und sprach:

> Dat hast du Fisk geweten
> Dies Stift sall Fisbak heten.

Darauf kamen die Diener und halfen ihr, daß sie herabstieg. Ihr Gemal eilte bald auch herzu und bat mit reuigem Sinne, daß sie ihm vergeben möchte. Sie aber hatte keine Lust mehr an der Welt, baute ihr Stift zu Fischbach und ward die erste Abtissin in demselben.

# »O Elend! Elend!«

Im Hohensteinischen liegt eine Eisenhütte, *Elend* genannt. Vordem stand da, wo jetzt das Dorf und die Eisenhütte liegen eine Schneidemühle, und nicht weit davon auf einem Felsen von geringer Höhe, die Burg eines Raubgrafen. Einst traf der Graf den Müller der Mühle, der sich gegen ihn vergangen hatte, beim Zerschneiden eines Eichenblocks. Der Wüthrich ließ alsbald den unglücklichen Mann auf den Block binden und ihn so auf eine gräßliche Art durchschneiden. Des Müllers letzte Worte waren: O Elend! Elend! Von dieser Zeit an ward das Dorf, zu dem die Mühle gehörte (jetzt die Eisenhütte) Elend genannt, die Burg des Raubgrafen aber die Elendsburg. Noch sieht man in der höchst herrlichen und romantischen Gegend auf dem Waldweg nach Schierke die Trümmer dieser Burg.

# Christus ohne Schaamtuch

In einer Kirche (Martinskirche) in Landshut, befindet sich ein Christus Bild in umgewandter Stellung, wovon man sich folgende Sage erzählt:

Als vor langen Jahren sich ein Maler mit der Bearbeitung des Bildes beschäftigte ward er plötzlich von seiner Arbeit abgerufen als er sich eben an einer Stelle befand, welche er noch gern ausgefertiget hätte, er rief deshalb im Weggehn dem Bilde zu: schäm dich, dreh dich um. – Als er andern Tags wieder kam fand er den Christus in der umgewandten Stellung, in welcher er sich noch heutigen Tages befindet.

# Schnellerts und Rodenstein

Die alten odenwalder Ritterburgen Schnellerts und Rodenstein liegen in geringer Entfernung voneinander.

Der letzte Rodenstein, ein roher und grausamer Weidmann, drückte und mißhandelte das Volk der Gegend aufs ärgste, und war daher verabscheut und verflucht.

Er starb eines jähen Todes und jagt nun ewig als verwünschter Geist durch Wald und Gehege.

Man hält ihn für den Verkündiger großer Weltereignisse. Krieg verkündet er durch sein nächtliches Erscheinen. mit entsetzlichem Tosen und Rufen hört man den Rodensteiner, der auch Lindenschmidt genannt wird, durch die finstre Nacht ziehen; Bäume und Häuser bewegen sich von seinem vorüber eilenden Waldzuge. Wer ihn hört, birgt sich unter Erde, wo er sicher ist.

Zieht er ruhig dahin, ists kein böses Zeichen. Nun giebts Landfrieden.

In einem Städtchen der Bergstraße sah ein Mann und Frau aus dem Fenster, als die Nachricht ging, der Geist vom Rodenstein ziehe umher. Plötzlich erschien er. Beide lachten und riefen ihm spöttisch zu.

Da schwollen ihre Köpfe so auf, daß sie sie nicht mehr zurückziehen konnten und in peinlicher Lage bis zum hellen Morgen im Fenster stecken bleiben mußten.

# Jungfrau, und die Wiege mit dem Bäumchen

Es stand vor einer Hauptstadt einmal ein Soldat und hatte die Wache. Da kam aus dem nahen Walde eine weibliche Gestalt, hatte ein Bund Schlüssel in der Hand und winkte demselben, ihr zu folgen. Er that es aber nicht; bald darauf, als er wieder die Wald-Wache hatte, kam alsbald auch die Erscheinung wieder zum Vorschein und winkte ihm abermals. Er folgte ihr nach, da sagte die Jungfrau: Du bist dazu geboren mich zu erlösen, folge mir nur nach, durch alle Zimmer des Schlosses, und sei ohne Furcht. Da stand plötzlich vor seinen Augen ein prächtiges Schloß, und die Jungfrau sprach wieder: »laß dich nicht schrecken, keins der fürchterlichen Thiere, welche dir begegnen werden, wird dir etwas schaden können, nur gieb keinen Laut von dir und sehe dich nicht um, sonst sind wir beide verlohren.« Der Soldat folgte recht wacker durch mehre Zimmer mit den fürchterlichsten Drachen und Ungeheuer angefüllt, die ihn zu verschlingen drohten, aber das Geheul und Gelärm der Thiere nahm so zu, daß er seiner nicht mehr mächtig war, er fing also an, laut zu heulen und schreien. Plötzlich verschwand die ganze Erscheinung, die Königstochter warf zornig dem Soldaten ihre Schlüssel entgegen, daß er zu Boden stürtzte, und eine Stimme sprach: nun bin ich noch länger verwünscht und tiefer und kann nie mehr erlößt werden – es sei denn durch einen Baum der vor deinem Schilderhaus steht. Wenn man aus diesem wird Bretter schneiden können, wird es eine Wiege geben, und dann wird in dieser Wiege ein Kindlein gewiegt werden, und der Sohn dieses Kindes kann mich einstens erst erlösen. Es ist bald auch das Bäumchen am Wache-Haus gediehen, doch nun wächst es langsam, und die Jungfrau läßt sich nicht mehr blicken.

# Das Zwergengebäude

Bei Nußdorf unweit Lienz im Pusterthale in Tirol lag einst ein altes Gebäude, welches das Volk das Zwergengebäude nannte. Im Jahr 1707 wurde es entdeckt von Landleuten, welche nachgruben, und in der Hoffnung hier große Schätze zu entdecken, sich von der östreichschen Regierung ein eignes Dekret zur Erlaubniß, Ausgrabungen anstellen zu dürfen, verschafften, welche auch ertheilt wurde. Sie fanden jedoch nichts, als Ueberbleibsel eines alten auf viele kleine Bogen aufgesetzten Gebäudes, und man glaubte, daß das die Wohnung kleiner Zwerge gewesen sei, und dies Volk erzählte allgemein, dort sei der Ort, wo die guten, wo die englischen Leutlein gewohnt hätten, welche man wohlthätige Wesen gehalten, ähnlich den sogenannten Bergmännchen. Man glaubt, diese Zwergenstadt, sei durch eine allgemeine Sündfluth vergraben worden.

Jetzt sind diese Ruinen wieder gänzlich verschüttet und ist Ackerfeld über ihnen.

# Die Zwerge auf dem großen Hope

Auf dem großen Hope, einem großen Hofe zwischen Bergkirchen und Volmerdingsen, starb dem Meier einstmals ein Pferd nach dem andern, und er wußte gar nicht, wie das zuging. Da geschah es eines Abends spät, als er im Dunkeln auf dem großen Hausflur war, daß er ein leises, feines Geflüster hörte. Er sah sich um und erblickte einen Lichtschein, welcher unter einer an die Wand gelehnten Wanne hervorschimmerte. Er hob diese auf, und siehe, es saßen vier Unterirdische darunter, welche von dem an demselben Abend gesäuerten Teig kneteten, und recht flink und fleißig dabei waren. Und eben sagte einer zum andern: Knete zu, knete zu! – Erst erschraken sie, als sie sich entdeckt sahen, dann aber sprachen sie zu dem Meier: da du uns nun einmal gesehen hast, so wollen wir dir auch sagen, warum deine Pferde sterben. Unsre Wohnung ist grade unter dem Stalle, und wir können die Thiere nicht leiden. Gieb ihnen eine andre Stelle und sie werden am Leben bleiben.

Mit diesen Worten waren sie verschwunden, und der Teig war auch weg. Der Meier that, wie ihm die Wichtel gesagt hatten, und stallte die Pferde um. Von der Zeit an verlor er keins wieder. Für den Teig haben die Zwerge nachher ein Geschenk hingelegt.

# Die Schlüsselblume

Es lag am Neckar Strande eine alte Burg, der Aufenthalt der Hirten. Einsmalen hörte ein Hirte ein Glöckchen klingen und konnte nicht ruhen, weil es ihm auch im Schloße in die Ohren tönte. Da nahm er, neugierig geworden, eine Leiter und stieg zum Thurm der Burg hinan, als er auf der höchsten Spitze stand, rief ihm eine Stimme zu: Eil ins Thal, dort wirst du Schlüßelblumen finden, nimm eine davon, sie öffnet dir jede Thüre und du gelangst zu großen Schätzen, doch vergiß über dem Reichthum deine Blume nicht mitzunehmen, wenn du dich entfernst! Der Hirte fand eine Blume und mit ihr öffnete er die geheimen Pforten zu unermeßlichen Schätzen, er belud sich reichlich damit und ging, vergaß jedoch die Blume mit sich zu nehmen und konnte nicht mehr zu den übrigen Schätzen gelangen. Die Blume heißt deshalb Schlüßelblume, bis heute, usw.

# Bergkirchen

Der *Farnsamen* hat die wunderbare Eigenschaft, daß er unsichtbar macht. Er ist aber schwer zu finden, denn er reift nur in der Mittersommernacht von Zwölf bis Eins, und dann fällt er gleich ab und ist verschwunden.

Einem Mann in Bergkirchen ging es einmal wunderlich damit. Er suchte gerade in dieser Nacht sein verlornes Füllen, und kam da durch eine Wiese, in welcher eben Farnsamen reifte, und da fiel ihm dieser in die Schuhe. Des Morgens kehrte er wieder nach Hause, trat in die Stube und setzte sich. Es kam ihm seltsam vor, daß Frau und Hausgenossen ihn gar nicht beachteten. Da sprach er: Die [*!*] Fohlen habe ich nicht gefunden! Alle, die in der Stube waren, erschracken sichtlich. Sie hörten die Stimme des Mannes und sahen doch Niemanden. Da rief ihn die Frau bei Namen und meinte, er müsse sich wohl versteckt haben. Er aber stand auf, stellte sich mitten in die Stube und sagte: was rufst du, ich stehe ja hier nahe vor dir? Da wurde der Schreck noch größer, denn man hatte aufstehen und gehen gehört, und sahe doch Nichts. Der Mann aber merkte nun, daß er unsichtbar sei, und zugleich fiel ihm ein, er möchte wohl Farnsamen in den Schuhen haben, denn es drückte ihn, als wenn Sand darin wäre. Er zog sie also ab und stäubte sie aus. Und wie er das that, stand er sichtbar da vor aller Augen.

# Bienen trauern

Lebte mal auf dem Land ein guter Mann, schon alt, ein Freund der schönen Natur, der sich über jedes Gethier darin freute. Besonders liebte er die goldnen Bienen, wovon er viele Stöcke voll hegte und pflegte, und wenn Winters über ein Bienchen starb, so wars ihm leid und er begrub es, und hatten ihn die Thiere wieder gern. Einmal nun reißte er zu einem Verwandten etliche Stunden weit, und plötzlich starb er. Sein Sarg wurde in ein einsames Zimmer gestellt und die Fenster aufgemacht. Auf einmal hören die Leute im Haus ein Summen und Singen in der Luft und finden den Sarg des Verstorbenen über und über mit vielen tausend Bienchen bedeckt, die still um die Leiche herumkriechen und schlechterdings nicht wegzubringen sind. – Keiner wußte sich dies Ereigniß zu erklären, bis endlich einer sich erinnerte, daß der Todte die Bienen sehr gepflegt und geliebt habe, hastig seinem Landgut zueilte, wo er denn auch die sämmtlichen Bienenstöcke leer und verlaßen fand. –

# Vorbedeutung und Aberglaube

## Vorbedeutung

Wenn man nächtlich an den Fässern in einem Pulvermagazin klopfen hört, so bedeutet dieß, daß es bald in die Luft springen oder ein Krieg ausbrechen werde.

## Aus Wolfenbüttel

Aus der Gegend, aus welcher das *erste* Gewitter des Jahres kommt, daher kommen die übrigen fast alle.

## Siebenschläfer-Tag

Der Volkssage nach gedeihen Früchte nicht, welche auf den Tag der Siebenschläfer ausgestreut werden. –

Einmal sähte ein Landmann Frucht aus, da rief ihm ein vorüberziehender Mann zu: O eure Frucht wird nicht aufkommen, wartet nur noch einige Stunden, dann ist die böse Zeit vorüber.

Von dem zuerst ausgeworfenen Samen gieng kein Körnchen auf, aber der später geworfene gedieh aufs herrlichste.

– Es rechnet [*!*] 7 Wochen täglich, wenn der siebenschl[äfer] Tag ein Regentag ist.

## Aberglaube

Wenn in Wolfenbüttel an Winterabenden kleine Schmetterlinge um das Licht fliegen, darf man sie nicht stören oder vernichten. Sie bringen in diesem Fall Glück, sonst Unglück ins Haus.

## Aberglaube

Eine Bäurin aus Immendorf bei Wolfenbüttel trug das Gehör von einem Schwein – Knochen aus dem Ohrgrund – beständig bei sich, damit ihr der »*böse Feind*« nichts anhaben könne.

## Abergl[aube] Spucken

In der Mark spuckt man einem Hund dreimal in den Hals, und sagt: blief da, blief da! – Kommt oft vor in andrer Gestalt.

## Abergl[aube]

Wenn man beim Bettgehen die Schuhe so stellt, daß die Spitzen gegen das Bett stehen, so drückt einen der *Alp*.

## Träume

Unter den *Träumen treffen nur die Morgenträume ein.*

## Aberglaube

Wenn bei der Trauung eine Kerze groß, die andre klein ist, wird das Paar nicht glücklich.

## Aberglaube im Braunschweigischen

Wenn der Vater sein Testament macht, stirbt er in drei Monden.

## Irrlichter

*Katholiken-Aberglauben.* Irrlichter sind nichts anderes als abgeschiedne Selen der Gottlosen, die bei ihrer Wanderschaft nach dem Fegefeuer noch den Menschen Furcht einjagen.

## Aberglaube

Im Lippeschen glaubt das Volk alle Verstorbenen selig, nur die nicht, welche gestohlen, abgepflügt, abgegraben, oder versprochen und nicht Wort gehalten haben, diese indessen zwischen Himmel und Erde schweben und spuken.

Essbares stehlen gilt für das Volk nicht für Sünde, weil *Christus* gesagt hat: was zum Munde eingeht, sündigt nicht.

Dieser Volksglaube ist auch im Braunschweigschen *allgemein.*

Viele lassen sich von Unsterblichkeit und ewigem Leben nichts einreden. Wie der Baum fällt, so bleibt er liegen, ist gemeines Sprichwort.

## Abzählvers

Witte wulle un hirsebrand
Reiseten tohope na Engeland,
witte wulle kam wedder,
Hirsebrand bleif ute.

## Die Teufelskaute

Zwischen der Stadt Steinau und dem Dorfe Kressenbach im Hanauischen befindet sich in einem dicken Walde ein unergründbar tiefes Loch, vom Volke genannt die Teufelskaute (Teufelsgrube), und worinnen der Teufel gehaust haben soll. Verirrte Menschen und Gethier haben oftmals ihr Leben verlieren müssen, indem sie die vom Dickicht umwachsene Tiefe nicht gewahr geworden und also plötzlich hinab gesunken sind ohne je wieder heraufzukommen. Es soll sich einmal einer entschlossen haben [sich] an einem großen Seil mit Licht hinabzulassen; dieser kam endlich auf den Grund und fand an einem Raume drei verschloßne Thüren von Eisen, er versuchte sie zu öffnen, bekam aber mit aller Gewalt nur eine, die in [der] Mitte, auf, alsbald hat ihm eine schreckliche Gestalt die Laterne ausgeblasen, worauf er mit Schrecken den Rückzug genommen hat.

Jetzt ist ein Eichbaum quer darüber geworfen damit sich der Hirte vorsehe; auch [ist] die Höhle mit Steinen beworfen worden, jedoch ist sie noch sehr tief.

# Steinau

Eine trübe Erinnerung erwachte früher in mir, daß in dem langen *Mauergarten*, neben Diehls Unterthorthurm eine weiße *Geistergestalt* sich zuweilen sehen lasse.

## Zwerg holt ein Kind

In den Gärtnerwohnungen vor Wolfenbüttel am »alten Weg«, nicht weit von meinem Haus, wohnte der Gärtner Düeskop. Dessen Frau wurde von Nachbarinnen oft gewarnt, wenn sie ihr Wochenbett hielt, die Thüre in der Nacht fest zuzubinden mit Tüchern, damit ihr ihr Kind nicht gestohlen würde von den Zwergen, welche von der Ocker her kämen. Sie befolgte lange den Rath, einmal jedoch vergaß sie die Thüre zu befestigen. In der Mitternacht schlich ein Zwerg herein in die Stube, und nahm das kleine Kind aus der Wiege, welche neben ihrem Bette stand, sie griff hastig darnach, und hatte ein fremdes Kind in den Händen. Die Frau erhob alsbald ein entsetzliches Geschrei und warf den fremden Säugling dem entfliehenden Zwerg nach, der jetzt zurückkehrte und das ihrige mit Heftigkeit hinter einen alten Kasten schleuderte, das seinige aufhob und verschwand noch ehe die erschrocknen Hausleute in die Stube kamen; das Kind ist jetzt Frau Düeskop, im Alter von 46 Jahren und wohnt in Gärtner Lunus [?] Haus am Kreuzweg des alten Weges.

# Die Zwergbrote aus dem Hause Bomsen

Die Gattin eines von Bünau auf dem Schloße Bomsen lag einstmals im Wochenbette, da erschien plötzlich ein kleines Zwergmännlein in dem Zimmer nahte sich ihr und wünschte ihr Heil und Glück zu dem gebornen Knäblein, und bat zugleich um die Erlaubniß, diesen frohen Tag durch ein Hochzeitfest und Tanz der unterirdischen Burg-Bewohner feiern zu dürfen in ihrem Zimmer. Die Wöchnerin gewährte ihm seine Bitte, worauf er verschwand. Nach einer Weile öffnete sich nun die Thüre des Zimmers und es trat spielend eine Reihe kleiner Männlein und Weiblein herein, und führten in der Mitte ein geputztes Brautpaar. Sie grüßten ehrerbietig die Wöchnerin, worauf sie eine Tafel deckten, fröhlich aßen und alsdann der Tanz anhub, hierauf hielt die Musik ein und langsam und feierlich entfernte sich die ganze Gesellschaft wieder zur Thüre hinaus. Nur das Männlein, was zuerst erschienen, trat zur Wöchnerin reichte ihr zur Dankbarkeit drei kleine Brote, und gebot ihr solche wohl zu bewahren, dann werde lange Segen und Glück auf dem Hause ruhen, andern Falls aber werde dem Hause kein Glück wiederfahren. Die Brote wurden auf einem festen Thurm verwahrt und haben so lange das verkündete Glück gewähret, endlich aber ist der Thurm durch den Blitz zertrümmert worden und die Stammburg an fremde Besitzer gekommen. Auf dem Schloße zu Bomsen findet sich noch jetzt ein altes Gemälde, das sich auf diese Sage bezieht, und die Hochzeitfeier der Zwerge unter dem Raume des Ofens darstellt.

# Die Hinzemännchen

Hinzemännchen nannte man kleine Kobolde, welche sich in den Felsen bei der *Emmaburg* im Limburgischen aufhielten.

Sie erschienen nie am Tage, nur in der Nacht hörte man ihr Leben und Treiben, oft sehr ungestüm. Den Menschen thaten sie gutes: Einer gab ihnen einmal acht und sah und hörte sie jubeln und lustig bankettiren. Endlich wurde dem Volk ihr Lärmen lästig, man beschloß sie zu vertreiben, es ging jedoch nur dann erst, als man eine Kapelle an den Felsen baute, da zogen sie weg.

Auf einmal gewahrte man die Hinzemännchen in einem alten Thurm am Stadtthor von A[a]chen, und noch eben so laut und frech hausiren, wie im emmaburger Felsen. Nachdem hier das Kloster erbaut ward, wichen sie auch aus diesem Aufenthalts-Orte und verschwanden gänzlich. Noch jetzt heißt eine Straße in A[a]chen, in welcher sie häufig sichtbar wurden, die Hinzenstraße; der alte Thurm ist nicht mehr vorhanden, das Andenken an die lustigen Männchen aber nicht erloschen.

# Von einem Wehrwolf

Dem Groß Fürsten von Preußen ist vormals einmal ein Mensch gebracht worden, von welchem man vorgegeben, daß er ein *Wehrwolf* seie, und zu gewissen Zeiten im Jahr in einen Wolf verwandelt werde und den Leuten überaus großen Schaden thue. Selbigen hat er befragt, obs wahr sei, daß er sich in Wolfs Gestalt verwandeln könne, und nach dem er mit Ja geantwortet, hat der Fürst ihm befohlen, dessen eine Probe zu geben, worauf er dann alsobald an einen besondern Ort gegangen und seine Zauberei gebraucht, darauf auch wieder vor den Fürsten gekommen, wie ein grausamer Wolf mit feurigen Augen; da habe der Fürst zwei Hunde bestellt, und ihn also zerreißen lassen, ehe er zu seiner Vernunft und vorigen Gestalt wieder kommen möchte.

# Der Reuter ohne Kopf

Ein Geistlicher wurde einst in der Nacht spät gerufen, weil ein sich in der Nähe von *Prag* befindlicher Kranker nicht ohne geistlichen Zuspruch sterben konnte. Hastig machte er sich auf ein Pferd, welches ihm gegeben wurde, von dem Fremden der die Nachricht brachte. Als er in den Hohlweg bei Prag kommt, ist das Wetter sehr tobend und das Pferd wird wild, und wirft den Reuter, ohne jedoch sehr zu beschädigen ab, wie er zum Kranken kommt ist der unterdeßen gestorben, er eilt nun mit Vorwürfen beladen, daß er zu spät kommen wieder zurück, denselben Weg. Am andern Tag fand man den Geistlichen mit gebrochnem Genick im Hohlweg liegen, das Pferd aber ward nicht gefunden. Als Strafe, weil er nicht dem Kranken den Zuspruch ertheilt (sagt die Volkssage) reitet seit dieser Zeit in der Nacht der Geistliche auf seinem Roße auf und nieder, seinen Kopf unter dem Arme tragend, so lange bis es einer unternehmen will, das zu thun was er nicht erfüllet hat – d. h. um dieselbe Zeit an dems[elben] Tag einen Kranken zu besuchen.

# Zum falschen Eyd

Nicht weit von dem Kloster Schönau, hinten im Odenwalde befindet sich ein Ort welcher genannt wird, zum falschen Eyd. Auf eine Zeit kam einmal ein Bauer mit einem andern in einen Streit, der ein Stück Ackers betraff, welchen ein jeder seyn nennen wollte. Nahm also zur Behauptung seines vermeinten Rechtees [*!*], von der Erde seines eigenen Ackers, daran kein Streit war, ein wenig in seinen Schuh, einen Löffel auf seinen Hut gesteckt, auf den strittigen Acker gestanden und schwor mit aufgerichteten beiden Fingern: Ich schwöre bei meinem Schöpfer, daß ich allhie auf meinem eignen Erdreich und Acker stehe; darauf er aber alsbald verschwunden, oder in die Erde, so gewichen versunken und Fußtapfen, nemlich 2 Schuh u[nd] einen Stab hinterlaßen haben solle.

# Eine Frau trägt glühend Eisen

Im Jahr 1315 ward eine Frau in Bern des Diebstahls beschuldiget, das leugnet sie, und erbot sich in der Gefangenschaft ein heiß Eisen zu tragen, ihre Unschuld zu beweisen, damit man sie nicht marterte. Also ward ihr dasselb mit Urtheil zugelassen. Die Frau trauet Gott so wohl, und ruft ihn so inniglich an, dieß daß sie das glühend heiß Eisen öffentlich ohne allen Schaden trug. Und ist dies Wunder gesehen in Beyseyn des Schultheisses, der Räthe und einer Menge Volks.

# Die übeln Waßer im Odenwald

Nicht weit von dem Kloster Schönau hinten am Odenwald, befindet sich in einem sehr tiefen Thal ein schrecklicher Ort, zu den übeln Waßer genannt, und man erzählt folgende Sage:

Auf das Fest des heiligen Johannes machte ein Bauer Heu in diesem Thale; viele die es sehen verweisen ihm dieses, und wollen es ihm wehren; jedoch der Bauer kehrt sich hieran nicht, fährt mit seinem Wagen voll Heu fort, indem er schrecklich auf die Heiligen schmäht und schilt – plötzlich thut sich die Erde auf, und nimt den Bauer mit Wagen und Heu und Ferde [*!*] in die Tiefe. Hierauf war keine Spur mehr von ihm zu sehen, und jetzt befindet sich ein See an der Stelle, mit ewig b[l]eibendem nie versiegenden schwarzen Waßers.

# Die Tantzenden auf der Brücke

Im Jahr 1278, am 17 Brahmonats Tag war in der Stadt Mastricht in Brabant wol 200 Menschen an einem Tantz auf der Maaßbrücke, und wie sie tantzten, da gieng ein Priester mit dem hochwürdigen Sacrament über die Brücke zu einem Kranken, und wiewohl der Meßner mit der Schälle dem heil[igen] Sacrament vor gieng und schällte, so war doch kein einziger Mensch, der dem heil[igen] Sac[rament] Ehre bewiese, und tantzten fort, und als der Priester mit dem hochw[ürdigen] Sac[rament] und der Meßner von der Brücke kamen, bricht die Brücke, fällt zum Wasser, und ertrinkt das Volk alle so getantzt hat, bis auf einen einzigen Menschen der davonkam.

# Aus dem Nachlass

# Ein armer Bauer (Een armer Buur)

Ein armer Bauer hatte viele Kinder und bekam noch immer mehr dazu. Als seine Frau das dreizehnte Kind bekam, seufzte er schwer und sagte: »Woher soll ich nun Brot nehmen für die vielen Dinger, die alle einen Mund haben und essen wollen. Wer steht mir bloß bei?« Betrübt dachte er, du musst einen guten Gevatter finden, der dir in der Not beisteht, sonst wird das nicht gut ausgehen. Nun ging er in den Wald, wo die Vögel sangen. Das war schön, und es wurde ihm ein bisschen besser zu Mute. Da kam ein Mann in ganz bescheidenen Kleidern. Das war unser Herrgott, der sagte, ich weiß, wo du herkommst und was du willst, nimm mich zu deinem Gevatter! »Was bist du denn für einer?«, fragte der Bauer, und unser Herrgott antwortete: »Ich bin der liebe Gott, unter meinem Schutz wird dein Kind gut aufgehoben sein.« »Nein«, sagte der Bauer »dich will ich nicht zum Gevatter. Du verteilst das Gut und Geld nicht so, wie es sich gehört, du machst den einen reich und den andern arm. Nein, dich nehm ich nicht zum Gevatter«, sagte er und ließ unsern Herrgott stehen. Dann kam ein anderer, ganz schwarz mit roten Federn am Hut und sagte: »Wie ich höre, suchst Du einen Gevatter, nimm mich dazu, ich will Deinem Kind reichlich Geld geben.« »Wer bist du denn?«, fragte der Bauer. »Ich bin der Teufel.« »Nein, nein,« sagte der Bauer, »du bist der Erzfeind, du taugst nur dazu, die Menschen ins Unglück zu stürzen. Mach, dass Du fortkommst, dorthin, wo du herkommst.« Dann kam ein Dritter in einem aschgrauen Kittel. Der sagte: »Nimm mich zum Gevatter.« »Wer bist du, fragte der Bauer?« »Ich bin der Tod. Ich mache alle gleich.« »Du bist der Richtige, dich will ich haben. Du gehst zu den armen Menschen so gut wie zu den reichen, komm zu mir, in den nächsten Tagen wird die Kindstaufe sein. Der Tod kam auch zur Taufe, stand Pate und sagte zum Vater: »Ich werde das Kind reich machen und ihm sein Taufgeschenk bringen.«

Nach langer Zeit kam dann auch der Tod zu seinem Patenkind, das ganz groß geworden war, und brachte es dorthin, wo keine Menschen sind und sagte: »Nun will ich dir dein Patengeschenk geben. Ich mache dich zu einem Arzt und wenn Du zu einem Sterbenskranken gerufen wirst, so werde ich für dich immer sichtbar sein. Siehst du mich an seinen Füßen stehen, kannst du ihn gleich wieder gesund machen. Siehst Du mich aber an seinem Kopf stehen, kannst Du ihm gleich sagen, dass es für ihn keine Rettung gibt. Dann zeigte er ihm einen gelbe Blume, die auf dem Feld blühte und sagte: »Nimm dir eine und lass den Kranken daran riechen, so wird er gesund werden, wenn ich zu seinen Füßen stehe, stehe ich aber an seinem Kopf, hilft das nichts und du kannst nicht sagen, er werde wieder gesund.« Für den Arzt war es nun eine Kleinigkeit, die Kranken zu heilen und bald war von ihm in aller Welt die Rede. So wurde er durch seine Heilkunst zu einem reichen Mann.

Einst wurde der König so schwer krank, dass ihm kein Mensch mehr helfen konnte und der Bauernsohn wurde gerufen. Da sah er den Tod bei des Königs Kopf stehen, und er sagte ihm, es gäbe keine Rettung. Als das die Königin hörte, war sie ganz außer sich und versprach dem Arzt alle Reichtümer auf Erden, könnte er nur den König helfen. »Nein« sagte der Bauer, »das geht nicht, ich will darüber aber nachdenken.« Nun ließ er geschwind ein Bett mit Schrauben [Rollen, d. A.] machen, das man drehen konnte, und legte den König hinein und drehte das Bett so, dass der Tod zu den Füßen des Königs stand. Da sagte der Tod: »Das ist keine Kunst, mogeln gilt nicht, du glaubst wohl, daß Du mich an der Nase herumführen kannst. Einmal will ich's Dir durchgehen lassen, weil Du mein Patenkind bist.« Damit war nun der Arzt zufrieden. Der König wurde wieder gesund und beschenkte den Arzt reichlich.

Nicht lange darauf wurde auch die schöne Königstochter krank, und wieder wurde der Arzt geholt. Nun stand der Tod am Kopf der Kranken und gebärdete sich fürchterlich. Da waren der König und die Königin sehr betrübt und sie sagten: »Wer die Prinzessin heilt, der bekommt sie zur Frau und das Königreich noch dazu.« Der Arzt meinte, sein Gevatter würde es schon nicht übelnehmen, wenn er es noch mal versuchen würde, und legte die Prinzessin auch in das Schraubenbett, damit der Tod am Fußende stehen würde, und wenn er beim Kopf stand, drehte der Doktor das Bett so flink, dass der Tod nicht mitkam und immer am Fußende stand und schließlich forteilte.

Als er das sah, ließ er die Prinzessin an den Blumen riechen und gleich wurde sie gesund.

Een armer Buur hade vaele Kinner, un kriegt noch ümmer mihr doorto (dazu). As siine Frau dat drütteigste (deizehnte)Kind krigt, süft he swaar un segd: Wu sall ick nu Brod hernehmen, för de vaelen Dinger, de all eenen Mund hebben un äten (essen) willn. Wer steht mi bi! Bedröwt denkt he: Du möhst di eenen gooden Gevader birren (bitten), de di in de Noth bisteht, sonst geht et nich good. – Nu ging he int Holt, de Vägel singen daar schön, un em waad een bäten l ichter to Moor (Muthe). Mit des kümmt een Mann, gans simpel bekleedt, dat was unser Herrgott, de sigd ick weet, wu du kümmst un wat du willst nimm mi to dienen Gevadermann! –

Was bist du denn för eener? Segd de Buur. Unser Herrgott segt: ick bün de lewe Gott, unner minen Schuts sall dien Kind good uphawen sinn. Nee, segd de Buur, di will ick nich tum Gevader, du verdehlst dat Geld un Goot nich so as sick dat gebührt, du makst den eenen riik un den annern arm, nee, di nähm ik nich tum Gevader, un verlet unsern Herrgott. – Nu kümmt een annere, gans swart mit rooden Ferren (Federn) up den Hoth un segd: ick hühr, du sögst di eenen Gevader? Nimm mi doorto, ick will dien'n Kind vael Geld gewen.

Wer büst du denn? segd de Buur.

De Deuwel bünn ick.

Nee, segd de Buur, du büst de böse Fiend, du sögst bloot de Minschen in't Unglück to bringen. Gah man hen, wu du her kaam büst! – Nu kümmt een Drühr (dritter) mit nen aschgragen Kittel, de segd: nimm mi tum Gevader!

Wer büst du, segd de Buur.

Ick bün de Dood, ick maal allns gliik

Du büst de Recht, di will ick hebben; du gehst to'n arm'n Minschen so goot, as to'n riiken, kumm to mi, in nägen Dagen is den Kindelbier. (Kindstaufe) – De Dood kümmt ook in nägen Dagen to'r Kindelbier, steht Paar (Pathe) un segt to'n Vader: ick will em riik maaken, un sien Padengeschenk all bringen – Na lange Tiid kümmt de Dood werrer (wieder) un nimmt sienen Paden, de all gans grot worden ist, wuhen, wu keene Minschen sünd, un segd: nu will ick di dien Padengeschenk gewen un di to'n Dockter maaken: wenn du to eenen Starwens=Kranken ropen (gerufen) wust, so will ick di ümmer sichtboor sinn, un wenn du mi to sienen Föten (Füßen) stahn sühst, kannst du em gliik werrer gesund maken, wenn ick awerst to siinen Kopp stah, so kannst du man gliik seggen: an den wier keene Rerrung (Rettung) mihr. Nu wiest he em ne gäle Bloom, de upn Feld bliugte, und segt: nimm di eene un lat den Kranken doran riikken, (riechen) denn ward he gesund warden, wenn ik bi sienen Föten sit, wenn ik awest bi den Kopp sit, helpt dat nicks un du kannst man nich seggen, dat he werrer gesund warden sall – Den Dockter is dat nu ne Kleenigkeit, de Kranken to heelen, und bald hührt man von em in allen Weltdehlen spräcken. So ward he dörch siine Kuren een riiker Mann.

Nu wad eens de König gefehrlich krank, dat em keen Minsch helpen kann, un dies Buurnsöhn ward ook hählt, un as he kümmt, süht he, dat de Dood bi den Kopp des Königs steht, un segd: door is keene Rerrung mihr! As de Königin dat hührt, is se ganz uter sich, un verspreckt em alle Riikdühmer, de up der Ihr (Erde) sünd, wenn he den König helpen künn. Nee, segd de Dockter, dat geht nich, doch will ick mi besinnen. Nun lett he geschwind een Berr (Bett) mit Schruwen maaken, dat man dreigen (drehen) kann, as man will, un legt den König dorin, un dreigt dat Berr so herüm, dat de Doot to den König siine Föten kümmt. Door segd de Dood: dat is keene Kunst, betregen gilt nich, du meenst, ick sall mi von di up de Näs spälen laten? Einmal sall di dit so hingahn, wihl du mien Paar büst. Dat is de Docktor tofräden, un den König steht werrer up un beschenckt im im riicklich.

Nich lang dorup wad man oock de schöne Königsdochter krank, un de Dockter ward werrer hählt. Do steht de Dood bi den Kopp der Kranken un gebehret sick fürchterlich. De König un de Königin sind sihr bedröwt un seggen: wer de Prinsessin rerrt, (rettet) de krigt se tör Fru, un unser Reich doorto. De Dockter denkt, de Paar wad dat go so övel nich nehmen, wenn ick dat noch eenmal versööcke, und legd de Prinsessin oock in dat Schruwenberr, un der Dood steht to den Föten, un wenn he bi den Kopp steht, dreigt de Dockter dat Berr so flinck, dat he nich mitkaamen kann, un ümmer to den Föten steht, un endlich wegbliewt. As he dat süht, lett he de Prinsessin an de Bloom rücken, un se wad gliik gesund.

# [Teufel und Menschfresser]

Es war einmal eine Frau, die war schon lange verheiratet, aber hatte immer noch keine Kinder und wollte doch gern welche haben und darüber betrübte sie sich sehr.

Als sie einen Abend so vor ihrem Haus ging, da war da auf einmal ein Mann mit einem grauen Rock, der sie fragte, warum sie so betrübt wäre? Als sie es ihm sagte, sagte er, sie sollte einen Sohn haben unter der Bedingung, dass dessen Sohn dereinst ihm gehören würde. Die Frau kriegte erst einen gewaltigen Schrecken, aber weil sie sich so sehr einen Sohn wünschte, sagte sie ja; denn sie dachte, wer weiß, wie das noch einmal wird, wenn er groß ist. Da ging der Mann weg, und es dauerte nicht lange, so kriegte sie wirklich einen Sohn. Als der nun heranwuchs, so wurde er sehr klug und fromm, dass alle Leute ihn liebhatten, und er ging auf Schulen und saß einmal bei den besten. Dann fing er an, geistlich zu studieren. Wenn er manchmal nach Hause kam, so dachte seine Mutter daran, dass ihr Enkel doch einstens dem Teufel gehören sollte [durchgestrichen: was sie dem grauen Mann versprochen hatte] und wurde davon so betrübt, dass sie sich vor Kummer gar nicht lassen konnte. Ihrem Sohn aber sagte sie nichts, bis sie ihm endlich auf sein beständiges Bitten erzählte, was sie dem Mann gelobt hatte.

Darauf wurde er sehr traurig, aber er sagte, er hätte ja nichts Böses getan. So werde ihn der liebe Gott gewiss auch beschützen; er wollte immer recht viel beten und das sollte sie auch tun. Nun lebte da ein Einsiedler, der ein sehr frommer und kluger Mann war; zu dem schickte ihn seine Mutter, ob er keinen Rat wüsste. Der sagte zu ihm, er selber wüsste nichts, aber er hätte einen Bruder, der wäre freilich ein großer Sünder, aber hätte was über den Teufel zu sagen, da wollte er ihn hinschicken. Als er nun zu dem kam, so schrieb der einen Brief an den Teufel, dass er dem jungen Menschen seinen Sohn losgeben sollte, und damit schickte er ihn in die Hölle und sagte ihm dabei, er sollte sich da auch einmal umsehen und ihm erzählen, ob der Teufel nichts von ihm sagte.

Da ging der junge Mensch ganz seelenvergnügt in die Hölle und gab da seinen Brief ab; und als der Teufel den Brief gelesen hatte, da sagte er, es täte ihm freilich leid, aber er müsste doch den Befehlen gehorchen, er könnte aber noch ein bisschen dableiben, so wollte er ihm einmal die Hölle zeigen. Da besahen sie dann die ganze Hölle und zuletzt stand da mitten im allerglühendsten Feuer in eiserner Stuhl mit lauter eisernen Spitzen und ringsherum Schlangen und Kröten und Ottern, und da standen welche mit Blasebälgen, die das Feuer immer anblasen sollten. Und der junge Mensch fragte, für wen denn der Stuhl bestimmt wäre; da sagte der Teufel: »Er ist für den, der dich hierhergeschickt hat, der kommt einmal darauf.« Nun ging der junge Mensch wieder weg zu dem Mann, und er fand ihn in seiner Stube sitzen, wo die ganze Wand mit Menschen bedeckt war, eins beim andern. Denen erzählte er nun, was er in der Hölle alles gesehen und gehört hatte, und auch das mit den Stühlen.

Da kriegte der Mann einen fürchterlichen Schrecken, aber endlich sagte er, er wäre freilich ein gräßlicher Sünder, aber es gäbe doch auch ein Mittel, wie er von der Strafe freikommen könnte. Er sollte sich mal in der Stube umgucken; so viele Menschen als wie da hingen, so viele Menschen hätte er schon totgemacht. Nun könnte er nur freikommen, wenn er bei ihm bliebe und ihm alle Tage ein Glied, immer mit einem anderen Messer, abschnitte, dann wäre seine Seele gerettet. Das tat dann der junge Mensch auch und schnitt ihm erst die Finger, dann Arme und Beine Glied für Glied ab und immer so weiter alle Tage ein Stück, bis die Messer alle all waren, und da waren die Glieder auch all und die Seele war erlöst.

Als nun der junge Mensch zu dem Einsiedler kam und ihm erzählte, wie es ihm ergangen war, und sein Bruder nun selig geworden wäre, da sagte der: »Das ist unmöglich oder Gott ist nicht gerecht. Da erschien ihm die Nacht darauf der Engel Gabriel und sagte, weil er an Gottes Gerechtigkeit gezweifelt hätte, so müsste er zur Strafe seinen Backtrog aufnehmen und damit so lange herumwandern bis drei Kornblumen [?] daraus hervorgewachsen wären. Dann huckte der Einsiedler seinen Backtrog auf und ging damit in die Welt immer fort und immer fort, aber so oft er auch in den Trog sah, der blieb immer wie er war.

Eines Abends einmal da hatte er sich verirrt, und es war schon stockfinster und ein Wetter, dass man keinen Hund vor die Tür jagen wollte, und er lief immer noch mit seinem Backtrog in der Finsternis herum. Endlich sah er ein Licht, und wie er hinkam, so war das aus einem Hause mitten im Holze [Wald, d. A.], und als er anklopfte, da guckte eine Frau heraus, die sagte, sie wollte ihn nicht herbergen. Aber das Haus gehörte drei Brüdern, die waren Räuber und Menschenfresser und waren jetzt auf Raub aus. Wenn sie wiederkämen und ihn da fänden, so würden sie ihn auffressen und sie dazu. Der Einsiedler aber bat so heftig, sie sollte ihn doch nur einlassen, das Wetter wäre gar zu fürchterlich, er wollte sich schon verstecken. Da ließ sie ihn endlich ein und gab ihm was zu essen. Und als er satt war, da versteckte sie ihn unter dem Bette und stülpte den Trog über ihn. Gleich darauf kamen auch die drei Brüder nach Hause, fürchterliche Kerls, jeder mit einem großen Messer, und als sie in die Stube traten, so schnüffelte gleich der erste in der Stube herum und sagte: »Weib, ich wittere Menschenfleisch.« »Ach, wer weiß, was du riechst, du hast wohl wer weiß was gefressen.« Bald sagte der andere: »Weib, ich wittere Menschenfleisch.« »Ach, du bist wohl nicht recht klug, es ist der große Braten, den ich am Spieße hab.« Wieder ein bisschen, so sagte der dritte: »Weib, ich wittere Menschenfleisch.« Da sagte sie: »Ich sehe es wohl, ich muss euch den Hals stopfen, dass ihr das Schmatzen lasst, da, esst und trinkt und dann legt euch schlafen.« Und dann setzte sie ihnen den ganzen Tisch voll Grieß vor, und als sie satt waren, legten sie sich mit den Köpfen auf den Tisch und schnarchten, dass ich es mithören konnte. Wie das der Einsiedler hörte, kroch er unter dem Bette hervor und zog jedem sein Messer aus dem Gürtel und schnitte ihnen allen dreien die Kehlen durch, und darauf wollte er wieder unters Bett kriechen. Als er aber hinkam, da waren aus dem Backtrog die schönsten grünen Rosmarinzweige hervorgesprossen.

# Ein Mädchen in Butzbach

Im Jahre 1736 kam ein Mädchen von 9 Jahren nach Butzbach in der Wetterau, um ihre Verwandten zu besuchen, und ging an demselben Tag mit anderen Kindern in einem vor der Stadt gelegenen Garten um zu spielen. Da sah es einen kleinen Mann einige Schuhe hoch längs der Hecke laufen. Es rief: »Herr Jesus wer ist der?« Die anderen Kinder sahen nach angedeutetem Orte, und in diesem Augenblick schlüpfte das Männchen in der Ecke des Gartens durch den Zaun. Alle Kinder liefen vor Schrecken nach Hause

Die Geschichte dieser Erscheinung kam vor den Landgrafen, der einige Tage darauf nach Butzbach kam. Das Mädchen sagte ihm, das Männchen habe einen wollen Rock nebst roter Weste, schwarze Beinkleider und eben solche Strümpfe angehabt. Der Landgraf ließ sich von dem Mädchen die Stelle zeigen, wo er durch die Hecke geschlüpft sei; hier ließ er nachgraben und man fand daselbst einen Mann von obenbeschriebener Kleidung, der ein Franzos war, sich einige Zeit in Butzbach aufgehalten hatte und auf einmal mit einem Metzgerknecht verschwunden war, der denselben vielleicht umgebracht und in diesem Garten verscharrt hatte. Der Körper ward auf den Gottesacker gebracht.

# Die drei Müllerstöchter

Ein reicher Müller hatte drei Töchter, die es sich in den Kopf setzten, vornehme Frauen zu werden.

Kam ein Freier von ihrem Stande, so wiesen sie ihn höhnisch ab. Wenn aber ein blutarmer Edelmann sich meldete, so meinte der Vater, es wäre doch eine Sünde, das schöne Geld seiner Töchter einem Armen zu geben. Endlich erschien ein schön geputzter Herr, der ein reicher Graf sein sollte und verlangte die Älteste zur Frau. Der Müller gab ihm die Tochter und viel Geld und beide Eheleute reisten nun fort in das Land, wo der Graf seine Grafschaft hatte. Nach einigen Monaten kam der Schwiegersohn wieder und klagte, dass seine Frau gestorben sei. Der Vater und die Schwestern weinten inniglich, und endlich verlangte er die mittlere zur Ehe, bekam sie auch und wieder viel Geld. Diesmal blieb er ein ganzes Jahr weg und als er wiederkam, konnte er vor Kummer und Schmerz kaum aus der Kutsche steigen; denn auch diese liebe Frau sei gestorben. Man hatte lang an ihm zu trösten, doch endlich genügte es dem armen Lottchen, die Gräfin werden wollte, und es wurde gut.

Der Vater war es zufrieden, aber Lottchen war ein schlaues Mädchen und sehr neugierig und sie wollte bald wissen, wo die Grafschaft des Grafen wäre und wie es da aussähe. Sie sagte einen Tag ja, den andern nein und darüber wurde es Winter.

Einmal sagte der betrübte Witwer, er wolle eine kleine Reise machen. Lottchen nahm ein großes Knäuel Bindfaden, befestigte das eine Ende an seinem Schlitten und behielt das Knäuel. Dann setzte sie sich auch auf einen Schlitten und fuhr immer dem Faden nach. Der führte in einen großen Wald und immer tiefer ins Dickicht bis zu einem kleinen Häuschen. Sie fand es leer und verschlossen und ging hinein. Es war niemand darin. Sie öffnete die Tür eines Kabinetts. Auf einmal, was erblickte sie da? Eine Menge von Gebeinen und tote Käuze [?]. Erschrocken wollte sie fliehen, da hörte sie Fußtritte vieler Männer nahen. Sie versteckte sich unter dem Tisch und sah den Grafen und noch andere Männer und ein Frauenzimmer hereinschleichen.

Sie versteckte sich hinter dem Tisch und sah den Grafen. Das Frauenzimmer wurde getötet und in die Kammer zu den anderen Leichnamen geworfen. Vorher wollten sie ihr einen Brillantring vom Finger ziehen, und da es nicht ging, hackten sie ihr die Hand ab, die unter den Tisch rollte. Sie hatten keine Zeit zum Suchen und gingen fort.

Lottchen aber ging mit der Hand geschwind aus dem Häuschen, setzte sich in ihren Schlitten, fuhr nach Hause und erzählte alles ihrem Vater. Als der Graf wiederkam und sich zu Tisch setzte, hob er den Deckel von der Schüssel, worin die Hand lag. Die Räuber wollten mit ihm fliehen, aber die Wache wartete schon auf sie und nahm sie fest. Wie bereute nun der Müller seinen und seiner unglücklichen Töchter Hochmut.

## Abzählvers

Olle Bohne Pfefferkorn,
alte Weiber eßen gern!
Mutter backt uns Kuchen,
wollt ein Stück versuchen,
legt es auf die Hinterthür
kam die Katz und fraß es mir,
kam der Meister mit der Zang,
schlug die Katze auf den Schwanz,
macht sie mi ma Maus!
Du bist einmal wieder raus.

# Quellennachweis und Erläuterungen

Die drei Bücher von Ferdinand Grimm sind nach ihrem ersten Erscheinen 1820, 1838 und 1846 weitgehend vergessen worden. Lediglich die *Volkssagen der Deutschen* hatten ein bescheidenes Nachleben, allerdings unter fiktivem Autorennamen. Für diesen Band, der auf das Schaffen Ferdinand Grimms aufmerksam machen will, wurden die Märchen, Sagen und Geschichten ausgewählt, die repräsentativ für seine Arbeit stehen. Die Texte sind in ihrer originalen Orthographie und Interpunktion wiedergegeben. Nur offensichtliche Satzfehler wurden stillschweigend korrigiert.

## Volkssagen und Märchen der Deutschen

***Lothar (d.i. Ferdinand Grimm): Volkssagen und Märchen der Deutschen und Ausländer. Leipzig (F.A. Brockhaus) 1820 [VMDA]***

In der Vorrede zum ersten Band ihrer Sagensammlung dankten Jacob und Wilhelm Grimm »öffentlich unserem Bruder Ferdinand und unsern Freunden August von Haxthausen und Carove, daß sie uns schon fleißig unterstützt haben«. In welchem Umfang Ferdinand für seine Brüder Märchen und Sagen zusammengetragen hatte, ist nicht mehr zu ermitteln. Die Lieferungen scheinen eher stockend gekommen zu sein. So schrieb Wilhelm an seinen Bruder Jacob am 10. März 1816: »Gestern hat der Ferdinand seine Sagen geschickt zwei engbeschriebene Blätter mit Auszügen aus Büchern, wovon wir ein paar Stücke brauchen können. Darunter befindet sich die Notburga aus Tirol« (*Briefwechsel zwischen Jacob und Wilhelm Grimm.* Teil 1: Text. Hrsg. von Heinz Rölleke. Stuttgart 2001, S. 471).

Ferdinands Ambitionen gingen weit über diese Hilfsdienste hinaus. Er plante eine eigene Publikation.

Gerd Hoffmann hat in seinem Aufsatz *Der Sagen- und Märchensammler »Lothar« war Ferdinand Grimm* (*Brüder Grimm Gedenken.* Band 3. Marburg 1981, S. 435–444) den Entstehungsprozess von Ferdinand Grimms erstem Sammelband akribisch nachverfolgt. Bereits kurz vor Erscheinen des ersten Bandes der *Deutschen Sagen*, am 3. Februar 1816, hatte Jacob in einem Brief an Ferdinand vermutet, dass sein Bruder etwas Ähnliches vorhaben könnte, weil er weniger Texte dazu beigesteuert hatte als gewünscht. Er sollte Recht behalten. Am 23. Mai 1819 schrieb ihm Ferdinand:

»Ich denke seit Kurzem daran, eine Sammlung *ausländischer* Sagen, aus England, Spanien, Frankreich, Italien u. a., in irgend einer Art heraus zu geben. Was mir vorkam, sammelte ich fleißig, hatte jedoch nie eine Absicht damit, und glaube jetzt, um bei Andern Lust zu erwecken, sei es immerhin gut. Auch einige deutsche, verarbeitete, die der 1 Sagen Band schon gegeben oder entbehren oder nicht aufnehmen kann, mögen voraus stehen und die Sache ansehnlicher und das Buch voller machen. Ich thue das aus einer einfachen Ursache, die du kennst, würde euch nichts davon gesagt haben, wenn ihr es nicht merktet. Findet sich jedoch nicht der Rechte dazu, der mir nach Wunsch entgegenkommt, so laß ichs« (zit. n. ebda., S. 436).

Die Absicht, die Ferdinand mit diesem »Geständnis« verfolgte, ist überdeutlich. Er will seinen Brüdern signalisieren, dass er ihnen keine Konkurrenz machen wolle. Deshalb habe er sich auf ausländische Sagen konzentriert, und, nur um den Band zu füllen, auch deutsche aufgenommen, allerdings nur zweite Wahl. Außerdem wisse er ja gar nicht, ob sich das Buchprojekt überhaupt realisieren würde. Wenn nicht, sei das auch gut.

Offenbar schien seine Strategie der Beschwichtigung erfolgreich gewesen zu sein. Denn am 30. Juni antwortete Jacob mit einer Fülle guter Ratschläge für die geplante Sammlung seines Bruders. Vor allem wies er darauf hin, dass es für die Beschäftigung mit ausländischen Sagen ratsam sei, die entsprechende Sprache auch zu kennen. Damit berührte er einen wunden Punkt, wie die Antwort Ferdinands vom 10. Juli erkennen lässt: »Ich bedaure es recht, manche Sprachen nicht in meiner Gewalt zu haben.« Die Sammlung sei aber nun fertig geordnet.

»Aus Sammlungen, mit Ausnahme einiges aus Dobeneck, habe ich sonst aus keiner etwas entlehnt, auch die dreißig deutsche[n] Sagen, standen entweder zerstreut in alten Schriften, oder ich habe sie mündlich, so ist es der Fall mit den übrigen; mehre sind mündliche aus Italien, Rußland, die, zusammengenommen über hundert ausmachen werden« (zit. n. ebda.).

Mit »Dobeneck« meinte er: Friedrich Ludwig Ferdinand von Dobeneck: *Des deutschen Mittelalters Volksglauben und Heroensagen*. Hrsg. von Jean Paul. (Berlin 1815). Das Buch, das erst fünf Jahre nach dem Tod des Bayreuther Juristen erschien, ist keine Sagensammlung, sondern eine breit angelegte Darstellung von Phänomenen und Gestalten des Volksaberglaubens. Von den eingestreuten Sagenauszügen scheint Ferdinand Grimm schließlich nichts verwendet zu haben. Dobeneck wird von ihm auch nicht mehr im Vorwort erwähnt. Am 10. September 1820 schickte er seinen Brüdern das erste Exemplar der *Volkssagen und Mährchen der Deutschen und Ausländer*, erschienen bei F. A. Brockhaus in Leipzig. Der Band enthält 123 Texte aus Deutschland, den Niederlanden, Dänemark, Schweden, England, Schottland, Italien, Frankreich, Spanien, Russland, Polen und im »Anhang« auch vier kurze außereuropäische Geschichten. In seinem zwölfseitigen Vorwort erweist sich Ferdinand Grimm als Kenner der europäischen Sagen- und Legendenliteratur. Aus welchen Quellen er für seine Sammlung schöpfte, sollte »späterhin mitgetheilt werden. (...) Für jetzt bemerken wir nur dieses: daß zu den deutschen Sagen ein Paar zerstreute von Schreiber zu Heidelberg und dem unlängst gestorbenen Otmar, und zu den italienischen eine von Kleist [*Das Bettelweib von Locarno*, d. A.] aus den Abendblättern genommen, außerdem aber aus keinem bestehenden Sagenbuch etwas entlehnt worden ist« (S. XVI). Von Dobeneck war keine Rede mehr. Zwei Sagen, die wir nicht in unsere Auswahl aufgenommen haben, *Das Rockenweibchen* und *Der Jäger*, stammen aus Aloys Schreibers *Auswahl der interessantesten Sagen aus den Gegenden des Rheins und des Schwarzwaldes* (Heidelberg 1819). Hinter dem Pseudonym Otmar verbarg sich der Theologe und Schriftsteller Johann Carl Christoph Nachtigal (1753–1819), der Sagen in verschiedenen Blättern veröffentlichte und eine Auswahl 1800 unter dem Titel *Volcks-Sagen* (Bremen), die auch von Jacob und Wilhelm Grimm als Quelle für ihre Sagensammlung genutzt wurde.

Noch am 28. März 1820 hatte Ferdinand Grimm sein kenntnisreiches Vorwort in einem Brief an seine Brüder als »sehr unbedeutend« bezeichnet, »schon Besprochenes sollte nicht nachhallen und nur Etwas dastehen. Anständige umständliche Rede zu wagen, blieb mir nicht Zeit, auch gehen mir die unumgänglich nöthigen Schriften, die Bibliothek hat wenig und dieses kann man nicht einmal immer haben, gänzlich ab, endlich mangelt mir da, wo ich es wünsche: Sprachkenntniß. Nebenbei stecke ich die Nase in mancherlei LehrBücher« (zit. n. Gerd Hoffmann, a.a.O., S. 438).

Wieder stellte Ferdinand sein Licht unter den Scheffel, um seinen Brüdern nicht als lästige Konkurrenz zu erscheinen. Er tat noch ein Übriges und veröffentlichte seine Sammlung nicht mit seinem richtigen Namen, sondern unter dem Pseudonym »Lothar«. Bis zu dem Aufsatz von Gerd Hoffmann 1981 war nicht bekannt, wer sich hinter diesem Pseudonym versteckte. Vermutet wurde ein »Otto Carl von Graeven«, das war aber nur ein weiteres Pseudonym von Ferdinand Grimm, das er im Schriftverkehr mit seinen Verlegern verwendet hatte. Aus dem Briefwechsel der Brüder ist die Zuordnung zu Ferdinand leicht zu erkennen. Noch in dem Brief, den er dem ersten Exemplar an seine Brüder beifügte, tat er so, als ob er mit dem Buch unzufrieden sei, rügte die mangelnde Sorgfalt bei der Korrektur, er sehe viele lächerliche Fehler, auch sei der Preis zu hoch.

Jacob und Wilhelm antworteten im Ton der älteren, schon erfolgreichen Brüder, belehrend, kritisierend und mit einer kleinen Dosis Lob. So schrieb Jacob am 17. September:

»Deine Sagen, soviel ich darin gelesen habe, freuen mich herzlich, theils weil ich dich und manche deiner Eigenheiten (*später hinzugefügt:* bis auf den Namen Lothar, der nicht recht wie du ist!), selbst Redensarten darin erkenne, theils weil mich die Treue rührt, womit du dich an unsere Arbeiten anschließest. (...) Einiges in der Form und Abtheilung hätte ich nach meiner Art, etwas strenger behandelt, es kam dir mehr auf den Inhalt an und die Anordnung des Ganzen mußte der bewußten Umstände wegen beeilt werden« (zit. n. ebda., S. 438 f.).

Und Wilhelm ergänzte: »Liebster Ferdinand, ich bin auch der Meinung, daß du dich mehr auf die noch lebenden aus mündlicher Überlieferung geschöpften Sagen beschränken solltest, bei den ältern aus Bücher zu entnehmenden fehlt es dir in deinem Verhältniß ganz natürlich an der nöthigen Übersicht« (zit. n. ebda., S. 439).

Ein Erfolg und damit eine Konkurrenz zu den *Deutschen Sagen* von Jacob und Wilhelm Grimm wurde das Buch nicht. Gerd Hoffmann konnte ermitteln, dass zwei Geschichten, *Der Erzgauner* und *Die* Christburg, als *The arch rogue* und *Castle Christburg* im zweiten Band von Thomas Roscues *German novelists* (London 1826, S. 287–305) abgedruckt wurden.

Ferdinand Grimm benötigte 18 Jahre, um einen zweiten Band herauszubringen.

Gerd Hoffmann, der Ferdinand Grimms Sammlung mit der (wissenschaftlichen) Elle von Jacob und Wilhelm maß, sah in dem Band »nur ein Lesebuch ohne bleibenden Wert. Aber auch hier muß man Abstriche machen: Zwar sind manche Sagen umgearbeitet, die meisten hingegen im Wortlaut übernommen. Das führt, da die Texte aus sehr unterschiedlich gearteten Quellen stammen, zu stilistischer Uneinheitlichkeit« (ebda., S. 440). Allerdings nennt auch Hoffmann (wie schon Ferdinand Grimm) bis auf ganz wenige Ausnahmen keine Quellen, bei denen sich Ferdinand Grimm bedient haben könnte.

Für diesen Band, der einen Überblick über das Gesamtwerk von Ferdinand Grimm geben soll, haben wir Texte aus dem ersten Kapitel »Volkssagen aus Deutschland« ausgewählt. Schon diese Geschichten, die teilweise alten Chroniken entnommen sind, zeigen, dass Ferdinand Grimm nicht dilettierte, sondern, trotz der begrenzten Möglichkeiten in Berlin, intensive Quellenstudien trieb.

## Mantel, Spiegel und Fläschchen. Ein Mährchen

*[VMDA, S. 13–25]*

In der dritten Auflage ihrer *Kinder- und Hausmärchen* haben die Brüder Grimm im dritten Band (Göttingen 1856) eine Zusammenstellung von deutschen Märchenbüchern aufgenommen und einige der Titel kommentiert. Unter der Nummer 23 (S. 335) tauchen auch die *Volkssagen und Märchen der Deutschen und Ausländer* von ihrem Bruder Ferdinand auf. Allerdings wird sein Name nicht erwähnt, sondern nur sein Pseudonym Lothar. Über das Märchen *Mantel, Spiegel und Fläschchen* heißt es: »Drei Brüder ziehen aus, der jüngste oder der Dummling erlangt den Preis. Dem Grunde nach unser Märchen Nr. 63 und

64, eingemischt ist Nr. 129.« Gemeint sind damit die Märchen *Die drei Federn, Die Goldgans* und *Die vier kunstreichen Brüder.* Wenn man die Handlung, wie die Brüder Grimm, auf einen Satz verkürzt, ist ihre Behauptung nachzuvollziehen. Aber Johannes Bolte und Georg Polivka konnten im dritten Band ihrer *Anmerkungen zu den Kinder- und Hausmärchen der Brüder Grimm* (Bremen 2012) am Beispiel von *Die vier kunstreichen Brüder* zeigen, dass die Grundfabel den Stoff für zahlreiche Märchen lieferte. Auch das von Ferdinand Grimm in seine erste Sammlung aufgenommene Märchen erwähnen sie. Es unterscheide sich von anderen ähnlichen Texten dadurch, dass »die drei Brüder nicht Kunstfertigkeiten, sondern Zaubergegenstände« besitzen, »die sie der schönen Königstochter vergeblich als Brautgaben anbieten« (S. 47). Auch Bolte und Polivka kennen nur das Pseudonym von Ferdinand Grimm.

## Der Zauberer

*[VMDA, S. 26–36]*

In dem schon zitierten dritten (Kommentar-) Band ihrer *Kinder- und Hausmärchen* erwähnen Jacob und Wilhelm Grimm auch das Märchen *Der Zauberer* aus der Sammlung ihres Bruders Ferdinand. Lakonisch schreiben sie (S. 335): »Bei uns der Jud im Dorn (Nr. 110)«. Das klingt, als ob die beiden Märchen identisch wären. Das ist aber nicht der Fall. Zwar sind einzelne Motive ähnlich, aber in einem Punkt unterscheiden sich die beiden Geschichten deutlich. In dem Märchen von Jacob und Wilhelm Grimm ist es kein zum Tode verurteilter Zauberer, der alle Menschen mit seiner Pfeife zum Tanzen bringen kann, sondern ein Knecht mit einer Fiedel, der einen Juden misshandelt und beraubt. Am Ende ist es nicht der Bösewicht, der zum Galgen geführt wird, sondern der Jude.

Der Schriftsteller Gerhard Henschel hat 2019 für die Zeitschrift *Merkur* das Judenbild der Brüder Grimm analysiert und eine Reihe von Belegstellen zitiert, in denen sich Jacob und Wilhelm Grimm zynisch und herablassend über Juden generell und über jüdische Kollegen im Besonderen äußerten (*»etwas vorlautes widriges«. Das Judenbild der Brüder Grimm.* In: *Merkur* 73 (846) 2019, S. 79–87). Henschel verweist auch auf mehrere von ihnen publizierte Sagen, die antisemitische Mythen und Klischees bis hin zum Ritualmord an Kindern kolportierten. Selbst gegen die bürgerliche Gleichstellung der Juden wandten sie sich in Briefen an Freunde und Bekannte. Noch 1861, zwei Jahre vor seinem Tod, beschäftigte Jacob Grimm »die jüdische frechheit und zudringlichkeit« (zit. n. ebda. S. 84). Holger Ehrhardt, der an der Kasseler Universität über Werk und Wirkung der Brüder Grimm lehrt, sagte dazu schon 2012: »In der Romantik war Antisemitismus nichts Ungewöhnliches, und die Brüder Grimm waren hier leider keine löblichen Ausnahmen« (zit. n. ebda. S. 87). Auch Achim von Arnim, Clemens Brentano, Friedrich Carl von Savigny oder Adam Müller machten aus ihrer feindlichen Einstellung gegenüber Juden kein Geheimnis.

In den Sagen und Märchen, die Ferdinand Grimm drucken ließ und die sich in seinem Nachlass erhalten haben, finden sich keine antisemitischen Invektiven. Das heißt aber nicht, dass er keine Vorurteile gegenüber Juden gehegt hätte. Das gilt zumindest für die ersten Jahre in Berlin. So schrieb er am 8. September 1816 an seine Schwester Lotte, nachdem er die Aufführung eines antisemitischen Theaterstückes mit Begeisterung gesehen hatte: »Dieses Stück wird hier überaus trefflich gespielt und man kann bei jeder Darstellung deßelben von Seiten der Spieler und Zuschauer (zu welchen auch ich bei den ersten gehörte) den großen Haß gegen das Juden-Geschmeiß auf das schrecklichst-entsetzlichst-vortrefflichste vernehmen« (*Briefe an Lotte Grimm*. Hrsg. von Else Hünert-Hofmann. Kassel/Basel 1972, S. 85 f.). Bereits im März 1816 hatte er seinen Brüdern aus Berlin die Legende um einen angeblichen jüdischen Ritualmord am »Anderle von Rinn« geschickt und damit Begeisterung ausgelöst. Am 10. März schrieb Wilhelm an Jacob: »Noch zwei Sagen vom Ferd. wirst du auch darin finden, die beste ist die Mutter, welcher von ihrem fern gemordeten Kind Blutstropfen auf die Hand fallen, wovon du ein Bruchstück in Berlin gefunden« (*Briefwechsel zwischen Jacob und Wilhelm Grimm,* a.a.O., S. 471). Der Text wurde unter dem Titel *Der Judenstein* als Nr. 352 in den ersten Band der *Deutschen Sagen* aufgenommen.

In dem Märchen vom Zauberer in Ferdinand Grimms erstem Buch verwandelt sich die Titelfigur zwar auch kurzzeitig in einen bärtigen Juden, aber das wird ohne jedes Ressentiment geschildert. So ist es auch in den anderen Texten bei Ferdinand Grimm, in denen Juden vorkommen.

Ferdinand Grimm übernahm das Märchen vom Zauberer aus Wilhelm Gottlieb *Beckers Erholungen* (1797, Heft 2, S. 239 ff.). Autor ist Johann Carl Christoph Nachtigal, der sich Otmar nannte. Seinen beiden Brüdern war dieser Text bekannt. Sie erwähnen ihn mit der Quellenangabe im Kommentar zu *Der Jude im Dorn.*

## Der Erzgauner

*[VMDA, S. 37–47]*

Neben *Mantel, Spiegel und Fläschchen* und *Der Zauberer* führten Jacob und Wilhelm Grimm in ihrem Kommentar-Band auch das Märchen *Der Erzgauner* aus der ersten Sammlung ihres Bruders Ferdinand auf. Sie verwiesen auf Giovanni Francesco Straparolas zweibändige Märchensammlung *Le piacevoli notti (Die ergötzlichen Nächte)*, die zwischen 1550 und 1553 erstmals erschienen war. Dort findet sich im ersten Buch unter der ersten Nacht die Geschichte vom Meisterdieb *Cassandro*, dem es mit dreister List gelingt, trotz strengster Bewachung sowohl ein Bett als auch ein Pferd zu stehlen und einen Priester in einem Sack zu bringen. Als Ferdinand Grimm sein erstes Buch an Jacob und Wilhelm geschickt hatte, antworteten ihm beide. Jacob ging in seinem Brief vom 19. September 1820 auch auf den *Erzgauner* ein und verwies u. a. auf Hebels *Schatzkästlein*: »Die Erzgauner sind ein sehr bekannter Schwank, der sich auch in franz[ösischen] Novellen vorfindet, daß Hebel ihn gleichfalls einmal behandelt hat, wirst du wißen; dergleichen Märchen sind sehr schwer zu erzählen, zumal wenn man sie nicht wie Hebel so umarbeitet, daß man die Gegenwart und bekannte Localitäten benutzen kann« (zit. n. Gerd Hoffmann, a.a.O., S. 439). Jacob Grimm meinte die beiden Hebel-Erzählungen *Die drei Diebe* und *Wie der Zundelfrieder und sein Bruder dem Roten Dieter abermal einen Streich spielen*. Auch wenn sich die drei von den Brüdern genannten »Vorbild-Geschichten« und *Der Erzgauner* im Grundmotiv »Ein Meisterdieb begeht drei für unmöglich gehaltene Diebstähle« ähneln, so ist der Charakter des Textes bei Ferdinand Grimm ein ganz anderer. Die Geschichte vom

*Erzgauner* spielt weder in der italienischen Oberschicht noch ist sie auf »bekannte Localitäten« heruntergebrochen, sondern sie hat alle Ingredienzien, die ein Märchen benötigt, mit einem König, einer Königin, einem schönen Palast und einem unbesiegbaren Schlaukopf.

## Die Christburg

*[VMDA, S. 1–12]*

In der Schlacht bei Tannenberg oder polnisch Grunwald in Ostpreußen bereitete ein polnisch-litauisches Heer den Truppen des Deutschen Ordens 1410 eine vernichtende Niederlage. Damit war der Niedergang des Deutschen Ordens als Hegemonialmacht in dieser Region besiegelt. Die Sage spielt »viele Jahre nach« dieser Schlacht. Die Burg auf dem Christburger Schlossberg war bereits in vorgeschichtlicher Zeit eine befestigte Anlage. Dem Deutschen Orden diente das zur Festung ausgebaute Schloss als Sitz hoher Ordensleute. 1414 wurde es von polnischen Truppen zerstört. Heute existieren nur noch Mauerreste. Christburg heißt heute Dzierzgoń und ist eine Kleinstadt in der polnischen Woiwodschaft Pommern. Burgruinen und Gespenster, das war schon früh eine beliebte Kombination für Sagen. Auch die Christburg scheint sich dafür angeboten zu haben. So heißt es im 17. Band der von Johann Samuel Ersch und Johann Gottfried Gruber herausgegebenen *Allgemeinen Encyclopädie der Wissenschaften und Künste* (Leipzig 1828, S. 67):

»Auch in der Geisterwelt spielt das Schloss Christburg eine glänzende Rolle. Die preußischen Chronisten: Henneberger, Schütz u. A. erzählen eine Menge der schauerlichsten Gespenstergeschichten davon, deren trübe Quelle allerdings der fabelreiche Simon Grunau zu seyn scheint, die aber schon deßhalb um hier erwähnt zu werden verdienen, da sie durch ihre allgemeine Verbreitung gewisser Maßen national geworden sind, und die Trümmer von Christburg in Preußen keine geringere Berühmtheit der Art haben, wie der Blocksberg in Sachsen.«

Simon Grunau (um 1470–1530 o. 1537) verfasste zwischen 1510 und 1530 eine (stellenweise sagenhafte) preußische Chronik. Auch Jacob und Wilhelm Grimm haben eine Sage zur Christburg in ihre Sammlung aufgenommen: Nr. 529: *Andreas von*

*Sangerwitz, Komtur auf Christburg.* Als ihre Quellen nennen sie u. a. die preußischen Chroniken von Caspar Schütz und Caspar Henneberger.

**das verfluchte Schloß:** Christoph Hartknoch nannte die Christburg in seinem Buch *Alt= und Neues Preussen Oder Preussischer Historien …* (Frankfurt und Leipzig 1684) »ein altes verwüstetes und verfluchtes Schloss / von den Ordensherren her« (S. 388).

**Thomas Pfennig:** Die Geschichte, die in verschiedenen Publikationen des 19. Jahrhunderts kolportiert wurde, hat mit der Realität nichts zu tun. Den Pfennig gab es schon im 8. Jahrhundert unter Karl dem Großen.

## Der Zwerg mit der Nebelkappe

*[VMDA, S. 50–56]*

Der Wunsch, sich unsichtbar machen zu können, ist ein beliebter Stoff für Märchen, Sagen und sogar Romane, wie *Das wunderbarliche Vogelnest* von Johann Jakob Christoffel von Grimmelshausen. Allerlei lustige Schwänke waren dann möglich, die reichlich Lesefutter gaben. In der Geschichte, die Ferdinand Grimm wieder von Otmar übernommen hatte, führen diese Späße aber zu einem bitteren Ende für den Tarnkappenträger, denn Zwerge waren nicht nur Wohltäter, wie oft geschildert, sondern konnten auch Rache üben. Nebel wurde schon in der griechischen Mythologie als ein Helfer in der Not angesehen, der unsichtbar machen konnte. In der deutschen Mythologie hat die Tarn- oder Nebelkappe diese Funktion übernommen.

## Michael Kohlhaas

*[VMDA, S. 58–60]*

Die Geschichte des Michael Kohlhaas ist durch die gleichnamige Novelle Heinrich von Kleists weit verbreitet worden. Kleist hatte zunächst eine kürzere Version der Novelle 1808 im Juni-Heft der Zeitschrift *Phöbus* veröffentlicht. Die Langfassung erschien dann 1810 im ersten Band seiner *Erzählungen.* Ferdinand Grimm, der später bei Reimer mit den von Ludwig Tieck 1821 herausgegeben *Hinterlassenen Schriften* beschäftigt war, hat die beiden Texte bestimmt gekannt. Aber im Gegensatz zu Kleists Novelle *Das Bettelweib von Locarno*, die er unverändert in seine Sammlung von *Volkssagen und Mährchen* übernahm (S. 188–194), scheint er sich bei *Michael Kohlhaas* auf ähnliche Quellen wie Kleist gestützt zu haben, vor allem auf: Christian Schöttgen und Georg Christoph Kreysig: *Diplomatische und curieuse Nachlese zur Historie von Obersachsen und angrentzenden Ländern* (Dresden 1731, S. 528–541). In seinen Erläuterungen zu Kleists Novelle hat Klaus Müller Salger den recht komplizierten Rechtsfall knapp zusammengefasst. Danach wurden dem historischen Hans Kohlhase die Pferde am 29. September 1532 durch die Leute des Günter von Zaschwitz weggenommen. »Am 12. 3. 1534 erklärte Kohlhase dem Land Sachsen und Günter von Zaschwitz die Fehde; vom 6. bis zum 8. 12. 1534 fand eine erste Verhandlung in Jüterborg statt, deren für Kohlhase günstiges Ergebnis vom sächsischen Kurfürsten [Johann Friedrich der Großmütige, d. A.] annulliert wurde. Schon vorher hatte Kohlhase sich mit der Bitte um Rat an Martin Luther gewandt, der ihm am 8. 12. 1534 antwortete [vgl. D. Martin Luthers *Werke*. Kritische Gesamtausgabe. Briefwechsel. 7. Bd. Weimar 1937, S. 124 f., d. A.]. Nach jahrelangem Hin und Her kam es Mitte 1537 zu einem erneuten Treffen in Jüterborg, das aber ergebnislos verlief. Am 5. 7. 1538 gab Kohlhase den brandenburgischen Geleitbrief zurück mit der Begründung, bislang habe der Kurfürst (seit 1535 Joachim II. Hector) nichts für die Sache getan. Am 23. 7. 1538 (...) nahm Kohlhase den Wittenberger Bürger Georg Reiche als Geisel; Reiche war ein Schwager des Sekretärs des brandenburgischen Kurfürsten, der hierauf den Sachsen die seit längerem erbetene Verfolgungshilfe zusagte. Die vereinten Bemühungen Brandenburgs und Sachsens trieben Kohlhase immer mehr in die Enge, so daß er sich 1540 (wohl von Lockspitzeln) dazu verleiten ließ, zu angeblichen Verhandlungen mit dem brandenburgischen Kurfürsten nach Berlin zu kommen« (Heinrich von Kleist: *Sämtliche Erzählungen, Anekdoten, Gedichte, Schriften.* Hrsg. von Klaus Müller-Salger. Frankfurt am Main 1990, S. 708 f.). Offenbar hatte sein Überfall auf einen Silbertransport des brandenburgischen Kurfürsten den letzten Ausschlag gegeben. Es folgten die Gerichtsverhandlung mit dem Todesurteil und die Hinrichtung auf dem Rad am 22. März 1540.

## Sage vom Espenbaum

*[VMDA, S. 74]*

## Die Goldkohlen

*[VDMA, S. 78f.]*

Kohlen, die sich in Gold verwandelten, schien es in verschiedenen deutschen Gegenden gegeben zu haben. Jedenfalls berichten mehrere Sagen davon. Auch Jacob und Wilhelm Grimm haben eine aus Brixen in Südtirol in ihre Sammlung aufgenommen (Nr. 162: *Gold-Kohlen*). Die etwas inhaltsreichere Sage aus Ferdinand Grimms Zusammenstellung spielt unweit der sächsischen Kleinstadt Tharandt.

## Der graue Mönch

*[VMDA, S. 87]*

## Das redende Marienbild

*[VDMA, S. 90]*

Bernhard von Clairvaux rief zu Weihnachten 1146 im Dom zu Speyer zum zweiten Kreuzzug auf. Bei seinem beherzten Gang in Richtung Altar soll er der Legende nach »O clemens, o pia, o dulcis virgo, Maria« ausgerufen haben. Die Worte sind seitdem im Langschiff des Doms in den Boden eingelassen. Seit 1962 kann der Dom auch über das Bernhardus-Portal betreten werden, das Bernhard kniend vor Maria zeigt. In den linken Türflügel ist ebenfalls sein Ausspruch eingeprägt. Das Diktum, dass in der Gemeinde »das Weib schweigen« solle, stammt aus dem 1. Korintherbrief des Paulus von Tarsus.

## Die drei Linden

*[VMDA, S. 93]*

Der knappe Text ist die Kurzfassung einer sehr viel längeren Sage, die im Jahr 1585 spielt. Johann Theodor Grässe hat die Langfassung später in sein *Sagenbuch des Preußischen Staates* (Band 1. Glogau 1868, S. 36–38) aufgenommen. Eine sehr ähnliche Sage gibt es auch aus Crimitschau. Dort erinnert ein Gedenkstein an die Sage. Der Friedhof des ehemaligen »Hospiz zum Heiligen Geist« am Spandauer Tor in Berlin existiert heute nicht mehr. Archäologische Untersuchungen zeigten, dass dort vor allem einfache Bestattungen durchgeführt worden waren.

## Von mordenden Toten

*[VMDA, S. 106–109]*

Als Quelle für die vier Geschichten von mordenden Toten in Böhmen diente das Kapitel *Teuffels=Wesen mit verstorbenen Cörpern* in dem 1698 in Dresden und Pirna verlegten Buch *Deliciae Historicae Oder: Historische Ergötzlichkeiten, bestehend in denkwürdigen Tituln …* (S. 128–132) von Peter Paul Nitzschka.

## Sagen vom Teufel

*[VMDA, S. 110–117]*

**Rammelsberg:** Die Sage von der Teufelsgrube im heutigen Weltkulturerbe wird noch (bei Führungen) in verschiedenen längeren und kürzeren Fassungen erzählt. Die sehr kurze Fassung, die Ferdinand Grimm abgedruckt hat, stammt ursprünglich aus Georg Engelhard von Löhneyß *Gründlichem und außführlichem Bericht Von Bergwercken …* (Stockholm und Hamburg 1690, S. 78). Ferdinand Grimm gibt die Version aus: *Die sogenannten Werke des Teufels auf dem Erdboden* (Freiburg 1751, S. 40) wieder.

**Saarmund:** Saarmund ist ein Ortsteil der Gemeinde Nuthe in Brandenburg. Der Teufelsberg ist heute ein beliebtes Ziel für Wanderer. Die Sage findet sich, leicht verändert, auch in Widar Ziehnerts *Preußische Volkssagen, Mährchen und Legenden* (2. Band. Leipzig 1840, S. 257).

**Stettin:** Die Jakobskathedrale in Stettin, heute Szczecin, wurde zwischen dem 13. und 15. Jahrhundert errichtet. Große Teile der Kirche sind durch Bombenangriffe im Zweiten Weltkrieg zerstört worden. Seit den siebziger Jahren des letzten Jahrhunderts ist die Kathedrale wiederhergestellt. Die kurze Sage ebenfalls aus: *Die sogenannten Werke des Teufels auf dem Erdboden* (Freiburg 1751, S. 77).

**1649 … Schweiz:** Die Sage beruht auf einer Geschichte aus: Bartholomäus Anhorn: *Magiologia. Christliche Warnung für dem Aberglauben und Zauberey.* (Basel 1674, S. 638).

**Hahnenstein:** Von der Sage vom Breslauer Hahnenstein gibt es zahlreiche Versionen, vor allem im 19. Jahrhundert, u. a. in den Sammlungen von Widar Ziehnert, Alfred Oldtenbach und Johann Georg Theodor Grässe.

**Nikolaiken:** Der Teufelsberg auf einer der beiden Inseln in der Nähe von Nikolaiken, heute Mikołajki, war, wie Philipp Rosenwall (d. i. Gottfried Peter Rauschnick) in seinen *Bemerkungen eines Russen über Preußen und dessen Bewohner* (Mainz 1817) schrieb, »wegen vieler Gespenstergeschichten in der ganzen Gegend berüchtigt« (S. 217). Auf der Insel hatte Friedrich der Große ein Fort errichten lassen.

**Prag:** Der Prager Säule hatte Johann Lamboy 1782 ein eigenes, allerdings nur 39-seitges Buch gewidmet mit dem Titel *Noten ohne Text über die Wundersäule auf dem Wischerad bey Prag*. Der Untertitel ist etwas präziser: »Die Säule von aschenfärbigen Granitmarmor, welche der Teufel aus U. L. F. Kirche zu Rom jenseit der Tiber auf den Wischerad gebracht hat«. Ludwig Bechstein nahm die Sage später in seine Sammlungen auf und fügte am Ende hinzu, dass ein Prager Ratsherr in Rom gewesen sei und bestätigen könne, dass in der Marienkirche eine Säule fehle.

# Volkssagen der Deutschen (1838)

***Philipp von Steinau (d.i. Ferdinand Grimm): Volkssagen der Deutschen. Zeitz (Julius Schieferdecker) 1838 [VdD]***

»Wer Philipp von Steinau ist?«, fragte Jacob Grimm seinen Bruder Wilhelm und dessen Ehefrau Dortchen in einem Brief am 20. September 1838. Und er lieferte auch gleich die Antwort mit: »Rathet ihr wohl gleich, unter diesem namen hat Ferdinand endlich seine Volkssagen der Deutschen, Zeiz bei Schieferdekker 1838 recht sauber gedruckt auf 352 seiten herausgegeben und mir eben zugesandt. Wie der abgesetzte kurfürst nennt er sich von Steinau [Anspielung auf das vom Kasseler Kurfürst Wilhelm II. gewählte Incognito eines ›Grafen von Steinau‹, d.A.]. Ganz in der art und weise von Lothars sagen, ungenau alles untereinander, einzelnes brauchbar, überhaupt aber mittelmäßig und nichts ausgezeichnetes darunter. Im stil zuweilen seltsam und unrichtig. Honorar wolle ihm der verleger erst ostern zahlen, ich glaubs gerne. Natürlich rührt mich das buch doch« (Briefwechsel zwischen Jacob und Wilhelm Grimm, a.a.O., S. 687). Und fünf Tage später ergänzte Jacob, offensichtlich nach einer etwas gründlicheren Lektüre: »Sage dem Hermann [!] vorläufig, dass bei Philipp von Steinau die sage von Hermann Grimm dem Löwenbändiger zu lesen stehe« (ebda., S. 693). Mit Hermann war der Sohn Herman von Wilhelm und Dortchen Grimm gemeint. Das von Ferdinand gewählte Pseudonym, das seinen zweiten Vornamen mit dem Lieblingsort seiner Kindheit verband, ließ Jacob keine Ruhe. Am 12. Oktober 1838 schrieb er an Ferdinand: »Den von steinau angenommenen titel führst du mit dem kurfürsten gemeinschaftlich, den ich diesen sommer in der kissinger kurliste als grafen von steinau fand« (zit. n. Gerd Hoffmann, a.a.O., S. 440).

Wilhelm und Jacob Grimm, die gerade ihre Arbeit am *Deutschen Wörterbuch* begonnen hatten und ein deutlich geringeres Interesse an Sagen zeigten als noch 1820, hatten zu einem vernichtenden Urteil gefunden: »ungenau«, »mittelmäßig«, »zuweilen seltsam«, »unrichtig«. Damit war der Fall für sie erledigt. Gerd Hoffmann, der 1981 heftige Kritik an der ersten Sammlung von Ferdinand Grimm geübt hatte, sah nun in dem zweiten Band deutliche Fortschritte. Ferdinand Grimm vermeide stilistische Uneinheitlichkeit, und »fast alle Texte« seien nun »durch den inzwischen gereifteren Stilisten umgearbeitet und damit sprachlich einheitlicher« (ebda.). Da es Ferdinand Grimm auch in seiner zweiten Sammlung vorgezogen hatte, seine Quellen weitgehend im Dunklen zu lassen, ist nicht nachvollziehbar, worauf Gerd Hoffmann sein Urteil stützte.

Den Ambitionen, die Ferdinand Grimm mit den *Volkssagen der Deutschen* verfolgte, wurde das Urteil seiner Brüder nicht gerecht. Im Vorwort nannte er gleich zu Beginn das Ziel, das er mit seiner Sammlung verfolgte:

»Dieses Buch der Kaisersagen, Burg- und Klostermährchen sei zunächst bestimmt für den Reisenden als Begleiter auf seinen Wanderungen durch Deutschlands Auen und Gaue. Es umfaßt die bedeutsamsten, über unser ganzes Reich sich ausbreitenden Dichtungen, in einer Zusammenstellung wie bisher noch nicht stattgefunden, sämmtlich, dem Gegenstande angemessen, einfach ohne überflüssige Beigabe oder modige Ausschmückung, häufig im Tone des Volks selbst, dargestellt« (S. III).

Der »Ton des Volks« war es, der Ferdinand Grimm faszinierte. Auf seinen ausgedehnten Wanderungen lernte er ihn besser kennen als seine Brüder Jacob und Wilhelm. »Wieviel Bedeutendes und Aufschlüssebietendes überhaupt begegnet uns, wenn wir in die Mitte des Volks gelangen, und es in Sprachen, Sitten, in allen seinen geringen Beziehungen kennen lernen; wie inhaltschwerer würden unsere Geschichtsbücher erscheinen, hätten ihre Verfasser das Berg- und Thalvolk in Häusern und Hütten mehr mit eignem Auge gesucht und betrachtet« (S. V.). Das war ein glühendes Plädoyer für das, was sehr viel später als »Geschichtsschreibung von unten« die herrscherfixierte Historikerzunft kräftig durchrütteln sollte.

Auch die *Volkssagen der Deutschen* brachten Ferdinand Grimm wie schon sein erstes Buch nicht die erwünschte Anerkennung als Sagensammler. Es blieb bei einer Auflage. Allerdings entfalteten die Sagen nach dem Tod Ferdinands ein Eigenleben. Die Restauflage wurde mit neuen Titelblättern und Autorennamen versehen. Der Verlag der F. F. Haspel'schen Buchhandlung in Schwäbisch Hall brachte sie zweimal wie Neuerscheinungen heraus:

Edmund von Felsthal: *Des deutschen Volkes Sagenschatz* (1846) und Carl von Falkenstein: *Das Buch der Kaisersagen, Burg- und Klostermährchen* (1850). Beide Autorennamen sind fiktiv. Die beiden Bände wurden offenbar populärer als das Original.

Unsere Auswahl konzentriert sich auf einige für das Buch charakteristische Sagen.

## Die Wildenburg

*[VdD, S. 74–81]*

Um die Wildenburg im schweizerischen Kanton St. Gallen ranken sich mehrere Sagen, die in der »Volkssage« zusammengefasst wurden. Die Wildenburg, das »wilde Huus«, wurde um 1200 von den Freiherrn von Sax auf einem schmalen Felssporn in gut 1100 Meter ü. M. erbaut. Am 13. Januar 1313 verkaufte Heinrich Ulrich von Sax die Burg an Graf Friedrich IV. von Toggenburg. Sie wechselte danach, 1439, zu den Herren von Raron und kam schließlich 1468 in den Besitz des Klosters St. Gallen. Um 1600 scheint sie schon weitgehend verlassen gewesen zu sein. Ein Blitzschlag machte sie endgültig zur Ruine. Seit 1998 gehört die ehemalige Burg der Gemeinde Wildhaus, heute Wildhaus St. Johann. Von dem einstmals wuchtigen Turm hat sich ein beeindruckender Rest erhalten.

Die Sagen um die Wildenburg hat der Schweizer Pädagoge und Schriftsteller Jakob Kuoni in seinem Buch *Sagen des Kantons St. Gallen* (St. Gallen 1903, S. 241–245) zusammengefasst.

**Quatember:** Bußtage im katholischen Kirchenjahr.

**Venediger:** In einer Sage aus Tirol werden die »Venediger« als fremde schweigsame Männer bezeichnet, die zur Schneeschmelze in den Bachsänden nach Gold suchten und so lautlos wie sie kamen auch wieder verschwanden (vgl.: Georg Mutschlechnner: *Von der Erzgewinnung im Wattental und der Verhüttung in Wattens*. In: *Wattener Buch*. Innsbruck 1958, S. 39 f.)

**weiße Ziegenkrautblume:** Das Ziegen- oder Elfenkraut, das auch als Aphrodisiakum gilt, ist ein kleiner, mehrjähriger Busch mit weißen oder rosafarbenen Spitzen. Wunderblumen wie das Ziegenkraut, die Wege zu Schätzen öffnen oder gefährliche Riesen bannen können, tauchen in Sagen recht häufig auf. In der

Sammlung der Brüder Grimm zum Beispiel als die Nummern 303 (*Der Zwerg und die Wunderblume*) und Nummer 314 (*Das Fräulein vom Willberg*). Auch in den von Ferdinand Grimm gesammelten Sagen gibt es Wunderblumen. In allen Geschichten wird die Mahnung »Vergeßt das Beste nicht« überhört. Und damit sind keine weiteren Wunder mehr zu erwarten. Im Grund sind alle diese Sagen ähnlich aufgebaut, nur die Orte wechseln. Als »blaue Blume« wurde die Zauberblume zur Wappenpflanze der Romantik, nachdem ihr Novalis (d. i. Friedrich von Hardenberg) in seinem Romanfragment *Heinrich von Ofterdingen* von 1802 eine bedeutende Rolle zugewiesen hatte. Zuerst erwähnt wurde die blaue Blume in einer hessischen Sage über den Odenberg bei Gudensberg. Danach soll ein Schweinehirt die blaue Blume gepflückt und die Schätze gesehen haben. Aber weil er die blaue Blume nicht weiter beachtete, schloss sich die Bergwand wieder. Bei Novalis steht die Sehnsucht nach der blauen Blume als geheimnisvolles Symbol für ungestilltes Verlagen.

**Lichtensteig:** Kleinstadt im Kanton St. Gallen. Die erwähnte Sage findet sich ebenfalls bei Jakob Kuoni (S. 259).

**Werdenberg:** Die im 13. Jahrhundert erbaute Burg Werdenberg im Kanton St. Gallen war der Stammsitz der gleichnamigen Grafenfamilie.

**Ammann:** Bürgermeister.

**Simmi:** Die Simmi ist ein 12 Kilometer langer Bach, der den Felskopf mit der Wildenburg umfließt und durch ein »wildromantisches« Tal geht.

## Das graue Fräulein

***[VdD, S. 129–131]***

Die Geschichte einer schönen jungen Frau, die sich nicht verheiraten lassen will, wurde im 19. Jahrhundert von mehreren Autorinnen und Autoren als Stoff für Erzählungen genommen, so von Charlotte Wollmer, Sophie von Adelung und August Schrader. Ferdinand Grimm behauptet, die Geschichte von einer älteren Frau erzählt bekommen zu haben, nämlich von »der Puppenkopf-Fabrikantenfrau aus der Gegend des Kickelhohnberges bei Ilmenau«. Grimm war immer wieder in Thüringen zu Fuß unterwegs und sammelte bei seinen Wanderungen

Sagen. Es könnte sich dabei um die Ehefrau des »Papiermachée- und Puppenkopffabrikanten« Carl Volkmar auf der Hohenwiese in Ilmenau handeln, der in der *Historisch-topographischen Beschreibung der Bergstadt Ilmenau und ihrer Umgebung* von Johann August Friedrich Schmidt (Ilmenau 1839, S. 45) erwähnt wird. An die Fabrik erinnert heute in Ilmenau eine Gedenktafel.

**Käfernburg:** Die Käfernburg im Arnstädter Stadtteil Angelhausen-Oberndorf war der Stammsitz der Grafen von Kevernburg. Die Familie starb 1365 aus. Von der Burg existiert heute nur noch die Wallanlage.

**Wachsenburg:** Die Veste Wachsenburg, die auf das Jahr 930 zurückgeht, zählt heute zu den »Drei Gleichen«, mittelalterlichen Höhenburgen im Ilm-Kreis um Arnstadt und Ilmenau.

## Kaiser Otto und der Hirt

*[VdD, S. 232–233]*

Otto der Große, der von 912 bis 973 lebte, war der erste römisch-deutsche Kaiser. Er ließ sich 962 in Rom vom Papst krönen. In heftigen Kämpfen, auch mit seinem Bruder Heinrich und seinem Sohn Luidolf, sicherte er seine Herrschaft und begründete die Dynastie der Ottonen, um die sich ein Kranz von Sagen rankt. Auch der angeblich wunderbare Aufstieg des »Hirten« Hermann Billung gehört dazu. Die Sage ist u. a. in dem Artikel *Sagen über Stübeckshorn* von Johann Friedrich Graf von der Dekken im *Vaterländischem Archiv für hannoverisch-braunschweigische Geschichte* (Jg. 1834. Lüneburg 1835, S. 579 f.) überliefert. Der Autor spricht von einem angeblichen Stammsitz der Billinger. Die Annahme geht auf Adam von Bremens Hamburgische Kirchengeschichte und die *Lüneburgische Chronik* aus dem 15. Jahrhundert zurück. Auch das Michael-Kohlhaas-hafte Verhalten des jungen Hermann Billing entbehrt der historischen Grundlage. Billing stammte aus einem einflussreichen Familienverband im nördlichen Sachsen, sein Aufstieg war allerdings selbst in seiner eigenen Familie umstritten. Otto I. übertrug ihm 936 die Leitung des Feldzugs gegen die Redarier und danach den Grenzschutz an der unteren Elbe. Mehrfach (953–955, 961–966 und 966–973) übernahm er für Otto I. die Aufgaben des Herzogs in Sachsen. Er war damit zeitweilig der Vertreter Ottos im sächsischen Herzogtum. Die biographischen Angaben in der Sage sind überholt. So wurde zum Beispiel nicht einer der Söhne Billings Bischof von Verden, sondern sein Bruder Amelung. Der zitierte Widukind von Corvey (»Wittekind«) schrieb in seiner Chronik Sachsens über Hermann Billung.

## Wald- und Berggeist Rübezahl

*[VdD, S. 308–311]*

Rübezahl, der Berggeist aus dem Riesengebirge, ist seit dem 16. Jahrhundert eine der bekanntesten Sagen- und Märchenfiguren. Während heute ein heidnischer Ursprung der Figur angenommen wird, fasste Ferdinand Grimm verschiedene »sagenhafte« Herkunftsvermutungen zusammen. Eine wichtige Quelle scheinen die vier Bücher zu sein, die der Schriftsteller Johannes Praetorius (d. i. Hans Schultze) zwischen 1662 und 1672 über Rübezahl veröffentlichte. Darin ging er auf die verschiedenen Geschichten ein, die sich um die Entstehung des Namens ranken. Wahrscheinlich nutzte Ferdinand Grimm auch Johann Peter Lysers *Das Buch vom Rübezahl. Eine vollständige Sammlung aller Volksmärchen aus dem Riesengebirge* (Leipzig 1834).

## Schloß Neumietel

*[VdD, S. 329–332]*

Die Sage spielt in der Mitte des 9. Jahrhunderts und war in Böhmen weit verbreitet. So findet sie sich als Geschichtserzählung in Václav Hájeks (Wenceslaus Hagecius) *Böhmischer Chronik* (Nürnberg 1697, S. 70–72) mit präziser Datierung auf die Jahre 846/47. Ebenfalls mit genauer Angabe der Jahre, in denen sie spielt, ist sie in Johann Gustav Büschings *Volks-Sagen, Märchen und Legenden* (Leipzig 1812) unter dem Titel *Das Roß des Horymirz* abgedruckt (S. 90–96). Als Vorlage für die von Ferdinand Grimm in seinen Band aufgenommene Sage kommt auch die zweibändige Sammlung *Volkssagen der Böhmen* von Karoline von Woltmann in Frage, die 1815 in Prag erschien. Mit der Erzählung *Das Roß des Horimirž* beginnt der erste Band (S. 1–55).

Der Herzog »Kerzesomissel« zählt als Křesomysl zu den legendären böhmischen Herrschern, für die es keine historischen Belege gibt. »Primislaus« ist als Přemysl der Pflüger der mythische Stammvater des böhmischen Herrschergeschlechts der Přemysliden. Der Legende nach heiratete er die Wahrsagerin Libuše (»Libussa«), die ein Wunderpferd besaß. Libuše gilt als mythische Stammmutter der Tschechen. 1846 verarbeitete der österreichische Dichter Franz Grillparzer die auf das 10. Jahrhundert zurückgehende Sage zu dem Drama *Libussa*.

In dem zentralböhmischen Dorf Neumětely (»Neumietel«) befindet sich seit 1887 ein Denkmal für den legendären Ritter Horimirž und sein Pferd Šemík. Die nicht mehr erhaltene Burg Košík bei Neumětely gilt als der legendäre Sitz von Horimirž (»Schloss Neumietel«).

## Burg- und Bergmärchen (1846)

***Fr. Grimm (d. i. Ferdinand Grimm): Burg= und Bergmärchen. 2 Bde. Wolfenbüttel (Verlag der Holle'schen Buch=, Kunst= und Musikalienhandlung) 1846 [BuB]***

Am 6. Januar 1845 starb Ferdinand Grimm in Wolfenbüttel. Sein Bruder Jacob war noch zu ihm geeilt und organisierte nach dem Tod das Begräbnis. Aus dem mageren Besitz seines Bruders nahm er ein Konvolut mit Sagentexten mit, das sich heute im Nachlass Grimm 85 in der Staatsbibliothek zu Berlin befindet. Was er offenbar nicht vorgefunden hatte, war das Manuskript für ein drittes Buch, an dem Ferdinand offenbar bis kurz vor seinem Tod gearbeitet hatte. Es erschien 1846 unter dem Halbpseudonym Friedrich Grimm, das Ferdinand gelegentlich genutzt hatte, in zwei Bänden in Wolfenbüttel. Der Herausgeber zeichnete nicht mit seinem eigenen Namen, sondern nur mit der Initiale *B*. Wer sich dahinter verbarg, ist bis heute unbekannt. In seinem kurzen Vorwort schrieb der Herausgeber:

»Diese lieblichen Blüthen der Phantasie, geträumt auf historisch-classischem Boden, sind – Lotosblumen.

*Friedrich Grimm*, eines Kleeblatts, dessen Namen deutsche

Zunge nur mit hoher Verehrung nennt, jüngster Sprößling, ging in der Blüthe seines Daseyns, nahe dem Ziel seines gründlichen Strebens, (ein Lehrstuhl der deutschen Literatur), hinüber aus dem irdischen Traum.

Auf abendlichen Spaziergängen, sich erholend von der ernsten geistigen Anstrengung des Tages, pflückte der geistreiche Dichter diese Blumen; pflegte die daheim zur Erheiterung für sich selbst, nicht für den Garten der großen Welt.

Ein Raub der Vergessenheit, ja der Vernichtung vielleicht würden sie geworden seyn, ohne die rettende Hand des Verlegers, dem alle Freunde des lieben Hingeschiedenen, ja Alle, welche dieses anspruchslose Büchlein zur Hand nehmen werden, den wärmsten Dank dafür schulden« (o. S.).

Das kleine blumige Vorwort enthält gleich mehrere Überraschungen. Im Briefwechsel mit seinen Brüdern wirkte es, als ob Ferdinand ein Einsiedler ohne Freunde gewesen sei, der lieber die Vögel zwitschern als die Menschen sprechen gehört hätte. Aber offenbar lebte er in einem Freundeskreis, der schließlich auch die Herausgabe seines nachgelassenen Buches betrieb. Der unbekannte Freund und Herausgeber enthüllt ganz nebenbei, dass sich Ferdinand nicht nur Hoffnung auf einen Lehrstuhl gemacht hatte, sondern sogar schon nahe am Ziel gewesen sei. Jacob und Wilhelm Grimm dagegen scheint das immerhin 514-seitige Werk in zwei Bänden nicht der Erwähnung wert gewesen. Gekannt haben sie es mit Sicherheit, denn es dürfte ihnen nicht entgangen sein, wenn ein Buch mit dem Autorennamen »Grimm« herausgebracht wurde. Auch eine Veröffentlichung der Sagensammlung, die Jacob an sich genommen hatte, schien sie nicht interessiert zu haben, obwohl darin ein großer Bestand aus der mündlichen Überlieferung stammt.

Völlig unbeachtet blieb das posthume Buch aber nicht. Die *Blätter für literarische Unterhaltung* widmeten ihm eine ausführliche Besprechung. Die renommierte Literaturzeitung erschien von 1826 bis 1898 im Leipziger Verlag von F. A. Brockhaus, bis 1853 sogar täglich, danach wöchentlich. Die Rezensenten blieben anonym, sie waren lediglich mit einer Nummer gekennzeichnet. Auf die Ankündigung in der Nr. 282 vom 9. Oktober 1847 folgte einen Tag später in der Nr. 283 eine fünfspaltige Rezension mit dem Vorwort und längeren Zitaten aus den Texten. Der nicht genannte Autor des Artikels (Chiffre »48«) kam zu einem differenzierten Urteil, das die Stärken und Schwächen der Sammlung herausstellte:

»In der That verdient die Erhaltung und Veröffentlichung dieser Märchen die wärmste Anerkennung. Für die *Wissenschaft* zwar sind sie von geringerer Bedeutung als man von einem Gliede der berühmten Familie erwarten sollte: denn bieten sie auch als Producte eines Geistes der unverkennbar mit der Märchen- und Sagenwelt auf das innigste vertraut gewesen ist, und einen Theil seiner Kenntnisse in den vorliegenden Dichtungen niedergelegt hat, dem Mythologen manche interessante und berücksichtigungswerthe Züge, so haben sie doch, sofern die meisten nicht sowol schlichte Mittheilungen und Wiedererzählungen wirklicher Volkssagen als vielmehr freie Schöpfungen der Phantasie und Erzeugnisse einer künstlerischen Bearbeitung sind, für die wissenschaftliche Sagenforschung und Sagendeutung immer nur einen sehr bedingten Werth, und dürfen in dieser Hinsicht nur mit großer Vorsicht als Quellen benutzt werden.

Desto höher dagegen ist ihr *poetischer* Werth anzuschlagen, namentlich was die darin enthaltenen Schilderungen betrifft. Diese – mögen sie sich auf innere oder äußere Zustände beziehen, es mit der Darstellung des psychischen und natürlichen Lebens zu thun haben – athmen eine Lebendigkeit und Frische, eine Fülle und Mannichfaltigkeit, eine Innerlichkeit und Anschaulichkeit, daß sie in dieser Hinsicht geradezu als Muster aufgestellt werden könnten.«

Aus den *Burg- und Bergmärchen* haben wir eine Auswahl getroffen, an der sich das Urteil des zeitgenössischen Rezensenten gut überprüfen lässt.

## Der Weibchenstein

***[BuB, Bd. 1, 217–245, 250]***

In der großen Erzählung, die im ersten Teil des Nachlassbandes die Seiten 1 bis 250 einnimmt, sind mehrere bekannte Sagen aus dem hessischen Odenwald verarbeitet. Den Rahmen bildet die Liebesgeschichte zwischen Magdalene und dem Jäger Heinrich.

Das junge Glück wird von dem bösartigen Ritter Rodenstein und einer in der Kunst des Hexens bewanderten Müllerin, die ihre eigene Tochter mit dem Jäger verheiraten möchte, empfindlich gestört. Am Ende sterben die Bösen und das Liebespaar ist wieder glücklich vereint.

Die Sage vom Rodensteiner haben die Brüder Grimm 1816 als Nummer 169 in den ersten Band ihrer *Deutschen Sagen* aufgenommen. Sie lautet:

»Nah an dem zum gräflich erbachischen Amt Reichenberg gehörigen Dorf Oberkainsbach, unweit dem Odenwald, liegen auf einem Berge die Trümmer des alten Schlosses Schnellerts; gegenüber eine Stunde davon, in der rodsteiner Mark, lebten ehemals die Herrn von Rodenstein, deren männlicher Stamm erloschen ist. Noch sind die Ruinen ihres alten Raubschlosses zu sehen.

Der letzte Besitzer desselben hat sich besonders durch eine Macht, durch die Menge seiner Knechte und des erlangten Reichthums berühmt gemacht; von ihm geht folgende Sage. Wenn ein Krieg bevorsteht, so zieht er von seinem gewöhnlichen Aufenthalts=Ort Schnellerts bei grauender Nacht aus, begleitet von seinem Hausgesind und schmetternden Trompeten. Er zieht durch Hecken und Gesträuche, durch die Hofraithe und Scheune Simon Daum's zu Oberkainsbach bis nach dem Rodenstein, flüchtet gleichsam als wolle er das seinige in Sicherheit bringen. Man hat das Knarren der Wagen und ein ho! ho! Schreien, die Pferde anzutreiben, ja selbst die einzelnen Worte gehört, die einherziehendem Kriegsvolk vom Anführer zugerufen werden und womit ihm befohlen wird. Zeigen sich Hoffnungen zum Frieden, dann kehrt er in gleichem Zuge vom Rodenstein nach dem Schnellerts zurück, doch in ruhiger Stille und man kann dann gewiß seyn, daß der Frieden wirklich abgeschlossen wird. Ehe Napoleon im Frühjahr 1815 landete, war bestimmt die Sage, der Rodensteiner sei wieder in die Kriegburg ausgezogen.« (*Deutsche Sagen. Herausgegeben von den Brüdern Grimm*. Bd. 1. Berlin 1816, S. 244–246)

Die Sage scheint auf Hans III. zu Rodenstein zurückzugehen, der von 1418 bis 1500 lebte. Er soll ein aufregendes Leben geführt haben und gilt in der schwankenden Überlieferung als Raubritter.

In der Erzählung vom Weibchenstein ist seine Burg eine Höhle des Lasters und Verbrechens. Die Geschichte spielt »in einem der schönsten Thäler des Odenwaldes, nicht weit entfernt von den Höhen von Neunkirchen, welche zu den steilsten dieses Gebirges zählen« (S. 10).

Wie die Sage vom Rodensteiner geht auch die Sage vom »Wildweibchenstein« auf mündliche Überlieferung zurück.

Der Weibchenstein oder Wildweibchenstein ist eine aus Granitblöcken aufgetürmte Felsmasse rund 750 Meter von der Ruine Rodenstein entfernt. In der Mitte gibt es einen Spalt, der angeblich der Eingang einer Höhle gewesen sein soll. Um den Weibchenstein ranken sich gleich mehrere Sagen. Johann Wilhelm Wolf hat sie 1853 in seinem Buch *Hessische Sagen* (erschienen in der Dieterischen Buchhandlung in Göttingen und bei Fr. Chr. Wilh. Vogel in Leipzig) auf den Seiten 55 und 56 zusammengefasst. Die eine handelt von der Liebe eines Jägers zu einem der beiden Wildweibchen, die in der Höhle unter dem Fels lebten. Die Geliebte sei sehr schön gewesen und habe dem Jäger einen Knaben geboren. Aber der untreue Liebhaber verließ die beiden und kehrte erst nach Jahren an den Ort zurück, wo er sich auf den Stein setzte, um auszuruhen. Dabei ließ er ein Bein herunterhängen. »Indem kam das Knäblein daher gesprungen. Er erkannte es natürlich nicht, wollte aber sehen, was das Kind da mache, denn er hatte seine Freude an ihm und dachte, wie es dahinkomme und wem es gehöre. Damit er aber ganz ungestört sei, drückte er seine Augen halb zu, als ob er schliefe. Ein Weilchen drauf kam auch das Wildeweibchen und rief dem Knäbchen zu: ›Kind heb deinem Vater sein Bein!‹ Da erwachte plötzlich seine alte Liebe von neuem, er sprang auf und drückte das wilde Weibchen an sein Herz, blieb ihm auch von da an zugethan.«

Von den beiden Wildweibchen sollen auch Prophezeiungen und Rätsel stammen. Hervorgehoben wurde immer wieder ihr im Grund gutmütiger Charakter. So erzählte Wolf: »Unweit des Wildeweibchensteins liegt die sogenannte Freiheit, ein aus einigen Gebäuden bestehendes ehemaliges freies Reichshaus, wie die Bauern melden. Da wurde vor langer Zeit einmal eine Hochzeit gehalten, auf der die wilden Weibchen erschienen, die Brautleute beschenkten und tanzten.« Der Ort der vermeintlichen Hochzeit ist die »Freiheit«, die Ferdinand Grimm am Schluss seiner Erzählung erwähnt. Ursprünglich war die Freiheit eine Gerichtsstätte der Rodensteiner, später ein Gutshof.

In den Erzählungen von Ferdinand Grimm kommen Erdmännchen und -weibchen, auch Seejungfrauen immer wieder vor. Meist sind es menschenfreundliche Wesen, wie im *Weibchenstein*. In einer zentralen Szene gerät Magdalene auf der Suche nach ihrem verschollenen Geliebten am Weibchenstein in das Reich der Erdfrauen und Erdmänner. Grimm schildert dieses Reich in einem üppigen Tableau als weitläufiges Paradies mit deutlich matriarchalen Zügen.

In der Gemeinde Reichelsheim, auf deren Gebiet der Weibchenstein liegt, finden am letzten Oktober-Wochenende die Märchen- und Sagentagen statt, bei denen seit 1996 der »Wildweibchenpreis« vergeben wird. Er würdigt besondere Verdienste im Kinder- und Jugendbuch und bei der Erforschung von Märchen und Sagen.

**Sankt Magdalenens:** Der Gedenktag der hl. Maria Magdalena ist der 22. Juli.
**grieselig:** Hier wahrscheinlich in der Bedeutung »getupft«.
**Psittige:** Sittiche/Papageien.
**zergen:** necken.
**hujaken:** hin- und herfliegen.
**Spilling:** Unterart der Pflaume.

## Der Burgherr

*[BuB, Bd. 1, S. 253–270]*

Die Geschichte einer den Tod überwindenden, tiefen Männerfreundschaft/Männerliebe hat keinen historischen Kern. Sie spielt zur Zeit Karls des Großen, der von 768 bis 814 zunächst als König, dann als Kaiser das Fränkische Reich regierte.

**Zugelöbnis:** rechtliches Versprechen.
**Basilien:** Basilikum.
**Ysop:** Gewürz- und Heilpflanze aus der Familie der Lippenblütler.
**Terebinthen:** Baumart, die im Alten Testament häufig erwähnt wird.

In frühisraelitischer Zeit symbolisierten Terebinthen-Haine eine besondere Nähe zu Gottheiten.

## Die Felsenbraut

*[BuB, Bd. 2, S. 1–70]*

Männer und Frauen, die unter der Erdoberfläche oder in Seen leben, sind ein widerkehrendes Motiv bei Ferdinand Grimm. Die »Felsenbraut« zählt allerdings nicht zu den von ihm so geschätzten Erdmännchen und -weibchen, die in der Nähe der Menschen wohnen, mit ihnen sogar verkehren und in der Regel Gutes tun. Ihr unterirdisches Reich erinnert zwar an das paradiesische Tableau in der Erzählung vom *Weibchenstein,* aber die Felsenbraut ist nicht freiwillig dort, sondern hofft als grausig Bestrafte auf Erlösung durch einen jungen Mann, der sie liebt. Dadurch zerstört sie das Glück eines jungen Paares, und ihr unterirdisches Paradies verwandelt sich in eine apokalyptische Szenerie.

**Orbach:** Früherer deutscher Name für die Gemeinde Orbe VD im schweizerischen Kanton Waadt, die zwischen Neuenburger und Genfer See liegt.

**Wehrwolf:** Ein Werwolf ist in Mythen und Sagen ein in einen Wolf verwandelter Mann.

**Goldlahn:** Im Mittelalter geschätzter Kleidungsbesatz mit Seide und Goldfäden.

**schwanke Blumenstengel:** Dünne, biegsame Blumenstängel.

**karfunkelsteinblitzend:** Wie rote Edelsteine funkelnd.

**schöne Spinnerin:** *Die Spinnerin am Kreuz* ist eine Wiener Sage, die in der Zeit der Kreuzzüge spielt: Jahrelang wartete die Spinnerin auf ihren Mann, der in türkischer Gefangenschaft geraten war. Krank, mager und bleich kehrte er zurück. Sie pflegte ihn gesund. An der Stelle in Wien, wo die Spinnerin Tag für Tag ihrer Arbeit nachgegangen und dabei auf ihren Mann gewartet haben soll, steht eine gotische Steinsäule. (Vgl.: *Wiener Sagen.* Hrsg von der Wiener Pädagogischen Gesellschaft. Wien 1922, S. 31)

**Mägdelein auf hoher Burg:** Das Motiv der sich opfern wollenden Jungfrau findet sich schon in Hartmann von Aues mittelhochdeutscher Verserzählung *Der arme Heinrich.*

**im falben Mondenschein:** Im fahlgelben Mondschein.

**auf weißen Zeltern:** Auf weißen Reitpferden.
**Schimmerstein:** Glänzende (edle) Steine, auch Glimmer.
**Männlein Tokki:** In den Alpensagen ein zwergenhafter Berggeist.
**Theudelinde aus Burgund:** Im 25. Band von Johann Heinrich Zedlers *Grossem vollständigem Universal-Lexicon Aller Wissenschaften und Künste* (Leipzig und Halle 1740, Sp. 1742) heißt es unter dem Stichwort »Orbe … Orbach«: »… daß sie [die Gemeinde, d. A.] vor Alters viel größer gewesen sey. Unter den Burgundischen und Fränckischen Königen ist sie etwas wieder aufgekommen, und schreiben einige, daß die Königin Theudelinde allhier ihre Hofhaltung in dem festen Schloß gehalten habe«. Die Enkelin der Frankenkönigin Brunichild und jüngere Schwester des fränkischen (burgundischen) Königs Theuderich II. machte Orbe oder Orbach von 604 bis 614 zu ihrem Wohnsitz. Sie vergrößerte die Stadt, baute dort Kirchen und errichtete eine Brücke über den Fluss. Außer diesem biographischen Detail gibt es keinen realen historischen Bezug zur »Felsenbraut« der Erzählung.
**Leichhuhn:** Eule oder Kauz. Wenn die Stimme dieses Vogels an dem Fenster ertönt, dann stirbt nach dem Volksaberglauben ein Mitglied der häuslichen Gemeinschaft.
**gelbrothe Todtenblume:** Tagetes/Studentenblume.

## Die Waldfrau

***[BuB, Bd. 2, S. 71–119]***

Die Geschichte erzählt einen Gründungsmythos der Augsburger Kaufmanns- und Bankiersfamilie Fugger. Zum Teil sehr frei interpretierte biographische Details bilden das Gerüst für das Märchen von drei Brüdern, denen eine Fee jeweils einen Herzenswunsch erfüllt. Alle drei wollen ihr Glück machen, aber nur dem einen, dem daheimgebliebenen Jakob Fugger, gelingt es dauerhaft. Dieser Jakob Fugger im Märchen hat den realen Hans Fugger zum Vorbild, der um 1350 in Graben bei Augsburg geboren wurde. Er war der Sohn des Webers Johann Fugger und dessen Frau Anna Maria Meissner, die um 1395 starb. Als Webermeister zog Hans Fugger 1367 nach Augsburg, wo er wahrscheinlich 1370 Klara, die Tochter des späteren Zunftmeisters Oswald Widolf, heiratete. Mit ihr hatte er zwei Töchter.

Hans Fugger scheint in Augsburg vor allem mit den fertigen Tuchen von Webern gehandelt zu haben. Er selbst webte wohl nicht mehr. 1386 wurde er zum Vorstand der Weberzunft gewählt und saß damit auch im Großen Rat der Stadt. Mit seiner zweiten Frau Elisabeth Gfattermann, die er um 1380 nach dem Tod seiner ersten Frau geheiratet hatte, bekam er vier Kinder. Seine zwei Söhne, Andreas und Jakob, führten nach seinem Tod, um 1408, die Geschäfte zusammen mit ihrer Mutter weiter. Hans Fugger hatte wahrscheinlich zwei Brüder, die allerdings nicht Rudolph und Andreas hießen, sondern Ulrich und Klaus.

**Göggingen:** Heute ein Stadtteil von Augsburg.

**Chrysostomus:** Der griechische Kirchenlehrer und Patriarch von Konstantinopel Johannes I. Chrysostomos (um 349–407) wurde durch seine Predigten berühmt. Den Ehrennamen »Chrysostomos« (Goldmund) erhielt er erst nach seinem Tod. Die Mutter im Fugger-Märchen zitiert aus seiner *12. Homilie*, seinen predigtartigen Unterweisungen für die Gläubigen.

**Aglaster:** Elster.

**im alten Schlosse:** Die Geschichte des Wasserschlosses Unterwittelsbach in Aichach reicht bis ins 12. Jahrhundert zurück. 1838 erwarb es Herzog Max in Bayern und ließ es zum Jagdschloss ausbauen. Seine Tochter Elisabeth wurde als »Sisi« berühmt. Das Schloss ist heute im Besitz der Stadt Aichach und beherbergt ein Sisi-Museum.

**Wittelsbacher:** Otto VII. von Wittelsbach, Pfalzgraf in Bayern (vor 1180–1209), ermordete am 21. Juni 1208 den deutschen König Philipp von Schwaben mit einem Schwertstreich in die Halsschlagader. Philipp hatte die Verlobung seiner Tochter Kunigunde mit Otto annulliert und sie mit dem Sohn des böhmischen Königs verlobt.

**König Wittekind von Engern:** Widukind (oder Wittekind) war der Anführer (»Herzog«) der Sachsen im Kampf gegen die Franken unter Karl dem Großen. Über den Feldzug von 772 heißt es in den zeitgenössischen fränkischen *Reichsannalen*: »Damals hielt der milde König Karl eine Versammlung in Worms und begab sich von hier erstmals nach Sachsen, eroberte die Eresburg, gelangte bis zur Ermensul, zerstörte dieses Heiligtum und brachte Gold und Silber, das er dort fand, mit.« (*Quellen zur karolingischen Geschichte*. Erster Teil. Neu bearb. von Reinhold Rau. Darmstadt 1962, S. 27.) Die Eresburg mit dem sächsischen Heiligtum Irminsuhl lag im Süden des sächsischen Gaus Engern. Heute befindet sich an der Stelle der Eresburg der Marsberger Stadtteil Obermarsberg im Hochsauerlandkreis.

**Graf von Diepholz:** Für die Gründung des Geschlechts der Grafen von Diepholz durch Karl den Großen gibt es keinen Beleg. Die erste gesicherte urkundliche Erwähnung stammt von 1160. Rudolf II. von Diepholz (1262–1303) heiratete 1285 (nicht 1011, wie im Märchen erwähnt) die Tochter Maria des Königs Waldemar von Schweden. Die Geschichte des jungen Grafen Rudolph ist eine sagenhafte Überlieferung aus dem Osnabrücker und Oldenburger Raum.

**Goldenstätte:** Goldenstedt ist eine Gemeinde im Kreis Vechta.

**Lehmförder Schloß:** Die Burg in Lemförde (heute Amtshof) wurde 1316 von den Diepholzer Grafen errichtet. Sie diente zeitweise auch als Residenz der Familie.

**Burggraf von Nürnberg:** Die Burggrafschaft von Nürnberg geht bis auf das 12. Jahrhundert zurück. Sie war ein bedeutendes Reichsterritorium. Burggraf Friedrich VI. erhielt während des Konstanzer Konzils (1415/1417) von Sigismund die Mark Brandenburg und die Kurwürde.

**Nahmas:** Naama, Die Tochter des Lamech und der Zilla, wird im Alten Testament der Bibel (Genesis, 4,22) erwähnt. Ihre Abstammung wird auf Kain, den Sohn von Adam und Eva, zurückgeführt.

**Kaiser Wenzel:** Der 1361 in Nürnberg geborene Wenzel von Luxemburg war König von Böhmen und von 1376 bis zu seiner Absetzung im Jahr 1400 römisch-deutscher König. Er starb 1419 auf der Wenzelsburg bei Prag.

**Ulrichskirche:** Die katholische Stadtpfarrkirche St. Ulrich und Afra in Augsburg.

**Annenkirche zu Augsburg:** In der Kirche St. Anna in Augsburg stifteten Jakob, Ulrich und Georg Fugger 1512 die Fuggerkapelle.

**Schloß Wallenburg:** 1595 erwarb Jakob Fugger III. das auf eine Burg aus dem 13. Jahrhundert zurückgehende Schloss Wellenburg in dem Augsburger Stadtteil Bergheim.

## Der Frauensee

*[BuB, Bd. 2, S. 121–146]*

Seen im Schwarzwald scheinen unter der Wasseroberfläche besonders viele schöne Jungfrauen zu beherbergen, die den Blikken der Erdbewohner nicht verborgen bleiben. Das Motiv der Nixe findet sich in zahlreichen Sagen und Märchen, wie etwa in dem Märchen *Die Wassernixe* bei den Brüdern Grimm. Sowohl die Körperformen als auch die Charaktere der Nixen sind von Geschichte zu Geschichte unterschiedlich. In der Erzählung, die sich in Ferdinand Grimms Nachlass fand, sind die beiden Seebewohnerinnen gutmütige und reizende junge Frauen, die ein schweres Schicksal erwartet, weil sie sich in ihrer Verliebtheit nicht an das strenge Reglement halten, das unter Wasser zu herrschen scheint. Die Grundfabel der Geschichte findet sich auch in der kurzen Sage Nr. 306 *Die drei Jungfern aus dem See* in den *Deutschen Sagen* der Brüder Grimm (hrsg. von Heinz Rölleke, a.a.O., S. 331).

**Schwarzenberg:** Baiersbronn-Schwarzenberg ist heute ein Ortsteil der Gemeinde Baiersbronn im Schwarzwald. Um die Gemeinde gibt es fünf Seen, allerdings heißt keiner Frauensee.

**lucke Nonnenseufzer:** »Lockeres«, printenähnliches Gebäck, von dem es verschiedene regionale Varianten gibt.

**Burg Rosenstein:** Die Burg Rosenstein im heutigen Ostalbkreis geht auf das 13. Jahrhundert zurück. Bereits im 16. Jahrhundert verfiel die Burg zur Ruine, die im 19. Jahrhundert Romantiker wie Ludwig Uhland oder Gustav Schwab anzog.

**Hornbergsburg:** Burg Hornberg über Neckarzimmern wurde bekannt als Wohnsitz des Ritters Götz von Berlichingen.

**Mummelsee:** Der Mummelsee liegt über 1000 Meter hoch im Schwarzwald bei Achern. Die Brüder Grimm haben in ihre *Deutsche Sagen* einen Auszug aus dem *Simplicissimus* von Grimmelshausen aufgenommen (Nr. 59, ebda. S. 89–91). In seinen *Volkssagen der Deutschen* hat Ferdinand Grimm unter dem Titel *Das Mümmelchen* (S. 51–53) eine Sage im Dialekt der Gegend wiedergegeben, in der sich ein Hirte in ein »Seewible« aus den Mummelsee verliebt. Weil er sich, aus Liebe entbrannt, nicht an ein Verbot hält, muss sie sterben: »Uf einmol wurds Wasser unruhig, un usm See kummt e Zettergschrei, un e färbt sie mit Bluet.«

**Konradin:** Der Sohn König Konrads IV. war der letzte Herrscher aus dem Geschlecht der Staufer. Er wurde 1252 geboren, war Herzog von Schwaben, König von Jerusalem und König von Sizilien. Im Kampf um das staufische Erbe in Italien wurde er am 23. August 1268 in der Schlacht bei Tagliacozzo vernichtend geschlagen und gut zwei Monate darauf in Neapel hingerichtet. Im 19. Jahrhundert galt Konradin als Verteidiger des Deutschen Reiches und wurde entsprechend verehrt.

## Der Teufel und die Hexe

***[BuB, Bd. 2, S. 147–218]***

Das Geschichte von der Hexe, die den Teufel überlistete, zählt zum festen Sagen- und Märchenbestand der ungarndeutschen Literatur in Siebenbürgen. 1988 wurde sie sogar titelgebend für eine Sammlung ungarndeutscher Märchen (*Der Teufelsgipfel.* Hrsg. von Ede Herger. Budapest 1988), die der Demokratische Verband der Ungarndeutschen herausbrachte. Das Märchen aus dem Nachlass von Ferdinand Grimm ist allerdings ungleich länger und in ein historisches Tableau eingebunden.

**Harsani:** Wahrscheinlich die kleine Gemeinde Nagyharsány südlich von Pécs, dem ehemaligen Fünfkirchen.

**Sieben:** Die Zahl 7 spielt in vielen Kulturen und Religionen eine bedeutende Rolle, oft mit negativer Konnotation. Die »böse Sieben« ist sprichwörtlich geworden. Sie meinte zunächst wahrscheinlich eine böse, zanksüchtige Frau. »Möglicherweise ist die böse Sieben eine Kurzform von sieben bösen Weibern (…). In jedem Fall aber steckt in der Redensart die Symbolzahl Sieben, die möglicherweise mit astrologischen Vorstellungen zusammenhängt; schon die Babylonier kannten eine ›böse Sieben‹. nämlich die sieben Tierkreiszeichen, die in der Nacht der Sommersonnenwende unsichtbar unter dem Horizont standen.« (*Wörterbuch der Symbolik.* Hrsg. von Manfred Lurker. Stuttgart 2019, S. 700)

**Prokop:** Der Prediger Andreas Prokop (um 1380–1434) war ein Anhänger des 1415 in Konstanz hingerichteten böhmischen

Reformators Jan Hus. In den Hussitenkriegen kämpfte er als Heerführer erfolgreich gegen die Kreuzritter. Er fiel in der Schlacht von Lipan.

**Ophthalmius/Augenstein:** Achat mit augenähnlichem Aussehen. Der Stein, in ein Lorbeerblatt gewickelt und in den Mund gesteckt, sollte unsichtbar machen und sei bei den Dieben sehr beliebt gewesen.

**Rosamunde von England:** Rosamund Clifford (um 1150–1176) war die Geliebte des englischen Königs Heinrich II. Sie lebte zuletzt zurückgezogen im Kloster von Godstow. Das Gerücht, wonach sie von der englischen Königin Eleonore vergiftet worden sei, führte schon früh zu zahlreichen Balladen und Liedern. Theodor Körner schrieb über sie 1812 das Trauerspiel *Rosamunde*.

**St. Brandanum:** Der irische Heilige St. Brendan, der um 484 geboren wurde und 577 starb, gehört zu den Zwölf Aposteln von Irland. Der Bericht über seine abenteuerliche Seereise auf dem Atlantischen Ozean, die er angeblich mit zwölf Gefährten gewagt haben soll, wurde wohl erst im 9. Jahrhundert verfasst und erlangte große Berühmtheit.

**Erdenwallerin:** Nach dem *Deutschen Wörterbuch* der Brüder Grimm eine Erdenpilgerin.

**1526:** In der Schlacht von Mohács, das östlich von Pécs liegt, erlitten die Ungarn unter ihrem König Ludwig II. am 29. August 1526 eine vernichtende Niederlag gegen das osmanische Heer unter Süleyman I. König Ludwig II. starb auf der Flucht.

**Rhodusritter:** Ritter der Johanniter auf der griechischen Insel Rhodos, die im Juni 1522 von den Osmanen belagert wurde. Nach der Kapitulation verließen die Ritter die Insel am 1. Januar 1523.

**Circe:** Zauberin in Homers *Odyssee* auf der Insel Aia, die Menschen in Tiere verwandelte, so die Gefährten des Odysseus in Schweine.

**Atalante:** Zwei Heroinnen in der griechischen Mythologie, die ihre Freier zum Wettlauf aufforderten. Den Unterlegenen erwartete der Tod.

**lappische Zaubertrommel:** Bemalte, ovale Rahmen- oder Schalentrommel der Lappen mit ritueller Bedeutung.

**Siebenpunkte:** Siebenpunkt-Marienkäfer, der als Glückssymbol gilt.

**Schrillebolde:** Libellen.

**blackhornbeladen:** Mit Tintenfässern aus Horn beladen.

**Aeptchen:** Eventuell sind Aextchen gemeint, und es handelt sich um einen Satzfehler.

**Assafötida:** Asant (Ferula assa-foetida), auch Stinkasant und Teufelsdreck, stammt aus der Familie der Doldenblütler.

**Hahnenkamm oder Kakaraka:** Silber-Brandschopf aus der Familie der Fuchsschwanzgewächse.

**Attila:** Der Hunnenkönig Attila (gest. 453) ließ wahrscheinlich 445 seinen mitregierenden Bruder Bleda ermorden und sicherte sich damit die Alleinherrschaft.

**Held Ziska:** Jan Žižka von Trocnov (um 1360–1424) war ein bedeutender Heerführer der Hussiten, der gegen den (katholischen) Kaiser Sigismund kämpfte. Seine Gegner ließ er grausam bestrafen. Auf dem Prager Veitsberg erinnert ein neun Meter hohes Reiterstandbild an den tschechischen Nationalhelden.

**Käuler:** Kaulhuhn, lt. Grimmschen Wörterbuch »huhn mit schwanzlosen, kaulichtem hintern«.

**Ellern:** Erlen.

**Felsen zu Heibach:** Nach einer schwäbischen Volkssage sollen sich der Heiland und der Teufel auf dem Rosenstein bei Heubach gestritten haben. Der Heiland soll gesiegt und den Teufel daraufhin in eine steile Felswand, die Teufelsklinge, gebannt haben (vgl. Ernst Heinrich *Meier: Deutsche Sagen, Sitten und Gebräuche aus Schwaben. Stuttgart 1852, S. 161).*

**See Moris:** Der Moeris-See wurde in altägyptischer Zeit wohl als Reservoir für Nil-Wasser nach Überschwemmungen angelegt. Der 230 km$^2$-große Quarun-See im Nordosten Ägyptens gilt als Überrest des ursprünglich wohl viel größeren Sees. Der griechische Historiograph Herodot nennt einen sagenhaften König Moeris, der den See angelegt haben soll (vgl. Horst Beinlich: *Der Moeris-See nach Herodot.* In: *Göttinger Miszellen* 100 (1987), S. 15–18). In der ägyptischen Märchenüberlieferung errichtete der Baumeister Motherud ein Labyrinth am See. Die deutsche Autorin Christiane Benedikte Naubert hat den Stoff in ihrer Erzählung *König Remphis oder das Labyrinth* (Leipzig 1793 als Zweyter Theil von *Alme oder Egyptische Mährchen*) zu einer historischen Erzählung verarbeitet. Ferdinand Grimm schätzte die Autorin und kannte ihr Werk gut.

**Lotterbettlein:** Chaiselongue.

**Höhle tief im Gebirge zu Thuin:** In die große Höhle bei dem kroatischen Ort Thuin (heute: Tounj) soll sich die Bevölkerung aus Angst vor marodierenden Soldaten und Räubern zurückgezogen haben. In einem Artikel für den dritten Band des von Karl Gottlieb von Windisch herausgegebenen *Ungarischen Magazins* wurde 1783 die damals noch zu sehenden Reste des Höhlendorfs beschrieben (*Beschreibung der Doppelhöhle zu Thuin in Kroatien*, S. 460–464). Die Volkssage von dem unglücklichen Mädchen ist u. a. abgedruckt in *Jurende's Vaterländischer Pilger für das Jahr 1842* (29. Jg. Brünn 1841, S. 101). Als Quelle wird in dem Artikel die Zeitschrift *Die Biene* vom Februar 1835 angegeben.

**Wortsee:** Wörthersee.

**Greifenfels und Guritz:** Die beiden hochmittelalterlichen Burgen, die heute Ruinen sind, waren im Besitz der Familien von Gurnitz. Heinrich von Gurnitz änderte seinen Namen 1235 in Heinrich von Greifenfels.

**Zeitung:** Hier: Nachricht, Bericht.

**Torre, dem Barra:** Torredembarra, Stadt in Katalonien

**Xeres:** Sherry.

**Baran:** Ehemalige Grafschaft in Ungarn.

**Namensunterschrift des Teufels:** Im Nachlass von Ferdinand Grimm in der Staatsbibliothek zu Berlin findet sich ein undatierter Zeitungsausschnitt mit Nachrichten aus Wissenschaft und Kunst. Darin heißt es unter der Ortsangabe Paris: »Die k. Bibliothek hat von den Erben des Herrn Joly v. Fleury die sämmtlichen Handschriften, welche sich auf den Prozeß des, als Zauberer verbrannten, Urban Grandier beziehen, gekauft. Unter dem einen Aktenstücke befindet sich auch eine angebliche Unterschrift des Teufels.« Der katholische Priester Urbain Grandier wurde 1634 in Loudun hingerichtet, weil er angeblich mit dem Teufel paktiert hatte. Das Dokument mit der Unterschrift »Satanas« wird bis heute in der Pariser Nationalbibliothek aufbewahrt.

**Gericht der Zwölfe:** Wahrscheinlich Anspielung auf das Gericht der zwölf Stammeshäupter Israels als endzeitliches Herrschergremium.

**Ahriman:** Personifikation des Zerstörerischen, Bösen, ursprünglich aus dem Persischen.

**Gebirge Kirwan:** Der 2494 Meter hohe Berg Kriváň in der Hohen Tatra zählt zu den nationalen Symbolen der Slowakei. Um ihn ranken sich zahlreiche Sagen.

**St. Petri:** Eine Kirche mit dem Namen St. Petri gibt es in Klagenfurt nicht. Es könnte sich um die Alte Kirche Sankt Peter in dem Klagenfurter Stadtteil St. Peter handeln.

## Die Zwerge. Sagen aus dem Herzogthum Braunschweig und dem Harze

***[BuB, Bd. 2, S. S. 219–244]***

Zwerge, für die es in den jeweiligen Regionen sehr unterschiedliche Benennungen gibt, spielen in Sagen und Märchen eine bedeutende Rolle. Ihr Äußeres wird sehr unterschiedlich beschrieben, aber immer leben sie unter der Erdoberfläche, entweder in zum Teil weitverzweigten Höhlen oder direkt unter den Böden eines Hauses. Oft hüten sie Schätze, von denen sie guten Menschen etwas abgeben. Die Gierigen strafen sie mit Siechtum oder Tod. »Die Zwerge wissen mehr als die Menschen«, heißt es im *Handwörterbuch des deutschen Aberglaubens* (hrsg. von Hanns Bächtold-Stäubli. Bd. 9: Waage – Zypresse. Berlin, New York [3]2000, S. 1058 f.). »Deshalb können sie in die Zukunft sehen und weissagen. Ihr Erscheinen kündet wichtige Ereignisse an, sie sind Wetterpropheten, stellen durch fröhliches oder trauriges Benehmen eine gute oder magere Ernte in Aussicht.« Ferdinand Grimm hat in seiner Zeit in Wolfenbüttel Zwergensagen aus seiner Umgebung gesammelt und teilweise auch mit kleinen Kommentaren versehen. An einer Stelle berichtete er auch davon, dass eine 90-jährige Frau ihm ihre Zwergengeschichte erzählt habe.

**Memoiren des Ritters Pask:** In der von Friedrich Witthauer herausgegebenen *Wiener Zeitschrift für Kunst, Literatur, Theater und Mode* erschienen unter dem Titel *Der Ritter Pask. Mittheilungen aus dessen Memoiren. (1630–1690)* seit dem 26. Februar 1844 (Nr. 41) in loser Folge die Erinnerungen eines polnischen Adligen, der unter drei Königen gedient hatte. Die Geschichte des schwedischen Gesandten Rey wurde am 13. Mai 1844 in der Nr. 96, S. 765 f. gedruckt.

**Steinau:** In Steinau an der Straße verbrachte Ferdinand einen Teil seiner Kindheit.

**Heimchen:** Grille, etwas kleiner als die Feldgrille.

**Velleda:** Anspielung auf eine Stelle in Christiane Benedikte Nauberts Roman *Velleda. Ein Zauberroman.* Leipzig 1795: »Ein Heimchen, das während ihrer Abwesenheit Besitz von der verlassenen Feuerstelle genommen hatte, und das, wie die Sage berichtet, immer ein Geschöpf böser Vorbedeutung war, zirpte ihr traurig entgegen, und von den beräucherten Bildern der Hausgötter schienen Blutstropfen herab zu rinnen.« (S. 30)

**Goldsmith:** In dem in zahlreichen Auflagen verbreiteten zweibändigen Werk *A History of the Earth and Animated Nature* von Oliver Goldsmith heißt es wörtlich: »Ledelius tells us of a woman who was very much incommoded by crickets [Grillen, d. A.], and tried, but in vain, every method of banishing them from her house. She at last accidentally succeeded; for having one day invited several guests to her house, where there was a wedding, in order to increase the festivity of the entertainment, she procured drums and trumpets to entertain them. The noise of these was so much greater than what the little animals were used to, that they instantly forsook their situation, and were never heard in that mansion more.« (Bd. 2. Glasgow/London o. J., S. 482)

**Lechelnwald:** Lechlumer Holz, ehemals Hauptrichtstätte im Fürstentum Braunschweig-Wolfenbüttel.

**Herrn von Asseburg:** Die Familie von der Asseburg ist ein niedersächsisches Adelsgeschlecht mit der ehemaligen Asseburg als Stammsitz.

**1537:** Heinrich II., Herzog zu Braunschweig-Lüneburg und Fürst von Braunschweig-Wolfenbüttel, ließ den ehemaligen Lübecker Bürgermeister Jürgen Wullenweber am 24. September 1537 am Lechlumer Holz hinrichten. Wullenweber hatte versucht, die Vormachtstellung der Hanse und Lübecks wieder zu gewinnen, verstrickte sich damit in Kriege und wurde schließlich als Aufrührer gefangengenommen.

**Longinikapelle:** Kapelle aus dem 14. Jahrhundert, sie wurde bei der Belagerung des Schlosses in Wolfenbüttel 1546 zerstört.

**Atzum:** Heute ein Stadtteil von Wolfenbüttel.

**Haus Nummer Zwanzig:** Ferdinand Grimm wohnte in

Wolfenbüttel bei der Witwe Röver im Haus Nummer 20 Herzogthor.

**Thale:** Thale ist heute eine Stadt im sachsen-anhaltinischen Landkreis Harz.

**Johannistag:** 24. Juni, angeblich der Tag der Geburt von Johannes des Täufers.

## Der unbekannte Bruder Grimm

***Der unbekannte Bruder Grimm. Deutsche Sagen von Ferdinand Philipp Grimm. Aus dem Nachlaß herausgegeben von Gerd Hoffmann und Heinz Rölleke. Düsseldorf/Köln (Diederichs) 1979 [Bruder Grimm]***

Aus dem bescheidenen Nachlass des verstorbenen Ferdinand Grimm nahm sein Bruder Jacob ein Konvolut mit noch unveröffentlichten Sagentexten mit nach Berlin. Die Handschriften befinden sich heute in einem Dossier unter der Signatur »Nachlass Grimm 85« in der Staatsbibliothek zu Berlin – Preußischer Kulturbesitz. In dem Dossier finden sich neben den Handschriften auch zahlreiche Ausschnitte aus Zeitungen und Zeitschrift, die (Sagen-)Texte enthalten, von denen Ferdinand Grimm offenbar glaubte, sie für eine spätere Publikation verwerten zu können. Dazu ist es nicht mehr gekommen. Er scheint noch bis wenige Tage vor seinem Tod an der Sammlung gearbeitet zu haben. Die Entdeckung dieses Schatzes verdanken wir Gerd Hoffmann und Heinz Rölleke, die das Konvolut kritisch sichteten und einen großen Teil der Texte 1979 veröffentlichten. Heinz Rölleke steuerte auch ein umfangreiches Vorwort bei, in der er eine Ehrenrettung des weitestgehend vergessenen Sagensammlers und Autors unternahm. Er wies außerdem auf einen deutlichen Unterschied zur Sammeltätigkeit seiner Brüder Jacob und Wilhelm hin.

»Wie die mannigfachen Örtlichkeiten seiner aus mündlicher Tradition aufgefaßten Sagen zeigen, hat sich Ferdinand auf seinen Reisen und bei seinen Gewährsleuten verschiedenster Herkunft entsprechend weiträumig umgetan. (…) Die Märchenforschung hat erst kürzlich erweisen können, daß die Vorstellung ähnlicher Überlieferungsverhältnisse bei den *Kin-*

*der- und Hausmärchen* eine Fiktion war. Während Ferdinand sich wirklich ›einfachen Leuten‹ zuwandte – was auch im Stil seiner Niederschriften allenthalben erkennbar durchschlägt –, wählten sich die Brüder Grimm zumeist geschickte und gebildete Erzähler aus dem gutsituierten Bürgertum, und während sie Ausstattung und Preis ihrer Ausgaben zunächst Verlegern überließen, wünschte Ferdinand, daß solch ein Buch unbedingt wohlfeil verkauft werden müsse« (*Bruder Grimm*, S. 39 f.). Bereits in einem Brief vom 24. Februar 1816 hatte sich Ferdinand zu der geplanten Ausgabe der *Deutschen Sagen* durch seine Brüder in diesem Sinn geäußert:

»Nur dafür thut aber auch und veranstaltet das Buch (das sonst immer schön und gut gedruckt seyn mag) so mäßig wie möglich im Preise, damit es auch dem ärmeren Käufer *wirklich* in die Hände kommen kann. Denn es ist arg, wenn Werke, die man verspricht, dem Volke wieder zu geben, sie ihm auf immer weg nimmt« (zit. n. Reinhold Steig: *Über Grimms ›Deutsche Sagen‹*. In: Archiv für das Studium der neueren Sprachen und Literatur 135 {1916}, S. 55).

Heinz Rölleke hat darauf hingewiesen, dass nur sechs von 222 Texten im zweiten Band der *Deutschen Sagen* von Jacob und Wilhelm Grimm auf mündliche Tradition zurückgehen. Dagegen fand er allein im Nachlass Ferdinands 79 Sagen, die dem Grimm-Bruder bei seinen Wanderungen erzählt worden waren.

Ferdinand Grimm beließ es aber nicht dabei, wie Hoffmann und Rölleke zeigen konnten, die Sagen so wiederzugeben, wie er sie gehört hatte. Er machte »durch unscheinbare Änderungen, Kürzungen und Ergänzungen aus einem holprigen Notat eine kleine abgerundete Erzählung (…) In solch kleinen Eingriffen zeigt er sich in Stil und Tendenz seinem Bruder Wilhelm teilweise kongenial, dessen Textverbesserungen ja in erster Linie als Rekonstruktionen verlorener Ursprünglichkeit im ganzen wie im winzigen Detail verstanden sein wollen« (*Bruder Grimm*, S. 16 und 18).

Heinz Rölleke erklärt in seinem Vorwort auch, warum er und Gerd Hoffmann die nachgelassenen Sagen von Ferdinand Grimm transkribiert und veröffentlicht haben. Drei Ziele wollten sie damit erreichen:

»1. Eine alte Schuld der ja von den Brüdern Grimm maßgeblich inaugurierten Wissenschaften Germanistik und Volkskunde wird ein wenig abgetragen, indem Kenntnis von einem weiteren, bislang so gut wie unbekannten Bruder Grimm gegeben wird, der ähnlich begabt und tätig war wie seine beiden berühmten älteren Brüder.

2. Die Texte nach mündlicher Tradition sind ein durchaus unverächtliches und vor allem durch den relativ frühen Zeitpunkt ihrer Aufzeichnungen wertvolles Material für die volkskundliche Sagenforschung.

3. Schließlich sind die nachgelassenen Aufzeichnungen und Bearbeitungen Ferdinand Grimms als solche nicht ohne Wert, zeichnen sie sich doch weiterhin aus durch eine angenehme Tonlage des Erzählens, biedermeierliche Eigenheiten und einen durchaus persönlichen Stil. Eine Analyse der Stilelemente und -merkmale wie auch ein Vergleich mit den bei Wilhelm Grimm zu beobachtenden Bearbeitungstendenzen dürfte nicht ohne Reiz sein und nicht ohne neue Einsichten bleiben« (*Bruder Grimm*, S. 15).

Für diesen Band haben wir 42 Sagen und Sprüche ausgewählt. Die Korrekturen von Ludwig Denecke wurden dabei berücksichtigt (vgl.: die Rezension von Ludwig Denecke in: *Fabula. Zeitschrift für Erzählforschung.* 22. Bd. (1981). Heft 1/2, S. 127 f.). Die Sagentitel von Ferdinand Grimm und den Herausgebern wurden von uns übernommen.

## Karl der Große im Herstaller Berg

***[Bruder Grimm, S. 45f. Original: Nachlass Grimm 85, 191r–192]***

*Unter dem Text:* »von einem hessischen Bauern«.

## König Wittekind

***[Bruder Grimm, S. 47–49. Original: Nachlass Grimm 85, 150r–151v]***

## Kaiser Karls Schimmel und die Wunderquelle bei Stadthagen

***[Bruder Grimm, S. 51. Original: Nachlass Grimm 85, 152r–152v]***

*Unter dem Text:* »Aus dem Munde eines hessischen Bauern«.

## Kaiser Karl und Wittekind in der Kirche zu Godelheim

***[Bruder Grimm, S. 51f. Original: Nachlass Grimm 85, 153r–153v]***

*Unter dem Text:* »Aus dem Munde eines Godelheimer Bauern«.

Die Sagen, die sich um Karl den Großen und Widukind ranken, sind oft Kompositionen aus verschiedenen historischen, volkspoetischen und märchenhaften Elementen. Ein Kaiser oder ein König, der in einem Berg auf bessere Zeiten wartet, ist auch vom Kyffhäuser überliefert. Nur handelt es sich da um Friedrich I. Barbarossa (vgl.: in den *Deutschen Sagen* die Nr. 23: *Friedrich Rotbart auf dem Kyffhäuser*). Vom Ruf »Vergiß das Beste nicht!« war schon die Rede, wie auch vom Sachsenherzog Widukind (»Wittekind«), der sich 785 in Attigny christlich taufen ließ – mit Karl dem Großen als Taufpaten.

**Karlshaven:** Heute: Bad Karlshafen.

**Herstalle:** Herstelle wurde 797 von Karl dem Großen dort gegründet, wo er sein Winterquartier aufgeschlagen hatte, und ist heute ein Stadtteil von Beverungen.

**Babilonie:** Die Babilonie ist ein 255 Meter hoher Berg in Obermehnen, einem Stadtteil von Lübbecke. Auf dem Berg befinden sich Reste einer frühgeschichtlichen Burganlage. Die Sage ist in dem Ort bis heute lebendig. In Führungen werden der Geheimgang und der Schatzfundort des Schäfers von Hille gezeigt. Wie der Heimatverein Babilonie Obermehnen auf seiner Internetseite berichtet, fand der Pastor von Hille 1966 in den Kirchenbüchern mehrere bedeutende Stiftungen des Schäfers Cord Bollacker in den Jahren 1745, 1751 und 1767. (www.heimatverein-babilonie.de). Als (wörtliche) Vorlage diente Ferdinand Grimm der Abdruck der Sage in den

*Westphälischen Provizial=Blättern.* Erster Band. Erstes Heft. Minden 1828, S. 49–51.

**Stadthagen:** Gemeint ist die bereits erwähnte Eresburg in Marsberg.

**Brunsburg:** Die Brunsburg auf dem Brunsberg im Höxter Stadtteil Godelheim ist eine sächsisch-karolingische Gründung. Die heutigen Reste der Burganlage stammen aus dem 12. Jahrhundert.

## Graf Reinstein und der Bode-Nix

***[Bruder Grimm, S. 55. Original: Nachlass Grimm 85, 1r–1v]***

Die Sage enthält wesentliche Elemente aus der »Volkssage« *Die Roßtrappe* (das ist die ovalrunde Vertiefung im Fels), die Johann Carl Christoph Nachtigal (»Otmar«) 1800 in seine *Volcks-Sagen* aufgenommen hat (S. 180–186). Dort ist es allerdings der Riese Bohdo, der Emma, eine Königstochter vom Riesengebirge, verfolgt.

**Winzenburg:** Die ehemals stark befestigte Burg in Winzenburg (einem Ortsteil von Freden) stammt aus dem 12. Jahrhundert. Das Geschlecht der Winzenburger ist bereits 1152 erloschen.

**Löwenburg:** Nicht genau zu bestimmen, vielleicht die Löwenburg im Stadtwald von Bleicherode.

**Reinstein:** Die Grafen von Regenstein, auch Reinstein, hatten ihren Stammsitz auf der Burg Regenstein bei Blankenburg im Harz.

## Von dem Glauberg

***[Bruder Grimm, S. 58. Original: Nachlass Grimm 85, 197r]***

*Unter dem Text:* »Mündlich«.

Die Glauburg in der Gemeinde Glauburg zählte zu dem staufischen Burgensystem in der Wetterau. Sie wurde Mitte des 13. Jahrhunderts zerstört. Die Gründung des Klosters Konradsdorf bei Ortenberg steht damit in keinem Zusammenhang. Auch ein Conrad von Isenburg wird dabei nicht erwähnt.

## Fritzlar

***[Bruder Grimm, S. 60. Original: Nachlass Grimm 85, 107v–108r]***

Im Streit zwischen dem Erzbistum Mainz, zu dem Fritzlar gehörte, und der Landgrafschaft Thüringen eroberte und zerstörte Konrad von Thüringen (um 1206–1240) die Stadt im Jahr 1232.

## Der betrogene Teufel

***[Bruder Grimm, S. 66. Original: Nachlass Grimm 85, 1v]***

Die Sage erinnert an *Der Teufel und die Hexe* in den *Burg- und Bergmärchen*.

## Schaumburg

***[Bruder Grimm, S. 68f. Original: Nachlass Grimm 85, 10r–10v]***

Die Schaumburg in Rinteln war der Stammsitz der Grafen von Schaumburg. Sie befindet sich heute im Besitz des Hauses Schaumburg-Lippe.

## »O Elend! Elend!«

***[Bruder Grimm, S. 70. Original: Nachlass Grimm 85, 1v–2r]***

*Unter dem Text:* »Viele Leute erzählten mir die Sage, wollten aber von andern, wie der von Otmar und Gottschalk, nicht wißen«.

Die Ruine der Elendsburg liegt im Oberharzer Stadtteil Elend. Die Burg wurde wahrscheinlich im 12. Jahrhundert erbaut. Die erwähnte Sägemühle ist seit 1506/07 nachgewiesen, die Eisenhütte seit dem 18. Jahrhundert. Der Name Elend weist auf einen abgeschiedenen Ort hin. In den *Volcks-Sagen* von Otmar wird mit *Lora, die Göttin der Liebe* (S. 75–78) eine ganz andere Entstehungsgeschichte des Ortes erzählt. In Friedrich Gottschalcks *Die Sagen und Volksmährchen der Deutschen* (Halle 1814) findet sich die Sage von der *Entstehung des Klosters zum Elende* (S. 281–284).

## Christus ohne Schaamtuch

***[Bruder Grimm, S. 72. Original: Nachlass Grimm 85, 205r]***

*Unter dem Text:* »Mdlch. (auch soll die Gesch. gedruckt umlaufen) (Auch Reise in d. Bair. Kreis S. 874.) Salzburg 1784«.

In Johann Pezzls *Reise durch den Baierischen Kreis* (Salzburg und Leipzig 1784) ist die Sage auf den Seiten 52 und 53 abgedruckt.

## Schnellerts und Rodenstein

***[Bruder Grimm, S. 78f. Original: Nachlass Grimm 85, 52r–52v]***

*Unter dem Text:* »Mdlich von Frau von Kratzeisen«.

Die Sage vom Rodensteiner verarbeitete Ferdinand Grimm in seiner Geschichte vom *Weibchenstein* in seinen *Burg- und Bergmärchen*. Bei der »Frau von Kratzeisen« könnte es sich um die Ehefrau des bayerischen Infanterie-Offiziers Karl August (von) Krazeisen handeln, der in München zum Freundeskreis um Ludwig Emil Grimm gezählt hatte.

## Jungfrau, und die Wiege mit dem Bäumchen

***[Bruder Grimm, S. 80f. Original: Nachlass Grimm 85, 195r–195v]***

*Unter dem Text:* »Mündlich«.

Eine ähnliche, aber kürzere Sage findet sich unter der Nummer 107 (*Die Wiege aus dem Bäumchen*) in den *Deutschen Sagen* der Brüder Grimm. Sie geben dazu mehrere gedruckte Quellen an. Ähnliche Sagen wurden in verschiedenen Teilen Deutschlands, auch in Österreich und der Schweiz erzählt.

## Das Zwergengebäude

***[Bruder Grimm, S. 55. Original: Nachlass Grimm 85, 19r–19v]***

## Die Zwerge auf dem großen Hope

***[Bruder Grimm, S. 84f. Original: Nachlass Grimm 85, 12r–12v]***

**Zwergengebäude:** Die Überreste einer römischen Villenanlage aus der Regierungszeit Kaiser Hadrians (117–138) in Nußdorf-Debant regte schon früh die Phantasie der Menschen an. Offenbar waren die noch gut sichtbaren Mosaikfußböden und Teile der Fußbodenheizung mit ihren niedrigen Gewölben dafür verantwortlich, dass die Sage von einer Zwergenstadt entstand.

**Hope:** Die Sage stammt aus Wilhelm Redeker: *Westphälische Sagen, meist aus mündlicher Ueberlieferung gesammelt und mitgetheilt.* In: *Westphälische Provinzial-Blätter* 1. Band. 4. Heft. Minden 1830, S. 66.

## Die Schlüsselblume

***[Bruder Grimm, S. 85f. Original: Nachlass Grimm 85, 180r]***

## Bergkirchen

***[Bruder-Grimm, S. 88f. Original: Nachlass Grimm 85, 13r–13v]***

Die Geschichte mit dem Farnsamen, der unsichtbar machen kann, ist in verschiedenen Regionen Deutschlands und Österreichs überliefert.

## Bienen trauern

***[Bruder Grimm, S. 89f. Original: Nachlass Grimm 85, 178r–178v]***

## Vorbedeutung

***[Bruder Grimm, S. 90. Original: Nachlass Grimm 85, 75v]***

*Unter dem Text:* »Volksglaube, der im Dezember 1838 zu Hanau verbreitet war, als man im dortigen Pulvermagazin klopfen hörte«.

## Aus Wolfenbüttel

*[Bruder Grimm, S. 90. Original: Nachlass Grimm 85, 114v]*

*Unter dem Text:* »Glaube in Wolfenbüttel«.

## Siebenschläfer-Tag

*[Bruder Grimm, S. 90f. Original: Nachlass Grimm 85, 219r]*

*Unter dem Text:* »Mündlich«.

## Aberglaube

*[Bruder Grimm, S. 91. Original: Nachlass Grimm 85, 90v]*

## Aberglaube

*[Bruder Grimm, S. 91. Original: Nachlass Grimm 85, 91v]*

*Unter dem Text:* »Mdlich 15 Aug 1838«.

## Abergl[aube] Spucken

*[Bruder Grimm, S. 91. Original: Nachlass Grimm 85, 96v]*

*Unter dem Text:* »Mdl«.

## Abergl[aube]

*[Bruder Grimm, S. 92. Original: Nachlass Grimm 85, 110v]*

*Unter dem Text:* »Mündlich zu Wolfenb.«.

## Träume

*[Bruder Grimm, S. 92. Original: Nachlass Grimm 85, 95v]*

## Aberglaube

*[Bruder Grimm, S. 92. Original: Nachlass Grimm 85, 93v]*

## Aberglaube im Braunschweigischen

*[Bruder Grimm, S. 92. Original: Nachlass Grimm 85, 95r]*

## Irrlichter

*[Bruder Grimm, S. 92. Original: Nachlass Grimm 85, 107v]*

## Aberglaube

*[Bruder Grimm, S. 93. Original: Nachlass Grimm 85, 95v–96r]*

## Abzählvers

*[Bruder Grimm, S. 93. Original: Nachlass Grimm 85, 154r]*

Ferdinand Grimm sammelte nicht nur Sagen und Märchen, sondern auch Äußerungen eines »Volks-Aberglaubens«, der neben der christlichen Religion nicht nur weiterexistierte, sondern in voller Blüte stand. Die Beispiele stammen aus den Orten, wo Ferdinand Grimm lebte: Hanau, Steinau und Wolfenbüttel. Offenbar schaute er den Menschen genau aufs Maul und notierte das Gesagte, selbst wenn es noch so absurd war. Als aufgeklärter Kopf war er nicht in Gefahr, die Weisheit von der Gass' für wahr zu halten. Allerdings hatte er einen Sinn für Skurrilitäten. So findet sich in dem Sagendossier zum Beispiel ein Zeitungs- oder Zeitschriftenausschnitt über »Unglückliche Tage, wie sich solche in jedem Monat befinden sollen«. Darin werden 42 Tage aufgeführt, an denen kein Kind geboren, kein Paar sich verheiraten, kein Hausbau begonnen und keine Reise unternommen werden sollte.

## Die Teufelskaute

*[Bruder Grimm, S. 93f. Original: Nachlass Grimm 85, 186r]*

*Unter dem Text:* »Mündlich oft von Eulerche erzählt bekommen«.

## Steinau

***[Bruder Grimm, S. 95. Original: Nachlass Grimm 85, 115r]***

*Unter dem Text:* »Nach Erzählung aus Wagners Haus – W. d. 9ten April 1841, am Charfreitag. –«.

In Steinau an der Straße lebte Ferdinand Grimm von 1791 bis 1803. Die kleine Stadt, in der sein früh verstorbener Vater Amtmann gewesen war, blieb sein Sehnsuchtsort einer glücklichen Kindheit. Seine Briefe zeigen, wie sehr er sich in späteren Jahren für das Schicksal seiner früheren Freunde in Steinau interessierte und fast euphorisch an seine Kinderzeit dort zurückdachte. Offenbar gab es in seinem gesamten Leben keine schönere Zeit als die Jahre in Steinau. Die zwei Geschichten aus Steinau sind ihm erzählt worden. Er nennt den Freund Eulerche (Nikolaus Euler, Töpfer in Steinau) und die Familie Wagner. Conrad Bernhard Wagner (1758–1846) war Stadtchirurg in Steinau und der Hausarzt der Familie Grimm. Mit Bange ist ein Buch gemeint, das auch Jacob und Wilhelm Grimm für ihre Sagensammlung verwendeten: Die *Thüringische Chronick und Geschichtsbuch* von Friedrich Schmidt, herausgegeben von Johann Bange (Mühlhausen 1599).

## Zwerg holt ein Kind

***[Bruder Grimm, S. 95. Original: Nachlass Grimm 85, 49r–49v]***

*Unter dem Text:* »Mündliche Erzählung meiner Hausfrau d. 28 Jan 39«.

Ferdinand Grimm wohnte in Wolfenbüttel am Herzogthor 20 bei der Witwe Röver.

## Die Zwergbrote aus dem Hause Bomsen

***[Bruder Grimm, S. 102f. Original: Nachlass Grimm 85, 200r–200v]***

*Unter dem Text:* »Lebrecht Noeller im Freimütigen von 1814 No. 209«.

Jonathan Ludwig Lebrecht Nöller (1773–1842) war Advokat in Dresden und veröffentlichte auch literarische Texte, so wahrscheinlich in der Zeitschrift *Der Freimüthige, oder Berlinisches Unterhaltungsblatt für gebildete, unbefangene Leser.* In Schillers *Musen-Almanach für das Jahr 1799* stammen zwei Gedichte von ihm.

**Schloss Bomsen:** Das ehemalige Rittergut in Pomßen, einem Ortsteil von Parthenstein, wurde in der ursprünglichen Form von Hans von Ponickau 1545 erbaut und später mehrfach umgebaut.

**von Bünau:** Die Bünaus sind ein sächsisches Grafengeschlecht. Die beiden Familien Bünau und Ponickau waren verschwägert. So war zum Beispiel Margarete von Bünau (1575–1643) eine geborene Ponickau.

## Die Hinzemännchen

***[Bruder Grimm, S. 103. Original: Nachlass Grimm 85, 42r–42v]***

*Unter dem Text:* »Sage von ihnen [sic!] Alfred Reumont Rheinsagen und Gesch. Köln 1837. Die beste und fast einzige Sage der Sammlung«.

Ferdinand Grimm meint die erhebliche längere Sage *Der Hinzenthurm* in Alfred Reumonts *Rheinlands Sagen, Geschichten und Legenden.* (Köln und Aachen 1837, S. 111–116).

## Von einem Wehrwolf

***[Bruder Grimm, S. 109. Original: Nachlass Grimm 85, 179r]***

Unter dem Text: »Schau Platz nachdenkl. u. trauriger Geschichten d. Christian Minsicht. Nürnberg 1663. 73«.

Der Text stammt fast wörtlich aus: Christian Minsicht (d. i. Erasmus Fransisci): *Neu-erbauter Schau=Platz denckwürdiger Geschichte / und seltzamer / mehrentheils trauriger Fälle* (Nürnberg 1663, S. 73).

## Der Reuter ohne Kopf

***[Bruder Grimm, S. 110f. Original: Nachlass Grimm 85, 208r]***

*Unter dem Text:* »(Vielleicht stammt Langbeins prosaische Erzählung: von dem Ritter ohne Kopf in Prag {und auch noch andere} davon her, und das ist alles dieselbige Sage.) in dem Beckerschen Taschenbuch für das Jahr 1811. oder 10«.

Die von Ferdinand Grimm erwähnte Novelle *Der Todte zu Roß* von August Friedrich Ernst Langbein erschien in Gottlieb Wilhelm Beckers *Taschenbuch zum geselligen Vergnügen* 21. Jg. (Leipzig 1811, S. 191–213). In Prag wird bis heute die Sage von einem kopflosen Tempelritter erzählt, der nachts mit seinem weißen Pferd durch die Altstadt reitet. Die Geschichte gibt es auch mit einem Mönch, der dem Kartenspiel verfallen war und deshalb nicht rechtzeitig zu einem Kranken kam.

## Zum falschen Eyd

***[Bruder Grimm, S. 113. Original: Nachlass Grimm 85, 213r]***

*Unter dem Text:* »Martin Zeiller. Das dritte Hundert Episten u. Sendschreiben. Ulm 1643 S. 391«.

Die Sage findet sich auch als Nummer 100 bei den Brüdern Grimm (*Der falsche Eid*). Allerdings ist sie kürzer und als Quelle wird Daniel Schneider: *Titius Continuatus et Illustratus* (Wittenberg 1680) angegeben. Ferdinand Grimm nutzte eine ältere Quelle: Martin Zeiller: *Das Dritte Hundert Episteln / oder Sendschreiben* (Ulm 1643, S. 391)

**Kloster Schönau:** Die ehemalige Zisterzienserabtei liegt in der Gemeinde Schönau im Odenwald.

## Eine Frau trägt glühend Eisen

***[Bruder Grimm, S. 114. Original: Nachlass Grimm 85, 222r]***

*Unter dem Text:* »Aegid. Tschudi helv. Chr. Basel S. 271 Folio. 1 Bd«.

Den Text entnahm Ferdinand Grimm dem *Chronicon Helveticum* von Aegidius Tschudi und Johann Rudolf Iselin (Basel 1734. Ersten Theils Viertes Buch, S. 271).

## Die übeln Waßer im Odenwald

*[Bruder Grimm, S. 115. Original: Nachlass Grimm 85, 214r]*

*Unter dem Text:* »Martin Zeiller Drittes Hundert Epistel Sendschreiben pp. Ulm 1643. in 8. S. 392«.

Der zweite Text über Schönau stammt wiederum aus Martin Zeillers *Das Dritte Hundert Episteln* (Ulm 1643, S. 392).

## Die Tantzenden auf der Brücke

*[Bruder Grimm, S. 116f. Original: Nachlass Grimm 85, 218r]*

*Unter dem Text:* »A. Tschudi helv. Chronik. 1 Bd. S. 187«.

Der Text ist wiederum dem *Chronicon Helveticum* (Ersten Theils Viertes Buch, S. 187) entnommen.

# Aus dem Nachlass

Neben den Sagen hat sich in der Staatsbibliothek zu Berlin – Preußischer Kulturbesitz ein weiterer kleiner Nachlass mit Geschichten erhalten, die nur zum Teil schon druckfertig ausgearbeitet waren. In *Die drei Müllerstöchter* und der titellosen Geschichte mit Teufel und Menschenfressern begegnen wir der ungezügelten Grausamkeit von Spinnstubenerzählungen. Auch wenn diesen beiden Texten noch inhaltlicher und stilistischer Schliff fehlen, vermitteln sie doch einen Eindruck davon, mit welchen Phantasien Ferdinand Grimm bei seinen Feldforschungen konfrontiert wurde. Bei den Transkriptionen aus den Handschriften haben wir versucht, sie dem heutigen Sprachgebrauch vorsichtig anzupassen, um einen Eindruck von einem gänzlich unbekannten Teil seiner Märchen- und Sagenforschungen zu geben.

## Ein armer Bauer
## Een armer Buur

*[Nachlass Grimm 1757, 13, Blatt 1r–1v]*

*Bemerkung über dem Text:* »In Ferdinands Nachlaß gefunden 1845«.

Der Text ist in niederdeutscher Sprache abgefasst.

Zu der hier erstmals auch in einer Übersetzung aus dem Niederdeutschen gedruckten Variante des Grimm'schen Märchens *Der Gevatter Tod* hat Heinz Rölleke einen profunden Aufsatz verfasst: *Das Grimm'sche Märchen* Der Gevatter Tod *und eine bislang unbekannte Fassung aus dem Nachlass Ferdinand Grimms* (in: Wirkendes Wort 63 (2013) 3, S. 393–409). Darin ist der niederdeutsche Text auf den Seiten 395 und 396 abgedruckt.

Demnach handelt es bei der niederdeutschen Version um die Ausarbeitung von vorliegenden Notizen nach mündlichem Vortrag oder um die Abschrift einer an Ferdinand Grimm gesandten Aufzeichnung. Die in runden Klammern stehenden Erläuterungen stammen sehr wahrscheinlich von Ferdinand Grimm. Die Qualität der Handschrift des niederdeutschen Manuskripts lässt Rölleke vermuten, dass es sich um die Vorlage für den geplanten Druck handelt. Das Manuskript wurde zwischen 1837 und 1844 in Wolfenbüttel abgefasst. Die niederdeutsche Sprachform ist, so Rölleke, im Wolfenbütteler Raum anzusiedeln. Rölleke meint, dass Ferdinand Grimms Fassung auch wegen des abweichenden, nämlich glücklichen Ausgangs, Aufmerksamkeit verdient.

## [Teufel und Menschfresser]

***[Nachlass Grimm 1757, 13 19r–20v]***

*Unter dem Text:* »Aus dem Eichsfeld von einer (katholischen) Wollspinnerin«.

## Ein Mädchen in Butzbach

***[Nachlass Grimm 85, 234r]***

*Unter dem Text:* »Frankfurter gelehrte Anzeigen Jahr 1782 No. 77 (Aus dem thüring. Traumbuch in Frankfurt erschienen).

Abweichender Schluss in den Frankfurter Gelehrten Anzeigen: Der Landgraf ließ den Körper auf den Gottesacker bringen und beschenkte das Mädchen.

Und lasst mir einen Philosophen kommen und demonstriren, daß diese Erscheinung ganz natürlich sey!»

Der Artikel, den Ferdinand Grimm zitierte, erschien in den

*Frankfurter Gelehrten Anzeigen* am 24. September 1782 (Nr. 77, S. 611).

## Die drei Müllerstöchter

*[Nachlass Grimm 1757, 13 3–3v]*

Das Geschichte ähnelt in Teilen dem Märchen *Der Räuberbräutigam* in den *Kinder- und Hausmärchen*. Allerdings ist es darin nur eine Müllerstochter, die in das Mörderhaus kommt. Die Überführung der Mörder durch die abgeschlagene Hand mit dem Ring ist in beiden Geschichten fast gleich.

## Abzählvers

*[Nachlass Grimm 85, 154r]*

Ferdinand Grimm im Alter von 20 Jahren. Gezeichnet von seinem Bruder Ludwig Emil

Ludwig Emil Grimm, 1790–1863, Selbstbildnis 1815

Carl Grimm in Uniform

Charlotte Amalie, genannt Lotte Grimm, 1793–1833, Porträt von Ludwig Emil Grimm, 1820

Die Brüder Jacob Grimm, 1785–1863, und Wilhelm Grimm, 1786–1859

# Vergessen und verdrängt: Ferdinand Grimm im Abseits

Ferdinand Grimm ist verloren gegangen. Dass man seit seinem Tod am 6. Januar 1845 so wenig über ihn gelesen und gehört hat, kündigte sich schon zu seinen Lebzeiten an. Der vierte Grimm-Bruder nach Jacob, Wilhelm und Carl geriet schon früh aus der von Jacob und Wilhelm vorgegebenen Erfolgsspur. Der offenbar hochbegabte älteste Bruder soll geweint haben, weil er in der Schule in Steinau an der Straße nach ein paar Jahren nichts mehr habe lernen können. Ferdinand tat sich mit dem zwei Jahre jüngeren Bruder Ludwig Emil zusammen. Beim verschroben böswilligen Präzeptor Zinckhan, dem wegen seiner harten Strafen von vielen gefürchteten Steinauer Lehrer, wollten sie nichts lernen und schufen sich ihre eigene Schule in wilden Spielen und Streichen, draußen in den Wäldern, an den Bächen des Spessart. Merkwürdig, dass beide enge Beziehungen zu Vögeln entwickelten, mit denen sie sich durch Pfeifen verständigten. Jacob nannte Ferdinand später einen »Fensterpfeifer«, was wohl so viel wie Taugenichts, Faulenzer, Nichtsnutz bedeutete. Und merkwürdig bleibt auch, dass spätere, sehr bekannte und einflussreiche Grimm-Forscher Carl und Ferdinand nicht nur kritisierten, sie gaben auch nachgetragene Erziehungsratschläge wie der »Professor am Königlichen Friedrichs=Gymnasium zu Cassel« Adolf Stoll: »Am schlimmsten aber stand es mit den Brüdern Karl und Ferdinand. Sie waren nicht ohne Gaben, aber lässig, träge, unstet und abspringend. Ihnen hätten die älteren Brüder ihre Liebe besser so bekundet, daß sie mit allem Nachdruck beide zur Ergreifung eines bestimmten praktischen Berufs, sei es auch eines Handwerkes hindrängten. Aber dazu waren sie zu weich, und zu verzeihend, und zwar gerade hier auffallenderweise Jacob, sonst der schroffere, mehr als der sonst so milde und liebreiche Wilhelm.«[1]

*Die zitierten Quellen wurden in ihrer jeweiligen bearbeiteten oder nichtbearbeiteten Form belassen.*

1 Erinnerungen aus meinem Leben. Von Ludwig Emil Grimm. Herausgegeben und ergänzt von Adolf Stoll. Leipzig 1911, S. 547. Vgl. zu dieser Ausgabe: Lebenserinnerungen des Malerbruders Ludwig Emil Grimm.

Viele Jahre später legte die Germanistin Irma Hildebrandt eine Art Familienbiografie mit dem Titel *Es waren ihrer Fünf. Die Brüder Grimm und ihre Familie*[2] vor. Ferdinand und Carl werden recht kurz als Kostgänger von Jacob und Wilhelm abgehandelt, die nicht nur eine materielle, sondern auch eine »moralische Belastung« der älteren Brüder gewesen sein sollen. Und wieder taucht der Topos der Verhätschelung auf. Besonders Jacob hätte sowohl den faulen Ferdinand als auch die problematische Lotte strenger führen müssen: »Jacob, der sonst härtere und konsequentere, zeigt besondere Langmut. Dies fällt schon Arnim auf, der meint, Jacob wäre zu sanft, sonst hätte er Ferdinand längst zu einem Handwerker und Lotte in eine strenge Pension gegeben.«[3] Selbstverständlich hat die Autorin in keine von Ferdinands drei Sagen- und Märchensammlungen geschaut und schon gar nicht in Carls Buch *Anleitung zur doppelten italienischen Buchhaltung*. Auch hat sie sich die Mühe erspart, einen Blick in Ferdinands Nachlass zu werfen, der in der Handschriftenabteilung der Berliner Staatsbibliothek aufbewahrt wird. Grotesk wird ihre Ignoranz, wenn man am Ende des Buches eine Anzeige findet, in der ausführlich aus Heinz Röllekes Einleitung zu seinem und Gerd Hoffmanns Buch *Der unbekannte Bruder Grimm. Deutsche Sagen von Ferdinand Philipp Grimm*[4] zitiert wird. Denn Rölleke war der Erste, der Ferdinand aus dem Schatten der Brüder befreite. In der genannten Einleitung resümiert er: »Seine Persönlichkeit, die schief zu den Lebensgewohnheiten und Idealen seiner Zeit und vor allem seiner Familie stand, war entwickelt, ohne daß sein Lebensgang dadurch hätte bestimmte Richtung gewinnen können. So viel ist klar: Er wurde, war und blieb – take him for all in all – eine so irritierende wie interessante Individualität.«[5] Rölleke und Hoffmann haben aus Ferdinands Nachlass 111 Sagen

Ediert von Heiner Boehncke und Hans Sarkowicz – begleitet von Albert Schindehütte. Berlin 2015.

2 Irma Hildebrandt: Es waren ihrer Fünf. Die Brüder Grimm und ihre Familie. Köln 1984.

3 Ebda., S. 82.

4 Der unbekannte Bruder Grimm. Deutsche Sagen von Ferdinand Philipp Grimm. Aus dem Nachlaß herausgegeben von Gerd Hoffmann und Heinz Rölleke. Düsseldorf, Köln 1979.

5 Ebda., S. 30.

sowie »märchen- und legendenhafte Texte« ausgewählt und erstmals veröffentlicht. 79 dieser Texte stammen aus mündlichen Quellen. Ferdinand hat so gearbeitet, wie es von Jacob und Wilhelm noch immer kolportiert wird. Er ist bei seinen langen Fußreisen auf meist ältere Herrschaften zugegangen und hat sie um Sagen oder Märchen gebeten. Rölleke hat an einem Beispiel mit seinem märchenphilologischen Scharfblick gezeigt, mit welchem Geschick Ferdinand Grimm aus einem »holprigen Notat eine kleine abgerundete Erzählung«[6] macht. Ferdinand wurde immer für einen literarischen Möchtegern gehalten, der sich als Schriftsteller gesehen habe, aber nur eine Karikatur seiner Brüder gewesen sei. Heinz Rölleke hat mit der Textsammlung von 1979 ein schönes Stück »rettender Philologie« verfasst. In einer Besprechung lobt und tadelt der allbekannte Grimm-Forscher Ludwig Denecke Röllekes Sagensammlung: »Heinz Rölleke hat den Band inauguriert, die Auswahl getroffen und eine sehr ansprechende, reichhaltige biographische Einleitung beigesteuert. Daß dabei die Schuld an Ferdinands Scheitern im Leben seinen älteren Brüdern zugemessen wird, ist wohl ein zeitgemäßer, attraktiver Aspekt, scheint mir aber doch sachlich widerlegbar.«[7] Das hat Rölleke freilich gar nicht getan. Steffen Martus, von dem die maßgebliche Biografie der Brüder Grimm stammt,[8] erkannte Ferdinands literarisches Potential: »Ferdinand zeichnet schaurig-schöne Szenen der Armut und Misanthropie in seinen wunderbaren Briefen. Es ist jammerschade um dieses schriftstellerische Talent.«[9] Aber nicht nur die Briefe zeugen von diesem Talent. Es offenbart sich auch in seinen Sagen- und Märchensammlungen und in der seit ihrem Erscheinen im Jahr 1835 hier zum ersten Mal wieder vollständig gedruckten Schlüsselerzählung *Tante Henriette*.

Eine biografische Kostbarkeit bleibt noch zu erwähnen. Helmut Henne und Birgit Richter haben in der Universitätsbibliothek der TU Braunschweig im Dezember 1988 die bisher einzige Ausstellung zu Ferdinand Grimm erarbeitet: *Der*

6 Ebda., S. 16.

7 Ludwig Denecke in: Fabula. Zeitschrift für Erzählforschung. 22. Band, Heft 1/2 (1981), S. 128.

8 Steffen Martus: Die Brüder Grimm. Eine Biographie. Berlin 2009.

9 Ebda., S. 378.

*unbekannte Grimm. Ferdinand und seine Brüder.* Dazu erschien ein schmaler, aber voller Überraschungen steckender Katalog.[10]

## Von Hanau nach Steinau an der Straße

Ferdinand Philipp Grimm kam am 18. Dezember 1788 als fünfter Sohn von Philipp Wilhelm und Dorothea Grimm, geborene Zimmer, in Hanau zur Welt. Der erstgeborene Sohn Friedrich Herrmann Georg war 1784 nach drei Monaten gestorben. Friedrich Grimm, der Urgroßvater, war Pfarrer. Er gilt als bedeutendster Vorfahr, der auch seiner früh erkannten ausgeprägten Begabungen wegen als eine Art Vorgänger von Jacob Grimm angesehen wurde. Ferdinand sollte nicht bloß für seine Veröffentlichungen Pseudonyme wählen. Als er 1837 überraschend nach Wolfenbüttel zog, wurde er als Friedrich Grimm ins Meldebuch eingetragen. Beruf: Schriftsteller. Ob er dabei an den einst berühmtesten und den geringsten, so früh gestorbenen Grimm gedacht hatte?

Familie Grimm war 1787/88 in das Haus zur Grünen Linde in der damaligen Langgasse, heute Langstraße 41, neben dem Hintergebäude des Neustädter Rathauses gezogen. In diesem Haus wurden auch Carl Friedrich und Ludwig Emil geboren. Die Häuser der Grimms sind im Zweiten Weltkrieg zerstört worden.

Im Januar 1791 zog die Familie nach Steinau an der Straße. Der Vater bekam die Stelle des Amtmanns, der dort den Landesherrn repräsentierte. Am 10. Januar 1796 starb er im Alter von 44 Jahren an einer Lungenentzündung. Die Jahre in Steinau vor dem Tod des Vaters werden in Briefen und autobiografischen Texten der Geschwister Grimm einhellig als eine glückliche Zeit beschrieben. Ludwig Emil Grimm schildert sie in seinen Lebenserinnerungen an die Steinauer Jahre:

»Das Amtshaus ist von Stein und alt, hat eine hohe Treppe, wovor 2 Linden stehn, ein runder Turm, worin eine Wendeltreppe, die in die Amtsgerichtsstuben und obern Stock führt. Das Haus ist groß und geräumig, hat einen großen eingeschloß-

10 Der unbekannte Grimm. Ferdinand und seine Brüder. Erinnerungsblätter vorgelegt von Helmut Henne und Birgit Richter. Braunschweig 1988.

Hier, im Haus zur Grünen Linde, heute Langstraße 41, wurde Ferdinand Grimm am 18. Dezember 1788 geboren

Im Steinauer Amtshaus wohnte die Familie Grimm von 1791 bis 1798

nen Hof mit Scheune, Pferd- und Kuh- usw. Ställe, Holzschuppen, Remisen und alles andere, was zum Landhaus gehört.

Ich entsinne mich meines lieben seligen Vaters noch sehr gut; seine Größe kann ich nicht beurteilen, weil Kinder keinen Maßstab haben, aber die Mutter sagte, er sei nicht sehr groß gewesen, ungefähr so groß wie der Bruder Carl. Das Bild, das wir von ihm haben, ist sprechend ähnlich; er hat ein ernstes Gesicht, soll aber gegen jedermann sehr freundlich gewesen sein. Wenn er nach Schlüchtern zum Amt ritt (das zu Steinau gehörte), hatte er seine Uniform an, blauen Frack, zwei goldene Epauletten, rotsamtnen Kragen usw., lederne Beinkleider und Stiefel mit silbernen Sporen. Er nahm fast jedes Mal eins von uns Kindern vorn aufs Pferd, und der Kutscher Müller eins, der ihn jedes Mal begleitete, und ließ uns eine Strecke mitreiten. Einen grünen Rock hatte er an, wenn er mit dem Oberförster Müller, der ein lieber Hausfreund vom Vater war, auf die Jagd ging. Wenn die kleine Lotte vom Mädchen im Hof herumgetragen wurde, ging sie ans Haus und rief ›Papa‹, da warf ihr der Vater von oben ein Biskuit herunter. Wir wilden Jungen hatten das Schwesterchen so lieb, dass sie als [immer, d. A.] weinte und nicht zu retten wußte, wenn jeder sie küssen wollte. (...)

Im Winter fuhren wir einmal im Schlitten, auf dem Schlitten war vorne ein aufrecht stehender vergoldeter Löwe, und eine Halbkutsche wurde im Winter auf dem Schlitten festgemacht, nach Salmünster, der Vater, Mutter, Carl, Ferdinand und ich. Der Vater hatte einen großen grünen Mantel, mit Pelz gefüttert, wo wir neben ihm eingewickelt saßen; die Mutter hatte auch einen Mantel mit Pelz gefüttert um. Wir fuhren dort in einen ummauerten Hof ein, und ein Herr und eine Frau kamen uns aus dem Haus entgegen. Weiter weiß ich nichts mehr.

Als der Vater sehr krank war, waren wir Kinder bei der Tante auf Ihrer Stube, die Tante weinte. Als er tot war, wurden wir 3 Jüngsten zu der Familie Rose auf den Hundsrück gebracht, die mit uns befreundet war, ½ Stunde von der Stadt auf einem Landgut. Die Bürger trugen den lieben Vater zu Grabe, neben seinem Vater ist er begraben.«[11]

11 Ludwig Emil Grimm: Lebenserinnerungen, a.a.O., S. 49. Die Erklärung in runden Klammern stammt von Ludwig Emil Grimm.

Zu Ferdinands früher Bildungsgeschichte ist wenig überliefert. Sein Lehrer in der einzügigen Steinauer Schule war der aus Ludwig Emils Lebenserinnerungen und den autobiografischen Texten von Jacob und Wilhelm bekannte Präzeptor Zinckhan. Die beiden ältesten Brüder behandeln ihn dort mit überlegener Milde, Ludwig Emil liefert das schauerliche Porträt eines emsigen Vertreters der »schwarzen Pädagogik«.[12] Eine Episode handelt von Bruder Carl, der während des Gottesdienstes mit einem Seil vorübergehend die Orgel stilllegte. Der Organist »Zinckhan kam mit einem roten Kopf hinter die Orgel gestürzt und war wütend, wir alle in der größten Angst, stellte sich auf einen Stuhl und holte das Seil wieder herunter und sagte zu uns: ›Nach der Kirche kommt ihr alle in die Schulstube.‹ Wir waren in einer Höllenangst, und wie wir uns nun versammelt hatten, frug er jeden einzelnen: ›Hast du das Seil auf die Orgel geworfen?‹ Aber jeder sagte nein. Da bekam jeder eine Tracht Schläge.«[13]

Ferdinand war, zusammen mit Carl und Ludwig Emil, darunter. Die drei Buben bildeten eine wilde Bande, deren Streiche durchaus wirkungsvoll waren. Später sollte sich Ferdinand an das ungezügelte Leben im Freien mit Wonne erinnern.

Aus den Steinauer Jahren haben sich Briefe des Großvaters Johann Hermann Zimmer[14] erhalten. In zwei Briefen wird Ferdinand erwähnt. Am 1. Dezember 1794 schrieb er aus Hanau an den fast zehnjährigen Jacob:

»Mein lieber Jacob! Dein abermaliges schönes Briefchen hat mich gar sehr erfreut. Ich erkenne daraus Deine liebevolle Geflissenheit gegen Deinen alten Großvater. Auch Du Deines Orts wirst der gegenseitigen herzlichen Erwiderung von ihnen überzeugt sein.

Freilich wünschte ich ebensosehr wie Du, statt schriftlich, mit Dir und Deinen Geschwistern, zumal bei den jetzigen Winterabenden, mich persönlich unterhalten zu können. Allein bei den noch fortdauernden leidigen Kriegsumständen müssen wir dieses Vergnügen dennoch der Vorsehung so lange anheimge-

12 Vgl.: ebda., S. 52 ff.

13 Ebda., S. 54.

14 Johann Hermann Zimmer (1709–1798) war der Vater von Dorothea Zimmer, der Mutter der sechs Geschwister Grimm, die das Kleinkindalter überlebten.

stellt sein lassen, bis sie uns hoffentlich den erwünschten Zeitpunkt dazu gewährt.«[15]

Dann berichtet er von den Hochzeitsfeierlichkeiten der »Durchlauchtigsten Prinzessin« in Hanau in einem Ton, der auch einem Brief an einen Erwachsenen angemessen gewesen wäre. Jacob wurde offenbar schon sehr früh als beängstigend erwachsen angesehen. Und dann kommt der Großvater unvermittelt auf Jacobs drei Jahre jüngeren Bruder zu sprechen: »Daß dem guten Ferdinand die übersandte Trommel gefallen, ist mir besonders lieb.«

Einen Monat später, Anfang Januar 1795, antwortet Großvater Zimmer auf Jacobs »herzliche Wünsche zu dem angetretenen Neuen Jahr«. In einer Art Komplizenschaft unter Erwachsenen teilt er Jacob mit, dass er auch die Glückwünsche der anderen Enkel beantworten wird, dann aber wird er sich auf die im Brief an Jacob gemachten allgemeinen Bemerkungen, vor allem über Gott, den »Höchsten und Allgütigen« beziehen. Jacob als dem Ältesten kommt die Aufgabe zu, den Brief des Großvaters vorzulesen. Dann folgt ein Satz über Ferdinand, der aufhorchen lässt: »Alles, lieber Jacob, was ich Dir hier sage, darauf werde ich mich auch in der Beantwortung der Briefe Deiner Brüder lediglich beziehen, und gewiß, der gute Ferdinand hat mich mit dem seinigen ganz sonderbar erfreut.«[16]

Erst war ihm Ferdinands Freude über die geschenkte Trommel besonders lieb, dann hat ihn sein Neujahrsgruß »ganz sonderbar« gefreut. Klingt in Ferdinands Hervorhebung schon das später oft erteilte Prädikat »Sonderling« mit? Oder gefällt dem Großvater die Manier des Briefes des gerade erst Siebenjährigen? Vielleicht, dass er überhaupt schon schreiben kann. Jedenfalls wird Ferdinand hervorgehoben und Jacob schon vor dem Tod des Vaters als vertrauter Familienältester behandelt. So wird sehr früh das Muster zweier Grimm-Brüder im Umgang miteinander angelegt: der eine, der den jüngeren Brüdern vorliest, dem gleichsam Bericht über den kleinen Ferdinand

15 Brief von Johann Hermann Zimmer in Hanau an seinen Enkel Jacob Grimm in Steinau vom 1. Dezember 1794. In: Jacob Grimm. Aus seinem Leben. Hrsg. von Wilhelm Schoof. Bonn 1961, S. 39.

16 Ebda., S. 40 und 43 f.

erstattet wird, der andere, der gern trommelt und sonderbare Briefe schreibt. Der Große erzieht fast schon den Kleinen, wobei zwischen den beiden nur drei Jahre liegen.

## Aus Wilhelms Stammbuch

In der Handschriftenabteilung der Berliner Staatsbibliothek wird auch das Stammbuch von Wilhelm Grimm aufbewahrt. Die Einträge in dem, in vornehmes Grün eingebundenen Buch, verraten meist nicht viel über den, der die Verse und Sinnsprüche hineinschrieb bzw. irgendwo abschrieb. Ludwig Emil und Carl überboten sich an altklugem Widmungskitsch. Nur Jacob hatte wohl selbst gedichtet und glänzte mit Zeilensprüngen und sehr großen Empfindungen. Vielleicht, weil er gerade sein Studium an der Landesuniversität Marburg aufgenommen hatte:

*»Wenns dunkelt, tu ich gern am Himmel schauen,*
*Entgegen mir die holden Sterne blinken,*
*Der Mond hinzieht in seinen dunkelblauen*
*Begrenzten Bahnen, sel'ge Geister winken.*
*Da mag ich nicht mehr auf das Irdsche bauen*
*Die Welt deucht mir in ödes Nichts zu sinken*
*Der rege Geist sich süßem Sinnen leiht,*
*Es tönen zarte Kläng' der stillen Zeit.*
*Dann fühl ich, unsre tiefvereinten Seelen*
*Auf ewig nicht einander werden lassen.*
*Ihr trüben Zweifel könnt mich nicht mehr quälen,*
*Mit einem Liebe-Meer möchte ich Dich fassen.*
*Zum einzgen Freunde müßt' ich Dich erwählen,*
*Wenn nicht Natur Dich schon mir überlassen.*
*Du ewge selge Lieb inwohnst uns beiden!*
*Noch Tod, noch süßes Leben mag uns scheiden.*
*Dein treuer Bruder*
*Jacob Ludwig Carl Grimm*
*Marburg, 8. Dez. 1803«.*[17]

17 Wilhelm Grimm: Stammbuch. Nachlass Grimm 1792 in der Handschriftenabteilung der Berliner Staatsbibliothek. Marburg, Hanau, Kassel,

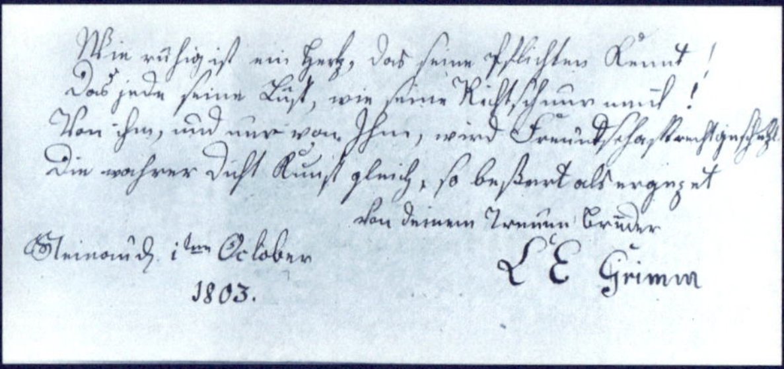

Ludwig Emil Grimms Eintrag ins Stammbuch seines Bruders Wilhelm

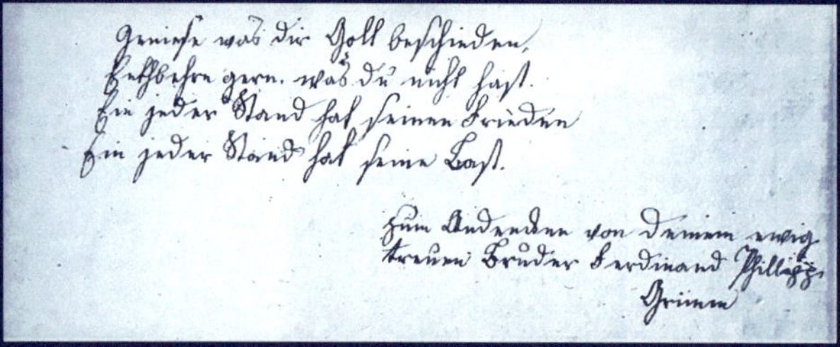

Das schrieb Ferdinand Philipp Grimm seinem Bruder Wilhelm ins Stammbuch

Die so überschwänglich wie holprig formulierten Verse verraten doch, wie eng das Verhältnis der beiden Brüder war. Schön klingt die Pointe: Wenn wir nicht sowieso schon von Natur aus als Brüder zusammengehörten, wärest du mein einziger Freund. Die in der geschwisterlichen Verständigung stets gebrauchten Formeln eines unzerstörbaren familiären Zusammenhalts mochten den Konventionen der Briefkultur entsprochen haben. Sie haben aber gewiss auch die Bande einer Familie gestärkt, die durch den Tod des Vaters, dann der Mutter und durch die zunehmenden materiellen Sorgen

Steinau u. a. 20.10.1801–1.11.1806. 56 Blätter, Bl. 46–56 leer. Im Folgenden als Nachlass Grimm abgekürzt.

getroffen wurde. Bald aber sollte sich der Firnis der Geschwisterliebe im Fall von Ferdinand als ziemlich brüchig herausstellen.

Am 1. Oktober 1803 schrieb Wilhelms dreizehnjähriger Bruder Ludwig Emil in Steinau folgende Verse hinein:

*»Wie rührig ist ein Hertz, das seine Pflichten kennt!*
*Das jede seine Lust, wie seine Richtschnur nennt!*
*Von ihm, und nur von ihm wird Freundschaft recht geschezt!*
*Die wahre Dicht Kunst gleich, so beßer als ergezet.«*

Deutlich sichtbar sind die kalligrafischen Elemente, die den eher unverständlichen Text zieren, besonders die Unterschrift.

Gut abgeschrieben hat Ferdinand mit einer orthografischen Variante seines zweiten Vornamens.

*»Genieße was Dir Gott beschieden*
*Entbehre gern, was Du nicht hast.*
*Ein jeder Stand hat seine Freuden*
*Ein jeder Stand hat seine Last.*
*Zum Andenken von Deinem ewig*
*treuen Bruder Ferdinand Phillipp*
*Grimm».*

Alle Geschwister Grimm stimmen in ihrem späteren Leben darin überein, dass ihre Steinauer Jahre vor dem plötzlichen Tod des Vaters eine glückliche Zeit waren. Davon zeugen viele Briefe und Aufzeichnungen. Auch Ferdinand sieht die Steinauer Kindheit als Reservoir schöner Erinnerungen.

## Dreimal auf der Suche nach dem verlorenen Kinderparadies: Sehnsuchtsbriefe von Ferdinand in Berlin an seinen Bruder Ludwig Emil in Kassel

Die Berliner »Grimm-Schränke« sind mit ihren archivalischen Schätzen längst zu einer Art Märchen-Requisit geworden. Unschätzbar wertvoll ist der Katalog *Der Nachlass der Brüder*

*Grimm*, bearbeitet von Ralf Breslau, in dem alle Archivalien der Berliner Grimm-Schränke minutiös aufgeführt werden. Aber auch der Brüder-Grimm-Ort Kassel verfügt über einen Grimm-Schrank. 1933 fand Raimund Pissin in diesem Schrank einen Brief, den Ferdinand Grimm an seinen Bruder Ludwig Emil 1816 schrieb. Daraus zitieren wir Ferdinands poetische Schilderungen des Steinauer Kinderglücks:

»Als ich erfuhr, daß Du in Steinau gewesen, unserm wahren Paradies, und all die bekannten Gegenden wieder mit Augen gesehen hast, da hab' ich lange in Gedanken mit Dir die verlaufnen Jahre und prächtigen Tage durchzogen. Es war doch dort so schön! Welch' eine Zeit, wo wir auszogen durch die tausend blühenden Hecken und Gebüsche des (...) köstlichen Weinbergs und seinen wilden Rosen, türkischen Klee und dem Heer der Goldammern und Neuntöter, denen wir nachstellten gleichwie Jäger dem Wild: wenn wir so auf dem schönen Berg die herrlichen Röthlinge fanden oder fremde Blumen im tiefen Waldgras, dann uns Hände und Gesicht zerrissen beim Suchen der Nester und froh waren, wenigstens mit einem halben Dutzend weggenommener den Heimweg anzutreten oder eigentlich zu laufen. Unten lag die längliche Stadt mit ihren drei schönen Türmen so ruhig, und von und über den Häusern zog leise der Rauch in den stillen Sommerabend. (...) Am Sonnabend tönten die gut zusammenfallenden Glocken der reform. und lutherischen Kirchen – dann rannten wir mit heißen, glühenden Gesichtern den Berg hinab (ich stützte mich oft auf Dich im Scherz) ... und über die Wiesen, vorüber an den bellenden Hunden (...) und zu Haus, wo Lotte und Mutter nicht selten ängstlich und sorgenvoll uns kommen sahen. Aber auch unbeschreiblich schön war jene Gegend nach Marbel zu; im Tale lagen vorerst die großen Mühlen an der schleichenden Kinzig, die hier breit und mit einer langen Brücke sichtbar, und fernab lag der Totenhof, auf dem die glänzenden weißen Steine und schwarzen Kreuze seltsam durch das grüne Baumgebüsch hervor leuchteten; wir sahen beide stets scheu dorthin und hatten Achtung vor jenem Gebäude, denn dort lag der gute Vater in Ruhe. – (...) Kurz ist die Zeit gewesen, und wieder wie lang, seitdem wir alle aus unsern Jugendgegenden verdrängt sind. – Unsere Eltern, die treuen, die in und um das ehrliche Hanau lebten – alle sind tot und ihre Leiden und Freuden vorüber.«[18]

Am 15. März 1822, Ferdinand arbeitete seit sieben Jahren im Verlag von Georg Reimer, schrieb er seinem jüngeren Bruder Ludwig Emil einen Brief, in dem er abermals die Kindheitserinnerungen an die Steinauer Zeit beschwor. Ferdinand hatte am 7. Januar 1822 in einem Geburtstagsbrief an Jacob seine als bedrückend empfundene Lage beklagt: »Wie oft ich mich nicht weggewünscht, jeden Monat im Jahr, freudig ging ich mit zehn Thalern in der Tasche; nun graut mich schon wieder vor den Tagen.«[19]

Der Brief beginnt mit der üblichen Entschuldigung, die hier ein wenig frech klingt:

»Liebster Luis! Du solltest meinen Geburtstagsgruß zu rechter Zeit bekommen, doch nimmst du ihn auch später gern. Wie geht es dir? Wenn ich etwas aus dem Gebiet der Kunst seh, denke ich immer an dich, als ob ich alles auf dich bezöge. Neulich ward mir was Hübsches gezeigt, eine große Sammlung englischer Gebäude, Kirchen, alte Grab- und Denkmäler, Steine u. a., alles wohl mehr für Architekten berechnet, aber so herrlich in Zeichnung und Stich, wie mans nur sehn kann. London, Edinburgh usw. müssen in dieser Hinsicht viel Sehenswertes enthalten. Wie aber die Engländer im Holzschnitt immer weiter schreiten, ist ganz außerordentlich. Die Bilder und Vignetten zu den zehnerlei Shakespeares sind ungemein schön. Wie elend dagegen, was unter uns gemacht wird, namentlich von dem Gubitz, und ich glaube, Goethe, der jetzt alles lobt, hat dem auch was gesagt. Ich weiß nicht, was ich von dem Goethe denken soll!

Was hast du von München gehört? Der Karneval war dort sehr lebhaft und der Winter auch leise.

Wie sanft geht er auf, der Frühling. Da gingen wir ehdem in den Garten und die Felder, vor allem den treuen Weinberg bei (Steinau a. d. Str.). Im Geist seh ich ihn und wie aus seinen

---

**18** Ferdinand Grimm: Brief an Ludwig Emil Grimm aus Berlin im Jahr 1816. In: Raimund Pissin: Aus ungedruckten Briefen der Brüder Jacob, Wilhelm, Ferdinand, Ludwig Grimm. Preußische Jahrbücher. 32. Band. Oktober bis Dezember 1933. Berlin 1933, S. 71.

**19** Brief Ferdinand Grimm an Jacob Grimm vom 7. Januar 1822. Nachlass Grimm 368, Blatt 360–361.

dunkeln Höhlen und Schluchten das letzte Eis und Schnee wegschmilz, alles auflebt und grün wird. Ich kenne noch die erste glänzende Butterblume, die ich unter dem Laub entdeckte, das in unserm Biengarten um die große Hütte niedergefallen war, und machte ihr Luft und brach sie nicht gleich ab. Auf unsere Geburtstage bekamen wir Glücklichen, ein Schaustück, noch 6 Hessenkreuzer und von der guten Marie (unsere alte Köchin) ein Stück Obertorbrezel. Was war es gegen die erlaubten Gänge ins Freie, die hohen Buchenwälder mit Gesang, Neuntöter und ihre Nester, die Lust, dem Ursprung eines rauschenden Bergwassers nachzugehn, und die vielen lebensgefährlichen Plätze, wohin wir uns glücklich wagten. – Aber ist dir noch erinnerlich, wie wir im tiefen Tal fischten und krebsten, Kläschen (Nikolaus Velt) in der Steinebach stand, wir auf dem Rasen, plötzlich der Feind naht (der Fischer), wir dann die buschige Anhöhe hinauf stürmten, in der Tasche die Forellen haltend, wir dann auf mein Kommando (welch ein Feldherrntalent entwickelte ich da nicht) hinter dem Weißdorn kehrtmachten, wieder herabschießen mit Schwung zum gegenüberliegenden Berg, fort im köstlichsten Ausriß über die Äcker, durch die alte Holl (ein Hohlweg) rennen und endlich auf der Straße nach Schlüchtern wieder herauskommen. Böse Streiche haben wir uns doch kaum zuschulden kommen lassen, selbst die Gartenspektakels waren nur reiner, schöner Kinderunfug. Wir waren die schönsten Kinder in der Stadt mit den langen Haaren, taten niemand was und die Kappen wurden [vor] uns abgezogen von den Bürgersleuten. Alle diese unbeschreiblich süßen Erinnerungen sind uns geblieben, die ich um nichts hingäbe. Der schöne 3teilige Weinberg mit seinen Umgebungen, die Aussicht auf ihn und von ihm, ich kann ihn nicht vergessen, kein herrlichster Claude Lorrain überbietet das. Es ist mir oft, als rief es von dort, als sollt ich einmal wiederkommen. Wie gern, wärs auch nur für ein müdes Plätzchen der Ruhe. Was hat uns in der Welt so wohlbehagt, als jene tausend köstlichen Rötlinge (eine Art Erdbeere, die ich sonst nirgendswo wieder gefunden habe), wie sie unter den kleinen Steinchen uns entgegenlachten.«[20]

20 Ludwig Emil Grimm: Lebenserinnerungen, a.a.O., S. 379 f. Die Erklärungen in runden Klammern stammen von Ludwig Emil Grimm.

Am 5. Oktober 1816 antwortete Ferdinand auf einen sehr ausführlichen Brief seines Bruders Ludwig Emil vom 29. April 1816. Der hatte seiner Schwester Charlotte schon im September 1815 mitgeteilt, dass er vier Wochen in Steinau war, obwohl er nur eine Woche hätte bleiben wollen. Vorher, zwischen dem 6. August und dem 5. September 1815, hatte er an die Geschwister in Kassel einen langen Brief geschrieben, in dem er vom Wiedersehen mit den alten Freundinnen und Freunden und den vertrauten Bekannten berichtete. Dass er nun für Ferdinand in Berlin die Steinauer Wochen noch einmal breit Revue passieren lässt, spricht von seiner Sympathie für Ferdinand ebenso wie für die große Bedeutung von Steinau im Erinnerungsschatz aller Geschwister. Trotz aller unterschiedlichen Lebenswege der Geschwister blieb Steinau für sie ein von allen geteilter, in die Vergangenheit gerichteter utopischer Ort.

»Liebster Luis! (…) Du kannst nicht glauben wie lieb mir dein großer Brief war mit den herrlichen Nachrichten aus Steinau. Ich lag auf dem Sofa, im Begriff, ein preußisches Mittagsschläfchen zu halten, als ein Mädchen kam und mir den blauen Quartbrief hinreichte. Es war alles wohl und bis ins kleinste hinaus hererzählt, wie ichs hoffte, und wie hat mich erfreut die schöne Treue der alten Hessen. Nur daß ich nicht dabei war, das war mir das Betrübteste (…). Deine Schilderung von Kläschen ist trefflich und charakteristisch, Kartoffel auf den Tisch und zu seiner Frau sagend: ›Du, die keme zu em erei, sei niet stolz.‹ Diese Worte sagen so viel. Aber lieb wäre mir doch gewesen, wenn du mir auch seine Frau genannt hättest, ob es etwa eine Trabant ist oder eine von jenen Mädchen, womit wir oft zusammen spielten, zu welchen dreien auch die spaßige Bärbel gehörte, die mir, so früh gestorben, recht leid tut.

Wilhelm Denhard war der beste fühlende Freund, und ihr mögt euch mancher Lustszene erinnert haben. Es ist wahr, du bist zur köstlichsten Zeit die lieben Gegenden durchwandert. Alle Felder standen noch grün, die schöne Heuernte war da, ihre Wohlgerüche zogen über die Wiesen, jeder Baum und Busch war so wohlbekannt, und in der Luft die zischenden Mauerschwalben. Vor dem Fenster (Denhards Haus) lag dir drüben im warmen Morgensonnenschein der Weinberg, und in der Mitte unser lieber Biengarten, und die dicke Hütte war noch da, wo einst die gute Mutter so oft saß und sich freute über die fruchtvollen Bäume oder den schönen Flachs und tausend andere Dinge, für die wir damals keinen Sinn hatten – ein solcher Blick in die vergangene Zeit muß dir mehr Freude gemacht haben, als nur auszusprechen ist.«[21]

## Vier Brüder Grimm wohnen auf Kosten von Tante Zimmer in Kassel

Nach dem Tod des Vaters Philipp Wilhelm Grimm am 10. Januar 1796 wurde Großvater Zimmer zum Vormund der Kinder bestellt. Weil bei Präzeptor Zinckhan für Jacob und Wilhelm nichts mehr zu lernen war, kümmerte sich der Großvater, Kanzleirat im Ruhestand, um den weiterführenden Unterricht der beiden. Ende September 1798 verließen sie, 12 und 13 Jahre alt, Steinau und zogen nach Kassel, um das Lyceum Fridericianum in der Oberen Königsstraße zu besuchen. Ferdinand und Ludwig Emil folgten ihnen fünf Jahre später auf dasselbe Gymnasium, um mit Unterstützung der verehrten Tante Henriette Philippine Zimmer (1748–1815), einer Schwester der Mutter, ihr schulisches Glück zu versuchen. Da war die Spaltung der Geschwister schon vollendet. Jacob und Wilhelm waren begabt, fleißig und sehr lernwillig. Carl machte nach dem fragwürdigen Unterricht bei Präzeptor Zinckhan eine kaufmännische Lehre in Hanau mit gelegentlichen Besuchen in Kassel. Ferdinand und Ludwig Emil wollten es den ältesten Brüdern gleichtun und in ihre gymnasialen Fußstapfen treten. Lotte schließlich wurde von der Mutter zu Hause unterrichtet.

Jacob begann 1802 sein Jurastudium in Marburg, Wilhelm folgte ihm im Jahr darauf. Vom 27. September 1798 bis zum Umzug nach Marburg wohnten die sehr begabten Brüder im Haus des Dritten Landgräflichen Mundkochs Abraham Vollbrecht Im Sack 4/Ecke Steinweg in der Altstadt. Tante Zimmer hatte sie dort in Pension gegeben. Dies zu erwähnen ist deshalb wichtig, weil ab 1803 Ferdinand und Ludwig Emil in dem Haus wohnten, vorübergehend zusammen mit Carl, und ab August

21 Ebda., S. 381.

Tante (Henriette Philippine) Zimmer, 1748–1815.
Gezeichnet von Ludwig Emil Grimm 1815

1805 auch die Mutter Dorothea Grimm mit Tochter Lotte. Am 16. Oktober 1805 kamen Jacob und Wilhelm aus Marburg, und so war die Familie endlich wieder vereint. Die Unterstützung von Tante Zimmer auch für Ferdinand und Ludwig Emil wurde bislang kaum beachtet. Ferdinand hing aber an ihr nicht weniger als Jacob und Wilhelm. Davon zeugt auch ein Brief, den er 1815 an Jacob und Wilhelm schrieb:

»Liebe Brüder, die Nachricht von dem Tode unserer lieben guten Tante hat mich erschrocken und betrübt gemacht. Wie gern hätte ich sie noch einmal gesehen, in ihrer Freude, die gute brave Tante, die letzte ihres braven rechtschaffenen Stammes.

Es ist gut, daß sie bei der Mutter ruht, die sie ewig so lieb hatte. Gott gebe uns allen Trost.«[22]

Tante Zimmer war am Kasseler Hof bis Mitte November 1806 geblieben, dann hatte sie die hessische Kurfürstin ins Exil nach Gotha begleitet. Französische Truppen hatten am 1. November 1806 die Stadt Kassel besetzt. Am 18. August 1807 wurde unter Napoleons Bruder Jérôme Bonaparte das Königreich Westphalen proklamiert. Aber die »gute, brave Tante Zimmer« unterstützte ihre Neffen nicht bloß materiell, was großzügig genug war, sie förderte auch ihre kulturelle Entwicklung: »Allein durch die (…) Unterstützung der Tante war es den Brüdern möglich, hier das Gymnasium zu besuchen und in eine Atmosphäre geistiger Anregung zu gelangen: Schule, Schlösser, Parkanlagen, Theater, Museen und die landgräfliche Bibliothek mit ihren herausragenden Sammlungen waren für sie nach dem eher ländlich geprägten Steinau eine wahre Offenbarung.«[23] Was hier für Jacob und Wilhelm bemerkt wird, galt gewiss auch in hohem Maße für Ferdinand und Ludwig Emil. Während zweier Jahre, vom Abschied von Steinau bis zur Ankunft der Mutter in Kassel, lebten Ferdinand und Ludwig Emil ohne ihre Mutter und meistens ohne Jacob und Wilhelm in Kassel. Der Ältere war fünfzehn, der Jüngere dreizehn Jahre alt. Die Grundlage für Ferdinands spätere Theaterleidenschaft ist wohl Henriette Philippine Zimmer zu verdanken. Wenn man bedenkt, wie sehr Ludwig Emil in seiner Heidelberger Zeit von Heimweh geplagt war – da war er achtzehn Jahre alt –, kann man sich gut vorstellen, welche Bedeutung der Fürsorge durch Tante Zimmer zukam.

Über Ludwig Emils Schulzeit am Gymnasium sind wir recht gut informiert. Von Ferdinand wissen wir wenig. Er besuchte vom Frühjahr 1804 bis zum Winter 1805 zuerst die Unterquarta, dann die Oberquarta des Lyceums und späteren Friedrichsgym-

22 Brief von Ferdinand Grimm an die Brüder vom 24. April 1815. Nachlass Grimm 368, Blatt 243–244.

23 Andrea Linnebach: Zwischen Stadt und Schloss – Kasseler Geschichte(n) um 1800 aus der Korrespondenz der Brüder Jacob und Wilhelm Grimm mit ihrer Tante Henriette Philippine Zimmer. In: Zeitschrift des Vereins für Hessische Geschichte und Landeskunde. Band 123 (2018), S. 201.

nasiums. Seine Zeugnisse während seiner schulischen F
sind ernüchternd:

Frühjahr 1804: »Er steht an Fähigkeiten seinem jüngeren Bruder nach, ist übrigens ziemlich fleißig und gesittet.«

Herbst 1804: »Hat sehr wenig Talente und ist dabei auch nicht sonderlich fleißig. Daher macht er äußerst langsame Fortschritte.«

Frühjahr 1805: »Macht sehr langsame Fortschritte, ist aber übrigens nicht ungesittet.«

Herbst 1805: »Zeigt sehr wenig Talent und macht nur langsame Fortschritte. Sein Betragen ist übrigens anständig und gut.«

Ostern 1806: »Abgegangen aus Oberquarta gegen Weihnachten (1805), um sich vom Schreiben zu nähren.«[24]

Auch Ludwig Emil verließ nach mäßigen Erfolgen gegen Weihnachten 1805 das Lyceum. Auch er, »um sich vom Schreiben zu nähren«. Diese seltsame, aber übliche Formel bescheinigte, dass man in eine bezahlte mittlere Beamtenlaufbahn entlassen wurde. Unter dem »Schreiberhandwerk« wurden alle Verwaltungsaufgaben verstanden. Ferdinand schrieb dann wirklich sein Leben lang, konnte sich davon aber nicht ernähren. Ludwig Emil zeichnete, malte, radierte, wovon er später als Professor in Kassel gut leben konnte.

Am 23. Februar 1805 schrieb Ferdinand einen Brief an Jacob in Marburg. Er liest sich wie rollenvertauscht, jedenfalls aber sehr liebenswürdig und um Jacobs Wohl besorgt. Und so endet er:

»Du bist jetzt in einer fast großen Stadt und hast sehr wichtige und große Gegenstände die Dich umgeben. (…) Lebe recht wohl! (…). Dein ewig Dich liebender Bruder F. Ph. Grimm.«[25]

Jacob war 1804 seinem Lehrer Friedrich Carl von Savigny als Assistent nach Paris gefolgt. Savigny forschte dort über römisches Recht im Mittelalter, was Jacob bald nicht mehr sonderlich interessierte. In Briefen nach Hause ließ er wissen,

24 Zit. n. Adolf Stoll (Hrsg.): Erinnerungen aus meinem Leben, a.a.O., S. 582 f.
25 Brief von Ferdinand Grimm an Jacob Grimm vom 23. Februar 1805. Nachlass Grimm 368, Blatt 169.

dass er sich künftig dem Studium der altdeutschen Literatur widmen werde. Ferdinand und Ludwig Emil, vorübergehend auch Carl, wohnten allein in der vom Mundkoch gemieteten Wohnung, bevor sie mit der Mutter und Lotte im August 1805 in das später »Märchenhaus« genannte Domizil in der Marktgasse zogen. Gewiss waren die jüngeren Brüder über die prekären politischen Verhältnisse informiert. Das 1803 gegründete Kurfürstentum Hessen existierte gerade noch, das Königreich Westphalen war gerade im Entstehen. Ihre Erinnerungen an die Steinauer Zeit klammerten den Krieg keineswegs aus. Ludwig Emil schreibt in den Lebenserinnerungen: »In den französischen Revolutionszeiten wurde es auch bei uns unruhig. Es kamen immerwährende Durchzüge, bald die Franzosen, bald Österreicher, Holländer, Preußen, Mainzer und Hessen. Da gab es dann immer etwas für uns zu sehen, und wir waren immer am Fenster.«[26] Es war in Steinau auch zu bedrohlichen Gewaltausbrüchen gekommen. Wie sehr mögen Ferdinand und Ludwig Emil sich nun um ihren großen Bruder geängstigt haben, der sich in Paris aufhielt. In dieser Situation kam Post aus Paris an die Tante, die Mutter und Wilhelm. Es war üblich, die Briefe vorzulesen. Wilhelm war gerade noch in Marburg oder zu Besuch in Kassel, Tante Zimmer noch nicht im Exil in Gotha und Mutter und Malchen seit einem Monat in Kassel. Alle dürften sich auf Jacobs bevorstehende Rückkehr nach Kassel in die Familie gefreut haben. Dass die Augen des ältesten Bruders auch aus der Ferne auf seine problematischen jüngeren Brüder gerichtet waren, wird am Schluss des hier in ganzer Länge zitierten Briefes deutlich:

*»Paris, 7. September 1805*

*Liebe Tante und liebe Mutter!*

*Mit recht kindischer und zugleich kindlicher Freude habe ich die vorige Woche ihre Briefe bekommen. Was hätte mich mehr vergnügen können, als daß die gute Mutter mit Malchen [Schwester Charlotte Amalie Grimm, d. A.] die Reise glücklich überstanden hat und sich gesund in Kassel befindet. Dies war der einzige Punkt, der mir bis jetzt oft schon am Herzen lag und nach dessen Beseiti-*

26 Ludwig Emil Grimm: Lebenserinnerungen, a.a.O., S. 59.

*gung ich mich viel leichter und froher fühle. Ich werde fast zu der nämlichen Zeit in Kassel eintreffen, wo ich sonst bei Ihnen, liebe Mutter, in Steinau ankam, wenn es möglich ist, erhöht die weitere Entfernung diesmal noch die Freude des Wiedersehns. Ich weiß eigentlich nichts mehr zu schreiben, und vermutlich erwarten Sie auch keinen Brief mehr von mir. Indessen schien es mir notwendig, wenn auch bloß, um für den richtigen Empfang des Geldes zu danken, über dessen nicht unnötige Anwendung ich Sie mündlich überzeugen werde. Mit unsrer Abreise von hier ist noch nichts Gewisses, nur so viel, daß wir uns nicht, wie bisher geschehen sollte, in einigen Provinzialstädtchen aufhalten, sondern gerade nach Deutschland reisen werden. Ob über Metz, Straßburg oder Brüssel, hängt von verschiedenen Umständen ab, da die Weite des Wegs in diesen drei verschiedenen Richtungen nicht viel abweicht. Mein Koffer ist schon mit Rouilliers oder Fuhrleuten abgereist, hat aber einen Weg von 30 Tagen zu machen. Vor Anfang Oktober werde ich wahrscheinlich nicht bei Ihnen sein, aber auch dann gewiß. Und nun 1000 Grüße an jedermann, der mich liebhat. Ich denke, meine Schwester Malchen als ein Frauenzimmer zu finden, an dem man nicht viel Spuren mehr steinauischen Umgangs erblickt, so sehr ich auch wünsche, daß sie stets von der Lebensweise der kasselischen Mädchen entfernt sich halten möge, die sehr auf Einfältigkeit und Gemeinheit hinausläuft. Von Ferdinand und Louis habe ich sehr lange weder Böses noch Gutes gehört, und hoffe letzteres zu finden. Hiermit, liebe Tante und Mutter, umarme ich Sie beide, als Ihr ewig gehorsamer Sohn*
*Jacob.«*[27]

Wie Malchen, so wurde Lotte auch genannt, sich in den vier Wochen ihres Kasseler Aufenthaltes des Steinauer Umgangs entwöhnt haben soll, bleibt das Geheimnis des gerade einmal zwanzigjährigen vorgeblichen Kenners der Kasseler Mädchen. Sollte Mutter Grimm den Brief vorgelesen haben, wie mag sie

27 Brief von Jacob Grimm an die Tante, Mutter und Wilhelm vom 7. September 1805 aus Paris. In: Herman Grimm und Gustavs Hinrichs (Hrsg.). Zweite verbesserte und vermehrte Auflage besorgt von Wilhelm Schoof: Briefwechsel zwischen Jacob und Wilhelm Grimm aus der Jugendzeit. Weimar 1963, S. 75.

Ferdinand und Louis angeschaut haben, als sie an die Stelle mit ihnen kam. Die beiden haben vielleicht gekichert.

## Kopieren für *Des Knaben Wunderhorn*

1805 zogen die vier Brüder, Lotte und die Mutter in die Marktgasse 17/Ecke Wildemannsgasse, wo nach dem Tod der Mutter zunächst die fünf Geschwister weiter wohnten. Die beim Tod der Mutter fünfzehnjährige Lotte übernahm die Pflichten im Haushalt, Jacob und Wilhelm standen der Familie vor. 1822 heiratete Lotte den politischen Reaktionär Ludwig Hassenpflug, was später zu heftigen Auseinandersetzungen mit Jacob und Wilhelm führen sollte.

Im Frühherbst 1807 tauchte plötzlich Clemens Brentano aus Frankfurt kommend in Kassel auf, aufgewühlt durch den Tod seiner Frau Sophie Mereau und wegen der wie ohne Besinnung begonnenen Beziehung mit der sechzehnjährigen Auguste Bußmann. In Kassel wohnte der Bankier Carl Jordis, der mit Bettine Brentanos Schwester Ludovica verheiratet war. Er hatte das sogenannte Kopp'sche Haus am Wilhelmshöher Platz 5 gemietet, das Clemens nun bezog. Im Handumdrehen entstand dort ein literarisches Zentrum, in dem das neben den *Kinder- und Hausmärchen* der Brüder Grimm bedeutendste Projekt der Romantik zu Ende gebracht wurde, die Liedersammlung *Des Knaben Wunderhorn*. Brentano suchte bei den schon als zuverlässig und an altdeutscher Literatur interessierten Jacob und Wilhelm doppelte Hilfe: Sie sollten ihn seines wirren Gemüts wegen und in Sachen *Wunderhorn* unterstützen. Und sie taten es. Sie hatten zu dem Werk schon Beiträge geliefert und teilten – wenn auch mit unterschiedlichen philologisch-historischen Positionen – mit Brentano das große Interesse an altdeutscher Poesie, worunter dann auch Märchen, Sagen und Kinderlieder fielen. Jacob und Wilhelm waren am zweiten und dritten wie auch an den, dem dritten Band beigehefteten *Kinderliedern* beteiligt.

Zunächst hatte es so ausgesehen, dass die Brüder den etwas älteren Clemens Brentano und Achim von Arnim beim Sammeln alter Handschriften und Textausgaben helfen würden.

Dann aber brachten sie zu Weihnachten 1812 selbst den ersten Band ihrer *Kinder- und Hausmärchen* heraus. Man befand sich 1807 gleichsam in einer Phase latenter und nicht spannungsfreier Kooperation.

Brentano wollte in Kassel den zweiten und dritten *Wunderhorn*-Band fertigstellen. Nun ergab es sich, dass nicht nur Jacob und Wilhelm am *Wunderhorn* beteiligt wurden, sondern auch Ferdinand und Ludwig Emil. Es wurde ein Vier-Brüder-Grimm-Projekt. Die wohl sehr arbeitsintensiven und auch sonst dichten Wochen waren für alle Beteiligten der Beginn lebenslanger Freundschaften. Jacob und Wilhelm blieben mit Clemens Brentano und Achim von Armin, der am 10. November mit Bettine Brentano nach Kassel gekommen war, in produktiven ästhetischen Auseinandersetzungen eng verbunden. Bettine Brentano, die 1811 Achim von Arnim heiraten würde, hatte offenbar einen Narren an Ludwig Emil gefressen. Sie nahm mit ihm gemeinsam Zeichenunterricht bei dem Kasseler Maler Ferdinand Robert. Später setzte sie sich erfolgreich für Ludwig Emil bei Goethe ein. Jacob und Wilhelm zeigten ihre tiefe Sympathie für Bettine in einer nicht größer denkbaren Ehrbezeigung: Sie widmeten die *Kinder- und Hausmärchen* in von Auflage zu Auflage jeweils veränderten Versionen der »Frau Elisabeth von Arnim«. Aber auch Ferdinand wurde in den illustren Produktionszirkel aufgenommen, wenngleich in gehörigem Abstand zu den eigentlichen Akteuren. Achim von Arnim hatte am 19. Oktober an Clemens Brentano geschrieben: »Ihr jüngerer Bruder [Ferdinand, d. A.], der sehr schön schreibt, wird uns die Lieder abschreiben.« Heinz Rölleke, der die maßgebliche dreibändige Ausgabe von *Des Knaben Wunderhorn* besorgt hat, hält es für möglich, dass Ferdinand »wenigstens einen Teil der in den Druck gehenden Reinschriften angefertigt hat. (…) Es haben sich von Ferdinands Hand (…) nur einige in der Tat sehr saubere Abschriften längerer Volksliedtexte aus dem 15. und 16. Jahrhundert erhalten.«[28] So groß die Differenz zwischen Schreiben und Abschreiben sein mag, auch Ferdinand hat hier seine literarische Initiation erhalten. Er korrespondierte später

**28** Gerd Hoffmann/Heinz Rölleke, a.a.O., S. 12.

An dieser Abbildung arbeitete Ludwig Emil Grimm als Achtzehnjähriger in Heidelberg mit

mit allen, besuchte sie und war allzu oft das Objekt fürsorglicher Ermahnungen, aber auch handfester Hilfe.

Jacob Grimm hat Ferdinands Abschriften nachweislich bei der Arbeit an seinen Meistersang-Studien benutzt. Sicher deshalb bedachte er dann in der Widmung seines Buches *Über den altdeutschen Meistersang*, das 1811 in Göttingen erschien, neben Wilhelm auch Ferdinand:

»Meinen zwei lieben Brüdern Wilhelm und Ferdinand Grimm zugeeignet aus Treue, Liebe und Einigkeit.«[29] Die Einigkeit war, wie wir sehen werden, eher ein Wunsch oder die Beschwörung eines Zustandes, der kaum je bestanden hatte.

Ludwig Emil fertigte nach alten Vorlagen Teile des Titelbilds des dritten *Wunderhorn*-Bandes und war damit, achtzehnjährig, an einem viel besprochenen Beitrag zur romantischen Ikonografie beteiligt. Sehr zum Leidwesen von Ferdinand waren Clemens Brentano und Achim von Arnim von Ludwigs bildnerischen Fähigkeiten dermaßen überzeugt, dass sie ihn von Juni bis November 1808 mit nach Heidelberg nahmen, wo er unter anderem für Clemens Brentanos Ausgabe von Jörg Wickrams altdeutschen Volksroman *Der Goldfaden*, der zuerst 1557 in Straßburg erschienen war, 25 Kupfer fertigte.

Ferdinand blieb im Kasseler »Märchenhaus« zurück und musste erleben, wie der jüngere Bruder von Clemens Brentano und Achim von Arnim unterstützt wurde. Es dürfte ihn geschmerzt haben, dass Ludwig so rasch bedeutende Aufträge erhielt, während er leer ausging.

Im August 1812 wird Ferdinand nach München aufbrechen, um für einige Zeit bei seinem Bruder Ludwig Emil zu leben.

## Bleischwere Jahre

Im »Märchenhaus« in der Marktgasse, in dem die Grimms bis 1814 wohnten, stehen sich nun zwei Geschwisterpaare gegenüber. Die »Brüder Grimm«, wie Jacob und Wilhelm sich bald selbst auch als Autoren nennen, und Ferdinand mit Lotte, die

---

**29** Zit. n. ebda.

Das Wohnhaus der Familie Grimm 1805—14 × und die Wildsche Apotheke ×× in Cassel.

Das Grimm-Haus (»Märchenhaus«) in der Kasseler Marktgasse 17 neben der Wildschen Apotheke

1808 fünfzehn Jahre alt ist. Lotte wird von Jacob und Wilhelm oft gerügt. Sie sei nicht besonders fleißig, nicht strebsam und ähnele doch sehr dem Ferdinand, meinen die großen Brüder, mit beiden sei nicht viel anzufangen. Ohne in spekulative Familienpsychologie abgleiten zu wollen, liegt es doch nahe, dass sich Ferdinand und Malchen zu einem »Bündnis der Gescholtenen« zusammentun. Die erhaltenen Briefe, die Ferdinand zwischen Juli und August 1809 an Lotte schreibt, bestätigen diese Vermutung. Beinahe sieht es so aus, als wolle Ferdinand Jacobs Rolle als Erziehungsbruder übernehmen, allerdings mit einer starken Komponente koketter Geschwisterliebe. Diese Briefe mit ihren exklusiven Schilderungen und gekonnten Abstürzen in Melancholie können als fortgeschrittene Schreibübungen gelesen werden; zudem zeigen sie Ferdinands starke Beziehung zu den vielen Schwestern der Familie Wild. Neben Dortchen, also Henriette Dorothea, hatte der Apotheker Rudolf Wild mit seiner Frau Dorothea Katharina fünf weitere Töchter, von denen neben Dortchen auch Margarete Marianne und Marie Elisabeth Beiträgerinnen zu den *Kinder- und Hausmärchen* waren. Die zwei Briefe vom 17. Juli und 18. August 1809 folgen in Auszügen. Im ersten Brief stilisiert sich Ferdinand als Verdurstender. Er lechzt nach Lottes Schrift:

»Es ist schon erstaunlich lang, daß du gar nicht geschrieben hast, was ist denn Schuld? (...) Schreib doch ja an wen es ja auch ist, nur, daß ich erfahre, daß du nicht krank bist. (...) Schreib doch an D. [Dortchen Wild, d. A.], wenn du nicht an mich schreiben willst (...). Schreib nur. Deinen Brief beantworte ich dir alsdenn auch noch in dieser Woche. (...) Schreib, sage ich dir noch einmal, u. gleich, gleich.«[30]

Die Schreibklage setzt sich am 18. August fort:

*»Ach Lotte, warum hast du mir denn nichts geschrieben, ach warum hast du mir denn nicht gesagt, wie wohl du bist! Warum fragst du denn nicht mich, daß ich dir sagen kann, wie wohl ich*

30 Briefe an Lotte Grimm. Hrsg. von Else Hünert-Hofmann unter Mitarbeit von Dieter Hennig und Egbert Koolman. Kassel und Basel 1972, S. 79.

*bin! Sieh so sey doch nicht so los von Güte oder Liebe, die darnach ja wohl fragt.«*[31]

Dann folgt die lebhafte Schilderung eines Feuerwerks:

*»Den Dienstag war ich auf der Wilhelmshöhe, u. wer da mit war das brauche ich dir gar nicht zu sagen, – genug es war den Abend ein Feuerwerk zu sehen, u. da blieben wir da. Der alte Landrée*[32] *hatte ein Zelt u. da setzten wir uns unter u. wollten warten bis es angieng. Auf einmal gieng es los, u. da lief alles durcheinander den hohen Berg vor dem Schloße hinauf. – Dortchen, Nettchen*[33] *u. – ich wir liefen auch hinauf, u. wollten das Werk besehen, giengen also zusammen immer höher, so [sic!] kamen so noch fast ganz oben hin, da es erst im Angehen war. Die vielen Menschen die da waren die saßen alle, u. da legte ich mein Tuch hin, auseinander, u da setzten sich die zwey drauf, ich aber hatte mich zu ihren Füßen gesetzt, u. blickte so wie sie gerade auch ins Feuerwerk. Lotte, es hat mir noch kein Feuerwerk so viel Freude gemacht. – Den beiden gefiel es auch u. besonders gefiel dem Dortchen so die vielen Raketten, wenn sie alle in die Nacht stießen, zusammen. Und mir gefielen sie auch recht, das brauche ich dir aber eben nicht zu sagen – aber die vielen Raketten machten so schön hell, daß man sich wie am lichten Tag besehen konnte, u. wie ich das sehe, daß man sich wie am lichten Tag besehen konnte, so sah ich gar nicht mehr den Weg der Feuerraketten, sondern ich sah einen andern schönern Weg. Es war ein schönes Feuerwerk, u. es hat mich gefreut u. auch gerührt. (…) Gestern war eine schöne Nacht, u. da war ich lange drin, es blitzte unaufhörlich. Der Himmel war mit seinem ganzen Sternenheere versammelt, aber es ward bald drauf trüb, da versteckten sich die Sternchen, wie Feinde, vor kommendem Gewitter, u. bald wieder dieses vor den Sternen, bis endlich das Gewitter blieb, u. da sah ich denn als [andauernd, d. A.] weit in den Himmel.«*

Nun kommt es unvermittelt zu einer Gemütstrübung:

**31** Ebda., S. 80.

**32** Landré (Landrée), Vater von Alexandrine, Fanny und Nette Landré.

**33** Nette Landré.

> *»Wenn nur der Brentano [Clemens, d. A.] nicht hierher kommt, ich bin fremde Menschen müde; ich wünsche auch, daß der W. [Wilhelm Grimm, d. A.] noch dort [in Berlin, d. A.] blieb. – Es ist gut, daß du dein garstiges Kleid, das gelbe, hier gelassen hast es hängt hinter der Tür u. schimmelt.«*[34]

Die sich in diesen Briefen andeutende Verstimmung – Wilhelm soll noch länger in Berlin bleiben, Brentano, inzwischen ein wichtiger Freund und Vertrauter von Jacob und Wilhelm, möge auch nicht erscheinen – wird während des gesamten Jahres 1809 immer deutlicher. Der wichtigste Krisenpunkt scheint zunächst unterzugehen. Es handelt sich um einen schwerwiegenden Verdacht gegen Ferdinand, jedenfalls im Werte- und Konventionskanon der Brüder und ihrer Freunde. In der folgenden Chronik wird das anhaltende, in Briefen geführte Brüdergespräch zwischen Jacob und Wilhelm über Ferdinand, aber auch über Lotte und Carl dokumentiert: Die »ewige Liebe und Treue« unter den Brüdern, mag es auch nur eine konventionelle Formel sein, bekommt Risse. Jacob entwirft in einem Brief an Wilhelm vom 16. August 1809 kurze Charakterporträts der jüngeren Brüder. Jetzt fällt Ferdinand für Jacob deutlich hinter Louis zurück.

> *»über den Luis u. alles, was ich von ihm höre bin ich von ganzem Herzen froh u. es wäre Sünde, ihn nicht so zu laßen, was braucht er mehr in der Welt, u. ist nicht seine Liebe zu der Mutter und den Geschwistern und sein stilles Leben schöner, als wenn er sie verlöre u. etwas anderes wüßte? Um vieler solcher Eigenschaften willen ehre ich auch die Unwißenheit u. Härte des Ferdinands, wenn er nur nicht so träg darin wäre, wie in allem.«*[35]

Allerdings zeugen beide Bruderbeschreibungen von unschöner

---

**34** Briefe an Lotte Grimm, a.a.O., S. 80–82.

**35** Briefwechsel zwischen Jacob und Wilhelm Grimm. Herausgegeben von Heinz Rölleke. Kritische Ausgabe in Einzelbänden, Teil 1. Text. Stuttgart 2001, S. 162. Die Kommentare sind dem Teil 3 der Kritischen Ausgabe in Einzelbänden. Kommentar zum Briefwechsel der Brüder Jacob und Wilhelm Grimm entnommen, verfasst und herausgegeben von Stephan Biallas-Pophanken. Stuttgart 2013.

Überheblichkeit. Arm und unwissend ist Louis, dabei still und lieb. Ferdinand teilt die Armut im Geiste, ist aber leider auch noch hart und träge. Beide ähneln der Epen- und Märchenfigur des einfältigen, aber herzensguten Narren: Parzival, Simplicissimus, von einem, der auszog, das Fürchten zu lernen.

In diesem semantischen und grammatikalischen Satz-Chaos drückt sich die Ambivalenz von Jacobs Wünschen und Ängsten aus. Ferdinand möge die Wohngemeinschaft im »Märchenhaus« verlassen, ins Ausland gehen. Er scheint nicht bei Sinnen, der Mangel an Hoffnung ist chronisch. Am besten wären Geld und Kontrolle, Macht.

## Das Krisenjahr 1809. Jacob und Wilhelm in Briefen vor allem über Ferdinand

Jacob Grimm an Wilhelm Grimm. Kassel, 15. April 1809:

> *»er [Carl, d. A.]) will bald Pfingsten auf den Meißner mit Ferdinand u. andern, dann nach Hamburg. Ferdinand hat Freude an solchen Reisen, ja sogar die Lotte große Lust nach Marburg. So kann es kommen, daß das ganze Haus leer wird, wenn ich auch verreisen müßte, oder wenigstens zu Napoleonsh. seyn.«*[36]

Wilhelm Grimm an Jacob Grimm. Halle, 21. und 22. April 1809:

> *»An die Brüder denke ich mit Leidwesen. Es ist mir so klar wie irgend etwas, daß Strenge ja gewißermaßen Gewalt bei dem Ferdinand Pflicht ist; wenn er etwas hätte, ein Streben das Achtung verdiente, so müßte ihm die Freiheit dazu bleiben, so aber geht er gerade ins Verderben. Ob ein solch Leben noch 10 Jahre fortgeführt ihn nicht zu einem Blödsinnigen machen muß, kann leider keine Frage seyn. Am Carl wird sich der innerliche Mangel an Trost immer auf eine solche Art offenbaren, weil er an nichts festhält, greift er fast blind nach allem wo er Stütze hoffen kann. Aber du hast*

36 Ebda., S. 110. Napoleonsh.: Bergpark und Schloss wurden während der Regierungszeit von Jérôme Bonaparte als König von Westphalen in Napoleonshöhe umbenannt.

*Recht dabei, er ist so rechtschaffen und ehrlich, daß ich ihn auch herzlich liebe. An die Brüder denke ich mit Leid, an die Lotte aber mit einer Schüchternheit und Angst weil der Stein immer mehr an ihr und ihrem Herzen zuwächst, und Nachsicht, Liebe und Zorn es nicht mehr berühren kann. Hast du schon an ihr bemerkt, wie sie bei sogenannten Vergnügungen niemals freudig, wohl aber verdrießlich und langweilig hergeht, so daß sie niemals froh wird.«*[37]

Jacob Grimm an Wilhelm Grimm. Kassel, 3. Mai 1809:

*»Ich habe dir glaub ich vergeßen zu schreiben, daß der Lisette ihr Eschwege*[38] *seit 14 Tagen bei uns in der gelben Stube logirt, nur solang, bis sie geheirathet sind, welches vielleicht schon in einem Monat oder in 6 Wochen erfolgen kann. Die Lis. hat mir übrigens letzt von freien Stücken den Verdacht bestätigt, den ich vom Ferdinand hatte u. wovon ich dir gesagt. Gott weiß, er redet jetzt mit mir keine Silbe, ohne daß ich ihm das mindeste gethan hätte, auch mit dem Carl nicht mehr, sondern blos mit der Lotte auf die alte Art. Ich weiß dir also nichts mehr von ihm zu schreiben, als daß er jetzt früh ins Bett geht, aber darum nicht früher aufsteht.«*[39]

Jacob Grimm an Wilhelm Grimm. Kassel, 17. Mai (1809):

*»Lieber Wilh. Ich grüße dich von Herzen. Mit den andern Geschwistern stehe ich täglich schlechter u. ich habe keine Schuld daran.«*[40]

Wilhelm Grimm an Jacob Grimm. Halle (6. Juni 1809):

*»Von der Tante*[41] *hab ich einen Brief erhalten, sie ist gottlob gesund. Sie schreibt daß du den Ferdinand zu einem Jäger thun wolltest, ich fürchte nur es ist nicht wahr weil du mir von diesem glücklichen*

**37** Ebda., S. 113.
**38** Eschwege: Elisabeth (Lis) von Eschwege, geb. Wild, und Karl Friedrich von Eschwege.
**39** Ebda., S. 117.
**40** Ebda., S. 124.
**41** Tante: Henriette Philippine Zimmer.

*Gedanken nichts gesa[gt,] sollte denn durch den Eschwege wenn er verheirathet und angestellt ist nichts zu bewirken seyn? oder daß der sich seiner geradezu annehme, zu dem er ja Neigung zu haben scheint.«*[42]

Jacob Grimm an Wilhelm Grimm, Kassel, 16. und 17. Juni (1809), Freitag und Samstag:

*»Wegen Ferdinands hatte ich wohl das der Tante geschrieben u. es gründete sich auf das mit der Lisette einmal darüber abgesprochene, sie meint, wenn ihr Mann Oberförster würde, so ginge das an, u. er würde sich gern dazu erbieten.«*[43]

Jacob Grimm an Wilhelm Grimm. Kassel, 25. Juni 1809:

*»Die Lotte ist nun weg, u. der Ferdinand am Dienstag schon wieder kommen, ich habe ihn jetzt gar zu lieb, weil er mir so verlaßen scheint u. brav ist er durchaus. Der Lui hat mir eben große Freude gemacht, durch Übersendung des beikommenden Briefs u. der beiden Bilder, die er gestochen hat u. die mir ausnehmend gefallen. Ich zeige das fast alles dem Ferdinand nicht gern, weil es ihn schmerzen muß, wie es dem Luis gelingt, ich hab es ihm aber doch gewiesen, denn das wäre noch viel härter, es nicht zu tun.«*[44]

Wilhelm Grimm an Jacob Grimm. Halle, 1. Juli 1809, Samstag:

*»Grüß den Carl vielmal von mir und den Ferdinand auch, ist er denn so gleichgültig gegen mich, daß er nicht einmal nach mir fragt und mich grüßen läßt, in der Entfernung kränkt es es [sic!] einen doppelt.«*[45]

Jacob Grimm an Wilhelm Grimm. Kassel, 10. Juli 1809:

42 Ebda., S. 131.
43 Ebda., S. 132.
44 Ebda., S. 138.
45 Ebda., S. 141.

*»Vom Carl kommt hierbei eine Einlage, mit dem Ferdinand bin ich jetzt sehr gut, seitdem er von Marburg da ist, auch die Lotte schreibt mir Briefe, der Lisette Hochzeit ist freilich vor 8–10 Tagen gewesen, ich u. Ferd. waren dazu eingeladen, der ist aber nicht hingegangen, weil es ihm wirklich an Kleidern fehlte.«*[46]

Jacob Grimm an Wilhelm Grimm. Kassel, 3. September 1809:

*»Am Freitag ist die Lotte gekommen u. noch wie sonst, ich weiß nicht warum ich sie in vielem verändert hoffte, ich dachte ihre Liebe würde frischer seyn, u. manches ablegen. Sonst bin ich gut mit ihr u. auch mit dem Nand, [Ferdinand, d. A.] der leider jetzt nie vor 12 oder 1 zu Bett geht (nb. nach 10. ohne Licht am Fenster) u. dann nicht vor 9 oder 10 aufsteht.«*[47]

Jacob Grimm an Wilhelm Grimm. Kassel 10. (September 1809). Sonntag:

*»Und ich fühle bestimmt, wenn man mäßig u. still lebt, wie wir, so ist Ordnung u. Reinlichkeit das erste, u. insofern ist mir die Apotheke manchmal zuwider, worin der F. u. die L. täglich stecken, auf den Carl wird von jedem weniger Rücksicht genommen, welches zwar natürlich zugeht aber mir nicht selten in sein Herz hinein leid thut –«.*[48]

Jacob Grimm an Wilhelm Grimm. Kassel, den 18. Oktober (1809), Mittwoch:

*»Mit dem Ferdinand wird es täglich ängstlicher, nicht an sich, sondern durch die Dauer u. den Mangel an Hoffnung, neulich sprach ich mit ihm, er solle sich doch besinnen, ob er auser Lands nichts anzufangen Lust hätte, da ich wegen der Conscription mit Recht besorgt wäre. Denn er hat sonst offenbar hier sein domicile de droit, u. für einen Stellvertreter fordert man über 1000 rthlr. jetzt, wie schwer würde uns das fallen. Er meinte aber, das hätte noch*

**46** Ebda., S. 142.
**47** Ebda., S. 170.
**48** Ebda., S. 171.

*nichts zu bedeuten u. er weiß doch nichts davon. Wenn wir doch auf irgend eine Art in der Welt einige Macht über ihn hätten, Gott weiß daß ich nicht kann, aus der Ferne könnte [ich eher], willst du ihm etwa einmal schreiben, wenn ich je [gewüns]cht daß wir reich wären, so wäre es, um ihn unabhängig zu wißen, denn es ist in dem Zwang etwas unrechtes u. rührendes, was ich so gern weg haben möchte.«*[49]

Wilhelm Grimm an Jacob Grimm. Berlin, 28. Oktober 1809, Samstag:

*»An den Ferdinand kommt hier ein Brief. Wir hatten eine Menge Vorschläge auch einmal ihn nach Bukowan*[50] *zum Christian*[51] *zu bringen, wenn nicht Clemens Gott weiß warum so heftig sich dagegen erklärt, aber viele andere gegeben wovon aber immer einer den andern nach seiner Art todt geschlagen und zu dem letzten ist er noch nicht gekommen. Der Vorschlag, den ich dem Ferd. gemacht, besteht darin, die Buchhandlung beim Zimmer zu erlernen, ich wüßte keinen der beßer seine Neigungen und sonstige Forderungen der Umstände befriedigte. Arnim meint es auch. Ich bitte dich dazu zu thun was du kannst, und ihn ohne weiteres zu billigen was auch dagegen wäre, es ist ja schon ein großes wenn etwas geschieht. An Carl deshalb auch die Anlage.«*[52]

Jacob Grimm an Wilhelm Grimm. Kassel, 11. (lies 12., und 13.) November (1809):

*»für deinen Brief an den Ferd. danke ich dir, was ist möglich, noch anders zu thun; gegen den Vorschlag habe ich nichts, so wie gegen keinen, in den er eingeht. er gab mir den Brief sogleich mit den Worten: da ist wieder ein Vorschlag. Ich sagte ihm, er würde dir doch antworten, das verdientest du gewiß, und eben erinnere ich ihn wieder daran, daß ich dir schreibe. Äuserlich scheint es keinen Eindruck bei ihm gemacht zu haben und er treibt seine Sachen, wie*

49 Ebda., S. 182.

50 Bukowan: Familiengut der Brentanos in Böhmen.

51 Christian: Christian Brentano, Bruder von Bettine von Arnim und Clemens Brentano.

52 Briefwechsel zwischen Jacob und Wilhelm Grimm, a.a.O., S. 183.

*vorher. Das Zettelchen an Carl habe ich behalten, weil sie schon längst in keinem Lachverhältnis mehr stehen, so ist es beßer, daß Carl gar nichts davon wiße. Übrigens geht nun der Carl bestimmt von Jordis [Karl Jordis, Bankier in Kassel und Schwager von Clemens Brentano, d. A.] weg, nach dem was vorgefallen war, u. gewiß nicht ohne des Carls meiste Schuld, muß ich es fast billigen; sonst dauert mich der Carl, weil er manchmal viel zu arbeiten hat und es leider nicht gern thut. Und wenn er hierherkommt, so halten sich Ferdinand u. Lotte über ihn auf, obgleich nicht ungegründet, aber sie erweisen ihm auch gar nichts geschwisterliches, was er hingegen auf eine unrechte Art, aber doch immer thut. In seinem ganzen Wesen wird er täglich lächerlicher und pedantischer, ohne daß das seiner Gutmüthigkeit nur im mindesten schadet. (...)*
*Neulich eines Abends kam der Ferdinand, er müßte mir doch etwas weisen, was er sich gekauft habe, ob er es gleich bereue, denn er habe kein Geld es zu bezahlen. Es waren Göthes Wahlverwandschaften, ich sagte, daß ich es von Herzen gern bezahlte, wenn es ihm Freude machte, es rührte mich ordentlich, wie er hinzufügte, das wäre das erste Buch, was er neu erhalte, seine andern kommen fast alle schmutzig aus verauctionirten Lesebibliotheken und werden erst mit vieler Mühe von ihm etwas gereinigt. Nun hat er sich das Buch garstig einbinden laßen, grüner Schnitt, in pfirsichroth Papier, dunkelrother Titel u. darunter ein schwarzes zweites Schild, das er sogar blau gewollt hätte. Dergl. Sachen weist er mir. (...) der Ferdd. hat doch nicht geschrieben. es müßte denn seyn daß er den Brief besonders auf die Post gäbe, woran ich zweifle. Am End meint er, weil du nun bald kämest, wäre das Schreiben unnöthig.«*[53]

Wilhelm Grimm an Jacob Grimm. Berlin, 13. November (1809):

*»Ich denke immer, ob mein Brief beim Ferdinand etwas gewirkt hat, vielleicht finde ich in Halle etwas von ihm Gott wolle es geben! Gestern Nacht hatte ich einen wunderlichen Traum von ihm, wie er mit mir auf einer Brücke stand, und mir drei harrte Thaler als*

53 Ebda., S. 185 f.

*seine letzten zeigte, und darauf einen nach dem andern fröhlich ins Waßer warf.«*[54]

Wilhelm Grimm an Jacob Grimm. Halle, 24. November 1809:

*»Einen lieben Brief von dir fand ich vor aber wie bin ich getäuscht worden mit dem Ferdinand. Ich weiß nicht, warum ich mir Hoffnung gemacht hatte, es werde diesmal gehn, ich hatte häufig daran gedacht und mir es recht gut vorgestellt. So weiß ich nicht mehr, was Eindruck auf ihn machen soll und wie er zu bewegen ist. Könntest du ihm denn nicht anbieten, du wolltest einmal an den Zimmer*[55] *schreiben, ob er einwilligt, in der Ferne denkt man sich tausend Maniren ihn anzugreifen, und wenn ich dort seyn werde, werde ich so gut sehen wie du, daß nichts zu machen ist. –«*[56]

Jacob Grimm an Wilhelm Grimm. Kassel (8. Dezember 1809):

*»Die ganze Stadt ist voller, als zur Meßzeit, an Musikanten, besonders ist dahier wieder angelangt zu Ferd. großer Freude, ein schändlicher Pauker, den du auch noch kennen mußt, denn er wars Frühjahr vier Monate alle Tag zweimal auf demselben Flecken zu sehen, des Morgens geigig u. des Abends paukig, zweigestaltig. Dieser Mensch, welcher durchaus nichts zugelernt hat, wird wahrscheinlich wieder ein Paar Monate bleiben u. also dich auch noch freuen u. ärgern.«*[57]

## Am Weihnachtstag 1810 kommt es zur Katastrophe

Im nächsten Jahr entgleitet Ferdinand seinen großen Brüdern – wie es scheint – endgültig. Alle Ermahnungen, Ratschläge und

54 Ebda., S. 188.

55 Zimmer: Johann Georg Zimmer gründete 1805 mit Jakob Christian Benjamin Mohr die Buchhandlung Mohr & Zimmer mit einem Verlag, in dem die erste Auflage von *Des Knaben Wunderhorn* erschien.

56 Briefwechsel zwischen Jacob und Wilhelm Grimm, a.a.O., S. 189.

57 Ebda., S. 196 f.

Ideen bleiben folgenlos. Er sei unbeschreiblich faul, schlafe viel zu viel, reise herum, pfeife, könne mit Geld nicht umgehen. Im Dezember 1810 wird der Ton schärfer, auch deutlich abweisend.[58] Nun naht das Weihnachtsfest; vielleicht kehrt doch noch einmal Frieden ein. Dann geschieht das Unglück. Heinz Rölleke und andere Grimm-Forscher sehen Wilhelm in die »geheimnisvoll kulminierenden Mißhelligkeiten«[59] ganz gewiss verwickelt. Auch Helmut Henne und Birgit Richter können sich keinen Reim auf die »dunklen Andeutungen« machen, die in den späteren Briefen von Jacob und Wilhelm über die Geschehnisse am Weihnachtstag immer wieder auftauchen. Später scheint Ferdinands Schlüsselerzählung *Tante Henriette* Klarheit zu bringen, was aber nicht zutrifft.

Am Christabend war es zunächst wirklich ruhig und friedlich zugegangen. Jacob schildert die Feier in seinem Brief an Achim von Arnim am 22. Januar 1811 in schöner Ausführlichkeit:

> *»Auf Christabend hatten wir einen Tannenbaum mit Lichtern in der Stube, und darauf alle guten Freundinnen meiner Schwester bescheert, auch des Spaßes halber alle Engelhards und selbst die alte zum erstenmal in unser Haus gebeten, welche sich auch gebührend einfanden. Als die Flämmlein bald ausgebrannt hatten, ging unsere gewöhnliche Stubenthür auf, vor der sich ein Straßenmarionettentheater darstellte, dessen Inhaber recht lustig und anständig dabei, und zwar in sehr gutem Plattdeutsch sein Spiel anfing, während welches der ungebeten mitgekommene [Johann Gottlob, d. A.]Nathusius eins von den diesmal wieder zum Besten gegebenen Wachslichtern nahm und unsere Bibliothek mit großem Interesse zu würdigen schien, eigentlich aber um zu zeigen, wie weniges er an jener gemeinen Lust nehme; übrigens ein guter Mann, der neulich eine Klosterbibliothek von 7000 wie er sagt lauter theologischen Folianten für 500 Thaler gekauft hat und damit nicht wohin weiß. Darauf fing der Carl – nebst einem guten Freund, den wir für einen ordinären Hautboisten [Oboisten, d. A.] nahmen*

**58** Vgl. auch: Gerd Hoffmann/Heinz Rölleke, a.a.O., S. 23.
**59** Ebda., S. 25.

*und den ich aus Unschuld ziemlich gemein behandelte, bis er mir als Mitglied der Königlichen Capelle aus einer goldnen Dose eine Prise anbot, und ohne aus der in der Hand parat gehaltenen Bouteille einen Trunk anzunehmen, sich in der Stille, zu meiner Schande, fortschlich – in der dir noch bewußten Nebenkammer ein Flötenblasen an, weshalb die edle Caroline Engelhard beim Nachhausegehen nicht umhin konnte, laut nach dem ›sanften Spieler‹ zu fragen, um ihm gerührtesten Dank abzutragen. Außerdem war eine holländische Fräulein da, die wir immer auf gewisse Wörter bringen, die sie lächerlich ausspricht, (...) und die unschuldig erzählt,' daß sie eine große Menge ihrer Tanten (...) nie anders, als mit Vornamen nennt, in der Voraussetzung, daß wir das übrige von selbst wüßten, wir plagen sie tüchtig mit holländischen Kindermärchen.«*[60]

Am nächsten Tag war es mit dem Familienfrieden vorbei. Vielleicht überrascht in Jacobs Schilderung des Heiligen Abends die bunt gemischte Schar der Gäste und die Öffnung des festlichen Abends zur Straße hin. In den stereotypen Darstellungen von »Weihnachten bei der Familie Grimm« wird stets Wert auf eine andachtsvolle Innerlichkeit im biedermeierlichen Interieur der Familie gelegt. Als Ferdinand am Tag darauf sein Geheimnis preisgab, dürften nicht weniger Gäste bei den Grimms in der Marktgasse zugegen gewesen sein als am Vorabend. So wurde aus dem Familiengeheimnis wohl sogleich ein öffentlicher Skandal. Die Freude über die Verlobung der Freunde Achim von Arnim und Bettine Brentano (»Euer Evangelium«) wird als heilsames, christlich überhöhtes Gewicht gegen das – wie es in vielen Briefen hieß – »verkehrte, unnatürliche Leben« des Bruders angeführt.

*»Euer Evangelium hat uns recht wohlgethan, da wir seit Christtag in solcher Angst und Kummer gelebt haben, die ich auf kein Papier schreiben und wohl nie erzählen kann; zu Deiner Beruhigung blos, daß alles wieder auf den besten Weg gebracht worden ist, auf den es kommen konnte, und daß wir von Gott alles hoffen, es betraf*

60 Achim von Arnim und Jacob und Wilhelm Grimm. Hrsg. von Reinhold Steig. Stuttgart, Berlin 1904, S. 97 f.

*den Ferdinand, den ich gar zu lieb habe, weil er gar zu gut und brav ist, besser als wir alle, aber frag mich einmal nie darüber, weil ich es für Sünde halte, jeden großen Schmerz im Herzen aufzubrechen, nachdem er sich durch mancherlei Trost und Zeit gesetzt hat. Den Christtag waren wir noch fröhlich beisammen, es kam erst Tag nachher.«*[61]

»Es« kam am 25. Dezember 1810 und sollte nicht mehr verschwinden. Berichte über das Unglück zogen sich durch die Jahre. An Friedrich Carl von Savigny schrieb Jacob am 22. März 1811:

*»Daß Treue und Liebe das Erste ist, was wir besitzen, habe ich in der Letzte [sic!] an unserm eigenen Beispiel erfahren, seit drei Monaten nun haben wir an unserm vierten Bruder das größte Unglück erlebt, was noch jetzt ebenso hoffnungs- und hilflos ist wie im Anfang und wovon ich ihnen nichts schreibe; ich hänge an meinen Arbeiten gewiß von ganzem Herzen, aber keinen Augenblick hätte ich gesäumt, allem auf immer zu entsagen, wenn ich damit geholfen hätte, doch Gott allein weiß den Ausgang.«*[62]

Es passt auf kein Papier, kann nie erzählt werden – vielleicht hilft Arbeit. Wilhelm am 26. September 1812 an Achim von Arnim:

*»Dieser Mangel an aller Arbeit ist auch Schuld gewesen an des Ferdinands seinem Unglück.«*[63]

Arbeit und Disziplin – wo sind sie heilsamer verknüpft als bei den Soldaten? Jacob an Savigny, am 24. Dezember 1813:

*»Dem Ferdinand hab ich dieser Tage zum Beitritt in die Landwehr, (wie wohl er sehr schwächlich war; doch kann es ihn sonst retten) (...) zugeredet.«*[64]

**61** Ebda., S. 97.
**62** Briefe der Brüder Grimm an Savigny. Hrsg. in Verbindung mit Ingeborg Schnack von Wilhelm Schoof. Berlin 1953, S. 96.
**63** Achim von Arnim und Jacob und Wilhelm Grimm, a.a.O., S. 214.
**64** Briefe der Brüder Grimm an Savigny, a.a.O., S. 149.

Und am 20. April 1815 schrieb Jacob:

> *»es ist als ob er sein Unglück und sein Entfremden aus seiner rechten Lebensart mit einem gewissen äußeren Anspruch habe verdecken und sich selbst damit ermutigen wollen; wozu vielleicht doch sein Umgang in München gewirkt hat. Ich hoffe zum Himmel, er wird ihm aus allem unnatürlichen doch wieder heraushelfen.«*[65]

Bereits am 6. März 1815 hatte Jacob für sich ein bitteres Resümee gezogen: »Er hat zehn Jahre unglücklich und verkehrt gelebt und uns recht bekümmert.«[66]

Bei all dem Unsagbaren, das nicht beschrieben werden kann und schon so lange anhält und unnatürlich ist, verkehrt und befremdlich: Warum wollen oder können sich Jacob und Wilhelm nicht an den Brief vom Mai 1809 erinnern? Darin hatte Jacob seinem Bruder Wilhelm doch ganz beiläufig von seinem »Verdacht« geschrieben, den Lisette Wild ihm bestätigt hatte. Ferdinand hatte am 25. Dezember, als die Familie versammelt war, irgendeine Art »Coming-out«. Dass sich der Friede zu Weihnachten besonders gut dazu eignet, effektvoll gestört zu werden, scheint auch im 19. Jahrhundert schon bekannt gewesen zu sein. Wäre Ferdinands Homosexualität im familiären Getuschel geblieben, hätte sich wohl niemand aufgeregt. Nun aber war es sozusagen offiziell und noch schlimmer: Ferdinand hat es zugegeben. Das ist nur eine Vermutung von uns, aber die verdruckste Empörung muss auch an Ferdinands vielleicht theatralischer Art und Weise gelegen haben, seine »Unnatur« kundzutun.

Nun hat das schwarze Schaf der Familie auch noch einen Schatten, einen Makel, der sich bis zu seinem elenden Tod in Wolfenbüttel mit – auch bösen – Anspielungen auf der einen, in Klagen und Traurigkeit auf der anderen, Ferdinands Seite, offenbart.

Im September 1812 schreibt Ferdinand an Wilhelm einen Brief, der an feiner Rhetorik nichts zu wünschen übrig lässt.

---

**65** Ebda., S. 202.
**66** Ebda., S. 195.

Er spaltet Wilhelms zuvor erhaltenen Brief in einen guten und einen bösen Teil. Im guten ist wie meistens von Dank für Geburtstagswünsche, geschicktem Geld, Fragen nach Familienangehörigen die Rede. Im bösen geht es um einen schlechten Scherz, den sich Wilhelm auf Ferdinands Kosten gemacht hat. Wilhelms Brief ist nicht erhalten oder auffindbar, aber Ferdinands Antwort:

> *»Ich danke dir für das meiste, was du mir geschrieben hast. Aber ich wollte, du hättest mir nicht so viel geschrieben, es wäre vielleicht weggeblieben, was mich so sonderbar wieder betrübt hat. (...) und das vom Heiraten ist als wenn du es einem Bruder sagtest, der noch keinen Verstand fühlte.«*[67]

Als Ferdinand im Winter 1844/1845 in Wolfenbüttel schwer erkrankte, hatte Jacob von Berlin aus den Juristen Dr. Albert Schmid um Beistand für Ferdinand gebeten. Schmidt konnte es sich nicht versagen, sich als Mitwisser des »größten Unglücks« zu erkennen zu geben, das er natürlich bei aller Peinlichkeit längst aufgedeckt hatte.

> *»Der Kranke hat mich oft gedrängt, wenn er so einsam unter fremden Leuten mit einer großen Selbstbeherrschung sein Leiden trug. Zuweilen wurde er wach und kämpfte sichtlich mit Antrieben, etwas, welches er auf dem Herzen hatte, von sich zu sagen, immer aber siegte die Verschlossenheit, und das Gespräch verrann in Allgemeinheiten. Ich konnte mir eine gewisse Befangenheit in dergleichen peinlichen Scham unterdrücken und war – aufrichtig gesagt – jederzeit froh, nicht Theilnehmer des muthmaßlichen Geheimnisses geworden zu sein.«*[68]

---

**67** Grimm Nachlass 368, Blatt 174. Undatiert, wahrscheinlich September 1812.
**68** Nachlass Grimm 400, Blatt 9–10.

## Wohin mit Ferdinand?

Das Familienleben im »Märchenhaus« gestaltet sich in den Monaten nach Weihnachten vor allem für Jacob und Wilhelm höchst unerfreulich. Zwar hieß es in Jacobs Brief vom 22. Januar 1811 an Achim von Arnim, alles sei wieder »auf den besten Weg gebracht«, zwar bemüht sich vor allem Jacob, Ferdinand nicht gänzlich fallen zu lassen, doch erregt das Geschwisterpaar Lotte und Ferdinand weiterhin erheblichen Unwillen. Bereits am 4. September 1810 hatte sich Jacob in einem Brief an Wilhelm seinen Ärger vom Leib geschrieben:

> *»Die Lotte und den Ferdinand betreffend habe ich die feste Überzeugung, dass es in unserem Haus nicht gut geht, wie es sollte, als bis sie heraus sind. Sie thun nichts böses, aber auch nichts gutes, wenigstens nicht gegen uns andere und erliegen unbeschreiblicher Faulheit. Als ich neulich das erste mal hinaus muss um 11 Uhr, sind sie schon beide aus auf die Meße, des Abends komme ich um 6 Uhr müd heim, wieder niemand zu Haus, ich hatte mich die ganze Zeit mit albernen Leuten herum geschlagen u. an keinen Bissen Essen gedacht, zu Haus finde ich die Überbleibsel noch alles auf dem garstigen grossen Tisch untereinander, dazwischen wird mir ein Bissen gewärmte Suppe u. Gemüß gestellt, die Catherine ungezogen u. protzig, wie leicht könnte die Lotte nur ein Bischen Sorge tragen, mit zehnfacher Liebe wollte ich es vergelten, wenn ich daran denke, wie mich die Mutter streichelte u. alles selber holte, wann ich einmal später vom Colleg kam, Das verlange ich nicht von der Lotte, aber wie sie Abends aus dem Bad kommt, geht sie in ihre Stube, kein Wort gesprochen, keine Silbe gefragt: wo ich gewesen? kein Guten Morgen, kein Guten Abend; mit dem Ferdinand das gewöhnliche lange Gespräch, das ich von Weitem unvernehmlich rauschen höre, dann fängt der Ferd. sein Fensterpfeifen an. Des Morgens die Lotte halb durch die Thüre: ›hör J. du musst mir Geld geben, aber viel.‹ Und das ist weiss Gott die beste Art, wie ich mit ihr stehe, will ich sprechen, so muss ich besonders freundlich thun, u. einem Dritten muss es scheinen, als geschähe mir durch ihre Antworten eine Ehre an.«*[69]

69 Briefwechsel zwischen Jacob und Wilhelm Grimm, a.a.O., S. 204.

Nun scheint es, als hätten Lotte und Ferdinand sich gegen die Dominanz ihrer Brüder zusammengetan. Jedenfalls versammeln sie in ihrem Benehmen offenbar, was im größtmöglichen Widerspruch zu Fleiß, Erfolg und Willensstärke der Brüder steht. Jacob hatte im Juli 1808 eine Anstellung in der Privatbibliothek von König Jérôme auf Schloss Wilhelmshöhe bekommen, im Februar 1809 wurde er zum Staatsratsauditor ernannt. Vom Verdienst konnte er die Geschwister ernähren, und sein Amt ließ ihm Zeit, um seinen philologischen Interessen nachzugehen.

Er ist am Hof angestellt, Lotte und Ferdinand, nun 18 und 23 Jahre alt, gehen keiner geregelten Arbeit nach, erledigen nicht einmal ordentlich die Hausarbeit, und dennoch wohnen Jacob, Wilhelm, Ferdinand und Lotte auf engem Raum zusammen. Das sorgt für ständige Konflikte. Allerdings besteht ein großer Unterschied zwischen Jacobs Ärger und Wilhelms tiefer gehenden Affekten gegen Ferdinand, wie seine Aufzeichnungen vom 28. und 29. November 1811 zeigen.

> *»Du glaubst nicht liebster Jacob, was ich für traurige Augenblicke erlebe, ja traurige Stunden, fast keinmal hab ich mich mit Euch zu Tisch setzen können, ohne daß es mir wie ein Pfeil, so schmerzlich verwundend, durchs Herz geflogen ist; das macht der Ferdinand, der in einem tiefen Abgrund lebt. Es heißt, wo Liebe gesät wird, da soll Freudigkeit aufgehen, aber bei ihm ist nichts aufgegangen, als eine fürchterliche Selbstquälerei, die von keinem Gott weiß und die kein Himmel tröstet, gegen uns aber, namentlich gegen mich ein bis auf die größte Kleinigkeit überlegter und durchgeführter Haß. Gott weiß es, was ich für ihn gethan habe, wie manche Nacht hat mich dieser Gedanke gequält an sein Unglück, ich habe ihm bis auf jede Minute die allergrößte Liebe und Nachsicht erzeigt, ich weiß mein Herz rein, ich habe es nie geglaubt, daß ich etwas ganz aufgeben müßte, und doch hab ich es thun müssen. Wenn du wüßtest wie mir in dem Augenblick zu Muthe war, ich redete ihn so freundlich an, er hatte den Tag vorher mit mir gesprochen, er konnte keinen Grund haben, aber er sah mich langsam und starr an, ohne seine Lippe zu bewegen: es war mir in dem Augenblick, wie einem Menschen der erfriert das Blut zog sich im Herzen zusammen und kräuselte und ward starr. Ich werde den Augenblick nie vergeßen, ich stand an meinem Bett in*

*der blauen Kammer vor der Commode, er stand oben in HemdsErmeln am Kleiderschrank und holte sich einen Rock. Ich hab damals gefühlt, daß es aus mit ihm sey; mir ist nichts härter zu ertragen als der Haß eines Menschen, ich glaube diese Krankheit hat mich so empfindlich gemacht, wenn ich denke ein fremder haße mich, so kann nichts quälen, und ich mögte alles thun, um seine Liebe zu gewinnen. Das hät ich nicht geglaubt, daß es mit einem Bruder so weit kommen könne, und mein kurzes Leben, das ich so freudig und dankbar, als es Gott erlaubt, hinbringen mögte, wird mir dadurch so sehr verbittert. Ich thue mir Gewalt an, es aus dem Sinn zu schlagen, ich will nicht mehr davon reden, aber es ist nicht so leicht, ich muß es täglich von neuem ansehen und neu erfahren.«*[70]

## Ferdinand verlässt Kassel

Wilhelms Aufzeichnungen während einer gravierenden Krankheit vom 28. und 29. November 1811 scheinen den Tiefpunkt in seinem Verhältnis zu Ferdinand zu markieren. Später allerdings, als Ferdinand vorübergehend in Göttingen bei seinen Brüdern wohnte und es zu einem weiteren Zwischenfall kam, sollte er die Verbindung mit Ferdinand vollends abbrechen.

Schon in den Steinauer Jahren haben Ferdinand und Ludwig enge Beziehungen zu Vögeln gepflegt, auch zu Tauben. Was seinerzeit für ihr glückliches Leben in und mit der Natur zu sprechen schien, wurde nach Weihnachten 1810 zu einem Beleg für die Sprachlosigkeit zwischen Wilhelm und Ferdinand, der zu einer Art traurigem heiligen Franziskus wurde. Es würde im Haus nicht gut gehen, solange Lotte und Ferdinand dort wohnten, hatte Wilhelm im September 1811 an Jacob geschrieben. Im Juni des folgenden Jahres hat sich Wilhelms Hass etwas gelegt, aber es bleibt ein tiefes, offenbar unheilbares Misstrauen. Es reichte nicht, Ferdinands Charakter, seine Eigenarten und Verhaltensweisen radikal in Zweifel zu ziehen, ihm mussten auch

70 Aufzeichnungen Wilhelm Grimms. Kassel, 28. (und 29.) November (1811) Donnerstag und Freitag. In: ebda., S. 791 f.

seine Fähigkeiten und der Wert seiner Interessen abgesprochen werden. Das alles gipfelt in Wilhelms Feststellung: »sein Leben ruht auf nichts«.[71]

Woher vor allem Wilhelms tiefe Abneigung rührt, ist kaum auszumachen. Die als »Unglück«, »Unnatur«, »verkehrtes Leben« gebrandmarkte Homosexualität des Bruders mag die Antipathie enorm verstärkt haben; ein schwarzes Schaf ist Ferdinand für Jacob und Wilhelm aber schon vorher gewesen.

Zwar schien sich in den Monaten vor Ferdinands Abgang nach München sein Verhalten etwas verändert zu haben, aber in seinem bedrohlichen Anderssein musste er verschwinden.

Wilhelm summierte wenige Wochen vor Ferdinands Abreise dessen unverzeihlichen Makel: Ferdinand habe ein steinernes Herz. Fragt sich, ob Wilhelm seinem Bruder Ferdinand gegenüber ein nicht noch kälteres, ein eisiges Herz hatte. Damit soll ihm gewiss nicht abgesprochen werden, dass er in Briefen, Gesprächen und mit Geschenken von einer einnehmenden Freundlichkeit sein konnte – auch gegenüber Ferdinand. Hier folgen Wilhelms längere, böse Abschiedsaufzeichnungen vom 18. Juni 1812 (an Jacob) und sein kurzes bitteres »Lebe wohl« zwei Wochen später:

> *»Es hat sich mit dem Ferdinand geändert, aber ich kann ihm noch nicht trauen, es ist mir immer als stünde etwas Böses am Ende, ich erleb es wohl nicht, aber ich sehe nicht wie diese Sache recht und rein werden soll. Es ist keine treue Wahrhaftigkeit und kein rechtes göttliches Vertrauen in ihm, sein Leben ruht auf nichts, was soll es einmal festhalten. Seitdem du weg bist, fragt er nicht nach dir, nicht nach dem Louis und Karl [sic!], die Liebe der Tante hat ihn niemals gerührt, und es ist mir manchmal, als wär sein Herz steinhart geworden und es hätt' die Kraft deßselben in lauter vorsätzlichem Herumtreiben in den edelsten Gefühlen aufgezehrt. Der liebe Gott wolle es gut mit ihm machen und es beßern.«*[72]

71 Aufzeichnungen Wilhelm Grimms. Kassel, 18. Juni (1812). In: ebda., S. 793.
72 Ebda.

In Wilhelms Aufzeichnungen vom 25. August 1812 heißt es schließlich:

> *»Der Ferdinand ist nun weg, das ist ein Schritt zu seiner Beßerung, er hat sich auch zuletzt ziemlich betragen, wenn er dort etwas ordentlich arbeitet, kann er noch gerettet werden: aber so vieles hat er verschwendet, was Gott nur einmal gibt.«*[73]

Jacobs Abschiedsworte vom 26. September 1812 in einem Brief an Achim von Armin klingen ein wenig konzilianter, die Steine, die ihm und Wilhelm vom Herzen gefallen sind, wogen aber wohl gleich viel.

> *»Nun auch etwas aus unserm Haushalt. Der Ferdinand ist vor sechs Wochen nach München gereist, weil wir keinen bessern Ort wußten, wo er sich eine Zeitlang aufhalten könnte, als beim Louis. Die Entfernung wird ihm auf jeden Fall wohlthun, ob sie zu mehr führt, wird Gott wissen; jetzt können wir am wenigsten urtheilen. Uns ist hier ein Stein vom Herzen, denn Du weißt nicht, was wir ausgestanden haben, wir haben wie lang nicht mit fröhlicher Miene am Tisch essen gekonnt. Das einzige, was er hier mit Liebe pflegte, einen Taubenschlag, den er in ein Kämmerchen gebaut hatte, haben wir wenige Tage nachher um ein Spottgeld, das Stück der schönsten Tauben um 1 Albus oder Groschen, verkaufen müssen, weil die Tauben wirklich nicht mehr fressen wollten.«*[74]

## Unterwegs nach München

Ferdinand legte auch größere Strecken zu Fuß zurück. Er hatte kein Geld, nutzte seine Fußreisen aber, um Kontakte zu knüpfen und, wo immer es möglich war, nach Sagen und Märchen zu fragen. Ein Großteil der im Handschriftenarchiv der Berliner Staatsbibliothek aufbewahrten Manuskripte und Abschriften

73 Aufzeichnungen Wilhelm Grimms. Kassel, 25. August (1812), Dienstag. In: ebda., S. 794.
74 Reinhold Steig (Hrsg.): Achim von Arnim und Jacob und Wilhelm Grimm, a.a.O., S. 221.

tragen den Vermerk »mündlich«. Der Sagen-Schatz ist noch lange nicht vollständig gehoben. Auch die vielen schriftlichen Texte, Zeitungs- und Zeitschriftenartikel, Kuriosa und Dokumente wurden bislang kaum ausgewertet, ganz zu schweigen von den Mengen kurzer, aber auch sehr langer Briefe. Seit vielen Jahren wird eine Edition von Ferdinands Briefen in Aussicht gestellt, immerhin scheint eine Publikation nicht mehr in allzu weiter Ferne.[75]

Nicht selten schildert Ferdinand Reiseerlebnisse, Besuche – gerne auch unangemeldete – bei Schriftstellern und Gelehrten, Stadt- und Landansichten. In einem Fall, bei Ferdinands Besuchen in Meiningen auf dem Weg nach München, lassen sich gut die unterschiedlichen Perspektiven Ferdinands und seiner Brüder nachvollziehen. Ferdinand berichtet anschaulich, ausführlich, offen. Jacob zensiert Ferdinands Auswahl der Besuchten und spricht ihm die Fähigkeit ab, deren literarischen Rang beurteilen zu können.

Zuerst ein Ausschnitt aus Ferdinands sehr ausführlichem Brief vom 30. August 1812 aus Meiningen:

> *»Lieber Jacob und Wilhelm*
> *Da der Coburger Wagen erst übermorgen von hier abgeht, so kann ich an Dich schreiben und allerlei von hier erzählen. (...) Von einem schönen Weg umgeben bin ich nun hier angelangt in dieser überaus schönen freundlichen Stadt. (...) Es ward dunkel wie ich ihn [den Friedhof, d. A.] fand, denn ich mußte über die Mauer steigen. Da stand ich nun, und der Mond leuchtete wieder, wie damals als er*[76] *begraben wurde. (...)*

---

75 So hatte der Mitherausgeber von Heinz Röllekes Sagensammlung von 1979, Gerd Hoffmann, in seinem Aufsatz mit dem Titel »Der Sagen- und Märchensammler ›Lothar‹ war Ferdinand Grimm«. In: Brüder Grimm Gedenken. Band 3, Marburg 1981, S. 442 angekündigt: »Eine historisch-kritische Edition des gesamten Briefwechsels Ferdinand Grimms bereite ich vor.« Dieses Vorhaben wurde aber nicht verwirklicht. Die Edition wird jetzt von der Arbeitsstelle Grimm-Briefwechsel in Berlin vorbereitet.

76 Gemeint ist Johann Ernst Wagner, den u. a. Jean Paul sehr schätzte. Vgl.: Adolf Maria Svoboda (Hrsg.): Johann Ernst Wagner (1769–1812). Der (fast) vergessene Dichter des Herzogtums Sachsen-Meiningen. Bad Liebenstein 2001.

*Gestern bin ich bei seiner Frau gewesen. Es ist eine gar zu gute freundliche Frau, u. war mir sehr höflich, fragte, ob ich denn ihren Mann schon einmal gesehen habe. (...)*
*Carl Gottlieb Cramer habe ich besucht; er wohnt eine halbe Stunde von hier in einem tiefen Wald auf einer (...) Höhe. Seine Tochter brachte mich zu ihm. Ein dicker noch starker freundlicher Mann, ganz Jäger u. derb und herzlich. (...)*
*Mit meinen Laubthl. [Laubthalern, d. A.] geht es mir schon vor Hersfeld aus erbärmlich; keiner will sie nehmen. Ich laufe in alle Gasthäuser durch, u. es findet sich wohl einer, der das Ding wohl nicht recht versteht, sonst aber ist es gar nicht zu machen, ich muß an jeden hier 4 dort 6 Gr. verlieren. (...)*
*Alle Menschen, jeden Standes grüßen mich hier so hübsch.«*[77]

Geldgeschichten, meist mit dringlichen Bitten oder Forderungen an die Brüder verbunden, ziehen sich durch Ferdinands Briefe wie Wasserzeichen. An beidem mangelt es ihm meistens: an Geld und Zuneigung. Auf der Reise nach München versucht er mit Münzen zu bezahlen, die längst außer Gebrauch sind. Dafür fühlt er sich auf andere Weise beschenkt, mit Freundlichkeit. Die Witwe des seinerzeit sehr geschätzten Autors Johann Ernst Wagner und der erfolgreiche Autor von Ritter- und Räuberromanen Carl Gottlob Cramer sind freundlich, die ganze Stadt ist es, und alle ziehen so »hübsch« den Hut. Nach den Kasseler Familiendramen, Wilhelms unversöhnlicher Kritik und der Erfahrung, nirgends Fuß fassen zu können, tut es ihm gut, anständig behandelt zu werden. In der Psychologie des Geldes ist die merkwürdige Gleichung von Geld und Gunst nicht gänzlich unbekannt. Ferdinand jedenfalls verlangt, wenn er schon kaum Anerkennung findet, immerzu Geld.

In dem schon zitierten Brief an Achim von Arnim vom 26. September 1812 muss Jacob gleich auf Ferdinands Bericht aus Meiningen antworten – allerdings nicht Ferdinand, sondern eben Achim von Arnim. Und das in einem spürbar herablassenden Ton:

77 Nachlass Grimm 368, Blatt 171–173.

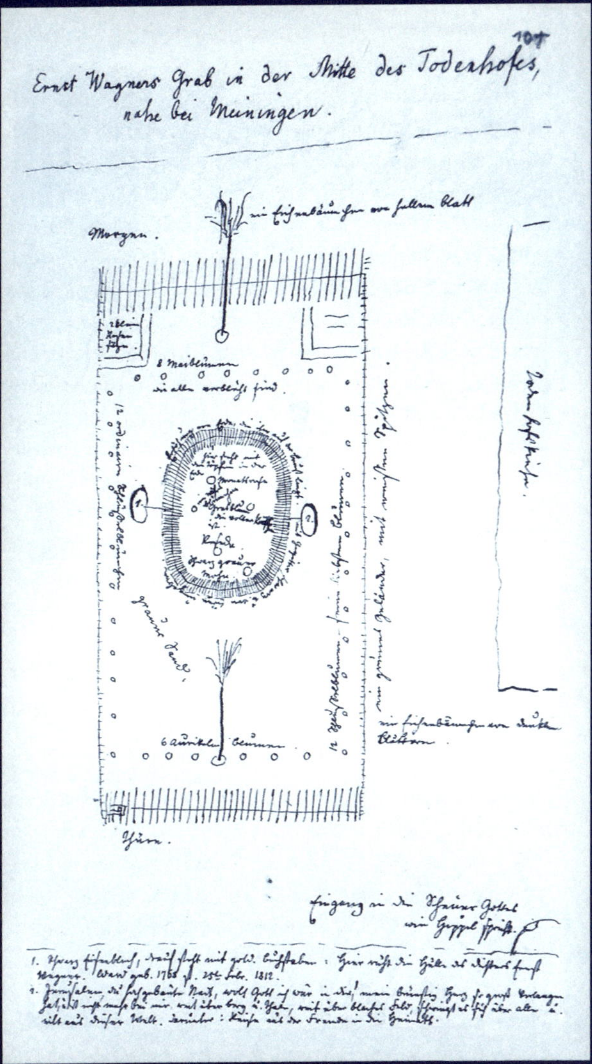


Ferdinand Grimms Skizze von Ernst Wagners Grab in der Nähe von Meiningen

*»Er ist sehr langsam gereist und hat jedermann besucht; in Meiningen Ernst Wagners Grab und Familie – von dem war er von jeher eingenommen – daneben aber auch den Gottlob Cramer, Verfasser der vielen schlechten Romane, Erasmus Schleicher etc., welches mich sehr wunderte, da er sonst immer so blöd war [bedeutet hier etwa »ohne Selbstvertrauen«, d. A.]. In Nürnberg ist es ihm bös ergangen, er wurde über die Grenze zurückgewiesen, weil sein sonst ganz ordnungsmäßiger Paß nicht von der hiesigen bairischen Legation unterzeichnet gewesen. Doch durfte er wenigstens bleiben und den Paß herschicken, hier war nun gerade weder bairischer Gesandter noch Legationssecretär, und der französische Gesandte war endlich so gut und visitirte ihn. Darum hat er in Nürnberg vierzehn Tage liegen müssen, krank und ohne daß sein Reisegeld darauf berechnet war. Endlich ist er doch glücklich in Louis Kämmerchen angelangt, den er in Gestalt und Sprache ganz verändert findet, ihn aber findet der Louis noch ebenso. Wir haben erst einen Brief; das Gute hat aber der Ferdinand an sich, daß er ordentliche umständliche Briefe schreibt, welches weder der Louis, noch der Carl in Hamburg thun.«*[78]

Ferdinand ist erst zwei Monate bei Louis in München, da muss schon wieder seine Existenz von Jacob in Geld aufgewogen werden:

*»Die zwei Brüder in München fallen uns hart, sie hatten darum nicht studiren sollen, weil das Vermögen nicht hinreichen würde, jetzo kosten sie schon mehr, als das Studiren ausgemacht hätte, allein das vermag niemand zu ändern, noch bis auf einen gewissen Punct zu tadeln; der Louis kann mit dem besten Willen noch nicht zum Verdienst kommen, was wieder in seiner Lage liegt; der Ferdinand ist in einem betrübten Zustand, wie Sie wohl werden gehört haben und ehe Gott ihm und er sich selbst hilft, können weder wir noch er vernünftig an eine weltliche Anstellung denken.«*[79]

---

**78** Reinhold Steig (Hrsg.): Achim von Arnim und Jacob und Wilhelm Grimm, a.a.O., S. 221.

**79** Briefe der Brüder Grimm an Savigny, a.a.O., S. 139.

Erstaunlicherweise verrät Jacob hier, in dem Brief vom 19. November 1812 an Friedrich Carl von Savigny, dass auch Ferdinand offenbar nicht wegen mangelnder Intelligenz auf das Studium verzichten musste, sondern aus finanziellen Gründen. Und immerhin hatte Jacob dem Freund Achim von Arnim in seinem Brief vom 26. September mitgeteilt, dass Ferdinand »von jeher von Ernst Wagner eingenommen war«, was er übrigens mit Jean Paul und in gewissem Maße auch Goethe teilte. Es kann schon sein, dass Jacob und Wilhelm mit aller Macht verhindern wollten, dass der erratische Ferdinand in ihrem Revier wilderte. Später, als er immer deutlicher und auch mit Recht seine Kompetenz als Sagenkenner und -sammler zeigte, ließen sie keine Möglichkeit aus, ihm angebliche Fehler nachzuweisen.

## Beim Bruder Louis in München

Über Ferdinands Münchener Zeit ist nicht viel bekannt. Eine Episode trägt schwejksche Züge. Die nationale Gesinnung der Brüder Jacob und Wilhelm wurde deutlich sichtbar, als sie ihre drei Brüder in die letzten Kämpfe gegen Napoleon schicken wollten:

> *»Dem Ferdinand habe ich dieser Tage zum Beitritt in die Landwehr, (wie wohl er sehr schwächlich war, doch kann es ihn sonst retten) den Louis nur halb und halb ebenfalls zugeredet, damit doch ein paar von uns vielen Brüdern dem Vaterland leiblich helfen; brav und hessisch gesinnt sind sie alle beide, auch der arme Carl, der vermutlich in Hamburg noch steckt, weil er zu keinem raschen Entschluß kommen konnte.«*[80]

Am Ende diente Louis als Offizier, Carl als gemeiner Soldat. Ferdinand stand kurz vor dem Einrücken, konnte aber wegen einer Erkältung nicht dem Vaterland dienen. Ludwig Emil Grimm hat in seinen Lebenserinnerungen ein paar Zeilen über Ferdinands Münchener Gepflogenheiten geschrieben:

**80** Ebda., S. 149.

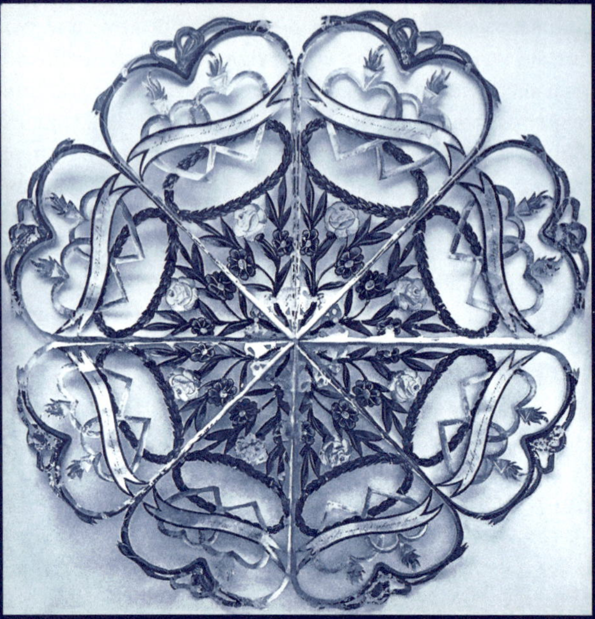

Im Bergwinkelmuseum in Schlüchtern wird dieser »Brautbrief« gezeigt. Leider lassen sich Ferdinand Grimms Glückwünsche nicht entziffern

*»1812 kam er nach München und wir wohnten zusammen. Er ging da häufig auf die Bibliothek und war viel mit Docen, der bei der Bibliothek angestellt war, und hat sich noch allerlei Leute angeschafft, mit denen er umging. Zu Haus schrieb und las er viel. Was er gearbeitet hat, weiß ich nicht, er sprach nie mit mir darüber. Er ging gern in Konzerte, Theater. Über die Schauspieler, Sänger und Sängerinnen äußerte er sich immer unzufrieden. Über Architektur, Bilder und über fast alles machte er tadelnde Bemerkungen und gewöhnlich sehr bitter. Leute, die 10 Mal mehr gelernt hatten wie er, mit diesen disputierte er heftig und hielt sie am Ende doch alle für Esel. Oft stundenlang schlenderte er aus einer Straße in die andere und bemerkte dann alles. Großes Vergnügen machte ihm, wenn er die Leute in den April schicken oder sonstwo in Spaß anführen konnte. Es ist jammerschade, daß er nie mit Ernst eine Beschäftigung getrieben hat. Er hatte ausgezeichnetes Talent für*

*Musik, Malerei und ein seltenes Nachahmungstalent. Er konnte mit seinem Gesicht und Körper machen was er wollte. Aber er war eigensinnig, verschlossen und oft unumgänglich.*
*Er schrieb mir oft jahrelang nicht, und wir wußten auch selten, wo er war.«*[81]

Es fällt auf, dass Ludwig zwar in einigen Charakterisierungen die Urteile der ältesten Brüder teilte, deutlich aber auch die Begabungen und Anlagen des ihm aus der Kindheit und Jugend vertrauten Bruders benennt. Aus seiner Sicht war Ferdinand eine Art Künstler ohne Rahmen, ohne Bühne. Ein schrulliger, auch überheblicher Mann mit vielen, auch liebenswürdigen Eigenarten. Aber vor allem ein belesener Mensch, der den Umgang mit geschätzten Autoren und Wissenschaftlern suchte. Der genannte Bernhard Joseph Docen war ein bekannter und anerkannter Bibliothekar und Germanist. Den Sprachforscher Johann Gottlieb Radlof, Lehrer und Sprachwissenschaftler, erwähnt Ferdinand öfter in seinen Briefen. Aus dem Brief von Ferdinand an die Brüder in Kassel vom 18. Februar 1813 wissen wir, dass er seit längerem Sagen sammelte. Das war aber ein etwas vages Projekt. Er ließ stets offen, ob er das für sich, für ein eigenes Buch oder für die Sammlungen der Brüder tat. Vielleicht mochte er sich nicht in die Karten schauen lassen und wollte die Brüder immer unter Spannung halten.

Als 1816 schließlich der erste Band der *Deutschen Sagen* der Brüder Grimm erscheint, bleibt unklar, worin genau die Unterstützung bestand, für die sie sich in der Vorrede »öffentlich« bedanken.

*»Liebe Jacob und Wilhelm!*
*Ich gehe täglich auf die Bibl. u. sammle für euch an Sagen, die mich intereßiren besonders die Zwergsagen. Meine Sammlung besteht schon, ohne die, die ich mündlich gesammelt habe über 84 Volkssagen die Otmar u. Büsching nicht haben; u. wenn ich sie*

81 Ludwig Emil Grimm: Lebenserinnerungen, a.a.O., S. 379.

*euch einmal gebe soll mich freuen, wenn ihr die meisten noch nicht habt.«*[82]

Das ist ein Versuch, auf merkwürdige Weise Selbstbewusstsein zu demonstrieren: Er sammelt für die Brüder, was ihn interessiert.

Heinz Rölleke bemerkt in seinen Ausführungen zu Ferdinand Grimm im so reich von Albert Schindehütte illustrierten Standardwerk *Es war einmal … Die wahren Märchen der Brüder Grimm und wer sie ihnen erzählte,*[83] dass Ferdinand im Auftrag seiner Brüder von München aus Johann Peter Hebel besucht habe. Wie schade, dass er über Hebel nicht ein ähnlich ergiebiges Kurzporträt verfasst hat wie über Jean Paul.

## Ferdinand geht nach Berlin

In München blieb Ferdinand bis Mitte Februar 1815. Nach einigem Hin und Her und dem für Ferdinand typischen Zögern machte er sich auf den Weg nach Berlin. Jacob und Wilhelm hatten ihm dort mit Hilfe von Achim von Arnim eine Stelle in Georg Andreas Reimers Realschulbuchhandlung[84] verschafft. Dort waren 1812/1815 der erste und zweite Band der *Kinder- und Hausmärchen* erschienen, die zunächst alles andere als ein Verkaufserfolg waren. Ferdinand sollte bei einem Monatsgehalt von 20 Talern als »Korrektor und Korrespondent« arbeiten. Als Wilhelm ihm schließlich Anfang des Jahres 1815 das geforderte Reisegeld geschickt hatte, blieb er erst einmal noch in München, um den Karneval zu genießen. Es war nicht seine Gewohnheit, sich einem Ziel auf direktem Weg zu nähern. So hielt er es auch mit Berlin und legte in Bayreuth eine spontane Literaturpause

**82** Brief von Ferdinand Grimm an Jacob und Wilhelm Grimm vom 18. Februar 1813. Nachlass Grimm 368, Blatt 186–187.

**83** Vgl.: Heinz Rölleke und Albert Schindehütte: Es war einmal … Die wahren Märchen der Brüder Grimm und wer sie ihnen erzählte. Frankfurt am Main 2011, S. 248 f.

**84** Die Berliner Realschulbuchhandlung firmierte ab 1817 als Reimersche Buchhandlung.

ein. Das beschreibt er in Form eines so witzigen wie treffenden Porträts von Jean Paul in einem Brief an Wilhelm vom 1. März 1815:

*»Lieber Wilhelm*
*(...) kam dann nach Amberg und Baireuth wo ich 1 Tag bleiben mußte. Die Stadt war so hell und freundlich und das Wetter wie Frühlingsvorposten eingetreten, daß ich Lust bekam zu Jean Paul zu gehen; und gegen Abend traf ich ihn bey guter Laune (er hat wieder ein Werk unter den Fingern) in einem ziemlich eleganten Hause umgeben mit Frau einer ächten Berlinerin und zwey (...) artigen Mädchen; sein abgenutzter Ueberrock war ehdem blau und sonst, wie auch das Hemd auf der Brust nicht eben rein zu nennen, sein Rockschlippen unter dem Kragen waren Nadelkißchen, denn wohl 60 Nadeln konnte man hier eingesteckt zählen. Wahrscheinl. zum Festheften der Papierstücke – Ich fand seine Gesichtszüge gerade so, wie ich sie mir nicht vorgestellt hatte, (das Bildn. vor d. Hesp.*[85]*ist gar nicht ähnlich) aber nur ein Wort aus seinem Mund, und man hört den alten Bekannten. Sein Kolorit gleicht dem eines Weintrinkers, der Kopf ist dick, (ein wenig von Luther hat er) hat hübsche Quetschbacken, die Nase ist ein bißchen unbestimmt selbst im Profil, was Schade, die Stirn ist schön, der Mund auch, und die Augen sehen weich und rührend, aber männlich der Mund so das hab' ich schon; übrigens ist er mittelmäßiger Größe und sehr stark – überhaupt kann ich dir sagen, drückt sich an dem edlen, deutschen Kopfe so viel Schönes aus, das man in den ersten Stunden nicht so ganz zu beurtheilen fähig ist, so wie oftmals das innere was aus ihm hervorgegangen ist. (...) alles sprach er sehr heftig-schnell und stand dabey auf, eilte im Zimmer auf und ab, setzte sich und eilte wieder; er war so voll Stech- und Stichworte, verdrehte mir meine Sätze im Maul und war höchst komisch, daß ich einige mal laut lachen mußte. Auch auf die Märchenwelt kam er bald, sprach vom Alter und Ursprung der Märchen, und sagte, daß er auch einige Mährlein*

**85** Hesp.: Hesperus oder 45 Hundsposttage. 1795 in Berlin erschienener Roman von Jean Paul.

*habe schreiben wollen, das Ding sey ihm aber nicht angegangen. Den 1. Band lobt er außerordentlich.«*[86]

»Den 1. Band lobt er außerordentlich.« Ein Teil der 900 Exemplare der *Kinder- und Hausmärchen* war wenige Tage vor Weihnachten 1812 erschienen. Bis die erste Auflage verkauft war, sollte es drei Jahre dauern. Ferdinand, der seiner Anstellung bei Reimer in Berlin entgegensah, dürfte mit Jean Paul über das Verlagswesen im Allgemeinen und die Realschulbuchhandlung im Besonderen gesprochen haben. In diesem Verlag nämlich war 1814 auch der zweite Band der *Kinder- und Hausmärchen* erschienen, vordatiert auf 1815. Und dieser Band verkaufte sich noch schleppender als der erste. Angenommen, das Gespräch kam auch auf den zweiten Band, dann hat der nicht gerade schüchterne Ferdinand vielleicht ein Geheimnis verraten. Die Brüder Grimm haben in ihrer Vorrede zum zweiten Band vom 30. September 1814 zwar dankbar erwähnt, dass »eine Bäuerin aus Zwehrn« (heute Niederzwehren, Stadtteil von Kassel), die Viehmännin nämlich, einen »ansehnlichen Theil« der Märchen beigetragen habe, nicht aber, dass zwei Märchen vom eigenen Bruder Ferdinand stammten. Jean Paul hatte aber auch etwas zum Thema beizutragen. In der Realschulbuchhandlung würde noch in diesem Jahr ein wichtiges Buch zum Thema Sagen erscheinen, zu dem er eine recht ausführliche Vorrede zu schreiben gerade im Begriff sei oder schon abgeliefert habe. Es handelte sich um *Des deutschen Mittelalters Volksglauben und Heroensagen* von Friedrich Ludwig Ferdinand von Dobeneck. Jean Paul unterzeichnete seine Vorrede am Himmelfahrtstag 1815, der in diesem Jahr auf Donnerstag, den 4. Mai fiel.

Diese Vorrede ist kaum bekannt, aber sehr lesenswert. Von Dobeneck, dessen erwähntes Buch selbstverständlich auch die Brüder Grimm kannten, hatte in Bayreuth gewohnt, wo er am 11. Dezember 1810 gestorben war.

Mit diesem Satz beginnt Jean Pauls Vorrede: »Es ist ein seltsames Gefühl zum Werke eines geliebten Gestorbenen eine Vorrede zu schreiben, zumal wenn dasselbe, wie dieses, sich mit manchen Gestalten aus dem dunklen Reiche beschäftigt, in

**86** Nachlass Grimm 368, Blatt 272–273, S. XIX.

welches er selber eingegangen.«[87] Mit dem »dunklen Reiche« hat auch Ferdinand Grimms Beitrag zu den *Kinder- und Hausmärchen* seiner Brüder zu tun:

> *»Das Todtenhemdchen*
> *Es hatte eine Mutter ein Büblein von sieben Jahren, das war schön und sie hatte es lieber, wie alles auf der Welt. Auf einmal starb es, darüber konnte sich die Mutter nicht trösten und weinte Tag und Nacht. Als aber das Kind noch gar nicht lange begraben, so zeigte es sich in der Nacht an den Plätzen, wo es sonst gesessen und gespielt, und weinte die Mutter, so weinte es auch, aber wenn der Morgen kam, war es verschwunden. Als nun die Mutter gar nicht aufhören wollte zu weinen, kam es in einer Nacht mit seinem weißen Totenhemdchen, in dem es in den Sarg gelegt war, und mit dem Kränzchen auf dem Kopf, setzte sich zu ihren Füßen auf das Bett und sprach: ›ach Mutter, hör' doch auf zu weinen, sonst kann ich in meinem Sarge nicht einschlafen, denn mein Todtenhemdchen wird gar nicht trocken von Deinen Thränen, die alle darauf fallen.‹ Da erschrak die Mutter, als sie das hörte und weinte nicht mehr und in der andern Nacht kam das Kindchen wieder mit einem Lichtchen in der Hand und sagte: ›siehst du, nun ist mein Hendchen bald trocken und ich habe Ruhe in meinem Grab.‹ Da befahl die Mutter dem lieben Gott ihr Leid und ertrug es still und geduldig, und das Kind kam nicht wieder, sondern schlief in seinem unterirdischen Bettchen.« (KHM 109)*

Heinz Rölleke schreibt in seinem Kommentar: »Die zum Genre der Trostgeschichten gehörige kleine Erzählung ist in einzelnen Motiven schon in der Antike vorgebildet und begegnet dann mit verschiedenen Requisiten (Tränenkrüglein, nasses Gewand des Toten u. a.) wieder seit dem hohen Mittelalter. Ob der sehr belesene Ferdinand Grimm die von ihm festgehaltene Version in einem Buch der Münchener Bibliothek fand oder ob er sie durch mündliche Überlieferung kennenlernte, steht dahin.«[88]

---

**87** Jean Paul (Hrsg.): Des deutschen Mittelalters Volksglauben und Heroensagen. Von Friedr. Ludw. Ferdin. von Dobeneck. Berlin 1815.

**88** Text und Kommentar in: Heinz Rölleke und Albert Schindehütte, a.a.O., S. 248 f.

Außer dem *Todtenhemdchen* hat Ferdinand Grimm noch ein weiteres Märchen zu den *Kinder- und Hausmärchen* beigetragen: *Der Tod des Hühnchens*. Ferdinand hatte es von München aus am 20. Januar 1813 an die Brüder geschickt, die es mit der Einleitung »nach einer baierischen Erzählung« im dritten Band, dem Kommentarband, von 1822 mit der Nummer 80 abdruckten.[89]

> *»Der Tod des Hühnchens*
> *Nach einer bairischen Erzählung: das Hähnl lauft zum Brunnl, sagt: ›ach Brunnl, gib mir ein Wässerl, daß mein Hähnl nicht erstickt‹. Wässerl sagt: ›geb dir kein Brunnel, bis du zum Lindl gehst und bringst mir ein Blättl‹. Das Lindl sagt: ›geb dir kein Blättl, bis du zum Bräutl gehst und bringst mir ein Bändl‹. Bräutl sagt: ›geb dir kein Bändel, bis du zum Säul gehst und bringst mir ein Bürstel‹. Säul sagt: ›geb dir kein Bürstl, bis du zum Müller gehst und bringst mir ein Kleil‹. Müller sagt: ›geb dir kein Kleil, bis du zum Bäurl gehst und bringst mir ein Knödel (Klos)‹. Da gibt der Bauer ein Knödel, nun befriedigt es alle, kommt aber mit dem Wasser zu spät und weint sich todt auf dem Grab.«*[90]

## Beinahe neunzehn Jahre bei Reimer in Berlin

Ein Brief aus Berlin ging mit Datum vom 16. März 1815 an Jacob:

> *»Lieber Jacob! Am 26. Febr. bin ich hier angekommen, und obgleich auch durch die größtentheils zu Fuße gemachte Reise und noch vielen anderen Mühseligkeiten in der bösen Witterung ermüdet und ermattet, war ich doch stets wohl und bin es jetzt noch. Ich habe nun schon 14 Tage die Geschäfte, größtens Correcturen und Buchhandelssachen, bei Reimer versehen. Reimer ist ein erfahrener und braver Mann; und jetzt wird er zur Leipz. Meße gehn, von der sich jeder viel verspricht. Armin hat mir einige mal von dir erzählt, und daß du jetzt bald wieder nach C. [Kassel, d. A.] zurückkehren*

89 Vgl.: Heinz Rölleke: Das Grimm'sche Märchen *Der Gevatter Tod* und eine bislang unbekannte Fassung aus dem Nachlass Ferdinand Grimms. In: Wirkendes Wort 63 (2013) 3, S. 393.

90 Kinder- und Haus-Märchen. Gesammelt durch die Brüder Grimm. Dritter Band. Berlin ²1822, S. 132 f.

*werdest; ich denke, daß dich diese Zeilen noch antreffen werden, damit du doch weißt, daß ich hier bin. Ich bin begierig zu erfahren, wie eure Congreß Geschichten geredet werden, da jetzt wieder alle Blicke der Jahre nach einem anderen Punkt gerichtet werden müssen. Jean Paul, den ich in Baireuth gesprochen habe, läßt dich grüßen, auch Savigny aus Berlin.*
*Wenn du wieder zu Haus bist will ich dir mehr schreiben. Gott erhalte dich wohl! Dein treuer FrGimm.*«[91]

Ein anderer Ton klingt aus diesem Brief. Zwar war die Reise beschwerlich, aber sie hat sich gelohnt. Kaum ist er in Berlin angekommen, steckt er schon mitten im literarischen Trubel und überschaut die Szene. »Alle Blicke« sind auf die Leipziger Messe gerichtet, wie es eben im Buchgewerbe üblich ist. In vierzehn Tagen hat er schon mehrmals mit Achim von Arnim gesprochen, der auch bei Reimer publiziert. Dann noch ein bedeutsamer Satz zum historischen Zentralereignis, dem Wiener Kongress, an dem Jacob Grimm 1814/1815 als kurhessischer Legationssekretär teilgenommen hat. Zum Schluss ein Gruß von Jean Paul. Das ist die Welt, in der Ferdinand sich bewegen möchte, und offenkundig ist er dazu auch in der Lage.

Manche fürsorgliche Beobachter fanden den Zustand von Ferdinand verbessert. Im Mai 1815 schreibt Achim von Arnim aus Wiepersdorf an Wilhelm Grimm über Ferdinand:

»*Du würdest ihn vielleicht nicht mehr erkennen, er sieht wohler aus und hat die Scheu, wie er sonst vor den Leuten vorbeischoß, ganz abgelegt; vielmehr hätte ich ihn gern oft gewarnt, nicht so rasch über tausend Dinge zu urtheilen, die er durchaus nicht übersieht. In München muß er so eine Schar junger Leute gekannt haben, die ihm alles glaubten, das wird sich allmählich von selbst ablegen. (...) Reimer konnte ihn übrigens zu den gewöhnlichen Arbeiten recht gut schon brauchen.*«[92]

**91** Nachlass Grimm 368, Blatt 239.
**92** Reinhold Steig (Hrsg.): Achim von Arnim und Jacob und Wilhelm Grimm, a.a.O., S. 328.

Auch das Verhältnis zu den Brüdern entspannt sich, wenn man den Briefen traut.

Im Mai 1816 treffen sich Wilhelm Grimm, Savigny, Clemens Brentano und auch Ferdinand bei Achim von Arnim in Wiepersdorf. Wilhelm hat seinen Bruder seit vier Jahren nicht gesehen und ist überrascht von Ferdinands angenehmem Auftreten. Zwei Jahre später kommt es zu einem offenbar friedlichen freundlichen Familientreffen in Kassel. »Vorigen Monat sind wir sechs Geschwister nach geraumer Zeit wieder einmal beisammen gewesen. Carl war von Bordeaux (zur See nach Hamburg) und Ferdinand von Berlin (meistens zu Fuß) hier eingetroffen, welches mir eine große Freude war«, berichtet Jacob in einem Brief vom 6. September 1818 an Savigny und schreibt ihm am 10. Januar 1820: »Wir haben ihn sehr lieb, er ist ehrlich, brav und von jeher in seinen Bedürfnissen mäßig gewesen, von uns allen vielleicht der mäßigste.«[93]

Gewiss sind Briefe, besonders wenn sie von engen Verwandten handeln, von vielerlei Konventionen abhängig, sie geben aber grosso modo doch Auskunft über Tendenzen und »Temperaturen« der geschilderten Verhältnisse. So darf angenommen werden, dass sich Ferdinands Lebensverhältnisse, sein Selbstbewusstsein und die Stellung in der Familie mit seinem Wechsel nach Berlin erst einmal konsolidiert hatten.

Auf Ferdinands Geldprobleme und die Transferleistungen der Brüder und Freunde sind wir wiederholt eingegangen. In dem schon zitierten ausführlichen Brief vom 10. Januar 1820 erklärt Jacob seinem ehemaligen Lehrer, jetzt vertrauten Freund, die finanziellen Verhältnisse der Familie. Savigny hatte Ferdinand 30 Reichstaler geliehen und die Brüder darum gebeten, Ferdinand nicht wissen zu lassen, dass er es ihnen mitgeteilt hat. Die große Überraschung besteht nun darin, dass Ferdinands permanente Geldbettelei in einem ganz anderen Licht erscheint, denn das Geld stand ihm gewissermaßen zu:

> *»Von seiner [Ferdinands, d. A.] Uneigennützigkeit nur das: wir haben unser elterliches und von der Tante geerbtes Vermögen nie geteilt, sondern wir hier gebliebenen verwalten es fort und setzen*

93 Briefe der Brüder Grimm an Savigny, a.a.O., S. 286.

*es zu, bis es sich einmal bessert, aber weder er, noch Carl oder Luis haben je nach ihrem Teil gefragt, sondern sie wissen, daß sie im Notfall ihre Zuflucht zu uns nehmen dürfen.«*[94]

Es spricht für die haushälterische Vernunft der Brüder, dass sie dem offenbar für einen sparsamen Umgang mit Geld nicht geeigneten Bruder sein Erbe nicht mit einem Mal, sondern gestückelt ausgezahlt haben. Eine andere Frage ist, warum sie später, in seiner erbärmlichen Wolfenbütteler Zeit, das Erbe noch zurückgehalten haben. Ferdinands erster Sagenband erschien 1820 mit dem Titel *Volkssagen und Mährchen der Deutschen und Ausländer* unter dem Pseudonym »Lothar« bei F. A. Brockhaus in Leipzig. Seine Motive, gerade diesen alten Kaisernamen zu wählen, sind nicht bekannt. Vielleicht wollte er seinen Brüdern, deren zweiter Band der *Deutschen Sagen* erst zwei Jahre zuvor erschienen war, nicht zu nahe treten. Jedenfalls beweist Ferdinand mit dieser Sammlung seine hohe Kompetenz als Sagen- und Märchenkenner, die auch im ausführlichen Vorwort zutage tritt.

## Ferdinand ist krank und wird vom Freiherrn von Meusebach besucht

In Berlin bewegt sich Ferdinand offenbar recht souverän unter namhaften Autoren und Autorinnen. Das tat ihm gut, und aus vielen Zeugnissen spricht eindeutig, dass er geachtet und auch gemocht wurde. Zu nennen sind Bettine und Achim von Arnim, Savigny, Ernst Moritz Arndt, Ludwig Tieck, Hoffmann von Fallersleben und auch Heinrich Heine, den er früher schätzte und kannte als seine Brüder. Der ungemein gelehrte und witzige Freiherr von Meusebach war ein Familienfreund der Grimms und so auch ein Freund Ferdinands. Im folgenden Briefauszug rührt Meusebachs Fürsorge ebenso wie sein Wille, Ferdinand gleichberechtigt in den Freundschaftsbund aufzunehmen, den er mit inniger Empathie und Briefen pflegt, die sich wie satiri-

**94** Ebda., S. 286 f.

sche Kunststücke lesen. Die Mauerstraße liegt in Berlin Mitte, in der Nr. 66 befindet sich heute eine Anwaltskanzlei. Ferdinands Krankheit im Februar 1828 nennt Wilhelm Schoof »nicht unbedenklich«.[95] Gregor von Meusebach schreibt am 17. Februar 1828 an Jacob Grimm:

> *»Donnerstags in der Mittagshitze setze ich mich in Bewegung, zuerst nach Nr. 66 der Mauerstrasze. Ihr Herr Bruder hatte anfangs so gewollt, dasz man Ihnen von seiner Krankheit nichts schreiben solle; und den Willen habe ich in meinem letzten Briefe geehrt. Gern hätte ich mehr als eine Nacht bey ihm wachen wollen und es auch gewisz gethan, wenn ich mit meiner Taubheit ihm dazu nicht ganz unnützlich gewesen wäre. So konnte ich nichts für ihn thun als von Zeit zu Zeit durch den Mentor meiner Jungen ihm eine durchwinterte Weintraube schicken. Er beerte an einer, als ich am Donnerstag zu ihm kam; er befand sich besser und sollte an diesem Tage ein wenig aufstehen. Wahrscheinlich dauerte es ihn, dasz er meines Gehörs wegen noch nicht mit mir sprechen konnte, und da gab er mir zur Entschädigung dem ihm mitgebrachten und von ihm gelesenen Brief Jakobs auch zu lesen. Hören Sie, liebes Wilhelmchen, an dem Jakob haben sie doch ein unvergleichlich herrliches Familienhaupt! Lachmann und ich ziehen zuweilen Ihre Briefe den seinigen noch vor; aber dieses Mahl gefiel mir Jakobs Brief an Ferdinand noch besser als der Ihrige an mich; und indem ich scheidend Ferdinands noch etwas schwache Hand drückte, drückt' ich in Gedanken von Jakob den ganzen Mann an mich, machte mich in meinen Wagen und zu Savigny.«*[96]

Am 19. Februar meldet Meusebach: »Ferdinand bessert sich immer mehr, und liest schon wieder Zeitungen und Bücher im Bette.«[97]

---

**95** Vgl.: Wilhelm Schoof: Ferdinand Grimm als Buchhändler. In: Börsenblatt für den deutschen Buchhandel – Frankfurter Ausgabe – Nr. 68 vom 25. August 1959, Sp. 1011–1017.

**96** Briefwechsel des Freiherrn Karl Hartwig Gregor von Meusebach mit Jacob und Wilhelm Grimm. Heilbronn 1880, S. 81 f.

**97** Ebda., S. 85.

## Heinrich von Kleist. Ferdinands Fixstern am literarischen Himmel

Ferdinands Brief vom 23. Mai 1818 könnte einer seiner wichtigsten werden. Aus dem ersten Teil wurde schon zitiert. Da war vom »guten Leßing« die Rede, den er las, um sich zu trösten, weil von den Brüdern ein ersehnter Brief nicht gekommen war. Jean Paul wurde auch erwähnt, einer seiner literarischen Lieblinge. Dann aber kam er auf Heinrich von Kleist zu sprechen, der zu dieser Zeit noch lange nicht so berühmt war, aber in Reimers Realschulbuchhandlung waren 1810 und 1811 zwei Bände mit seinen Erzählungen erschienen. *Das Käthchen von Heilbronn oder die Feuerprobe* hatte Reimer ebenfalls 1810 herausgebracht. Es war für Ferdinand wohl eine besondere Freude, in dem Verlag zu arbeiten, der Kleist im Programm hatte. Mit einem typischen Sprung wechselt er im »Kleistbrief« den Schauplatz:

> *»Dann bin ich nach Potsdam gegangen, in die prachtvollen Gegenden, die alle im feierlichsten weichsten Frühlings Grün aufgegangen waren, allenthalb sangen Nachtigallen, man konnte nicht satt werden (...). Am frühen Morgen stand ich vor des armen Kleists Grab; seine Frau liegt daneben. Von der Anhöhe, ein geräumiger mit Kiefern umschloßner Platz, hat man eine helle Aussicht über den weiten und breiten heiligen See zu allen übrigen Sonnen Untergang sich hebenden waldigen Bergen, fast bis zum fernen Spandau, dessen spitziger Kirchthurm sich undeutlich blicken läßt, wol eine der stillschönsten Gegenden weit und breit. Um die Gräber stehen etwa zwanzig hohe Pappeln, aber bis auf eine fand ich alle verdorrt; dies rührt nun vom sandigen Boden her, worin sie schwerer gedeihen; ich und Wilhelm nahmen mehre der vertrokneten Stämme weg und pflanzten neue dahin, und zwar so eifrig, als ob uns jemand daran zu stören kommen würde, und verbanden alle miteinander, so daß nach Kurzem die Bäumchen ordentlich einen Kranz bildeten und sich die Hände reichten.«*[98]

**98** Nachlass Grimm 368, Blatt 288.

Die der beherzten Grabpflege geschuldete gehobene Stimmung muss aber gleich wieder gesenkt werden, um nicht den obligaten Lamento-Ton der Briefe an die Brüder zu verfehlen. Was passt da besser als eine schwarze Wolke, die aber stimmungssicher literarisiert wird:

> *»Dieser Monat ist doch ein recht unglücksbringender Monat. Gestern morgen hatte ich am Fenster (…) einen eigenen Anblick. Der ganze Himmel war blau und wehte kein Lüftchen, da hob sich in einer Entfernung über den Häusern eine ungeheure schwarze Wolke leise empor und hing still und unbeweglich wie ein dichter Schleier vor dem schönen Blau, bis endlich die Hitze der brennenden Häuser sie zerteilte. Es brannten nämlich vor dem Thore einige Häuser ab.*
> *Lebt wohl und schreibt bald an euren treuen Bruder Ferdinand.«*[99]

Ferdinand besuchte Kleists Grab drei Jahre später abermals. Offenbar war von der Bepflanzung nichts mehr übrig. In einem Brief an die Brüder heißt es: »Wenn ich an seinem verwitterten Grabhügel vorbeigehe, so tut er mir allemal leid, der Arme, den schändliche Verwandtenbehandlung dahin brachte, mit dem Herzen voll rechter Vaterlandsliebe; er soll nicht schön gewesen sein.«[100]

Zwischen 1815 und 1820 war Ferdinand Grimm auch mit dem Sammeln von Märchen und Sagen befasst, die dann in seine erste Publikation mündeten, die *Volkssagen und Mährchen der Deutschen und Ausländer*. Unter den *Volkssagen aus Deutschland* ordnete er eine Kurzfassung des *Michael Kohlhaas* ein, mit *Das Bettelweib von Lokarno* ist eine Version von Kleists kürzester Novelle *Das Bettelweib von Locarno* aus dem zweiten Band der *Erzählungen* von 1811 zu finden. Die Brüder Grimm hatten Kleists *Berliner Abendblätter*, die vom 1. Oktober 1810 bis zum 30. März 1811 erschienen, in Kassel abonniert. Sie benutzten die Zeitschrift auf der Suche nach Sagen und Märchen. Dort dürfte Ferdinand die *Abendblätter* kennengelernt haben[101], wo-

**99** Ebda.
**100** Helmut Sembdner (Hrsg.): Heinrich von Kleists Lebensspuren – Dokumente und Berichte der Zeitgenossen. Berlin u. a. 1964, S. 508.
**101** Vgl.: Heinz Rölleke: Das Bettelweib von Locarno. In: Wirkendes Wort 64 (2014) 2, S. 169–172.

bei seine Fassung nicht aus den *Abendblättern* stammt, sondern dem zweiten Band der *Erzählungen* folgt, obwohl er im Vorwort seiner *Volkssagen und Mährchen* die *Abendblätter* fälschlich als Quelle nennt. Wie sehr Jacob und Wilhelm Grimm Kleists Werk schätzten, zeigt Steffen Martus in seinem Aufsatz *Die Brüder Grimm und die Literaturpolitik Heinrich von Kleists. Michael Kohlhaas* erfährt man dort, war »die Kleist'sche Lieblingserzählung der Brüder Grimm«[102].

Ferdinand kam der Arbeit seiner Brüder nie näher als beim gemeinsamen Interesse an Kleist. Nie konnte er sich so gleichberechtigt fühlen. Man benutzte die gleichen Quellen, war sich einig in der Einschätzung von Kleists überragender Bedeutung, betrauerte seinen Suizid vom 21. November 1811. Wie groß muss da Ferdinands Glück gewesen sein, an der Ausgabe von Kleists *Hinterlassenen Schriften* in Berlin mitarbeiten und damit seinen Brüdern in Kassel nicht nur die neusten Nachrichten vom quälend langsamen Voranschreiten der Ausgabe melden zu können, sondern ihnen immer auch mit seinen Berliner Beziehungen voraus zu sein.

Die Entstehungsgeschichte der *Hinterlassenen Schriften* von Heinrich von Kleist steckt einerseits voller Hindernisse und Verzögerungen, auf der anderen Seite streckt sich die Dauer von Ferdinands Rolle als eine Art Patron von Kleists Vermächtnis. An der nicht enden wollenden Geschichte sind drei »Parteien« beteiligt: der Verlag Georg Reimer, der Herausgeber und Verfasser der ausführlichen *Vorrede* Ludwig Tieck und die Grimms mit ihrem Berliner Vorposten Ferdinand. Am 1. Mai 1816 kündigt Ferdinand ein »neues, herrliches Buch« an. Im Juni 1821 freut sich der Schriftsteller und Diplomat Ernst von der Malsburg in einem Brief an Ludwig Tieck über das Erscheinen der *Hinterlassenen Schriften* und fordert ihn auf: »Schenken Sie mir ihn [den Kleist, d. A.] nur je eher je lieber.«[103]

---

**102** Vgl.: Steffen Martus: Die Brüder Grimm und die Literaturpolitik Heinrich von Kleists. In: Kleist Jahrbuch 2011. Stuttgart 2011, S. 134–154.

**103** Brief von Ernst Malsburg an Ludwig Tieck vom 7. Juni 1821. In: Helmut Sembdner (Hrsg.): Heinrich von Kleists Nachruhm. Eine Wirkungsgeschichte in Dokumenten. München 1977, S. 131. Im Folgenden als Kleists Nachruhm.

Ferdinands Ankündigungsbrief vom 1. Mai 1816 an Jacob und Wilhelm beginnt emphatisch und vollkommen unrealistisch:

> *»Ein neues und herrliches Buch, welches noch im Sommer erscheint, nenne ich euch: in Heinrich Kleists Nachlaß. Es besteht aus zwei Schauspielen: Die Hermanns-Schlacht, und Der Prinz von Hessen Homburg, letzterer aus dem siebenjährigen Krieg [die Schlacht bei Fehrbellin, der historische Hintergrund, fand 1675 statt, d. A.]. Tieck gibt das Buch mit einer Lebensbeschreibung d. V. [des Verfassers, d. A.] heraus. Ich lese eben den ganzen Prinzen in Kleists Handschrift. Das Schauspiel ist köstlich, weiter mag ich nichts sagen, aber man findet sogleich den herrlichen Vf. in Allem, Einzelnen und Ganzen. Es ist lächerlich, zu glauben, Kl. habe Schiller auf irgendeine Weise nachgeahmt, wie viel größer ist er und vollkommner gegen diesen, wie allein steht er nur Göthe zur Seite, der ihn wohl mitunter ernährt, dem er aber auch nie nahgegangen ist. Nur Shakespeare hat ihn geboren, denn Käthchen und besonders die köstliche Famil. Schroffenstein stehen vor uns da, wie Sh.«*[104]

Wie Ferdinand sich als eine Art Chefkritiker geriert, entspricht der oft beklagten Rigorosität seiner Urteile. Das ändert aber nichts an seinem Verdienst, in Heinrich von Kleist einen genialen Dichter gesehen zu haben. Gern wüsste man genau, worin Ferdinands Arbeit als »Korrektor« im Reimer Verlag im Fall der Kleist-Ausgabe von 1821 bestand.[105] Jedenfalls nicht im wilden Zusammenstreichen, das er bei Tiecks Trauerspiel *Leben und Tod der heiligen Genoveva* für sich reklamierte. Am 21. Januar 1820 hatte er an die Brüder geschrieben:

> *»Neues nicht viel: Kleist, es ist mir, als ob Dir der Prinz nicht gefallen, ist wieder liegen geblieben, und wird dagegen die Genoveva, wonach kein Mensch begehrt, wenig verändert, viel gestrichen, groß Oktav abgedruckt.«*[106]

**104** Nachlass Grimm 368, Blatt 259–260.
**105** Vgl.: Ilse Marie Barth: Die Überlieferung des Schauspiels »Prinz Heinrich von Homburg«. Das Heidelberger Manuskript und die Erstausgabe des Jahres 1821 durch Ludwig Tieck. Mit einer verkleinerten Wiedergabe der Heidelberger Handschrift. Heidelberg 1978.
**106** Nachlass Grimm 368, Blatt 316.

Wenn überhaupt gestrichen wurde, was Tieck, der 1823 bei Reimer die erste Gesamtausgabe von Kleists Schriften in drei Bänden herausgeben sollte, wohl nicht hätte durchgehen lassen, wer hatte im Verlag das Recht dazu? Sicher ist, dass Ferdinand mit den Druckbögen schalten und walten durfte. Und wenn er, was anzunehmen ist, »nur« Korrektur gelesen hat, dann kannte er den Inhalt der *Hinterlassenen Schriften* wie kaum ein anderer.

Zurück ins Jahr 1816. Auf Ferdinands Ankündigungsbrief vom 1. Mai antwortet Jacob am 12. Mai: »Auf das angekündigte Buch aus Kleists Nachlaß freue ich mich.«[107] Seinem alten Schulfreund Paul Wigand teilt er ein paar Tage später mit: »Diesen Sommer erscheint Heinrich Kleists Nachlaß, herausgegeben von Tieck, nebst einer Lebensbeschreibung. Ich lese sonst nur wenige Sachen aus der neuern schönen Literatur gern.«[108] Offenbar wusste auch Ferdinand nicht, wie es in Wahrheit um die Ausgabe stand. Er schob die andauernde Verzögerung gern auf Tieck, der aber hatte erhebliche Mühe, die für die Ausgabe geplanten Stücke zu bekommen. Am 7. Oktober 1816 schrieb er an den befreundeten Philologen und Philosophen Karl Wilhelm Ferdinand Solger: »Noch, Bester, erinnere ich Sie auch an Kleist! Recht bald Ihre Beiträge! – Fragen Sie doch beim Obristen Ruhl [gemeint ist Otto August Rühle von Lilienstern, d. A.] nach, wegen der Familie Schroffenstein. Hartmann [Ferdinand Hartmann, d. A.] in Dresden besitzt den Hermann nicht mehr. Kleist hatte ihm denselben geschenkt, ihm aber wieder abgeliehen, und nicht wiedergegeben. Er hat mir aber kleine Gedichte und einige prosaische patriotische Beiträge vom Jahr 1809 geschickt. Auch in allen seinen Schwächen ist der Kleist ein herrliches Gemüt.«[109] Mit »Hermann« ist das Drama *Die Herrmannsschlacht* gemeint, die dann zusammen mit dem Schauspiel *Der Prinz von Homburg*, ein paar Epigrammen, einer Idylle, einer Fabel und einigen Gedichten in den *Hinterlassenen Schriften* erscheinen sollten. Ohne Ludwig Tiecks energische Suche nach den Manuskripten wären die *Hermannsschlacht* und der

**107** Nachlass Grimm 368, Blatt 259.
**108** Zit. n. Helmut Sembdner (Hrsg.): Heinrich von Kleists Nachruhm, S. 117.
**109** Zit. n. ebda., S. 119.

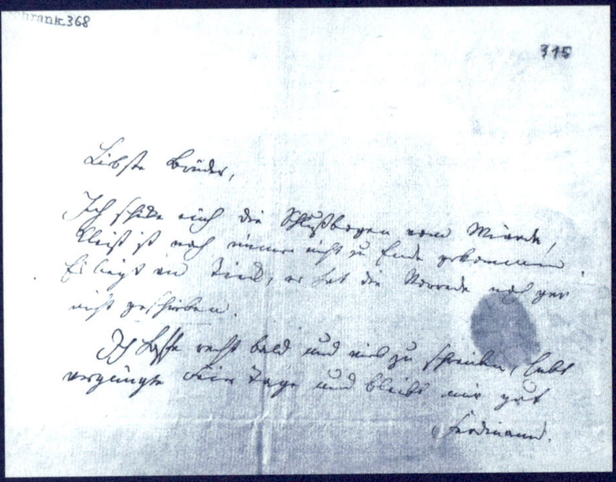

»Kleist ist noch immer nicht zu Ende«, schreibt Ferdinand Grimm an seine Brüder und gibt Ludwig Tieck die Schuld

*Prinz von Homburg* wohl verloren gegangen, jedenfalls seinerzeit nicht publiziert worden.

Anfang 1820 schickte Ferdinand einmal mehr eine Zwischenmeldung: »Kleist ist noch immer nicht zu Ende gekommen. Es liegt an Tieck, er hat die Vorrede noch nicht geschrieben.«[110] Es lag nicht nur an Tieck. Endlich, am 27. Februar 1820, bedankt sich Wilhelm für den Druckbogen mit dem *Prinzen von Homburg*, den Ferdinand kurz vorher geschickt hatte. Besser hätten die Brüder kaum bedient werden können. Wilhelms Dank und Lob klingt etwas zwiespältig: »Ich danke Dir für den Prinzen von Homburg, das Stück hat mir Vergnügen gemacht, es ist sehr trefflich, aber die darauf verwendete Arbeit und Mühe fühlt man doch.«[111] Mit anderen Worten, trotz der Vortrefflichkeit macht das Stück einen spürbar bemühten Eindruck, was für ein Schauspiel nicht gerade von Vorteil ist. Im selben Brief äußert Jakob eine merkwürdige Präventiv-Kritik: »Der Prinz von Homburg hat mir gefallen, doch ist es von einem Verfas-

**110** Nachlass Grimm 368, Blatt 316.
**111** Zit. n. Helmut Sembdner (Hrsg.): Heinrich von Kleists Nachruhm, S. 128.

ser, dessen Sachen alle gut sind, nicht das wichtigste Werk. Das folgende Stück aus der Hermannischen Zeit wird mir vielleicht weniger zusagen.«[112] Dieses überlegen kritischen Tons bedient sich dann auch Ferdinand, wenn er den Brüdern die übrigen Druckbögen schickt: »Den Schluß werdet ihr gern lesen, wie auch die Vorrede, doch könnte sie reicher sein und weniger flüchtig die Kritik.«[113]

Nun ist das Unternehmen zum Abschluss gekommen. Das »neue herrliche Buch«, Heinrich von Kleists *Hinterlassene Schriften*, erscheint im Frühjahr 1821. Fünf Jahre lang kann Ferdinand Grimm die Neugier der Brüder auf die gewichtige Hinterlassenschaft seines Lieblingsautors mit immer neuen Ankündigungen und Zwischenmeldungen strecken. Auch darin zeigt sich seine theatralische Leidenschaft.

Ferdinands vielleicht bescheidene Rolle als Korrektor im Verlag und Berichterstatter mit allen Fehlmeldungen seinen Brüdern gegenüber reiht sich in die katastrophale Genese der Tieck-Ausgabe ein. Es ging dabei um alles. Eduard von Bülow schrieb 1846 zum Verdienst von Ludwig Tieck um Heinrich von Kleist: »Tieck hat übrigens das große noch nicht anerkannte Verdienst, daß er den Prinzen von Homburg vor wahrscheinlicher Vernichtung oder Vergessenheit rettete. Er wußte sich das Manuskript, welches da, wo es sich befand, geringgeschätzt wurde, im Jahr 1814 zu verschaffen, las es oft in seinem Kreise vor, gewann ihm so Freunde, und ließ es endlich sogar drucken.«[114] Und Tieck benutzte seine Vorrede zu einem Hilferuf:

> *»Von dem Verfasser, dessen Nachlaß ich dem Publikum übergebe, kann ich nur wenige Nachrichten mittheilen, da ich ihn selbst nicht viel gekannt habe und es mir nicht hat gelingen wollen, etwas Genaueres von den Umständen seines Lebens zu erfahren. (...) Folgende Bruchstücke aus einer Korrespondenz mit einer geistreichen Verwandtinn [gemeint ist Kleists Vertraute Marie von Kleist, d. A.] sind dem Herausgeber erlaubt mitzutheilen: diese, so*

---

**112** Zit. n. ebda., S. 129.
**113** Zit. n. ebda., S. 131.
**114** Zit. n. ebda., S. 114 f.

*wenig bedeutend sie an sich selbst seyn mögen, veranlassen vielleicht andere Freunde, merkwürdige Briefe oder Aufsätze, welche sie noch in Händen haben mögen, in Zukunft bekannt zu machen, so wie auch die obige kurze und ungenügende Nachricht von seinem Leben nur ein Aufruf an seine Freunde sein kann, dem zu früh Abgeschiedenen ein würdigeres Denkmal zu setzen (…). Kurz vor seinem Tode hat er alle seine Papiere vernichtet. Ein langer Aufsatz, der die Geschichte seines Innern enthielt, soll vorzüglich interessant gewesen sein. Vielleicht besitzt einer seiner vertrauteren Freunde noch eine Abschrift, und macht in Zukunft einiges davon bekannt.«*[115]

Auch für Ferdinand Grimms Verdienste um Heinrich von Kleist, seine spontane, rührende Pflege des verwilderten Grabes, die Hilfe beim Druck der *Hinterlassenen Schriften* und die unermüdlichen Nachrichten an seine Brüder gebührt ihm im literarischen Gedenken ein würdiger Platz.

## Georg Reimer entlässt Ferdinand Grimm

In den letzten Berliner Jahren häuften sich Reimers Klagen bei den Brüdern über Ferdinand, der, wie es in den Briefen hieß, »nicht brauchbar« war. Das hatten alle Freunde und Ratgeber mehr oder weniger deutlich vorhergesagt. Dann aber drangen in Reimers Korrespondenz mit den Brüdern hässliche Töne. Es kam zu einer unangenehmen Verquickung von Honorarforderungen der Brüder und Reimers Reaktion, etwaige berechtigte Forderungen gegen seine Alimentierung von Ferdinand aufzurechnen. Für die große Märchenausgabe von 1819 wollten die Brüder Grimm mehr Geld. Dafür habe er doch jahrelang den eigentlich ungeeigneten Bruder Ferdinand honoriert. Dazwischen geriet der häufiger kranke, auch ohne Ankündigung abwesende Ferdinand, der es allen recht machen wollte.

**115** Heinrich von Kleists hinterlassene Schriften herausgegeben von L. Tieck. Berlin 1821, S. III, XI und XXVIII.

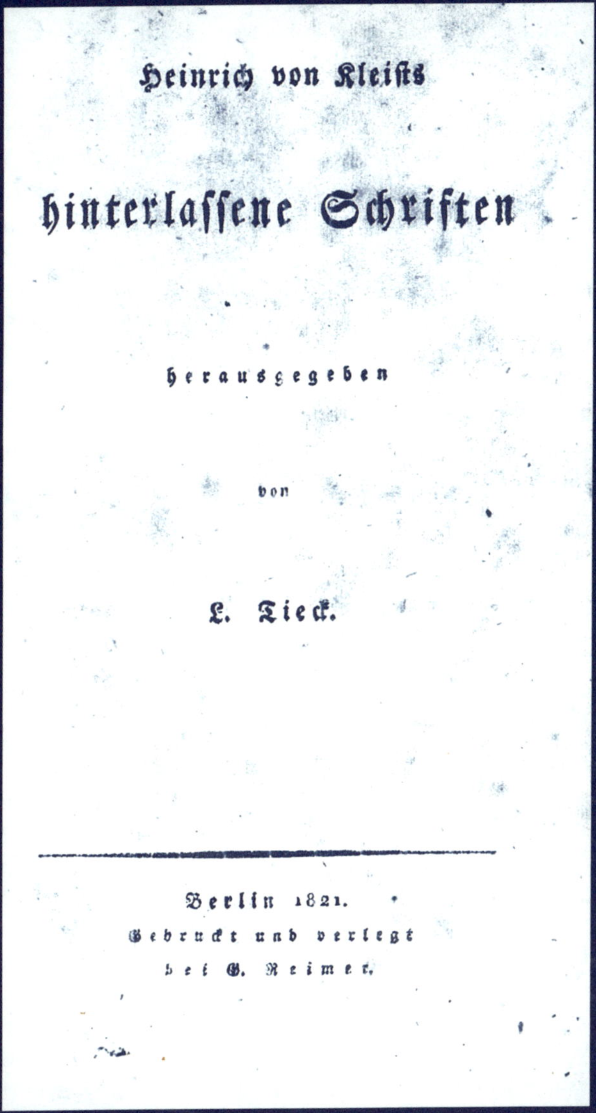
Heinrich von Kleists

hinterlassene Schriften

herausgegeben

von

L. Tieck.

Berlin 1821.
Gedruckt und verlegt
bei G. Reimer.

1821 erscheint endlich das »herrliche Buch«: *Heinrich von Kleists hinterlassene Schriften*

Am 29. November 1833 kündigte Georg Reimer Ferdinand offiziell zu Ostern 1834. Wilhelm gratulierte dem Bruder zum Geburtstag am 18. Dezember und informierte ihn zugleich über die Kündigung, die ihm aber bereits bekannt war. Wilhelm hatte ihm fast 20 Jahre zuvor die Einstellung mitgeteilt, nun betrachtete er es offenbar als seine Pflicht, auch die schlechte Nachricht zu überbringen. Ferdinand kam dem Abschied zuvor und verließ den Verlag zum 1. Januar 1834. »Für den Brief mit Wurst und Geburtstagsgeschenk (...) danke ich herzlich«, schrieb er am 4. Januar an die Brüder. »Heute ist Jacobs Geburtstag. – Seit dem ersten des Jahrs bin ich von Reimer geschieden und wie sich versteht in Freundschaft.«[116] Geburtstagsglückwünsche gehörten immer zum eisernen Briefvorrat, auch wenn sie manchmal mit monatelanger Verspätung eintrafen. Im Abschiedsbrief klagt Ferdinand noch einmal bitter über seine Lebensverhältnisse in der letzten Berliner Zeit:

> *»Ganze Wintermonate bis zur späten Nacht saß ich in ungeheizter verschloßener Stube, von Lumpen und Bettkissen umwickelt, alle zehn Minuten die erstarrten Finger am Licht aufthauend um was zu verdienen: der Lohn war schon nahe zum Ergreifen, als ein unerhörtes Geschick alles mir wieder entriß.«*[117]

Nun weiß Ferdinand wieder einmal nicht, was aus ihm werden soll. »Hier bleiben kann ich nicht, einmal geht es nicht ohne ein Gehalt, dann ist in der menschenüberfüllten Stadt ein Amt schwer zu erlangen.«[118] Mit 200 Talern (jährlich) sei er schon zufrieden, aber er wisse nicht, ob er jemals etwas finden werde. Von Reimer geht er »in Freundschaft«, bei den Brüdern bedankt er sich für die geschwisterliche Fürsorge. In Wahrheit ist er einsam, sehr oft krank und verlassen. Er bleibt dann noch zwei Monate in Berlin. Die Brüder wissen kaum etwas über ihn. Was sich aus Briefen schließen lässt, klingt nach einem schauerlichen Großstadtroman, wie sie damals en vogue waren. Karl Lachmann, seit 1827 Professor für lateinische und deutsche Phi-

**116** Nachlass Grimm 368, Blatt 340–431.
**117** Ebda.
**118** Nachlass Grimm 368, Blatt 432.

lologie in Berlin und Gelehrtenfreund der Brüder Grimm, trifft Ferdinand in der Stadt und meldet das am 14. Februar 1834 an Jacob und Wilhelm in Göttingen:

> *»Ferdinand ist mir vor ein paar Wochen begegnet: daß er aber nicht mehr bei Reimers ist, sagte er nicht. Ich werde mich wo ich kann erkundigen, und dann sogleich schreiben, was ich erfahre.*[119]

Es hat sich gewiss im großen Berliner Freundeskreis der Grimms herumgesprochen, dass der problematische Ferdinand im »menschenüberfüllten« Berlin herumirrt. Eines Abends will er sich vom philanthropischen Gregor von Meusebach verabschieden, als ihm ein seltsames Missgeschick widerfährt. Davon wissen wir aus einem späteren Brief Wilhelms an Meusebach:

> *»Auf meine Frage, ob er bei Ihnen Abschied genommen habe, erzählte er, dasz er auf dem Wege zu Ihnen Abends in der Dunkelheit sich so heftig an eine Ecke oder ein Bauholz, ich weisz nicht genau, gestoszen, dasz er betäubt habe nach Hause schleichen müszen und einige Tage gebraucht, um sich wieder zu erholen. Er ist zu philosophisch gebildet, um nicht jedes Ereignis nach der Idee zu betrachten; ich kann daher mit meinem rohen Verstande nicht ermessen, wie viel davon wahr ist, ohne allen Grund mag es aber nicht seyn.«*[120]

Dass Wilhelm seinem Bruder zutraut, aus einem trivialen Unglück eine philosophische Sottise zu machen, die sich besser erzählen lässt, zeigt, wie sehr er an Ferdinands Aufrichtigkeit zweifelt. Ein Spinner ist er, den der mit gesundem (»rohem«) Menschenverstand begabte Wilhelm nicht folgen kann.

Wilhelm Schoof als einer der Nestoren der Grimm-Forschung, die Ferdinand gerne noch nachträglich bessern wollten, tritt in dessen übler Lage nach: »Ferdinand war – wohl ohne

---

**119** Briefwechsel der Brüder Jacob und Wilhelm Grimm mit Karl Lachmann. Hrsg. von Albert Leitzmann. Band 2. Jena 1927, S. 631.

**120** Briefwechsel des Freiherrn von Meusebach mit Jacob und Wilhelm Grimm, a.a.O., S. 201.

Grund – über die Kündigung Reimers verbittert. Das zeigt sich schon daran, daß er schon zu Neujahr 1834 sein Haus verließ und sich stellungslos noch zwei Monate in Berlin herumtrieb.«[121]

## Ferdinand bei seinen Brüdern in Göttingen. Wieder passiert ein großes Unglück

Nach allem, was sich im Verhältnis der älteren Brüder zu Ferdinand angesammelt hatte, ist es nicht verwunderlich, dass sie nicht besonders erbaut waren, als er eines Tages in Göttingen vor ihrer Haustür stand. Der Tag war der 4. März 1834. Zwar hatten sie ihn eingeladen, damit sie ihn besser »pflegen und unterstützen«[122] könnten, aber er hat sich nicht klar darüber geäußert, ob und wenn ja, wann er nach Göttingen zu kommen beabsichtigte. Bei allem Ärger über ihren jüngeren Bruder, der sich bald wieder unheilvoll zuspitzen sollte, scheint bei Jacob und Wilhelm doch ein unzerstörbarer Rest an brüderlicher Solidarität existiert zu haben.

Nach der Ankunft in Göttingen teilt Jacob seinem Schwager Ludwig Hassenpflug mit: »Daß Ferdinand seit einer woche hier ist wirst du gehört haben. Wir finden seine gesundheit weit besser als wir gefürchtet hatten, und ihn auch sonst wenig verändert.«[123]

So lebt er eine Zeit bei den Brüdern dahin, wird krank, wieder gesund, gibt, nun mit 46 Jahren, die Hoffnung nicht auf, eine auskömmliche Stelle zu finden. Am 1. Juni 1834 schreibt Jacob an Gregor von Meusebach einen vielsagenden Brief:

*»Sie wissen, dasz wir seit Merz den Ferdinand hier haben, das stübchen ist ihm eingeräumt, in dem Sie uns beim essen überraschten. auch er war schon hier krank, und wir fürchteten eine*

121 Wilhelm Schoof: Ferdinand Grimm als Buchhändler, a.a.O., Sp. 1016.

122 Briefwechsel mit Karl Lachmann, a.a.O., S. 1016.

123 Brüder Grimm Werke und Briefwechsel. Kasseler Ausgabe, Briefe Band 2. Bernhard Lauer (Hrsg.): Briefwechsel der Brüder Grimm mit Ludwig Hassenpflug. Kassel 2001, S. 245.

*brustentzündung, jetzt aber ist er völlig hergestellt. Was er thut, denkt und für pläne hat, weisz ich nicht, er geht viel spazieren und beobachtet die rothkelchen und bachstelzen; eigentlich scheint er blosz am theater gefallen zu haben und am umgang mit kindern, dabei finden wir ihn im höchsten grad unverändert, so eigensinnig und seltsam, wie in seinen kinderjahren.«*[124]

Die Liebe zu Vögeln und Kindern teilte Ferdinand mit seinem Bruder Ludwig Emil. Über beide wurde berichtet, dass sie mit Tauben, Rotkehlchen oder Bachstelzen kommunizierten und mit ihnen enge Beziehungen pflegten. Liest man Jacobs frühe Briefe, etwa an den Großvater in Hanau, oder den altklugen Eintrag in Wilhelms Stammbuch, dann lassen sich die Barrieren nachvollziehen, die sich zwischen den jüngeren und den beiden älteren Brüdern aufgetürmt hatten. Merkwürdig, dass Jacob Ferdinands Kinderjahre anführt und damit suggeriert, der eigensinnige, seltsame Ferdinand hätte sich seit der Steinauer Kindheit kaum verändert. Es hieß in früheren Briefen ja auch, dass Ferdinand seiner schönen Einfalt wegen geliebt werde. Schimmert da ein romantisches Kindheitsbild durch, das die unschuldigen Kinder mit den frühen Stadien der Völker vergleicht?

Am 1. Oktober 1834 schreiben Wilhelm und seine Frau Dorothea Grimm an Jacob: »Ferdinand will morgen auf 8 tage verreisen, erst nach Cassel u. dann nach Lippstadt, wie er andeutet, dort auf eine Stelle hoffend, was mir noch wenig wahrscheinlich ist.«[125]

Eine Stelle in Lippstadt hat er in der Tat nicht angetreten. Das Zusammenleben mit Ferdinand in der Göttinger Wohnung der Grimms wurde offenbar immer schwieriger. Sein anfangs gelobter Umgang mit den Kindern von Dortchen und Wilhelm wurde nach zwei Jahren ebenso kritisiert wie der gesamte »Zustand«. Das Verhältnis war wieder einmal stark abgekühlt. Mitte Februar klagt Jacob in einem Brief an Karl Lachmann:

124 Briefwechsel des Freiherrn von Meusebach mit Jacob und Wilhelm Grimm, a.a.O., S. 202.

125 Briefwechsel zwischen Jacob und Wilhelm Grimm, a.a.O., S. 547.

*»Wilhelms zustand ist es was mich immer ängstigt, (...) Dazu kommt der kummer über Ferdinand: zwei jahre ist er nun bei uns, leiblich gesunder als wir anderen seit lange, aber unfähig etwas zu arbeiten und zu ergreifen, halsstarrig und faul über die maßen, aber eingebildet und ohne ehrgefühl. der sitzt nun mit am tisch, schweigt oder gebärdet sich albern mit den kindern. Alle leute wundern sich unseres haushaltes, und hätte Gott Dortchen nicht einen so heiteren sinn, der sich immer von selbst neu aufrichtet, bescheert, wäre es noch schwerer. Dabei sind die kinder oft krank und machen viel sorge.«*[126]

Die Probleme mit Ferdinand scheinen sich im Juli 1836 erledigt zu haben. Er hat Göttingen verlassen und ist nach Hann. Münden gegangen. Wieder wird Karl Lachmann benachrichtigt, der mittlerweile der Vertraute der Brüder in Sachen Ferdinand geworden zu sein scheint:

*»Ferdinand ist plötzlich ohne sang und klang, d. h. ohne abschied aufgebrochen, und hat von Münden aus einige räthselhafte, undemütige zeilen an Dortchen geschrieben, ohne zu entdecken, wohin und was er wolle. Von Cassel aus ist er über Meiningen, angeblich nach Würzburg, mir ist das herz seitdem viel leichter, so sehr mich sein verschrobenes wesen jammert, Wilhelm fürchtet er versuche es auf dem theater; ich bezweifles wegen seiner faulheit, dann müste er rollen lernen.«*[127]

Da hatten die Brüder sich zu früh gefreut. Ferdinand kam noch einmal zurück, um dann aber ein für allemal vor die Tür gesetzt zu werden.

*»Ferdinands abzug hatte ich zu voreilig gemeldet. er kehrte plötzlich zurück, wie ins wirtshaus, und es ergab sich daß er, ohne allen plan, zu seinem spaß oder bloß um uns beiden, solange Dortchen in Cassel blieb, auszuweichen, umhergestrichen war. Nachdem er sich ausgeruht hatte faßte ich mir dann das herz ihm den längeren*

126 Briefwechsel der Brüder Jacob und Wilhelm Grimm mit Karl Lachmann, a.a.O., S. 661.
127 Ebda., S. 671.

*aufenthalt bei uns aufzusagen; nun treibt er sich seit 6 wochen in Münden herum und lebt von dem geld was wir ihm mitgegeben haben. Ich halte es dennoch für das einzige mittel ihn noch zu möglicher besinnung zu bringen.*«[128]

Der Generalvorwurf der Faulheit zieht sich durch alle Briefe. Es ist die Ursünde angesichts des unerbittlichen Fleißes, von dem die Brüder Grimm, besonders Jacob, getrieben waren; der hat dann bekanntlich auch zu überragenden Leistungen, zu grundlegenden Werken geführt. Aber auch bei den Geschwistern gab es, es sei an die Klagen über die Schwester erinnert, viele blinde Flecken in der Wahrnehmung. So bemerkten sie offenbar nicht, dass Ferdinand durchaus sinnvollen und produktiven Beschäftigungen nachging. Schon 1814, als Ferdinand in München bei Ludwig Emil war, schrieb Wilhelm an Achim von Arnim, der ungelernte Bruder solle in irgendeine Buchhandlung gehen, um dort »Correctur, Correspondenz etc.« zu besorgen, »dazu wäre ihm behilflich, daß er immer alle Literaturzeitungen gelesen und überhaupt eine gewisse Bildung hat«.[129] Dass er unermüdlich Sagen, Märchen und verwandte Texte sammelte, auch für seine Brüder, scheint immer wieder vergessen worden zu sein. Es wurde aber offenbar auch übersehen, dass er selbst Texte verfasste. Und als Jacob und Wilhelm es dann bemerkten, hätten sie es lieber nie erfahren.

Leider sind wir beim nun zu beschreibenden zweiten nachhaltigen Familienskandal wieder auf einige Vermutungen angewiesen. Wahr ist, daß am Donnerstag, dem 19. November 1835, in der Nr. 190 der in Braunschweig und Leipzig erscheinenden *Mitternachtzeitung für gebildete Stände*[130] die erste Folge einer Fortsetzunggeschichte erschien, die mühelos als Schlüsselerzählung über die Familie Grimm erkennbar war. Rasch versteht man, dass es sich bei der Tante um Wilhelms Frau Dorothea handelt, die mit zweitem Vornamen Henriette hieß. Jacob und Wilhelm waren Johannes und Wilibald, und die anderen Ge-

**128** Ebda., S. 672.

**129** Achim von Arnim und Jacob und Wilhelm Grimm, a.a.O., S. 313.

**130** Die Fortsetzungsgeschichte *Tante Henriette* erschien vom 19. November 1835 bis zum 24. Dezember 1835 in fünf Folgen in der *Mitternachtzeitung für gebildete Stände* in Braunschweig und Leipzig.

1835. (Zehnter Jahrgang.) № 190. Donnerstag, den 19. November.

# Mitternachtzeitung für gebildete Stände.

Braunschweig und Leipzig.

## Tante Henriette.

Von

Friedrich Grimm.

Es blühe der Rasen,
Wo Liebende gehn
Und Tanten und Basen
Die Küsse nicht sehn.

— Meine Tante Henriette gilt allgemein für eine treffliche Frau, und ich behaupte, sie ist die beste, die man finden mag. Hat sie ihre Eigenheiten und Absonderheiten, so sind andre auch nicht frei davon. Was der einen recht, ist der andern billig. Tanten sind wichtige Charaktere. Schauspiel und Roman, in welchen sie oft kühne Familienhauptrollen spielen, können nicht leben ohne Tanten. Man hat brave und böse oder gerathne und mißrathne Tanten, und deuten obige Zeilen eines gemüthlichen Dichters sogar auf neidische hin. Henriette vermag viel, denn sie hat Vermögen. Mir hilft sie, wenn ich in Nöthen versinke, und verehrt mir neue Westen und seidene Taschentücher. Dafür bin ich ihr getreuer Neffe.

In einer Reihe von Jahren hatte ich die Tante nicht gesehen. Ich sah sie zuletzt als junges zwanzigjähriges Mädchen, frisch und froh und schlank und flink wie eine Bachstelze. Damals nannte man sie auch Bachstelze. Recht hübsch, oder einen Grad höher, recht schön, machte das Fräulein eine Figur, deren Brust und Taille sich schon sehen lassen durften. Rundere Arme waren in der ganzen Stadt nicht aufzutreiben. Ihre Stimme hatte Metall. Ihre Gesichtszüge mild, subtil, geistvoll, gefielen, nicht sowol beim flüchtigen, als aufmerksamen Betrachten, und in ihren Augen, die weder groß, noch blau, noch braun, noch schwarz waren, lebte und blickte eine schöne Seele.

Henriette fühlte keine Neigung, früh in den heiligen Ehestand zu treten, und hier ergaben sich Spuren von Charaktereigenheiten, aber lobenswerthen. Ich mag nicht heirathen, sprach sie zuweilen leicht hin, man merkte jedoch, wie es gemeint war. Kein Herr stand ihr an. Schien der eine zu groß und sah aus befehlenden Marsaugen, so war der andre zu klein und hatte das Schielen einer Ziege. Erschien ihr dieser zu hochklug und zu viel Standesperson, so fand sie jenen zu unbedeutend und zu wenig Person von Stande. — Ach was denkt und wünscht und will ein junges Mädchen nicht. Das lustiglose freie Jungfrauenthum dünkte ihr noch so schön, ihr

Die bissige Schlüsselerzählung *Tante Henriette* erschien in fünf Fortsetzungen in der *Mitternachtzeitung für gebildete Stände* heimnisse offenbarten sich auch von selbst. Sprachgewaltig mit gut sitzenden Seitenhieben wurden die Geschwister Grimm in eine karnevaleske Handlung montiert.

Als Autor zeichnete ein Friedrich Grimm, der sich mit diesem Namen einige Zeit später ins Adress-Buch der Stadt Wolfenbüttel eintragen ließ und eigentlich Ferdinand hieß. Dieser beißende literarische Säureanschlag von großem Sprachreichtum muss Jacob, Wilhelm und Dortchen ungemein getroffen haben. Merkwürdig, dass offenbar keinerlei Reaktionen der Persiflierten überliefert sind. Ferdinand wohnte im November 1835 bei den Brüdern in Göttingen. Sollte ihnen die Geschichte, deren letzte Fortsetzung am Heiligabend (!) 1835 erschien, verborgen geblieben sein? Das ist kaum vorstellbar. Wilhelm jedenfalls hat von da an seinen Bruder Ferdinand bis zu dessen Tod nicht wiedergesehen. Und er brach den Briefkontakt ab. »Ich stehe in keinem briefwechsel mehr mit ihm und er läßt sich nicht wol von meiner seite wieder anknüpfen.«[131] Jacob dagegen beendete den Briefkontakt nicht vollends. Er sah Ferdinand aber erst wieder, als er im Januar 1845 an dessen Sterbebett gerufen wurde. Während der letzten acht Jahre seines Lebens hat Ferdinand seine Geschwister mit der Ausnahme Jacobs kurz vor seinem Tod nicht gesehen. Und dabei hatten sie sich am Schluss der vielen Briefe doch so oft ihrer Treue versichert.

## Hunger, Kälte und Sterben in Wolfenbüttel

Anfang Januar 1837 ist Ferdinand in Wolfenbüttel. Am 6. Januar 1845 wird er dort sterben. In den letzten acht Jahren seines Lebens sind die äußeren Umstände kläglich. Er ist einsam, lebt am Existenzminimum und nimmt den roten Faden der Korrespondenz gleich wieder auf: er bittet, besser, er bettelt um Geld und bekommt von Jacob eine Art Grundversorgung. Der Kontakt zu Wilhelm ist und bleibt abgebrochen. Am 7. Januar 1837 geht es in der Briefpost weiter, wie es im letzten Austausch geendet hatte: mit Vorhaltungen, Ermahnungen, Bedingungen für das

131 Zit. n. Helmut Henne und Birgit Richter: Der unbekannte Grimm, a.a.O., S. 49.

Fortbestehen der wie ein Mantra beschworenen »brüderlichen Liebe«. Es bleibt unklar, warum Ferdinand nicht sein Erbe ausgezahlt wird, das Jacob im Brief vom 10. Januar 1820 an Savigny erwähnte. Jacobs ohne Anrede abgefasster Brief endet wie so oft in einer Ermahnungssuada:

*»Solange Du außer Stand bist Dir selbst Deinen Unterhalt zu schaffen, will ich Dir monatlich 8 Reichthaler schicken, wobei sich aber versteht daß wir uns auf weitere Bezahlung anderer von Dir gemachter Schulden nicht einlassen und erwarten daß Du uns durch Geldforderung und Anleihe bei Andern keine Schande machst. Es wird dann Ehrensache für Dich seyn Dich durch eigene Anstrengung in eine Lage zu versetzen in welcher Du dieser Beihilfe nicht mehr bedarfst, oder Dich ihrer würdiger zu machen, als es durch Dein bisheriges Betragen geschehen ist. Alsdann wird sich auch unsere, von Dir auf alle Weise beleidigte brüderliche Liebe Dir wieder zuwenden können. Jac. Grimm.«*[132]

Die »beleidigte brüderliche Liebe« mag auch auf die freche *Tante Henriette* anspielen. Nun bleibt kein Spielraum mehr für eine halbwegs gedeihliche geschwisterliche Beziehung. Ferdinand überreizt seine Geldforderungen endgültig, Jacob bricht den Austausch über dieses Thema für immer ab.

Ferdinand, der in seinen Briefen immer dazu neigte, das große Weltgeschehen anzusprechen und zu beurteilen, verliert im Ringen um Geld jeden Blick über seine elende Lage hinaus. Nun steht die »Bedrängnis« der Brüder in Göttingen gegen Ferdinands existentielle Not in Wolfenbüttel. Ernst August I. entließ am 12. Dezember 1837 die sieben Professoren der Georg-August-Universität, die sich in einem Protestschreiben gegen die Aufhebung der vergleichsweise freiheitlichen Landesverfassung durch den neuen König gewandt hatten. Drei von ihnen, darunter Jacob Grimm, wurden noch dazu des Landes verwiesen.

Ferdinand ist am Tiefpunkt seines Lebens angelangt. Am 12. Februar 1838, also einen Monat nach der Entlassung der Göttinger Sieben, klagt er Jacob, er wohne inzwischen »bei

**132** Nachlass Grimm 368, Blatt 601.

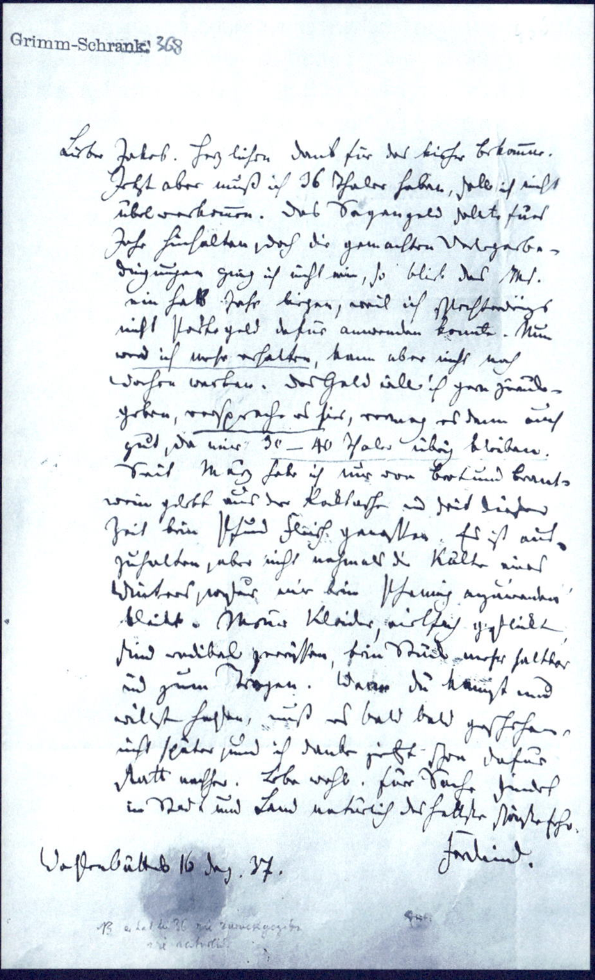
Grimm-Schrank! 368

Wolfenbüttel 16 Dez. 37.

Ferdinand.

Ferdinand schreibt am 16. Dezember 1837 aus Wolfenbüttel an Jacob in Göttingen

Gärtnersleuten in feuchter, enger Stube. (...) ein paar Thaler für Heizung zu behalten, ist unmöglich, bis heute habe ich keinen Groschen dafür verwendet (...) alte Wurst zuweilen und Kaffee aus der Stadt, das ist meine Kost (...) die Kälte nagt an meiner Lunge, eine krampfige Hand ist tagelang zum Führen der Feder unbrauchbar.«[133]

In der Misere besinnt sich Ferdinand seines Bruders Carl. Man hatte sich aus den Augen verloren. Carl war unbelastet von den Geldquerelen, so konnte ihm sein jüngerer Bruder einen Brief ohne Finanz-Lamento schreiben, Unterstützung hatte Ferdinand von ihm erhalten:

*»Lieber Karl; du hast mich beschenkt mit Hose, Stiefel und Hemdt, wofür ich gleich danke, und womit auch den Brüder Dank gesagt sei für ein Geschenk von Anfang Dezember, was längst geschrieben wäre, hätte ich nicht eine andre Gelegenheit dazu bestimmt.*
*Wie geht es dir? Wieder ein paar Jahre vergangen, seit wir uns nicht gesehen. Aus Zeitungen lese ich wenig von dort, sie fallen mir auch nur zuweilen in die Hände; dafür denke ich an euch, an euch alle, oft mahnen mich Kinder an Gustelchen, das kleinste Ding – Ich bin hier allein, habe mit keiner Seele Umgang, als mit meinen Gärtnerleuten, ganz rohen, sonst redlichen Plattdeütschen. Das Haus steht an einem Kreuzweg, Kohlenmeißen pochen ans Fenster meiner kalten Kammer, in der es nach Kuhstall riecht, und alle Nacht höre ich im Wind die Eülen rufen und die hungrigen Hasen schreien, die von den alten Eichen und Buchen des nahen Waldes herkommen. Die Stadt wäre leidlich, wenn ihr Volk nicht das unangenehmste wäre, das man sich denken kann, nur mit der Gegend bin ich befreundet, die nördlich einen guten Punkt hat, eine Schanze, Haus, Wall und Graben, aus welcher Philipp der Großmüthige die Katholiken mit Kugeln beschoß, im Rücken steht der ewig gepuderte Brocken, vor sich hat man die Thürme Braunschweigs und alt und neue Erinnerung.*
*Die Eisenbahnfahrt ist eine außerordentlich schöne Erfindung – oft sehe ich Züge von acht bis zehn Wagen vorüberrauschen es klappert wie Mühlräder, zuweilen rollt ein Donner, indeß ein*

133 Nachlass Grimm 720, Blatt 4–5.

So sieht das Haus heute aus, in dem Ferdinand Grimm laut Wolfenbütteler Adress-Buch von 1841 unter der Anschrift Herzogthor 20 wohnte

*feiner Rauchschleier die märchengleiche Erscheinung umgiebt. Nachts und beleuchtet muß die Fahrt sich gut ausnehmen, besser noch bei einem Gewitter. Eins nur lob ich nicht: daß man auf dem Wagen vor Fenstergeräusch und Thürenknarren nicht sprechen kann.*

*Lebe wohl, Karl und grüße allemiteinander vielmal von deinem*

*Bruder Ferdinand.*

*Wolfenbüttel, d. 9. Febr. 1839.*«[134]

Ferdinand ging vermutlich wegen der berühmten Herzog August Bibliothek nach Wolfenbüttel. Dass er dort Bücher auslieh, belegen im Nachlass erhaltene Leihscheine. Am 21. und 29. Dezember 1844 bestellte er in der Bibliothek, nur wenige Tage vor seinem Tod, je zwei Bände von Ernst Gotthelf Gersdorfs *Repertorium der gesammten deutschen Literatur.*[135] Er unterschrieb die Scheine mit FrGrimm, also Friedrich Grimm, seinem »Schriftsteller-Namen«. Vier Wochen vor seinem Tod schrieb er einen

**134** Brief Ferdinands an seinen Bruder Carl vom 9. Februar 1839. Hessisches Staatsarchiv Marburg, Best. 340 Grimm Br 1736. Abweichend von der sonst üblichen Schreibweise wird hier der Bruder Carl Grimm mit »K« geschrieben.

**135** Erschienen in Leipzig, Band 1: 1834, bis Band 34: 1842.

rührenden Brief an die Brüder, der auch als Lebensbeichte und Abschiedsbrief gelesen werden kann:

>*»Liebe Brüder. Es sind morgen zwei Monate, daß ich auf dem Lager zubringe, wozu ein Rückfall der Krankheit hauptsächlich beigetragen, und erst seit einigen Tagen obgleich noch sehr erschöpft durch den erlittnen zu großen Blutverlust, bin ich imstand außer Bett zu sein, um wieder Luft zu ziehen nach den schwindenden Schmerzen, die weit dauernder und heftiger waren als im Jahr 28, wo mich diselbe Krankheit traff, und wozu diesmal noch das Entbehren einer vernünftigen äußern Hülfe unter meinen zwar willigen, doch ungeschickten Hausleuten mir völlig abging. Ich habe nicht geglaubt wieder aufzukommen und Gott gebeten in Treue und Demuth, mich zu nehmen. Er hat mich erhalten, ich bin ihm dankbar und von Herzen will ich zufrieden sein, wenn er mir nur noch ein einziges Jahr, einen einzigen Sommer schenkt. Viel zu meinen nicht seltnen, besonders Winterkrankheiten entsprang wohl aus meiner Lebensweise, der ich bisher keine andre Wendung habe geben können. Seit sieben Jahren besteht Sommer und Winter meine einzige Nahrung aus nichts andern als Brot und Blutwurst, diese trage ich oft, wenn es hier keine giebt aus Braunschw. in der Tasche heim, Mittags aus drei bis vier Kaffee, den ich in einer Vorstadt oder in den umliegenden Dorfwirtshäusern finde, an kalten Abenden trinke ich Thee, um eine Stunde länger in meiner schwach erwärmten Stube zuzubringen, die mich bei strenger Kälte zwingt, schon um acht oder früher ins Bett zu gehen. Oft, wenn ich über ein Sommerfeld ging und die Leute Kohl und Kartoffeln essen sah, dachte ich, wenn ich doch statt Kaffee auch wieder einmal Kohl und Kartoffeln essen könnte, und das Fleisch und Gemüs, das ich mir jetzt holen lasse. Ist das erste Kalbfleisch, das erste Gemüse, das ich im Jahr 44 genieße. Für Kleider habe ich wenig ausgeben, ich bin immer in euren Oberkleidern gegangen und die wenigen Schriften, die ich gekauft habe, können nicht in Betracht kommen. Ein solcher Mangel übt auf alles was man treibt seinen Einfluß, dieser und die häufigen kleinen und großen körperlichen Leiden, heftiger Kopfschmerz, schlaflose Nächte, haben mir oft eine schwer zu unterdrückende Stimmung gegeben. Daher glaube ich nicht, daß ich in gewohnter Weise, ohne neues Bangnis und Leiden entgegenzugehn jetzt wieder fortfahren kann und es wäre mein nächster Wunsch,*

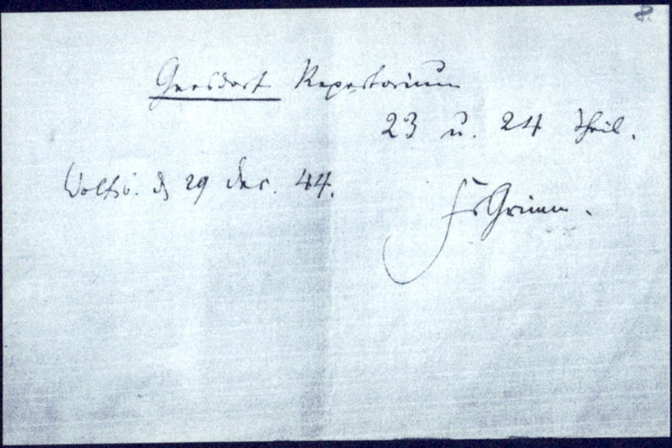

Leihschein, mit dem Ferdinand Grimm acht Tage vor seinem Tod den 23. und 24. Band von Ernst Gotthelfs *Repertorium* in der Herzog August Bibliothek bestellte

*einmal frei von Sorg und Angst dieses Jahr, wenn der Himmel mein Verlangen erfüllt, zu leben. Ihr alle, meine Brüder, habt mir schon so oft und viel gegeben und immer wende ich mich wieder zu euch, uneracht ihr manches zu bestreiten haben mögt, es dort theuer ist und die Kinder mehr kosten. Gott aber hat euch mehr verliehen, hat euch lieber, euch bisher erhalten und noch jüngst nach so vielen Krankheiten Wilhelms Gebet erhört in neuer harter Prüfung, dann Mutter Dortchen erhalten nach ihrem Gebet, und ich denke, daß Karl und Luis nicht unter die Nothleidenden werden zu zählen sein: seht, was ihr mir noch zu geben vermögt, damit ich unter dem Druck des Winters, der so früh angefangen, einigermaßen geschützt, mit mehr Ruhe auf andre Dinge hinsehen kann; müssig bin ich hier nie gewesen. – Herzlichen Dank für das Geld durch Dr. Schmidt der einigemal bei mir war, und für deinen Brief, lieber Jakob, der mich tausend mal mehr gefreut als das nöthige Geld, in den Tagen des Leidens, wo ich mit Schmerz daran dachte, nun wohl nichts mehr von euch zu hören, keinen Brief wieder zu sehn von einem meiner Brüder. Ich grüße euch alle von ganzem Herzen als*

*eurem treuen Bruder Ferdinand*

*W. d. 4. Dez. [1844, d. A.]*«[136]

**136** Nachlass Grimm 400, Blatt 4–5.

Rotunde der Herzog August Bibliothek Wolfenbüttel von Andreas Christian Ludwig Tacke, Ölgemälde von 1888

Bei »Dr. Schmid« handelt es sich um den schon erwähnten Juristen Dr. Albert Schmid, den Jacob Grimm von Berlin aus, wohin der preußische König Friedrich Wilhelm IV. ihn und Wilhelm geholt hatte, um Beistand für Ferdinand gebeten hatte. Am 1. Januar 1845 teilte er Jacob mit, Ferdinands Gesundheitszustand habe sich verschlechtert, der Kranke habe schon öfter seinen Wunsch geäußert, ein Angehöriger möge zu ihm nach Wolfenbüttel kommen, er habe den Wunsch aber nicht weitergegeben, weil er dem »hochzuverehrenden Herrn Hofrat Grimm« die Reise nicht habe zumuten wollen. Jetzt aber sei Eile geboten. Dieser Herr Dr. Schmid musste im selben Brief ausplaudern, dass Ferdinand ihm immer mal wieder (s)ein Geheimnis hätte anvertrauen wollen. Es kam dazu nicht, und das war Dr. Schmid sehr lieb – weil er es sowieso längst geahnt hatte und die Offenbarung ihm peinlich gewesen wäre.

Ferdinand Grimm schrieb, er sei in Wolfenbüttel nie müßig gewesen. Die Brüder nannten es »faul«. Er zog – wie berichtet – in Wolfenbüttel bald zu »Gärtnersleuten«. Im Adress-Buch auf das Jahr 1841[137] ist zu lesen, dass er im Herzogthor Nr. 20 bei

137 Zit. n. Helmut Henne und Birgit Richter: Der unbekannte Grimm, a.a.O., S. 50.

Innenansicht der Herzog August Bibliothek von Andreas Christian Ludwig Tacke

der Witwe Röver, geborene Rammelsberg wohnte. Das war ein veritables Gärtnerviertel. Im Adress-Buch sind 14 Gärtner in der Nachbarschaft von Ferdinand aufgeführt, allerdings auch ein »Scharfrichtereibesitzer«.

Aus dem Brief an die Brüder vom 4. Dezember 1844 wissen wir, unter welchen Umständen der Schriftsteller Ferdinand Grimm seinem Beruf nachging: Hunger, Kälte, Einsamkeit. Das hinderte ihn nicht daran, aus mündlichen und schriftlichen Quellen Sagen zu sammeln. Bei Julius Schieferdecker in Zeitz erschien zur Herbstmesse 1838 Ferdinands zweites Sagenbuch: *Volkssagen der Deutschen*, herausgegeben von Philipp von Steinau. Das Pseudonym war für Eingeweihte sehr leicht zu enträtseln. Philipp war Ferdinands zweiter Vorname, in Steinau hatte er sich zu Hause gefühlt. Das Buch bekam eine wohlwollende kurze Besprechung in der *Mitternachtzeitung für gebildete Stände*, wo drei Jahre zuvor *Tante Henriette* erschienen war. Aus Heinz Röllekes und Albert Schindehüttes Buch *Die wahren Märchen der Brüder Grimm* kann man lernen, dass zwischen Märchenbeiträgerinnen und Beiträgern und ihren erzählten Texten vielfältige Beziehungen existierten. Am Beispiel von Marie Hassenpflug und ihrem *Dornröschen* etwa kann man sich fragen, ob sie sich mit ihren gelegentlich auftretenden Absencen in Dornröschen wiedererkannt hat und das seinerzeit übliche reglose Warten auf einen Prinzen/Mann nicht der verbreiteten Beziehungsanbahnung entsprach. In Ferdinands Sagen und Märchen glauben wir etliche Motive, Wunschszenarien und Figuren wiederfinden zu können, die mit seiner Lebensgeschichte verwandt sind. Zuerst wäre da seine Freude an Begegnungen mit anderen Menschen zu nennen. Als er auf dem Weg nach Berlin in Bayreuth vorbeikam, »bekam er Lust, zu Jean Paul zu gehen«. Immer betont er die Freundlichkeit und die guten Gespräche mit den oft spontan aufgesuchten Mitmenschen. Viele seiner Sagen stammen aus »mündlichen Quellen«. Es fiel ihm wohl leicht, auch Fremde anzusprechen und sie nach Sagen oder Märchen zu fragen. Und es bereitete ihm Vergnügen. Nicht selten finden sich reich ausgemalte Wunschlandschaften in seinen Sagen, die in ihrer Pracht, ihren freundlichen Bewohnern – mit großer Vorliebe Zwerge –, ihrer schönen Fülle alles boten, was ihm im Leben fehlte.

Als Jacob den alarmierenden Brief von Albert Schmid erhalten hatte, machte er sich gleich auf den Weg nach Wolfenbüttel und kam gerade noch rechtzeitig, um sich von dem Bruder, der ihm zeit seines Lebens fremd geblieben war, zu verabschieden. An Ludwig Emil schrieb er am 6. Januar 1845:

> *»Lieber Louis, auf empfangene Nachricht daß Ferdinand, nach einer eben überstandenen Lungenentzündung einen Rückfall, bekommen habe, der Bedenken errege, war ich vorigen Sonnabend gleich hierher gereist. Ich fand ihn äußerst schwach und erschöpft,*

*aber noch bei völligem Bewußtsein; er selbst glaubte auch diesmal zu genesen. Gestern abend verschlimmerte es sich aber, und heute morgen zwischen 2–3 Uhr ist er sanft gestorben. Weil ich gern bei seiner Beerdigung sein will, so habe ich Anstalten getroffen, daß sie schon morgen stattfindet. Ihm ist wohl, das Leben ist ihm schwer genug geworden, er hatte vor einigen Wochen, wie du weißt, sein 56. Jahr zurückgelegt. Hierbei lege ich dir ein paar von den abgeschnittenen Haaren (...). Dieser Brief ist auch an Karl mitgeschrieben, den ich herzlich grüße, und dem es auch leid tun wird. Gott erhalte Dich. Dein treuer Bruder Jacob.«*[138]

Ferdinand hatte viele Eigenarten, die das Zusammenleben mit ihm nicht gerade einfach machten. Aber faul oder gar von solch beispielloser Faulheit, wie sie ihm von Jacob und Wilhelm regelmäßig bescheinigt wurde, war er gewiss nicht. Jacob hatte ihm, als er 1816 seit einem Jahr bei Georg Reimer in Berlin beschäftigt gewesen war, eine schöne Verwandtschaft zugesprochen: »Auch du bist zu den Büchern gerathen und der Ludwig ist als Maler und Kupferstecher unsern Beschäftigungen verwandt genug.«[139] Wenige Tage vor seinem Tod hat er in der Herzog August Bibliothek ein Buch über die »gesamte deutsche Literatur« entliehen. Vielleicht wusste Jacob, dass Ferdinand eine der wichtigsten Bücherstätten in Deutschland zu besuchen pflegte. Jedenfalls dokumentiert sein Eintrag[140] im Fremdenbuch des Museums dieser Bibliothek, dass er gleich nach Ferdinands Tod dort war. Vielleicht, um ihm im Namen der Zugehörigkeit zu den Büchermenschen doch noch eine Ehre zu erweisen?

Ferdinand Grimm, der Sagensammler, hat bis an sein elendes Lebensende an einem weiteren Buchprojekt gearbeitet. 1846 erschienen in Wolfenbüttel, ediert und mit einem kurzen, aber zugetanen Vorwort von einem unbekannten Herrn B. versehen, seine *Burg- und Bergmärchen*. Dort legte er der in häuslicher Abgeschiedenheit lebenden Tochter einer Hexe Worte in den Mund, die erschreckend genau zu seiner Lage passten:

**138** Zit. n. ebda., S. 56.

**139** Zit. n. Gerd Hofmann: Der Sagen- und Märchensammler »Lothar« war Ferdinand Grimm, a.a.O., S. 435.

**140** Vgl.: Helmut Henne und Birgit Richter: Der unbekannte Grimm, a.a.O., S. 56.

*»Fern sind mir die Menschen. Ich bin allein. Meine Welt ist mein einsamer Garten, die Bücher sind meine Freunde, mit welchen ich mich unterhalte; ohne diese Bücher, ohne Bäume und Blumen lebte ich längst nicht mehr.«*[141]

Abgesehen davon, dass sagenhafte Hexentöchter selten Bücher zu Freunden haben, gab es zu der Zeit, in der die Sage anzusiedeln ist, noch keine Bücher im privaten Besitz. Vielleicht sollte in einem der schönsten und reichhaltigsten Bücherorte Deutschlands, in der Herzog August Bibliothek Wolfenbüttel, in angemessener Weise an einen Bruder Grimm erinnert werden, der auch Märchen und Sagen sammelte und diese Bibliothek bis an sein Lebensende fleißig nutzte.

**141** Fr. Grimm (d. i. Ferdinand Grimm): Burg- und Bergmärchen. 2 Bde. Wolfenbüttel (Verlag der Holle'schen Buch-, Kunst und Musikalienhandlung) 1846. Bd. 2, S. 17 f.

# Tante Henriette

# Tante Henriette

## Von Friedrich Grimm

Es blühe der Rasen,
Wo Liebende gehn
Und Tanten und Basen
Die Küsse nicht sehn.

– Meine Tante Henriette gilt allgemein für eine treffliche Frau, und ich behaupte, sie ist die beste, die man finden mag. Hat sie ihre Eigenheiten und Absonderheiten, so sind andre auch nicht frei davon. Was der einen recht, ist der andern billig. Tanten sind wichtige Charaktere. Schauspiel und Roman, in welchen sie oft kühne Familienhauptrollen spielen, können nicht leben ohne Tanten. Man hat brave und böse oder gerathne und mißrathne Tanten, und deuten obige Zeilen eines gemüthlichen Dichters sogar auf neidische hin. Henriette vermag viel, denn sie hat Vermögen. Mir hilft sie, wenn ich in Nöthen versinke, und verehrt mir neue Westen und seidene Taschentücher. Dafür bin ich ihr getreuer Neffe.

In einer Reihe von Jahren hatte ich die Tante nicht gesehen. Ich sah sie zuletzt als junges zwanzigjähriges Mädchen, frisch und froh und schlank und flink wie eine Bachstelze. Damals nannte man sie auch Bachstelze. Recht hübsch, oder einen Grad höher, recht schön, machte das Fräulein eine Figur, deren Brust und Taille sich schon sehen lassen durften. Rundere Arme waren in der ganzen Stadt nicht aufzutreiben. Ihre Stimme hatte Metall. Ihre Gesichtszüge mild, subtil, geistvoll, gefielen, nicht sowol beim flüchtigen, als aufmerksamen Betrachten, und in ihren Augen, die weder groß, noch blau, noch braun, sondern schwarz waren, lebte und blickte eine schöne Seele.

Henriette fühlte keine Neigung, früh in den heiligen Ehestand zu treten, und hier ergaben sich Spuren von Charaktereigenheiten, aber lobenswerthen. Ich mag nicht heiraten, sprach sie zuweilen leicht hin, man merkte jedoch, wie es gemeint war.

Kein Herr stand ihr an. Schien der eine zu groß und sah aus befehlenden Marsaugen, so war der andre zu klein und hatte das Schielen einer Ziege. Erschien ihr dieser zu hochklug und zu viel Standesperson, so fand sie jenen zu unbedeutend und zu wenig Person von Stande. – Ach was denkt und wünscht und will ein junges Mädchen nicht. Das lustiglose freie Jungfrauenthum dünkte ihr noch so schön, ihr heitres, nettes, zwei Treppen hohes Henriettenstübchen mit Blümchen, Bildchen und Bettchen, von Sonne, Mond und Sterne besucht, so behaglich und wohnlich an der Hand gleichgestimmter Freundinnen. Ein Mädchen will seine Jugend so gut austoben wie ein Mann. Oft lag sie im Fenster, blickte die Leute ironisch an, und kam Jemand, der aussah, als wenn er was im Schilde führte und sich in Positur setzte, um stattlich zu grüßen, huschte sie fort und lachte hinter dem Vorhang. Wie ihr Nähkistchen voll spitzer Nadeln, so steckte ihr Kopf voll spitzer Drollerei und Neckerei. Ein entsetzliches Mädchen, und doch hat man's gern! lachte die Mutter, die Henrietten unter den Töchtern am meisten zugethan war. Manchmal, wenn sie über Mangel an Kurzweil sich beschwerte und Abends Straßengetöse entstand, sagte sie: Ach Gott, wenn's doch Feuer wäre! Oder sie wünschte Berg und Thal überfliegen und neue Gegenden, neue Menschen sehen zu können. – An Freiern hat es ihr nie gefehlt; sie sind kaum zu zählen die Lächler, Fensterpromenaden und Anklopfer. Einer der letztern, der mit ihr den Bund zu schlingen gedachte, war ein Geistlicher aus der Bundesstadt Frankfurt. Noch sehe ich den Bundesstädter gesetzt, feierlich und hoffend kommen, und unfeierlich und ärgerlich wieder abgehn, höre Henrietten, die, wie jedes Mädchen, auf einen einzigen Blick den ächten Freier erkennt, aber scheu vor ihm flieht, nach Meldung der Mutter: der Herr Prediger habe um sie angehalten, die kategorischen Worte aussprechen: Gott bewahre mich vor einem ernsten und schwarzen Menschen, der nicht mal tanzen darf; liebes Mütterchen, den nehm ich nicht, ich stürbe in den ersten drei Tagen. Ihren dermaligen Gatten hatte sie nie sonderlich beachtet, so wie er sie. Beide sahen sich zuweilen. Wenn er Belustigendes mitbrachte, lachte sie, allein es geschah selten ohne das Zeichen des Zweifels über die Aechtheit des Vorgetragenen. Seinerseits fand er sie nur dann gut, wenn sie ein Mährchen erzählte, was sie einfach und natürlich that, und man hörte ihn nachher wol sagen: Die Jette ist kein übel Mädchen, aber gebt Acht, sie nimmt doch mal einen »Taps« zum Mann! – Wie denn nun nicht selten geschieht, daß Zwei, die anfänglich gleichgültig an einander vorüberspazierten, endlich sich schärfer ansehn und heirathen, also geschah diesem Pärchen. Man nahm sich. Niemand glaubte, Henriettens Wahl werde noch auf einen Philosophen fallen.

Eine naturhistorische Merkwürdigkeit darf hier, da wir noch bei der Liebe stehen, nicht überhüpft werden, wie nämlich außer dem Gemahl noch dessen vier Brüder – mit fünf Herren Onkels segnete mich der Himmel! – in die Tante verliebt waren, welches gewiß ihren Werth überwiegend dokumentiert. Wunderbare Liebe! Und wie sie in der Regel verkehrt operirt, so ergab sich auch hier das umgekehrte Verhältniß, indem von unten herauf der jüngste der Oheime den Liebesreigen eröffnete. Tief schlug seine Neigung nicht Wurzel, er war Künstler und ihn bannte gewissermaßen nur der lebhaften Henriette schöne griechische Nase, die er mehrfach in sein Malerbuch eintrug, die jetzt aber einen etwas römischen Ausdruck gewonnen hat, man konnte also nicht eigentlich sagen, daß sie ihn lange daran herumgeführt, zumal da er plötzlich abreis'te und seine Dame auf immer verließ. Der nun folgende Oheim, ein gemüthlicher Oeconom, ein rationaler Naturalist von flachsblondem Ansehn und wasserblauen Augen, etwas schwärmerisch, besaß als Liebender schöne Anlagen. Es hätte was aus der Geschichte werden können; er verdarb es nur durch Ungestüm, der in's Gefährliche ausartete, man sprach von Vergiften, von Erschießen, und behauptete, er habe schließlich, da Fräulein Henriette seinen Wünschen nicht recht entgegen kam, mit einer Variation von Desperation Stadt und Land den Rücken gekehrt, hoffend, Entfernung vom geliebten Gegenstand werde seine Neigung im Meere neuer Erscheinungen verflüchtigen. Nun kam der dritte Mann. Hier aber muß zur Ehre einer braven Charakterfestigkeit eingeschaltet werden, daß dessen Schwärmung nur eine flüchtige war. Der Oheim, ein Spekulant und Projektant, der häufig mit Engländern und Franzosen verkehrte, gab einen verkappten Vorsatz auf, und indem er dem Ehemanns- das Seemannsleben vorzog, sich Matrosenhosen machen, einen Schnurrbart wachsen ließ, nichts als fremde Sprachen parlirte, verließ er gleichfalls die Vaterstadt und segelte nach England über. Freien Feldes trat jetzt Oheim Wilibald, damals noch ein einfacher Auskultator, dermalen Assessor, Philosoph, philosophischer Schriftsteller, Mitglied mehrer philosophischer Fakultäten u. s. w., systematisch, sicher auf, und führte Henrietten in die Brautkammer ein. Vollkommen abgethan wähnte man die Familiensache in der Liebe. Schelm Amor aber hielt noch Umtriebe. Der letzte und älteste der Geschwister, der zurückgezogene stille Oheim Johannes, längst zweiter Rath der Kammer, gleichfalls Philosoph umfassendster Bedeutung, kam noch an die Reihe; und soll dessen Zärtlichkeit zur Tante, der Sage nach, durch Nähe, Gemüth, hausfräuliches Negligee geweckt und gehalten, von einiger Consistenz gewesen sein.

Zu einem eignen Liebesschicksal war diese Familie auserlesen.

Denkwürdig bleibt indeß der schalkischen Tante Benehmen gegen fünf Herren von Familie. Leiden konnte sie jeden, aber haben wollte sie keinen. Sie ging einen wie dem andern aus dem Wege, dann sagte sie wieder, treuherzig händereichend, zum ersten besten: ich habe Sie so lange nicht gesehen, besuchen Sie uns doch recht bald! –

Es giebt Mädchen, die man ohne weiteres ergreifen, heirathen und mit Gewalt glücklich machen muß. Sonst waren die Entführungen noch Mode, jetzt darf man von solchen Exkursionen über Hals und Kopf, den Damen nicht mehr kommen.

Ich besuchte Tante Henriette im Frühling, wo man besser, wenigstens hoffender aussieht, und fand, daß sie sich wacker gehalten hatte. Funfzehn Jahre ruiniren was Ehrliches an einem unschuldigen weiblichen Wesen, und doch besaß die gute Dreißigerin noch ihre sämmtlichen schönen Zähne, dunkelblonden Locken und Haargeflechte. – Freundlich in Ton und Gebehrde wie sonst, umarmte sie mich, eben zu Hause kommend, in einem grauen Hut, grauen Ueberrock und grauen Handschuhen, mit den geküßten rothen Worten: willst Du mich denn nun endlich »Du« nennen! –

*(Fortsetzung)*

Seit ihrer Verheirathung, von welcher Zeit an sie mit dem unverheiratheten Oheim Johannes vereinten Haushalt führt, bewohnt die Tante ein großstieliges Quartier, dessen Gemächer insgesammt geräumig, gut dekorirt und gut möblirt, stets mit den prachtreichsten Fensterrosen und Nelken aller Arten und Abarten versehen sind. Madonnen, Gnadenbilder, Jungfrauen, Monarchinnen und Blutsverwandte – keine Blut- und Gräuelbilder – zieren goldberahmt die Wände derselben. Sie hält sich keine Hunde, liebt nicht Katzen, verschmäht Vögel, besitzt aber außer mehren losen Vögeln von Kindern, drei Mädchen und einen Bedienten, welche unter ihrer Regie dem nicht unbedeutenden Wirthschaftswesen musterhaft vorstehen. Alle Tage wird gekehrt, manchmal zweimal an einem Morgen. Mittwoch und Sonnabend sind altherkömmlich Generalreinmachungstage. Eine wahre Augenweide für eine ordnungsgewohnte Frau. Schon früh schaft, kratzt und rumpelt es, die Thüren fliegen, man muß erwachen, wenn man noch schläft, ganze Bäche Wasser durchrauschen die Gemächer, der Zugwind jagt pfeifend weiße und rothe Gardinen, gleich Hausregimentsfahnen, zu den Fenstern hinaus, und stöhnend mit aufgelös'tem Haar, glühenden Scheuergesichtern und nackten Fegeellenbogen liegen die Mädchen auf der platten Erde. Zu berücksichtigen und betrachtenswerth erscheint nicht minder die sogenannte große Hauswäsche im Waschhause. Wer es nicht ahnet, werfe ein Auge hinab in eine höfische Weißzeugreinigungsanstalt und überführe sich von dem Leben, das hier waltet. In dem nichtigen mäuslein bewohnten Häuslein steht eine Fundgrube der Volksthümlichkeit unbenutzt offen. Hinter zersprungnen regenbogenschillrigen, von geheim webenden und jagdmachenden Spinnen überzognen Fensterscheiben steht und blüht der eigentliche Hero der Ortscharakteristik. Ein halb Dutzend hagre magre Weiber in schlappen gilbelnden Bänderhauben, zwischen etlichen scharlachrothen jungen Mädchen, umgeben einen ungeheuren Kessel. Aschen- und Seifenqualm entrückt die Brauenden zuweilen dem Forscherblick, dann tauchen sie hexenmäßig wieder aus dunklem Gewölb hervor, und schwarzer Schornsteinrauch malt über ihnen in der Luft einen langen Satansschweif, vor dessen Biegungen und Krümmungen weiße Katzen auf dem Dache schön niederducken und verschwinden. Die beste Lunge hat den Vortrag, doch jede will was sagen, erzählen, klatschen. Eine bringt Stadtereignisse von Sonntagsschätzen und Montagsbräutigams, wobei die Mädchen lachen, die andre Ziehbrunnen- und Kellertreppengeschichten, die sich mit Kindtaufen endigen, die dritte hechelt eine vornehme genaue Zankherrin, die vierte mokirt sich über schlechten Lohn und dünnen Kaffee, nach saurer Mühe, die fünfte schimpft und kreischt revolutionair und will dieser und jener die Fenster einschmeißen, und die sechste gießt eine ganze Fluth von skandalosen Ortsberüchtigter Damen über das umfangreiche Waschraisonnement hinaus. Steigt den Konversirenden erst der fleißig zirkulirende, nie fehlende Branntwein in die Häupter, und fiedelt vom benachbarten Altar des Kirchenthurms eine beliebte tolle Walzermelodie herab, dann singt und jubelt es aus begeisterten Hälsen, daß man die Jubelei weit und breit wahrnehmen kann. Gewöhnlich giebt aber das Uebermaß dieses kritischen Treibens der Tante Anlaß, einmal in den Hof zu traben, der Arbeitenden Fleiß zu mustern und möglichst Ruhe und Einheit zu bewerkstelligen, und dann ist's, als brüllte eine ganze Hauptwache vor dem erscheinenden General heraus, ein vollständiger Chorus, wie vom Rabenstein her, gratulirt der Kommenden zum glücklich getroffenen Trockenwetter, und jede hat etwas zu sagen, zu loben und zu preisen. Modester und feiner geht es schon beim nachmaligen Plätten, wiewol Hemden- und Kohlendunst auch kein feines Miasma hauchen, aber den hier paradirenden ausgezeichneten Gewändern, Vorhängen, blumen- und bildwerkversehenen Tisch-, Tafel- und anderen Stücken und Schätzen ihres reichhaltigen nußbaumnen Linnenschreins, vor dem man die Eigenthümerin stolz und glücklich, wie den Künstler vor seiner Gemäldesammlung, stehen sehen kann, muß Jedermann gebührenden Respekt zollen. Desgleichen darf die Hausküche, an hellgescheuerten Metallgeschirren, Bollwerken und Spießen, einem glänzenden Arsenal vergleichbar, unerwähnt, sowie die gesunden und leckern Speisen, die aus ihr hervorgehn, schweigend übergangen werden. Frau Henriette hält auf ganz vorzügliche Gerichte. Ihre Klöße sind exzellent, ihre Nonnenseufzer vergehn auf der Zunge, ihre Windbeutel haben Ruf, und die mannichfachen Kuchengattungen, unter ihnen eine, welche sie Israelitenkuchen – keine Matzen – nennt, sind nicht genug zu loben; außerdem weis sie Aufläufe rasch zu bewirken, sie besitzt im Einmachen eine ausgemachte Praxis, und geht gegenwärtig mit dem gemeinnützigen Gedanken um, ein Koch-, Einmache- und Kuchenbuch zu ediren, das, wie verlautet, neben einigen Spitzen gegen Herrn von Rumohrs Kunst zu kochen, insonders über Küchenmißbräuche sich verbreiten, namentlich auf unschickliche Speisen, wie Kalbsfüße, Gänsepfeffer, Kuheiter; auf unanständige Suppen, z. B. Suppe mit Nudeln, die einem wie Bandwürmer am Bart herabhängen, Kürbelsuppe, die zum Schlafen verführt, Heidelbeersuppe, die dem Mund das Ansehn eines rusigen Ofenlochs giebt, hinweisen, in Summa, alles bisher erschienene handgreiflich Unersprießliche von Fach radikal über den Haufen stürzen soll. – Diese häusliche Ordnung und ordentliche Häuslichkeit hat den Ruhm einer edlen Hausfrau begründet. Er macht ihren Stolz, ihr höchstes Glück aus, und ich wollte, ich könnte das ähnliche Portrait der geschätzten Frau hier aufrichten, um zu zeigen, wie heiter und wohlgemuth, wie schön sie aussieht, wenn Nachbarsleute und Vorbeigehende nach den Fenstern blicken und nicken ob der herrschenden Nettität und Reinlichkeit: die Freundinnen in Lobsprüchen ihrer immensen Weißzeugvorräthe sich erschöpfen, oder eine zahlreiche Abendgesellschaft einstimmig die kostbarlichen Fest- und Feiertafelgerichte in pomphaften Ausdrücken erhebt.

Neben dieser Ordnungsliebe und neben mäßiger Hausführung brillirt der Tante Liebe zur Geselligkeit. Eine wahre Virtuosität übt sie in der Freundschaft, empfängt jeden ihr Haus Besuchenden mit Zuvorkommenheit, spricht mit dem Geringsten, lächelt Kindern in's Herz, und weiß Vertrauen und Zuneigung schnell sich zu erwerben und zu befestigen. Es mangelt daher nicht an Freunden, es fehlt nicht an Fröhlichen und Freundlichen, die sich heiter und heimisch fühlen in ihren Gemächern, welche, dem buntfedrigen Taubenschlag ähnlich, selten leer werden, bevor der Nachtwächter mit dem Horn erscheint und die Gesellschaft aus einander bläßt. –

Still betrachtend ließ ich einmal die Tageszugvögel der Tante, die mich wie ein chinesisches Schattenspiel gemahnten, vorüberdefiliren.

Es war ein eisiger Maimorgen und die Glocke gegen Neune. Ich glaubte in einer Walkmühle mich zu befinden, so greinten und knarrten die Vor-, Mittel- und Nebenzimmerthüren, die das Signal der Einrückenden gaben. Es mußten mir schon einige

Passanten entwischt sein. – Zuvörderst erscheint eine hochbetagte, wulstig vornehm vermummte Schleierdame und läßt sich melden; ein piependes Fräuleinchen von funfzehn Sommern folgt; drei junge Frauenzimmer, blond, brunett, schwarzbraun, in stolzen Tüchern, majestätischen Hüten, vierfachen Unterkleidern verdickt, schleifen sachtchen nach, und ein gelbgrünes winziges Mamachen mit verweintem Auge, geschwollner Backe und rothgefrorner Nasenspitze, woran ein aufgethautes Wasserpünktchen glänzt, fragt wimmerig die Gouvernante, ob's verstattet, die liebe Frau Assessor schon zu besuchen? – Nun hustet sich eine trompetenschmettrige schwere Körpergröße ächzend und gleichzeitig mit einer Wildprettlieferantenfrau, welche unterm Mantel eine Rehkeule birgt, die Stufen empor, und herbei fliegt die Tante: dacht ich's doch, lautet ihr heller Gruß, es wird unser werthester Justizrath sein! doch kaum den Werthesten bewillkommt, accentuirt ihre Stimme schon wieder treppabwärts: Ih, mein liebstes Louischen, wie lange sahen wir uns nicht! und hinter der Justiz liegen zwei Frauen einander an den pochenden Seelen, die sich seit gestern Abend nicht gesehen haben. Kaum hinweggeweht, steigen ihnen frische Erscheinungen aus der Tiefe nach: ein Herr im weißen rothgefütterten Schäferkittel mit bielefelder Leinewand, ein blauer Borstorferapfelmann und eine ehrbare Matrone, schwarz verhängt, wie eine Dame aus der Zauberflöte, mit einer für ihre Jahre viel zu imponirenden Brust. Doch siehe! aus selbiger windet sich ein katzengraues Möpelchen mit vier braunen Beinen und einem zitternden bunten Schwänzchen, und wedelt, in spitzer Glasstimme jammernd, instinktartig der Kabinettsthüre zu. Da knarren über den Flur ein paar neue Stiefeln, und der Legationsrath von Eisen, stahlblau angelaufen, läuft keuchend, als wenn Feuer ausgebrochen, unter der beschlagnen Brille hervorblickend, hinter Gustchen, dem zierlichen Hausnätherfräulein, her, der er gar gefällig zunickt, die Treppe hinauf. Nur ein Viertelstündchen, hört man, will er die gnädige Frau heimsuchen, und ihr seinen unterthänigsten Dank für die eingegangnen pfirsichreichen Omlettes aus dero preiswürdigsten Garküchenfabrikation darbringen! Treten der Herr Rath nur gewogen zu Gemach! vereinigt sich die Kinderwärterin. Und wie artig! Vor der Thür begegnet dem Heimsucher die eigne Gattin in der

Saloppe, wie sie, der Tante auf einen Husch den Morgengruß bringend, eben den freundlichen Taubenschlag verläßt. Zu den Lächelnden tritt der hausärztliche wirkliche Unter-Medizinalrath Schönrock, legt Hut, Stock, Pelzmantel, Ueberrock und Ueberschuhe ab, und steuert schnaubend und händereibend in Begleitung eines wahrscheinlich zu introduzirenden Spornstiefelneleganten auf das Tantenkabinett los; zwei blutjackige Schlächtergesellen stolpern bratenschleppend heran und rechts und links öffnet ein Nuntius mit Aktenstößen eine Thür. Holla, brauchen Sie Käse! schreit ein sich schuppender Bauer. – In diesem Augenblick schüttert das Palais, der Wagen der Gräfin Ah … hält vor der Thür. Da ist sie schon, umflattert von Schleiern und Bändern, umhüllt von Muff und Marder, umschlungen von den empfangbereiten Armen der Freundin. Lispeln, Herzen, Gutenmorgenmäulchen. – Wie geht es Deinem Mann, mein Jettchen? – Was macht Dein theurer Heinrich? – Nein, wie schön sie wieder mal ist, ewig wie ein Mädchen, o liebe, liebe Franziska! – – Aber Beste, entfernen wir uns, in Wahrheit, es riecht hier überaus eigenthümlich. – –

*(Fortsetzung)*

Die Tante kam zu Wilibald.

Wahrhaftig – hob er an – heut geht's wieder recht frequent her: wenn ich mein Zimmer verlasse, gerathe ich regelmäßig unter ein- und auswandelnden Frühbesuch, und will ich zu Dir, ist die Stube fremdenbesetzt, als hätten wir Einquartirung.

Läßt es sich ändern, o bester Mann? – lächelt die Angeklagte, indem sie die Finger mit noch einigen Ringen besteckt – Du siehst ein, daß ich die Leute doch nicht weggehn heißen kann.

Wenn sie einmal da sind, nein! Aber Du solltest sie nicht so unerhört busenfreundlich aufnehmen, so kämen sie nicht siebenmal statt einmal in der Woche. Das sitzt aber und sitzt über Gebühr, man hat Amtsarbeiten, verliert die Zeit, und sie ist einem zugemessen.

Hier meldete ein Mädchen: Frau von Sparr, Fräulein Vulpes und ein Herr in ganz engen kaffeebraunen Hosen, der den Hut etwas schief auf habe, wünschten der Frau Assessor ihre Aufwartung zu machen.

Laut lachte der Oheim.

Soll mir äußerst angenehm sein! rief die Tante freudig,

zupfte an ihrem seidnen Umschlagetüchlein und verließ den Gatten.

Oheim Wilibald war gemäßigt in Widerspruch wie in Tadel. Er liebte die Einigkeit. Anders verhielt es sich mit Oheim Johannes, der nicht selten seinen Strauß mit Henrietten bestand. Und in der That, Rath Onkel Johann ist ein kreuzkurioser, lieber alter Oheim. Er hat etwas Fremdartiges in seiner Sprache, in seinem Wesen, drückt sich ungewöhnlich aus und betont namentlich beim Hochdeutschreden die Endsilben so eigen, daß man zweifelhaft wird, ob er ein Deutscher oder ein Ausländer sei. Schon die äußere Präsentation bekundet sich als sonderbar, und sein langes an den Schläfen herabhängendes Haar, der daumendicke Flausch, wie Kant bekanntlich ihn trug, die altfränkisch bunte, hinten zu einem faustdrohenden ungeheuren Zipfelknoten verknüpfte Halsbinde, einen schnupftabacksfarbige Papaweste, lang herabfallend über kurze schlottrige schwarzgraue Pantalons – seine sonstige, von aller üblichen abweichenden Garderobe nicht zu gedenken – lenken des Beobachters Aufmerksamkeit auf ihn. Voll Abnormitäten, Paradoxen, reich an Definitionen, Konklusionen, Propositionen, passionirt britisch, nimmt er am liebsten den Gesprächsfaden da auf, wo er widerlegen und muthmaßliche oder wirkliche Lücken und Blößen berichtigen kann. Von Musik, Scherz, Witz, Geselligkeit ein abgesagter Feind, gewährt ihm die Bücherwelt Ersatz für weltliche Genüsse, für Liebe und Ehe, gegen welche er in lustigen, Juvenal und Boileau überbietenden Hyperbeln sich ergießt, und vermöge dieser Weltabgeschiedenheit sind ihm Menschen und gesellige Formen fremd geworden. Oft führt diese Aufwallung ihn zu Ausfällen gegen Befreundete. Geschieht es in Gegenwart Wilibalds, so übernimmt dieser, wie aus Besorgtheit, eine Beschönigung der herben Rede, und sucht sie in's Scherzhafte einzukleiden. In Lebensansichten, literarischen und politischen Interessen überhaupt, weichen Beide entschieden von einander ab. Wilibald ist höchst loyal und royal, ein Patriot von Unermüdlichkeit, Unendlichkeit; Johann nichts von alldem, und indifferent, fast immer anderer Meinung, anderen Glaubensbekenntnisses. Moderne Kunst und Poesie existiren Diesem nicht, und indeß Jener mit Vorliebe auf Gang, Fortschritt und Abstufung geistiger Impulse hinsieht, könnten für diesen ein neuer

Göthe oder Jean Paul erscheinen, und in Herkulanum und Athen die bedeutendsten Kunstdenkmale zu Licht gefördert werden: Erörterung und Entwicklung einer philosophischen Streitfrage hätte für ihn eine viel anziehendere Bedeutung und sämmtliche einst hochgehaltnen Werke der Dichtkunst liegen jetzt unbeachtet und vergessen, wie umgesunkne Leichensteine, in den Ecken der Repesitorien seines Büchersaals. Wenn ich den Abgesonderten so unter Arbeiten, todten Freunden und Verwandten, fern von der wachen Lust der Lebewelt vergraben erblickte, dachte ich der menschheitberuhigenden Worte eines berühmten Schriftstellers: Manche würden Gelehrte, manche Soldaten, weil sie zu keinem andern Stande tauglich wären. – Bei so viel Eigenthümlichkeit des Oheims konnte nicht fehlen, daß auch ihm die Besuche der Frau Schwägerin Quelle düsterer Stimmung und Disposition wurden, welche dann nicht ungewöhnlich zur Tafelzeit in dem präsidirenden Familienältesten ihren Einfluß zu erkennen gaben. Hustelnd und angeblich etwas unpaß, fand er hier aus- dort mäkelnd einzusetzen, zu empfehlen, zu erinnern, behauptete alsdann, die Kochkunst sei gar keine Kunst, er getraue sich, in Wochen zu erlernen, wozu Andere Jahre gebrauchten, wollte endlich die Köchin mit den versalznen Karbonaden aus dem Hause bombadiren, demnächst ein neues Tisch- und Koch-Reglement manifestiren, und hob ungeduldig jeden Augenblick die Serviette in die Höhe, so daß man in einiger Spannung saß und aß, ob es nach derlei Schlüssen nicht noch zu wirklichen Schüssen kommen möchte. – Welche Wetter nach solchem Barometerstand drohen und einbrechen konnten, wenn jetzt die unseligen Stubenfegungsstunden schlugen, ließ sich einigermaßen berechnen. Weiß man, wie ungern ein genirter Mann ein neues Hemd anzieht, wie die angenehmste Janitscharenmusik, die an seinen Fenstern vorüberspielt, ihn zur halben Verzweiflung bringt, so hat man noch keinen Begriff von dem Hausleben, daß sich entwickelt, wenn nun staubaufrührende Dienerinnen den stillen Aufenthalt seines Denkens und Forschens zur Lagerstätte langer Wasserplätschereien erheben, Bücher, Blätter und Papierschnitzlein der Beschmutzung, Entfremdung Preis gegeben und ihm selbst durch endlose Möbelschlägerei der laufgewohnte Ideengang gehemmt und gehalten wird. Daß ein solcher Mann hier sich nicht entrüstet fühlen und mit Einspruch und Tadel Luft sich verschaffen dürfte, bedarf wol keiner Frage. Kalamitäten der Art waren freilich der Tante nicht erwünscht. Sie sah die Sommer- und Winterwetter, welche Morgens kamen und Abends repetirten, entspringen, ohne ihren noch einmal festgestellten Wohnungsinstitutionen vorbeugen zu wollen, und trug darum, den besten Rath kennend, ihr Kreuz mit Gelassenheit. Aber sie erschien zuvorkommender, verstand frauenfein zu schmeicheln, und mahnte, Angesichts seiner Person, im Scheine der Wichtigkeit die Mädchen, künftig der Zimmer- und Kammerreinigung des Herrn Kammerrath mehr Sorgfalt und Beeilung zu widmen; womit sie die obwaltenden Mißklänge etwas verscheuchte, denn schon der Ton, mit dem sie ihn »Herr Kammerrath«, nicht in dem postknechtlichen »Schwager«, was er nicht liebte, bezeichnete, deutete auf hohen Begriff von seiner Charakterwürde, und freute ihn.

Gerecht genommen, gebührte inzwischen der Tante auch ein Vergnügen. Jene fanden ihr Universum in der Wissenschaft, diese ihr Ergötzen in häuslich geselliger Beweglichkeit. Abendvisiten abgerechnet, kam sie kaum aus dem Haus, selten in's Conzert, selten in's Theater, und ließ sie den Wunsch funkeln, einmal in's Grüne zu gehn, so entschuldigte sich der Eheherr mit allzu pressanter Geschäftsüberladenheit, dem man eigentlich nicht verargen konnte, wenn er die Ladung zu einer viel versprechenden Nachtmahlzeit einem wenig sagenden Spaziergange vorzog, wo es nichts gab, als Straßenstaub und Begegnen und Berühren unangenehmer Personalitäten. – Gründe, warum der Gatte ungern ein Gängchen mit der Gattin machte, ließen sich erkennen. Sie war nicht mehr jung, der Reiz der Neuheit, jeder Gegenstand der Intelligenz vorüber, ihre Ideenrichtung folglich eine ganz andere, als daß sie der seinigen zur wechselseitigen Unterhaltung hätte dienen können. Eine Frau, die Kinder und einen Haushalt hat, hat Pflichten und Mühen, diese beschäftigen sie unausgesetzt. Wenn der Gatte ästhetisirt, geht sie zur Küche, wenn er Kunstobjekte berührt, denkt sie ängstlich, ob das Kind die Bräune bekommen, ob beim heutigen Ausgang ihr neuer Hut nicht naß werden möchte. Welche äußere und innere Merkmale sittlicher und moralischer Veränderung nehmen wir wahr an einer verehlichten Dame? – Eine junge

Frau, die vor Kurzem noch das Auge des Mannes zu erfreuen, zu fesseln bemüht war durch Gewand, Anmuth, Grazie, geht jetzt auf's nachlässigste gekleidet umher. – Gilt einer jungen Frau das Wort des Ehegatten ein Evangelium, so hört sie nach zwei Ehejahren kaum mehr auf ihren Evangelisten, denkt an Staat, an Spazier- und Lustfahrten, hält das Tuch nicht vor, wenn sie gähnt, und hat gern, wenn Abends hübsche junge Herren kommen und der liebe Hausherr abwesend ist. – Bemüht sich eine liebenswürdige gnädige Frau, möglichst richtig und fehlerfrei zu sprechen und zu schreiben, so höre und sehe man einmal auf das Gerede und Geschreibe der Dame nach ein paar Jahren. – Süß lispelt die engelschöne jugendliche Frau Geheimeräthin, die nur nach Empfehlung des liebreichen alten Ehegemahls klassische Werke der Poesie lies't und genießt: was wünschest Du, o heißgeliebtes Ich? Doch nach anderthalb Jahren geht sie wieder wie vordem mit Claurens Vergißmeinnicht zu Bette, und schreit zum lieben Du-Ich: laß er mich in Ruh; ich habe jetzt keine Zeit! –

*(Fortsetzung)*

## Tugenden der Tante Henriette

Sie ist eine thätige, treue Mitregentin des Familienlebens, liebt die friedsame Hausfreude – die Grundlage ihres geistigen Wesens, – singt in der Kirche jeden Vers mit, und hängt felsenfest an der evangelischen Lehre des heiligen Luther.

Ihre Briefe sind gebildet und gut kommatirt, sie zieht alle Tage ein anderes Kleid an, und hält beim Gähnen jedesmal die Hand vor.

Sie schenkt und schickt Armen und Kranken Scherflein und Eingemachtes, sieht ächt hausfraulich auf Krümchen und Bröckchen, zählt und zeichnet Kuchen- und Fleischendchen und Klümpchen zur Prüfung der Domestikaltreue, und wendet erforderlich beide Salzarten an, das häusliche sowol wie das attische.

Fern von Zanklust sind ihre Worte, ihr Befehl unaristokratisch und sanft; und wenn Gläser springen, Suppenschüsseln und Braten verunglücken, geht es gnädig ab. – Ein Mädchen hatte etwas entwendet, sie leugnete und sollte nun entfernt werden. Wenn sie mich verstoßen, springe ich in den Mühlgraben! sprach das bebende Ding, und die Tante vergab und verstieß die Fehlende nicht. Eine andere machte sich eines großen Vergehens schuldig. Henriette schien entsetzlich erbittert. Komm mir nach Haus, Kreatur, ich will Dich zeichnen, Du sollst an mich denken! So rief sie aus. Ich war neugierig auf die Mädchenzeichnung, und horchte, als die Kreatur erschien, der Jene gelassen entgegen ging. Hör' mal, was hast Du angerichtet, Mädchen! – Ach Frau Assessorin! – entgegnete es weinerlich. – Nun diesmal soll es Dir noch so hingehn, thu es aber nicht wieder! –

Die Tante sieht sehr auf eine gute Taille. –

## Untugenden der Tante Henriette

Sie nieset wie ein Mann. Wenn's auf dem Boden Krrätsch! Krrätsch! macht, kracht's durch's ganze Wohngebäude. Dann ruft unten in der Küche die Köchin: Zur Genesung, Frau Assessorin! –

Sie küßt zu viel, läßt zu oft kehren, hält eine Menge Menschen für gut, die nichts sind als Klatschrosen und Schmarotzerpflanzen, und dutzt sich mit zu vielen Herren und Damen. Unter der Hand zählte ich einmal im Herauskommen allein an Dutzherren: siebzehn Geheimeräthe, zwei Minister, drei Generale, zwanzig Professoren und zwei und zwanzig Finanz-, Revisions-, Forst- und Zollräthe. – wo ein engers Hinneigen zu Damen nicht bald erfolgt, mißfallen sie ihr.

Ergiebt sich aus Bemerktem, daß ihr höhere Lebenskreise nicht fremd geblieben sind, so mangelt ihr dennoch die bessere Form des Repräsentirens. Mehr dem Charakter einer biedern Rittergutsbesitzersfrau, als der gewandten Salondame sich nähernd, nimmt sie den Grafen wie den Landmann, und stimmt eine bequeme Saite an, die zwar der Mehrheit convenirt, mit dem Ansehn jedoch, wie es der etwas förmliche Assessor zu verlangen scheint, nicht im Einklang steht; welche intention andererseits für Popularität Zeugniß giebt, woran es den beiden Männern gebricht.

Verfehlt ist ihr Erziehungsprinzip. Aus ungemessener Mutterliebe verschmäht sie, nach philanthropischer Methode, Bläung der Kinder, glaubend, stockliche Zurechtweisung sei physisch und psychisch nachtheilig, und rechnet es einem siebenjährigen Knaben der wilden Trabanten für Selbstständigkeit an, wenn er beim Mahle ihr zuruft: dreh' doch mal den Hasen 'rum, und schneid' mir vom Mittelstück ab, das schmeckt besser als Bein, was ich nicht haben mag. – Der Vater überläßt der Gemahlin das Kinderregiment gänzlich. Er erzieht Bücher dafür.

Politik und was eine politische Farbe trägt, schließt ihr Kapitel aus. Das belagerte Rom hätte sie nicht aus den Händen der Verbannten retten, noch zu Misselunghi das Schwert gegen die Ungläubigen schwingen helfen. Doch hat sie Charpie für die Polen gezupft, sich das Bildniß Skrzinecki's zweimal gekauft, auch den Chafé einmal angeschafft, welches wieder Tugendstückchen sind.

Literatur endlich ist ihr eine Terra incognita. Nur renommirte und rekommandirte Lektüre haben magnetische Zugkraft für sie, die sie dann völlig verschlingt, wie eben Göthe's Briefwechsel mit Bettinen. Kein Wunder, wenn sie demnach an den Produktionen des philosophischen Ehemanns wenig Antheil nimmt, über die sie gelegentlich wohl zu scherzen pflegt; eine consequente Theilnahmlosigkeit, die dem Manne zuweilen störend erscheinen mag. Anfänglich machte er ihr geschmackvoll ausgestattete literarische Geschenke, später fielen sie seltner und gewöhnlicher, dann blieben sie ganz aus, und man ließ die Sache in sich beruhen. – Henriettens Kleiderschrank ist darum auch, wie zu erwarten, ungleich besser organisirt, als ihre Bücherspinde, welche für Geist und Leib Nahrung gewährt. Gleim, Schnürleiber, Stunden der Andacht, Zuckerdosen, Nauberts, Volksmährchen, Potpourriflaschen, Schillers Gedichte, Honigkuchen, Schleiermachers Predigten, Haarteuren und Sehnsuchtswalzer – alles liegt und ruht hier fried- und freundlich unter einander. – Eine Bibel vermisse ich, die wohl einer würdigen Stelle angehört.

Wie gesagt, geselliges Leben und Treiben geht der Tante über alles. Es bietet und bildet ihre philosophischen Bedürfnisse und Interessen. Um ihre Frauenbedeutsamkeit und Liebenswürdigkeit kennen und schätzen zu lernen, muß man sie auf diesem Gefilde in ihrer Würde, in ihrem Esse suchen, womit sie mannichfache Erfahrung und psychologischen Scharfsinn auf's vortheilhafteste verbindet; man muß sie von Versprechnissen, Korbgeschichten, Schlüssellochbegebenheiten, Verlobungen, benöthigten Hochzeiten, kinderlosen Ehen, Familienzwisten, Scheidungen, seufzenden Jungfrauen, zeichengebenden Lichtschimmern und Fenstertüchlein, individuellen weiblichen Zuständen und andern vor ihr Forum gelangenden, zu ihren Amüsements geeigneten Liebesgebietsangelegenheiten Folgerungen und Schlüsse machen hören.

Eines Morgens weilte sie mit einer Freundin am Fenster. Es kam zu folgenden Betrachtungen:

– – Dort drüben liegt auch unser freundlicher alter Nachbar Doctor im Fenster, und sieht sich die Leute an, wie wir. Braver Mann, gefällig, bethätig, soll Patienten zählen, doch die Hausführung schlecht, bös; die Frau Dokterin taugt nichts; eine Gärtnerstochter aus der ** Vorstadt, intrigant, die, man weiß es, ihn übertölpelte. Ernestine, die älteste Tochter, fängt schon stark an, am Hals braun zu werden, alle Sonnabend reißt ihr Dubolds Lisette beim Zopfdrehen die weißen Härchen aus dem Kopf, und dann zeigen sie einander sich ihre eingesetzten Zähne. Hör', wie viel Unächtes ist doch oft an den Weibern, besieht man's beim Licht! – Weißt Du nicht, ob die Parthie mit Hildegarden und dem Notarius publicus zu Stande kommt, durch den nun erst publik wird, daß Beide nichts haben. Geduld, wo Noth, kommt Gott! – Ih gu'n Tag auch! Wie kommst Du denn schon so zeitig auf die Beine? Es ist die Rieke Runkel, Du mußt sie noch kennen von Bollmanns her, liebe Toni; wohnten sonst am Markt, zwei Treppen hoch, theure Miethe, finstres berühmtes Loch, brannte mal da, erhängte sich da Eins, starb wer an Rattengift – es grauelt einem! Die Alten haben jetzt Steinmaiers Wohnung am Thor, unweit der gichtlahmen Bäumerten rauchigen Bäckerhütte. Angenehme Nachbarschaft. Wie das Mädchen dahin witschelt; das Rosakleid sitzt ihr aber allerliebst, sie hat einen hübschen dicken …, und leicht gekleidet, den Schwanenhals etwas offen, dicht am Haus vorüberstreifend, mag sie dem Herunterblickenden den Kopf schon ein bischen verrücken. Ja, die versteht's: wenn der Wind geht, geht sie auch, der ihre Figur erst recht anzüglich macht. Von ihrer letzten Brautschaft schwanken die Referate, der blonde Justizkommissarius soll die Besuche aussetzen – Rosa macht sich doch jugendlich. Bin Dir auch noch anderthalb Ellen Rips schuldig, Tonichen. – Gun Morgen, Morgen! Das waren Lochaus. Liebe Selen! Sie machte mir die Visite mit ihrer schiefen Taille, als ich in den Wochen lag, und küßte mich, ich fühl's noch. Er wird Rittmeister nächstens. Ei sieh, mit ihr ist wieder was los: sie hält Tuch und Pompadour vor. Ha! das Siebente. Nun des Himmels Segen! Uebrigens sehen die ältern Dinger elend aus. Manch Mädchen verblüht schon als Kind, und aus bildschönen Knaben wachsen häßliche Jünglinge. – Nachbarin Mine Mahn hat auch ausgeschlafen. Halb Elfe! Nettes Ovalgesichtchen. Gestern schickte ich Magdalenen hinüber mit einem Tellerchen Spinat und Wildbraten für die kränkliche Mutter. Sie ließ danken, lag noch zu Bette, neben ihr der kleine wehklagende Junge, unter dem Tisch ein knurrender Hund, unterm Bette die miauende Katze, die eben sechs Stück geworfen, und auf dem Bücherbrett schrie eine hungrige Amsel. Die Leute dauern einen, und die nächsten Verwandten sind karg. – Um die Ecke dort die Frau von Walden. So ein Weib! Nimmt wahrhaftig den vierten Mann jetzt; bei den drei ersten hat sie verzweifeln und sterben wollen, und sich die Haare ausgerissen. – Apropos! Doktor Adolf Schirmer und Paulinchen sind Brautleute. Die Freude! Ihre Mutter wollte nicht dran. Dumme Mutter. Lange Liebschaften, lange Thorheiten, ich möchte mich schießen mit allen, die ein Mädchen verkümmern lassen. Sechs Jahre war Fräulein Schrottkuppel Verlobte, endlich naht der Brautliebste aus neapolitanischen blauen Himmeln und blühenden Orangewäldern, und findet statt eines rosigen Mädchens ein vereifersüchteltes magres Brautschätzchen. Jetzt haben sie sich, aber allliebender Vater! was ist das für eine Haberei. – Kommen keine Kinder! Eine Frau ohne Kinder ist juridisch eine reine Null, sie hat nichts zu sagen, zu lachen, zu lamentiren, und trägt ein fahles Todtenblumenangesicht. – Die vollmondswangige Therese von Mondsee! Blendgestalt! Noch harret sie des Glücklichen. Hofrath ***, der berühmte Geizhals, soll sich um sie bewerben – fürchterlich, wenn sie ihn nähme. Sie reis't diesen Sommer zum sechsten Mal nach Töplitz. – Florentine Sonnenstein folgt dem Sonnenschein auf dem Fuße nach. Hier aber ist Wirklichkeit, daß sie zweierlei Augen hat, wie die Frauen in Algier, ein schwarzes, ein grünes, auch beim Lachen nur ein Grübchen in der rechten Wange; naturgeschichtliche Merkwürdigkeiten. – Zum neulichen Diner bei Claussens waren wir auch eingeladen. Der Direktor artig, ein bischen Narr – sie im Circassiennekleid, stand ihr nicht – Essen so so – es sitzt ihr nichts – die Gans hinten verbrannt – ich saß neben Miltitz – wie meinst Du? – ih ja, sehr galant, Handbuffen – es gab Buffert, ich bitte Dich! – Diner und Buffertessen – die Zarnow überselig neben ihren Liebling – steckte Apfelsinen und Kuchen ein – – dort auch unsre ruhmerhobne Poetin Johanna, vorn und hinten wie eine Bohnenstange, Kleiden ist ihre Sache nicht. Wieder hat sie einen starken Roman zur Welt gefördert, wir müssen ihn uns holen lassen, sicher kommen wir vor darin, das beste ist immer, was sie aus dem Leben schöpft; die Liebreiche, der Welt singt sie vor, wie man kapitalglücklich werden könne, sich selbst aber ersingt sie weder Mann, noch Glück. – Blauberg hier links, wenn Du ihn haben willst. Feiner Mann. Wäre ich die kleine Wallmoden, ich nähm ihn. Was hat sie mit ihren paar tausend Thalern zu dahlen. Der fremde Diplomat von Kanzlers Redoute her, scheint ihr noch im Herzen zu flammen. Alle, welche auf etwas Apartes warten, nehmen hernach, was kommt. Wählerei und Wühlerei! –

*(Fortsetzung)*

Vergißt eine Dame tausend Dinge, die Huldigungen, die sie in ihren Lenzjahren erfahren, wird sie niemals vergessen. So die Tante. Bei jedem jungen Mädchen, das sie herzt, bei jedem hübschen Knaben, den sie küßt, seufzt sie vernehmlich. Verrauscht ist die goldene Zeit der Liebe, wovon die Flöten der Poeten so süß erklingen. Ach, wenn sie nur einmal ein bischen wiederkehren wollte! –

Es steht schon angeführt, wie gut die Tante noch aussieht. Gewiß, sie braucht nur einige Toilette zu machen und die Lebhaftigkeit ihres Geistes sich erhöhen, so findet man sie allgemein lobens- und liebenswürdig. Unter der neuesten Hausfrequenz befand sich ein jugendlicher, von befreundeter Hand empfohlner angehender Doktor der Medizin, den die Familie für eine schätzenswerthe Conversations-Acquisition betrachtete. Der Doktor war ein schöner Mann mit kleinen stechendfreundlichen Augen, interessanten blaßglatten Wangen, einer kunst- und regelmäßig zugeschnittenen englischen Hecke im Gesicht, nämlich einem beliebten schwarzen Backenbart, und nicht ohne einige Weltmanns-Feinheiten. Anfangs kam der Doktor bloß des Morgens, er veränderte sich aber bald dahin, daß er nun des Morgens, Mittags und Abends mit seiner Gegenwart beglückte. Nur die Geschäftsträgerinnen der Tante, welche gegrüßt und nicht übersehen zu sein wünschten, waren mit seinem Erscheinen nicht einverstanden, sie meinten, er habe neben dem Präzisen etwas Präziöses, und sehe beinahe aus, wie einer, der des Essens und Trinkens wegen das Haus besuche, welche Hausweltsverläumdung wir billigermaßen dahin gestellt sein ließen, wenn in Abrede gebracht werden könnte, daß in seinem Auge nicht ein halb und halb verdächtiger, mit Knickerei übereinstimmender Glimmer sich zu erkennen gegeben hätte. Genug, er gefiel der Tante. Denn es giebt Personen, selbst charakterlose, wie wir wissen, die durch ein gewisses Etwas anziehen, indeß nichts weiter sind, als Erinnerung an eine verblichne Jugenderscheinung; und bald war man gewohnt, den Doktor medizinae allenthalben an ihrer Seite zu sehen, so wie Oheim Wilibalden mit altfamilienväterlichem Humor über die neue Hausfreundschaft glossiren zu hören. –

Zu meinem Besuch könnte ich mir Glück wünschen. Nächstens sollte in der Tante schönen Belletagegemächern ein Polterabendfest gefeiert werden, welches ein verwandtes Hochzeitspärchen in Ermangelung eignen räumlichen Lokals sich auserwählt hatte. Ein Polterabend! Ich war nie auf Polterabenden, und daher begierig, die Geschichte mir anzusehn. Die Polterei nahm ihren Anfang. Große Regsamkeit im ganzen Palais. Schränke, Kommoden, Büsten, Bibliothek, Blutsverwandte, chinesisch Porzellan, Teppiche aus Persien u. a. wurden mit Getöse nach entfernten Zimmern transferiert, auf dem Gang fluchend an einer Bühne gemeiselt und genagelt – Gewänder, Tücher, Masken in Kasten und Körben besichtigt, berochen und berathen und mit Ameisenthätigkeit ein maßloser Zyklus von Gerichten und Genüssen, unter denen sich Reh-, Fasanen- und wilder Schweineschnauzen-Braten, Pasteten, Ochsenzungen, Boutings-Cremé, Eis und Schnepfendreck-Näpfe, Pyramiden-Baum und Kuppelkuchen, Apfel- und Quittentorten, Datteln, Trauben, Feigen, lustig einladend, hervortraten, nebst verschiedenen Waschkörben geschlagenen Zuckers und einer mehr als kompletten Wagenladung von Weinen aller Farben und Sorten, eingeführt. Um nicht bloß bewundernder Zuschauer zu sein, ergriff ich eine große Trommel, welche man aus löblichem Schützenbataillon behufs der Komödie engagirt hatte, schlug königlich preußische Sturmschritte, wirbelte Feuer und Rebellion, daß die vereinte Knabenmenge bestiös aufjauchzte und das Volk auf der Straße emporschaute. Doch viel zu früh hemmte die Tante meine Freudenschläge, indem sie, um Gotteswillen einzuhalten bittend, auf mich los sprang. Eben wäre eine Magistratsperson mit großem Jabot an der Spitze zweier Schornsteinfegerjungen eingedrungen, um Hausuntersuchungen anzustellen.

Die Geschichte ging los. Es war Fünfe. Wagen und Equipagen rasselten. Portal, Flur und Treppengeländer standen und hingen voll neugierigen Volkes, welches die luxuriösen Erscheinungen offnen Auges verschlang. Trupp- und schwarmweise wippten und schwirrten schlankleibige Jungfrauen mit seidnen Augenwimpern, gewandte pauschröckige Madonnen und Madamen, Civil- und Militairchargen, leicht wie Fashionables, schwer wie Artillerie, mit doppelten Kragen, goldnen Knöpfen, Sternen, Orden, Manchetten, und trippelnde Knaben und Mägdlein mit spielenden Ringellöckchen und nickenden Guckgesichtchen dahin. Grüßend, verschoben und verschränkt wie mit knotenbehafteten Beinen, wogte und wallte die chaotische Menschenmasse, und verpflichtete Aufwärter und Aufwärterinnen gruben und wühlten nach allen Seiten sich Bahn. Ein etwas ungestümer Honoratior trat einer äußerst leicht gekleideten, in ihren schwellenden Körperreizen fast berstenden Dame auf das smaragdgrüne Seidenkleid, daß es hinten an einer gefährlichen Stelle eine große Oeffnung erhielt, und die rufende Schöne nach einem Ankleidezimmer zu flüchten nöthigte, das ganz verfinstert war von aufgeschichteten Masken, Schachteln, Dominos. Ein Herr, dessen Hühneraugen mit Dragonerstiefeln in Konflikt geriethen, sprach von Impertinenzen und andern Dingen, die hier kein Echo finden können. Neue Equipagen, neues Treppaufströmen, Hallo und Hollah im Strom unzähliger, von Musik und Tanz entlockter Schaulinge. Schon waren Saal und Zimmer mit Festbesuchenden, Hitze, Kerzenduft, heterogenen Parfümes, Summen und Brummen angefüllt, indeß Aug und Ohr der Bühne sich zuwandten, welche, ein Eiländchen in den Meereswogen, der Hintergrund produzirte. Amphitheatralisch, wie nach linnéschem System, saß man endlich. Vorne die Kinder, voll Erwartung und Hoffnung, hinter ihnen die schönen großen Kinder, des Saals diamantne Lichter, voll Liebeslust und Verlangen, und inmitten dieses Blumenklubbs die grünbekränzte junge Braut mit verschämtem Blauaugenpaar und rosiggeküßten Hochzeitswangen, rechts und links zu den Seiten das beseitigte Alter, wie ernste kalte Fabeln und Parabeln der Vorwelt. – Schöne Stimmen, süße Lieder und Liedchen erklangen, der Saal hallte von Fest- und Schmeichelgesängen und Glückwünschungen für die Braut, für den Bräutigam, für deren Eltern auf der einen, von Danksagungen und Freudentönen auf der andern Seite. Der Vorhang stieg und sank, aber die nun folgenden langen und lebhaften Akklamationen, unter welchen Bühne und Bühnenapparate, gleichsam wie durch Zauberhände verschwanden, schienen weniger den dramatischen Bulls und belustigenden Anspielungen auf die Gegenwart, als dem bevorstehenden Nachspiel zum Vorspiel, dem Maskenball zu gelten, welcher sofort in Scene ging und ein Füllhorn der Lust, des Scherzes und des heitern Spottes über die Versammelten ergoß, die wie freie Vogelschaaren waldiger Räume lärmten und schwärmten und deren Ausgelassenheit sich oft zum allgemeinsten Jubelrausch des Entzückens steigerte. – Ein Mohrenmädchen edelster Taille und Hüften, mit einer weißen Rose auf dem schwarzen Busen, neben einem altgelben, feueraugigen, Devisenbonbons, Anekdoten und Chansons spendenden Zigeunerweibe; eine runde blühende konfiturenversehene Tyrolerin, am Arm eines schmalen hispanischen Grands; Bader Schelle, geführt von der Pfalzgräfing Genovefa – unverkennbar der Tante lieber trompetender Justizrath und die »mädchenhafte« Gräfin; – Don Juan und Faust nach Grabbe, jener in einem niedrigen Militairhütlein, von schwanker Sonnenblume befächelt, dieser mit einer mächtigen Seitenwaffe, in welcher man Uechtritz's »Ehrenschwert« wieder erkannte, zwischen dreien im Zeitgeschmack halb entblößten nimfenleichten Grazien, einer blonden, einer fuchsrothen, einer nußbraunen; mehrere alterthümlich alabasternackige Heldenfrauen, deutsche

Hanswürste, italienische Arlequins und Policinelles; Leporello, laut und vertraut, von Mimili umpfangen; Sir John Fallstaff und der Avernadvokat Siebenkäs, hängend am Arme der Amalie aus den Räubern; Philine aus Wilhelm Meister neben Wilhelm Tell; die zart verschämte Braut walzend mit einem orientalischen Bartjuden, dessen Haarschweif sie zu unaufhörlichem, bühnenbegleitetem Niesen kitzelte, nebst andern überraschenden Masken und Gruppenbildern mehr. – Die reizereiche Mohrin, die mich vorzüglich anzog, ihr schwarzer Busen, von der weißen Rose wie von einem süßen Winklichtchen erhellt, der sich beim Hopsen großartig machte, ihre Jugendfülle und exakte Regsamkeit überstrahlten jedoch an Schönheit die elegantesten und sinnreichsten Figuranten des Larvensaals, dessen Schattenseite jene seitwärts lagernden Notabilitäten und pagodenbewegliche Göttinnen, nicht minder anziehend garderobirt, mit dem jugendlichen Treibjagen die malerischsten Contraste verband. Ein tonnenrunder chodowieckischer Archivar, ächter Gourmandsnatur, in auf- und niederschwappenden Hängebacken, schon fein benebelt, ging, wie Cervantes, mit offnem Hosenknopf, liebreich umschauend in höchster Selbstzufriedenheit, und vielleicht von der sophokleischen Ansicht belebt, daß man sich aller Weisheit entschlagen müßte, wenn man des Lebens sich erfreuen wollte, umher, faßte dann vor einer puderweißen Dame, der er wohl einmal den Hof gemacht, Posto, und faltete die Hände über dem lieben wohlgenährten Leib. – Eine riesenhohe Figur, gräflichen Ansehens, dem Anschein nach keine Lukretia, auch nicht mehr jung, doch noch Jungfer und populären Blickes, in modernem Turban von brochirter Gaze und Sammt, schweren Goldkorallen auf den unverhüllten Werken ihrer Brust, schäkernd zwischen einem verbrauchten Diplomaten und einem Fräulein, das ein Gesicht trug von Aerger demolirt, von Resignation wieder etwas aufgefrischt, unaufhörlich ein Flakon beroch, und die Feuerstrahlen zweier Brillantringe einen flammenrothen gustavschillingschen Stabsoffizier, der sich sehr um die Gunst eines kaltphysiognomirten Finanziers bemühte, in die Augen stechen ließ u. s. w. – –

*(Schluß)*

Aschgrau und silberweiß, schimmernd, wie eine Grabespappel, im blitz- und donnergleichen Walzer, erschien Henriette als Ahnfrau, dahingerissen von der Pilgrimsgestalt des Backenbärtigen. Sie nahte jetzt. Sie machte ihren Neffen mit einer Art Cousine, einem kleinen reichen alten verknitterten Dämchen bekannt, bat mich, mit ihr zu konversiren, flüsterte mir wichtig in's Ohr, die Kleine liebe unglücklich, dichte in die Abendzeitung treffliche Lieder, Oden, Sonette, und huschte wieder hinweg. Ich stieß auf einen originellen weiblichen Charakter, den frappantesten Gegensatz Henriettens, den der deutschen Hausfrau, und nahm mir vor, mit einer Zeichnung ihrer Individualität mein Skizzenbuch für Erfahrungen im Gebiete des menschlichen und thierischen Lebens zu bereichern. – Das Vorzimmer stellte eine große Gallerie lugender und lauschender Frauen und Schalksgesichter dar. Wer eines Stuhls oder Postaments habhaft werden konnte, pflanzte sich darauf und starrte in die Wogen des Saals. Kopf an Kopf klebte alles zusammen, Bonnen, Kammerdiener, Vatermördernätherinnen, Jäger, Spitzenklöpplermamsells, Drehrollenjungfern, Ammen, Kinder u. s. w. Eins trat dem andern auf die Fersen, fiel, klammerte sich wieder fest, und ein lebhaftes Schwadroniren und Eifern ward vernehmlich, wozu noch etliche eingeschlichene Quadrupeden sich gesellten, welche nicht ohne gellenden Widerstand entfernt werden konnten. Der Zufall trieb mich dicht an die Fronte der quecksilbrigen Galleristen. Ein feines schlankes Mädchen stand auf einer gefährlichen Klippe; ich ergriff ihre Hand, um ihr Halt zu gewähren. Sie hatte eine schöne Hand und wunderschöne Augen, welche Beachtung verdienten; und nachher, als sie mit den schönen Augen in die vorerwähnte Polterabendmaskenkleiderkammer ging, versagte sie nicht den Kuß auf ihre Wange. Morgen, seufzte das Mädchen, verlasse sie die Stadt. Die Unglückliche. Gewiß verließ sie mehr als eine Stadt mit Polterabendfesten.

Gestalten und Umrisse, der Wechsel des bunten Farbenspiels eines Maskenballs mahnen zuweilen an die seltsam schattirten, rothgoldnen, gelben und silbergrauen Abendwolkenbilder des Firmaments, in welchen man bald Kameele, Engel, Drachen, zusammengeknebelte Möpse, bald Kapuziner, Nonnen, Minister, gigantische Satane und gleichsam in einer himmlischen Illumination das Mode-Tableau einer irdischen Maskerade versinnlicht zu sehen glaubt.

Bälle und Festlichkeiten bieten aber auch Gelegenheit, Blicke in das Innere der dienenden Volksklasse zu thun. – Wundersam schimmerten die von Gier und Egoismus beseelten Physiognomien, und wie bei solchen Ereignissen gewöhnlich jeder glaubt, auch ihm gehöre etwas vom Feste, er brauche es sich nur zu nehmen, so suchte man hier einer sichtlich anerkannten Flur- und Treppenfreiheit möglichst Ausdehnung zu leihen und von vermeintlichem Recht Gebrauch zu machen. Hinter einer runden und breiten Tafel hielt ein expedirender Koch in rothzugespitzter Schnüffelnase, wie sie nur dem schlauen Praktikanten angehören konnte. Neben ihm stand in der Gehülfin seine Gattin, welche ebenfalls Erfahrungen gemacht haben mochte, und wie er, einen mit Wischtüchern verdeckten Korb handrecht hatte, der für gewisse Dinge den Rachen öffnete und schloß. Ich sah eine Rehkeule, an der Braut und Bräutigam noch lange hätten leben können, im Hui verschwinden, mehre freundliche Würste der Keule nachschlüpfen, als wenn sie ihr etwas sagen wollten, item einen Teller mit rosmarinbesteckter Eberschnauze denselben unterirdischen Weg wandern, und durch wohlberechnete Manipulation der Gemalin außer einer nicht unbeträchtlichen Quantität Kaffee, wenigstens einen halben Zuckerhut untertauchen, welcher offenbar der »lieben Herrschaft« nicht mehr angehörte. Meister Koch, der die Augen der Umstehenden bewachte, machte dabei eine ungemein routinirte, höchst charakteristische Miene, krappelte und rappelte kleine Zwischenvariationen mit Gläsern und Tassen, säbelte dann abermals amtseifrig bedeutende Schinkenranken für sein Depot, schob verschiedene, allgemach nahrückende Weinflaschen taschenspielermechanisch aus dem Bereich drohender Hände, und steckte pausirend, ob man wol was merke, mit bester Gewissensruhe ein Milchbrotbröcklein in den Mund. Die bewegte und verfeindete Menge, so sich von etlichen Klische- und Semmel-Ueberbleibseln schlecht regalirt fühlte, murrte nach der gestrengen Expedienz hierüber, griff dann, bei so bewandten Umständen die Sache kurz erwägend, hie und da ein Knöchelchen hinweg, und war endlich so frei, freiwillig den Rebensaft eines Reservebouteillentisches der lebhaften Prüfung zu unterwerfen. Jetzt brach, wie auf ein gegebenes Zeichen, die »Schweifschlägerei« auf allen Punkten aus und das bescheidenste und unbedeutendste Individuum suchte und fand den Moment, sich zu entschädigen und zu bereichern. Zwei Koujonengesichter von Normalbedienten schnitten sich erst die abscheulichsten Fratzen, dann zerrten und zogen sie, wie Hunde, jeder an einem Ende Schinken nagend, sich in einen Seitengang hinab. Ein Garçon schien schon anderweit seine Kunst erprobt zu haben, mit vorzüglicher Fertigkeit entzog er der Rocktasche eines Vormannes eine Flasche Laubenheimer in dem Augenblick, wo dieser es auf eine zweite abgesehn hatte, und nun, von der Leichtigkeit seiner Tasche überrascht, die seltsamste Geberde annahm, drei wilde Pferdezwinger trieben ein Kuppelkuchenmädchen mit geladenen Tellern nach einer Fensterecke, und während der eine Base Bärbchen umschlang, ihr den Busen drückte und sagte: nun, wie ist's denn mit uns Beiden, noch bin ich zu haben, wenn sie will? – der Andere kosend hinzufügte: Barbe, so hübsch rund auf die Dauer, nehm ich: meine Urschel selig war zu schmächtig, um lang auszuhalten – und das bedrängte Mädchen gewaltsam gegen den küssenden Dritten sich stemmte, stürzte die Kuppelkuchenladung zur Erde und ward im Nu von zwanzig Händen ergriffen und verschlungen, bei welchem Gefecht zwei junge Landbuttermilchweiber unangenehm blessirt wurden, einige Kinder Kontusionen erhielten, und ein greises Mütterchen, das, ein Jamaikarumkrüglein am Halse, wie betend gen Himmel schaute, nebst einem wichtelmännischen Männchen dergestalt umkippten, daß man nur noch deren Beine in der Luft zappeln sah. Da schlich unter dem Prätext, etwas verloren zu haben, ein Junge nach einem der verhängten Körbe hinter der Tafel, und hatte schon sein Park gefischt, als der Unfug eine neue Färbung und Ausdehnung gewann. Schnaubend, den Teufel und seine Großmutter citirend, fuhr der Tafelmeister los: hier wäre nichts zu suchen, es sollte sich mal wer unterfangen, ihm in's Revier zu kommen und so und so! Die Arme zur Seite gestützt, half das Weib geschickt keifen und es galt, dem Räuber den Raub wieder zu entziehen. Reißt einmal Unordnung ein, so findet sie schon Thür und Thor offen. Heda! – rief jetzt unter anhaltendem Sticheln und Hetzen, ein bartwischender Kutscher, der die Kraft des Weins schon verspürte – Heda! was er wol will, der alte Mosjöh da! wir sind auch zugegen, dürfen auch eins heben – unsre Herrschaften sollen leben, Juch! – Und von lautem Hurrah begleitet, flog eine rasche Serviette dem Koch, eine Schinkenwampe der Madame an den Kopf, die allarmirte alltirte Arme rückte offensiv gegen die gerichteverschanzte Tafel, die alsbald aus ihren Fugen sanft sich lös'te, und Flaschen, Teller, Tassen, Kuchen und Pasteten lustig rollend und zerschellend auf dem Estrich umhertanzen ließ. Verlegen stieb es auseinander. Die zierlichen Aufwärterinnen suchten mit glühenden Angesichtern zu beschwichtigen und baten dringend um gefüllte Servirteller, man zischte, lachte, pfiff, schoß aus Schanzen und Verstecken mit Feigen und Flaschenstöpseln, mehre Pudel und Windspiele heulten und fletschten die Zähne, bis auf einmal die alles übertönenden Pauken und Posaunen des Saals schwiegen, Solo's und Conzertino's verstummten und allmählig Windstille und Ordnung einkehrte, aus der man noch lange des aufgebrachten Meisters Stimme vernahm, welche vom tiefsten Basse zum höchsten Diskant übergeschritten war. –

Im Saal hatten Lichter und Leuchter einen Hof, wie ein verschleierter Mond, es war dünner geworden, doch Niemand dachte noch an den Kehraus. In den Nebengemächern, entfernt vom Geräusche der Instrumente, kehrten die alten staatsdienerlichen Graubärte und Absolutisten, wie ausgelassene Jünglinge, die alten Augen blitzten und die faltigen Wangen lächelten. Mitternacht war längst vorüber, als ich in einem Zimmer lebhaft disputiren zu hören glaubte. Leise öffnete ich. Es war Oheim Johannes Schlafkabinet, der in bairisch-blauen Nationalhosen, noch unausgezogen, vom düstern Lampenschein seltsam beleuchtet, auf dem Sofa hingestreckt lag, und in unruhigen Träumen extravagirte: – Spektakel – wie lang soll's noch dauern – Deiwel – kommt mir noch mal – schlechter Wein – Quittenpastete – schmeckte nach, hätt' bald was gesagt! – und andere unlogischen Exklamationen mehr, die mein Ohr erreichten, welche sich jedoch als Akkompagnement zu dem nahen Horror der Lachenden und Händeklatschenden ergötzlich ausnahm.

Ein Tanzsaal, der still und leer wird, ist ein fataler Anblick. Tante Ahnfrau wünschte, daß ich einer Dame freundlich das Geleit geben möge, und deutete auf eine freiherrliche Gestalt im Gewande der Unschuld. Ich sah mich nach der Schwarzen um. Sie fehlte. Ahndung befürchtend und gedankenvoll folgte ich der stillen Deutung. Die Dame war sehr schön, von elegischem Gemüth, blickte schwärmerisch in die Mondssichel über den Kirchen-Akazien und hatte sich Gesicht, Locken und Busen fast ganz auseinander geseufzt und getanzt. Da entdeckte ich in ihr das üppige Mohren-Fräulein – –

Nach einigen Tagen reis'te der Doctor auf Monde ab. Tante Henriette schenkte ihm ein seidnes Taschentuch, in welches sie seinen Namen gravirt hatte. In der Dämmerung nahmen beide Abschied von einander. Sie standen an der Treppe. Auf Wiedersehn! sagte die Tante leiser, dann gab sie ihm noch einen Kuß auf den Weg.

Auch ich trennte mich bald unter herzlichen Küssen von der freundlichen Tante.

Mit Küssen wird alles geschlossen, Trauriges und Lustiges.

# Dank

Für freundliche Hilfe bedanken wir uns bei Nina Schneider, Martina Scheppert und Katharina Voelk, Historisches Museum Hanau Schloss Philippsruhe; Burkhard Kling, Brüder Grimm-Haus Steinau an der Straße; Birgit Schwarzer, Wolfenbüttel; Sabine Salfer, Medienzentrum Hanau/Bildarchiv, und Henrietta Danker, Herzog August Bibliothek Wolfenbüttel.

Einen ganz besonderen Dank schulden wir den so freundlichen wie kompetenten Mitarbeiterinnen und Mitarbeitern der Handschriftenabteilung der Staatsbibliothek zu Berlin – Preußischer Kulturbesitz.

# Abbildungsnachweis

*Medienzentrum Hanau/Bildarchiv*
S. 325: Sign. MZHU 3848 D5 Langgasse 41 ca. 1920

*Brüder Grimm-Haus und Museum Steinau*
S. 325: Sign. Amtshaus vor 1904

*Staatsbibliothek zu Berlin – Preußischer Kulturbesitz. Handschriftenabteilung*
S. 330: Sign. Nachlass Grimm 1792, Grimm, Wilhelm: Stammbuch. Marburg, Hanau, Kassel, Steinau u. a. 20.10.1801–1.11.1806
S. 369: Sign. Ernst Wagners Grab Meiningen Nachlass Grimm 368, Blatt 171–172; S. 388: Brief Ferdinand an seine Brüder, ca. 1820, Sign. Nachlass Grimm 368, Blatt 315; S. 401: Sign. Brief Ferdinand Grimm an Jacob Grimm vom 16.12.1837 aus Wolfenbüttel, Nachlass Grimm 368, Blatt 323–324; S. 405: Sign. Leihschein Fr. Grimm Herzog August Bibliothek Wolfenbüttel Nachlass Grimm 400 Blatt 6-8

*Historisches Museum Hanau Schloss Philippsruhe*
S. 337: Sign. B 6470 Ludwig Emil Grimm: Henriette »Tante« Zimmer; S. 315: Sgn. B 6474 HGV Ferdinand Grimm; S. 319: Sign. B 2010.0204 Brüder Jacob und Wilhelm Grimm; S. 317: Sign. B. 4978 Carl Grimm in Uniform 1814; S. 316: Sign. B 4249 Selbstporträt Ludwig Emil Grimm 1815; S. 318: Sign: B 5702 Lotte Grimm 1820

*Archiv Boehncke/Sarkowicz*
S. 344: Sign: Kupferstich Ludwig Emil Grimm, Des Knaben Wunderhorn; S. 346: Sign. Grimm-Haus (»Märchenhaus«) Marktgasse 17 in Kassel; S. 391: Sign. Kleist: Hinterlassene Schriften, Berlin 1821; S. 398: Sign. Faksimile Titel Tante Henriette.

*Bergwinkelmuseum Schlüchtern*
S. 372: Brautbrief Ferdinand Grimm

*Beate und Klaus Schwarze, Wolfenbüttel*
S. 403: Beate und Klaus Schwarze, Wolfenbüttel 2020

*Herzog August Bibliothek Wolfenbüttel*
S. 406: Sign. B 162 Ölgemälde Rotunde der Herzog August Bibliothek von Andreas Christian Ludwig Tacke; S. 407: Sign. B 163 Ölgemälde Innenansicht der Herzog August Bibliothek

*Der fremde Ferdinand. Märchen und Sagen des unbekannten Grimm-Bruders* ist im August 2020 als vierhundertachtundzwanzigster Band der ANDEREN BIBLIOTHEK erschienen.

Die Herausgabe lag in den Händen von Christian Döring, der sich auch um das Lektorat gekümmert hat.

Dieses Buch wurde von Hagen Verleger, Berlin, gestaltet. Den Satz übernahm Dörlemann Satz, Lemförde, mit den Schriften Albertus Nova und Cochineal. Die Herstellung betreute Katja Jaeger, Berlin. Das Memminger MedienCentrum druckte auf 100 g/m² holz- und säurefreies, ungestrichenes Munken Pure. Dieses wurde von Arctic Paper ressourcenschonend hergestellt. Den Einband besorgte die Verlagsbuchbinderei Conzella in Aschheim-Dornach.

Die Originalausgaben der ANDEREN BIBLIOTHEK sind limitiert und nummeriert.

1. – 3.333 | 2020

Dieses Buch trägt die Nummer

2247 *

ISBN 978-3-8477-0428-7
AB – DIE ANDERE BIBLIOTHEK GMBH & CO.KG
Berlin 2020

Die Andere Bibliothek